Lo que no
te mata
te hace
más fuerte

MILLENNIUM[4]

David
Lagercrantz

Lo que no te mata te hace más fuerte

MILLENNIUM[4]

David Lagercrantz

Traducción de Martin Lexell
y Juan José Ortega Román

Ediciones Destino
Colección Áncora y Delfín

Obra editada en colaboración con Editorial Planeta - España

Título original: *Det som inte dödar oss*

© 2015, David Lagercrantz & Moggliden AB, publicado por Norstedts, Suecia
  Publicado de acuerdo con Norstedts Agency
© 2015, Martin Lexell y Juan José Ortega Roman, por la traducción
© Emily Faccini, por los mapas del interior
© 2015, Editorial Planeta, S.A. – Barcelona, España
  Ediciones Destino, un sello editorial de Editorial Planeta, S.A.

Derechos reservados

© 2015, Editorial Planeta Mexicana, S.A. de C.V.
  Bajo el sello editorial DESTINO M.R.
  Avenida Presidente Masarik núm. 111, Piso 2
  Colonia Polanco V Sección
  Deleg. Miguel Hidalgo
  C.P. 11560, México, D.F.
  www.planetadelibros.com.mx

Primera edición impresa en España: agosto de 2015
ISBN: 978-84-233-4978-4

Primera edición impresa en México: agosto de 2015
ISBN: 978-607-07-2948-5

Impreso en los talleres de Litográfica Ingramex, S.A. de C.V.
Centeno núm. 162-1, colonia Granjas Esmeralda, México, D.F.
Impreso en México – *Printed in Mexico*

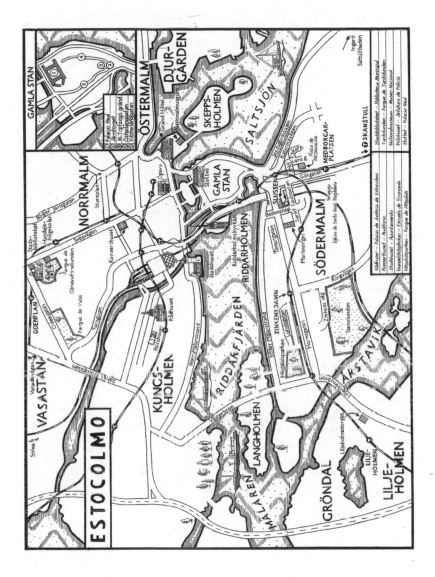

Prólogo

Un año antes, casi al amanecer

Esta historia empieza con un sueño, un sueño no especialmente extraño, la verdad. En él hay una mano que golpea un colchón rítmica y constantemente en aquella vieja habitación de Lundagatan.

Aun así, el sueño hace que Lisbeth Salander se levante de la cama de madrugada. Y que luego se siente ante el computador y empiece la caza.

PRIMERA PARTE

El ojo que vigila

Del 1 al 21 de noviembre

La Agencia Nacional de Seguridad, la NSA, es un organismo federal estadounidense subordinado al Ministerio de Defensa. Su cuartel general se encuentra en Fort Meade, Maryland, en la autopista de Patuxent.

Desde su fundación, en 1952, la NSA trabaja con la inteligencia de señales, y hoy en día, sobre todo con Internet y el tráfico telefónico. A lo largo de su historia esta agencia ha visto cómo sus competencias han sido ampliadas progresivamente, de modo que en la actualidad intercepta más de veinte mil millones de conversaciones y correos al día.

Capítulo 1

Principios de noviembre

Frans Balder siempre se había considerado un pésimo padre.

A pesar de que August ya tenía ocho años, Frans apenas había intentado asumir su papel, y lo cierto es que tampoco ahora se sentía muy cómodo con su cometido. Pero era su deber, así lo veía él. El chico lo estaba pasando mal en la casa de su exmujer y de ese maldito novio suyo, Lasse Westman.

Por ese motivo, Frans Balder había dejado su trabajo en Silicon Valley y había regresado a su país. Justo ahora se hallaba en el aeropuerto de Arlanda, prácticamente en estado de *shock*, esperando un taxi en la calle. Hacía un tiempo infernal. La lluvia y las violentas ráfagas de viento de la tormenta le azotaban la cara mientras, por enésima vez, se preguntaba si habría tomado la decisión correcta.

Aunque se contaba entre los tipos más ególatras del mundo, se iba a convertir en padre a tiempo completo: una auténtica locura. Como si se le hubiera ocurrido trabajar en el zoológico, ¿qué más le daba? Si no sabía nada de niños y, en realidad, tampoco mucho de la vida en general... Pero lo más raro de todo era que nadie se lo había pedido. Ni la madre del niño ni ninguna de las abuelas le habían llamado para suplicarle que asumiera su responsabilidad.

La decisión era suya y sólo suya, de nadie más. Y ahora tenía previsto —desafiando una antigua sentencia de custodia, y sin ningún tipo de advertencia previa— presentarse sin más en casa de su exmujer y llevarse a su hijo. Seguro que se armaba una buena; lo más probable era que esa condenada bestia de Lasse Westman le diera una paliza. Pero así estaban las cosas, se dijo al meterse en el taxi de una taxista que masticaba chicle como una posesa mientras intentaba darle conversación. No lo habría conseguido ni en uno de sus mejores días: Frans Balder no era muy hablador.

Se limitó a permanecer callado en el asiento trasero pensando en su hijo y en todo lo que había pasado últimamente. August no era el único ni el principal motivo por el que había decidido dejar Solifon. Su vida se hallaba ahora en una encrucijada, y por un instante se preguntó si en realidad tendría coraje para afrontarlo todo. Sentado en aquel coche, de camino al barrio de Vasastan, creyó que las fuerzas lo abandonaban y tuvo que luchar por reprimir el impulso de mandarlo todo a la mierda. Ya no podía echarse atrás.

El taxi lo dejó en Torsgatan. Pagó, se bajó y dejó el equipaje en el portal tras sacarlo del maletero. Lo único que cogió al subir la escalera fue una maleta vacía decorada con un colorido mapamundi y comprada en el aeropuerto de San Francisco. Al llegar arriba se detuvo un momento jadeando ante la puerta con los ojos cerrados. Se imaginó violentas broncas y arrebatos de locura, y pensó que si así fuera, ¿quién podría reprocharles nada? Nadie aparece de buenas a primeras para sacar a un niño de su casa; ni siquiera un padre cuyo compromiso hasta entonces se había limitado a ingresar dinero en una cuenta corriente. Sin embargo, ahora se trataba de una emergencia; o al menos así lo veía él. De modo que, por muchas ganas que tuviera de salir corriendo de allí, respiró hondo y llamó al timbre.

Al principio no parecía que hubiera nadie en casa, pero de pronto la puerta se abrió bruscamente y Lasse Westman apareció ante él con sus intensos ojos azules, su imponente tórax y sus enormes manazas, que a Frans se le antojaron hechas para infligir daño y que habían sido las causantes de que le ofrecieran tantos papeles de malo en la gran pantalla, aunque ninguno tan malo —de eso estaba convencido Frans Balder— como el que interpretaba en la vida real.

—¡Caramba! —exclamó Lasse Westman—. ¡Qué sorpresa! El gran genio en persona en nuestra casa.

—Vengo a buscar a August —le dijo Frans.

—¿Qué?

—Pienso llevármelo conmigo, Lasse.

—¿No lo dirás en serio...?

—Nunca lo he dicho más en serio —contestó al tiempo que su exmujer salía de una habitación situada a la izquierda. Y, aunque era cierto que no tenía la misma belleza que antaño —demasiado maltratada por la vida y tal vez demasiado tabaco y alcohol—, una inesperada ternura se apoderó de él al verla, especialmente al descubrirle un moretón en el cuello. Además, ella, a pesar de todo, pareció querer darle la bienvenida y decirle algo amable. Pero no le dio tiempo a abrir la boca.

—¿Y a qué viene este repentino interés? —quiso saber Lasse Westman.

—A que ya está bien. August necesita un hogar tranquilo.

—¿Y eso se lo vas a dar tú, profesor Tornasol? ¿Desde cuándo haces otra cosa distinta a clavar la mirada en una pantalla de computador?

—He cambiado —dijo sintiéndose patético, y no sólo porque dudara de ello.

Tembló cuando Lasse Westman se le acercó con su inmenso cuerpo y una rabia contenida. De pronto, le quedó abrumadoramente claro que no podría oponer resistencia alguna si ese loco le atacaba y que todo aquello, de cabo a rabo, era una absoluta insensatez. Pero, por extraño que pudiera parecer, no le provocó ningún arrebato de rabia, no hubo ninguna escena; se encontró tan sólo con una adusta sonrisa a la que siguieron estas palabras:

—Eso es fantástico.

—¿Cómo?

—Que ya era hora. ¿A que sí, Hanna? Por fin un poco de responsabilidad por parte de don Ocupado. ¡Bravo, bravo! —continuó Lasse Westman mientras aplaudía algo teatralmente.

Más tarde, Frans Balder se dio cuenta de que en realidad lo que le había asustado más en ese momento fue eso: la facilidad con la que permitieron que el niño se marchara. Sin apenas protestar —si acaso sólo de forma muy simbólica— le dejaron llevarse a su hijo. Tal vez porque veían a August sobre todo como una carga. Difícil de saber. Hanna, con las manos temblorosas y la mandíbula tensa, le lanzó unas miradas nada fáciles de interpretar. Pero a Frans le preocupaban las pocas preguntas que le hizo: debería haberlo sometido a un interrogatorio, haberle impuesto miles de exigencias y condiciones y haberle manifestado su inquietud por los cambios que aquello supondría en la rutina del chico. No obstante, lo único que acertó a decir fue:

—¿Estás seguro? ¿Vas a poder?

—Estoy seguro —contestó. Acto seguido fueron a la habitación de August. Y por primera vez en más de un año, lo cual le daba mucha vergüenza, Frans pudo ver a su hijo.

¿Cómo podía haber abandonado a un chico así? Tan guapo y tan maravilloso, con ese abundante pelo rizado, su delgado cuerpo y aquellos ojos azules y serios que ahora se hallaban sumidos de lleno en el enorme rompecabezas de un barco velero. Todo su ser parecía pedir a gritos que nadie le molestara. Frans avanzó despacio, como si se acercase a una criatura extraña e imprevisible.

Aun así, consiguió sacar al chico de su ensimismamiento, hacer que le cogiera la mano y que lo acompañase al pasillo. Nunca lo olvidaría. «¿Qué habrá pensado August? ¿Qué habrá creído?» El chico no lo miró, tampoco a su madre; y, naturalmente, ignoró todos aquellos gestos y palabras de despedida. Se metió con Frans en el ascensor y ambos desaparecieron. Sin más. Así de sencillo.

August era autista. Quizá también retrasado, aunque respecto a ese tema, curiosamente, nadie había emitido un diagnóstico definitivo. De hecho, al verlo de lejos, uno podía pensar que ése no era su caso: su exquisito y concentrado rostro irradiaba una nobleza digna de un rey o, al menos, un aura que manifestaba que no merecía la pena preocuparse por el mundo circundante. Pero al contemplarlo de cerca se podía apreciar que su mirada estaba cubierta por un fino velo que lo separaba de la realidad; por si fuera poco, aún no había llegado a pronunciar su primera palabra.

Con eso contradijo todos los pronósticos que le habían hecho cuando contaba dos años de edad. En aquella época, los médicos concluyeron que lo más probable era que August perteneciera a esa minoría de niños autistas que no sufrían una disminución de su inteligencia, y que, si se le sometiera a una intensa terapia cognitiva, las perspectivas, a pesar de todo, serían bastante buenas. Pero nada fue como esperaban y, a decir verdad, Frans Balder no sabía qué había ocurrido con todas esas sesiones de terapia y apoyo, ni con la escolarización del chico. Frans había vivido en su propio universo; se fue a Estados Unidos y acabó entrando en conflicto con todo el mundo.

Había sido un idiota. Pero ahora se había propuesto saldar su deuda y ocuparse de la educación de su hijo. Empezó fuerte: reclamó todos sus historiales, contactó con especialistas y pedagogos, y tardó muy poco en darse cuenta de que el dinero que había ido enviando nunca se puso a disposición del niño sino que debía de haberse destinado a otros fines; seguro que para pagar la disoluta vida de Lasse Westman y sus deudas de juego. Daba la sensación, más que nada, de que el chico había sido abandonado a su suerte —lo que habría propiciado que sus compulsivos hábitos empeoraran— y de que probablemente había vivido experiencias aún peores. Ésa era la razón por la que Frans Balder había regresado a casa.

Un psicólogo le había llamado preocupado por unos misteriosos moretones que el niño presentaba en el cuerpo, y que Frans también había visto. Los tenía por doquier: en los brazos, en las piernas, en los hombros y en el pecho. Según Hanna, había sido el propio August el que se los había hecho en el transcurso de los ataques que le daban, durante los cuales se mecía convulsivamente de un lado para otro. Ya el segundo día, Frans pudo presenciar uno de esos ataques, lo que le dio un susto de muerte. Pero no vio la relación con los moretones.

Sospechó que allí había violencia, y por ello solicitó la ayuda de un médico y un expolicía a los que conocía. Aunque éstos no pudieron confirmar sus temores, Frans se fue indignando cada vez más y se puso a redactar toda una serie de escritos y denuncias. Casi dejó desatendido al chico. Y se dio cuenta de lo fácil que resultaba: August se pasaba la mayor parte del tiempo sentado en el suelo de su habitación, en aquella casa de Saltsjöbaden con vista al mar, entretenido con alguno de sus rompecabezas, unos de enorme dificultad compuestos por centenares de piezas que el chico ensamblaba con gran virtuosismo para, acto seguido, deshacerlos y empezar de nuevo.

Al principio, Frans se lo quedaba mirando fascinado; era como ver a un gran artista en acción. En algunas ocasiones le inundaba la ilusión de que en cualquier momento el chico alzara la vista y le hiciese algún comentario sensato, como si fuera un adulto. Pero August nunca pronunciaba ni una sola palabra. Y si levantaba la mirada del rompecabezas era para dirigir los ojos hacia el ventanal y hacia el brillo del sol que se reflejaba en la superficie del agua. Así que Frans lo dejó sentado allí solo y tranquilo, en paz. Además, lo cierto era que no salía mucho con él, si acaso algún que otro rato al jardín.

Oficialmente aún no podía hacerse cargo del chico, y no quería poner nada en juego hasta que todas las formalidades jurídicas estuvieran resueltas, por lo que dejó que su asistenta, Lottie Rask, se ocupara de la compra, así como de la cocina y la limpieza. A Frans Balder no se le daba muy bien esa parte de la cotidianidad. Dominaba los computadores y los algoritmos, pero poco más, y cuantos más días pasaban más tiempo dedicaba a ellos y a atender la correspondencia de los abogados. Y por las noches dormía tan mal como cuando estaba en Estados Unidos.

A la vuelta de la esquina le esperaban todo tipo de querellas y tormentos, de modo que cada noche se tomaba una botella de vino, por lo general Amarone, algo que sólo ayudaba a mejorar su estado a corto plazo. Empezaba a sentirse cada vez peor y a soñar con esfumarse o largarse a algún lugar perdido, lejos de la civilización. Hasta que, de pronto, un sábado de noviembre ocurrió algo.

Era una noche ventosa y fría; August y él paseaban por Ringvägen, por el barrio de Söder, ateridos. Habían estado cenando en casa de Farah Sharif, en Zinkens väg. Hacía ya tiempo que August debería haberse acostado, pero la cena se alargó y Frans Balder habló más de la cuenta, una barbaridad. Farah Sharif poseía ese don: hacía que la gente abriera su corazón y se sincerara. Ella y Frans eran amigos desde que habían estudiado informática en el Imperial College de Londres. En la actualidad, Farah era una de las pocas personas del país que estaban a su altura; o, al menos, una de las poquísimas que más o menos podían seguir el hilo de su pensamiento. Para Frans, estar con alguien que le entendiera suponía un enorme alivio.

Además, se daba el caso de que ella le atraía, pero a pesar de que lo había intentado varias veces nunca había conseguido seducirla. A Frans Balder no se le daba bien seducir a las mujeres. Esa noche, sin embargo, ella le dio un abrazo de despedida que casi se convirtió en un beso, lo que él interpretó como un avance. En eso estaba pensando cuando August y él pasaron por delante del campo de fútbol de Zinkensdamm.

Frans decidió que la próxima vez llamaría a una niñera y que entonces quizá... ¿Quién sabía? Mientras Frans dirigía la mirada hacia Hornsgatan, hacia el cruce donde pensaba parar un taxi o tomar el metro hasta Slussen, oyó el cercano ladrido de un perro y, a su espalda, una voz de mujer que gritaba algo con un tono enfadado o alegre, imposible determinar de cuál de los dos se trataba. En el aire se respiraba un aroma de lluvia inminente. Cuando llegó al paso de peatones, el semáforo se puso en rojo y Frans descubrió al otro lado de la calle a un hombre de unos cuarenta años y de aspecto desaliñado que le resultaba vagamente familiar. Acto seguido, cogió a August de la mano. Quería asegurarse de que su hijo se iba a quedar quieto en la acera.

Y entonces se percató de algo raro: su mano estaba en tensión, el chico había reaccionado de forma muy intensa ante alguna cosa. Por si fuese poco, sus ojos tenían una mirada profunda y clara, como si ese velo que se la cubría se hubiese esfumado de repente, como por arte de magia y, en lugar de perderse en las sinuosidades de su propia mente, hubiera comprendido en ese instante algo más profundo y trascendental acerca de ese paso de peatones y de ese semáforo.

Por eso, cuando se puso verde, Frans se quedó quieto para dejar que su hijo contemplara la escena. Y sin saber muy bien por qué, le embargó una gran emoción, cosa que le pareció rara, pues al fin y al cabo no se trataba más que de una mirada, una mirada ni siquiera particularmente luminosa o alegre. Aun así, a Frans le provocó unos recuerdos lejanos y olvidados que llevaban años durmiendo en su memoria. Y, por primera vez en mucho tiempo, una cierta esperanza invadió sus pensamientos.

Capítulo 2

20 de noviembre

Mikael Blomkvist no había dormido más que un par de horas, y la culpable no era otra que una novela de Elizabeth George. Toda una insensatez pasarse casi toda la noche en vela leyendo novelas de misterio, pues esa misma mañana el gurú mediático Ove Levin, de Serner Media, le iba a presentar a *Millennium* una propuesta, y Mikael, evidentemente, debía estar descansado y preparado para el combate.

Pero es que no le gustaba ser una persona sensata. Se sentía invadido por un espíritu rebelde, con ganas de llevarle la contraria a todo el mundo, y sólo con la ayuda de su fuerza de voluntad, aunque a desgana, consiguió levantarse y se dispuso a preparar un *cappuccino* muy cargado en su Jura Impressa X7, una máquina que un día llegó a su casa acompañada de una nota («Como dices que no sé usarla bien...») y que ahora presidía la cocina como un monumento en memoria de una época mejor. Ya no sabía nada de la persona que se la había regalado ni se sentía a gusto ni especialmente estimulado por su trabajo.

Ese fin de semana incluso se había llegado a plantear si no debería dedicarse a otra cosa, una idea bastante drástica para alguien como Mikael Blomkvist, pues *Millennium* era toda su vida y a ella se había entregado en cuerpo y alma. Además, casi todo lo mejor y lo más emocionante de su existencia había estado vinculado a esa revista. Pero nada era para siempre; ni siquiera, tal vez, el amor que sentía por *Millennium*. A eso había que añadir que no corrían buenos tiempos para el periodismo de investigación.

Todas las publicaciones serias con grandes aspiraciones estaban agonizando. No pudo evitar pensar que la idea que él tenía para el futuro de *Millennium*, por muy bella y auténtica que fuese desde una perspectiva más elevada, quizá no resultara necesariamente beneficiosa para la supervivencia de la revista. Entró en el salón dando pequeños sorbos al café y posó la mirada sobre la bahía de Riddarfjärden. Un tremendo temporal parecía haberse desatado allí fuera.

Tras un veranillo que había alegrado la ciudad bien entrado el mes de octubre y había permitido mantener las terrazas abiertas muchas más semanas de lo habitual, lo que tenían ahora era un tiempo de mil demonios; continuas e intensas ráfagas de viento, acompañadas de lluvias torrenciales, hacían que la gente anduviera por las calles apresurada y medio encorvada. Mikael no había salido en todo el fin de semana. Aunque, a decir verdad, el clima no había sido el único responsable: había estado ocupado diseñando un plan de venganza, con grandilocuentes discursos contra el Grupo Serner. Sin embargo, todo se quedó en nada, algo que no era muy propio de él. Ni lo uno ni lo otro.

Él no era ningún tipo acomplejado que acusara una constante necesidad de devolver el golpe y, a diferencia de tantos otros elefantes del mundillo mediático nacional, no tenía de sí mismo una imagen inflada y desmedida que hubiera que alimentar y que requiriese una incesante reafirmación. Por otra parte, había pasado por unos años difíciles, y hacía apenas un mes que el reportero de economía William Borg le había dedicado en la revista *Business Life* —propiedad del Grupo Serner— una columna titulada «La época de Mikael Blomkvist ha terminado».

El hecho de que ésta se escribiera y se presentara a lo grande era una señal más de que la posición que Mikael Blomkvist ocupaba aún seguía siendo importante; tampoco había nadie que defendiera ni que el texto estuviese particularmente bien escrito ni que fuese original. Debería haberlo podido despachar como un simple ataque más de otro colega envidioso. Pero por alguna razón, que a posteriori resultaba imposible de entender en su totalidad, aquello creció hasta convertirse en algo mucho mayor; tal vez al principio se hubiera interpretado como un simple debate general sobre la profesión de reportero, un debate centrado en la cuestión de si siempre había que «buscar fallos en el mundo empresarial agarrándose a una tradición periodística pasada de moda, muy de los años setenta», como hacía Blomkvist, o si, como hacía el propio William Borg, había que adoptar otra postura más moderna y «tirar toda la envidia por la borda para resaltar la grandeza de los extraordinarios emprendedores que hacen progresar a Suecia».

Pero poco a poco el debate fue tomando otro rumbo y se empezaron a oír voces agresivas que afirmaban que no era ninguna casualidad que, en los últimos años, Mikael Blomkvist se hubiera quedado estancado, «puesto que parece que su punto de partida es siempre que todas las grandes empresas están dirigidas por sinvergüenzas, motivo por el que tiende a llevar sus historias demasiado lejos, con una fuerza excesiva y ciega». «Eso, a la larga, acaba pagándose», decían. De paso, hasta el viejo mafioso y más canalla de todos, Hans-Erik Wennerström —al que, según se comentaba, Mikael Blomkvist había conducido a la muerte—, recibió unas muestras de simpatía. Aunque los medios más serios se mantenían al margen, las invectivas se sucedían a diestra y siniestra en los medios sociales, ataques que no sólo procedían de periodistas de economía y representantes de la industria sueca que tenían motivos de sobra para abalanzarse sobre su enemigo ahora que lo veían en un momento de flaqueza.

También una serie de periodistas más jóvenes aprovecharon el debate para darse a conocer. Señalaban que Mikael Blomkvist carecía de un pensamiento moderno, que no tenía presencia ni en Twitter ni en Facebook y que más bien debería ser considerado como una reliquia del pasado, de un tiempo en el que sobraba dinero para que periodistas como él se sumergieran tranquilamente en toda clase de viejos y polvorientos archivos. Y luego estaban los que tan sólo querían subirse al tren creando divertidos *hashtags*, como, por ejemplo, #comoenlaepocadeblomkvist y cosas por el estilo. En resumidas cuentas: un montón de tonterías. Y nadie pasaba más de ese tipo de tonterías que él; o al menos eso era de lo que intentaba convencerse.

Por otra parte, tampoco es que lo favoreciera mucho el hecho de no haber publicado una buena historia desde el caso Zalachenko, así como que *Millennium* se hallara sumida en una grave crisis. Las tiradas seguían siendo aceptables y todavía contaban con veintiún mil suscriptores. Pero los ingresos por publicidad se habían reducido de forma drástica y ya no había libros de éxito que aportaran ingresos adicionales. Además, como Harriet Vanger ya no podía inyectarle más capital, la junta directiva, en contra de la voluntad de Mikael, había permitido que el imperio mediático noruego Serner se hiciera con un 30 por ciento de las acciones. No era tan raro como parecía; o, al menos, como en un principio habría podido parecer. Serner publicaba tanto periódicos como revistas, contaba con una página web de citas, dos canales de televisión de pago y un equipo de fútbol en la primera división noruega; de entrada, no debería tener ningún interés por una revista como *Millennium*.

Pero los representantes de Serner —en especial el director de publicaciones, Ove Levin— habían asegurado que el Grupo necesitaba un producto de prestigio, que «todos» sus directivos admiraban a Mikael y que lo único que pretendían era que la revista siguiese en la misma línea. «¡No estamos aquí para ganar dinero!», como decía Levin. «Queremos hacer algo importante.» Y enseguida se encargó de que *Millennium* recibiera una considerable aportación económica.

Y, en efecto, en un principio Serner no se inmiscuyó en la línea editorial de la redacción, que continuó como de costumbre, hasta con un presupuesto algo mayor. Una nueva sensación de esperanza se apoderó de todos ellos; incluso, eventualmente, de Mikael Blomkvist, quien sentía que, por una vez, podía dedicarse al periodismo en lugar de preocuparse por los asuntos económicos. Pero más o menos durante los meses en que empezaron a ir a por él en los medios —nunca dejaría de sospechar que el Grupo se había aprovechado de la situación— hubo un cambio de actitud y aparecieron las primeras presiones.

Por supuesto, dijo Levin, la revista iba a seguir haciendo periodismo de investigación en profundidad, con su estilo literario, su *pathos* social y todo eso, aunque no todos los artículos debían abordar necesariamente irregularidades económicas, injusticias sociales y escándalos políticos. Con el glamour que rodeaba la vida de los famosos y los estrenos cinematográficos también se podía hacer un periodismo brillante, dijo, y habló de forma apasionada del caso de *Vanity Fair* y *Esquire* en Estados Unidos, y de Gay Talese y su clásico retrato de Frank Sinatra, «*Frank Sinatra has a Cold*», y sobre Norman Mailer, y Truman Capote, y Tom Wolfe, y Dios sabía quién.

En realidad, Mikael Blomkvist no tenía nada que objetar, al menos por el momento. Él mismo había escrito, hacía tan sólo unos seis meses, un extenso reportaje sobre la industria de los *paparazzi*, de modo que si diera con un enfoque lo bastante serio y adecuado podría retratar a cualquier personaje famoso o glamoroso, el que fuera. «No es el tema lo que determina si se trata de buen periodismo o no —acostumbraba a decir—. Es la actitud.» No, aquello contra lo que tenía objeciones era lo que intuía que se leía entre líneas: que eso era el comienzo de un ataque más amplio y que el Grupo quería que *Millennium* se convirtiera en una revista como todas las demás, o sea, una publicación a la que poder cambiar como les viniera en gana. Y hasta que fuese rentable. E insípida.

Por eso, cuando ese viernes se enteró de que Ove Levin había contratado a un consultor y realizado una serie de estudios de mercado que iba a presentar el lunes, Mikael cogió sus cosas, sin más, y se fue a casa, donde pasó horas y horas sentado frente a su mesa o echado en la cama, dando forma a diferentes y enardecidos discursos en defensa de *Millennium* y su visión editorial y de por qué resultaba imperioso mantenerla:

«En los suburbios hay revueltas y disturbios. Y un partido abiertamente xenófobo ha entrado en el Parlamento. Crece la intolerancia. El fascismo avanza posiciones, y en la calle hay personas sin hogar y mendigos por todas partes. Suecia, por muchas razones, se ha convertido en una nación de vergüenza.» En su cabeza iba formulando un sinfín de altisonantes y contundentes palabras, y en sus ensoñaciones vivía ya toda una serie de fantásticos triunfos porque, al pronunciar esas verdades convincentes y acertadísimas ante la redacción, todos sus miembros, así como los del Grupo Serner, despertaban de su engaño y decidían, al unísono, seguirlo.

Pero cuando se calmó un poco y contempló la situación con ojos más realistas, se dio cuenta de lo poco que pesarían ese tipo de palabras si nadie confiaba en que fueran rentables económicamente. «¡Ya se sabe: cuando el dinero habla las palabras callan!» Lo principal era que la revista tuviera ingresos; ya cambiarían más tarde el mundo si lo deseaban. Así estaban las cosas, de modo que, en lugar de pensar en un montón de enfurecidos discursos, se preguntó si no sería mejor pensar en una buena historia. La esperanza de escribir un reportaje de denuncia sólido que sacara a la luz algo importante quizá pudiera levantar el ánimo de la redacción y hacer que mandaran a la mierda las encuestas y los estudios sobre lo anticuada que estaba *Millennium* o lo que fuera eso que Levin pensaba soltarles.

Desde su famoso y gran golpe periodístico, Blomkvist se había convertido en una especie de central de noticias. Todos los días recibía información relativa a irregularidades y negocios sucios y turbios. La mayoría, a decir verdad, era una pura mierda: gente aquejada de delirios reivindicativos, querellantes patológicos obsesionados con alguna supuesta injusticia, teóricos de la conspiración, mentirosos y pedantes haciendo alarde de sus quejas le contaron todo tipo de anécdotas de lo más absurdas que o bien no se sostenían y caían por su propio peso a la primera de cambio o bien no despertaban el suficiente interés como para dedicarles un artículo. En otras ocasiones, por el contrario, tras algo banal o cotidiano se escondía una historia extraordinaria. Una mera gestión relacionada con la indemnización de un seguro o la simple denuncia de una desaparición podía ocultar una historia de interés universal. Nunca se podía saber a ciencia cierta. Se trataba de ser metódico, repasarlo todo con una mente abierta; por eso, el sábado por la mañana tomó su computador portátil y sus cuadernos para revisar lo que tenía.

Estuvo hasta las 17.00 horas, y es cierto que descubrió alguna que otra cosa que, sin duda, diez años antes lo habría entusiasmado, pero que ahora no le despertaba el menor interés. Ése era un problema típico que él conocía muy bien: tras unas cuantas décadas de profesión, casi todo te resulta de lo más familiar y, aunque objetiva y juiciosamente pienses que ahí hay una buena historia, ésta no consigue atraparte. De modo que, cuando otro gélido diluvio empezó a azotar los tejados, interrumpió el trabajo y siguió con Elizabeth George.

No era una cuestión de querer evadirse, pensaba; a veces las mejores ideas se presentan cuando uno descansa, tal y como la experiencia le había demostrado. Cuando uno está ocupado con algo, llega un momento en el que las piezas del rompecabezas encajan sin más, de repente. Pero en esta ocasión no se le ocurrió otra idea más constructiva que la de que debería, quizá, pasar más tiempo tirado en el sofá —justo como estaba haciendo en ese momento— leyendo una buena novela. Por consiguiente, cuando llegó el lunes, trayendo consigo otra terrible tormenta, iba ya por la mitad de la segunda novela de Elizabeth George, y había devorado tres viejos números del *The New Yorker* con los que se topó en su mesita de noche.

Así que ahora se encontraba, *cappuccino* en mano, sentado en el sofá del salón y mirando por la ventana. Se sentía cansado y desganado. Pero de buenas a primeras, con una sacudida repentina, se levantó —como si de pronto hubiese decidido volver a ser una persona enérgica y activa—, se puso las botas y el abrigo y salió. El tiempo era tan desagradable que casi parecía una broma de mal gusto.

Violentas ráfagas de viento cargadas de una gélida lluvia le calaron hasta los huesos mientras bajaba lo más rápido que podía por Hornsgatan, que se extendía inusualmente gris y mojada ante él. Todo el barrio de Söder daba la impresión de haber sido despojado de cualquier rastro de color. En el aire no se veía volar ni una sola hoja otoñal. Con la cabeza gacha y los brazos cruzados sobre el pecho, pasó la iglesia de Santa María Magdalena en dirección a Slussen hasta que llegó al cruce con Götgatan, donde torció a la derecha y siguió cuesta arriba para girar por la calle que hay entre la tienda de ropa Monki y el pub Indigo. Luego subió hasta la redacción de la revista, que estaba en la cuarta planta, justo por encima de los locales de Greenpeace. Ya desde la escalera se oía el murmullo.

Había mucha gente: la redacción al completo, los

más importantes colaboradores *freelance*, tres personas del Grupo Serner, dos consultores y Ove Levin, quien, en honor al día que era, se había vestido de un modo algo más informal que de costumbre. Ya no tenía el aspecto de un director ejecutivo y, además, al parecer había incorporado algunas expresiones nuevas de registro más popular en su vocabulario, como «¿Qué pasa?».

—¿Qué pasa, Micke? ¿Qué tal va todo?

—Pues mira, eso depende de ti —respondió Mikael Blomkvist sin ánimo de ofender.

Pero al instante se dio cuenta de que aquello había sonado como una declaración de guerra, razón por la cual se limitó a levantar ligeramente la cabeza en señal de saludo para luego sentarse en una de las sillas que se habían colocado a modo de pequeño e improvisado auditorio.

Ove Levin se aclaró la voz con un carraspeo mientras miraba nervioso a Mikael Blomkvist. Ese reportero estrella que se le había antojado tan beligerante cuando lo saludó en la puerta daba ahora la impresión de mostrar un educado interés y de no tener la menor intención de discutir o crear polémica. Pero eso no tranquilizaba a Ove Levin lo más mínimo. Blomkvist y él habían trabajado juntos en *Expressen* durante una sustitución de verano. Por aquel entonces solían escribir noticias breves y rápidas, así como bastantes tonterías. Muchos días, cuando acababan su jornada, iban a tomar algo a un bar, donde soñaban con grandes reportajes y primicias, y donde pasaban horas y horas diciendo que nunca se contentarían con textos convencionales y superficiales, sino que siempre llegarían hasta lo más profundo. Eran jóvenes y ambiciosos, y lo querían todo ya. A veces Ove Levin echaba de menos esos tiempos, pero no el sueldo, claro, ni el horario. Y ni tan siquiera los momentos pasados en los bares y con las chicas, aunque sí los sueños; en más de una ocasión llegó a añorar la fuerza que tenían esos sueños. Podía sentir nostalgia de ese palpitante deseo de cambiar la sociedad y el periodismo, escribir de tal forma que el mundo se detuviese y el poder inclinara la cabeza. Y, por supuesto, otras veces —eso era inevitable, incluso para un *crack* como él— se llegó a preguntar: «¿Qué fue de todo eso? ¿Adónde fueron a parar todos esos sueños?».

Micke Blomkvist, por su parte, los había cumplido todos, uno a uno. Y no sólo porque fuera el responsable de algunas de las denuncias más importantes de los últimos tiempos, sino también porque escribía realmente con esa fuerza y ese *pathos* con los que un día soñaron y porque jamás cedía a las presiones de los de arriba ni traicionaba sus ideales, mientras que Ove, en cambio... Bueno, en realidad era él quien había llegado más lejos, ¿verdad? Hoy ganaba sin duda diez veces más que Blomkvist, algo que le producía una enorme satisfacción. ¿De qué le servían a Micke sus primicias cuando ni siquiera podía comprarse una buena casa de vacaciones? Allí seguía, en su pequeño cobertizo de Sandhamn. ¿Qué era esa cabaña comparada con la nueva casa que Ove había adquirido en Cannes? ¡Nada! Estaba claro que era él, Ove, quien había elegido el mejor camino para su carrera profesional.

En lugar de ir de un periódico a otro intentando hacerse un sitio, Ove había empezado a trabajar como analista mediático en el Grupo Serner y allí había establecido una relación personal con el mismísimo

Haakon Serner, lo que le había cambiado la vida y le había hecho rico. En la actualidad era el máximo responsable de toda una serie de periódicos, revistas y canales de televisión, cosa que le encantaba. Le encantaban el poder, el dinero y todo lo que eso conllevaba, pero aun así... era lo suficientemente noble como para reconocer que, a veces, también soñaba con lo otro. Era verdad que no muy a menudo, y sin embargo... También quería ser considerado un buen periodista, como Blomkvist, y era muy probable que ésa fuera la razón por la cual se había empecinado en que el Grupo entrara en la revista *Millennium* aportando capital. Un pajarito le había contado que la revista estaba atravesando una crisis económica y que la redactora jefe, Erika Berger, quien siempre le había gustado secretamente, no quería perder a sus dos últimos fichajes: Sofie Melker y Emil Grandén, algo que a duras penas podría hacer si *Millennium* no recibía nuevo capital.

En resumen: que Ove Levin había visto una inesperada oportunidad de entrar en uno de los productos más prestigiosos del mundillo mediático nacional, aunque nadie podía afirmar que la dirección del Grupo Serner mostrara mucho entusiasmo por la idea. Todo lo contrario: se quejaban de que se trataba de una revista anticuada, socialista, con tendencia a meterse con sus colaboradores y con importantes empresas anunciantes, y que si Ove no hubiera argumentado en su favor con tanta pasión probablemente el asunto se habría quedado en nada. ¡Y cómo insistió! La inversión que se barajaba para *Millennium* no eran más que monedas para el Grupo, dijo, una aportación insignificante que tal vez no diera muchos beneficios pero que, en cambio, podría crear algo mucho más importante, esto es: credibilidad. En la fase en la que se hallaban, después de todos los recortes y baños de sangre, se podían decir muchas cosas sobre el Grupo Serner, pero no que la credibilidad fuera, precisamente, el bien más destacado del consorcio; de modo que apostar por *Millennium* sería una señal de que el Grupo, a pesar de todo, se preocupaba por el periodismo de calidad y la libertad de expresión. Bien era cierto que a la dirección del Grupo Serner no le sobraba pasión ni por la libertad de expresión ni por el periodismo de investigación que practicaba *Millennium*, aunque un poco más de credibilidad, por otro lado, no le vendría mal. Eso, a pesar de los pesares, lo entendían todos. De esta manera Ove Levin consiguió que dieran el visto bueno a la inversión. Y durante mucho tiempo pareció una jugada de lo más afortunada para todas las partes implicadas.

Serner tuvo buena prensa, y *Millennium* podría mantener su plantilla y apostar por aquello que hacía tan bien: reportajes en profundidad, bien escritos. Ove Levin irradiaba felicidad. Llegó incluso a participar en un debate público en el Club de los Publicistas, donde dijo con toda modestia:

—Creo en los buenos proyectos. Siempre he luchado por el periodismo de investigación.

Pero luego... No quería pensar en eso. Empezaron a ir por Blomkvist, algo que en realidad no le quitaba precisamente el sueño. Al menos al principio. Desde que Mikael se había erigido en la gran estrella del firmamento periodístico no había podido impedir regocijarse en su fuero interno cada vez que se metían con él en los medios. Aunque en esta ocasión la satisfacción no duró mucho. Thorvald, el joven hijo de Serner, vio el revuelo que se había organizado en los medios de comunicación y se encargó de echar más leña al fuego y convertirlo en algo muy grave. Y no porque fuera importante para él, por supuesto; a Thorvald le daba igual lo que pensaran los periodistas. Pero le interesaba el poder.

Le encantaban las intrigas, y aquí vio la oportunidad de ganar unos cuantos puntos o de, simplemente, darles un escarmiento a los representantes de la vieja generación de la junta. Así que en muy poco tiempo logró que el director ejecutivo Stig Schmidt —quien hasta hacía bien poco no podía dedicarse a ese tipo de tonterías— declarara que ya no se podía permitir que *Millennium* tuviera un trato especial, y que la revista debía, al igual que todos los demás productos del Grupo, adaptarse a los tiempos que corrían.

Ove, quien acababa de jurarle solemnemente a Erika que no intervendría en el trabajo de la redacción más que como «amigo y consejero», se sintió de repente atado de pies y manos y se vio obligado a dedicarse a un intrincado juego entre bastidores. Intentó por todos los medios ganarse a Erika, a Malin y a Christer para cumplir los nuevos objetivos, que, por otra parte, nunca se habían llegado a formular de manera clara —como suele suceder con todo aquello que es fruto del pánico y se hace deprisa y corriendo— pero que, en cierto sentido, aspiraban a rejuvenecer y a convertir la revista en un producto más comercial.

Naturalmente, Ove Levin no perdía ocasión para subrayar, una y otra vez, que no se trataba de transigir con el alma y la actitud rebelde de la publicación, aunque en realidad no supiera muy bien lo que eso quería decir. Lo único que tenía claro era que necesitaba introducir más glamour en *Millennium* para contentar a la junta directiva del Grupo Serner y que las intensas investigaciones de las actividades de la industria sueca tenían que reducirse, pues podían provocar a los anunciantes y crearle más enemigos a la junta. Aunque eso no se lo había dicho a Erika, por supuesto.

No quería conflictos innecesarios. Por eso aquel día se había vestido, por si acaso, de modo más informal de lo habitual; no quería llamar la atención con esos trajes y esas corbatas brillantes que estaban tan de moda en la oficina central. En su lugar, llevaba vaqueros, una sencilla camisa blanca y un suéter azul marino de cuello en V que ni siquiera era de cachemir; y la larga melena rizada, que siempre había sido su pequeño gesto de rebeldía, la llevaba recogida en una cola, al estilo de los periodistas más duros de la tele. Pero, sobre todo, inició su discurso con toda la humildad que había aprendido en los cursos de *management*:

—Hola a todos —dijo—. ¡Vaya tiempo más terrible! Lo he dicho varias veces ya, pero no me importa repetirlo una más: en Serner estamos muy orgullosos de poder participar en este viaje, y para mí personalmente significa aún mucho más. Es el compromiso con publicaciones como *Millennium* lo que hace que mi trabajo tenga sentido, lo que hace que recuerde por qué en su día decidí elegir esta profesión. ¿Te acuerdas, Micke, cuando nos sentábamos en Operabaren y soñábamos con todo lo que íbamos a conseguir juntos? Y no es que se nos aclararan demasiado las ideas con la cantidad de copas que nos tomábamos... Je, je.

Mikael Blomkvist no daba la impresión de guardar recuerdo alguno de eso. Pero Ove Levin no se vino abajo.

—Y sin embargo no, no pienso ponerme nostálgico —continuó—, y la verdad es que tampoco hay motivo para ello. Por aquella época sobraba dinero en el periodismo. Aunque se tratara de un asesinato cualquiera en un pueblo perdido en medio de la nada, alquilábamos un helicóptero, reservábamos una planta entera en el mejor hotel de las inmediaciones y, ya que estábamos, pedíamos que pusieran a enfriar champán para la fiesta que nos montábamos después. Ya saben que cuando iba a hacer mi primer viaje al extranjero le pregunté al ya legendario reportero Ulf Nilsson sobre el cambio del marco alemán. «No tengo la menor idea —me respondió—, los tipos de cambio me los invento yo.» ¡Je, je! ¡Cómo engordábamos las facturas de los gastos en aquellos tiempos! ¿Te acuerdas, Micke? Quizá ahí estuvimos más creativos que nunca. Por lo demás, los encargos los despachábamos rápidamente. ¿Qué más daba?, los periódicos se vendían como churros de todos modos. Pero la situación ha cambiado, todos lo sabemos. La competencia se ha vuelto letal, y hoy en día no es fácil ganar dinero haciendo periodismo, ni siquiera si se dispone de la mejor redacción de Suecia, como es su caso. Por eso quería hablarles un poco sobre los desafíos del futuro. No porque crea que les pueda enseñar algo, sino para darles un punto de partida que luego podríamos comentar tranquilamente. En Serner hemos encargado unos estudios centrados en los lectores y en cómo ven la revista. Algunos detalles quizá les den susto, pero en vez de desanimarlos deben verlos como un desafío. Tengan en cuenta que ahí afuera se está gestando un proceso de cambio que es una auténtica locura.

Ove hizo una pequeña pausa para reflexionar sobre si la expresión «una auténtica locura» no habría sido un error, un intento exagerado de parecer relajado y joven, y sobre si quizá había empezado demasiado en plan colega y con demasiadas bromas. «Nunca desestimes la falta de sentido del humor entre moralistas mal pagados», solía decir Haakon Serner. Pero no, decidió; esto va bien.

«Conseguiré que se pasen a mi bando.»

Mikael Blomkvist había dejado de prestar atención más o menos cuando Ove les estaba explicando que debían reflexionar sobre su «madurez digital», por lo que no reparó en su comentario acerca del hecho de que la generación más joven no conocía ni *Millennium* ni a Mikael Blomkvist. De modo que fue de lo más inoportuno que justo en ese momento decidiera que ya no aguantaba más y saliera a prepararse un café. Tampoco se enteró, por lo tanto, de que el consultor noruego, Aaron Ullman, de forma completamente abierta, había comentado:

—Patético. ¿Tanto miedo tiene a que lo olviden?

A decir verdad, en ese instante nada le habría importado menos. Estaba molesto con Ove Lundin porque éste parecía creer que los estudios de mercado iban a salvarlos. ¡Maldición, que no eran los putos análisis mercantiles los que habían hecho posible la revista, sino el *pathos* y el compromiso! *Millennium* había alcanzado la posición que tenía porque todos habían apostado por lo que les parecía correcto e importante, sin necesidad de levantar el dedo al aire para ver de dónde soplaba el viento. Se quedó parado en el cuartito del café preguntándose cuánto tardaría Erika en llegar.

La respuesta fue unos dos minutos. Por el ruido de sus tacones intentó determinar hasta qué punto estaría enfadada con él. Pero nada más llegar y quedarse frente a Mikael, Erika sólo mostró una sonrisa de resignación.

—¿Cómo estás? —preguntó ella.

—No aguantaba más, sencillamente.

—¿No entiendes que incomodas una barbaridad a la gente cuando te comportas así?

—Sí, lo entiendo.

—Y supongo que también entiendes que Serner no puede hacer lo más mínimo sin nuestro visto bueno. Todavía tenemos el control.

—¡Y una mierda tenemos el control! ¡Somos sus rehenes, Ricky! ¿No lo ves? Si no hacemos lo que ellos quieren nos retirarán su apoyo y nos quedaremos con el culo al aire —sentenció en un tono exageradamente alto y enojado. Y cuando Erika le dijo «¡shh...!» mientras negaba con la cabeza, él añadió en un tono algo más comedido—: Lo siento, me comporto como un niño. Me voy a casa. Necesito pensar.

—Has empezado con unas jornadas laborales muy cortas.

—Es para compensar todas las horas extras que me debes.

—Vale. ¿Quieres compañía esta noche?

—No lo sé. La verdad es que no lo sé, Erika —dijo. Acto seguido, dejó la redacción y salió a Götgatan.

Sintió el azote de la lluvia y la tormenta. Maldijo aquel tiempo y, muerto de frío, sopesó por un instante entrar en Pocketshop para comprar otra novela inglesa de misterio en la que zambullirse. En vez de eso, se metió por Sankt Paulsgatan y, justo a la altura del restaurante de *sushi*, sonó el celular. Estaba convencido de que se trataba de Erika, pero era Pernilla, su hija, quien sin duda había elegido un mal momento para llamar a un padre que, para empezar, tenía remordimientos porque no hacía lo suficiente por ella.

—Hola, tesoro —dijo él.

—¿Qué es eso que suena? —preguntó Pernilla.

—La tormenta, supongo.

—Ah, ok. Seré breve. Me han admitido en el curso de escritura creativa de Biskops Arnö.

—Así que ahora lo que quieres es escribir —le soltó de forma demasiado brusca, casi rayando el sarcasmo, algo que a todas luces era injusto.

Debería haberse limitado a felicitarla y a desearle buena suerte. Pero Pernilla llevaba tantos años mareándolo con sus historias y sus idas y venidas en extrañas sectas cristianas y estudios de una cosa hoy y de otra mañana, sin ser capaz de terminar nada, que a él, al saber de otro giro más en la vida de su hija, lo que le inundó fue un gran cansancio.

—No te veo muy entusiasmado.

—Lo siento, Pernilla. No estoy teniendo un buen día.

—¿Y cuándo lo vas a tener?

—Lo único que deseo es que encuentres algo que realmente sea positivo para ti. Y no sé si lo de escribir es una idea muy acertada teniendo en cuenta cómo está el negocio hoy en día.

—¿Y qué quieres, que haga un periodismo tan aburrido como el que tú practicas?

—Y entonces ¿qué vas a hacer?

—Escribir de verdad.

—Muy bien —dijo sin preguntar qué era lo que pretendía decir Pernilla con eso—. ¿Tienes dinero?

—Trabajo por horas en Wayne's Coffee.

—¿Quisieras venir a cenar esta noche y así hablamos?

—No tengo tiempo. Tan sólo quería contártelo —dijo Pernilla para, acto seguido, colgar. Y aunque

Mikael intentó ver el lado positivo de su entusiasmo, lo único que consiguió fue ponerse de peor humor. Cruzó Mariatorget y Hornsgatan y subió hasta su ático de Bellmansgatan.

Le pareció que sólo habían pasado unos minutos desde que salió por la puerta y le embargó la extraña sensación de que ya no tenía trabajo, de que estaba entrando en una nueva existencia en la que, en lugar de matarse a trabajar, tendría montañas de tiempo libre. Por un momento se preguntó si no debería ordenar un poco la casa: había ropa, revistas y libros tirados por doquier; pero, en vez de eso, tomó un par de botellas de Pilsner Urquell de la nevera y se sentó en el sofá del salón para repasar mentalmente todo aquello de forma tranquila y clara, al menos con esa claridad con la que se contempla la vida cuando se tienen un par de cervezas en el cuerpo. ¿Qué iba a hacer?

Ni la más remota idea. Y lo más preocupante de todo, quizá, era que no tenía demasiadas ganas de luchar. Más bien al contrario: se sentía extrañamente resignado, como si *Millennium* estuviese a punto de alejarse de sus intereses. Y de nuevo se preguntó si no habría llegado la hora de hacer algo nuevo. Eso, obviamente, sería una enorme traición a Erika y a los demás. Pero ¿era él en realidad la persona más adecuada para dirigir una revista que vivía de los anunciantes y los suscriptores? ¿No estaría mejor en otro sitio, fuera donde fuese?

Hasta los periódicos matutinos más importantes, los grandes elefantes, estaban agonizando. A decir verdad, los únicos que contaban con recursos y dinero para los reportajes de investigación eran las cadenas públicas de radio y televisión, a saber: el grupo de investigación del informativo «Ekot» en radio o algún que otro programa de la SVT... Bueno, ¿y por qué no? Le vino a la mente Kajsa Åkerstam, una persona encantadora con la que tenía por costumbre quedar para tomar una copa de vez en cuando. Kajsa era la directora del programa televisivo «Misión Investigación» y llevaba años intentando ficharlo. Pero a él nunca le interesó. Hasta ahora.

Poco le importaba lo que ella le hubiera ofrecido ni cuán solemnemente le hubiese jurado que le daría todo tipo de apoyo y una absoluta independencia. *Millennium* había sido su corazón y su casa. Aunque ahora... quizá debería aceptarlo. Si es que la oferta aún seguía en pie, después de toda la basura que se había publicado sobre su persona. Excepto televisión —sus colaboraciones en centenares de programas de debate y tertulias matinales no contaban—, había hecho de todo en esta profesión. Un trabajo en «Misión Investigación» tal vez le infundiera un nuevo entusiasmo.

Sonó el celular y, por un segundo, se alegró. Independientemente de que se tratara de Erika o de Pernilla se dispuso a ser amable y a prestarles atención. Pero no, era un número oculto, así que respondió poniéndose un poco en guardia.

—¿Mikael Blomkvist? —preguntó una voz que se le antojó joven.

—Sí —respondió.

—¿Puedes hablar?

—Si te presentas, quizá.

—Me llamo Linus Brandell.

—Muy bien, Linus. Dime.

—Tengo una historia para ti.

—Soy todo oídos.

—Te la contaré si te dignas a venirte al Bishops Arms que tienes enfrente de casa.

Mikael se enojó. No por el tono mandón, sino por esa presencia tan incómoda e indeseada en su propio barrio.

—Puedes hacerlo por teléfono.

—No es algo que se deba tratar por teléfono.

—¿Por qué me cansa tanto hablar contigo, Linus?

—Es posible que hayas tenido un mal día.

—He tenido un mal día, sí, has acertado.

—¿Lo ves? Bueno, vente al Bishops, te invito a una cerveza y te cuento una historia alucinante.

En realidad lo único que quería Mikael era espetarle al tipo ese que dejara de una vez de darle órdenes. Aun así, sin comprenderlo muy bien del todo, o quizá porque no tenía nada mejor que hacer que estar sentado en su sofá cavilando sobre su futuro, le dijo:

—Yo pago mis propias cervezas. Pero de acuerdo, ahora voy.

—Una inteligente decisión de tu parte.

—Oye, Linus.

—Dime.

—Si empiezas a enrollarte y te pones a soltar teorías conspirativas como que Elvis está vivo o que sabes quién mató a Olof Palme, sin ir al grano, me vuelvo a casa inmediatamente.

—Ok —respondió Linus Brandell.

Capítulo 3

20 de noviembre

Hanna Balder se encontraba en la cocina de su casa de Torsgatan fumando un Camel sin filtro. Llevaba puesta una bata azul y unas desgastadas zapatillas grises, y aunque su cabello era abundante y bonito y ella todavía se podía considerar una belleza, se la veía desmejorada: sus labios estaban hinchados y el excesivo maquillaje que rodeaba sus ojos no sólo tenía un objetivo estético. Hanna Balder había recibido una nueva paliza.

De hecho, Hanna Balder recibía frecuentes palizas. Como es lógico, sería una mentira decir que estaba acostumbrada; nadie se habitúa a ese tipo de maltrato. Pero era parte de su día a día y apenas se acordaba ya de la persona alegre que una vez fue. Ahora el miedo formaba parte de su personalidad, y desde hacía tiempo fumaba sesenta cigarrillos al día y tomaba tranquilizantes.

En el salón, Lasse Westman se maldecía a sí mismo, algo que no sorprendió a Hanna. Hacía ya muchos días que ella sabía que estaba arrepentido de haber tenido ese generoso gesto con Frans. Lo cierto era que aquello había sido muy extraño desde un principio, pues Lasse había dependido del dinero que Frans le enviaba a August. Durante largas temporadas vivió prácticamente gracias a ello, e incluso en más de una ocasión Hanna había tenido que mandar un correo en el que se inventaba unos gastos imprevistos de algún pedagogo o de un tratamiento especial, aunque en realidad August no veía ni un céntimo, claro. Por eso era tan extraño.

¿Por qué había renunciado a todo ello dejando que Frans se llevara al chico?

Hanna creía saber la respuesta. Era la arrogancia que le provocaba el alcohol. Eran las promesas de un papel en una nueva serie policíaca de TV4 que habían hinchado su ego un poco más. Pero, sobre todo, August. A Lasse, el niño se le antojaba raro, algo inquietante y repulsivo; y eso Hanna pensaba que era muy curioso: ¿cómo podía alguien juzgar así a August?

La mayor parte del tiempo se la pasaba sentado en el suelo con sus rompecabezas y sin molestar a nadie. Y, sin embargo, Lasse parecía odiarlo. Era probable que tuviera que ver con su mirada, esa curiosa mirada que se dirigía más bien hacia dentro que hacia fuera y que solía provocar en la gente una sonrisa y comentarios como que el chico debía de tener una vida interior muy rica. Pero a Lasse esa mirada, por algún motivo, se le metía bajo la piel.

—¡Maldición, Hanna! Ese niño me traspasa con su mirada —podía llegar a exclamar.

—Pero ¿no dices que es idiota?

—Sí, es idiota, pero hay algo más, algo raro. Me da la sensación de que quiere hacerme daño.

Qué tontería. August no le hacía el menor caso a Lasse; ni a Lasse ni, en realidad, a ninguna otra persona. Y no quería hacerle daño a nadie. Lo que ocurría, simplemente, era que el mundo exterior le molestaba y que él era feliz en su burbuja. Pero Lasse, en su delirio alcohólico, pensaba que el niño urdía alguna venganza. Ésa era la razón, con toda seguridad, por la que había dejado que August y el dinero desaparecieran de su vida. Qué patético. O al menos eso fue lo que pensó Hanna en su momento. Pero ahora, allí de pie en la cocina, fumándose un cigarrillo con tanta ansia que le cayó tabaco en la lengua, se preguntó si a pesar de todo no habría algo de verdad en ello. Era posible que August odiara a Lasse. Era posible que quisiera realmente castigarlo por todos los golpes que había recibido, y era posible que... —Hanna cerró los ojos mientras se mordía los labios— también la odiara a ella.

Sus pensamientos habían empezado a ir por los caminos del autodesprecio desde que una nostalgia casi insoportable había empezado a apoderarse de ella por las noches hasta el punto de llegar a plantearse si Lasse y ella no resultaban perjudiciales para August. «He sido una mala persona», murmuró mientras Lasse le gritaba algo. No oyó lo que decía.

—¿Cómo? —contestó.

—¿Dónde diablos está la sentencia de la custodia?

—¿Para qué la quieres?

—Para demostrar que no tiene derecho a tenerlo.

—Pensaba que te alegrabas de haberte librado de él.

—Estaba borracho y fui un idiota.

—¿Y ahora, de repente, te has convertido en un hombre sobrio e inteligente?

—Muy inteligente —le espetó mientras se acercaba a ella, furioso y decidido al mismo tiempo. Y entonces ella cerró los ojos y se preguntó por enésima vez por qué se había torcido todo tanto.

Frans Balder ya no se parecía a ese catedrático impecablemente aseado que se había presentado en casa de su exmujer. Ahora el pelo apuntaba en todas direcciones, y el labio superior le brillaba de sudor; llevaba por lo menos tres días sin ducharse ni afeitarse. A pesar de sus buenas intenciones por ser un padre a tiempo completo y a pesar de ese momento de esperanza y emoción que experimentó en Hornsgatan, había vuelto a sumirse en esa profunda concentración suya que con tanta facilidad podía confundirse con el enfado.

Le rechinaban hasta los dientes. Hacía ya horas que la tormenta y todo lo relacionado con el mundo exterior habían dejado de existir, razón por la cual tampoco advirtió lo que estaba sucediendo junto a sus pies. Se trataba de unos pequeños y torpes movimientos, como si un gato o un perro se hubiesen colado entre sus piernas, aunque tardó un buen rato en darse cuenta de que era August el que gateaba bajo su escritorio. Frans lo miró aturdido, como si el aluvión de códigos de programación aún perdurara cual velo que cubría sus ojos.

—¿Qué quieres?

August alzó la mirada y lo contempló con unos ojos claros y suplicantes.

—¿Qué? —repitió Frans—. ¿Qué quieres?

Y entonces ocurrió algo. El niño cogió un papel del suelo, lleno de algoritmos cuánticos, y pasó la mano por encima, de un lado a otro. Por un segundo, Frans pensó que el chico estaba a punto de sufrir otro ataque. Pero no; más bien daba la sensación de que August jugaba a escribir con impetuosos movimientos, lo que hizo que el cuerpo de su padre se tensara. Y de nuevo vino a su mente ese algo importante y lejano, como ya había sucedido en aquel cruce de Hornsgatan. Aunque con la diferencia de que ahora sí sabía de qué se trataba.

Eran reminiscencias de su propia infancia, cuando los números y las ecuaciones tenían más importancia para él que la vida misma. Se le iluminó la cara y exclamó:

—¡Te gustan los números! ¿No es cierto?

Y, acto seguido, salió corriendo a buscar bolígrafos y unas hojas de rayas que puso delante de August, en el suelo.

Luego apuntó la serie de números más sencilla que se le ocurrió, la de Fibonacci, donde cada número es la suma de los dos anteriores: 1, 1, 2, 3, 5, 8, 13, 21. Dejó un espacio en blanco para la siguiente suma, que sería 34, pero se le antojó demasiado simple, de modo que también escribió una progresión geométrica: 2, 6, 18, 54... en la que cada nuevo número era el resultado de multiplicar el último por tres, así que el siguiente número, por lo tanto, sería el 162. Para este tipo de problemas, consideró, un niño dotado no necesitaría muchos conocimientos previos. En otras palabras: la idea que tenía Frans de lo fácil —matemáticamente hablando— era, por decir algo, especial. Enseguida se puso a soñar despierto con la posibilidad de que el niño no fuera en absoluto retrasado, sino más bien una especie de copia mejorada de él mismo, que también había tardado mucho en hablar e interactuar socialmente, pero que había entendido las relaciones matemáticas mucho antes de pronunciar su primera palabra.

Se quedó esperando un buen rato sentado junto al chico. Pero, como era lógico, no pasó nada. August se limitó a mirar fijamente los números con su vidriosa mirada, como si esperara que las respuestas saltaran del papel por sí mismas. Frans acabó por dejarlo solo y subió a la cocina por un vaso de agua con la intención de ponerse a trabajar en la mesa del comedor provisto de lápiz y papel, pero no consiguió concentrarse y terminó hojeando distraído un nuevo número de la revista *New Scientist*. Así pasaría una media hora.

Luego se levantó y bajó a echarle un vistazo a August. De entrada, nada parecía haber ocurrido: el chico seguía agachado en la misma posición inmóvil en la que lo había dejado, pero luego Frans descubrió una cosa que, en un principio, sólo le provocó cierta curiosidad.

Fue un poco más tarde cuando tuvo la sensación de que se hallaba ante algo del todo inexplicable.

No había mucha gente en el Bishops Arms. Era todavía muy pronto, y el tiempo no invitaba precisamente a salir de casa, ni siquiera al pub local. Pese a ello, al entrar se encontró con cierto bullicio y gente riendo, y oyó una voz que le gritaba:

—¡Kalle Blomkvist!

Procedía de un hombre de rostro sonrosado y abotargado, con el pelo encrespado y voluminoso y un pequeño y sinuoso bigote, a quien Mikael había visto por el barrio muchas veces y del que creía que se llamaba Arne. El mismo que, con la puntualidad de un reloj, solía aparecer por el pub todos los días a las dos, pero que ese día, al parecer, había llegado antes de lo habitual para unirse a tres compañeros de juerga que estaban en una mesa situada a la izquierda de la barra.

—Mikael —le corrigió Blomkvist con una sonrisa.

Arne —o comoquiera que se llamase— y sus amigos se rieron, como si el nombre correcto de Mikael fuera lo más divertido que habían oído en mucho tiempo.

—¿Alguna primicia cocinándose? —continuó Arne.

—Sí, estoy pensando seriamente en desvelar los negocios sucios del Bishops Arms.

—¿Crees que Suecia está preparada para una historia así?

—No, lo más probable es que no.

En realidad, a Mikael Blomkvist le gustaba esa pandilla. Y no porque acostumbrara a cruzar con ellos el típico saludo ocasional y alguna que otra frase coloquial que les soltaba al pasar, sino porque esos tipos, a pesar de todo, formaban parte de una vida de barrio con la que él se sentía muy a gusto, motivo por el cual no se ofendió lo más mínimo cuando uno de ellos le largó:

—He oído que estás acabado.

Todo lo contrario. Esas palabras le pusieron todo el acoso mediático que había sufrido en su justa perspectiva y lo bajaron hasta ese nivel casi cómico al que pertenecía.

—«Quince años hace que estoy acabado; saludos, hermana botella, la belleza es efímera...» —contestó recitando un poema de Fröding mientras barría el local con la mirada buscando a alguien que tuviese una pinta lo suficientemente arrogante como para telefonear a un pobre periodista y ordenarle que bajara al pub en un día como ése. Pero, exceptuando a Arne y a su pandilla de borrachos, no vio a nadie. Así que se acercó a la barra para hablar con Amir.

Amir era un hombre grande, gordo, muy campechano y trabajador, todo un padre de cuatro hijos que llevaba el establecimiento desde hacía ya unos años. Mikael y él habían hecho buenas migas, y no porque Mikael fuera un buen cliente, todo lo contrario, sino porque en alguna que otra ocasión se habían echado una mano. Más de una vez, cuando Blomkvist esperaba compañía femenina en su casa y no había podido pasar por Systembolaget, Amir lo proveía de unas cuantas botellas de vino. Mikael, por su parte, había ayudado a un amigo de Amir —que no tenía papeles— con la redacción de varios escritos dirigidos a Inmigración.

—¿A qué se debe este honor? —preguntó Amir.

—He quedado con una persona.

—¿Alguien interesante?

—No creo. ¿Qué tal está Sara?

Sara era la mujer de Amir, y acababan de operarla de la cadera.

—Se queja mucho y no para de tomar pastillas para el dolor.

—¡Qué fastidio! Dale muchos recuerdos.

—Lo haré —respondió Amir.

Siguió charlando con éste un rato más, pero allí no aparecía ningún Linus Brandell. Mikael pensó que aquello debía de ser alguna broma. Bueno, no pasaba nada; había bromas más pesadas que la de hacelo bajar a uno al pub de su barrio. Estuvo un cuarto de hora tratando problemas médicos y de índole económica antes de despedirse de Amir y dirigirse hacia la puerta para volver a casa. Fue entonces cuando llegó.

No era por el hecho de que August hubiera dado con la solución de aquella serie numérica. Cosas así no impresionaban especialmente a un hombre como Frans Balder. No, era por lo que había junto a los números, algo que a primera vista parecía una fotografía o un cuadro, pero que en realidad era un dibujo, una fiel reproducción de ese semáforo de Hornsgatan ante el que pasaron aquella noche. El dibujo no sólo estaba captado de forma extraordinaria —hasta el más mínimo detalle, con una especie de nitidez matemática— sino que brillaba, literalmente, con luz propia.

Sin que nadie le hubiera enseñado nada sobre la creación tridimensional ni el trabajo artístico de luces y sombras, August parecía dominar la técnica a la perfección. La ardiente luz roja del semáforo, envuelta en la oscuridad otoñal de una Hornsgatan que también parecía arder, le deslumbró con una relampagueante intensidad y, en medio de la calle, pudo apreciar al hombre que Frans había visto y que le resultaba ligeramente familiar. El rostro de ese hombre había sido cortado por encima de las cejas. Parecía asustado, o, al menos, presa de una inquietante alteración, como si August le hubiese desconcertado, y caminaba —¿cómo diablos había conseguido plasmar eso?— algo tambaleante.

—¡Dios mío! —exclamó Frans—. ¿Esto lo has hecho tú?

August ni asintió ni negó, tan sólo se limitó a mirar hacia la ventana. A Frans Balder le inundó la extraña certeza de que, a partir de ese momento, su vida no sería igual.

La verdad era que Mikael no sabía muy bien con quién se iba a encontrar, con toda probabilidad con algún señorito de la zona de Stureplan, alguien joven y petulante. Pero quien fue a su encuentro parecía un vagabundo: un chico bajito con los vaqueros rotos, un largo y sucio pelo moreno con un flequillo que le cubría los ojos y una mirada somnolienta y algo evasiva. Tendría unos veinticinco años, quizá alguno menos, y presentaba una piel malsana y unas boqueras bastante feas en los labios. Definitivamente, Linus Brandell no tenía el aspecto de alguien que pudiera estar en posesión de un importante noticia.

—Linus Brandell, supongo.

—Correcto. Siento llegar tarde. Me he encontrado por casualidad con una chica a la que conocía, una que iba a mi clase en el colegio, y...

—¿Qué te parece si vamos ya con lo nuestro? —le interrumpió Mikael para llevarlo hasta una mesa del fondo.

Cuando Amir se acercó con una discreta sonrisa, pidieron dos Guinness, y luego permanecieron callados durante un momento. Mikael no podía entender por qué se sentía tan irritado. No le solía pasar. Quizá fuera por culpa de toda esa historia con Serner. Sonrió a Arne y a su pandilla, quienes, desde su mesa, no les quitaban los ojos de encima.

—Iré al grano —anunció Linus.

—Estupendo.

—¿Sabes qué es Supercraft?

Mikael Blomkvist no sabía gran cosa de los juegos de computador, pero hasta él había oído hablar de Supercraft.

—Me suena el nombre, sí.

—¿Nada más?

—No.

—Entonces no tendrás ni idea de que lo que lo caracteriza, o mejor dicho, lo que lo hace tan particular, es que hay una función de IA, Inteligencia Artificial, ya sabes, especialmente desarrollada para este juego, que te permite hablar con otro combatiente sobre la estrategia de guerra que se va a emplear, sin que sepas con seguridad, al menos al principio, si estás hablando con una persona real o con una creación virtual.

—Mira qué bien —comentó Mikael. No había

nada que le interesara menos que los detalles de un maldito juego de computador.

—Es una pequeña revolución en el negocio, y la verdad es que yo he participado en su desarrollo —continuó Linus Brandell.

—Felicidades. Supongo que te habrás hecho millonario.

—Ése es justo el problema.

—¿Qué quieres decir?

—Que nos han robado la tecnología. Truegames se está llevando miles de millones sin habernos pagado ni un céntimo.

No era la primera vez que a Mikael le venían con cuentos así. En una ocasión llegó a hablar, incluso, con una señora mayor que afirmaba que en realidad era ella la que había escrito los libros de Harry Potter y que J. K. Rowling se lo había robado todo mediante telepatía.

—¿Y qué es lo que pasó?

Nos *hackearon*.

—¿Y cómo lo sabes?

—Así lo han constatado expertos de la FRA;* te puedo dar algún nombre si quieres. Y también ha sido comprobado por...

Linus se detuvo.

—¿Por...?

—Bueno..., la Säpo también colaboró. Te lo puede confirmar Gabriella Grane, una de sus analistas. Ella también lo menciona en el informe oficial que publicó el año pasado. Tengo su número de registro...

—Entonces no es una primicia —lo interrumpió Mikael.

---

* Försvarets radioanstalt: Oficina de radiocomunicaciones del Ministerio de Defensa sueco. (*N. de los t.*)

—No, en ese sentido no. *Ny Teknik* y *Computer Sweden* ya han escrito sobre ello. Pero como Frans no quiso hablar del tema e incluso en un par de ocasiones negó que se hubiese producido una intrusión, la historia no tuvo mucha repercusión.

—Ya, pero aun así es una noticia vieja.

—Sí, supongo que sí.

—En ese caso, ¿por qué debo seguir escuchándote, Linus?

—Porque Frans ha regresado de San Francisco y ahora parece que se ha dado cuenta de lo sucedido. Creo que obra en su poder una información auténticamente explosiva. Se ha vuelto un completo maníaco de la seguridad. Tiene el último grito en encriptación para correo electrónico y teléfono, y acaba de instalar en su casa una alarma antirrobo con cámaras y sensores y toda la parafernalia. Creo que deberías hablar con él; por eso me pongo en contacto contigo. Alguien como tú quizá pueda convencerlo de que hable. A mí no me hace caso.

—¿Así que me has hecho venir aquí porque parece ser que alguien llamado Frans a lo mejor está en posesión de algo que puede ser una bomba?

—Alguien llamado Frans no, Blomkvist, alguien llamado nada más y nada menos que Frans Balder. ¿No te lo había dicho? Fui uno de sus ayudantes.

Mikael rebuscó en su memoria: la única Balder que le vino a la mente fue Hanna, la actriz, dondequiera que estuviese ahora...

—¿Y quién es ése?

Linus Brandell le clavó una mirada tan despreciativa que lo dejó perplejo.

—Pero ¿tú dónde vives? ¿En Marte? Pero si Frans Balder es toda una leyenda. Un concepto.

—¿De verdad?

—¡Por supuesto! —continuó Linus Brandell—. Búscalo en Google y verás. Catedrático de informática con veintisiete años de carrera. Lleva dos décadas siendo toda una eminencia en el mundo de la investigación de la Inteligencia Artificial. No hay muchos que hayan avanzado tanto en el desarrollo de los computadores cuánticos y las redes neuronales. Encuentra siempre soluciones raras, nada ortodoxas. Su cerebro es alucinante, como vuelto al revés. Tiene una forma de pensar muy innovadora, es un pionero, así que, como comprenderás, la industria informática lleva años detrás de él. Pero, durante mucho tiempo, Balder se ha negado a ser reclutado. Él quería trabajar solo. Bueno, solo solo, no: siempre ha tenido diferentes ayudantes a los que ha llevado hasta el límite. Exige resultados, nada más, y repite hasta la saciedad eso de que «nada es imposible» y que «nuestro trabajo consiste en establecer nuevas fronteras», etcétera etcétera. Pero la gente lo escucha y hace lo que sea; hasta morir por él, si hace falta. Para nosotros es un auténtico dios.

—Ya lo veo.

—Pero no creas que soy un admirador totalmente carente de sentido crítico. En absoluto. Todo tiene un precio; si alguien lo sabe soy yo. Consigues metas grandiosas con él, pero también te puedes destruir. Ni siquiera le permiten que se haga cargo de su hijo; al parecer metió la pata de manera imperdonable. Hay varias historias como ésa: ayudantes quemados por el exceso de trabajo que han destrozado sus vidas y Dios sabe qué más... Y aunque siempre se ha obsesionado y ha llevado las cosas a su último extremo, nunca se ha comportado como ahora, con esa histérica obsesión por la seguridad. Por eso estoy aquí. Quiero que hables con él. Estoy seguro de que anda detrás de algo muy gordo.

—¿Estás seguro?

—Que te quede claro que no es un paranoico. Todo lo contrario: debería haber sido más paranoico teniendo en cuenta el nivel de lo que ha estado haciendo. Pero ahora se ha encerrado en su casa y apenas sale. Parece asustado, y que sepas que no es un hombre que se asuste fácilmente. Más bien ha sido un maldito loco que ha ido de cabeza por todas.

—¿Y andaba metido en juegos de computador? —preguntó Mikael sin ocultar su escepticismo.

—Bueno... Es que Frans sabía que éramos todos unos frikis de los juegos. Supongo que pensaba que estaría bien que trabajásemos en algo que nos gustara. Su programa IA también encajaba ahí a la perfección. La verdad es que era un laboratorio perfecto, y conseguimos unos resultados fantásticos. Conquistamos nuevos territorios. Sólo que...

—Al grano, Linus.

—Lo que pasó fue que Balder y sus abogados elaboraron una petición de patente para las partes más innovadoras de la tecnología. Y llegó el primer *shock*. Resulta que un ingeniero ruso de Truegames se las había arreglado para redactar, justo antes y a toda prisa, una solicitud que bloqueó las patentes, cosa que difícilmente podría considerarse una casualidad. Aunque lo cierto es que daba igual: la patente sólo había sido un detalle; lo interesante era cómo demonios había conseguido enterarse de lo que estábamos haciendo. Y como todos éramos leales a Frans hasta la muerte, sólo existía una posibilidad: habían entrado en nuestros computadores, a pesar de todas las medidas de seguridad.

—¿Fue entonces cuando se pusieron en contacto con la Säpo y la FRA?

—En un primer momento, no. A Frans le cuesta mucho relacionarse con gente que se viste con corbata y trabaja de nueve a cinco. Prefiere a esos idiotas obsesos que se pasan la noche entera frente al computador; por eso recurrió a una misteriosa *hacker* que había conocido no sé dónde. Y fue ella quien de inmediato le dijo que habíamos sido víctimas de una intrusión. Aunque la tipa no me pareció que ofreciera mucha credibilidad que digamos; si yo hubiera tenido una empresa no la habría contratado jamás, ya me entiendes, así que es posible que no tuviera ni idea. Pero, en fin, lo más importante de sus conclusiones fue confirmado luego por los de la FRA.

—Pero ¿nadie sabe quién fue el autor?

—No, en general es inútil intentar rastrear un ataque así. Lo único que está claro es que eran profesionales; habíamos cuidado mucho el tema de la seguridad.

—¿Y crees que Frans Balder sabe algo más?

—Definitivamente. De lo contrario no se comportaría de esa forma tan rara. Estoy convencido de que se enteró de algo en Solifon.

—¿Trabajó en Solifon?

—Sí, por raro que pueda parecer. Como ya te he dicho, Frans siempre se negó a ser contratado por los grandes gigantes del sector. No conozco a nadie que haya insistido tanto sobre la importancia de mantenerse al margen, de ser libre y no un esclavo de los mercados y todo ese tema. Y de pronto, cuando nos encontrábamos con el culo al aire porque nos habían robado la tecnología, va y acepta una oferta de Solifon. Nadie entendía nada. Como es evidente, le ofrecieron un sueldo bestial, carta blanca y toda esa mierda; algo así como «haz lo que te dé la gana, pero hazlo para nosotros». Y es posible que le gustara la idea; a cualquiera que no fuera Frans Balder le alucinaría ese trato. Aunque lo raro era que ofertas como ésa las recibía a menudo: de Google, de Apple y de todas las demás. ¿Por qué de repente le interesó ésa? No dio ninguna explicación. Simplemente tomó sus cosas y se largó. Y, según pude saber, al principio todo le fue de maravilla. Frans siguió desarrollando nuestra tecnología, y creo que el dueño de la empresa, Nicolas Grant, empezó a soñar con nuevos ingresos de miles de millones. Reinaba una gran excitación. Pero luego pasó algo.

—Algo de lo que no sabes mucho.

—No, es que perdimos el contacto. Bueno, la verdad es que Frans perdió el contacto con casi todo el mundo... Hasta donde mi mente alcanza tuvo que ser algo muy gordo. Frans siempre había abogado por la transparencia y elogiado lo que se cuenta en el libro *Cien mejor que uno* y todo eso. En fin, ya sabes, la importancia de poder usar el conocimiento de los otros. Bueno, toda esa ideología muy en la línea de Linux. Pero, según parece, en Solifon lo mantenía todo en secreto, hasta la más mínima coma; incluso con los colaboradores de mayor confianza. Y de golpe y porrazo, ¡pum!, abandonó el trabajo y volvió a casa. Y allí anda, encerrado en su chalé de Saltsjöbaden, y no sale ni al jardín ni se preocupa lo más mínimo por su aspecto.

—Así que lo que tienes, Linus, es la historia de un catedrático que parecía estar muy estresado y que ha dejado de preocuparse por su aspecto, aunque no sé cómo se puede saber eso si no sale de casa.

—Sí, pero mira, yo creo que...

—Yo también creo, Linus, que ésta podría ser una historia interesante. Pero me temo que no es para mí. Yo no soy un periodista especializado en informática, soy un hombre de la Edad de Piedra, como alguien me describió muy acertadamente el otro día. Yo te recomendaría que contactaras con Raoul Sigvardsson, de *Svenska Morgonposten*. Él lo sabe todo de ese mundillo.

—No, Sigvardsson no tiene el suficiente peso. Esto está por encima de su nivel.

—Creo que lo estás subestimando.

—Vamos, hombre, ¿te vas a acobardar ahora? Esto puede ser tu gran *comeback*, Blomkvist, un regreso por todo lo alto.

Mikael le hizo un fatigado gesto a Amir, que estaba limpiando una mesa no muy lejos de ellos.

—¿Te puedo dar un consejo? —preguntó Mikael.

—¿Cómo?... Ehhh... Sí, bueno, claro.

—La próxima vez que vayas a venderle a alguien una historia no intentes explicarle lo que eso significaría para él. ¿Tienes idea de las veces que me han venido con ese cuento? «¡Esto va a ser lo más grande de tu vida! ¡Esto va a ser mejor que el Watergate!» Conseguirás más, Linus, tan sólo con un poco de objetividad.

—Bueno, lo único que quería era...

—¿Qué?

—Que hablaras con él. Creo que le caerías bien. Ambos se parecen: los dos tienen el mismo tipo de intransigencia.

Linus parecía haber perdido de golpe toda su confianza, y Mikael se preguntó si no habría sido demasiado duro con él. Por lo general —y por puros principios— solía ser amable y positivo con los que le pasaban información, por muy locos que resultaran; y no sólo porque también en aquello, que se le antojaba demencial, pudiera esconderse una buena historia, sino porque además sabía que las más de las veces él era su última oportunidad. Muchos se dirigían a Mikael cuando todos los demás habían dejado de escuchar. A menudo era la última esperanza de la gente, y nunca existía ningún motivo para actuar con sarcasmo.

—Oye —se excusó—, he tenido un día horrible. No ha sido mi intención ser irónico.

—No pasa nada.

—Y tienes razón —continuó diciendo Mikael—, hay una cosa que realmente me interesa. Has dicho que consultaron a una *hacker*.

—Sí, pero en realidad no tiene nada que ver con la historia. Creo que la chica era más bien un proyecto social de Balder.

—Pero parecía controlar el tema.

—O tuvo suerte. Decía muchas tonterías.

—¿La llegaste a conocer?

—Sí, cuando Balder se fue a Silicon Valley.

—¿Y cuánto tiempo hace de eso?

—Once meses. Me había llevado los computadores a mi casa de Brantingsgatan. Mi vida era una mierda. Estaba más solo que la una y sin dinero; y encima ese día tenía resaca y mi casa estaba hecha una auténtica pocilga. Acababa de hablar con Frans por teléfono; se había puesto pesadísimo con ella. No paraba de molestarme con que no debía juzgarla por su aspecto, que las apariencias engañan y todo ese rollo. ¡Como si fuera mi padre! Y eso me lo decía a mí, que no es que sea, ni mucho menos, don Perfecto. No he llevado traje ni corbata en mi puta vida, y si alguien sabe la pinta que suelen tener los tipos que se mueven por los ambientes de los *hackers*, ése soy yo. En fin, en cualquier caso, ahí estaba yo, esperando a esa tipa. Pensaba que al menos llamaría a la puerta. Pero nones, simplemente abrió la puerta y entró.

—¿Qué aspecto tenía?

—Absolutamente horrible... aunque, bueno, supongo que en cierto modo también era sexy. ¡Aunque a mí me resultaba horrible!

—Linus, no pretendía que reseñaras su aspecto. Sólo quería saber cómo iba vestida y cómo se llamaba.

—No tengo ni idea de quién era —continuó Linus—, aunque me sonaba su cara de algún sitio; me dio la sensación de que era de algo malo. Llevaba tatuajes y *piercings* y todas esas cosas. Parecía una rockera siniestra, o gótica, o *punki*, y muy flaca.

Sin ser apenas consciente de lo que estaba haciendo, Mikael le pidió a Amir, con un gesto de mano, que le pusiera otra Guinness.

—¿Y qué pasó? —preguntó Mikael.

—Bueno, ¿qué quieres que te diga?... Supongo que me pareció que tampoco hacía falta empezar de inmediato, así que me senté en la cama —no había muchos otros sitios para hacerlo— y le sugerí que antes nos tomáramos una copa o algo. ¿Y sabes lo que hizo entonces? Me dijo que me marchara de allí. Me ordenó que saliera de mi propia casa, como si fuese lo más normal del mundo. Y yo me negué, claro; intenté decirle: «Oye, ésta es mi casa». Y entonces me gritó: «¡Lárgate! ¡Fuera de aquí!». Así que no me quedó otra que irme, y estuve fuera bastante tiempo. Cuando volví, ella estaba tumbada en mi cama, fumando —¡no me lo podía creer!— y leyendo un libro sobre teoría de cuerdas o algo así. Es posible que me quedara mirándola demasiado fijamente, o no sé cómo, yo qué sé, pero la cosa es que lo primero que me soltó fue que no pensaba acostarse conmigo ni en sueños. «Ni por casualidad», me dijo, y creo que no me miró a los ojos en ningún momento. Sólo me comentó que habíamos tenido un troyano en nuestros computadores, un RAT,* y que reconocía el patrón utilizado en la intrusión, el alto umbral de originalidad del diseño. «Se la metieron bien», dijo. Luego se largó.

—¿Sin despedirse?

—Ni una puta palabra.

—¡Mierda! —soltó, sin querer, Mikael.

—Aunque, si he de serte sincero, creo que sólo se hizo la entendida. Porque el chico de la FRA que realizó la misma investigación un poco más tarde —y que como es obvio era un auténtico experto en ese tipo de ataques— comentó categórico que era imposible llegar a esa conclusión, que él lo había mirado todo muy bien y que no había encontrado ningún *spyware*. A pesar de todo, él también —que, por cierto, se llama Molde, Stefan Molde— se inclinaba a pensar que sí habíamos sufrido la intrusión de un *hacker*.

—Y esa chica, ¿se presentó o algo?

—Pues la verdad es que yo insistí en que lo hiciera, pero lo único que me contestó, con una grosería que no veas, fue que podía llamarla Pippi. Evidentemente ése no era su verdadero nombre, pero aun así...

—¿Qué?

—Me pareció que en cierto modo le iba bien.

—Oye —dijo Mikael—, hace un minuto he estado a punto de irme a casa.

* Siglas de Remote Administration Tool, herramienta de control remoto. *(N. de los t.)*

—Sí, ya me he dado cuenta.

—Pero ahora la situación ha cambiado de manera bastante importante. Has dicho que Frans Balder conocía a esa mujer.

—Sí.

—Pues entonces quiero conocer a ese tal Frans Balder cuanto antes.

—¿Por ella?

—Algo así.

—Vale, muy bien —asintió Linus algo pensativo—. Pero no vas a poder encontrar ningún dato de la casa de Frans, ni su teléfono, ni nada. Como ya te he explicado, su secretismo es obsesivo. ¿Tienes iPhone?

—Sí.

—Pues mal vamos. Frans dice que Apple prácticamente se ha vendido a la NSA. Para hablar con él tendrás que comprarte un Blackphone. O, si no, que alguien te deje un Android para poder descargar un programa especial de encriptación. Pero yo intentaré convencerlo de que contacte contigo para que queden en algún lugar seguro.

—Genial, Linus. Muchas gracias.

Mikael se quedó un rato más para terminar con tranquilidad su Guinness mientras miraba por la ventana la insistente tormenta. Detrás de él, Arne y sus amiguetes se reían de algo. Pero él estaba tan absorto en sus propios pensamientos que no oía nada, ni siquiera se percató de que Amir se acababa de sentar a su lado y había empezado a informarle del último pronóstico meteorológico.

Al parecer, iba a hacer un tiempo de perros. Las temperaturas alcanzarían los diez grados bajo cero y caería la primera nevada del otoño; y no de una forma precisamente agradable o placentera. No, esa miserable tormenta de mil demonios sacudiría el país como pocas veces lo había hecho.

—Puede que tengamos vientos huracanados —le comunicó Amir a Mikael, que seguía sin prestarle atención y que se limitó a responderle brevemente:

—Qué bien.

—¿Bien?

—Sí... Bueno... Mejor que haga ese tiempo que esos típicos días tontos...

—Eso sí... Pero oye, ¿qué te pasa? Pareces en estado de *shock*. ¿No ha ido bien el encuentro?

—Sí, no ha estado mal.

—Pero te has enterado de algo que te ha dejado KO. ¿Cierto?

—Tanto como dejarme KO no sé. Pero estoy un poco confuso. Me estoy planteando dejar *Millennium*.

—Pensaba que tú y esa revista eran uña y carne.

—Yo también. Aunque supongo que todo tiene un final.

—Sí, supongo que sí —asintió Amir—. Mi pobre padre solía decir que también lo eterno tiene su final.

—¿Y por qué lo decía?

—Creo que se refería al amor eterno. Me lo dijo justo antes de dejar a mi madre.

Mikael esbozó una leve sonrisa.

—Bueno, tampoco es que yo haya sido muy bueno que digamos en lo que respecta al amor eterno. Pero...

—Sigue, Mikael.

—Hay en mi vida una mujer que lleva un tiempo desaparecida.

—Vaya... Debes de estar pasándolo mal...

—Bueno, es una historia un poco rara. Lo que pasa es que de repente he sabido de ella. O bueno, eso es lo que creo: que es ella. Tal vez la cara que me ves se deba a eso.

—Entiendo.

—Bueno, supongo que habrá que volver a casa. ¿Cuánto te debo?

—Ya me lo pagarás.

—Vale, cuídate, Amir —se despidió. Pasó por delante de los clientes habituales, que le soltaron algún que otro irreflexivo comentario, y salió a la calle, donde arreciaba la tormenta.

Fue como estar ante una experiencia cercana a la muerte, era como si las violentas ráfagas de viento atravesaran su cuerpo. Y, pese a ello, se quedó quieto un instante para perderse en viejos recuerdos. Luego echó a andar muy lentamente camino a casa, donde, por alguna extraña razón, tuvo cierta dificultad para abrir la puerta. Fue necesario más de un forcejeo con la llave. Una vez dentro, se quitó los zapatos de una patada y se sentó frente al computador para buscar información sobre Frans Balder.

Pero no había modo de concentrarse. Así que se preguntó, como en tantas otras ocasiones había hecho: «¿Qué habrá sido de ella?». Salvo alguna información ya antigua de su anterior jefe, Dragan Armanskij, Mikael no sabía nada de Lisbeth. Como si se la hubiese tragado la tierra. Y aunque vivían más o menos por la misma zona de la ciudad, no la había vuelto a ver. Tal vez fuera ésa la razón por la que las palabras de Linus Brandell le habían afectado tanto.

Ahora bien, quizá se tratara de otra persona la que estuvo en casa de Linus aquel día. Era posible, aunque no muy probable. «¿Quién sino Lisbeth Salander entra en una casa sin ni siquiera mirar a su ocupante a los ojos, echa a la gente a la calle y descubre los secretos más ocultos de sus computadores para luego soltar comentarios como "No pienso acostarme contigo. Ni en broma"?». Tenía que haber sido Lisbeth. Y lo de Pippi... ¿acaso no le pegaba?

V. Kulla era lo que rezaba en la puerta de su casa de Fiskargatan. Mikael entendía a la perfección por qué no quería usar su verdadero nombre. Era demasiado fácil de buscar en Internet y estaba asociado a una serie de sucesos muy dramáticos y a otros a todas luces demenciales. ¿Dónde se metía? Era cierto que no era la primera vez que esa chica desaparecía del mapa. Pero desde aquel día en que él llamó a la puerta de su casa de Lundagatan para echarle la bronca por haber hecho un informe personal sobre él que pecaba de ser demasiado íntimo —por no decir ilegal—, no habían estado tanto tiempo separados. Y le resultaba un poco raro, ¿no? Al fin y al cabo, Lisbeth era su... Eso, ¿qué diablos era Lisbeth para él?

Difícilmente podía considerarla amiga suya. A los amigos uno los ve. Los amigos no desaparecen así como así. Los amigos no mantienen el contacto entrando en el computador de uno. A pesar de eso, permanecía unido a ella y, sobre todo —no podía remediarlo—, estaba preocupado por ella. Era verdad que su viejo tutor, Holger Palmgren, solía decir que Lisbeth siempre se las apañaba bien. A pesar de su terrible infancia, o quizá gracias a ella, seguía siendo una sobreviviente de cuidado y, sin duda, había algo de razón en esas palabras.

Pero no había garantías. Y menos para una chica con ese pasado y con esa habilidad para granjearse enemigos. Era muy probable que hubiese perdido el norte, tal y como había insinuado Dragan Armanskij cuando se vio con Mikael para comer en el Gondolen hacía cosa de seis meses. Fue un día de primavera, un sábado; Dragan había insistido en invitar a cervezas, chupitos de aguardiente y toda la pesca. A Mikael le dio la sensación de que Dragan tenía necesidad de desahogarse y, aunque oficialmente habían quedado para verse como los dos viejos amigos que eran, no cabía la menor duda de que Armanskij sólo quería hablar de Lisbeth y, con la ayuda de alguna que otra copa, entregarse a cierto sentimentalismo.

Dragan explicó, entre otras cosas, que su empresa, Milton Security, había instalado unas alarmas de seguridad en una residencia de ancianos que había en Högdalen, unas alarmas de muy buena calidad, según él.

Pero aquello no servía de nada si se iba la corriente y nadie se molestaba en restablecerla, y eso era justamente lo que había pasado. Un día se produjo un corte de luz a última hora de la tarde y, por la noche, uno de los ancianos, una señora llamada Rut Åkerman, se cayó y se rompió la cadera, así que permaneció tendida en el suelo, durante horas y horas, mientras pulsaba el botón de alarma sin obtener respuesta. Por la mañana su estado era crítico, y como los periódicos tenían entonces mucho interés por los problemas y las negligencias que había en el cuidado de las personas mayores, se escribieron ríos de tinta sobre el incidente.

Por fortuna, Rut salió de aquélla, pero lo desafortunado de la historia fue que ella era la madre de uno de los peces gordos del partido de extrema derecha Sverigedemokraterna, y cuando se publicó en la página web del partido, Avpixlat, que Dragan Armanskij era árabe —lo cual, dicho sea de paso, no era cierto, aunque sí el hecho de que a veces lo apodaran «el árabe»—, la avalancha de comentarios que aparecieron bajo la noticia no se hizo esperar. Surgieron cientos de anónimos para decir que eso era lo que sucedía cuando «compramos tecnología de los *inmigratas*», y Dragan lo pasó mal, más que nada porque se insultaba gravemente a su anciana madre.

Pero de pronto, como por arte de magia, todos esos internautas racistas dejaron de ser anónimos, y no sólo aparecieron sus nombres, sino también dónde vivían, en qué trabajaban y hasta la edad que tenían. Muy pulcro todo, como si todos ellos hubiesen rellenado un formulario. Todo el sitio web quedó en evidencia y, como era de esperar, resultó que los que se habían desahogado con esos comentarios no sólo eran los típicos paranoicos marginados socialmente, sino también muchos ciudadanos respetables, incluso algún que otro competidor de Dragan Armanskij en el sector empresarial de la seguridad. Los responsables de la página no sabían dónde meterse. No entendían nada. Se tiraban de los pelos de pura desesperación, hasta que finalmente consiguieron dar de baja el sitio. Juraron vengarse de los culpables. Sólo había un problema: que nadie sabía quién estaba detrás del ataque. Nadie excepto Dragan Armanskij.

—La clásica jugarreta de Lisbeth —le dijo—; y esta vez yo era parte interesada. No fui capaz de ser lo bastante noble como para sentir pena por todos esos a los que había dejado en evidencia, por mucho que en mi profesión defienda la seguridad *online*. Es que hacía una eternidad que no sabía nada de ella, y estaba convencido de que pasaba de mí, bueno, y de todos los demás también, claro. Y luego ocurrió eso, que me pareció precioso. Lisbeth me defendió a mí. Le mandé un correo en el que me deshacía en halagos dándole las gracias y, para mi gran asombro, me contestó. ¿Y sabes lo que me escribió?

—No.

—Una sola frase: «¿Cómo puedes proteger a ese cerdo de Sandvall de la clínica de Östermalm?».

—¿Y quién es Sandvall?

—Un cirujano plástico al que dimos protección personal porque había recibido amenazas por haberle metido mano a una joven estonia a la que le había operado las tetas. Resulta que la chica era novia de un conocido gánster.

—Vaya.

—Pues sí. Una actuación no muy inteligente que digamos. Le contesté a Lisbeth que yo tampoco pensaba que Sandvall fuera un angelito. De hecho, sabía que no lo era. Pero intenté explicarle que no podemos hacer ese tipo de consideraciones; no podemos limitarnos a proteger tan sólo a los de intachable moral. Incluso esos cerdos machistas tienen derecho a ser protegidos, y como Sandvall se hallaba bajo una seria amenaza y pidió nuestra ayuda, se la dimos. Cobrándole el doble, claro. Y eso es todo.

—¿Y a Lisbeth le pareció bien ese razonamiento?

—No contestó nada. Al menos por correo. Aunque podríamos decir que lo hizo de otro modo.

—¿Cómo?

—Se plantó en la clínica ante nuestros vigilantes y les ordenó que se mantuvieran tranquilos. Creo que incluso les dio saludos de mi parte. Luego pasó por delante de los pacientes, las enfermeras y los médicos, sin hacerles el menor caso, y entró en la consulta de Sandvall. Le rompió tres dedos y lo amenazó violentamente.

—¡Dios mío!

—Eso digo yo... Está loca: actuar de esa manera ante todos esos testigos y encima en la consulta de un médico.

—Pues sí, una auténtica locura, desde luego.

—Y claro, después se armó la de Dios. Sandvall empezó a gritar que nos iba a denunciar, que nos llevaría a juicio y todo eso. Hazte una idea: romperle los dedos a un cirujano que se ha comprometido a hacer un montón de costosísimos *liftings* y retoques y toda esa mierda. Cosas como ésas son las que hacen que aparezca el símbolo del dólar en los ojos de los abogados estrella.

—¿Y qué pasó?

—Nada. Pero nada de nada. Y eso quizá sea lo más raro. Todo aquello quedó en nada porque, al parecer, fue el propio cirujano el que no quiso seguir adelante con el asunto. Mierda, Mikael, reconoce que fue una insensatez: nadie en su sano juicio entra en una clínica privada a plena luz del día y le rompe los dedos a un médico. Ni siquiera una Lisbeth Salander equilibrada haría algo así.

Mikael Blomkvist no estaba muy seguro de poder compartir ese análisis; precisamente le parecía que aquello seguía los principios de la lógica..., de la lógica lisbethiana, materia en la que se consideraba todo un experto. Nadie mejor que él sabía cómo era su pensamiento de racional; su raciocinio no era un raciocinio convencional, como el que pueda tener la gente normal y corriente, sino uno que se asentaba en las premisas básicas que ella misma había establecido. Y Mikael no dudó ni por un instante de que ese médico hubiera hecho cosas mucho peores que meterle mano a la mujer equivocada. Aun así, no pudo dejar de preguntarse si, en esa ocasión, Lisbeth no se habría equivocado. Por lo menos en lo que respectaba al análisis de consecuencias.

Incluso acarició la idea de que ella «quisiera» meterse en líos de nuevo, tal vez con la intención de que eso la hiciese volver a sentirse viva. Aunque quizá estuviera siendo injusto con ella. No sabía sus motivos. No sabía nada de su vida actual y, mientras la tormenta golpeaba los cristales de las ventanas y él seguía sentado frente a su computador buscando en Google a Frans Balder, intentó ver lo bonito que era que ahora sus caminos —al menos de forma indirecta— volvieran a cruzarse. Mejor eso que nada. Y, además, debía alegrarse de que ella continuara siendo la misma. Lisbeth parecía ser todavía la persona que siempre había sido; y hasta era posible —¿quién sabía?— que le hubiese proporcionado un reportaje. Por alguna razón, Linus le irritó desde el primer momento, así que lo más normal habría sido haber pasado de todo el asunto, por mucho que el chico le hubiera ofrecido un fruto muy apetitoso al que hincarle el diente. Pero en cuanto Lisbeth apareció en la historia, Mikael empezó a verlo todo con otros ojos.

Lo que no se podía hacer era dudar de su intelecto, y si ella se había molestado en tomar cartas en el asunto, bueno, pues entonces quizá hubiese motivos para que él también estudiara la cuestión más detenidamente. Como mínimo, podría hacer algunas comprobaciones y, de paso, con un poco de suerte, averiguar algo más sobre la vida de Lisbeth, porque ahí estaba la pregunta del millón desde el primer momento, ¿no?

¿Por qué razón, para empezar, había decidido intervenir?

Lisbeth distaba mucho de ser una técnica informática cualquiera, y era cierto que las injusticias del mundo la cabreaban sobremanera, cosa que podría provocar que saliera a administrar su propia justicia. Pero que una mujer que no tenía ningún reparo en entrar en el computador que fuera se indignara tanto por una intrusión informática ilegal resultaba sorprendente. Romperle los dedos a un cirujano, ¡perfecto!, pero comprometerse a luchar contra las intrusiones ilegales de los *hackers*, ¿no era como tirar piedras sobre su propio tejado? Claro que él qué sabía.

Por fuerza tenía que existir una historia previa oculta en todo eso. Quizá ella y Balder fueran amigos o compañeros de conversaciones informáticas. No parecía imposible, lo que, a modo de prueba, lo llevó a escribir sus nombres juntos en Google. No hubo ningún resultado, al menos ningún dato significativo. Y por un breve instante Mikael clavó la mirada en la tormenta que estaba teniendo lugar al otro lado de la ventana; por su cabeza empezaron a pasar un dragón tatuado en una delgada y pálida espalda, el nevado paisaje de Hedestad y una tumba cavada en Gosseberga.

Acto seguido, continuó buscando información sobre Frans Balder, la cual no era precisamente escasa: el señor catedrático dio dos millones de resultados en Google. Y, sin embargo, no resultó fácil encontrar una biografía general. La mayor parte eran artículos científicos y comentarios. No parecía que Frans Balder fuera una persona muy dada a conceder entrevistas, motivo, sin duda, por el que todos los detalles de su vida llevaban una impronta más bien mitológico-heroica, como si hubiesen sido exagerados e idealizados por estudiantes que lo admiraban.

Así, Mikael pudo saber que, ya desde niño, Frans había sido considerado prácticamente un retrasado mental. Hasta que un día se presentó en el despacho del director del colegio donde estudiaba, en Ekerö, para señalarle un error que había en los libros de matemáticas de noveno curso, en concreto en el capítulo dedicado a los números imaginarios. La corrección fue incorporada en las siguientes ediciones, y en la primavera siguiente Frans ganó un concurso nacional de matemáticas. Se afirmaba también que podía hablar al revés e inventar largos palíndromos. En una redacción escolar que aparecía publicada en la red se mostraba crítico con la novela *La guerra de los mundos* de H. G. Wells, ya que no podía comprender por qué esos seres que eran superiores a nosotros en todo no entendían algo tan básico como la diferencia que había entre la flora bacteriana de la Tierra y la del planeta Marte.

Al acabar el bachillerato, estudió informática en el Imperial College de Londres y presentó una tesis doctoral sobre los algoritmos de las redes neuronales que marcó un antes y un después. Siendo muy joven, fue nombrado catedrático de la Universidad Politécnica de Estocolmo, la KTH, y admitido como miembro de la Real Academia de Ingeniería. En la actualidad se le consideraba la principal autoridad mundial que había en el campo del concepto hipotético de la «singularidad tecnológica», ese acontecimiento futuro en el que la inteligencia de los computadores sobrepasaría la nuestra.

No se trataba de un personaje de apariencia llamativa o seductora. En todas las fotografías se lo veía con aspecto descuidado, ojos pequeños y un enmarañado pelo que apuntaba en todas direcciones. Aun así, había estado casado con la glamorosa actriz Hanna Lind, que luego pasaría a llamarse Hanna Balder. La pareja tuvo un hijo que, según el reportaje de un tabloide titulado «La gran tristeza de Hanna», sufría una grave discapacidad mental, a pesar de que el chico no daba el menor indicio —al menos en la fotografía que acompañaba al reportaje— de presentar retraso alguno. El matrimonio se rompió y, de cara a un incendiario litigio sobre la custodia del niño que se preparaba en los juzgados de Nacka, el *enfant terrible* del teatro sueco, Lasse Westman, entró en escena y explicó de forma agresiva que Balder no debería tener derecho a ver jamás al niño porque se preocupaba más por «la inteligencia de los computadores que por la de los niños». Mikael Blomkvist dejó de lado el tema del divorcio para centrarse en intentar comprender la investigación de Balder y aquellas demandas judiciales en las que se hallaba involucrado. Durante un buen rato se sumergió en un complejo razonamiento relacionado con los procesos cuánticos de los computadores.

Después entró en sus documentos para abrir un archivo que había creado unos años atrás y al que había rebautizado como *El cajón de Lisbeth*. No sabía si ella aún seguía entrando en su computador, ni tampoco si se interesaba por su periodismo. Pero no podía dejar de albergar la esperanza de que así fuera, por lo que en ese momento se preguntó si, a pesar de todo, no debería escribirle unas pocas palabras para saludarla. El único problema era ¿qué poner?

Las cartas largas y personales no iban con ella, eso sólo la incomodaría. Podría más bien intentarlo con algo breve y un poco enigmático. Optó por la siguiente pregunta: «¿Qué hay que creer respecto a la Inteligencia Artificial de Frans Balder?».

Luego se levantó para volver a centrar la mirada en la tormenta de nieve.

Capítulo 4

20 de noviembre

Edwin Needham, o Ed the Ned, como le llamaban a veces, no era el técnico de seguridad informática mejor pagado de Estados Unidos, pero puede que fuera el mejor y el que más orgulloso estaba de su trabajo. Su padre, Sammy, había sido un hijo de puta como pocos, un alcohólico pirado que a veces se apuntaba a algún trabajo eventual en el puerto, aunque, por lo general, se perdía en demenciales juergas etílicas que a menudo acababan en el calabozo o en urgencias, cosa que, por supuesto, no resultaba agradable para nadie.

A pesar de ello, las borracheras de Sammy eran los mejores momentos de la familia. Cada vez que el padre se iba de bares, la madre y los niños respiraban tranquilos; ella, Rita, podía abrazar a sus dos hijos para decirles que al final todo saldría bien. Porque en aquel hogar nada iba bien. La familia vivía en Dorchester, Boston, y cuando el padre tenía la deferencia de estar presente en casa le daba unas palizas tan terribles que Rita debía correr a encerrarse en el cuarto de baño, donde pasaba horas y horas, a veces días enteros, llorando y temblando.

En la peor etapa del matrimonio la madre llegó a

vomitar sangre, de modo que a nadie le sorprendió demasiado que muriera con cuarenta y seis años debido a una hemorragia interna, ni que la hermana mayor de Ed se metiera de lleno en drogas como el *crack*, ni tampoco que Sammy y sus hijos, tras el fallecimiento de la madre, estuvieran a punto de perder su hogar.

La infancia de Ed le había allanado el camino a una posterior vida llena de problemas: ya en su adolescencia se unió a unos chicos que se hacían llamar *«The Fuckers»*, un grupo que inspiraba auténtico terror en Dorchester y que se dedicaba a pelearse con otras bandas, así como a cometer robos y atracos en tiendas de alimentación. El amigo más íntimo de Ed, un chico llamado Daniel Gottfried, fue asesinado; lo colgaron de un gancho de carnicero para luego matarlo con un machete. Ed pasó su adolescencia al borde del precipicio.

El aspecto de Ed tenía ya a una temprana edad un aire algo hosco y brutal al que no ayudaba el hecho de que nunca sonriera y de que le faltaran dos dientes en la encía superior. Era alto y corpulento, y nada ni nadie le asustaba. Por lo general, llevaba la cara llena de cicatrices, consecuencia de reyertas, de alguna que otra pelea con su padre o de una batalla campal entre bandas. La mayoría de los profesores del colegio le tenían pánico. Todo el mundo estaba convencido de que ese chico acabaría en la cárcel o tirado en cualquier cuneta con una bala en la cabeza. Pero hubo personas que empezaron a preocuparse por él, tal vez porque habían descubierto que tras esos ojos azules había algo más que agresividad y violencia.

Ed poseía un indomable deseo de descubrir cosas, una energía que hacía que pudiera devorar un libro con el mismo ímpetu con el que se lanzaba a destrozar el interior de un autobús municipal. A menudo no quería volver a casa por las tardes: le gustaba quedarse en esa sala del colegio a la que llamaban «sala de tecnología» y donde había un par de computadores frente a los que pasaba horas y horas. Un profesor de física apellidado Larson, de origen inconfundiblemente sueco, se percató de lo bien que se le daba a Ed todo lo relacionado con la tecnología y, tras estudiar su caso —con la participación de los servicios sociales—, se le concedió una beca y tuvo la posibilidad de cambiarse a otro colegio donde había alumnos más motivados.

Ed empezó a destacar en sus estudios y a recibir más becas y condecoraciones, y acabó siendo admitido en el Departamento de Ingeniería del Instituto Tecnológico de Massachusetts, el MIT, lo cual, teniendo en cuenta las expectativas iniciales, debía considerarse un pequeño milagro. Su tesis doctoral versó sobre ciertos peligros específicos relacionados con los nuevos criptosistemas asimétricos, como el RSA. Luego siguió ascendiendo a posiciones de alto rango en Microsoft y Cisco antes de ser reclutado finalmente por la Agencia Nacional de Seguridad, la NSA, en Fort Meade, Maryland.

En realidad, su currículum no era todo lo impecable que debería ser para trabajar en un sitio así, y no sólo por lo que respectaba a su adolescencia. En la universidad fumó bastante marihuana y manifestó interés por las ideas socialistas, cuando no anarquistas; ya de adulto, fue detenido un par de veces por delitos de lesiones. Y no es que fueran incidentes muy significativos —las típicas peleas de bar—, pero su temperamento seguía siendo violento y todo aquel que lo conocía evitaba a toda costa entrar en conflicto con él.

Sin embargo, en la NSA vieron sus otras cualidades. Y además corría el otoño de 2001. Los servicios de inteligencia estadounidenses estaban tan desesperados por reclutar expertos en informática que podría decirse que contrataban al primero que se les presentaba. Durante los años siguientes nadie cuestionó ni la lealtad ni el patriotismo de Ed, y si alguien lo hacía las ventajas siempre acababan pesando más que los inconvenientes.

Ed no era tan sólo un deslumbrante talento; había también un componente obsesivo en su personalidad, una maníaca obsesión por el detalle y una eficacia arrasadora, características muy positivas en una persona que se encargaba de la seguridad informática de la más secreta de las instituciones estadounidenses. Ningún hijo de puta penetraría en su sistema. Para él era algo personal, y en Fort Meade se hizo muy pronto imprescindible: ante su mesa había constantes colas para consultarle diversos temas. Pero muchos le tenían un miedo de muerte; a menudo soltaba unas tremendas broncas a sus colaboradores. En una ocasión, incluso, llegó prácticamente a mandar a la mierda al mismísimo jefe de la NSA, el legendario almirante Charles O'Connor:

—¡¿Por qué no dedicas tu puta cabeza, siempre tan ocupada, a cosas que puedas entender?! —le gritó Ed cuando el almirante intentó ofrecerle su opinión sobre el trabajo que realizaba.

Pero Charles O'Connor y todos los demás lo dejaron pasar. Sabían que Ed pegaba gritos y se peleaba con todo el mundo por razones más que justificadas: por haber descuidado el protocolo de seguridad o por hablar de historias que no entendían. Jamás se metía en el resto de los cometidos de la organización espía, a pesar de que, debido a su poder, tenía acceso a casi todas sus actividades, y a pesar de que en los últimos años la organización había acabado envuelta en una violenta tormenta mediática durante la que tanto representantes de la derecha como de la izquierda habían pintado a la NSA como si fuera el mismísimo diablo, como la personificación del Gran Hermano de George Orwell. Pero a Ed le daba igual que la organización hiciese lo que quisiera siempre y cuando sus sistemas de seguridad fueran rigurosos y se mantuvieran intactos. Y como todavía no había formado una familia, se podría decir que en cierto modo vivía en la oficina.

Resultaba ser alguien en el que la gente confiaba y, aunque, como era natural, él mismo había sido objeto de toda una serie de controles sobre su persona, nunca se le encontró nada que fuera motivo de queja, aparte de, claro estaba, unas borracheras antológicas durante las cuales, en especial en los últimos años, se ponía preocupantemente sentimental y empezaba a hablar de todo lo que le había pasado en la vida. Pero ni siquiera en esas circunstancias constaba que le hubiera contado a alguien a qué se dedicaba. Fuera de allí, en el otro mundo, callaba como una tumba, y si por casualidad alguien lo presionaba siempre recurría a sus aprendidas mentiras, confirmadas por Internet y las bases de datos.

No se debía a ninguna casualidad —ni era el resultado de intrigas o maldades— que hubiera ascendido de categoría y que se hubiera convertido en el jefe supremo de seguridad del cuartel general. Una vez allí, lo puso todo patas arriba para que no «apareciera de repente otro alertador, un filtrador de información, y nos abofeteara de nuevo». Ed y su equipo extremaron la vigilancia interna punto por punto y, durante interminables noches en vela, crearon algo que solían denominar «una muralla infranqueable» o bien «un pequeño sabueso enérgico e irascible».

«Ningún hijo de puta podrá entrar ni husmear ahí dentro sin mi permiso», dijo. Y eso hizo que se sintiera enormemente orgulloso.

Al menos hasta esa maldita mañana de noviembre. El día amaneció con un cielo claro y bonito. En Maryland no había ni rastro de esas infernales tormentas que barrían el continente europeo. La gente vestía camisas y finas chaquetas, y Ed, que con los años se había hecho con unos kilos de más, se acercó a su mesa desde la máquina de café con su característico andar de pato.

Gracias a su posición, Ed se saltaba las normas de vestimenta. Llevaba jeans y una camisa a cuadros rojos que no conseguía mantener metida en los pantalones. Cuando se sentó frente al computador lo hizo con un suspiro: le dolían la espalda y la rodilla derecha, razón por la cual, entre dientes, le dedicó unas palabrotas a su colega Alona Casales —una expolicía del FBI, lesbiana y bastante encantadora, aunque de lengua viperina— porque el día antes lo había engatusado para que la acompañara a correr. Era muy probable que por puro sadismo.

Por fortuna, no había ningún asunto extremadamente urgente que atender. Sólo debía redactar un documento de uso interno sobre unas normas adicionales de procedimiento dirigidas a los responsables del COST, un programa de colaboración con los grandes grupos de empresas informáticas. Pero no avanzó mucho; apenas había llegado a escribir con su habitual y dura prosa «Para que nadie se sienta tentado a ser un idiota una vez más y siga siendo un buen ciberagente paranoico, quiero decir», cuando lo interrumpió una de sus alarmas digitales.

No le preocupó demasiado, pues sus sistemas eran tan sensibles que saltaban en cuanto registraban la más mínima alteración del flujo de información. Seguro que sólo se trataba de una pequeña anomalía, tal vez un aviso de que alguien intentaba acceder a alguna información sin estar autorizado o cualquier otra leve perturbación.

Sin embargo no le dio tiempo a comprobarlo, porque acto seguido ocurrió algo tan espeluznante que durante varios segundos se negó a creerlo; se quedó paralizado con la mirada clavada en la pantalla. No obstante, sabía a la perfección lo que estaba pasando; lo sabía, al menos con esa parte del cerebro que todavía pensaba de forma racional: un RAT se había colado en NSANet, la intranet. Si lo hubiese hecho en cualquier otra parte de la red habría pensado: «¡Qué hijos de puta, los voy a matar!». Pero allí, en lo más cerrado y controlado, donde él y su equipo lo habían repasado todo tan detenida y laboriosamente —miles y miles de veces sólo en el último año— para poder rastrear todas y cada una de las posibles vulnerabilidades, allí no, no. Allí no. Era imposible, no podía ser.

Cerró los ojos sin ser consciente de lo que hacía, como si esperara que todo desapareciese si los mantenía cerrados durante el suficiente tiempo. Pero cuando volvió a dirigir la mirada a la pantalla vio cómo la frase que él mismo había empezado a redactar estaba siendo ampliada. El «quiero decir» de Ed se iba completando ahora por sí solo con las palabras «que dejen de cometer todas esas ilegalidades. En realidad es muy sencillo: el que vigila al pueblo acaba siendo vigilado por el pueblo. Hay una fundamental lógica democrática en ello».

—¡Mierda! ¡Mierda! —murmuró, una reacción que al menos era un ligero indicio de que se estaba recuperando.

Y a continuación pudo leer: «No te enojes, Ed. Te propongo que me acompañes a dar una vuelta. Tengo *root*». Y entonces Ed pegó un grito. La palabra «*root*» hizo que todo su ser sufriera un colapso, y durante unos minutos —cuando el computador, con la velocidad de un rayo, lo llevó de viaje por las partes más secretas del sistema— pensó completamente en serio que le iba a dar un infarto, y en medio de aquel estado de confusión, advirtió que la gente empezaba a congregarse a su alrededor.

Hanna Balder debía salir a hacer las compras. En la nevera no había ni cervezas ni ninguna otra cosa con la que cenar en condiciones. Además, Lasse podía presentarse en cualquier momento y no se pondría muy contento si ni siquiera podía tomarse una. Pero hacía un tiempo horrible. Así que lo fue postergando mientras, sentada en la cocina, se fumaba un cigarrillo —por muy malo que fuera para su cutis y, claro estaba, también para el resto del cuerpo— y jugueteaba nerviosamente con su celular.

Repasó dos o tres veces su lista de contactos con la esperanza de encontrar algún nombre nuevo. Por supuesto, no apareció ninguno. Sólo las mismas personas de siempre, hartas ya de ella. Y en contra de lo que se había propuesto, llamó a Mia, su agente. Habían sido amigas íntimas y, en su día, soñaron con conquistar el mundo juntas. Ahora Hanna se había convertido más bien en la mala conciencia de Mia; ya no sabía cuántas excusas y cuántas palabras vacías le había oído en los últimos tiempos: «Qué difícil es envejecer cuando eres actriz, porque blablablá». No lo soportaba. ¿Por qué no se lo decía directamente a la cara?: «Estás acabada, Hanna. El público ya no te quiere».

Pero, como era de esperar, Mia no tomó el teléfono. Mejor así: en realidad, a ninguna de las dos les habría caído bien la conversación. Hanna no pudo dejar de asomarse a la habitación de August para sentir esa punzada de nostalgia que le hizo pensar que había echado a perder el último cometido importante de su vida: su papel de madre. Paradójicamente, eso le infundió un poco de fuerza; de alguna perversa manera, la autocompasión la consolaba. Justo estaba preguntándose si, a pesar de todo, no debería salir ya a comprar esas cervezas cuando sonó el teléfono.

Era Frans, lo que aún le torció el gesto un poquito más. Hanna llevaba todo el día pensando en llamarlo —aunque no se había atrevido a hacerlo— para decirle que quería recuperar a August, no sólo porque lo echara de menos, y mucho menos aún porque pensara que su hijo estaría mejor atendido en su casa, sino porque había que evitar una catástrofe, nada más.

Lasse quería ir a buscar al niño para volver a cobrar el subsidio, y Dios sabía —pensó Hanna— lo que podría pasar si Lasse decidía ir a casa de Frans, a Saltsjöbaden, para reclamar al chico. Era muy probable que arrancara a August de los brazos de su padre y que le diera un susto tremendo para luego machacar a golpes a Frans. Ella tenía que hacerle entender todo aquello, pero cuando intentó comunicárselo no hubo modo de conversar con él. No paraba de hablar de forma atropellada sobre alguna extraña historia que, al parecer, era «extraordinaria y alucinante, y absolutamente fantástica» y cosas por el estilo.

—Perdona, Frans, pero no entiendo nada. ¿De qué estás hablando?

—August es un *savant*. Es un genio.

—¿Te has vuelto loco?

—Todo lo contrario, querida Hanna, por fin me he vuelto cuerdo. Tienes que venir hasta aquí, ¡ahora mismo! Creo que es la única forma. Si no, es imposible entenderlo. Te pago el taxi. Te lo juro, vas a alucinar. ¿Sabes?, debe de tener memoria fotográfica, y de alguna incomprensible manera debe de haber adquirido todos los secretos del dibujo en perspectiva sin la ayuda de nadie. Es tan bonito, Hanna, tan exacto. Brilla con un resplandor inusual, como si fuera de otro mundo.

—¿Qué es lo que brilla?

—El semáforo de August. ¿No me escuchas? Ese semáforo por el que pasamos la otra noche y que ahora ha plasmado en una serie de dibujos perfectos, bueno, mejor dicho, más que perfectos...

—¿Más que perfectos?

—Bueno, no sé cómo decirlo. No sólo lo ha copiado, Hanna, no sólo lo ha captado con exactitud, sino que también ha aportado algo suyo, una dimensión artística. Hay una energía tan extraña y tan intensa en lo que ha hecho... Y, por paradójico que pueda parecer, también algo matemático, como si incluso tuviera conocimientos de axonometría.

—¿Axo... qué?

—Da igual. ¡Hanna, tienes que venir y verlo! —insistió Frans mientras ella comenzaba, lentamente, a entender la historia.

August había empezado, de repente y sin previo

aviso, a dibujar como un virtuoso, o al menos eso afirmaba Frans y, claro, si eso fuera verdad sería fantástico. Pero lo triste era que, aun así, Hanna no se alegraba, y al principio no entendía por qué. Luego intuyó el motivo: era porque había ocurrido en casa de Frans. El chico había pasado años con ella y con Lasse sin que hubiera sucedido nada de nada. Con ellos, August se había limitado a sentarse en el suelo con sus rompecabezas y sus juegos de bloques sin pronunciar palabra, siempre en silencio, un silencio que sólo era interrumpido por sus inquietantes ataques cuando gritaba con voz penetrante y atormentada, mientras se revolvía y se movía con violencia de un lado a otro. Y de pronto, como por arte de magia, pasaba unas semanas con su padre y éste decía que era un genio.

Aquello era demasiado. No era que no se alegrara por el chico, pero le dolía; y lo peor de todo: no estaba tan sorprendida como debería. No meneaba la cabeza murmurando «imposible, imposible». Todo lo contrario: tenía la sensación de haberlo sospechado, no que el niño se dedicara a dibujar semáforos con exactitud fotográfica, sino que tras su apariencia se ocultaba algo más.

Lo había sospechado por sus ojos, por esa mirada que a veces, en momentos de gran excitación, parecía registrar cada pequeño detalle del entorno. Lo había sospechado por el modo que tenía el niño de escuchar a los profesores y por su nervioso hojear de los libros de matemáticas que ella le había comprado; y sobre todo, lo había sospechado por los números que escribía. Nada era tan raro como sus números; se podía pasar horas enteras escribiendo interminables series de números increíblemente largas. Hanna había hecho un auténtico esfuerzo por entenderlos o, al menos, por intentar saber de qué trataban. A pesar de lo mucho que lo había procurado nunca llegó a comprender nada, y ahora se daba cuenta de que había pasado por alto algo importante. El haberse sentido tan desgraciada y haber estado tan metida en sí misma le había impedido ver lo que sucedía en la mente de su hijo. Así era.

—No lo sé —dijo.

—¿Qué es lo que no sabes? —preguntó Frans irritado.

—No sé si podré ir —respondió ella. Y en ese mismo instante oyó el ruido de la puerta.

Lasse llegó con su viejo compañero de borracheras, Roger Winter, cosa que la hizo encogerse de miedo, murmurarle una excusa a Frans y, por enésima vez, pensar que era una mala madre.

Frans se quedó con el teléfono en la mano y empezó a soltar insultos en medio de aquel suelo que imitaba un tablero de ajedrez. Lo había mandado hacer así porque apelaba a su sentido del orden matemático y porque los cuadros se reproducían hasta el infinito en los espejos de los armarios, situados a ambos lados de la cama. Había días en los que veía el desdoblamiento de esos cuadros como si fuera un hormigueante y misterioso enigma, algo casi vivo que surgía de lo esquemático y lo regular, al igual que los pensamientos y los sueños surgen de las neuronas del cerebro o los programas informáticos de los códigos binarios. Pero en ese instante estaba inmerso en otro tipo de pensamientos:

—Hijo, ¿qué ha pasado con tu madre? —le preguntó.

August, que estaba sentado a su lado, en el suelo,

comiéndose un sandwich de queso con pepinillos en vinagre, levantó la cabeza y lo miró concentrado, y entonces a Frans lo invadió la extraña premonición de que su hijo iba a hacer un comentario adulto y sensato. Evidentemente, era una idiotez pensar algo así. August permaneció tan callado como siempre; él no sabía nada de mujeres desatendidas que se iban consumiendo por dentro. El hecho de que a Frans se le hubiera ocurrido semejante idea se debía, por supuesto, a los dibujos.

Hubo momentos en los que los dibujos —y ya iban tres— no sólo se le antojaron una manifestación más que evidente de un don artístico y matemático, sino también de algún tipo de sabiduría. Las obras le parecían tan maduras y complejas en su precisión geométrica que Frans no conseguía encajarlas en esa imagen de August de posible niño retrasado. O, mejor dicho, no quería que encajaran porque, naturalmente, ya hacía tiempo que había deducido cuál era su verdadera naturaleza, y no sólo porque él, al igual que muchos otros, hubiera visto en su día *Rain Man*.

Como padre de un chico autista, ya se había topado antes con el concepto de *savant*, que describe a personas con graves carencias cognitivas pero que, pese a ello, poseen unos brillantes talentos en campos de conocimiento muy específicos, que suelen acompañar a una memoria prodigiosa y una vista muy aguda. Ya desde el principio, Frans había sospechado que muchos padres esperaban que sus hijos fueran así, como una especie de premio consuelo. Pero tenían las probabilidades en contra.

Se solía estimar que sólo uno de cada diez niños autistas poseía alguna forma de talento *savant*, por lo general algo menos espectacular que en el caso del

Rain Man de la película. Había, por ejemplo, personas autistas que podían decir en qué día de la semana había caído una determinada fecha de varios siglos atrás, hasta de cuarenta mil años en los casos más extremos.

Otros poseían unos conocimientos enciclopédicos dentro de un campo muy pequeño, como los horarios de los autobuses o los números de teléfono. Algunos podían calcular mentalmente números muy elevados, o se acordaban con precisión del tiempo que había hecho durante todos los días de su vida, o tenían la capacidad de decir —y no se equivocaban ni un segundo— la hora que era sin mirar el reloj.

En fin, existía toda una serie de talentos más o menos curiosos y, por lo que entendía Frans, a las personas que tenían ese tipo de características se las llamaba *savants* talentosos, personas que dominaban algo de forma extraordinaria en relación con su discapacidad.

Luego había otro grupo mucho más raro, al que Frans quería creer que pertenecía August: los *savants* genios, individuos cuyos talentos resultaban sensacionales contemplados desde cualquier punto de vista. Ése era el caso de Kim Peek, por ejemplo, que acababa de fallecer de un infarto. Kim no podía vestirse sin ayuda y sufría graves discapacidades intelectuales. Aun así, había memorizado doce mil libros y era capaz de contestar, rápido como una centella, a prácticamente cualquier pregunta que se le hiciera sobre ellos. Todo un banco de datos andante. Le apodaban *Kimputer*.

Luego había músicos como Leslie Lemke, un hombre ciego y con daño cerebral que en una ocasión, con dieciséis años, se levantó en mitad de la noche para, sin ningún tipo de preparación o práctica, tocar a la perfección el primer concierto para piano de Tchaikovsky después de haber oído la pieza una sola vez en la televisión. Pero sobre todo había muchachos como Stephen Wiltshire, un chico inglés autista que se mostraba extremadamente tímido de niño y que emitió su primera palabra cuando tenía seis años, una palabra que por casualidad resultó ser «papel».

Con ocho o diez años ya sabía dibujar grandes complejos de edificios de forma perfecta y con el más mínimo detalle tras haberles echado una sola, breve y vertiginosa mirada. Un día sobrevoló Londres en helicóptero y observó los edificios y las calles que quedaban a sus pies. Cuando se bajó, dibujó un fantástico panorama en el que consiguió plasmar el incesante hormigueo de la ciudad. Sin embargo, no era en absoluto un mero copiador; ya desde muy temprana edad existía una maravillosa originalidad en su obra, y actualmente se lo consideraba un gran artista en todos los niveles. Se trataba de chicos, como August.

Porque sólo una de cada seis personas con un don *savant* eran chicas, algo que quizá tuviera que ver con una de las grandes causas del autismo: que a veces circula demasiada testosterona en el útero, sobre todo, como es natural, cuando se están gestando chicos. La testosterona puede dañar el tejido cerebral del feto y casi siempre afecta al hemisferio izquierdo del cerebro, ya que éste se desarrolla con más lentitud y resulta más vulnerable. El síndrome del *savant* es la compensación del hemisferio derecho por los daños sufridos en el izquierdo.

Pero como los dos hemisferios son diferentes entre sí —en el izquierdo está el pensamiento abstracto y la capacidad de ver contextos más amplios—, el resultado final es muy particular. Surge así un nuevo tipo de perspectiva, una fijación especial por el detalle, y si Frans lo entendía bien, él y August debían de haber percibido ese semáforo de distinta manera. No sólo porque el chico estuviera, aparentemente, muchísimo más atento y centrado, sino también porque el cerebro de Frans, con una vertiginosa velocidad, había filtrado todo lo superfluo para concentrarse en lo fundamental; por supuesto la seguridad, pero también el propio mensaje del semáforo: «Cruza o espera». Con toda probabilidad, su mirada se había ofuscado también por muchos otros motivos, sobre todo por Farah Sharif. Para él, el paso de peatones se mezclaba con el flujo de recuerdos y expectativas que tenía respecto a ella, mientras que a August se le habría presentado tal y como era.

Había sido capaz de fijar todos los detalles tanto del semáforo como del hombre vagamente familiar que justo entonces cruzaba la calle. Después guardó esa imagen en su mente como un exquisito grabado, pero no sintió la necesidad de sacarla a la luz hasta un par de semanas más tarde. Lo más curioso de todo era que no se había limitado a reproducir el semáforo y al hombre: le había imprimido al dibujo una inquietante luz, y Frans no podía dejar de pensar en que August le quería comentar algo más que un simple «¡Mira lo que sé hacer!». Por enésima vez contempló los dibujos, y entonces sintió que una aguja se le clavaba en el corazón.

Tuvo miedo. No acababa de comprenderlo del todo, pero con ese hombre del dibujo pasaba algo. Su mirada era fría e inexpresiva. Su mandíbula estaba tensa y sus labios eran extrañamente finos, casi inexistentes, aunque de este último rasgo no se podría culpar, por supuesto, al hombre. No obstante, cuanto más lo miraba Frans más miedo le infundía. Y de repente le invadió un gélido terror, como si hubiera sentido un mal presagio.

—Te quiero, hijo mío —murmuró sin apenas ser consciente de lo que decía; y era posible que repitiera la frase en un par de ocasiones más, porque las palabras empezaron a parecerle cada vez más extrañas en su boca.

Se dio cuenta, con un nuevo tipo de dolor, de que nunca antes las había pronunciado y, tras recuperarse de ese primer *shock*, comprendió que había algo profundamente indigno en ello. ¿Era necesario que el niño poseyera un talento extraordinario para que él quisiera a su propio hijo? En cualquier caso, sería algo muy suyo: durante toda su vida había sido una persona demasiado centrada en el resultado de lo que hacía.

Lo que no fuera ni innovador ni la manifestación de una gran inteligencia no le interesaba, y cuando tuvo que dejar Suecia para irse a Silicon Valley, el nombre de August apenas acudió a su mente. Su hijo no era más que una molestia que se interponía en el camino de esas cosas revolucionarias que Frans estaba a punto de descubrir.

Pero ahora eso iba a cambiar, se prometió. Dejaría de lado la investigación y todo ese asunto que lo había atormentado y perseguido durante los últimos meses, y sólo se dedicaría al chico.

Se convertiría en una nueva persona, a pesar de todo.

Capítulo 5

20 de noviembre

Nadie entendía cómo Gabriella Grane había acabado en la Säpo, ni siquiera ella misma. Era la típica chica a la que todo el mundo le había vaticinado un futuro brillante, y el hecho de que ahora tuviera treinta y tres años, de que no fuera ni rica ni famosa y de que tampoco se hubiera casado —ni con un rico ni con nadie— preocupaba a sus viejas amigas de Djursholm.

—¿Qué te ha pasado, Gabriella? ¿Vas a ser policía el resto de tu vida?

La mayoría de las veces no tenía ganas de discutir ni de llamarles la atención sobre el hecho de que ella no era policía sino analista, ni de recordarles que había sido elegida a dedo por sus superiores y que, en la actualidad, escribía textos de mucho mayor calibre que los que en su día redactó en Asuntos Exteriores o durante sus veranos como editorialista de *Svenska Dagbladet*. Además, de todos modos no le estaba permitido hablar de casi nada de lo que hacía, así que mejor callarse y pasar por alto todas esas ridículas obsesiones por el estatus; lo único que podía hacer era aceptar que un empleo en la policía de seguridad se consideraba caer en lo más bajo entre sus amigos de la clase alta, y mucho más, claro está, entre sus amigos intelectuales.

A ojos de estos últimos, la Säpo no era más que una pandilla de retrógrados derechistas que perseguían a los kurdos y a los árabes por ocultos motivos racistas y que no lo pensaban dos veces antes de cometer graves delitos y abusos jurídicos para proteger a viejos espías soviéticos. Y lo cierto era que sí; en alguna que otra ocasión, ella también había comulgado con esa opinión. En la organización aún existían la incompetencia y el predominio de unos valores poco sanos, y el asunto Zalachenko seguía siendo una enorme deshonra y vergüenza. Pero ésa no era toda la verdad: allí también se realizaba un trabajo interesante e importante, en especial ahora, después de toda la limpieza que habían hecho. A veces pensaba que era ahí, en la policía de seguridad, donde se gestaban las ideas más sugerentes o que, en cualquier caso, era ahí, y no en la redacción de los periódicos ni en las aulas de las universidades, donde mejor se entendía la profunda transformación que estaba teniendo lugar en el mundo. Pero no podía negar que a menudo se preguntaba: «¿Cómo acabé aquí y por qué sigo?».

Era muy probable que parte de la culpa la tuviera el hecho de haberse sentido halagada: nada más y nada menos que la recién ascendida jefa de la Säpo, Helena Kraft, había contactado con ella y le había dicho que la policía de seguridad, tras todos los escándalos y artículos difamatorios de los últimos tiempos, debía empezar a reclutar personal de otra manera. «Tenemos que planteárnoslo más al estilo británico —decía—, e intentar atraer a los auténticos talentos de las universidades; y sinceramente, Gabriella, no hay ninguna persona mejor que tú.» Y no fue necesario más.

Gabriella entró como analista del contraespionaje y luego pasó al Departamento de Protección Industrial. Y aunque no resultaba la más apropiada para la tarea, porque era joven, y mujer, y encima guapa —una de esas bellezas que irradian bondad y afabilidad—, fue la elección más acertada en los restantes aspectos. La llamaban «niña de papá», cosa que había creado cierta innecesaria fricción. Pero por lo demás fue un reclutamiento estelar: rápida, receptiva y con una forma de pensar original y creativa. Por si fuera poco, hablaba ruso.

Lo había aprendido paralelamente a los estudios que efectuó en la Escuela de Economía de Estocolmo, donde, como no podía ser de otro modo, fue una estudiante ejemplar, aunque en realidad nunca disfrutó mucho de la carrera. Soñaba con algo más que el mundo de los negocios, por lo que, después de graduarse, se presentó a las pruebas de ingreso de la Escuela Diplomática del Ministerio de Asuntos Exteriores. Y, claro, fue admitida. Pero tampoco allí se sentía lo suficientemente motivada. Los diplomáticos le parecían demasiado bien peinados y formales. Fue en esa fase de su vida cuando Helena Kraft se puso en contacto con ella. Ahora ya llevaba cinco años en la Säpo, y poco a poco la habían ido aceptando como la mujer inteligente y talentosa que era, si bien no siempre había sido fácil.

Ése, sin ir más lejos, había sido un día bastante complicado, y no sólo por el endemoniado tiempo. El director del departamento, Ragnar Olofsson, se había presentado en su despacho con cara de pocos amigos para comentarle, con excesiva antipatía, que no quería que fuera coqueteando cuando salía en misión profesional.

—¿Coqueteando? —preguntó Gabriella.

—Han llegado unas flores.

—¿Y eso es culpa mía?

—Pues sí, pienso que ahí tú tienes cierta responsabilidad. Debemos actuar de forma rigurosamente correcta cuando vamos a trabajar fuera. Representamos a una autoridad estatal altamente esencial.

—¡Estupendo, querido Ragnar! Siempre aprendo cosas de ti. Ahora por fin comprendo que es culpa mía que el director del Departamento de Investigación y Desarrollo de Ericsson sea incapaz de ver la diferencia que hay entre un trato cordial y un coqueteo. Ahora por fin me has dejado claro que cuando ciertos hombres dan rienda suelta a sus fantasías de tal forma que ven una invitación sexual en una simple sonrisa, la responsabilidad es mía.

—No digas tonterías —soltó Ragnar para marcharse a continuación. Y ella se arrepintió.

Ese tipo de reacciones rara vez conducían a nada bueno. Pero es que, ¡mierda!, ya llevaba demasiado tiempo aguantando estupideces.

Había llegado la hora de no dejarse pisotear. Recogió a toda prisa su mesa con el fin de hacerle sitio a un informe del GCHQ, el Cuartel General de Comunicaciones del gobierno británico, que aún no le había dado tiempo a leer. Iba dirigido a las empresas de *software* europeas y ofrecía datos sobre el espionaje industrial ruso. Entonces sonó el teléfono. Era Helena Kraft, cosa que la animó, pues Helena nunca la llamaba para quejarse o expresar algún tipo de descontento, más bien al contrario.

—Voy a ir al grano —dijo Helena—. He recibido una llamada de Estados Unidos que posiblemente tenga un carácter urgente. ¿Puedes atenderla en tu teléfono Cisco? Hemos habilitado una línea segura.

—Sí, claro.

—Muy bien, quiero que me des tu opinión, que evalúes si hay algo ahí. Parece serio, pero la informante no me da buena espina. Por cierto, dice que te conoce.

—Pásamela.

Al otro lado estaba Alona Casales, de la NSA de Maryland, aunque Gabriella dudó un instante de que realmente fuera ella. La última vez que se vieron —en un congreso, en Washington D. C.— Alona era una carismática conferenciante experta en lo que ella llamaba con un ligero eufemismo inteligencia de señales, es decir, *hacking*. Después, ella y Gabriella pasaron un rato juntas tomando una copa. Gabriella se había quedado hechizada en contra de su voluntad. Alona fumaba puritos y poseía una voz profunda y sensual con la que le gustaba expresarse en contundentes frases, cortas y agudas, a menudo con connotaciones sexuales. Pero ahora, por teléfono, daba la impresión de haber abandonado esas ocurrentes y eficaces frases y de estar histérica, y había momentos en los que perdía el hilo, algo incomprensible en una mujer como ella.

Alona no se ponía nerviosa así como así, de modo que, por regla general, no tenía problemas para ceñirse a un tema concreto. Contaba cuarenta y ocho años de edad y era una mujer alta y sin pelos en la lengua, con un busto imponente y unos ojos pequeños e inteligentes que podían provocar inseguridad en cualquiera. A menudo parecía atravesar a las personas con la mirada, y nadie podía afirmar que manifestara un excesivo respeto hacia sus superiores. Ponía firme a quien hiciera falta, aunque se tratara del mismísimo ministro de Justicia en una de sus visitas, algo que constituía uno de los motivos por los que Ed the Ned se encontraba tan a gusto con ella. Ninguno de los dos se preocupaba especialmente por la posición de la gente. Era el talento lo que les interesaba, nada más, y por eso la jefa de la policía de seguridad de un país pequeño como Suecia era insignificante para Alona.

Y a pesar de ello, una vez realizados los habituales controles de seguridad para esa llamada, perdió los estribos por completo. Aunque en este caso la causa no tenía nada que ver con Helena Kraft, sino con el drama que en ese momento se acababa de desencadenar en la oficina. Bien era cierto que todo el mundo estaba acostumbrado a los arrebatos de cólera de Ed. Éste podía pegar gritos y dar feroces golpes en la mesa por detalles nimios, pero algo le decía a Gabriella que ahora la cosa había alcanzado unas cotas bien distintas.

El hombre parecía estar paralizado, y mientras Alona se hallaba ahí sentada intentando articular atropelladamente algunas confusas palabras por teléfono, los demás compañeros se congregaron alrededor de Ed y varios de ellos sacaron sus celulares; todos, sin excepción, dieron la impresión de estar conmocionados o, cuando menos, asustados. Pero Alona —por idiota, o quizá por estar demasiado conmocionada— ni colgó ni preguntó si podía volver a telefonear más tarde. Se limitó a aceptar la espera mientras le pasaban la llamada a otra línea para hablar con Gabriella Grane, esa encantadora y joven analista que había conocido en Washington y con la que intentó tener algo desde el primer momento; y aunque no lo consiguió, Alona se había despedido de aquella sueca con una sensación de profundo bienestar.

—Hola, amiga —dijo—. ¿Cómo estás?

—Bueno, bien, gracias —contestó Gabriella—. Hace un tiempo horrible, pero por lo demás no me puedo quejar.

—Fue un encuentro bonito de verdad el que tuvimos la última vez, ¿cierto?

—Desde luego, fue muy agradable, aunque el día siguiente tuve una tremenda resaca. Pero supongo que no me llamas para invitarme a salir.

—No, por desgracia no. Te llamo porque hemos detectado una seria amenaza contra un investigador sueco.

—¿Quién?

—Hemos tenido durante mucho tiempo grandes dificultades para intentar interpretar la información o para, por lo menos, saber de qué país se trataba. Sólo usaban vagas expresiones codificadas, y gran parte de la comunicación estaba cifrada y resultaba imposible de descifrar; pero aun así, como suele pasar, con la ayuda de las pequeñas piezas del rompecabezas, al final... ¡Joder! ¿Qué...?

—¿Perdón?

—¡Espera un minuto!

El computador de Alona parpadeó. Luego se apagó por completo y, por lo que pudo entender, lo mismo pasó en toda la oficina. Durante unos segundos no supo qué hacer. Decidió continuar con la conversación, al menos por el momento; quizá se tratara sólo de una avería eléctrica, aunque la iluminación no se había visto afectada.

—Sí, sí, te espero —contestó Gabriella.

—Gracias, muy amable. Debo disculparme, es que aquí hay un poco de problema. ¿Qué te estaba diciendo?

—Estabas hablando de las pequeñas piezas del rompecabezas.

—Sí, eso es. Ensamblamos alguna que otra pieza, siempre hay alguien que comete una imprudencia por muy profesional que sea o que...

—¿Qué?

—...habla, menciona una dirección o algo; en este caso más bien un...

Alona volvió a callarse: nada más y nada menos que el comandante Jonny Ingram, uno de los auténticos peces gordos de la organización, con contactos que llegaban hasta la Casa Blanca, había entrado en la oficina. Era cierto que Jonny Ingram procuraba parecer igual de *cool* y aristocrático que siempre, incluso bromeó con un grupo de gente que había al fondo. Pero no podía engañar a nadie. Por debajo de esa refinada y bronceada fachada —desde su época de jefe del centro de criptografía de la NSA de Oahu lucía el mismo y perfecto bronceado durante todo el año— se intuía en su mirada un fondo nervioso, y ahora parecía reclamar la atención de todos.

—¿Oye? ¿Sigues ahí? —preguntó Gabriella al otro lado de la línea.

—Lo siento. Tengo que cortar. Te volveré a llamar —se disculpó Alona, y colgó. Y en ese preciso momento empezó a preocuparse de verdad.

Se notaba en el ambiente que algo terrible había ocurrido, quizá un nuevo atentado terrorista de grandes dimensiones. Pero Jonny Ingram continuaba tranquilamente su teatro y, aunque retorcía las manos y tenía gotas de sudor en el labio superior y en la frente, insistía una y otra vez en que no había sucedido nada grave. Se trataba tan sólo de un virus, explicó, que se había colado en la intranet a pesar de todas las medidas de seguridad.

—Hemos apagado nuestros servidores para respetar el protocolo de seguridad —dijo. Y por un instante logró calmar el ambiente. «Mierda, un maldito virus», parecía pensar la gente. «Pues tampoco será tan grave.»

Pero luego el discurso de Jonny Ingram tomó caminos demasiado prolijos y farragosos, y entonces Alona no pudo controlarse y le gritó:

—¡Habla claro!

—Aún no sabemos gran cosa porque acaba de pasar hace muy poco, pero es posible que hayamos sufrido una intrusión. Les volveremos a informar en cuanto sepamos algo más —respondió Jonny Ingram, de nuevo manifiestamente inquieto. Y un murmullo recorrió la sala.

—¿Son los iraníes otra vez? —quiso saber alguien.

—Creemos... —contestó Ingram.

Pero fue interrumpido. El que, como era lógico, tendría que haber estado allí explicando lo que había pasado desde el principio lo cortó en seco mientras se levantaba con su imponente figura de oso, y en ese momento nadie pudo negar que constituía una imagen impactante e intimidatoria. Si Ed Needham se había mostrado derrotado y conmocionado hacía tan sólo un instante, ahora irradiaba una enorme determinación.

—No —le espetó—. Esto es obra de un *hacker*, un puto *superhacker* de mierda al que le voy a cortar los huevos. Y nada más.

Gabriella Grane acababa de ponerse el abrigo para marcharse a casa cuando Alona Casales volvió a llamar. Al principio se molestó, no sólo por el desconcierto creado en su última conversación, sino porque quería irse antes de que la tormenta se volviera ingobernable. Según el pronóstico de la radio, soplarían vientos de hasta cien kilómetros por hora y la temperatura alcanzaría los diez grados bajo cero, y Gabriella llevaba ropa demasiado fina, exageradamente fina.

—Siento la tardanza —empezó diciendo Alona Casales—. Hemos tenido una mañana de locos. Un caos total.

—Aquí también —respondió Gabriella con educación mientras miraba su reloj.

—Pero bueno, como te decía, te llamo por un asunto muy importante, al menos eso es lo que creo. No resulta del todo fácil evaluarlo. Acabo de empezar a investigar a un grupo de rusos, ¿te lo había comentado? —continuó Alona.

—No.

—Bueno, probablemente también haya alemanes y estadounidenses, y hasta es posible que algún que otro sueco.

—¿De qué tipo de grupo estamos hablando?

—De un grupo criminal, unos delincuentes bastante sofisticados que ya no atracan bancos ni venden droga sino que se concentran en robar secretos industriales e información empresarial confidencial.

—*Black hats.**

Sí, pero no sólo son *hackers*. También se dedican al chantaje y a los sobornos. Quizá también a esa cosa tan anticuada que llamamos asesinato. Aunque, para ser sincera, aún no tengo mucho sobre ellos, más que

---

* Un *black hat hacker* es un pirata informático que viola la seguridad de algún sistema o de la propia red por maldad o en beneficio personal. Irrumpe en redes teóricamente seguras para destruir, modificar o robar datos, o incluso inutilizar el sistema. Dentro de la industria de seguridad también se le conoce como *cracker*. (N. de los t.)

nada una serie de códigos y conexiones sin confirmar, y luego un par de nombres —los de verdad— de algunos jóvenes ingenieros informáticos de rango inferior. En cualquier caso, lo suyo es el espionaje industrial de más alto nivel; por eso el asunto ha acabado en mi mesa. Existe el temor de que parte de nuestra tecnología de punta haya terminado en manos de los rusos.

—Entiendo.

—Pero no resulta fácil llegar a ellos. Sus sistemas de encriptación son muy buenos y, aunque me he esforzado mucho, no he podido llegar a la cúpula; lo único que he sacado en claro es que al líder se le conoce como Thanos.

—¿Thanos?

—Sí, una derivación de Thanatos, el dios de la muerte en la mitología griega, hijo de Nyx, la noche, y hermano gemelo de Hypnos, el sueño.

—Qué dramático.

—Qué infantil, diría yo. Thanos es un siniestro malhechor de Marvel Comics, ya sabes, esos cómics que tienen héroes como Hulk, Iron Man y el Capitán América, y eso, para empezar, no es muy ruso que digamos, pero sobre todo es..., ¿cómo te lo diría...?

—¿Travieso y soberbio a la vez?

—Pues sí, como si se tratara de una pandilla de arrogantes universitarios que nos estuvieran tomando el pelo, y eso me fastidia muchísimo. Bueno, la verdad es que hay un montón de detalles en esta historia que me fastidian. Por eso me interesé tanto cuando, a través de la inteligencia de señales, nos enteramos de que esa red podría haber tenido entre sus filas a un desertor, alguien que quizá nos habría podido ofrecer un poco de información si hubiéramos sido capaces de echarle el guante antes de que lo hicieran ellos. Pero ahora que hemos estudiado el tema más detenidamente nos hemos dado cuenta de que las cosas no son como pensábamos. En absoluto.

—¿En qué sentido?

—El que había desertado no era un criminal, sino una persona honrada que había abandonado una empresa en la que esta organización criminal tiene topos, alguien que tal vez se haya enterado, por mero azar, de algo decisivo.

—Sigue.

—Y consideramos que existe una amenaza real y seria contra él. Necesita protección. Hasta hace bien poco no teníamos ni idea de dónde buscarlo. No sabíamos ni siquiera en qué empresa había trabajado. Pero ahora creemos haberlo localizado —continuó explicando Alona—. Hace unos días uno de esos personajes insinuó por pura casualidad, como de pasada, algo sobre esta persona. Dijo que con él se les habían jodido todas las malditas «T».

—¿Las malditas «T»?

—Sí, sonaba de lo más críptico y raro, pero tenía la gran ventaja de que era algo concreto, perfectamente abierto a búsquedas. Luego, bueno, la frase exacta «malditas T» no dio resultado alguno, claro, pero las «T» en general, evidentemente, sí; y las palabras con «T» relacionadas con las empresas —de alta tecnología, se suponía— conducían siempre a lo mismo: a Nicolas Grant y a su máxima «Tolerancia, Talento y Transversalidad».

—O sea, Solifon —dijo Gabriella.

—Creemos que sí. Al menos nos dio la sensación de que todas las piezas encajaban. Luego empezamos a investigar quién se había ido de Solifon hacía poco, algo que al principio no nos llevó a ningún sitio, pues, como te puedes imaginar, es una empresa con mucha movilidad. Creo, incluso, que es uno de los pilares de su filosofía: que haya un flujo constante de superdotados que vayan entrando y saliendo. Pero después nos centramos en lo de las «T». ¿Sabes qué es lo que Grant quiere decir con eso?

—No del todo.

—Es su receta para la creatividad. Con «Tolerancia» quiere transmitir la necesidad de consentir tanto las ideas extrañas como a las personas extrañas. Cuanta más amplitud de miras haya hacia aquellos que se desvían de lo normal o hacia las minorías en general, más receptividad habrá hacia las nuevas formas de pensamiento. Es un poco como Richard Florida y su índice gay, ya sabes: donde hay tolerancia para gente como yo, hay también una mayor amplitud de miras y creatividad.

—Las organizaciones demasiado homogéneas y dogmáticas no consiguen nada.

—Exacto. Y el Talento —bueno, en realidad habla de Talentos— no sólo logra buenos resultados, sino que también atrae a otros talentos. Se crea así un ambiente donde es atractivo moverse. Para Grant era más importante, ya desde el principio, atraer a los tipos más creativos e inteligentes que a unos expertos muy especializados en una determinada materia. Hay que dejar que los talentos decidan la orientación del trabajo y no al revés, decía.

—¿Y la Transversalidad?

—Que las ideas boten de un lado a otro sin impedimentos ni obstáculos. Que dichos talentos estén cerca unos de otros y que no haya que pasar por ninguna enrevesada y compleja burocracia para verse. Que no haya que concertar citas ni hablar con secretarias. Que resulte muy fácil entrar por la puerta y ponerse a hablar con quien sea. Como seguramente sabrás, Solifon tuvo un éxito extraordinario. Desarrollaron tecnología punta y rompedora en toda una serie de ámbitos..., bueno, incluso —y que esto quede entre tú y yo— aquí, en la NSA. Pero luego apareció un nuevo genio, un compatriota tuyo, y con él...

—... se jodieron todas las malditas «T».

—Exactamente.

—Y ése era Balder.

—En efecto, y no creo que sea una persona que tenga problemas con la tolerancia, ni con la transversalidad tampoco. Pero desde el primer momento propagó a su alrededor una especie de veneno y se negó a compartir con nadie nada de lo que estuviera haciendo. En un instante consiguió estropear el buen ambiente que había entre los investigadores de élite de la empresa, y el hecho de que empezara a acusar a la gente de ser unos ladrones y unos simples copiones no mejoró mucho las cosas. Encima le montó una buena al jefe, a Nicolas Grant. Pero Grant se ha negado a contar aquel episodio, tan sólo se ha limitado a decir que fue un asunto privado. Poco tiempo después, Balder abandonó la empresa.

—Sí, ya lo sé.

—Bueno, supongo que para la mayoría de sus compañeros el que se haya ido no provocó más que alegría. Se empezó a respirar mejor ambiente y, de nuevo, los unos comenzaron a fiarse de los otros, por lo menos más que antes. Pero Nicolas Grant no estaba contento, y mucho menos sus abogados: Balder se había llevado consigo aquello que había desarrollado en Solifon, y existía un sentir general —los rumores se sucedían quizá, precisamente, porque nadie había podido ver lo que había hecho— de que se hallaba en posesión de algo sensacional que podía revolucionar ese computador cuántico que Solifon estaba fabricando.

—Además, en términos jurídicos, lo que él había hecho en Solifon pertenecía a la empresa, no a él.

—Exacto. Así que por muchos escándalos que Balder les montara y por mucho que les gritara que eran todos unos ladrones, en realidad allí no había más ladrón que él, razón por la cual dentro de poco, como sabes, lo llevarán a juicio, a no ser que Balder sea capaz de meterles el miedo en el cuerpo a esos abogados de alto vuelo con lo que sabe. Ése es su seguro de vida, dice, y puede que así sea. Pero en el peor de los casos también podría significar...

—Su muerte.

—Eso es lo que me preocupa —continuó explicando Alona—. Estamos viendo indicios cada vez más sólidos de que algo serio se está cocinando, y ahora tengo entendido por tu jefa que tú nos podrías ayudar con algunas piezas del rompecabezas.

Gabriella contempló la tormenta; añoraba su casa y sentía un intenso deseo de escapar de todo aquello. Aun así, se quitó el abrigo que se acababa de poner e, invadida por una sensación de profunda inquietud, volvió a sentarse en su silla.

—¿En qué los puedo ayudar?

—¿Qué crees tú que sabe?

—¿Debo interpretar eso como que no han podido interceptar su teléfono ni *hackear* su computador?

—No puedo contestarte a eso, corazón. ¿Qué crees tú?

Gabriella recordó ese día no muy lejano en el que Frans Balder se presentó en su despacho y le comentó en voz baja que estaba soñando con «una nueva vida», fuera lo que fuese lo que había querido decir con ello.

—Supongo que ya estás al tanto —dijo Gabriella— de que Balder sostiene que, antes de irse a Solifon, alguien le robó su investigación en Suecia. La FRA indagó en el tema y realizó un estudio bastante profundo que acabó por darle la razón parcialmente, aunque no fueron capaces de avanzar en el asunto. Conocí a Balder a raíz de esa investigación, y no me cayó muy bien, la verdad. Me hacía explotar la cabeza y se mostraba insensible a todo lo que no fuera él o sus indagaciones. Recuerdo haber pensado que ningún éxito merece tal obsesión; si para llegar a ser una figura mundial se necesita una actitud así, yo no quiero serlo ni en sueños. Pero quizá me influyera la sentencia que se dictó en su contra.

—¿La sentencia de la custodia?

—Sí, acababa de perder todos los derechos que tenía sobre su hijo autista, ya que lo desatendió por completo, tanto que un día al pobre niño se le vino encima prácticamente toda una librería que Frans tenía en su casa, de modo que cuando me enteré de que había terminado enemistándose con todo el mundo en Solifon lo entendí a la perfección. «Tú te lo has buscado», pensé más o menos.

—¿Y qué pasó después?

—Regresó, y entonces se habló de que deberíamos darle algún tipo de protección, así que volví a verlo. Hará sólo un par de semanas, y la verdad es que fue increíble. Estaba muy cambiado. No sólo porque se hubiese afeitado la barba y estuviera peinado y más delgado, sino porque también se mostraba más callado, hasta un poco inseguro. Ya no quedaba ni rastro de aquel carácter obsesivo, y me acuerdo de que le pregunté si le preocupaban esos juicios que le esperaban. ¿Y sabes lo que me contestó?

—No.

—Me soltó con un tremendo sarcasmo que no estaba preocupado, puesto que todos éramos iguales ante la ley.

—¿Y qué quiso decir con eso?

—Que somos iguales si pagamos lo mismo. En su mundo, decía, la ley no era más que una espada con la que se atravesaba a personas como él. De modo que sí, estaba preocupado por eso. Y también porque sabía cosas que le pesaban, aunque era eso lo que lo podía salvar.

—¿Y no dijo de qué se trataba?

—Quería guardarse un as bajo la manga y esperar a ver hasta dónde estaba el enemigo dispuesto a llegar. Pero me di cuenta de que se hallaba alterado, y en una ocasión se le escapó que seguro que había personas que pretendían hacerle daño.

—¿De qué forma?

—No físicamente, decía. Iban más bien a por su investigación y su honor, me comentó. Aunque no estoy tan segura de que en realidad creyera que se limitarían a eso, y por esa razón le propuse que se comprara un perro guardián. Aparte de por la seguridad, me pareció que sería una compañía perfecta para un hombre que vivía en las afueras y en una casa tan grande. Pero él lo rechazó. «No puedo ocuparme de un perro ahora», zanjó.

—¿Y por qué crees que dijo eso?

—La verdad es que no lo sé. Pero me dio la sensación de que algo le inquietaba, y no protestó mucho cuando me aseguré de que le instalaran un sofisticado sistema de alarmas en casa. Acaban de ponérselo.

—¿Quién lo ha hecho?

—Una empresa de seguridad con la que solemos colaborar, Milton Security.

—Bien, muy bien. No obstante, yo diría que conviene llevarlo a un lugar seguro.

—¿Tan mal ven la situación?

—Existe cierto riesgo, y eso, de por sí, ya es suficiente; ¿o no?

—Sí, claro —asintió Gabriella—. ¿Puedes enviarme algún tipo de documentación y así hablo ya con mis superiores?

—Voy a ver... La verdad es que no sé lo que podré encontrar ahora mismo. Es que... hemos tenido unos problemas bastante graves con los computadores.

—¿Puede una institución como la suya permitirse eso?

—Pues no, tienes toda la razón. Volveré a contactar contigo, corazón —dijo. Y colgó. Durante unos segundos Gabriella se quedó sentada, inmóvil, mirando la tormenta, que golpeaba la ventana con una creciente violencia.

Luego cogió su Blackphone y llamó a Frans Balder. Marcó el número una y otra vez. No sólo para alertarlo y cerciorarse de que se iba a trasladar de inmediato a un sitio seguro, sino también porque de repente le entraron ganas de hablar con él y de preguntarle qué había querido decir con esas palabras: «Durante los últimos días he estado soñando con una nueva vida».

Pero sin que nadie lo supiera —tampoco se lo habrían creído si se hubiesen enterado—, Frans Balder estaba ocupado por completo en intentar convencer a su hijo de que hiciera otro dibujo que irradiara ese extraño brillo que era como de otro mundo.

Capítulo 6

20 de noviembre

Las palabras parpadearon en la pantalla del computador:

Mission Acomplished!

Plague pegó un grito de júbilo con una voz ronca, casi de perturbado, una reacción que, tal vez, fuese un poco imprudente. Aunque lo cierto era que los vecinos, en el caso de que lo hubieran oído, en absoluto podrían haber sabido a qué se debía el alarido: la casa de Plague no tenía mucha pinta de ser un sitio donde se gestaran atentados contra la política de seguridad internacional del más alto nivel.

Más bien podría ser considerada como un antro para tipos socialmente marginados. Plague vivía en Högklintavägen, Sundbyberg, una zona con grises bloques de apartamentos de cuatro pisos que estaba a años luz de ser glamorosa. Acerca de la vivienda tampoco se podían decir muchas cosas buenas; y no sólo porque apestara. Sobre su mesa de trabajo se desplegaban, aparte de unas cuantas tazas de café sin lavar, todo tipo de desperdicios: restos de comida de Mc-Donald's, latas de Coca-Cola vacías, hojas de papel arrugadas, migas de galletas y bolsas de golosinas, también vacías. Y aunque parte de la basura había acabado en la papelera, daba igual, porque ésta no se había vaciado en semanas. Resultaba imposible andar más de un metro por la casa sin que se le pegara la suciedad en los zapatos. Pero nadie que conociera a Plague se sorprendería de ello.

Plague era un chico que, incluso en circunstancias normales, no tenía por costumbre ducharse o cambiarse de ropa con excesiva frecuencia. Vivía única y exclusivamente delante de su computador y, hasta cuando tenía menos trabajo, presentaba un aspecto lamentable: obeso, abotargado y desaliñado. Había tenido la intención de dejarse una barbita; no obstante, hacía ya tiempo que esa barba se había convertido en un deforme arbusto. Plague era grande como un gigante y caminaba algo encorvado, y al moverse solía jadear y resoplar. Pero había otros territorios en los que se desenvolvía con mayor facilidad.

Delante del computador era un virtuoso que volaba libremente por el ciberespacio y que, en su especialidad, quizá sólo tuviera a un *hacker* por encima de él. O «a una *hacker*», habría que decir en este caso. Daba gusto ver cómo sus dedos bailaban sobre el teclado: en la red era tan ligero y ágil como pesado y torpe resultaba en el otro mundo, el más tangible, y mientras uno de los vecinos de alguno de los apartamentos superiores, el señor Jansson probablemente, daba golpes para que se callara, Plague contestó al mensaje que acababa de recibir:

¡Wasp: eres genial! ¡Habría que hacerte un monumento!

Luego se reclinó en la silla con una sonrisa de felicidad en los labios para intentar repasar el curso de los acontecimientos o, mejor dicho, para descansar y dejarse arropar un momento por el triunfo antes de empezar a acribillar a preguntas a Wasp y enterarse de todos y cada uno de los detalles de la operación, y quizá también para asegurarse de que ella no dejara rastro alguno. ¡Nadie iba a poder rastrear nada! ¡Nadie!

No era la primera vez que se metían con organizaciones poderosas, pero esto estaba en otro nivel, y muchos miembros de la exclusiva sociedad a la que Plague pertenecía, la llamada *Hacker Republic*, se habían opuesto en un principio a la idea, sobre todo la propia Wasp. Ella no dudaría en luchar contra la organización o contra la persona que fuera, pero no le gustaba fastidiar a nadie sin motivo.

No le interesaban ese tipo de tonterías infantiles de los *hackers*. Ella no era una persona que entrara en supercomputadores sólo para darse importancia. Wasp siempre quería tener un claro motivo y nunca hacía nada sin sus condenados análisis de consecuencias. Comparaba los riesgos que existían a largo plazo con la satisfacción de ver cubiertas sus necesidades a corto plazo. En ese sentido, por lo tanto, no se podía afirmar que hubiera sido muy sensato introducirse en los computadores de la mismísima NSA. Aun así, al final ella se dejó convencer y nadie entendió muy bien por qué.

Quizá necesitara estímulos. Quizá estuviese aburrida y quisiera provocar un poco de caos para no morir de tedio. O, como algunos integrantes de *Hacker Republic* sostenían, tal vez se encontrara ya en conflicto con la NSA, razón por la cual la intrusión no sería más que una venganza personal. Pero otros miembros del grupo también cuestionaban eso defendiendo la teoría de que lo que quería era obtener información; decían que andaba buscando algo desde que su padre, Alexander Zalachenko, fue asesinado en el hospital Sahlgrenska de Gotemburgo.

Nadie lo sabía a ciencia cierta, pues Wasp siempre guardaba secretos. Y en realidad la causa daba igual. O al menos de eso era de lo que intentaban convencerse. Si ella deseaba echar una mano, sólo era cuestión de aceptarlo y agradecérselo, y de no preocuparse por el hecho de que, en un principio, ella no hubiera mostrado mucho entusiasmo ni sentimiento alguno por la operación. Por lo pronto ya no se oponía, lo que resultaba más que suficiente.

Con Wasp a bordo el proyecto pintaba mejor. Todos ellos sabían con certeza que durante los últimos años la NSA había sobrepasado gravemente sus competencias. Ahora la organización no sólo se ocupaba de vigilar a terroristas y de potenciales riesgos para la seguridad; ni siquiera se limitaba a las personas más importantes, como jefes de Estado extranjeros u otros potentados, sino a todo y a todos. Al mundo entero, podría decirse. Millones, miles de millones, billones de conversaciones y *mails* y actividades de la red eran controladas y archivadas, y cada día que pasaba, la NSA avanzaba posiciones y penetraba cada vez más profundamente en todas las vidas y se convertía en un solo, aunque enorme, ojo que vigilaba.

Era verdad que en *Hacker Republic* nadie podía presumir de ser un buen ejemplo en ese campo. Todos, sin excepción, habían irrumpido en paisajes digitales en los que no tenían nada que pintar. Eran las reglas del juego, por llamarlo de alguna forma. Para bien o para mal, un *hacker* era un transgresor, una persona que sólo a fuerza de dedicación desafiaba las normas y ampliaba las fronteras de su conocimiento sin tener en cuenta, muchas veces, las diferencias que hay entre lo público y lo privado.

Sin embargo no carecían de moral y, sobre todo, sabían, también por experiencia propia, hasta qué punto corrompe el poder, en particular el que se ejerce sin transparencia. Y tampoco le gustaba a nadie el hecho de que los peores ataques piratas, los de menos escrúpulos, ya no fueran realizados por individuos rebeldes y al margen de la ley, sino por colosos estatales que pretendían controlar a la población. Por ese motivo, Plague, y Trinity, y Bob the Dog, y Flipper, y Zod, y Cat, y todos los de *Hacker Republic* habían decidido devolver el golpe entrando en la NSA y jodiéndolos de alguna manera.

Una tarea que no se les antojaba fácil, algo así como robar el oro de Fort Knox. Pero, como los soberbios idiotas que eran, no sólo pretendían colarse en el sistema, sino también convertirse en sus dueños. Se proponían agenciarse un estatus de superusuario, o *root*, para hablar la lengua de Linux. Y para conseguir eso hacía falta dar con brechas de seguridad desconocidas, las llamadas «Zero days», entrando primero en la plataforma del servidor de la NSA y avanzando luego por su intranet, la NSANet, desde donde la organización controlaba la inteligencia de señales de todo el mundo.

Como era habitual, empezaron con un poco de *social engineering*. Necesitaban encontrar nombres de administradores de sistemas y analistas de infraestructuras que estuvieran en posesión de las complejas contraseñas que permitían acceder a la intranet. Tampoco les vendría mal que apareciera algún tonto que, en un momento determinado, pudiera descuidar el protocolo de seguridad. Y así, por medio de sus propios canales se hicieron con cuatro, cinco y hasta seis nombres, entre ellos el de Richard Fuller.

Richard Fuller trabajaba en el NISIRT, el equipo de la NSA que vigilaba la intranet de la organización y estaba en constante búsqueda de filtraciones e infiltrados. Richard Fuller era el típico chico ejemplar: graduado en derecho por Harvard, republicano, antiguo *quarterback*, el sueño de todo estadounidense, a juzgar por su currículum. Pero Bob the Dog consiguió averiguar, a través de una antigua amante, que también era bipolar y puede que hasta cocainómano.

Cuando se excitaba cometía toda clase de imprudencias, como descargar archivos y documentos sin antes haberlos introducido en una máquina virtual. Además, era bastante guapo, un poco empalagoso quizá; más que de agente secreto tenía pinta de financiero, de un Gordon Gekko. Al parecer fue a Bob the Dog a quien se le ocurrió que Wasp fuera a su ciudad natal, Baltimore, para seducirlo y atraparlo en una trampa de miel.

Wasp los mandó a la mierda a todos.

Ella también desechó la idea de redactar un documento que proporcionara información relativa a lo que parecía ser pura dinamita: revelar filtraciones e infiltrados en el Cuartel General de Fort Meade, un documento que infectarían con un programa espía, un sofisticado troyano con un umbral de originalidad muy alto que Plague y Wasp debían elaborar. Lo siguiente sería dejar en la red una serie de pistas que atrajeran a Fuller al archivo; en el mejor de los casos, lo excitaría tanto que descuidaría la seguridad. Como plan no estaba mal, en absoluto, sobre todo porque eso podría conducirlos al sistema de la NSA sin que tuvieran que realizar una intrusión activa que luego fuera posible rastrear.

Pero Wasp no pensaba, quedarse de brazos cruzados esperando a que el lerdo de Fuller metiera la pata. No quería depender de los errores de otros y se mostraba, en general, muy obstinada y reacia a todo, por lo que a ninguno de ellos le sorprendió que, de repente, quisiera encargarse de la operación ella sola, sin la ayuda de nadie. Aunque hubo no pocas protestas y alguna que otra pelea, al final acabaron cediendo; eso sí, con una serie de condiciones. Además Wasp anotó concienzudamente los nombres y datos de los administradores de sistemas que habían obtenido y pidió ayuda con lo que se conocía como la operación «Huella dactilar»: el análisis de la plataforma del servidor y del sistema operativo. Pero luego le cerró la puerta a *Hacker Republic* y al mundo, y a Plague tampoco le dio la sensación de que siguiera sus consejos, a saber: que no utilizara su sobrenombre, su alias, y que no trabajara en su casa sino en un hotel lejano bajo una falsa identidad, por si se diera el caso de que los sabuesos de la NSA lograban rastrearla a través de los laberínticos caminos de la red Tor, que hacía que el tráfico que pasaba por su computador rebotara en miles de usuarios. Naturalmente, ella lo hacía todo a su manera, y a Plague no le quedó más remedio que quedarse en casa, esperando frente a su computador, con los nervios de punta. Y por eso todavía seguía sin saber cómo lo había llevado a cabo.

Sólo sabía una cosa con seguridad: que lo que había logrado era grande y legendario. Y mientras el fuerte viento ululaba allí afuera, apartó un poco de basura de su mesa, se inclinó sobre el teclado y escribió:

«¡Cuéntame! ¿Cómo te sientes?».

«Vacía», contestó ella.

Vacía.

Así se sentía. Lisbeth Salander apenas había pegado un ojo en una semana, y era probable que no hubiera comido ni bebido lo suficiente. Por eso le dolía la cabeza, le temblaban las manos y sus ojos estaban inyectados en sangre. Tenía ganas de tirar todo su equipo al suelo. Pero en algún rincón de su ser también sentía satisfacción, aunque no por el motivo que Plague y otros de *Hacker Republic* creían. Estaba contenta porque había averiguado más cosas sobre esa banda criminal a la que investigaba y porque había podido demostrar la existencia de una conexión que sólo había sospechado o intuido. Pero eso lo sabía únicamente ella, y le sorprendía que los demás fuesen tan ingenuos de creer que había entrado en el sistema de la NSA sólo por la causa.

Ella no era ninguna adolescente con las hormonas revolucionadas, ninguna idiota en busca de sensaciones fuertes para lucirse. Si se iba a lanzar a semejante y arriesgada jugada se debía a que quería algo muy concreto, aunque era verdad que en su momento la intrusión informática había sido más que una mera herramienta para ella. Durante los peores tiempos de su infancia, había sido su forma de huir y de hacer que la vida le resultara un poco menos claustrofóbica. Con la ayuda de los computadores había podido derribar las murallas y las barreras que se construyeron para encerrarla y, de ese modo, experimentar episodios de libertad. Seguro que algo de eso aún persistía.

Pero ante todo estaba de caza. Lo estaba desde que se había despertado aquella madrugada de ese sueño en el que un puño golpeaba rítmica y constantemente un colchón en la vieja casa de Lundagatan. Y nadie podía decir que la caza fuera fácil. Los enemigos se escondían detrás de cortinas de humo; tal vez por eso Lisbeth Salander se había mostrado inusualmente difícil y seca en los últimos tiempos. Era como si una nueva oscuridad emanara de ella y, aparte de a un corpulento y gritón entrenador de boxeo llamado Obinze y a dos o tres amantes de ambos sexos, apenas veía a nadie. Siempre parecía estar de malhumor, pero ahora más que nunca. Tenía el pelo enmarañado y la mirada oscura y, aunque a veces lo intentaba, las frases corteses y amables seguían sin ser lo suyo.

Decía verdades, o nada de nada, y su piso de Fiskargatan... Bueno, eso era un capítulo aparte. Era lo bastante amplio como para albergar a una familia de siete niños y, a pesar de que llevaba años allí, no lo había decorado ni hecho el más mínimo esfuerzo para que resultara acogedor. Repartidos a diestra y siniestra, como por azar, había unos muebles de Ikea. Ni siquiera poseía un equipo de música. Quizá se debiera a que, en parte, no entendía la música: veía más música en una ecuación diferencial que en una obra de Beethoven. A a pesar de eso era más rica que un jeque árabe. El dinero que en su día le robó a ese sinvergüenza llamado Hans-Erik Wennerström había crecido hasta alcanzar unos cinco mil millones de coronas. Sin embargo, la riqueza no había dejado huella alguna en su personalidad —algo muy típico en ella, por otra parte—, con la excepción, quizá, de que la seguridad económica la había hecho aún más audaz. Al menos, ésa era la sensación que daba últimamente, a juzgar por las ideas cada vez más drásticas que se le ocurrían, como romperle los dedos a un violador o meterse en la intranet de la NSA.

Sin lugar a dudas, en esta última acción, había traspasado el límite. Pero ella lo consideraba necesario. Pasó un buen número de días, con sus correspondientes noches, absorta por completo en eso y olvidándose de todo lo demás. Ahora contemplaba con ojos fatigados y entornados sus dos mesas de trabajo, colocadas en ele. Allí estaba todo su equipo: su computador habitual y otro que había comprado y que le serviría de prueba porque le había instalado una copia del servidor y del sistema operativo de la NSA.

Atacó el computador de prueba con el programa *fuzzing*, especialmente diseñado por ella, que buscaba defectos y agujeros en la plataforma. Después lo completó con ataques de *debugging*, *black box* y *beta*. El resultado que obtuvo constituyó la base de su *spyware*, su RAT, por lo que sabía que el trabajo estaba bien hecho y que no había descuidado ningún punto. Ese computador permitió analizar el sistema de arriba abajo; por eso, evidentemente, instaló en él una copia del servidor de la NSA. Si se hubiera metido en la verdadera plataforma desde el principio, los técnicos de la NSA lo habrían advertido enseguida y habrían tomado medidas, y entonces todo se habría acabado.

Teniéndolo todo en casa podía continuar trabajando sin que nadie la molestara, día tras día, sin dormir ni comer mucho; si en alguna rara ocasión se le ocurría abandonar su puesto frente al computador era para echar una siestecita en el sofá o para calentarse una pizza en el microondas. Quitando esos momentos, ahí estuvo, al pie del cañón, trabajando como una bestia, con los ojos inyectados en sangre, en especial con su Zeroday Exploit, el *software* que intentaba detectar agujeros de seguridad desconocidos y que elevaría su estatus una vez dentro. La verdad era que todo aquello resultaba demencial.

Lisbeth diseñó un programa que no sólo le otorgaba control sobre el sistema, sino también la posibilidad de dirigir a distancia cualquier cosa que se hallara dentro de una intranet de la que ella apenas poseía unos conocimientos muy básicos, y eso era en verdad lo más absurdo de todo.

No sólo iba a meterse en la NSA, sino que también pretendía continuar avanzando una vez adentro, hasta la NSANet, que constituía un universo propio y que apenas estaba conectada con la red normal. Tal vez Lisbeth Salander aparentara ser una adolescente que había desaprobado todas las materias, pero cuando se trataba de los códigos fuente de un programa informático y de las relaciones lógicas en general, su cerebro reaccionaba de inmediato y hacía clic, clic... Creó un programa espía completamente nuevo y de una extraordinaria sofisticación, un virus que tenía vida propia, independiente; y cuando por fin se sintió satisfecha con ese programa, llegó la siguiente fase de su trabajo, la fase en la que había que dejar de jugar en su casita y atacar de verdad.

Sacó una tarjeta de prepago —de la compañía T-Mobile— que había comprado en Berlín y la introdujo en su teléfono. Luego se conectó a través de ella, aunque quizá debería haberlo hecho en otro lugar, lejos, en la otra punta del mundo, y tal vez disfrazada de su otra identidad: Irene Nesser.

Si los chicos de seguridad de la NSA hacían su trabajo con verdadero celo y eran competentes, podrían, como mucho, rastrearla hasta la estación base de Telenor de su barrio. Nunca serían capaces de ir más allá, al menos por el camino tecnológico. Ahora bien, que pudieran llegar hasta ahí tampoco era muy positivo, como es evidente. Sin embargo, le pareció que las ventajas de estar en casa pesaban más y, además, tomó todas las medidas de precaución que pudo. Como tantos otros *hackers*, usaba Tor. Pero también sabía que en este caso ni siquiera Tor era seguro, pues la NSA usaba un programa llamado *Egotistical Giraffe* para forzar el sistema. Por eso trabajó durante mucho tiempo para incrementar aún más su protección personal, y no procedió al ataque hasta haber terminado esa última fase.

Entró en la plataforma con la facilidad con que se corta una hoja de papel. Pero no había que cantar victoria; ahora debía apresurarse al máximo para encontrar a aquellos administradores de sistemas cuyos nombres le habían pasado e inyectar su programa espía en alguno de sus archivos, y luego crear un puente entre la red del servidor y la intranet, una operación nada sencilla, en absoluto. Mientras tanto, tenía que estar atenta a que no se activara ninguna alarma o ningún programa antivirus. Al final eligió a un tipo que se llamaba Tom Breckinridge, usurpó su identidad para entrar en la NSANet, y... todos y cada uno de los músculos de su cuerpo se tensaron. Ante sus ojos, sus agotados y extenuados ojos, se hizo la magia.

Su programa espía la adentró en lo más secreto de lo secreto. Por supuesto, ella sabía exactamente adónde iba. Quería llegar hasta el *Active Directory* o hasta el sitio correspondiente para poder elevar su estatus. De ser una pequeña y non grata intrusa pasó a ser una superusuaria de aquel hormigueante universo. Una vez logrado eso, empezó a intentar hacerse con una visión general del sistema, lo que no resultaba nada fácil. Más bien era imposible, y tampoco disponía de mucho tiempo.

La situación apremiaba, y mucho, y Lisbeth se esforzaba al máximo en intentar comprender el sistema de búsquedas, los códigos, las expresiones, las referencias..., toda la jerga interna. Estaba a punto de darse por vencida cuando, de sopetón, se topó con un documento clasificado como Top Secret NOFORN —*No foreign distribution*—, que por sí solo no constituía ningún documento especial pero que unido a un par de enlaces de comunicación entre Zigmund Eckerwald, de Solifon, y unos ciberagentes del Departamento de Vigilancia de Tecnologías Estratégicas de la NSA se convirtió en pura dinamita. Una sonrisa se dibujó en los labios de Lisbeth Salander. Memorizó su contenido, hasta el más mínimo detalle y, de pronto, empezó a lanzar insultos al ver otro documento que parecía tener relación con el mismo asunto. Pero estaba encriptado. Así que no veía más salida que copiarlo, algo que sin duda haría saltar las alarmas de Fort Meade.

La situación empezaba a ser urgente; por si fuera poco, tenía que realizar lo que era su encargo oficial, si es que «oficial» era una palabra adecuada en ese contexto. Les había jurado solemnemente a Plague y al resto de los miembros de *Hacker Republic* que dejaría a los de la NSA con el culo al aire y que les pegaría una patada para bajarles los humos, y por eso necesitaba saber con quién debía establecer contacto. ¿Quién sería el destinatario de su mensaje?

Eligió a Edwin Needham, Ed the Ned, porque en cuestiones de seguridad su nombre aparecía por doquier y porque cuando, a toda prisa, buscó más información sobre su persona en la intranet le invadió, muy a su pesar, cierto respeto. Ed the Ned era una estrella. Sin embargo, ahora ella había sido la más lista. Por un segundo dudó en darse a conocer.

El ataque crearía un pandemónium, justo lo que quería. Así que siguió adelante. No tenía ni idea de la hora que era; podía ser de noche o de día, otoño o primavera. Sólo de forma muy vaga, muy en el fondo de su conciencia, intuyó que la tormenta de afuera había arreciado, como si el tiempo estuviera sincronizado con su golpe. Lejos de allí, en Maryland, a no demasiada distancia del famoso cruce de Baltimore Parkway con Maryland Route 32, Ed the Ned empezó a redactar un correo.

No pudo continuar mucho más, porque al momento ella asumió el control y escribió la frase: «El que vigila al pueblo acaba siendo vigilado por el pueblo. Hay una fundamental lógica democrática en ello» y, por un instante, esas frases le resultaron acertadísimas, una genial ocurrencia. Saboreó el ardoroso dulzor de la venganza y, acto seguido, se llevó a Ed the Ned de viaje por el sistema. Bailaron y volaron por todo un mundo de información que había que mantener oculto y en secreto a cualquier precio.

Una experiencia vertiginosa, sin duda, pero aun así... Cuando ella se desconectó y todos sus archivos se borraron automáticamente llegó la resaca. Fue como la sensación que se produce después de haber tenido un orgasmo con la pareja equivocada, y esas frases que hacía un minuto se le habían antojado tan acertadas sonaron cada vez más infantiles y ridículas, típicas tonterías de *hacker*. De repente le entraron unas irreprimibles ganas de emborracharse, sólo eso, nada más. Arrastrando los pies con pasos cansados, se dirigió a la cocina por una botella de Tullamore Dew y un par de cervezas para bajarlo, y luego se sentó delante de sus computadores y se puso a beber. No para celebrarlo, en absoluto. Ya no le quedaban sentimientos triunfales en el cuerpo. Más bien se trataba de..., sí, ¿de qué? Rebeldía tal vez.

No paraba de beber mientras oía cómo aullaba el viento y las felicitaciones de *Hacker Republic* no cesaban de entrar. Pero nada de eso la afectaba ya. Apenas conseguía mantenerse erguida. De pronto, con un movimiento veloz, barrió con la mano la superficie de las mesas y contempló con indiferencia cómo botellas y ceniceros salían volando y caían al suelo. Luego pensó en Mikael Blomkvist.

La culpa la tenía, sin ninguna duda, el alcohol. Blomkvist solía acudir a su mente cuando estaba borracha; es lo que tienen los antiguos amantes cuando nos tomamos una copa de más. Y, casi sin ser consciente de lo que hacía, entró en el computador de Mikael Blomkvist, que no era precisamente el de la NSA: hacía ya mucho que tenía un atajo para llegar a él. En un principio se preguntó qué diablos pintaba allí.

Ella pasaba de él, ¿o no? Era ya historia, un idiota de cierto atractivo del que se enamoró un día por casualidad, un error que no pensaba repetir. No, en realidad debería apagar el computador y no volver a dirigir la mirada a su pantalla en un par de semanas. Pese a ello, no pudo resistirse a permanecer un poco más dentro del servidor de Mikael Blomkvist. Al segundo, su cara se iluminó: Kalle Blomkvist de los Cojones había creado un archivo que se llamaba *El cajón de Lisbeth*, y en el documento que estaba dentro le formulaba una pregunta:

¿Qué hay que creer respecto a la Inteligencia Artificial de Frans Balder?

A pesar de todo, no pudo evitar sonreír ligeramente; en parte, quizá, debido a Frans Balder.

Aquel tipo pertenecía a esa clase de tarados informáticos que a ella le gustaban, un tipo obsesionado con los códigos fuente, con los procesos cuánticos y con las posibilidades de la lógica. Pero lo que sobre todo la hizo sonreír fue el hecho de que Mikael Blomkvist, por pura casualidad, se hallara metido en el mismo asunto que ella; y aunque estuvo un buen rato considerando la posibilidad de desconectarse e irse a la cama, al final decidió contestar:

La inteligencia de Balder no es nada artificial. Y la tuya, ¿cómo va últimamente?

¿Y qué pasaría, Blomkvist, si creáramos una máquina que fuera un poco más inteligente que nosotros mismos?

Luego entró en uno de sus muchos dormitorios y se desplomó sobre la cama con la ropa puesta.

Capítulo 7

20 de noviembre

Algo más había sucedido en el periódico, algo malo. Pero Erika no quería dar detalles por teléfono. Insistió en ir a casa de Mikael, que intentó disuadirla:

—¡Te vas a congelar ese culo tan bonito que tienes!

Erika no le hizo caso, y Mikael, si no hubiera sido por lo que percibió en su tono de voz, se habría alegrado de su insistencia. Desde que había abandonado la redacción estaba ansioso por hablar con ella, y quizá también por llevarla al dormitorio y arrancarle la ropa. Pero algo le decía que no era el momento. Erika sonaba alterada y murmuró un «perdón» que descolocó e inquietó aún más a Mikael.

—Me pido un taxi ahora mismo —zanjó ella.

Lo cierto fue que tardó muchísimo. Mikael, a falta de algo mejor que hacer, entró en el cuarto de baño y se miró al espejo: había tenido días mejores. Su enmarañado pelo le recordó que hacía tiempo que no se lo cortaba. Tenía ojeras y bolsas bajo los ojos. La culpable era Elizabeth George, evidentemente, y soltó una palabrota maldiciéndola antes de salir del baño para ordenar y limpiar un poco la casa. Para que Erika no pudiera quejarse de que la tenía desordenada.

A pesar del tiempo que hacía que se conocían, y

por mucho que sus vidas estuvieran unidas, aún persistía dentro de él un ligero complejo de inferioridad con relación al tema del orden. Mikael era hijo de un obrero y vivía solo; ella, una señora de clase alta, casada, que vivía en su maravilloso chalé de Saltsjöbaden de aspecto impoluto. Fuera como fuese, no estaría mal que la casa ofreciera una apariencia decente. Llenó el lavavajillas, limpió la cocina y sacó la basura.

Incluso le dio tiempo a pasarle la aspiradora al salón, regar las plantas de la ventana y ordenar un poco el librero y el revistero antes de que, por fin, el timbre de la puerta sonara con insistencia acompañado de unos golpes con los nudillos. Al parecer, ella tenía prisa por entrar. Cuando abrió, Mikael se quedó realmente conmovido: Erika estaba congelada de los pies a la cabeza.

Temblaba como una hoja, y no sólo debido al mal tiempo. Su ropa también había contribuido lo suyo. Ni siquiera llevaba gorro. El cuidado y elegante peinado de esa mañana había desaparecido, y en la mejilla derecha tenía algo semejante a un arañazo.

—¡Ricky! —exclamó él—. ¿Qué te ha pasado?

—Mi bonito culo se ha congelado, en efecto. Me ha sido imposible conseguir un taxi.

—¿Qué te ha pasado en la mejilla?

—Me caí. Tres veces, creo.

Mikael bajó la mirada hasta unas botas italianas de color burdeos y tacón alto.

—Menos mal que llevas unas buenas botas de nieve.

—Sí, buenísimas. Por no hablar de mi maravillosa idea de no ponerme medias de lana esta mañana. ¡Genial!

—Pasa, yo te calentaré.

Ella cayó en sus brazos y se puso a temblar aún más. Él la abrazó con fuerza.

—Perdón —dijo Erika de nuevo.

—¿Por qué?

—Por todo. Por Serner. He sido una idiota.

—No exageres, Ricky.

Le pasó la mano por la frente y el pelo para quitarle unos copos de nieve al tiempo que le examinaba la herida de la mejilla.

—No, no exagero; ahora te lo cuento —le respondió ella.

—Pero antes voy a quitarte esa ropa y a meterte en una bañera con agua caliente. ¿Quieres una copa de vino tinto?

La quería. Y él se la llenó dos o tres veces mientras ella permanecía en la bañera. Mikael se quedó escuchándola sentado a su lado, sobre la taza del inodoro y, a pesar de todas las noticias de mal agüero, la conversación adquirió un aire de reconciliación, como si acabaran de abrir una brecha en esa muralla que los dos llevaban tiempo construyendo.

—Sé que piensas que fui una idiota desde el principio —dijo ella—. No, no lo niegues; te conozco. Pero debes entender que Christer, Malin y yo no vimos otra solución. Habíamos reclutado a Emil y a Sofie, y estábamos muy orgullosos de haberlo conseguido. Era difícil encontrar reporteros tan brillantes y suponía un prestigio enorme. Dejaba claro que había que contar con nosotros y, de hecho, se creó una expectativa muy buena en torno a la revista: reportajes estupendos en *Resumé* y en *Dagens Media*, como en los viejos tiempos. Y, sinceramente, para mí significaba mucho, porque les había dicho a Sofie y a Emil que podrían sentirse tranquilos y seguros en la revista. «Nuestra economía es estable —les comenté— tenemos a Harriet Vanger detrás. Habrá dinero para hacer reportajes largos, profundos, fantásticos.» Bueno, ya sabes, creía realmente en todo lo que les dije. Pero luego...

—Luego se nos cayó el cielo encima. Bueno, un poquito.

—Exacto. Y no sólo por la crisis de los periódicos y el derrumbe del mercado de anunciantes, sino también por todo aquel lío que hubo en el Grupo Vanger. No sé si te diste cuenta de hasta qué punto estaba aquello revuelto. A veces lo veo casi como un golpe de Estado. Esos viejos retrógrados de la familia —y las mujeres también, por cierto; bueno, ya sabes de sobra cómo son todos—, esa panda de viejos racistas conspirando para apuñalar a Harriet por la espalda... Nunca olvidaré su llamada. «Me han machacado —me dijo—. Me han destrozado.» Naturalmente, detrás de eso se ocultaba el enojo que tenían porque Harriet había intentado renovar y modernizar el Grupo Vanger y, por supuesto, porque decidió incluir en la junta directiva a David Goldman, el hijo del rabino Viktor Goldman, ya sabes. Y luego estábamos nosotros, claro, que también teníamos nuestra parte de culpa. Andrei acababa de escribir su reportaje sobre los mendigos de Estocolmo, ese que nos pareció a todos su mejor trabajo y que fue citado y comentado en todas partes, incluso en el extranjero, pero que los Vanger...

—Tacharon de mierda comunista.

—Peor que eso, Mikael, mucho peor: lo tacharon de propaganda para esos «cabrones holgazanes que son demasiado vagos como para hacer un trabajo honrado».

—¿Eso dijeron?

—Algo por el estilo, sí. Pero no creo que ese reportaje influyera lo más mínimo, fue sólo la excusa que necesitaban para debilitar aún más el poder de Harriet dentro del Grupo. Lo que querían era distanciarse de todo aquello por lo que habían trabajado Henrik y Harriet.

—¡Qué idiotas!

—Ya lo creo, aunque perder ese dinero no nos ayudó mucho que digamos. Recuerdo esos días. Era como si el suelo desapareciera bajo mis pies, y sí, ya lo sé, debería haberte involucrado más, haberlo compartido contigo. Pero confiaba en que todos saldríamos ganando si tú podías concentrarte por completo en tus reportajes.

—Y sin embargo no fui capaz de entregar nada que valiera la pena.

—Lo intentaste, Mikael, lo intentaste de verdad, lo sé. Pero a lo que iba: fue justo entonces, cuando todo parecía estar perdido, cuando Ove Levin llamó.

—Alguien le soplaría lo que había ocurrido.

—Seguro, y no creo que haga falta que te diga que al principio fui muy escéptica. El Grupo Serner me olía a periodismo sensacionalista de la peor especie. Pero Ove empleó toda su labia y me invitó a su impresionante casa de Cannes.

—¿Qué?

—Sí, lo siento; tampoco te lo he contado, lo sé. Supongo que me dio vergüenza. Pero es que de todos modos tenía que ir al festival de cine para entrevistar a la directora iraní, ya sabes, la que fue perseguida por hacer un documental sobre Sara, esa joven de diecinueve años que había sido lapidada; y no me pareció mal que Serner nos echara una mano con los gastos del viaje. En cualquier caso, Ove y yo pasamos toda la noche hablando, aunque yo seguía desconfiando. Él se mostró ridículamente petulante y me soltó todo su discurso de vendedor. Pero al final, a pesar de todo, empecé a escucharlo. ¿Y sabes por qué?

—Es muy bueno en la cama.

—Ja, ja. No. Por cómo habló de ti.

—Anda, entonces ¿quería acostarse conmigo?

—Te admira muchísimo.

—¡No digas estupideces!

—No, Mikael, ahí te equivocas. Le encanta su poder y su dinero, y su casa de Cannes, es verdad; pero lo que lo corroe por dentro es que no se lo considere un periodista tan importante como tú. Y si hablamos de credibilidad y prestigio, Mikael, él es pobre y tú rico. En lo más profundo de su ser quiere ser como tú, me quedó claro enseguida; y sí, supongo que debería haberme dado cuenta de que una envidia así también podía ser peligrosa. Toda esa campaña de desprestigio que has sufrido últimamente es por eso, lo sabes, ¿verdad? Tu intransigencia profesional hace que otros se sientan muy miserables. Tu mera existencia les recuerda hasta qué punto se han vendido, y cuanto más te elogian, más mezquinos se sienten, y ante una situación así sólo hay una manera de defenderse: hundiéndote en la mierda. Si tú caes, si te ven tirado en el fango, ellos se sienten un poco mejor. Tu desprestigio les devuelve un poco de dignidad. Al menos eso es lo que creen.

—Gracias, Erika, pero no me importan esos ataques, te lo digo en serio.

—Sí, ya lo sé. O eso espero. Pero de lo que me di cuenta fue de que Ove deseaba participar, sentirse uno de los nuestros. Quería que lo contagiáramos un poco de nuestro renombre, y yo pensé que eso sería un buen aliciente. Si lo que pretendía era convertirse en alguien tan prestigioso como tú, sería devastador para él transformar *Millennium* en un producto Serner del montón, en otra publicación comercial más. Si se lo conociera como el tipo que arruinó una de las revistas más legendarias del país, los últimos restos de su reputación se hundirían para siempre. Por eso le creí cuando me dijo que tanto él como el grupo que representaba necesitaban un producto de prestigio, una coartada si quieres, y que sólo pretendía ayudarnos para que siguiéramos haciendo el periodismo en el que creíamos. Es cierto que expresó un deseo de comprometerse personalmente con el trabajo de la revista, pero lo entendí más bien como una vanidad: que tenía ganas de pavonearse un poco y de decirles a sus engominados y esnobs colegas que él era nuestro asesor o algo así. Jamás se me ocurrió que se atreviera a meterse con el alma de *Millennium*.

—Que es exactamente lo que está haciendo, ¿no?

—Sí, me temo que sí.

—Y entonces, ¿qué pasa con tu bonita teoría psicológica?

—Subestimé el poder del oportunismo. Como ya te darías cuenta, tanto Ove como el Grupo Serner se portaron de forma ejemplar antes de que se lanzara esa campaña contra ti, pero luego...

—Ove se aprovechó de ello.

—No, no; lo hizo otra persona. Alguien que iba tras él. Fue mucho tiempo después cuando entendí que no había sido fácil para Ove convencer a los demás de que nos apoyaran económicamente. Como comprenderás, no todos los integrantes del Grupo Serner sufren de complejo de inferioridad periodística. La mayoría son simples hombres de negocios que desprecian cualquier discurso que hable de defender valores importantes y cosas así. Les tocó la moral el «falso idealismo» de Ove, tal y como ellos lo definieron, y al descubrir el acoso que sufrías vieron la oportunidad de ir tras él.

—Vaya.

—Y no te puedes hacer ni idea de hasta qué punto. Al principio todo parecía ir bien. Sólo unas cuantas voces pidieron una mayor adaptación al mercado, lo cual, como ya sabes, me pareció que no estaba del todo mal. Es que yo también he estado dándole vueltas a cómo llegar a un colectivo más joven. De hecho, pensé que en ese aspecto Ove y yo manteníamos un buen diálogo. Por eso esta mañana tampoco estaba demasiado preocupada por su presentación.

—Ya, ya me di cuenta.

—Pero entonces aún no se había armado la que se armó.

—¿De qué hablas?

—Del lío que hubo cuando tú saboteaste la presentación de Ove.

—Yo no saboteé nada, Erika. Tan sólo me marché de allí.

Tumbada aún en la bañera, Erika le dio otro sorbo a la copa de vino. Luego sonrió con cierta melancolía.

—¿Cuándo te vas a enterar de que eres Mikael Blomkvist?

—Vaya... Creía que estaba empezando a hacerme una idea aproximada.

—Pues no lo parece, porque entonces te habrías dado cuenta de que cuando Mikael Blomkvist abandona la sala en plena presentación de su propia revista aquello se convierte en algo gordo, independientemente de que Mikael Blomkvist lo pretendiera o no.

—Entonces pido disculpas por mi sabotaje.

—No, si no te lo reprocho. Ya no. Ahora, como ves, soy yo la que pide perdón. Soy yo la responsable de que nos hayamos metido en este lío. No me cabe duda de que se habría armado el mismo revuelo tanto si te hubieses marchado como si te hubieras quedado. Sólo esperaban a tener una excusa para echarse encima de nosotros.

—¿Y qué es lo que pasó?

—Cuando tú te fuiste todos nos desinflamos, y Ove, cuya autoestima acababa de sufrir otro serio revés, mandó a la mierda todo lo que había preparado. «Ésto no tiene ningún sentido», dijo. Luego llamó a la oficina central y contó lo ocurrido, y no me sorprendería nada que se hubiera puesto en plan dramático. Esa envidia en la que yo había depositado mi esperanza tal vez se transformara en algo realmente mezquino y malvado. Volvió al cabo de unas dos horas y comentó que el Grupo estaba dispuesto a apostar por *Millennium* a lo grande, a utilizar todos sus medios para promocionar la revista.

—Y eso, según parece, no eran buenas noticias.

—Pues no. Y me di cuenta antes de que abriera la boca. Es que se le veía en la cara. Irradiaba una mezcla de terror y triunfo. Al principio le costó dar con las palabras exactas; desvariaba, más bien: empezó a hablar de que el Grupo quería más control de la actividad, y un rejuvenecimiento del contenido, y más famosos. Pero luego...

Erika cerró los ojos, se pasó la mano por el mojado pelo y apuró lo que le quedaba de vino.

—Luego ¿qué?

—Querían que tú abandonaras la redacción.

—¿Cómo?

—Por supuesto, ni él ni el Grupo podían decirlo abiertamente, ni menos aún arriesgarse a que aparecieran titulares de prensa como «Serner echa a Blomkvist», de modo que Ove lo formuló de la manera más elegante que pudo argumentando que él deseaba que se te diera rienda suelta para que tú te concentraras en lo que mejor sabes hacer: escribir reportajes. Propuso un estratégico destino en Londres y un generoso contrato como corresponsal.

—¿Londres?

—Dijo que Suecia se había quedado pequeña para un hombre de tu calibre, pero, como ya puedes suponer, el motivo es otro.

—Que no se crean capaces de aplicar esos cambios mientras yo esté en la redacción.

—Algo así. Además, no creo que ninguno de ellos se sorprendiera cuando Christer, Malin y yo rechazamos todo eso tajantemente: «No es ni siquiera negociable». Por no hablar de la reacción de Andrei.

—¿Qué hizo?

—Casi me da vergüenza contártelo. Andrei se levantó y les soltó que era lo más mezquino que había oído en toda su vida. Dijo que tú eres de lo mejor que tenemos en este país, un orgullo para la democracia y el periodismo, y que a todo el Grupo Serner se le debería caer la cara de vergüenza. Dijo que eres un gran hombre.

—Bueno, se pasó un poco, ¿no?

—Pero es un gran tipo.

—Sí, eso sí. ¿Y qué hicieron entonces los de Serner?

—Ove estaba preparado para eso, claro. «Naturalmente también les queda la opción de comprar nuestra parte», respondió. Lo que pasa es que...

—Que el precio ha subido —completó Mikael.

—Exacto, según cualquier forma de análisis fundamental, explicó, la parte de Serner sin duda debe de haber doblado su valor desde que el Grupo entró, teniendo en cuenta la plusvalía y el prestigio que ellos han logrado.

—¿Prestigio ellos? ¿Se han vuelto locos?

—Sí, locos de atar. Pero son listos, y quieren jodernos. Y lo que me pregunto es si no querrán matar dos pájaros de un tiro: por un lado hacer un negocio redondo y por el otro hundirnos económicamente y deshacerse de un competidor.

—¿Y qué carajo vamos a hacer?

—Lo que mejor se nos da: luchar. Yo tengo un dinero ahorrado, así que compramos su parte y nos libramos de ellos. Y luego luchamos por hacer la mejor revista de toda Escandinavia.

—Genial, Erika, de puta madre. Y luego ¿qué? En poco tiempo estaremos en las mismas, con una economía desastrosa que ni siquiera tú con tu dinero podrás sanear.

—Ya, pero saldremos de ésta. No sería la primera vez... Tú y yo podemos trabajar un tiempo sin cobrar, nos las podemos arreglar. ¿A que sí?

—Todo llega a su fin, Erika.

—¡No digas eso! ¡No vuelvas a decir eso nunca más!

—¿Ni siquiera si es verdad?

—Mucho menos.

—De acuerdo.

—¿Tienes algún tema? —continuó Erika—. Lo que sea, algo, algo con lo que podamos darle en la cabeza a toda la Suecia mediática...

Mikael hundió la cara entre las manos y, por algún motivo, acudió a su mente Pernilla, su hija, quien le había dicho que, a diferencia de él, iba a escribir «de verdad», fuera lo que fuese aquello que él escribía que no era «de verdad».

—Me temo que no —respondió.

Erika pegó un manotazo en el agua con tanta violencia que le salpicó a Mikael en los calcetines.

—Maldición, Mikael, por favor. Seguro que tienes algo entre manos. No conozco a nadie en todo el país que reciba tantas llamadas y tantos correos de todo el mundo.

—La mayoría son tonterías —contestó él—. Aunque... Hay algo que quizá...

Erika se incorporó de golpe en la bañera.

—¿Qué?

—No, nada —rectificó—. Sólo fantaseaba.

—En estas circunstancias, es justo lo que tenemos que hacer.

—Sí, ya. Pero no es nada, sólo un montón de humo y nada que se pueda probar.

—Y aun así hay algo dentro de ti que cree en ello, ¿verdad?

Es posible, aunque más bien se debe a un pequeño detalle que no tiene nada que ver con la historia en sí.

—¿Qué detalle?

—Que mi vieja compañera de armas también se ha interesado por el tema.

—¿Tu Compañera de armas con ce mayúscula?

—Esa misma.

—¡Pero bueno, eso suena muy prometedor!, ¿no? —dijo Erika mientras salía, desnuda y hermosa, de la bañera.

Capítulo 8

Noche del 20 de noviembre

August estaba en el dormitorio, sentado de rodillas sobre el suelo de cuadros blancos y negros. Contemplaba una naturaleza muerta que su padre le había preparado y que consistía en una vela puesta sobre un plato azul, una naranja y dos manzanas verdes. Pero no pasó nada. August se limitó a mirar fijamente la tormenta que arreciaba al otro lado de la ventana mientras Frans se preguntaba: «¿Será una tontería darle un motivo para dibujar?».

Su hijo no necesitaba más que observar algo de reojo para que se le quedara grabado en la mente, de modo que ¿por qué debería su padre, o quien fuera, elegir lo que podía dibujar? Sin duda, August tenía miles de imágenes en la cabeza, así que era posible que un plato y unas frutas le resultaran de lo más aburrido y ridículo. Quizá August se interesara por cosas muy diferentes. Frans se preguntó ahora si el chico no querría comunicarle algo especial con el dibujo del semáforo. No se trataba de una inocente y agradable representación, no. Todo lo contrario: el semáforo brillaba como un malvado ojo que clavaba la mirada, por lo que —¿quién sabe?— tal vez August se hubiera sentido amenazado por aquel hombre que esperaba en el paso de peatones al otro lado de la calle.

Frans miró a su hijo por enésima vez ese día. Debería caérsele la cara de vergüenza, pensó. Antes consideraba a August como alguien únicamente raro e incomprensible. Ahora se preguntaba si el chico y él no serían bastante similares. Cuando Frans era pequeño los médicos no perdían el tiempo emitiendo diagnósticos; por aquel entonces, a la gente se la catalogaba con suma facilidad como rara o retrasada. Y punto. Él mismo había sido, decididamente, extraño, demasiado serio, de gesto impasible; a ninguno de sus compañeros de clase le caía muy bien, por así decirlo. Claro que, por otra parte, él tampoco disfrutaba mucho de su compañía; se refugiaba en los números y las ecuaciones, y permanecía callado la mayor parte del tiempo.

En la actualidad, difícilmente lo habrían calificado de autista como se hizo en su momento con August, pero sin duda le habrían colgado la etiqueta de «síndrome de Asperger», lo cual podría haber sido bueno o malo, no tenía mucha importancia. Lo importante era que Hanna y él habían confiado en que ese temprano diagnóstico los iba a ayudar. Sin embargo, no habían sucedido demasiadas cosas. Hasta ahora, a los ocho años de edad del niño, Frans no se había dado cuenta de que August poseía un don especial que, por lo visto, era tanto espacial como matemático. ¿Por qué Hanna y Lasse no habían descubierto nada de eso?

Aunque Lasse era un hijo de puta, Hanna, en el fondo, era una persona sensible y receptiva. A Frans nunca se le olvidaría su primer encuentro. Fue en una cena de la Real Academia de Ingeniería, en el ayuntamiento de Estocolmo; a él le daban algún premio que lo tenía sin cuidado. Llevaba toda la noche aburriéndose como una ostra y deseando que llegara el momento de poder sentarse frente a su computador cuando una bella mujer que le resultaba vagamente familiar —los conocimientos de Frans sobre el mundo de los famosos eran muy limitados— se acercó a su mesa y empezó a hablar con él. En la imagen que tenía de sí mismo, Frans seguía siendo aquel bicho raro del colegio de Tappström al que las chicas sólo lanzaban miradas de desprecio.

Frans no podía entender qué era lo que una mujer como Hanna veía en él. Por aquella época, además, ella estaba en el apogeo de su carrera, aunque él en ese momento no lo sabía. Pero ella lo sedujo, y esa noche hizo el amor con él como ninguna otra mujer lo había hecho nunca. A eso le siguió la que probablemente fuera la época más feliz de su vida y, a pesar de eso..., los códigos binarios vencieron al amor.

Su obsesión por el trabajo terminó con su matrimonio, y tras la separación todo fue de mal en peor. Lasse Westman tomó el relevo, Hanna se fue apagando y era probable que eso mismo le hubiera ocurrido también a August. Frans, naturalmente, debería estar furioso, pero sabía que tenía buena parte de la culpa. Había abandonado a su hijo y comprado su propia libertad con dinero, y quizá fuera verdad lo que se afirmó durante el juicio por su custodia: que él eligió el sueño de una vida artificial antes que a su propio hijo. Qué pedazo de idiota había sido.

Sacó su portátil para buscar en Google más información sobre los talentos *savants*. Ya había pedido unos cuantos libros, entre otros la gran obra de referencia sobre el tema, *Islands of Genius*, escrito por el catedrático Darold A. Treffert. Fiel a su costumbre a la hora de abordar las cosas, pensaba aprender todo lo que pudiera sobre los *savants*. No iba a permitir que cualquier psicólogo o pedagogo se riera de su ignorancia y le dijera lo que era mejor para August. Se propuso saber más que ellos, de modo que continuó con sus búsquedas *online*, y en esta ocasión le llamó la atención el relato de una niña autista llamada Nadia.

La vida de esa chica se explicaba en el libro de Lorna Selfe, *Nadia: a case of extraordinary drawing ability in an autistic child*, y en el de Oliver Sacks, *El hombre que confundió a su mujer con un sombrero*, dos obras que Frans había leído con fascinación. Era una historia emocionante y, en muchos sentidos, podía considerarse paralela a la de August. Al igual que él, Nadia parecía perfectamente normal al nacer, pero con el paso del tiempo los padres se dieron cuenta de que algo no iba bien.

La niña no desarrolló el habla. No miraba a nadie a los ojos. Rechazaba el contacto físico y no reaccionaba a las sonrisas ni a otros gestos o estímulos de la madre. La mayor parte del tiempo permanecía callada y retraída, y se dedicaba, con gran obsesión, a cortar con tijeras hojas de papel en franjas indescriptiblemente delgadas. A la edad de seis años aún no había pronunciado palabra alguna.

Sin embargo, dibujaba como un Leonardo da Vinci. A los tres años, de forma inesperada, empezó a representar caballos y, a diferencia de otros niños, no comenzaba con la forma, por la visión de conjunto, sino con algún pequeño detalle: el casco de una pata, la cola, la bota del jinete... Pero lo más extraño de todo era que lo hacía a mucha velocidad. Iba uniendo las partes a un ritmo vertiginoso —un poco por aquí, otro poco por allá— hasta componer un todo perfecto: la figura de un caballo que avanzaba al galope o al paso. Debido a sus propios intentos en la adolescencia, Frans sabía que no había nada más difícil de recrear que un animal en movimiento. Por mucho que nos empeñemos, el resultado da una impresión poco natural o forzada. Para que surja la ligereza de la dinámica se requiere poseer el don de un maestro. Y Nadia, con sólo tres años, ya lo poseía.

Sus caballos eran imágenes perfectas, realizadas con un trazo grácil y espontáneo, y resultaba evidente que no eran la consecuencia de una larga práctica. Su virtuosismo brotaba como cuando revienta una represa. Tenía fascinada a la gente. ¿Cómo lo hacía? ¿Cómo era posible que con sólo unos veloces movimientos de la mano se saltara siglos de evolución en la historia del arte? Los investigadores australianos Allan Snyder y John Mitchell estudiaron los dibujos y en 1999 defendieron una tesis que poco a poco ha ido teniendo una aceptación general: que todos poseemos una capacidad heredada para ese tipo de virtuosismo, pero que en la mayoría de nosotros se encuentra bloqueada.

Si vemos un balón de fútbol —o lo que sea— no comprendemos de inmediato que se trata de un objeto tridimensional. Al contrario: el cerebro interpreta a la velocidad de un rayo una serie de detalles, como sombras que se proyectan, o diferencias de profundidad y de matices, y a partir de ahí sacamos conclusiones acerca de su forma. No somos conscientes de ello, pero se requiere un análisis de las partes antes de captar algo tan simple como que lo que vemos es un balón y no un círculo.

El cerebro obtiene un resultado final por sí mismo, y cuando lo hace ya no advertimos todos esos detalles que habíamos percibido al principio. El bosque, por decirlo de algún modo, nos impide ver los árboles. Pero lo que llamó la atención de Mitchell y Snyder fue que si fuésemos capaces de rescatar la imagen original de nuestro cerebro estaríamos en condiciones de contemplar el mundo de una manera absolutamente nueva, y entonces quizá lo podríamos representar de forma más ligera, al igual que lo hacía Nadia sin ningún tipo de preparación.

En otras palabras: la idea era que Nadia tenía acceso a la imagen original, a la propia materia prima del cerebro. Ella percibía el hormigueo de detalles y sombras antes de que fuesen elaborados; por eso siempre empezaba con una parte aislada, como un casco o un hocico, y no con la totalidad, porque ésta, tal y como la vemos nosotros, aún no se había confeccionado. Y aunque Frans Balder veía algunos defectos en la teoría —o, cuando menos, como siempre sucedía, hacía gala de su espíritu crítico—, había algo en la idea que lo atraía.

En muchos sentidos era ese original punto de vista el que siempre había buscado en sus investigaciones; una perspectiva que no daba nada por hecho, sino que miraba más allá de lo obvio hasta llegar a los pequeños detalles. Se sintió cada vez más obsesionado con el tema y continuó leyendo con creciente fascinación, hasta que llegó a un punto en el que se quedó de piedra. Incluso maldijo en voz alta, y miró a su hijo mientras una punzada de angustia le recorría el estómago. Pero lo que provocó su estremecimiento no fue nada relacionado con los resultados de la investigación, sino la descripción del primer año de Nadia en el colegio.

A Nadia la habían metido en una clase para niños autistas, por lo que su enseñanza se centró en hacerla hablar, y la niña, efectivamente, hizo sus progresos. Las palabras llegaron de una en una. Sin embargo, pagó un precio muy alto. A medida que empezaba a hablar fue desapareciendo su genialidad con el lápiz; según la autora del libro, Lorna Selfe, era probable que una forma de expresión hubiera sustituido a la otra. De ser un genio artístico, Nadia pasó a ser una niña autista normal, gravemente discapacitada, que era cierto que hablaba un poco pero que había perdido por completo aquello que asombró al mundo. ¿Merecía la pena renunciar a ello tan sólo para poder pronunciar unas pocas palabras?

«¡No!», quiso gritar Frans; quizá porque él mismo siempre había estado dispuesto a pagar el precio que hiciera falta para convertirse en un genio en su campo. Era preferible ser una persona incapaz de mantener una simple conversación en una cena que alguien mediocre. ¡Cualquier cosa antes que ser normal y corriente! Ésa había sido su filosofía de vida y aun así... no era tan estúpido como para no entender el problema: sus propios principios elitistas no eran necesariamente los mejores consejeros en este caso. Quizá unos cuantos dibujos no fueran nada comparados con la capacidad que tiene una persona para pedir un vaso de leche, por ejemplo, o para intercambiar algunas palabras con un amigo, o un padre... ¿Él qué sabía?

Y, a pesar de todo, se negaba a plantearse semejante elección. No soportaba la idea de tener que optar por eliminar lo más fantástico que había ocurrido en la vida de August. Ni hablar, no... Ojalá nunca tuviera que hacerle frente a un dilema semejante. Ningún padre debería tener que elegir entre las alternativas «genio» o «no genio». Porque nadie podía saber, a priori, qué era lo mejor para el niño.

Cuanto más pensaba en ello más absurdo lo encontraba; directamente no se lo creía. O quizá, más bien, no «quería» creérselo. Al fin y al cabo, Nadia no era más que un caso, y un solo caso no constituía una base científica.

Tenía que estudiar más, y por eso siguió buscando en la red. Entonces sonó su teléfono. Había sonado varias veces durante las últimas horas: entre otras llamadas, un número oculto y también Linus, su antiguo ayudante, que le caía cada vez peor y en quien tal vez ni siquiera confiara ya, pero con el cual, en cualquier caso, no tenía ganas de hablar. Quería continuar investigando en la vida de Nadia, nada más.

No obstante, contestó; era posible que de los mismos nervios. Era Gabriella Grane, la encantadora analista de la Säpo, y entonces, a pesar de todo, se le dibujó una pequeña sonrisa en los labios. Si la mujer con la que más deseaba estar resultaba ser Farah Sharif, Gabriella ocupaba un claro segundo lugar. Tenía unos bellos y resplandecientes ojos y, además, era rápida de mente. Frans manifestaba cierta debilidad por las mujeres que captaban las cosas a la primera.

—Gabriella —dijo—, me encantaría hablar contigo. Pero no tengo tiempo. Estoy en medio de algo importante.

—Para lo que te voy a contar tendrás tiempo, te lo aseguro —contestó inusualmente severa—. Estás en peligro.

—¡Tonterías, Gabriella! Ya te lo he dicho. Seguro que esos abogados intentarán dejarme con una mano delante y otra detrás. Pero nada más.

—Frans: me temo que ahora contamos con nuevos datos, y provienen de una fuente con una altísima credibilidad, por cierto. Parece que de verdad existe una grave amenaza.

—¿Qué quieres decir? —preguntó sin prestar demasiada atención.

Con el teléfono apretado entre el hombro y la oreja seguía buscando información sobre el talento perdido de Nadia.

—Es cierto que me cuesta evaluar los datos, pero me preocupan, Frans. Creo que hay que tomárselos en serio.

—Pues me los tomaré en serio. Prometo ser muy prudente. Me quedaré en casa, como siempre. Pero ya te he dicho que estoy un poco complicado en este momento y, además, estoy bastante convencido de que te equivocas. En Solifon...

—Sí, sí, puede que me equivoque, claro —lo interrumpió ella—. Es posible. Pero ¿y si estoy en lo cierto?, ¿y si existe una pequeñísima posibilidad de que tenga razón?

—Sí, vale, pero...

—Nada de peros, Frans. No quiero oír ni un solo pero. Escúchame: creo que tu análisis es correcto. Nadie de Solifon pretende causarte daño físico. Es una empresa civilizada, a pesar de todo. Pero parece que alguna o algunas personas del Grupo han contactado con una organización criminal, una banda extremadamente peligrosa que cuenta con ramificaciones no sólo en Suecia, sino también en Rusia; y es de allí de donde proviene la amenaza.

Por primera vez, Frans apartó la mirada de la pantalla del computador. Sabía que Zigmund Eckerwald, de Solifon, colaboraba con una banda criminal. Incluso había conseguido interceptar algunas palabras codificadas referidas al líder, pero no entendía por qué ese grupo iba a querer atentar contra él. ¿O sí?

—¿Una organización criminal? —preguntó.

—Eso es —confirmó Gabriella—. ¿Y no te parece en cierto modo lógico? Tú ya apuntaste algo en ese sentido, ¿no? Una vez que se han empezado a robar las ideas de otros y a beneficiarse de ello ya se ha transgredido la frontera de la legalidad, y a partir de ese momento ya no hay vuelta atrás.

—Creo que lo que te dije en esa ocasión fue que bastaba con una pandilla de abogados. Unos tíos lo suficientemente astutos de tu lado y puedes robar lo que sea con toda tranquilidad. Los abogados son los matones de nuestros tiempos.

—Sí, quizá sea así. Pero escúchame: aún no han dado el visto bueno para ponerte protección. Por eso quiero trasladarte a un lugar secreto. Paso a recogerte ahora mismo.

—¿Qué?

—Creo que debemos actuar ya.

—Ni hablar —protestó—. Yo... Bueno, y...

Dudó.

—¿Hay alguien contigo?

—No, no. Es sólo que en estos momentos no me puedo ir a ningún sitio.

—¿No estás oyendo lo que te digo?

—Te oigo perfectamente. Pero, con todo el respeto, creo que suena como si estuvieras especulando.

—Especular es parte de la naturaleza de estas situaciones de riesgo, Frans. Pero la persona que se puso en contacto con nosotros... —esto, en realidad, no debería revelártelo— fue una agente de la NSA que está investigando a esa organización.

—La NSA —resopló él.

—Sí, ya sé que eres algo escéptico con ellos.

—Por no decir otra cosa.

—Está bien. Pero en esta ocasión están de tu parte. Al menos la agente que me llamó. Es una buena persona. Ha interceptado algo que podría ser un plan de asesinato.

—¿Contra mí?

—Hay muchos factores que así lo indican.

—«Podría ser», «factores que así lo indican»..., suena todo muy vago.

August se estiró para tomar unos lápices de colores, lo que captó de inmediato la total concentración de Frans.

—No pienso moverme de aquí —zanjó.

—Estás bromeando.

—No. No me importará trasladarme a otro sitio si te llegan más datos que apunten en la misma dirección, pero ahora mismo no lo haré. Además, esa alarma que instaló Milton Security es estupenda. Tengo cámaras y sensores por todas partes.

—¿Me lo estás diciendo en serio?

—Sí, y ya sabes que soy muy terca.

—¿Tienes un arma?

—Pero ¿qué dices, Gabriella? ¡Yo, un arma! Creo que el arma más peligrosa que tengo es el cortaquesos de la cocina.

—Oye... —dijo ella algo dubitativa.

—Dime.

—Voy a ordenar que vigilen tu casa, quieras o no. No hace falta que te preocupes por eso. Ni siquiera lo vas a notar, supongo. Pero ya que eres tan condenadamente testarudo te voy a dar un consejo.

—¿Cuál?

—Hazlo público; será como tu seguro de vida. Cuéntales a todos los medios de comunicación lo que sabes; entonces, en el mejor de los casos, es posible que la idea de eliminarte ya no tenga sentido.

—Lo pensaré.

De repente, Frans advirtió que la voz de Gabriella había sonado distraída.

—¿Sí? —dijo él.

—Espera un minuto respondió Gabriella—. Me llaman por otra línea. Tengo que...

Desapareció, y Frans, que razonablemente debía de tener asuntos de más urgencia sobre los que reflexionar, sólo pensó en una cosa: ¿August iba a perder su talento para dibujar si aprendía a hablar?

—¿Sigues ahí? —preguntó Gabriella al cabo de un rato.

—Claro que sí.

—Me temo que tengo que colgar. Pero voy a asegurarme de que te pongan algún tipo de vigilancia cuanto antes. Te lo juro. Estaremos en contacto. ¡Cuídate!

Frans colgó con un suspiro. De nuevo pensó en Hanna y en August, y en el suelo que imitaba un tablero de ajedrez y que se reflejaba en los espejos del armario, y en todo tipo de cosas que en esos momentos no deberían haber tenido demasiada importancia. Y sólo de forma algo difusa, como ensimismado, murmuró:

—Vienen por mí.

En lo más profundo de su ser se dio cuenta de que no era una conclusión disparatada, en absoluto, por mucho que él siempre se hubiera negado a creer que llegarían a esos extremos, a recurrir a la violencia. Pero ¿qué sabía él? Nada. Además, ahora no tenía fuerzas para afrontar aquello. Optó, en cambio, por seguir buscando información sobre el destino de Nadia y se planteó si podría existir un paralelismo con el caso de su hijo. En realidad era absurdo. Hizo como si el asunto no fuera con él. A pesar del peligro, siguió navegando tranquilamente por Internet, y al cabo de un rato se topó con el nombre de un catedrático de neurología, toda una autoridad mundial en el síndrome del *savant*, un hombre llamado Charles Edelman, y en lugar de indagar más en su vida y su obra como era su costumbre —Frans Balder siempre prefería los libros a las personas— llamó a la centralita del Instituto Karolinska.

Enseguida se percató de que ya era tarde. Seguramente Edelman ya se habría ido a casa, y el número privado era confidencial... Pero también dirigía una institución que se llamaba Ekliden, un centro para niños autistas con destrezas especiales, de modo que Frans lo intentó con ese número. Oyó varios tonos de llamada antes de que contestara el teléfono una señora que se presentó como la enfermera Lindros.

—Disculpe que la moleste a estas horas —dijo Frans Balder—. Quisiera hablar con el profesor Edelman. ¿Está todavía ahí por casualidad?

—Claro que sí. Nadie puede irse a casa con este tiempo. ¿De parte de quién?

—Frans Balder —respondió—, profesor Frans Balder —corrigió, por si servía de algo.

—Espere un momento —dijo la señora Lindros—. Voy a ver si puede atenderlo.

Frans miró fijamente a August, quien, dubitativo, cogió de nuevo uno de sus lápices, lo que provocó cierta inquietud en él, como si fuese un mal presagio. «Una organización criminal», murmuró para sí mismo.

—Charles Edelman al habla —dijo una voz—. ¿Es realmente el profesor Balder con quien estoy hablando?

—El mismo. Tengo una pequeña...

—No se imagina el honor que supone para mí —continuó Edelman—. Acabo de volver de un congreso en Stanford, donde, de hecho, hemos comentado su investigación sobre las redes neuronales. Bueno, incluso nos llegamos a cuestionar si nosotros, los neurólogos, no podríamos aprender bastante del cerebro recurriendo a otras vías, a través del estudio sobre la Inteligencia Artificial, por ejemplo. Nos preguntamos...

—Me siento muy halagado —lo interrumpió Frans—. Pero lo que quería era hacerle una pequeña pregunta.

—¿De verdad? ¿Algo que necesita para su investigación?

—No, es que tengo un hijo autista. Tiene ocho años y todavía no ha pronunciado su primera palabra, pero el otro día pasamos ante un semáforo, en Hornsgatan, y luego...

—¿Sí?

—Luego se puso a dibujarlo a un ritmo vertiginoso y con una perfección increíble. ¡Absolutamente asombroso!

—¿Y quiere que vaya a verlo?

—Por mí encantado. Pero no es por eso por lo que le llamo, sino porque estoy preocupado. He leído que es posible que sus dibujos sean el idioma que utiliza para comunicarse con el mundo, y que si aprende a hablar tal vez pierda ese talento. Que una forma de expresión sustituya a la otra.

—Intuyo que ha leído algo sobre Nadia.

—¿Cómo lo sabe?

—Porque siempre se saca su ejemplo. Pero tranquilo, hombre, tranquilo. ¿Nos tuteamos? ¿Puedo llamarte Frans?

—Por supuesto.

—Muy bien, Frans. Me alegro muchísimo de que me hayas llamado, y ya de entrada te digo que no tienes por qué preocuparte, al contrario: Nadia es la excepción que confirma la regla, nada más. Toda la investigación demuestra que el desarrollo lingüístico más bien acentúa el talento *savant*. Mira, por ejemplo, a Stephen Wiltshire. Has leído algo sobre él, ¿a que sí?

—¿El que dibujó todo Londres?

—Exacto. Él se ha desarrollado en todas sus facetas, tanto en la artística como en la intelectual y lingüística. Hoy en día se lo considera un gran artista. De modo que puedes estar tranquilo, Frans. Es cierto que puede ocurrir que un niño pierda su talento *savant*, pero la mayoría de las veces tiene que ver con otros factores. Se cansan, o les ocurre algo. Habrás leído que a Nadia se le murió la madre por la misma época...

—Sí.

—Quizá fuera ése el verdadero motivo. Bueno, como es natural, ni yo ni nadie lo sabemos a ciencia cierta. Pero no creo que fuera porque aprendiera a hablar. Apenas hay ejemplos documentados de casos similares, y eso no lo digo por decir algo ni porque sea mi propia hipótesis. En la actualidad hay un gran consenso en que los *savants* no pierden nada cuando desarrollan sus destrezas intelectuales en todos los niveles.

—¿De verdad?

—Sí, definitivamente.

—También se le dan bien los números.

—¿Ah, sí? —preguntó Charles Edelman dubitativo.

—¿Te extraña?

—Es que los *savants* muy raramente combinan un don artístico con habilidades matemáticas. Se trata de dos talentos diferentes que no están relacionados y que, a veces, incluso parecen bloquearse entre sí.

—Pues él posee los dos. Sus dibujos también tienen un aire de algo geométricamente exacto, como si hubiese calculado las proporciones.

—Muy interesante, muchísimo. ¿Cuándo podría verlo?

—No lo sé muy bien; la verdad es que sólo quería pedirte consejo.

—Pues ahí va: apuesta por el chico. Estimúlalo. Déjale desarrollar todas sus facultades al máximo.

—Yo...

De repente, Frans sintió una extraña presión en el pecho que le ocasionó cierta dificultad para seguir hablando.

—Sólo quería darte las gracias —continuó—. De verdad. Te lo agradezco muchísimo. Ahora tengo que...

—Ha sido un gran honor hablar contigo, y sería fantástico poder verlos a los dos. He elaborado un test para los *savants*, bastante sofisticado, modestia aparte. Juntos podríamos llegar a conocer al niño más a fondo.

—Sí, claro, eso estaría muy bien. Pero ahora tengo que... —masculló Frans sin saber lo que en realidad quería decir—. Muchas gracias y adiós.

—Bueno, de acuerdo. Espero saber muy pronto de ti.

Balder colgó y, por un momento, permaneció quieto, con las manos cruzadas sobre el pecho y mirando a August, que aún agarraba su lápiz amarillo con cierta duda mientras observaba fijamente cómo ardía la vela. Acto seguido, una sacudida recorrió los hombros de Frans. Y unas lágrimas brotaron de sus ojos. Se podían decir muchas cosas de Frans Balder, pero no que fuese una persona que llorara con facilidad.

No se acordaba de cuándo lo había hecho por última vez. No fue cuando murió su madre, y tampoco, sin duda, después de haber visto o leído algo emocionante; él mismo pensaba que era de piedra. Y allí estaba ahora el catedrático, llorando como un niño —sin hacer nada para evitarlo— mientras contemplaba a su hijo, que seguía con sus lápices en la mano. ¿La razón? Las palabras de Charles Edelman.

Ahora August podía aprender a hablar y seguir dibujando, y eso era grandioso. Pero, como era lógico, no sólo lloraba por eso. También estaba el tema de Solifon. Y la amenaza de asesinato. Y los secretos que obraban en su poder, y la nostalgia que sentía por Hanna o Farah, o quien fuera que pudiese llenar el vacío que había en su pecho.

—¡Mi pequeño! —dijo tan emocionado y absorto que no advirtió que el portátil se acababa de activar para mostrar imágenes de una de las cámaras de vigilancia instaladas alrededor de la casa.

Allí fuera, en el jardín azotado por la tormenta, se veía a un hombre larguirucho embutido en una chaqueta de cuero y con una gorra gris tan encasquetada que casi le ocultaba el rostro. Fuera quien fuese, se trataba de alguien que sabía que lo estaban grabando. Aunque parecía delgado, había algo en su forma de andar que resultaba ligeramente teatral; caminaba como meciéndose de un lado para otro, como si fuera un boxeador de peso pesado a punto de subir al cuadrilátero.

Gabriella Grane seguía en su despacho, buscando en la red y en los archivos de la Säpo. Sin embargo, no le sirvió de mucho, y eso, como era lógico, se debía a que no sabía muy bien qué era lo que estaba buscando. Una sensación nueva e inquietante la corroía por dentro, algo vago y difuso.

Alguien había interrumpido su conversación con

Frans Balder. Era Helena Kraft, la jefa de la Säpo, que la volvía a llamar por el mismo motivo de la última vez: Alona Casales, la de la NSA, quería hablar con ella. Pero ahora Alona sonaba considerablemente más tranquila y, de nuevo, con ganas de hablar.

—¿Solucionaron ya el problema que tenían con los computadores? —preguntó Gabriella.

—Ja, ja... Bueno, menudo jaleo se ha montado, aunque nada grave, creo. Te pido disculpas por haberme mostrado tan enigmática cuando hablamos. Quizá tenga que serlo ahora también, al menos hasta cierto punto. Pero quiero darte más información y volver a insistir en que veo la amenaza contra el profesor Balder como real y seria, a pesar de no saber nada a ciencia cierta. ¿Pudieron hacer algo al respecto?

—Hablé con él. Se niega a abandonar su casa. Me ha dicho que está complicado con otras cosas. Le voy a poner vigilancia.

—Perfecto. Y, como quizá sospeches, he hecho algo más que contemplar tu belleza. Estoy muy impresionada, señorita Grane. ¿No debería una chica como tú trabajar en Goldman Sachs y ganar millones?

—No es mi estilo.

—El mío tampoco. No digo que no al dinero, pero este fisgoneo mal pagado me gusta más. Y bueno, corazón, así están las cosas: para nosotros esto no es un asunto de mayor envergadura, en absoluto, algo que, dicho sea de paso, a mí me parece un error, y no sólo porque esté convencida de que este grupo constituye una amenaza contra los intereses económicos de la nación, sino porque también creo que hay vínculos políticos. Uno de esos ingenieros informáticos rusos que te he mencionado, un tal Anatoli Chabarov, también tiene conexiones con un conocido diputado de la Duma rusa llamado Ivan Gribanov, que es un importante accionista de Gazprom.

—Entiendo.

—Pero aún quedan varios cabos sueltos, y llevo mucho tiempo intentado averiguar quién es su líder.

—Ese tal Thanos.

—Ése... o ésa.

—¿Ésa?

—Sí, aunque lo más probable es que me equivoque. Ese tipo de bandas suelen explotar a las mujeres, no las colocan en la cúpula de sus organizaciones. Además, la mayoría de las veces, al mencionar a esa misteriosa figura, se ha hablado siempre de «él».

—¿Qué te hace creer que pueda ser una mujer?

—Una especie de adoración, se podría decir. Los comentarios que se hacen al referirse a esa persona son los mismos que los hombres de todas las épocas han hecho al hablar de las mujeres a las que adoran y desean.

—O sea, que es una belleza.

—Eso parece, pero quizá lo que he olfateado se trate tan sólo de un poco de homoerótica. Aunque lo cierto es que nadie se alegraría más que yo si los gánsteres o los políticos rusos se dedicaran un poquito más a esa disciplina.

—¡Ja, ja! ¡Estaría bien!

—En realidad te lo comento sólo para que mantengas la mente abierta ahora que parece que todo este lío va a acabar también en tu escritorio. Es que hay unos cuantos abogados involucrados, ya sabes. Siempre hay abogados metidos en todo, ¿o no? Con los *hackers* se puede robar, y con los abogados se pueden legitimar los robos. ¿Cómo era eso que decía Balder?

—Que todos somos iguales ante la ley si pagamos lo mismo.

—Exactamente. Hoy en día el que se pueda permitir una sólida defensa puede echarle el guante a lo que sea. Supongo que conoces al contrincante jurídico de Balder, el bufete de Washington de Dackstone & Partner.

—Sí, claro.

—Entonces también sabrás que ese bufete ha sido contratado en múltiples ocasiones por grandes empresas tecnológicas que quieren demandar y hundir en la mierda a los inventores e innovadores que pretenden obtener un poco de compensación económica por sus creaciones.

—Por supuesto. Eso lo aprendí cuando estuvimos trabajando con los procesos jurídicos en los que estuvo metido Håkan Lans.

—Una historia espeluznante, desde luego. Pero aquí lo interesante es que Dackstone & Partner también aparece en una de las pocas conversaciones que hemos podido leer de esta red criminal, aunque lo cierto es que el bufete sólo es nombrado como D. P. o incluso D.

—De modo que Solifon y esos criminales trabajan con el mismo bufete.

—Eso parece, y el asunto no se detiene ahí. Ahora Dackstone & Partner va a abrir un despacho en Estocolmo, ¿y sabes cómo nos hemos enterado de eso?

—No —dijo Gabriella, que se sentía cada vez más estresada.

Quería terminar la llamada cuanto antes para encargarse de que Frans Balder tuviera protección policial.

—Gracias a la vigilancia a la que hemos sometido a la banda —continuó Alona—. Chabarov lo mencionó accidentalmente, de pasada, lo cual da a entender que existen lazos bastante estrechos con el bufete. La banda estaba al corriente de su idea de establecerse en Estocolmo antes de que fuera de dominio público.

—¿Ah, sí?

—Sí. Y en Estocolmo, Dackstone & Partner va a asociarse con un abogado sueco llamado Kenny Brodin, un tipo que antes era penalista y al que se lo conocía por acercarse a sus clientes de forma algo excesiva.

—Existe, entre otras cosas, una famosa foto que llegó a publicarse en la prensa sensacionalista. En ella se ve a Kenny Brodin de juerga con sus gánsteres y metiéndole mano a una prostituta —apostilló Gabriella.

—Sí, la vi. Y supongo que el señor Brodin sería una buena persona por la que empezar si también quieren vigilar más de cerca a ese bufete. ¿Quién sabe?, igual resulte ser el enlace entre esa banda criminal y las altas finanzas.

—Lo tendré en cuenta —contestó Gabriella—. Pero ahora tengo que colgar y ocuparme de unos asuntos. Estaremos en contacto.

Acto seguido, Gabriella llamó a la persona que estaba de guardia al mando del Departamento de Protección Personal de la Säpo, que esa noche era nada más y nada menos que Stig Yttergren, algo que no iba a facilitar las cosas precisamente. Stig Yttergren, un tipo corpulento y bastante alcoholizado, tenía sesenta años, y lo que más le gustaba era jugar a las cartas y hacer solitarios en Internet. A veces lo llamaban «Don nada es posible», y por eso Gabriella le explicó la situación con su voz más autoritaria y exigió que, tan pronto como fuera posible, se le pusiera al profesor Frans Balder un guardaespaldas en Saltsjöbaden. Stig Yttergren contestó, como no podía ser de otra manera, que eso lo veía muy difícil y que lo más probable era que no fuese posible, y cuando Gabriella contraatacó diciendo que se trataba de una orden que provenía de la mismísima jefa de la Säpo, Yttergren murmuró algo apenas audible que, en el peor de los casos, podría haber sido «esa zorra amargada».

—Haré como que no he oído eso —contestó Gabriella para añadir antes de colgar—: Asegúrate de que se haga rápido.

Mientras esperaba impaciente, tamborileando en la mesa con los dedos, buscó información sobre Dackstone & Partner y sobre todo aquello que Alona le había contado. Y fue entonces cuando la invadió una sensación de algo inquietantemente familiar.

Pero no tenía claro de qué se trataba, y antes de poder continuar indagando en ello Stig Yttergren por fin la llamó; por supuesto, no quedaba ni un solo guardaespaldas disponible. Había mucha actividad con la Familia Real esa noche, dijo, alguna historia con los príncipes de Noruega, por lo visto. Y encima, alguien le había lanzado un helado al líder de los Sverigedemokraterna antes de que a los guardaespaldas les diera tiempo a reaccionar, lo cual los había obligado a pedir refuerzos para la intervención del político en un mitin que tendría lugar esa noche en Södertälje.

En su lugar, Yttergren había convocado a dos «tipos estupendos de la policía de orden público», Peter Blom y Dan Flinck, de modo que Gabriella tuvo que conformarse con ellos, a pesar de que los apellidos Blom y Flinck le hicieran pensar en los agentes Kling y Klang de Pippi Calzaslargas, algo que por un momento le produjo cierta aprensión y hasta desasosiego. Acto seguido, se enfadó consigo misma: juzgar a la gente por sus apellidos era algo típico de una persona que, como ella, contaba con un pasado que muchos calificarían de esnob. Más preocupante habría sido que los policías hubieran tenido un apellido de alta alcurnia, como Gyllentofs o algo similar. Entonces sí que habrían sido, sin duda, un par de degenerados y vagos. «Seguro que no habrá problemas», pensó. Y disipó sus temores.

Luego siguió trabajando. La noche iba a ser muy larga.

Capítulo 9

Noche del 20 al 21 de noviembre

Lisbeth se despertó atravesada en su enorme cama y se dio cuenta de que acababa de soñar con su padre. La sensación de que algo la amedrentaba la envolvió como un abrigo. Luego se acordó de la noche anterior y pensó que igual podía haber sido una reacción química de su cuerpo. Tenía una resaca de campeonato. Se levantó y, tambaleándose, se dirigió al gran cuarto de baño —el que tenía *jacuzzi*, mármol y todo ese lujo estúpido— con ganas de vomitar. Pero lo único que hizo fue dejarse caer en el suelo, donde se quedó sentada respirando con dificultad.

Al cabo de unos minutos se levantó y se miró al espejo, lo que tampoco le resultó particularmente agradable: tenía los ojos rojos como brasas. Acababan de dar las doce de la noche, así que no habría dormido más de un par de horas. Abrió un armario y sacó un vaso que llenó de agua. Pero en ese mismo instante se acordó de su sueño, y apretó tanto el vaso que lo rompió y se hizo un corte en la mano. La sangre empezó a caer al suelo. Maldijo su suerte mientras se daba cuenta de que le sería imposible volver a quedarse dormida.

¿Se pondría a trabajar con el archivo cifrado que descargó el día anterior para intentar descifrarlo? No, no tenía sentido; al menos en esas condiciones. Así que se envolvió la mano con una toalla, se acercó a su librería y cogió un nuevo estudio realizado por Julie Tammet, una física de Princeton que describía cómo colapsa una estrella grande y se transforma en agujero negro. Y con ese libro se tumbó en el sofá rojo que había junto a la ventana que daba a Slussen y a la bahía de Riddarfjärden.

Fue empezar a leer y sentirse algo mejor. Era cierto que la sangre de la toalla goteaba sobre las páginas del libro y que la cabeza le seguía doliendo, pero se sumergió cada vez más en la lectura, y de vez en cuando hacía anotaciones al margen. En realidad no descubrió nada nuevo: ella ya sabía que una estrella se mantiene con vida gracias a dos fuerzas contrapuestas: por un lado, la de las explosiones nucleares internas, que tienden a expandirla y, por otro, la de la gravedad, que la mantiene unida en su conjunto. Ella lo veía como un acto de equilibrio, un tira y afloja que durante mucho tiempo se mantiene igualado pero que al final, cuando el combustible nuclear se va agotando y la fuerza de las explosiones va decreciendo, acaba teniendo irremediablemente un solo ganador.

Tan pronto como la fuerza de la gravedad empieza a sacar ventaja, el cuerpo celeste se retrae como un globo que pierde aire y va disminuyendo su tamaño poco a poco. De ese modo, una estrella puede quedar reducida a nada y desaparecer por completo con una elegancia impresionante, reflejada en la fórmula

$$r_s = \frac{2GM}{c^2}$$

en la que la G representa la constante gravitatoria. Karl Schwarzschild ya describió, durante la Primera

Guerra Mundial, ese estado en el que una estrella se comprime tanto que ni siquiera la luz la puede abandonar; y en una situación así ya no hay vuelta atrás. Llegado a esa fase, el cuerpo celeste está condenado a caer. Cada uno de sus átomos es retraído hacia un punto singular donde el tiempo y el espacio se acaban y donde, posiblemente, se produzcan fenómenos aún más extraños, incidencias de pura irracionalidad en medio de un universo tan regido por sus leyes.

Esa singularidad —que, tal vez, más que un punto sea una especie de acontecimiento, una estación terminal de todas las leyes físicas conocidas— está rodeada por un horizonte de sucesos, y forma junto con éste un agujero negro. A Lisbeth le gustaban los agujeros negros. Sentía cierta afinidad con ellos.

Pese a eso, y al igual que Julie Tammet, su interés no se centraba primordialmente en los agujeros negros en sí, sino en el proceso que los crea y, sobre todo, en el hecho de que el colapso de las estrellas empiece en esa amplia y extendida parte del universo que solemos explicar con la teoría de la relatividad de Einstein y termine en ese mundo tan diminuto que obedece a los principios de la mecánica cuántica.

Lisbeth llevaba ya tiempo convencida de que con sólo describir ese proceso sería capaz de unir las dos lenguas incompatibles del universo: la física cuántica y la teoría de la relatividad. Pero eso, sin duda, se hallaba por encima de sus posibilidades, al igual que el descifrado de ese maldito archivo. Irremediablemente, acabó volviendo a pensar en su padre.

Durante la infancia de Lisbeth, ese cerdo asqueroso había violado a su madre una y otra vez. Las violaciones continuaron hasta que su madre sufrió una serie de daños irreversibles y Lisbeth, a la edad de doce años, se vengó con una fuerza terrible. En aquella época no tenía ni idea de que su padre era un espía que había desertado del servicio de inteligencia soviético, el GRU, ni tampoco de que había una sección especial dentro de la policía de seguridad sueca, la Säpo, llamada la Sección, que lo protegía a cualquier precio. Pero ella ya se había percatado de que un aire de misterio lo rodeaba, una oscuridad a la que nadie se podía aproximar o insinuar que siquiera existía. Un misterio que también incluía algo tan aparentemente nimio como su nombre.

En todas las cartas y envíos se ponía como destinatario a Karl Axel Bodin, y todos los que no eran de la familia debían llamarlo Karl. Pero en casa se sabía que ese nombre era falso, que su verdadero nombre era Zala, o, para ser más exactos, Alexander Zalachenko. Se trataba de un hombre que con muy pocos medios podía infundir un miedo atroz en la gente y que, sobre todo, estaba cubierto por un manto de invulnerabilidad. Así era, al menos, como lo veía Lisbeth.

Aunque por aquel entonces ella ignoraba aún el secreto de su padre, se dio cuenta de que éste podía hacer lo que le diera la gana y salir siempre bien parado. Ése era uno de los motivos por los que desprendía esa desagradable y arrogante actitud. Se trataba de una persona intocable por la vía normal, cosa de la que él era plenamente consciente. Los papás de otros niños podían ser denunciados ante los servicios sociales y la policía, pero Zala tenía unas fuerzas apoyándole que estaban por encima de todo eso, y lo que Lisbeth acababa de recordar en sueños era el día en el que encontró a su madre en el suelo, inconsciente, y decidió intentar, ella sola, neutralizar a su padre.

Era eso, y algún que otro recuerdo más, lo que constituía su auténtico agujero negro.

La alarma sonó a la 01.18 y Frans Balder se despertó sobresaltado. ¿Había alguien dentro de la casa? Sintió un terror inexplicable y estiró el brazo: August estaba a su lado. Como ya era habitual, el chico debía de haberse metido en la cama del padre, y ahora gemía inquieto, como si el aullido de la alarma se hubiese introducido en sus sueños. «Mi pequeño», pensó Frans. Luego se quedó inmóvil. ¿Estaba oyendo pasos?

No, seguro que se los había imaginado; no se podía oír nada más que la alarma. Preocupado, miró por la ventana. El viento parecía haber arreciado como nunca. El agua del mar azotaba el embarcadero y la orilla. Los cristales temblaban y se combaban ligeramente. ¿Podrían las violentas ráfagas de viento de la tormenta haber activado la alarma? Quizá no fuera más que eso.

Sin embargo, tenía que comprobarlo, claro, y pedir ayuda si fuera necesario, y ver si esa vigilancia de la que se iba a encargar Gabriella Grane había llegado ya. Hacía horas que dos agentes de la policía de orden público estaban en camino. Qué ridículo. Siempre había algo que los retrasaba, ya fuera el mal tiempo, ya una serie de contraórdenes: «¡Vengan a echarnos una mano!». Si no era por una cosa era por otra. Estaba de acuerdo con Gabriella: una desesperante incompetencia.

Pero ése era un tema del que debería ocuparse luego. Ahora tenía que llamar: August acababa de despertarse, o estaba a punto de hacerlo, y Frans debía actuar rápido, pues un August histérico que golpeara su cuerpo contra el cabecero de la cama era lo último que necesitaba en ese instante. Los tapones, se le ocurrió, los viejos tapones verdes para los oídos que había comprado en el aeropuerto de Frankfurt.

Los sacó de la mesita de noche y los introdujo con sumo cuidado en los oídos de su hijo. Luego lo arropó y lo besó en la mejilla mientras le acariciaba los rebeldes rizos. A continuación se aseguró de que el cuello del pijama estuviera bien y de que la cabeza descansara sobre la almohada de forma cómoda. Resultaba incomprensible: Frans tenía miedo, y lo lógico sería que se diera prisa o, al menos, que sintiese que debía apresurarse.

Pese a ello, retrasó sus movimientos y se quedó ocupándose del niño. Quizá se tratara de un sentimentalismo surgido a raíz de ese crítico momento. O quizá quisiera postergar al máximo el encuentro con quienquiera que fuese el que le esperaba. Y entonces deseó haber tenido un arma. Aunque lo cierto era que no habría sabido cómo usarla.

Él era un maldito programador informático al que, de repente, en la vejez, le había invadido el instinto paternal, nada más. No debería haberse metido en ese lío. «¡Que Solifon y la NSA y todas las bandas criminales se vayan a la mierda!» Pero ahora le tocaba hacer de tripas corazón, así que se acercó hasta el recibidor con pasos sigilosos, inseguros y, antes de nada, antes incluso de echar un vistazo al camino, desconectó la alarma. El ruido había alterado todo su sistema nervioso, y en el silencio que siguió se quedó quieto, como paralizado, incapaz de acometer ninguna acción. De pronto sonó su celular. Y, aunque se asustó, agradeció la distracción.

—¿Sí? —contestó.

—Buenas noches. Soy Jonas Anderberg y estoy de guardia en Milton Security. ¿Va todo bien?

—¿Qué? Eh... Sí... Bueno, creo que sí. Ha saltado la alarma.

—Sí, ya lo sé. Y según nuestras instrucciones, en un caso así usted debe bajar al cuarto especial que tiene en su sótano y cerrar la puerta con llave. ¿Se encuentra usted allí abajo?

—Sí —mintió.

—Bien, muy bien. ¿Sabe qué es lo que ha pasado?

—No. Me ha despertado la alarma. No sé qué la habrá activado. ¿No habrá sido la tormenta?

—No, no creo... Espere un segundo.

A Jonas Anderberg se le advirtió una falta de concentración en la voz.

—¿Qué pasa? —preguntó Frans nervioso.

—Parece que...

—Mierda, dígame ya. Me está poniendo de los nervios.

—Perdón... Tranquilo, tranquilo... Estoy repasando las secuencias de las cámaras y parece ser que...

—¿Qué?

—Que alguien le ha hecho una visita. Un hombre, sí; bueno, luego lo podrá ver usted mismo. Un tipo bastante larguirucho con gafas oscuras y gorra ha estado husmeando por la finca. En dos ocasiones por lo que veo, aunque para poder darle algún otro dato tengo que estudiarlo con más detenimiento.

—¿Quién podrá ser?

—Bueno, mire, no es fácil decir nada concreto.

Jonas Anderberg pareció volver a estudiar las imágenes.

—Pero quizá... No, no lo sé... No, no debería sacar conclusiones tan precipitadas —continuó.

—Sí, por favor, hágalo. Necesito algo concreto. Aunque sea como pura terapia.

—De acuerdo. Lo que puedo decir es que hay al menos una circunstancia que es tranquilizadora.

—¿Y cuál es?

—Su forma de andar. Se mueve como un yonqui, como un chico que acabara de meterse un buen chute. Hay algo exageradamente afectado y rígido en su manera de moverse, lo que, por un lado, podría indicar que se trata de un drogata del montón, de un chorizo. Pero por el otro...

—¿Sí?

—Oculta su cara de un modo preocupantemente hábil. Y además...

Jonas se calló de nuevo.

—Siga.

—Espere.

—Me está poniendo nervioso, ¿sabe?

—No es mi intención, pero me temo que...

Frans Balder se quedó helado: el ruido de un motor se aproximaba a su garaje.

—... que tiene visita.

—¿Y qué hago?

—Quédese donde está.

—De acuerdo —dijo Frans. Y se quedó, casi paralizado, en el sitio donde estaba, que era otro muy distinto al que Jonas Anderberg creía.

Cuando sonó el celular, a la 01.58, Mikael Blomkvist todavía estaba despierto, pero como el teléfono se encontraba en el bolsillo de sus jeans, tirados en el suelo, no consiguió responder a tiempo. Además, se trataba de un número oculto, razón por la que soltó unas cuantas palabrotas antes de volver a meterse bajo las sábanas y cerrar los ojos.

Estaba decidido a no pasar otra noche en vela. Desde que Erika se había dormido, un poco antes de la medianoche, no había hecho más que dar vueltas en la cama pensando en su vida. La verdad era que, en general, no le había proporcionado mucha satisfacción, ni siquiera en lo tocante a su relación con Erika. La quería desde hacía décadas, sí, y nada parecía indicar que ella no sintiera lo mismo por él.

Pero ya no era tan fácil; quizá lo que le pasaba fuera que Mikael había empezado a sentir simpatía por Greger. Greger Beckman era artista y el marido de Erika, y se trataba de un hombre al que nadie podría tachar de envidioso o mezquino. Todo lo contrario: cuando Greger sospechó que Erika no soportaría perder a Mikael o que ni siquiera sería capaz de resistirse a acostarse con él de vez en cuando, no montó ninguna escena ni amenazó con largarse a China con su esposa. Llegó a un acuerdo con ella:

—Puedes estar con él con la condición de que siempre vuelvas a mí.

Y así lo hicieron.

Crearon una relación a tres bandas, una constelación poco convencional en la que Erika, las más de las veces, pasaba la noche en su casa de Saltsjöbaden con Greger, pero otras lo hacía con Mikael, en Bellmansgatan. Durante todos estos años, Mikael Blomkvist siempre había pensado que era una solución fantástica, una solución a la que deberían apuntarse más parejas de esas que vivían bajo la dictadura de la dualidad. Cada vez que Erika decía «Amo más a mi marido cuando también puedo estar contigo», o en cuanto Greger, en alguna recepción o cóctel, abrazaba fraternalmente a Mikael, éste le daba las gracias al cielo por el acuerdo.

Ahora bien, últimamente, a pesar de todo, había empezado a dudar —quizá porque disponía de más tiempo para reflexionar sobre su vida— y a plantearse que tal vez todas esas cosas a las que llamamos acuerdos no siempre lo son.

Todo lo contrario: una parte puede imponer su propia voluntad con cierto despotismo, bajo la apariencia de un acuerdo común, y luego resulta que, no obstante, otra de las partes sufre por mucho que se insista en que no es así. Haciendo un ejercicio de sinceridad, la llamada que le hizo Erika a Greger esa misma noche no había sido recibida con aplausos precisamente. ¿Y quién sabía si en ese instante Greger no permanecía también despierto dando vueltas en su cama?

Mikael se esforzó por pensar en otra cosa. Hubo un momento en el que incluso intentó soñar despierto, lo que no le ayudó mucho, así que al final optó por levantarse, decidido a hacer algo provechoso. ¿Por qué no estudiar un poco más el tema del espionaje industrial? O mejor aún: ¿por qué no esbozar una alternativa de financiación para *Millennium*? Se vistió y se sentó frente al computador. Empezó por leer su correo.

Como ya solía ser habitual, la mayoría de los correos eran pura mierda, aunque algunos de ellos lo animaron un poco: había gritos de ánimo por parte de Christer, y Malin, y Andrei Zander, y Harriet Vanger ante la inminente batalla que se iba a librar con el Grupo Serner. A todos les contestó haciendo gala de un espíritu combativo mucho más apasionado que el que en realidad poseía. Luego entró en el archivo de Lisbeth, donde, a decir verdad, no esperaba encontrar nada. Pero de pronto su cara se iluminó: había contestado. Por primera vez en lo que parecía una eternidad había dado señales de vida:

La inteligencia de Balder no es nada artificial. Y la tuya, ¿cómo va últimamente?

¿Y qué pasaría, Blomkvist, si creáramos una máquina que fuera un poco más inteligente que nosotros mismos?

Mikael sonrió y pensó en la última vez que se vieron, en el Kaffebar de Sankt Paulsgatan, de modo que tardó un poco en caer en la cuenta de que su saludo contenía dos preguntas: la primera en forma de pulla amistosa que, sin duda y por desgracia, era bastante acertada. Lo que había escrito en la revista en esos últimos tiempos no sólo carecía de inteligencia sino también de un genuino valor periodístico. Como tantos otros periodistas, había hecho su trabajo recurriendo a tópicos y a caminos ya trillados. Pero así estaban las cosas, y no tenía sentido seguir dándoles vueltas. La segunda pregunta, sin embargo, ese pequeño enigma, le atraía más; y no porque le interesara especialmente el tema sino porque quería responderle con algo ingenioso.

«Si creáramos una máquina que fuera más inteligente que nosotros mismos —pensó—, ¿qué pasaría?» Se dirigió a la cocina para tomar una botella de agua Ramlösa y luego se sentó en la mesa. Del piso de abajo subía el ruido de los ataques de tos de la señora Gerner y, a lo lejos, en el hervidero urbano, aullaba la sirena de una ambulancia en medio de la tormenta. «Pues lo que pasaría —se respondió—, es que tendríamos una máquina que sería capaz de hacer todas las cosas inteligentes que hacemos y un poco más, como por ejemplo...» Se rio en voz alta cuando cayó en la cuenta del sentido que ella le había dado a la pregunta: una máquina así tendría la capacidad de construir algo que fuera más inteligente todavía, puesto que nosotros fuimos capaces de crear a la máquina. Y entonces ¿qué pasaría?

Pues, evidentemente, que esta nueva máquina, a su vez, también sería capaz de crear algo que fuera mucho más inteligente todavía. Y con la siguiente creación pasaría lo mismo, al igual que con la siguiente, y con la siguiente a la siguiente...; de modo que todas esas máquinas superinteligentes muy pronto mostrarían el mismo interés por el ser humano que el que nosotros mostramos por unos simples ratones de laboratorio. Asistiríamos a una explosión de inteligencia más allá de cualquier posibilidad de control, sería como en las películas de *Matrix*. Mikael sonrió mientras volvía al computador para ponerse a escribir:

> Si creáramos una máquina así tendríamos un mundo en el que ni siquiera Lisbeth Salander sería tan lista.

Luego se quedó mirando por la ventana —todo lo que la tormenta de nieve le dejaba ver— al tiempo que, de vez en cuando y a través de la puerta abierta, le echaba un vistazo a Erika, que dormía profundamente sin preocuparse por máquinas que fueran más inteligentes que el hombre. Al menos en esos momentos. Después tomó el teléfono.

Le parecía haber oído un sonido. En efecto, tenía un mensaje de voz, algo que, sin saber muy bien por qué, le produjo una ligera inquietud. Tal vez porque, aparte de las llamadas de antiguas amantes que se acordaban de él cuando estaban borrachas y querían llevarlo a la cama, por las noches no solía recibir buenas noticias. Por eso escuchó el mensaje de inmediato. La voz sonaba acelerada:

Mi nombre es Frans Balder. Maleducado de mi parte, desde luego, llamarte a estas horas de la noche. Te pido disculpas. Pero es que mi situación se ha vuelto un poco crítica, al menos así es como la siento. Acabo de enterarme de que querías hablar conmigo, lo que, por cierto, constituye una extraña coincidencia. Hay una serie de asuntos que llevo tiempo deseando compartir con alguien y que creo que te podrían interesar. Por favor, ponte en contacto conmigo en cuanto puedas. Me da la sensación de que el tiempo apremia.

Luego Frans Balder había dejado un número de teléfono y una dirección de correo que Mikael apuntó en el acto para, a continuación, quedarse parado un rato tamborileando con los dedos sobre la mesa de la cocina. Después hizo la llamada.

Frans Balder estaba en la cama, todavía nervioso y asustado, aunque un poco más tranquilo que hacía un rato, pues el coche que se acercaba a su garaje resultó ser el de la policía. Por fin. Los agentes —uno muy alto y otro bastante bajo— rondaban los cuarenta años, lucían el mismo corte de pelo, corto y estiloso, muy a la moda, y mostraban una seguridad en sí mismos algo exagerada. Por lo demás, se comportaban de forma educada y respetuosa, e incluso pidieron disculpas por el retraso.

—Milton Security y Gabriella Grane nos han informado de la situación —explicaron.

Sabían, por lo tanto, que un hombre con gorra y gafas oscuras había estado husmeando por el jardín y que debían estar atentos por si volvía, razón por la cual rechazaron entrar en la cocina para tomarse el té que Balder les ofrecía. Querían controlar el acceso a la casa, algo que a Frans le sonó como una decisión profesional e inteligente. No le dieron una impresión demasiado positiva, aunque tampoco una exageradamente mala. Anotó los números de teléfono de los dos agentes y volvió a acostarse junto a August, que aún dormía acurrucado y con los tapones en los oídos.

Pero, por supuesto, Frans no podía conciliar el sueño. Estaba pendiente de cualquier ruido raro que proviniera de fuera, de modo que acabó por incorporarse en la cama. Debía hacer algo. Si no, se volvería loco. Escuchó los dos mensajes que le habían dejado en el celular, ambos de Linus Brandell, quien sonaba pertinaz y a la defensiva al mismo tiempo. Frans tuvo que reprimir un deseo inmediato de colgar; no soportaba la lata que le daba Linus.

Pero al final, a pesar de todo, resultó que decía un par de cosas interesantes: Linus había hablado con Mikael Blomkvist, el de *Millennium*, y ahora éste quería contactar con él. «Mikael Blomkvist», dijo para sus adentros.

«¿Podría ser él mi vía de conexión con el mundo?»

Frans Balder no estaba muy puesto en periodistas suecos, pero a Mikael Blomkvist sí le conocía. Por lo que él sabía, era un tipo que siempre llegaba al fondo de sus historias y que nunca cedía ante presiones externas. No tenía por qué ser la persona más adecuada para ese trabajo, claro; y, además, Frans recordó que en algún sitio había oído otros comentarios menos halagüeños sobre él. Así que se levantó y volvió a llamar a Gabriella Grane, porque ella sabía todo acerca del panorama mediático de la ciudad, y como le había dicho que iba a pasar la noche en vela...

—Dime, Frans —contestó ella sin rodeos—. Te iba a llamar ahora mismo. Estaba mirando las imágenes de la cámara de vigilancia y he visto al hombre de la gorra que ha entrado en tu jardín. Creo que debemos trasladarte a otro sitio de inmediato.

—Carajo, Gabriella, pero si ya están los policías. Se han apostado justo delante de la puerta.

—Bueno, ese tipo no tiene por qué regresar por la puerta principal.

—¿Y por qué iba a regresar? En Milton han dicho que parecía un yonqui.

—Yo no estoy tan segura. Lleva como una especie de caja, puede que algún aparato tecnológico. Creo que debemos ser prudentes y curarnos en salud.

Frans echó una mirada a August, que seguía acostado a su lado.

—No me importa mudarme mañana. Quizá sea lo mejor para mis nervios. Pero esta noche no voy a hacer nada; tus policías me parecen profesionales..., bueno, razonablemente profesionales.

—¿Te vas a poner terco otra vez?

—Sí, ésa es mi intención.

—Ok. Me encargaré de que Flinck y Blom se muevan un poco para controlar los alrededores de tu casa.

—Muy bien. Pero no te llamaba por eso. ¿Te acuerdas de lo que me dijiste, lo de «hazlo público»?

—Bueno..., sí... Aunque quizá no sea muy normal viniendo, como viene, de la policía de seguridad, ¿a que no? Y la verdad es que sigo pensando que no sería una mala idea, pero antes quiero que nos cuentes todo lo que sabes. Esta historia me está empezando a dar mala espina.

—Pues te lo contaré mañana a primera hora, cuando hayamos descansado un poco. Pero ahora te quería preguntar por Mikael Blomkvist, el de *Millennium*. ¿Qué te parece? ¿Crees que podría hablar con él?

Gabriella se rio.

—Si quieres provocar infartos entre mis compañeros él es, está claro, la persona con quien debes hablar.

—¿Tan poco lo quieren?

—Huyen de él como de la peste. Si Mikael Blomkvist te espera en la puerta de tu casa date por jodido, como dicen por aquí. Todos los de la Säpo, Helena Kraft incluida, te lo desaconsejarían de la forma más tajante.

—Pero te lo estoy preguntando a ti.

—Entonces yo te contesto que bien pensado. Es un periodista buenísimo.

—No obstante, ¿no ha recibido últimamente muchas críticas?

—Sí, muchas. Llevan un tiempo diciendo que está acabado, que no escribe de forma tan positiva y alegre o lo que sea que quieran. Se trata de un reportero de investigación de la vieja escuela y de la mejor clase. ¿Tienes sus datos de contacto?

—Sí, me los pasó mi antiguo ayudante.

—Bien, estupendo. Pero antes de hablar con él tienes que hablar con nosotros, ¿me lo prometes?

—Te lo prometo, Gabriella. Ahora voy a dormir unas horas.

—Sí, muy bien. Yo seguiré en contacto con Flinck y Blom e iré buscando una casa segura adonde llevarte mañana.

Al colgar intentó relajarse de nuevo. Pero esta vez le resultó igual de imposible que antes. Además, la tormenta le producía pensamientos obsesivos: sentía como si algo malo se estuviera acercando por el mar y fuera por él; y por mucho que se empeñara en ignorarlo, escuchaba atentamente y en tensión cualquier irregularidad que se produjera en el amplio espectro de sonidos que le rodeaban. Y a medida que pasaban los minutos se le veía más intranquilo y preocupado.

Era cierto que le había prometido a Gabriella hablar con ella primero, pero un momento después ya le parecía que nada podía esperar. Todo eso que llevaba tanto tiempo callando ahora pedía a gritos que se hiciera público, por mucho que él supiera que se trataba de una sensación completamente irracional. Nada podía ser tan urgente. Estaban en mitad de la noche, y a pesar de lo que hubiera dicho Gabriella, hacía mucho que no se encontraba tan seguro; tenía protección policial y un sistema de alarmas de primera clase. Pero daba igual: estaba nervioso e inquieto. Así que sacó el número que Linus le había dado y lo marcó. Por supuesto, Mikael Blomkvist no contestó.

¿Por qué iba a hacerlo? Era muy tarde, demasiado tarde. Frans le dejó un mensaje con una voz un poco forzada, susurrante, para no despertar a August. Luego se levantó y encendió la lámpara de la mesita de noche que había junto a él para echar un rápido vistazo a la librería que quedaba a la derecha de la cama.

Allí había bastantes libros que no tenían nada que ver con su trabajo. Entre distraído y agobiado se puso a hojear una novela de Stephen King, *Cementerio de animales*, lo que dio como resultado que empezara a pensar de forma aún más obsesiva en figuras siniestras que viajan a través de la noche y la oscuridad y que se quedara allí quieto, delante de la librería, con el volumen entre las manos. Y entonces ocurrió algo. Lo invadió un pensamiento, un temor intenso —que a la luz del día despacharía sin duda por tratarse de una tontería, pero que en aquel preciso instante le resultó extremadamente real— y un repentino deseo de hablar con Farah Sharif o, mejor aún, con Los Ángeles, con Steven Warburton, quien, con toda seguridad, estaría despierto. Y mientras consideraba la cuestión y se imaginaba todo tipo de escenarios de lo más espeluznantes contempló el mar, y la noche, y las inquietas nubes que, apresuradas, se abrían camino por el cielo. Entonces sonó el teléfono, como si alguien hubiese escuchado su plegaria. Pero no era ni Farah ni Steven.

—Soy Mikael Blomkvist —dijo una voz—. Querías hablar conmigo.

—Sí. Y te pido disculpas por haberte llamado tan tarde.

—No pasa nada. Estaba despierto, no podía dormir.

—Yo tampoco. ¿Puedes hablar ahora?

—Sí, claro. Por cierto, acabo de contestar un mensaje de una persona que creo que conocemos los dos. Se llama Salander.

—¿Quién?

—Perdón, tal vez sea un malentendido. Pero me han dicho que la contrataste para que revisara sus computadores y rastreara una posible intrusión.

Frans se rio.

—¡Uy, Dios mío, esa chica! Ésa sí que es especial —le contestó—. Pero nunca me llegó a revelar su apellido, a pesar de que nos tratamos durante un tiempo... Supuse que tenía sus motivos, así que jamás la presioné para que lo hiciera. La conocí en una de mis conferencias en la KTH. No me importa contártelo, y me quedé bastante asombrado. Pero lo que te quería preguntar era... Bueno, en realidad seguro que la idea te parece una locura.

—A veces son las ideas que más me gustan.

—¿Por casualidad te gustaría venir aquí ahora? Significaría mucho para mí. Tengo una historia que creo que es pura dinamita. Te pago el taxi.

—Muy amable, pero siempre cubro mis propios gastos. ¿Por qué hay que tratar ese asunto ahora mismo, en plena noche?

—Porque... —Frans dudó—. Porque tengo la sensación de que el tiempo apremia. Bueno, en realidad es más que una sensación: acabo de enterarme de que existe una amenaza contra mí, y hace poco más de una hora había un hombre husmeando por mi jardín. Si te soy sincero, tengo miedo, y quiero liberarme de toda la información que poseo. Ya no quiero ser la única persona que la conoce.

—Ok.

—¿Ok qué?

—Que voy. Si consigo un taxi.

Frans le dio la dirección y colgó para, acto seguido, llamar a Los Ángeles, al profesor Steven Warburton, con quien estuvo hablando unos veinte o treinta minutos, concentrada e intensamente, por una línea cifrada. Luego se levantó, se puso unos jeans y un suéter de cachemir, y buscó una botella de Amarone por si Mikael Blomkvist era dado a semejantes placeres. Pero no pasó del umbral de la puerta. De pronto se sobresaltó.

Creyó haber percibido un movimiento, como un rápido revoloteo, y se puso a mirar, nervioso, hacia el embarcadero. No descubrió nada. Sólo alcanzó a ver el mismo y desolado paisaje, castigado, como antes, por la tormenta. Rechazó aquello como producto de su imaginación y lo atribuyó a su inquieto estado de ánimo. O al menos lo intentó. Luego abandonó el dormitorio y continuó paralelamente al gran ventanal panorámico de camino a la planta alta. Y de nuevo el temor se apoderó de él, lo que provocó que se volviera a toda prisa. En esa ocasión sí divisó algo al fondo de su jardín, junto a la casa de sus vecinos, los Cedervall.

Una figura corría por allí fuera, medio escondiéndose entre los árboles. Y aunque Frans sólo pudo ver a la persona unos instantes, reparó en que se trataba de un hombre corpulento que llevaba mochila y ropa oscura. Avanzaba agachándose, y había algo en su forma de moverse que le daba un aire profesional, como si se hubiera desplazado de esa manera muchas veces, quién sabía si en alguna remota guerra. Había una eficacia y una destreza en sus movimientos que Frans asoció a algo cinematográfico y amedrentador. Quizá por eso tardó unos segundos en sacar su celular del bolsillo. Intentó recordar cuál de los números que tenía en su lista de llamadas pertenecía a los policías.

No los había introducido en sus contactos, tan sólo los había llamado para que los números quedaran registrados, pero ahora le entró la duda. ¿Qué números eran los suyos? No lo sabía. Con manos temblorosas, probó con uno que se le antojó correcto. Nadie contestó; al menos al principio. Tres, cuatro, cinco timbres sonaron antes de que una voz jadeante contestara:

—Aquí Blom, ¿qué pasa?

—He visto a un hombre correr entre los árboles, junto a la casa del vecino. No sé dónde estará ahora.

Pero podría estar acercándose hacia donde están ustedes.

—Vale, vamos a comprobarlo.

—Parecía... —continuó Frans.

—¿Qué?

—No sé... rápido.

Dan Flinck y Peter Blom estaban sentados en el patrullero charlando de su joven colega Anna Berzelius, concretamente, del tamaño de su culo. Tanto Peter como Dan acababan de divorciarse.

Sus divorcios habían sido, al principio, bastante duros. Los dos tenían niños pequeños, mujeres que se habían sentido traicionadas y suegros que, con ligeras variaciones léxicas, los tacharon de irresponsables hijos de puta. Pero cuando todo se tranquilizó y ambos —una vez instalados en sus nuevas aunque más modestas casas— acordaron con sus exesposas compartir la custodia de sus hijos, se vieron invadidos por la misma convicción: que durante su matrimonio habían echado de menos su vida de soltero. Así que en esas últimas semanas, en las que no les tocaba quedarse con los niños, se lo habían pasado como nunca. Y, al igual que en la adolescencia, se habían dedicado a repasar todos los detalles de sus juergas, analizando de pies a cabeza a las mujeres que habían conocido y evaluando, con gran meticulosidad, no sólo sus cuerpos sino también sus habilidades en la cama. Pero en esta ocasión no les dio tiempo a hablar del culo de Anna Berzelius con la profundidad que les habría gustado.

Porque sonó el celular de Peter, cosa que los sobresaltó a los dos, en parte porque Peter había cambiado de tono de llamada y había puesto una variante bastante extrema de *Satisfaction*, pero sobre todo porque la noche, aquella tormenta y la soledad los había vuelto asustadizos. Además, Peter llevaba el teléfono en el bolsillo de sus pantalones y, puesto que éstos le quedaban bastante estrechos —los excesos de la vida disoluta habían ensanchado considerablemente su cintura—, tardó bastante tiempo en sacarlo. Cuando colgó puso cara de preocupación.

—¿Qué pasa? —preguntó Dan.

—Balder ha visto a un hombre. Y al parecer, el tipo es rápido.

—¿Dónde?

—Ahí abajo, donde los árboles, junto a la casa del vecino. Pero seguramente viene hacia aquí.

Peter y Dan se bajaron del coche y, de nuevo, se quedaron en estado de *shock* a causa del frío. Ya habían salido fuera muchas veces durante esa larga noche, pero el frío no les había calado hasta los huesos como les sucedía ahora. Por un momento permanecieron quietos sin saber muy bien qué hacer, paseando la mirada de un lado a otro. Luego Peter, que era el más alto, asumió el mando y le dijo a Dan que se quedara allí arriba, en el camino, mientras él bajaba hacia el mar.

Había una cuesta que se prolongaba más allá de una valla de madera y una pequeña alameda con árboles recién plantados a ambos lados. Había caído un poco de nieve y el suelo estaba resbaladizo. Más abajo quedaba la bahía de Baggensfjärden. A Peter le pareció raro que el agua no se hubiera congelado: tal vez las olas impactaban con demasiado ímpetu. La tormenta era demencial y Peter le dedicó toda clase de insultos y palabrotas, al igual que a los turnos de noche, que le estaban consumiendo por dentro y que arruinaban su reparador sueño. Aun así, intentaba hacer su trabajo, aunque quizá no con una dedicación absoluta. Pero bueno...

Aguzó el oído al tiempo que miraba a su alrededor. Al principio no percibió nada que llamara su atención; todo estaba muy oscuro. Tan sólo una luz iluminaba las inmediaciones del embarcadero. Siguió bajando, pasó por delante de una silla gris o verde que había sido derribada por el viento y, a continuación, descubrió allá arriba a Frans Balder tras el gran ventanal.

Balder se hallaba al fondo de la habitación, inclinado en una tensa postura sobre una cama grande. Quizá estuviera arreglando el edredón, aunque era difícil de determinar. Parecía absorto en algún detalle de la cama. En cualquier caso, eso no debería preocupar ahora a Peter, que tenía que centrarse en la zona donde se encontraba. Sin embargo, había algo en el lenguaje corporal de Balder que le llamó la atención, lo cual, por un instante, le hizo perder la concentración. Acto seguido, regresó a la realidad.

Tuvo la gélida sensación de que alguien le estaba observando, así que se dio la vuelta en el acto, paseando desesperadamente la mirada por la oscuridad. No consiguió ver nada, al menos en un principio. Empezaba a tranquilizarse cuando advirtió dos cosas al mismo tiempo: un repentino movimiento cerca de los botes de basura metálicos que había junto a la valla y el ruido de un auto allí arriba, en el camino. El vehículo se detuvo y una puerta se abrió.

Nada de eso era muy llamativo de por sí. El movimiento que percibió junto a los botes de basura podría haber sido perfectamente de algún animal; y, como era lógico, en aquel lugar podían aparecer coches aunque fuera de noche. No obstante, el cuerpo de Peter se tensó al máximo. Permaneció quieto, sin saber qué hacer. Entonces oyó la voz de Dan.

—¡Alguien viene!

Peter no se movió. Se sintió vigilado y, con un gesto casi inconsciente, tocó el arma reglamentaria que colgaba de su cintura. De pronto acudieron a su mente su madre, su exmujer y sus hijos, como si algo grave estuviera a punto de sucederle. Dan volvió a gritar, ahora con un deje de desesperación en la voz:

—¡Policía! ¡Deténgase! —Y entonces Peter se echó a correr en dirección al camino, aunque ni siquiera entonces lo vio como la opción más clara. No podía librarse de la sensación de que se alejaba de algo amenazador e inquietante que se movía allí abajo. Pero si su colega pegaba esos gritos no le quedaba elección, ¿no? En su fuero interno se sintió aliviado. Había tenido más miedo del que estaba dispuesto a reconocer; por eso salió corriendo y llegó zigzagueando hasta el camino.

Más allá, Dan estaba persiguiendo a un hombre tambaleante, de espalda ancha y ropa demasiado fina, y aunque Peter pensó que ese tipo difícilmente podría definirse como «un tipo rápido» echó a correr tras ellos. Poco después consiguieron derribarlo, justo al lado de unos buzones y un pequeño farol que infundió cierto brillo apagado a todo el espectáculo.

—¿Quién diablos eres? —rugió Dan con una asombrosa agresividad, tal vez a causa del miedo, tras lo cual el hombre levantó la mirada con unos desconcertados y aterrorizados ojos.

No llevaba gorro y tenía escarcha en la barba y en el pelo. Se veía que estaba pasando mucho frío y que, en general, se hallaba en un estado lamentable. Pero sobre todo había algo en su cara que les resultaba muy familiar.

Peter pensó que acababan de atrapar a un famoso criminal, uno muy buscado, y durante unos segundos experimentó un gran orgullo.

Frans Balder había regresado al dormitorio para tapar a August, quizá para ocultarlo bajo el edredón por si sucedía algo. A continuación, le invadió una absurda idea originada por los temores que había sentido un momento antes —que habían cobrado más fuerza tras la conversación mantenida con Steven Warburton— y que al principio rechazó por considerarla una enorme tontería, algo que sólo podía surgir en plena noche, cuando el cerebro se ve ofuscado por la excitación y el miedo.

Luego sospechó que la idea, en realidad, no era nada nueva, sino que, al contrario, había estado gestándose en su subconsciente durante las infinitas noches que había pasado en vela en Estados Unidos. Así que sacó su computador, que estaba conectado con toda una serie de máquinas para obtener suficiente capacidad y en el que tenía instalado su programa IA, al que había dedicado toda su vida, y... Era incomprensible, ¿cierto?

Apenas se lo pensó. Se limitó a borrar de inmediato el archivo y todo el *backup* y se sintió como un dios malvado que apagaba una vida. Y quizá fuera eso lo que estaba haciendo. Nadie lo sabía, ni siquiera él mismo; se quedó allí sentado preguntándose si el arrepentimiento y los remordimientos acabarían por hundirlo. La obra de toda su carrera había sido elimi~~nada con~~ sólo pulsar unas teclas.

Pero, por raro y paradójico que pueda parecer, una extraña calma se apoderó de él, como si ahora hubiera asegurado por lo menos la protección de una parte importante. Acto seguido, se levantó y volvió a contemplar la noche y aquella tormenta. Entonces sonó el teléfono. Era Dan Flinck, uno de los policías.

—Sólo quería comunicarte que hemos detenido al hombre que has visto —dijo el agente—. En otras palabras: puedes estar tranquilo. Tenemos la situación bajo control.

—¿Y quién es? —preguntó Frans.

—No sabría decírtelo. Está muy borracho y tenemos que calmarlo. Sólo quería decírtelo. Te volveré a llamar.

Frans dejó el teléfono en la mesita de noche, justo al lado de su computador, e intentó felicitarse a sí mismo. Ahora ese hombre había sido detenido y, además, su investigación ya no podría acabar en manos ajenas. Y a pesar de ello seguía inquieto. Al principio no entendía por qué, pero luego se dio cuenta: eso de que el tipo estuviera borracho no le cuadraba. El hombre que había visto correr a lo largo de la fila de árboles no tenía ninguna pinta de haber bebido.

Peter tardó un par de minutos en percatarse de que no habían arrestado a ningún criminal de renombre, sino que en su lugar habían cogido al actor Lasse Westman, quien, si bien era cierto que a menudo hacía el papel de malhechor y matón en la televisión, difícilmente podía ser considerado alguien que estuviera en busca y captura, lo cual no tranquilizó mucho a Peter. No sólo porque fuera consciente de que había sido un error abandonar la zona donde se hallaban los árboles y los botes de basura, sino también porque pensó que el incidente podía dar lugar a escandalosos titulares en la prensa.

Peter sabía que todo lo que hacía ese tipo acababa, con demasiada frecuencia, siendo carne de la prensa sensacionalista, y nadie podía afirmar que en esos momentos el actor pareciera estar particularmente contento. Jadeaba y profería insultos y juramentos mientras se esforzaba por ponerse de pie, al tiempo que Peter intentaba comprender qué diablos hacía en ese lugar en una noche como aquélla.

—¿Vives aquí? —le preguntó.

—No voy a decirte una mierda —le espetó Lasse Westman, y entonces Peter se volvió hacia Dan para tratar de hacerse una idea de cómo había empezado todo aquello.

Pero Dan ya se había alejado un poco de ellos y estaba hablando por teléfono, con Balder, según parecía. «Querrá presumir —pensó—, y avisarle de que hemos detenido al sospechoso, si es que en verdad es él.»

—¿Has estado husmeando por el jardín de Balder? —continuó Peter.

—¿No me has oído? No les voy a decir ni una mierda. ¡Maldición, voy paseando por aquí tranquilamente y de repente aparece ese idiota apuntándome con una puta pistola! ¡Esto es un escándalo! ¿Sabes quién soy?

—Sí, sé quién eres, y si nos hemos portado mal te pido disculpas. Ya habrá ocasión más adelante de hablar de lo sucedido. Pero ahora mismo nos hallamos ante una situación muy delicada, por eso exijo que me digas ya qué es lo que te ha traído a casa del profesor Balder. ¡No, Lasse, no intentes huir!

Lasse Westman había conseguido ponerse en pie, pero lo más probable era que no albergara intención alguna de escapar. Simplemente le costaba mantener el equilibrio. De pronto carraspeó de forma ruidosa y algo melodramática, y a continuación escupió al aire un escupitajo que no llegó muy lejos sino que le impactó como un bumerán en toda la mejilla, donde terminó congelándose.

—¿Sabes una cosa? —preguntó mientras se limpiaba la cara.

—No.

—El malo de esta película no soy yo.

Peter lanzó una mirada de preocupación en dirección al mar y a la alameda de árboles, y de nuevo se preguntó qué era lo que había visto allí abajo. Pero, a pesar de todo, se quedó donde estaba, paralizado por lo absurdo de la situación.

—¿Y quién es el malo?

—Balder.

—¿Por qué?

—Se ha llevado al hijo de mi novia.

—¿Y por qué iba a hacer algo así?

—¿Y a mí qué me preguntas? ¡Mierda! ¡Pregúntaselo a ese genio de los computadores de ahí dentro! ¡Ese hijo de puta no tiene ningún derecho a quedárselo! —exclamó Lasse Westman mientras buscaba algo en el bolsillo interior de su abrigo.

—Ahí dentro no hay ningún niño, si eso es lo que crees —dijo Peter.

—Tonterías.

—¿De verdad?

—¡De verdad!

—De modo que tu idea era presentarte aquí en plena noche, borracho como una cuba, y llevarte al pequeño —continuó Peter. Estaba a punto de hacerle un comentario con más sorna todavía cuando le interrumpió un ruido, un débil tintineo que procedía de abajo, de la bahía.

—¿Qué ha sido eso? —preguntó.

—¿Qué? —respondió Dan, que ahora se encontraba de nuevo a su lado y no parecía haber reparado en nada, si bien era cierto que el ruido tampoco había sido muy fuerte, al menos desde donde estaban.

Y sin embargo, Peter sintió un escalofrío que le recordó la sensación que había tenido allí abajo, junto a los árboles y los botes de basura. Ya se disponía a bajar para ver lo que había sucedido cuando de nuevo dudó. Quizá fuera el miedo, o tal vez su indecisión e incompetencia; difícil de saber. Pero, lleno de inquietud, miró a su alrededor y entonces oyó que se acercaba otro coche.

Era un taxi, que pasó ante ellos para detenerse frente a la entrada de la casa de Balder, lo que le brindó una excusa a Peter para quedarse allí arriba, en el camino. Y mientras el cliente pagaba, lanzó una nueva mirada de preocupación hacia el mar. Acto seguido le pareció oír otro ruido, un sonido que tampoco resultaba muy tranquilizador.

Pero no estaba seguro. Se abrió la puerta del taxi y se bajó un hombre al que Peter reconoció, tras unos instantes de desconcierto: era Mikael Blomkvist, el periodista. Y entonces se preguntó por qué diablos les había dado a todos los famosos por presentarse allí en una noche de perros como aquélla.

Capítulo 10

Mañana del 21 de noviembre, muy temprano

Frans Balder se hallaba en el dormitorio, junto a su computador y su teléfono, mirando a August, que gemía desasosegado en la cama. Se preguntó qué estaría soñando el chico. ¿Sería al menos un mundo que Frans pudiera entender? Sentía que quería saber. Sentía que quería empezar a vivir y no enterrarse más en algoritmos cuánticos y códigos fuente. Pero lo que más deseaba de todo era vivir sin miedo y no ser un paranoico.

Quería ser feliz y dejar de atormentarse por ese constante pesar, quería lanzarse a algo salvaje y grandioso, incluso a un romance, una historia de amor, una relación; y por unos intensos segundos acudieron a su mente toda una serie de mujeres que le fascinaban: Gabriella, Farah y muchas más.

También esa chica que por lo visto se llamaba Salander. Frans se había sentido como hechizado cuando la conoció, y ahora que pensaba en ella le pareció descubrir algo en lo que no había reparado antes y que le resultaba ajeno y familiar al mismo tiempo. Y de repente lo supo: le recordaba a August. Algo absurdo, por supuesto. August era un niño autista, y Lisbeth —bien era cierto que no era muy mayor y que tenía algo masculino en su forma de ser— resultaba su opuesto más absoluto: siempre iba vestida de negro, era muy *punk* y una persona completamente intransigente. A pesar de eso, pensó que su mirada tenía el mismo extraño brillo que la de August cuando miró el semáforo de Hornsgatan.

Frans había conocido a Lisbeth en la KTH de Estocolmo con motivo de una conferencia que dio sobre la singularidad tecnológica, ese acontecimiento hipotético en el que los computadores superarán a los humanos en inteligencia. Acababa de empezar a explicar el concepto de singularidad en un sentido matemático y físico cuando se abrió la puerta y una chica delgada y vestida de negro entró en la sala. Lo primero que se le pasó por la cabeza fue que era una pena que los drogadictos no tuvieran otro sitio al que ir, pero luego se preguntó si esa chica lo era realmente: no parecía deteriorada en ese sentido, más bien daba la impresión de estar cansada y fastidiada y, por supuesto, aburrida de escuchar lo que él decía. Se limitó a permanecer allí, medio tirada sobre el pupitre, como desmadejada, y de repente, en medio de un razonamiento sobre el punto singular de un análisis matemático complejo donde los valores límites se volvían infinitos, Frans le preguntó su opinión. Fue malvado. Fue de un arrogante esnobismo. ¿Por qué poner a una pobre chica en evidencia con sus conocimientos frikis? Y entonces ¿qué fue lo que sucedió?

Ella alzó la mirada y le contestó que en vez de ir por ahí lanzando a su alrededor conceptos imprecisos y confusos debería adoptar una actitud más escéptica cuando veía cómo su base de cálculo se desmoronaba. Más que de una especie de derrumbamiento físico en el mundo real, se trataba de una indicación de que sus cálculos matemáticos no daban la talla, y por eso no era más que una medida populista por su parte el que fuera por ahí mistificando las singularidades de los agujeros negros cuando resultaba tan evidente que el verdadero problema residía en que no había una forma de calcular la gravedad en la mecánica cuántica.

Acto seguido, acometió con una fría claridad —que produjo un murmullo que recorrió toda la sala— una crítica profunda y completa de los teóricos de la singularidad que él acababa de citar, y entonces Frans se quedó tan desconcertado que no atinó más que a decir:

—¿Y tú quién carajo eres?

Fue así como se conocieron. Más adelante, Lisbeth le sorprendería unas cuantas veces más. Le bastó una sola mirada para captar, a una velocidad de vértigo, lo que él estaba haciendo, de modo que cuando se dio cuenta de que le habían robado la tecnología él pidió su ayuda, algo que los unió todavía más. Desde ese momento compartían un secreto, y ahora Frans estaba allí, en su dormitorio, pensando en ella. Pero de pronto sus pensamientos se vieron bruscamente interrumpidos: una gélida sensación de inquietud se apoderó de nuevo de él, tras lo cual levantó la vista y miró a través de la puerta hacia el ventanal que daba a la bahía.

Afuera se alzaba una figura alta y corpulenta, vestida de negro y con un ceñido gorro, también negro, que llevaba incorporada una pequeña linterna. El individuo hizo algo en el cristal. Pasó la mano sobre él con un movimiento fuerte y veloz, más o menos como si fuera un artista dando su primera pincelada en un lienzo nuevo y, antes de que Frans ni siquiera tuviera tiempo de gritar, parte de la cristalera se desplomó y el hombre avanzó.

El tipo se hacía llamar Jan Holtser y solía declarar que trabajaba en temas de seguridad para el sector industrial. En realidad, se trataba de un exsoldado de élite del ejército ruso que, más que encontrar soluciones para problemas de seguridad, lo que hacía era crearlos. Llevaba a cabo operaciones como la que lo ocupaba ahora, operaciones en las que, por regla general, la labor previa era tan meticulosa que los riesgos no resultaban ser tan grandes como en un principio cabía suponer.

Se rodeaba de un pequeño grupo de gente muy capaz y, aunque ya no era joven —tenía cincuenta y un años—, se mantenía en forma imponiéndose una dura disciplina de entrenamientos y era conocido por su eficacia y su capacidad de improvisación. Si surgían imprevistos, los tenía en cuenta y modificaba sus planes.

Compensaba con su experiencia lo que había perdido en agilidad juvenil, y a veces, al hallarse entre ese reducido grupo de personas con las que podía charlar abiertamente, hablaba de una especie de sexto sentido, un instinto adquirido. Los años le habían enseñado cuándo había que aguardar y cuándo debía actuar rápido, y aunque hacía ya un tiempo que había pasado por una profunda depresión, durante la que mostró síntomas de debilidad —de humanidad, diría su hija, sin duda—, últimamente se sentía más fuerte que nunca.

Había recuperado la alegría por el trabajo, la vieja sensación de nervios y emoción. Bien era cierto que todavía se automedicaba con diez miligramos de diazepam antes de realizar una intervención, aunque eso lo hacía con el único fin de agudizar su precisión con las armas y, además, ello no impedía que su mente permaneciera despejada y en alerta en los momentos críticos. Pero, sobre todo, siempre llevaba a término lo que se proponía. Jan Holtser no era una persona que abandonase o defraudara. Así era como se veía él.

No obstante, esa noche, a pesar de que quien lo había contratado había insistido en que era urgente, se había planteado seriamente abortar la operación. El mal tiempo podría ser una causa, claro; eran circunstancias difíciles en las que trabajar. Pero a él una tormenta nunca le habría parecido suficiente motivo para aplazar una intervención; jamás se le pasaría por la mente algo así. Era ruso y soldado, y había combatido bajo peores condiciones climáticas; y, además, odiaba a la gente que se quejaba por tonterías como ésas.

Lo que le preocupaba era la vigilancia policial que de buenas a primeras había aparecido. Los agentes que habían acudido, sin embargo, no le intimidaban lo más mínimo. Había estado observándolos, viéndolos dar vueltas por el jardín con distracción y aparente desgano, como unos niños a los que hubieran castigado a salir allí fuera, con aquel mal tiempo. Preferían refugiarse dentro de su coche para charlar y se asustaban con mucha facilidad, sobre todo el alto.

Éste daba la impresión de albergar una especial antipatía por la oscuridad, la tormenta y las aguas oscuras. Hacía unos minutos, ese tipo había estado ahí parado, aterrado por completo —según parecía— y mirando fijamente a los árboles, tal vez porque intuía su presencia. Ahora bien, eso en sí mismo no preocupaba a Jan, pues sabía que, si quisiera, podría cortarle el cuello con rapidez y absoluto sigilo. Aun así, claro estaba, la presencia de esos policías no le gustaba.

Aunque esos policías fueran unos auténticos patanes, la vigilancia aumentaba de forma considerable los riesgos y, sobre todo, era un indicio de que se había filtrado una parte de los planes y de que se había elevado el estado de alerta. Era posible, incluso, que el catedrático hubiera empezado a hablar, lo que no sólo convertiría la intervención en absurda sino que también podría empeorar su situación en general, y Jan no quería, ni por un momento, exponer al arrendatario de sus servicios a riesgos innecesarios. Ahí radicaba, precisamente, buena parte de su éxito: siempre consideraba la situación en su conjunto y, a pesar de su profesión, era él quien a menudo pedía cautela.

No sabía cuántas organizaciones criminales de su país habían sido desmanteladas o se habían hundido por pecar de una exagerada tendencia a la violencia. La violencia puede imponer respeto. La violencia puede acallar e intimidar, y eliminar riesgos y amenazas. Pero la violencia también puede crear caos y toda una cadena de efectos indeseados. Todas ésas habían sido sus reflexiones mientras permanecía oculto tras los botes de basura. Hubo un instante, incluso, en el que estuvo convencido de que iba a tener que interrumpir la operación y regresar a su hotel. Pero al final no fue necesario.

Alguien llegó en un coche y atrajo toda la atención de los agentes, momento en el que Jan Holtser vio su oportunidad. Y sin tener del todo claro si su decisión estaba bien fundamentada, se puso la linterna en la cabeza, sacó un cortavidrios de diamante y su arma, una 1911 R1 Carry con un silenciador fabricado a medida, y los sopesó con la mano. Luego pronunció las palabras de siempre:

—Hágase tu voluntad, amén.

No obstante, se quedó quieto. La inseguridad no lo

había abandonado ¿Era realmente la decisión más acertada? Se vería obligado a actuar con mucha rapidez. Por otra parte, conocía la distribución de la casa como la palma de su mano, y Yuri ya había pasado por allí en dos ocasiones y se había introducido en el sistema de alarmas. Además, los policías del coche eran unos torpes aficionados. Si algo hacía que se retrasara allí dentro —que el investigador no tuviera el computador al lado de la cama, por ejemplo, como todo el mundo le había asegurado, o que a los policías les diera tiempo a acudir en auxilio de Frans—, Jan podría liquidar también a los agentes sin ningún problema. La idea incluso le agradaba. Por eso murmuró una segunda vez:

—Hágase tu voluntad, amén.

Quitó el seguro del arma y se desplazó con rapidez hasta el ventanal que daba a la bahía para mirar en el interior de la casa. Era posible que se debiera a toda esa situación de inseguridad y a las dudas que había tenido, pero lo cierto fue que cuando descubrió a Frans Balder de pie en el dormitorio, profundamente absorto en algo, reaccionó con una inusitada intensidad. Intentó convencerse de que eso le iba muy bien, el objetivo resultaba muy visible, pero los malos presagios acudieron de nuevo y se obligó a volver a sopesar los pros y los contras: ¿debía abortar la operación?

No la abortó. Tensó los músculos de su brazo derecho y pasó el diamante sobre el cristal con todas sus energías para luego presionarlo hacia dentro. El vidrio cayó con un inquietante estruendo y Jan se precipitó hacia la habitación. Alzó de inmediato el arma y apuntó a Frans Balder, que lo estaba mirando con intensidad mientras movía la mano como si saludara a alguien con desesperación. Luego Balder empezó a pronunciar, como si estuviera en trance, algo confuso y solemne que sonaba como una oración, como una letanía. Pero en lugar de «Dios» o «Jesucristo», Jan percibió la palabra «idiota». Ésa fue la única palabra que entendió, aunque a decir verdad le daba absolutamente igual: la gente le había soltado todo tipo de cosas raras en situaciones así.

No mostró clemencia alguna.

Rápido, muy rápido, y casi sin ningún ruido, el tipo se desplazó del recibidor al dormitorio. A pesar de todo, Frans tuvo tiempo de sorprenderse de que la alarma no se hubiera activado y de reparar en el dibujo de una araña gris que el hombre tenía en el suéter, a la altura del hombro, y en una fina y alargada cicatriz que recorría su pálida frente y que quedaba parcialmente oculta por el gorro.

Luego se percató del arma. El hombre le estaba apuntando con una pistola. Frans levantó una mano como buscando una vana protección y pensó en August. Sí; a pesar de que, de forma tan apabullantemente evidente, su vida estaba en peligro y el terror le había encogido el corazón, pensó en su hijo y en nada más. «¡Que pase lo que tenga que pasar!» «¡Si tengo que morir, moriré, pero August no!» Y por eso exclamó:

—¡No mates a mi hijo! Es idiota, no se entera de nada.

Pero Frans Balder no supo si había podido acabar la frase, porque de repente el mundo se detuvo y la noche y aquel mal tiempo de allí fuera parecieron ir hacia él. Y todo se volvió negro.

Jan Holtser disparó y, según lo previsto, no erró en su precisión. Dos balas impactaron en la cabeza de Frans

Balder, quien, haciendo desesperados aspavientos con las manos, se desplomó sobre el suelo como un espantapájaros; no cabía duda de que estaba muerto. Pero a Holtser algo le dio mala espina. Un viento huracanado entró barriendo la casa desde el mar y le pasó por la nuca como una fría y viva criatura, y por unos segundos no supo qué era lo que le estaba ocurriendo.

Todo había salido según lo planeado; y allí estaba el computador de Balder, tal y como le habían dicho. Sólo tenía que tomarlo y salir corriendo, nada más. Debía mostrar la misma eficacia de siempre. Sin embargo, se quedó congelado, como si se hubiese convertido en hielo, y se percató de la causa con un inusitado retraso.

En la amplia cama de matrimonio, casi tapado del todo por un edredón, había un niño con el pelo alborotado y revuelto que lo contemplaba con una mirada vidriosa, una mirada que se le clavó muy dentro, y no sólo porque esos ojos parecieran atravesarle el alma; también había otros motivos. Aunque eso ahora no venía a cuento.

Había que cumplir la misión, hasta el final. Nada tenía que poner en riesgo la operación ni nadie debía exponerse a peligros innecesarios; y ahí tenía a un testigo clarísimo. Pero no podía haber testigos, sobre todo ahora que el niño le había visto la cara. Así que apuntó al chico con el arma, intercambiando una mirada con esos ojos extrañamente resplandecientes, y por tercera vez esa noche murmuró:

—Hágase tu voluntad, amén.

Mikael Blomkvist se bajó del taxi. Llevaba unas botas negras, un largo abrigo blanco forrado y con un ancho cuello de piel de borrego que había rescatado del armario y un viejo gorro polar de piel con orejeras heredado de su padre.

Eran las 02:40 horas. Las noticias de la radio habían informado de que un camión había sufrido un grave accidente y de que, al parecer, había bloqueado la autopista de Värmdö. Pero ni Mikael ni el taxista percibieron rastro alguno de ese accidente: fueron solos todo el camino y lo único que vieron fue una serie de suburbios castigados por la tormenta. Mikael estaba mareado de puro cansancio y no deseaba más que meterse bajo las sábanas con Erika y volver a dormirse.

Pero había sido incapaz de decirle que no a Balder. No entendía muy bien por qué. Tal vez fuera por una especie de sentido del deber, una sensación de que ahora, cuando la revista se hallaba en crisis, no podía dejarse llevar por la comodidad. O quizá fuera porque la voz de Balder sonó como la de alguien que se siente solo y aterrado, algo que en Mikael provocó no sólo simpatía sino también curiosidad. Pero no curiosidad por enterarse de algo sensacional; en ese aspecto, contaba fríamente con la posibilidad de sufrir una decepción. Incluso era posible que más bien tuviera que hacer de terapeuta, de cuidador nocturno en plena tormenta. Claro que, por otra parte, nunca se sabía... Y de nuevo pensó en Lisbeth; ella rara vez hacía algo sin tener un buen motivo. Además, Frans Balder era, sin lugar a dudas, una persona fascinante que nunca se había dejado entrevistar. «Puede ser interesante», pensó Mikael mientras escudriñaba la oscuridad.

Un farol de azulada luz iluminaba la casa, una casa que, por cierto, no estaba nada mal: una arquitectura de diseño, con grandes ventanales y un ligero parecido a un vagón de tren. Junto al buzón, había un policía alto, de unos cuarenta años, poco bronceado y con algo forzado y nervioso en la expresión. No muy lejos había otro agente de policía, más bajo, que discutía con un hombre bebido que hacía aspavientos con los brazos. Claramente, en ese recóndito lugar había más actividad de la que Mikael se había imaginado.

—¿Qué pasa? —le preguntó al policía más alto.

No obtuvo respuesta. El celular del agente sonó, y Mikael entendió enseguida que algo había ocurrido. Al parecer, el sistema de alarmas no funcionaba con normalidad. Pero Mikael no se quedó a escuchar más, porque oyó un ruido procedente de la parte baja del jardín, un crujido preocupante, e instintivamente lo relacionó con la llamada que había recibido el policía. Dio un par de pasos a la derecha para mirar hacia una bajada que descendía hasta un embarcadero y el mar y hacia otro poste de luz que alumbraba con su tenue y azulada luz. En ese momento, una figura apareció corriendo, como surgida de la nada, y Mikael se dio cuenta de que allí acababa de suceder algo. Y de que no era nada bueno.

Jan Holtser puso el dedo sobre el gatillo de su arma. Ya estaba a punto de pegarle un tiro al niño cuando oyó un coche que se acercaba por el camino. Y entonces, a pesar de todo, dudó. En realidad no fue por el vehículo, sino por la palabra «idiota», que volvió a aparecer en su mente. Por supuesto, comprendía que el catedrático hubiera tenido todos los motivos del mundo para mentir en los últimos instantes de su vida, pero ahora que Jan miraba al chico se preguntó si lo habría dicho en serio.

La quietud del niño resultaba llamativa en exceso,

y su rostro irradiaba asombro más que terror, como si no entendiera nada de lo que estaba pasando. Su mirada se le antojó a Jan demasiado vacía y vidriosa como para ser capaz de asimilar algo de verdad.

Pertenecía a una criatura muda e ignorante, y eso no era algo que Jan descubriera en esos instantes, porque de pronto le vino a la memoria algo que había leído mientras preparaba la operación. Era verdad, pues, que Balder tenía un hijo gravemente discapacitado, aunque tanto en la prensa como en la documentación del tribunal se decía que no le habían concedido derecho alguno para verlo. No obstante, seguro que era él, de modo que Jan ni podía ni necesitaba matarlo. Carecería de sentido y sería una violación de su ética profesional. Cuando se dio cuenta de ello le invadió un enorme y repentino alivio que debería haberle hecho sospechar si hubiera estado más atento a sí mismo.

Bajó la pistola, tomó el computador y el teléfono de la mesita de noche y los introdujo en su mochila. Luego salió corriendo en dirección a la vía de escape que ya tenía pensada. Pero no llegó lejos. Oyó una voz a sus espaldas y se dio la vuelta. Arriba, en el camino, había un hombre que no era ni el policía alto ni el bajo, sino alguien nuevo, que iba vestido con un abrigo blanco y un gorro polar de piel, y que irradiaba una autoridad muy diferente. Y quizá fuera por eso por lo que Jan volvió a alzar su pistola. Intuyó peligro.

El hombre que pasó a toda velocidad vestía de negro, era de complexión atlética y llevaba un gorro con linterna. Por alguna razón que Mikael no alcanzaba a explicarse del todo, le dio la impresión de que ese tipo formaba parte de una operación mayor, una operación coordinada. Mikael esperaba que de un momento a otro aparecieran en aquella oscuridad más individuos como ése, lo que le provocó un profundo malestar. Gritó:

—¡Eh, alto!

Todo un error. Mikael lo supo en el mismo instante en que el hombre se quedó quieto como una estatua, como un soldado en la batalla, y seguro que fue esa asociación la que hizo que Blomkvist reaccionara con tanta rapidez, pues cuando aquel individuo, con una asombrosa facilidad, sacó el arma para disparar, Mikael ya se había tirado al suelo, detrás de una esquina de la casa. El disparo apenas fue perceptible, pero cuando el buzón de Balder estalló no quedó ninguna duda de lo que había pasado. Entonces, el más alto de los agentes interrumpió abruptamente su conversación telefónica, aunque no se movió; se limitó a quedarse allí como paralizado. El único que dijo algo fue el borracho:

—Pero ¿qué circo es éste? ¡Mierda! ¿Qué está pasando aquí? —gritó con un potente tono que a Mikael le resultó extrañamente familiar, y fue entonces cuando los policías empezaron a hablar entre sí con susurrantes y nerviosas voces:

—¿Eso ha sido un disparo?

—Creo que sí.

—¿Qué hacemos?

—Tenemos que pedir refuerzos.

—Pero se va a escapar por allí abajo.

—Vamos a echar un vistazo —contestó el alto, y con movimientos lentos y dubitativos, como si desearan que el tirador se escapara, sacaron sus armas y computador hacia la bahía.

Lejos de aquella invernal oscuridad, un perro ladraba, un perro pequeño e insistente, y desde la bahía subían unas violentas ráfagas de viento. La nieve se arremolinaba y el suelo estaba resbaladizo. El más bajo de los policías estuvo a punto de caerse y empezó a hacer aspavientos con las manos, como un payaso. Con un poco de suerte no tendrían que enfrentarse a ese individuo. Algo le decía a Mikael que el hombre se desharía de los dos policías sin ningún tipo de problema. Esa manera rápida y eficaz con la que se había vuelto sobre sí mismo al tiempo que sacaba su arma y disparaba indicaba que estaba preparado para situaciones como ésa, y Mikael se preguntó si debería hacer algo.

No tenía nada con que defenderse, pero aun así se levantó, se sacudió la nieve y volvió a mirar con cuidado en dirección al mar. Por lo que pudo entender, no estaba pasando nada trágico. Los policías caminaban por la orilla en dirección a la casa vecina, pero de aquel tipo vestido de negro no se veía ni rastro. Y entonces Mikael también echó a andar hacia abajo y no tardó mucho en percatarse de que uno de los ventanales de la casa de Balder estaba roto.

Un gran agujero dejaba desprotegida la vivienda. Allí dentro, frente a sus ojos, Mikael vio una puerta abierta y se preguntó si no debería llamar a los policías. No llegó a hacerlo porque oyó algo, un extraño y apagado gemido; así que entró a través de la cristalera rota y llegó a un pasillo que tenía un bonito parqué de roble que resplandecía débilmente en la oscuridad. Se acercó despacio hasta la puerta de donde con toda seguridad procedía el gemido.

—¡Balder! —gritó—. Soy yo, Mikael Blomkvist. ¿Ha pasado algo?

No obtuvo respuesta. Pero el gemido se intensificó. Inspiró hondo y entró. Se sobresaltó y se quedó de piedra, paralizado. No sabría decir qué fue lo que advirtió en primer lugar ni lo que más le impresionó. No estaba seguro de que hubiera sido aquel cuerpo tirado en el suelo, a pesar de la sangre y la exánime expresión de aquella mirada vacía y rígida.

Quizá fuera la imagen que descubrió en la gran cama de matrimonio, aunque en un primer momento le fuese imposible discernir de qué se trataba. Allí había un niño de unos siete u ocho años —un chico con una pijama azul de cuadros, con finos rasgos faciales y un pelo rubio y alborotado— que, metódica y contundentemente, golpeaba su cuerpo contra el cabecero de la cama y la pared. Parecía poner todo su empeño en intentar lastimarse y cuando gemía no sonaba como un niño que sufriese o llorara, sino más bien como alguien que se esforzaba por darse golpes con toda la fuerza que le era posible. Antes incluso de que le diera tiempo a asimilar lo que estaba viendo, Mikael se abalanzó sobre él. Pero eso no ayudó nada. El chico siguió pataleando con violencia a diestra y siniestra.

—Tranquilo —dijo Mikael—. Tranquilo —repitió abrazándolo.

Pero el chico se volvía y se retorcía con una energía asombrosa, explosiva, y consiguió —quizá también porque Mikael no quería agarrarlo demasiado fuerte— soltarse de sus brazos enseguida y, descalzo, salir corriendo por la puerta hasta llegar al pasillo para dirigirse luego hacia el ventanal, pisando los cristales rotos. Mikael salió tras el niño gritando «¡No!», «¡No!», y fue entonces cuando se cruzó con los policías.

Estaban allí fuera, frente a él. Con un gesto de total desconcierto.

Capítulo 11

21 de noviembre

Una vez más, a posteriori, pudo constatarse que los policías, como casi siempre, no habían cumplido con sus rutinas y que cuando acordonaron la zona ya era demasiado tarde. Lo más seguro era que el hombre que había matado a Frans Balder hubiera podido ponerse a salvo con toda tranquilidad porque los primeros agentes que acudieron al lugar del crimen, Peter Blom y Dan Flinck —a quienes sus compañeros llamaban, con cierta sorna, Casanovas—, tardaron en dar el aviso, o al menos no lo hicieron con la urgencia y la autoridad que habrían sido necesarias.

Hasta las 03.40 horas los técnicos y los investigadores de la brigada de violencia no llegaron allí. A esa misma hora apareció una mujer joven que se presentó como Gabriella Grane, de quien todos pensaron, al ver su indignación, que era familiar de la víctima. Más tarde sabrían que trabajaba en la Säpo como analista y que había sido enviada por la mismísima jefa de la organización. Pero eso no le sirvió de nada: debido a los ya clásicos prejuicios del cuerpo, o posiblemente para dejarle claro que se la consideraba poco menos que una intrusa, le encomendaron una única tarea: la de cuidar al niño.

—Parece que se te dan bien los chicos —dijo el comisario de guardia Erik Zetterlund, el único responsable, por el momento, de la investigación, al ver cómo Gabriella, con sumo cuidado, se inclinaba para examinar los pies heridos del niño. Y aunque Gabriella le espetó que tenía cosas más importantes que hacer, claudicó al mirar al chico a los ojos.

August estaba petrificado de terror, y durante un buen rato permaneció sentado en el suelo de una de las habitaciones de la planta alta y no hizo más que pasar la mano mecánicamente, una y otra vez, sobre una alfombra persa roja. Peter Blom, que en los demás aspectos no había mostrado una especial capacidad de iniciativa, le puso unas curitas en los pies y buscó un par de calcetines. Todos constataron que August también tenía moretones por todo el cuerpo y un labio partido. Según el periodista Mikael Blomkvist, cuya presencia causaba un patente nerviosismo en la casa, el chico se había golpeado la cabeza contra la cama y la pared, en la habitación de la planta baja, antes de salir corriendo, descalzo, y clavarse los cristales.

Gabriella Grane, a la que por alguna razón le dio algún que otro reparo presentarse a Mikael Blomkvist, cayó lógica e inmediatamente en la cuenta de que August era un testigo. Pero no consiguió comunicarse con él de ninguna forma. Tampoco logró ofrecerle consuelo alguno: darle abrazos y cariño, como se suele hacer con quien los necesita, no era, al parecer, el método más adecuado. El niño se mostró mucho más calmado cuando Gabriella se limitó a permanecer sentada a su lado, a cierta distancia, ocupándose de sus cosas. August pareció prestarle atención tan sólo una vez: fue cuando Gabriella, en una conversación con Helena Kraft, mencionó el número de la casa, el 79, aunque en ese momento Gabriella no pensó mucho en ello porque poco después consiguió, por fin, localizar a una Hanna Balder muy alterada.

Hanna quería recuperar a su hijo cuanto antes y le dijo a Gabriella algo realmente asombroso, que buscara un rompecabezas —en concreto uno del *Vasa*, el buque real— que Frans, sin duda, tendría por ahí. No acusó al marido, en cambio, de haberse llevado ilícitamente al niño y no obtuvo respuesta alguna a la pregunta de por qué su novio se había presentado allí exigiendo que se lo devolviera. Fuera como fuese, no parecía haber sido la preocupación por el bienestar de August lo que lo había incitado a presentarse en la casa.

Con todo, la presencia del chico arrojó un poco de luz sobre las viejas incógnitas de Gabriella. Ahora entendía por qué Frans Balder se había mostrado tan evasivo en ciertos aspectos y por qué no había querido un perro guardián. Durante la madrugada, Gabriella también se encargó de llamar a un psicólogo y a un médico para que acudiesen y, en caso de que se viera que el niño no necesitaba cuidados más urgentes, se llevaran a August a casa de su madre, en el barrio de Vasastan. Luego se le ocurrió una idea distinta.

Cayó en la cuenta de que el motivo del asesinato no tenía por qué ser el de acallar a Balder. Puede que los malhechores sólo hubieran pretendido robarle; y no algo tan banal como el dinero, sino su investigación. Gabriella no sabía en qué había estado trabajando Frans Balder durante el último año de su vida. Era posible que nadie salvo él mismo lo supiera, pero no resultaba muy difícil deducir, más o menos, de qué se trataba: con toda probabilidad, un desarrollo de su programa IA, que ya la primera vez que se lo robaron se consideró revolucionario.

Los colegas de Solifon lo habían intentado todo para poder acceder a aquello. En una ocasión, a Frans se le escapó que lo custodiaba como una madre vigila a su bebé, algo que debía de significar, pensó Gabriella, que no se separaba de él ni cuando dormía o que, al menos, lo guardaba cerca de la cama. Así que se levantó, le dijo a Peter Blom que le echara un vistazo a August y bajó al dormitorio, donde los técnicos estaban en plena tarea.

—¿Han visto un computador por aquí? —preguntó.

Los técnicos negaron con la cabeza. Gabriella sacó su teléfono y llamó a Helena Kraft de nuevo.

Pronto se pudo constatar que Lasse Westman había desaparecido. Debió de haber abandonado el lugar aprovechando el desconcierto general, lo que hizo que Erik Zetterlund, el oficial de mando encargado temporalmente de la investigación, pusiera el grito en el cielo y profiriese todo tipo de insultos y palabrotas, sobre todo cuando resultó que Westman tampoco se encontraba en su casa, en Torsgatan.

Erik Zetterlund sopesó la idea, incluso, de dictar una orden de búsqueda y captura, lo que hizo que su joven colega, Axel Andersson, le preguntara si Lasse Westman debía ser considerado peligroso. Tal vez Axel Andersson no lograra diferenciar a Lasse Westman de los papeles que había hecho en el cine y la televisión; aunque, en su defensa, había que decir que la situación se estaba volviendo cada vez más caótica.

No se trataba, a todas luces, de un asesinato normal: ningún ajuste de cuentas entre familiares, ni tampoco una fiesta en la que se hubiera perdido el control por culpa del alcohol o un acto cometido en un arrebato de cólera, sino de un ataque frío, bien planeado, contra un científico sueco de renombre internacional. Tampoco ayudó mucho precisamente que el director general de la policía de Estocolmo, Jan-Henrik Rolf, llamara para comunicarles que el crimen debería abordarse como un grave atentado contra los intereses de la industria sueca. De repente, Erik Zetterlund se hallaba inmerso en un suceso de política interior de máxima consideración, y aunque no poseía la mente más aguda del cuerpo comprendió que las medidas que tomara en esos momentos serían decisivas para la futura investigación.

Erik Zetterlund, que acababa de cumplir cuarenta y un años sólo dos días antes y que todavía arrastraba ciertas secuelas de la fiesta que había organizado, tampoco había asumido nunca, ni de lejos, la responsabilidad de un caso de ese nivel. Que le hubiera tocado en suerte hacerlo, aunque sólo fuese durante unas horas, se debía a la escasez de personal disponible a aquellas alturas de la noche y a que sus superiores hubieran optado por no despertar a los correspondientes profesionales de la Brigada Nacional de Homicidios ni a ninguno de los investigadores de homicidios más experimentados de la policía de Estocolmo.

Y allí estaba él, invadido por una creciente sensación de inseguridad y dando órdenes, a voz en cuello, en medio de todo aquel desbarajuste. Procuró ante todo poner en marcha una eficaz operación puerta a puerta por el vecindario. Quiso recoger cuanto antes el mayor número posible de testimonios, aun temiendo que no diera demasiados frutos: era de noche y había una tormenta; tal vez los vecinos no hubieran visto mucho. Pero nunca se sabía. Y, además, había interrogado a Mikael Blomkvist, aunque la verdad era que no entendía qué carajo hacía ese tipo allí.

La presencia de uno de los periodistas más conocidos de Suecia no le facilitaba mucho la tarea y, encima, por un momento Erik Zetterlund pensó que Blomkvist lo estaba examinando críticamente para luego dejarlo en evidencia en algún artículo de los suyos. Pero seguro que esa idea no se debía más que a sus propias paranoias. Mikael Blomkvist también estaba manifiestamente conmocionado y durante todo el interrogatorio se mostró educado y dispuesto a prestar toda la ayuda que pudiera. Aunque, por desgracia, su contribución fue muy escasa. Todo había ido demasiado rápido, señaló el periodista, lo cual, ya de por sí, le pareció digno de atención.

Había algo despiadado y eficaz en la forma de moverse del sospechoso, y no sería una teoría demasiado atrevida, comentó Mikael Blomkvist, que el hombre fuera o hubiera sido militar, era posible que hasta de élite. Su manera de girar sobre sí mismo al tiempo que sacaba la pistola y disparaba le había dado la impresión de ser un movimiento sumamente entrenado. Sin embargo, a pesar de que el tipo llevaba una linterna en el gorro —negro y muy ceñido—, Blomkvist no consiguió fijarse en ningún rasgo facial.

No sólo porque la distancia fuera excesiva sino también porque Mikael se tiró al suelo justo en el instante en que el individuo se daba la vuelta. Sin duda debía dar gracias al cielo de estar vivo. Por eso sólo pudo describir el cuerpo y la ropa, algo que hizo muy bien, como reconoció Zetterlund. Era posible que el hombre, según el periodista, no fuese muy joven; tal vez pasara de los cuarenta. Se trataba de una persona de complexión atlética y constitución robusta, ancho de hombros y estrecho de cintura. Su altura estaba por encima de la media, entre 185 y 195 centímetros. Llevaba unas botas y ropa negra de estilo militar. También tenía una mochila y, quizá, un cuchillo sujeto a la pierna derecha.

Mikael Blomkvist creía que ese individuo había desaparecido allí abajo, en la orilla, pasando a través de las casas de los vecinos, y eso coincidía con los testimonios de Peter Blom y Dan Flinck, los policías. Éstos no habían conseguido apreciar ni el más mínimo rasgo de la cara del hombre, pero lo oyeron correr por la orilla y alejarse cuando, en vano, procedieron a su persecución. Al menos eso era lo que afirmaban que habían hecho, aunque Erik Zetterlund no estaba del todo seguro de que hubiera sido así.

Era muy probable que Blom y Flinck se hubiesen acobardado, creía, y se hubieran limitado a quedarse allí parados en la oscuridad, temblando, sin iniciativa alguna. En cualquier caso, fue en ese punto cuando se cometió el gran error. En lugar de organizar una intervención policial inmediata, analizando y vigilando todas las salidas de la zona, e intentando montar controles de carretera, parecía que las medidas tomadas, cualesquiera que fuesen, habían sido muy escasas, por no decir nulas. Bien era cierto que, a esas alturas, Flinck y Blom aún no se habían enterado de que se había producido un asesinato y que, justo después, se tuvieron que ocupar de un niño descalzo que, histérico, había salido corriendo de la casa; seguro que no les resultó fácil mantener la cabeza fría. Aun así, el tiempo iba en su contra, y aunque Mikael Blomkvist no fue muy prolijo en detalles quedaba bastante claro que él también se mostraba crítico con la actuación de los agentes: al parecer, hasta dos veces les llegó a preguntar si habían dado aviso a la central, y en ambas ocasiones sólo obtuvo por respuesta un movimiento afirmativo de cabeza.

Más tarde, cuando Mikael Blomkvist oyó por casualidad una conversación que Flinck mantenía con el centro de control, se dio cuenta de que aquel movimiento de cabeza que él había percibido como afirmativo era más bien negativo o, en el mejor de los casos, una especie de gesto de confusa incomprensión. Fuera como fuese, los refuerzos tardaron en llegar y ni siquiera cuando lo hicieron las cosas se llevaron a cabo con corrección, tal vez porque la información de Flinck había sido muy poco precisa.

La negligente incompetencia se había reproducido en otros niveles, de modo que Erik Zetterlund estaba inmensamente agradecido de que no le pudieran echar la culpa a él, pues a esa hora aún no habían requerido su presencia. En cualquier caso, ahora él había asumido el mando y lo que no podía hacer era empeorar la situación. Su expediente no era lo que se dice brillante, y menos en los últimos tiempos, así que debía aprovechar la oportunidad para mostrar sus habilidades o, al menos, para no meter la pata.

Se hallaba en la entrada del salón y acababa de terminar una conversación con Milton Security en torno al individuo que había aparecido esa noche en las cámaras de vigilancia. Se trataba de un hombre que en nada coincidía con la descripción que había hecho Mikael Blomkvist del presunto asesino, sino que más bien daba un poco la impresión de ser un adicto viejo y flaco pero que, por lo visto, era muy competente en cuestiones tecnológicas. En Milton Security creían que ese individuo había manipulado el sistema de alarmas para inutilizar todas las cámaras y todos los sensores, una información que no contribuía mucho a reducir el desagrado que le producía la historia.

Y no sólo por la profesionalidad con que el tipo lo había preparado todo, sino también por la idea de cometer un asesinato a pesar de la vigilancia policial y de un sofisticado sistema de alarmas. ¡Una manifestación de confianza en sus propias capacidades que no le gustaba nada! En realidad, Erik debía ir a la planta baja para hablar con los técnicos, pero algo lo retuvo allí arriba: estaba mirando fijamente al vacío con una profunda sensación de incomodidad cuando, de pronto, sus ojos se clavaron en el hijo de Balder, quien, a todas luces, era su testigo clave pero que al parecer no sólo no sabía hablar sino que tampoco entendía nada de lo que ellos decían. En otras palabras: todo muy en consonancia con lo que cabía esperar de ese caos.

Erik vio cómo el niño sostenía en su mano la pequeña pieza de un rompecabezas que, sin duda, resultaba demasiado grande para él, y se echó a andar hacia la escalera curvada que le conduciría a la planta baja. Acto seguido, se quedó de piedra. A su mente acudió la primera sensación que había tenido del chico. Al entrar en la casa, sin saber muy bien lo que había pasado, le dio la impresión de ser igual a cualquier otro niño de su edad. No había nada en su persona que lo hiciera diferente, pensó; bueno, nada excepto la mirada asustada y los hombros tensos. Erik incluso lo podría haber descrito como un chico inusualmente guapo, de ojos grandes y con un pelo rizado y alborotado. Fue después cuando se enteró de que era autista y tenía un grave retraso. Es decir: se trataba de algún dato que no había podido deducir al verlo sino de algo que le habían contado, y eso significaba —creía— que el asesino conocía al niño de antes o que, al menos, estaba al tanto de lo que le pasaba. Si no, difícilmente lo habría dejado con vida y se habría arriesgado, a que lo reconociera en un careo o... Aunque Erik no se permitió continuar con el hilo de su argumentación hasta el final, la idea lo excitó, por lo que decidió, a pasos acelerados, acercarse al niño.

—Tenemos que interrogarlo ahora mismo —dijo con una voz que, de modo involuntario, había adquirido un tono demasiado alto y acalorado.

—Por Dios, sé prudente con él —dijo Mikael Blomkvist, quien por casualidad se encontraba al lado.

—No te metas en esto —le espetó Erik—. Puede que conozca al autor del crimen. Tenemos que buscar álbumes de fotos para mostrarle. Tenemos, de alguna manera, que...

El niño lo interrumpió dando un golpe sobre el rompecabezas y barriéndolo con la mano, por lo que Erik Zetterlund no vio más solución que murmurar un «perdón» y bajar a ver a sus técnicos.

Erik Zetterlund salió de allí y Mikael Blomkvist se quedó contemplando al chico. Le dio la sensación de que algo más estaba a punto de sucederle, quizá que le diera un nuevo ataque, y lo último que Mikael quería era que el niño volviera a hacerse daño. Pero no, August se puso tenso y con la mano derecha empezó a trazar círculos sobre la alfombra a una vertiginosa velocidad.

De pronto, se detuvo en seco y levantó la mirada con ojos suplicantes y, aunque por un momento Mikael se preguntó qué querría decirle, dejó de pensar en ello cuando el más alto de los policías —que según había podido saber se llamaba Peter Blom— se sentó al lado del niño para intentar que volviera a armar su rompecabezas. Entonces Mikael se dirigió a la cocina en busca de un poco de paz. Estaba muerto de cansancio y tenía ganas de volver a casa. Pero antes, al parecer, querían que echara un vistazo a unas imágenes que habían sido captadas por una cámara de vigilancia, aunque ignoraba cuándo tenían previsto enseñárselas. Todo se le hacía eterno y la investigación se le antojaba caótica y muy mal organizada; ansiaba desesperadamente meterse en la cama de una vez por todas.

Ya había hablado con Erika dos veces para informarle lo que había pasado y, a pesar de que todavía sabían muy poco del crimen, estaban de acuerdo en que Mikael preparara un amplio reportaje para el próximo número. No sólo porque el homicidio en sí mismo tuviera visos de tragedia y la vida de Frans Balder mereciera ser contada, sino también porque Mikael tenía una conexión personal con la historia que elevaría su escrito a otro nivel y les daría ventaja sobre la competencia. Sólo la intrigante conversación telefónica mantenida con Balder esa noche, cuando éste lo convenció de que acudiera a su casa, otorgaría a su reportaje una autenticidad y una tensión inusitadas.

No hacía falta que ninguno de los dos mencionara la importancia que podría tener para todo el tema de Serner y la crisis de la revista, eso ya se sobreentendía. Erika había previsto que Andrei Zander, el eterno suplente, realizara el trabajo previo de documentación mientras Mikael se iba a la cama a descansar unas horas. De forma bastante categórica, Erika —mitad madre cariñosa mitad redactora jefe autoritaria— le había dicho que se negaba a admitir en la redacción a su reportero estrella agotado antes de que ni siquiera hubiera empezado a poner manos a la obra.

Mikael aceptó sin problemas. Andrei era un chico diligente y simpático, y sería maravilloso despertarse por la mañana con toda la investigación preliminar hecha; y ya puestos a pedir, que también le facilitara una lista de personas cercanas a Balder a las que entrevistar. Y como para distraer su mente, reflexionó sobre los continuos problemas que tenía Andrei con las mujeres y que había compartido con Mikael más de una noche en torno a unas cervezas en el Kvarnen. Andrei era joven, inteligente y guapo. Debería ser un buen partido para quien fuera, pero por culpa de alguna faceta demasiado sensible e implorante en su carácter siempre lo acababan abandonando, y eso lo afectaba profundamente. Andrei era un romántico empedernido. Siempre soñaba con un gran amor y una gran primicia.

Mikael se sentó y contempló la oscuridad de la noche. Sobre la mesa de aquella cocina, al lado de una caja de cerillas, un ejemplar de la revista *New Scientist* y un cuaderno donde había anotadas unas incomprensibles ecuaciones, descubrió un bonito dibujo, quizá algo amenazante, que representaba un paso de peatones. Junto a un semáforo, se veía a un hombre con unos ojos turbios, entornados, y unos finos labios. Al hombre lo habían retratado a mano alzada y, sin embargo, se podía apreciar cada arruga de su rostro y los pliegues de la chaqueta y de los pantalones. No parecía especialmente simpático. Tenía un lunar con forma de corazón en la barbilla.

Pero lo que destacaba en el dibujo era el semáforo: brillaba con una luz nítida e inquietante, y había sido captado con gran habilidad siguiendo alguna especie de técnica matemática. Casi se podían intuir unas líneas geométricas por debajo. «Será que Frans Balder se dedicaba al dibujo como *hobby*», pensó Mikael. Pero el motivo le llamó la atención: no era muy común.

Claro que, por otra parte, ¿por qué alguien como Balder iba a dibujar puestas de sol o barcos? Un semáforo quizá suponía un motivo tan interesante como cualquier otro. A Mikael le fascinó la sensación de fotografía exacta e instantánea que rezumaba el dibujo. Ahora bien, por mucho que Frans Balder hubiera estado estudiando detenidamente el semáforo, era poco probable que le hubiera pedido al hombre que cruzara el cruce de peatones una y otra vez. Quizá ese individuo sólo fuera un añadido ficticio o quizá Frans Balder tuviera una memoria fotográfica, al igual que... Mikael se sumergió en sus pensamientos. Luego tomó el teléfono y llamó, por tercera vez, a Erika.

—¿Vienes ya? —preguntó ella.

—No, todavía no, por desgracia. Antes tengo que mirar un par de cosas. Pero quisiera pedirte un favor.

—Para eso estamos.

—¿Te importaría ir a mi computador y entrar en él? Sabes mi contraseña, ¿verdad?

—Yo lo sé todo de ti.

—Muy bien. Métete en mis documentos y abre un archivo que se llama *El cajón de Lisbeth*.

—Me temo que ya sé dónde va a acabar todo esto.

—¿De veras? Quiero que escribas lo siguiente...

—Espera, se está abriendo. Ok, de acuerdo..., ahora sí. Aquí ya hay algo escrito.

—Es igual, ignóralo. Lo que quiero es que pongas lo que te voy a decir y que quede al principio de todo lo que hay. ¿Me sigues?

—Sí, sí, te sigo.

—Escribe: «Lisbeth, quizá ya lo sepas, pero Frans Balder está muerto, le han pegado dos tiros en la cabeza. ¿Puedes buscar algún motivo por el que alguien querría matarlo?».

—¿Eso es todo?

—Bueno, no es poco teniendo en cuenta que llevamos bastante tiempo sin vernos. Seguro que piensa que soy un caradura por pedírselo así. Pero creo que un poco de ayuda nos vendría bien.

—¿Un poco de ayuda? Querrás decir la ayuda ilegal de una *hacker*.

—Haré como que no lo he oído. Espero verte pronto.

—Yo también.

Lisbeth Salander había conseguido volver a conciliar el sueño y se despertó a las 07.30 horas. No estaba bien del todo: le dolía la cabeza y sentía náuseas. Pero se encontraba mejor que antes. Se vistió apresuradamente y se tomó un desayuno rápido consistente en dos empanadas de carne hechas en el microondas y un vaso grande de Coca-Cola. Luego metió ropa de gimnasio en una bolsa negra de deporte y salió. El temporal había amainado. Aun así, todavía se veía, a diestra y siniestra, basura y viejos periódicos que el viento había dispersado por la ciudad. Bajó desde la plaza de Mosebacke para luego seguir por Götgatan; y lo más seguro era que durante todo el trayecto no dejara de refunfuñar.

Tenía cara de enojo, y al menos dos personas se apartaron, asustadas, al verla pasar. Pero Lisbeth no estaba enfadada, sólo concentrada y decidida. No tenía ganas de ir a entrenarse, lo único que quería era mantener su rutina y eliminar toxinas del cuerpo, por lo que siguió bajando hasta Hornsgatan y, justo antes de Horngatspuckeln, esa especie de joroba que tiene la calle, giró a la derecha hasta el club de boxeo Zero, que se situaba en el sótano y que esa mañana se le antojó aún más deteriorado que nunca.

A aquel local le vendría bien una buena capa de pintura y un poco de *lifting* general. Daba la impresión de que allí no se había hecho nada desde los años setenta, ni con las instalaciones ni con la decoración. Los pósteres que había en las paredes seguían siendo de Ali y Foreman. Uno tenía la sensación de que allí acababa de librarse aquel legendario combate de Kinsasa, algo que podía deberse al hecho de que Obinze, el responsable del local, lo hubiera visto en persona, cuando era pequeño, y de que luego hubiese salido corriendo y se hubiera puesto a dar vueltas bajo la liberadora lluvia del monzón mientras gritaba «¡Ali bumaye!». Esas carreras no sólo constituían su recuerdo más feliz, sino también lo que él llamaba la última fase de «los días de la inocencia».

Poco después se vio obligado a huir con su familia del terror de Mobutu, y ya desde entonces nada fue igual; así que quizá no fuera tan raro que quisiera conservar ese momento de la historia o, de alguna manera, legarlo a ese club de boxeo dejado de la mano de Dios del barrio de Södermalm, Estocolmo. Obinze hablaba de ese combate cada dos por tres; aunque lo cierto, para ser sinceros, era que siempre hablaba, y mucho, sobre todo tipo de cosas.

Era grande, enorme más bien, calvo y parlanchín hasta decir basta. Y uno de los muchos del club a los que Lisbeth les caía bien, aunque Obinze, como otros, pensaba que estaba algo loca. Había épocas en las que Lisbeth se entrenaba con más frecuencia e intensidad que todos ellos, dándoles fuerte y salvajemente a los *punch balls*, los *punch bags* e incluso a los *sparrings*. Había en ella una especie de furiosa y primitiva energía que Obinze apenas había visto en su vida. Una vez, antes de conocerla, le llegó a proponer que se dedicara al boxeo de modo profesional.

El bufido que recibió por respuesta lo disuadió de volver a proponérselo, aunque nunca entendió por qué se entrenaba con tanta agresividad. Bueno, en realidad tampoco necesitaba una respuesta: no hacía falta tener un motivo especial. Era mejor que entregarse a la bebida. Era mejor que muchas cosas. Y quizá fuera verdad lo que le dijo una noche, muy tarde, haría uno o dos años: que quería estar preparada físicamente por si volvía a meterse en líos.

Él sabía que había tenido problemas. Lo había visto en Google. Había leído todo lo que se había escrito sobre ella en la red y entendía a la perfección que quisiera estar en forma por si alguna nueva sombra siniestra de su pasado hacía acto de presencia. Nadie como él para comprender algo así: sus padres habían sido asesinados por los matones de Mobutu.

Lo que no entendía era por qué Lisbeth tenía épocas en las que dejaba de entrenarse, no se movía nada y se empeñaba en comer sólo comida chatarra; esos cambios tan bruscos y extremos le resultaban incomprensibles. Cuando Lisbeth entró en el gimnasio esa mañana, con los mismos *piercings* y el mismo atuendo ostensivamente negro de siempre, hacía quince días que no le veía el pelo.

—Buenos días, guapa. ¿Dónde has estado metida? —la saludó él.

—Dedicándome a algo muy muy ilegal.

—Ya me lo imagino. Dándole una paliza a una banda de motociclistas o algo así.

Pero ese conato de comentario gracioso no obtuvo respuesta alguna. Lisbeth se limitó a continuar andando en dirección al vestuario con cara de pocos amigos. Entonces él hizo algo que sabía que ella odiaba: se le plantó delante y le impidió el paso mientras la miraba fijamente.

—Tienes los ojos muy rojos.

—Tengo una resaca terrible. ¡Quítate de en medio!

—En tal caso no te quiero ver aquí, ya lo sabes.

—Deja de molestar. Necesito que me entrenes duro —le espetó antes de entrar en el vestuario.

Se cambió y salió con sus pantalones de boxeo —unos que le quedaban enormes— y su camiseta blanca de tirantes y con una calavera negra en el pecho. Ante esa perspectiva, él decidió que no le quedaba más remedio que acceder a su deseo.

Entrenaron hasta que Lisbeth vomitó tres veces en el bote de basura mientras él la insultaba a más no poder, aunque ella no se quedó corta en sus contestaciones. Luego se marchó, se cambió y abandonó el local sin ninguna palabra de despedida, cosa que dejó a Obinze, como tantas veces, con una sensación de vacío. Era posible, incluso, que estuviera algo enamorado de esa chica. En cualquier caso, se sentía emocionado; imposible no estarlo con una mujer que boxeaba así.

Lo último que vio de ella fueron sus pantorrillas, que desaparecieron al final de la escalera. Por eso Obinze no pudo saber que el mundo se había tambaleado a sus pies en cuanto Lisbeth pisó Hornsgatan. Se apoyó en la fachada del edificio respirando con dificultad. Después continuó hasta su casa de Fiskargatan y, una vez dentro, se tomó otro vaso grande de Coca-Cola y medio litro de jugo. Luego se desplomó sobre la cama, donde se quedó tumbada mirando al techo durante unos diez o quince minutos, al tiempo que pensaba en lo de aquí y lo de más allá, en singularidades y horizontes de sucesos, y en ciertos aspectos de la ecuación de Schrödinger, y en Ed the Ned, y en más cosas.

Una vez que el mundo recuperó sus viejos colores de siempre, Lisbeth se levantó y se acercó al computador. Por muy pocas ganas que tuviera, siempre se sentía atraída por esa pantalla con una fuerza que no había menguado desde su infancia. Esa mañana, no obstante, no estaba para meterse en aventuras demasiado temerarias. Se limitó a entrar en el computador de Mikael Blomkvist y, apenas lo hizo, se quedó helada. Se negó incluso a creerlo. Hacía poco que habían bromeado sobre Balder. Ahora Mikael le escribía que Balder había sido asesinado, que le habían pegado dos tiros en la cabeza.

—¡Mierda! —murmuró, y leyó los periódicos en Internet.

Todavía no tenían ningún dato exacto, pero no hacía falta mucha imaginación para saber a quién se referían:

Investigador sueco asesinado a tiros en su casa de Salt-sjöbaden.

La policía se mantenía discreta por el momento y los periodistas aún no habían sido unos sabuesos muy hábiles, quizá porque todavía no habían entendido el alcance de la historia ni tampoco le habían dedicado demasiada energía. Al parecer, a lo largo de la noche habían ocurrido cosas más importantes: la tormenta y los cortes de luz producidos por todo el país, los disparatados retrasos de los trenes y alguna que otra noticia del mundo de los famosos que Lisbeth ni siquiera intentó comprender.

Del crimen sólo mencionaban que se había producido a las 03.00 horas y que la policía buscaba algún testimonio por el vecindario, a alguien que hubiera observado cualquier detalle fuera de lo normal. Aún no tenían sospechosos pero, por lo que parecía, algunos vecinos habían advertido la presencia de desconocidos rondando por el jardín de la casa. La policía buscaba más información sobre ellos. Al final de la noticia se comunicaba que, a lo largo del día, la policía daría una rueda de prensa que estaría dirigida por el comisario Jan Bublanski. Lisbeth sonrió melancólicamente: había tenido bastante que ver con Bublanski —o Burbuja, como lo llamaban a veces— y pensó que mientras se abstuvieran de meter en su equipo a algunos de los estúpidos que había en el cuerpo la investigación podría llevarse a cabo con una más que razonable eficacia.

Luego leyó el mensaje de Mikael Blomkvist una vez más. Quería ayuda. Y, sin ni siquiera pensárselo, respondió «OK». No sólo porque se lo pidiera él sino porque aquello era un tema personal. El luto y la tristeza por haber perdido a alguien no iban con ella, al menos de un modo tradicional. La rabia, en cambio, sí; una rabia fría e implacable. Y aunque manifestaba cierto respeto por Jan Bublanski, no se fiaba demasiado de las fuerzas del orden, a menos que fuera absolutamente necesario.

Estaba acostumbrada a hacer las cosas ella sola, a su manera, sin la ayuda de nadie, y en este caso tenía todos los motivos del mundo para averiguar por qué Frans Balder había sido asesinado. Porque, como es natural, el hecho de contactar con él y comprometerse con su causa no se debía a una casualidad; con toda probabilidad, los enemigos de Balder también eran los enemigos de Lisbeth.

Todo había empezado con la vieja pregunta de si su padre, de alguna manera, seguía vivo. Alexander Zalachenko, Zala, no sólo había llevado a la muerte a su madre y arruinado su infancia. También había estado al mando de una red criminal, había traficado con drogas y armas, y había vivido de la explotación y humillación de las mujeres. Lisbeth era de la opinión de que el mal no desaparece, tan sólo se transforma adoptando otras formas de vida. Desde aquel día de hacía poco más de un año en el que se había despertado de madrugada en el hotel Schloss Elmau de los Alpes bávaros, Lisbeth llevaba una investigación para averiguar qué había pasado con su herencia.

Los viejos compinches de su padre, sin embargo, se habían convertido, en su mayoría, en unos patéticos perdedores: bandidos depravados, asquerosos proxenetas o gánsteres de poca monta. Ninguno de ellos era un criminal de la talla de Zala, de modo que, durante mucho tiempo, Lisbeth estuvo prácticamente convencida de que la organización, tras su muerte, se había desintegrado y había desaparecido. Aun así, continuó con sus pesquisas, y al final dio con algo que apuntaba en una dirección completamente inesperada. Fue el rastro de uno de los jóvenes adeptos de Zala, un tal Sigfrid Gruber, lo que la puso en el camino correcto.

En vida de Zala, Gruber había destacado como uno de los integrantes más inteligentes de la red y, a diferencia de otros compañeros, se licenció en la universidad tanto en tecnología informática como en ciencias empresariales, algo que, al parecer, le había abierto las puertas de unos círculos más exclusivos. En la actualidad, su nombre figuraba en un par de investigaciones relativas a la grave delincuencia dirigida contra empresas del sector de la alta tecnología: robos de tecnología innovadora, chantajes, negocios de *insider* y ataques de *hackers*.

Normalmente, Lisbeth no habría ido más allá de esa pista. No sólo porque el asunto, aparte de la implicación de Gruber, no pareciera estar relacionado con las viejas actividades de su padre, sino también porque nada podía preocuparle menos que el hecho de que unas empresas ricas hubieran perdido algunas de sus innovaciones. Pero luego todo cambió.

En un informe confidencial —redactado por el GCHQ británico— al que había podido acceder, se cruzó con algunas palabras codificadas que se asociaban a esa banda a la que Gruber, supuestamente, pertenecía ahora. Y esas palabras la sobresaltaron, razón por la cual luego no fue capaz de dejar la historia. Averiguó todo lo que pudo sobre el grupo y, al final, en algo tan poco sofisticado como un sitio de *hackers* medio abierto, se topó con el recurrente rumor de que la banda había robado la tecnología de la IA de Frans Balder para luego vendérsela a Truegames, una empresa ruso-americana de juegos.

Fue a raíz de esa información cuando decidió aparecer en una conferencia que daba el catedrático en la KTH, donde discutió las singularidades del fondo de los agujeros negros. Al menos ése fue uno de los motivos.

SEGUNDA PARTE

Los laberintos de la memoria

Del 21 al 23 de noviembre

Eidética: Estudio de las personas con memoria eidética, también llamada fotográfica.

La investigación demuestra que las personas con memoria eidética tienen más facilidad que otras para estresarse y ponerse nerviosas.

La mayoría de las personas con memoria eidética —aunque no todas— son autistas. También existe una relación entre la memoria fotográfica y la sinestesia, el fenómeno de la asimilación conjunta de dos o más sentidos; por ejemplo, cuando los números se perciben en colores y cada serie de números forma un cuadro en la mente.

Capítulo 12

21 de noviembre

Jan Bublanski ansiaba tener un día libre para poder mantener una larga conversación con el rabino Goldman, de la congregación de Södermalm, sobre ciertas dudas relacionadas con la existencia de Dios que ya hacía tiempo que lo atormentaban.

No era que fuera camino de convertirse en ateo, en absoluto, pero el propio concepto de divinidad se le antojaba cada vez más problemático. Por ello necesitaba comentarlo, así como también esa sensación que le asaltaba últimamente de que nada tenía sentido, e incluso los sueños que albergaba de dejar el cuerpo de policía y cambiar de vida.

Jan Bublanski se consideraba un buen investigador de homicidios; su porcentaje de crímenes resueltos, visto en conjunto, resultaba extraordinario, y de vez en cuando aún podía sentirse estimulado por su trabajo, pero no estaba seguro de que quisiera seguir dedicándose a investigar asesinatos el resto de sus días. A lo mejor debería reciclarse, ahora que aún se hallaba a tiempo. Soñaba con dar clases y ayudar a que la gente joven creciese y aprendiera a confiar en sí misma, quizá porque él mismo se sumía con cierta frecuencia en la más profunda de las dudas sobre sus propias capacidades. Pero si tuviera que dedicarse a la docencia no sabría qué enseñar, pues Jan Bublanski nunca había adquirido unos conocimientos muy sólidos en otra materia que no perteneciera a su ámbito profesional; su saber se limitaba a aquello con lo que había tenido que lidiar en la vida: la muerte violenta y las siniestras perversiones del ser humano. Y ésos eran unos campos sobre los que, definitivamente, no quería dar clase.

Eran las ocho y diez de la mañana, y estaba delante del espejo del cuarto de baño ajustándose la kipá, que tal vez tuviera ya, por desgracia, demasiados años. En su día había lucido un color azul claro que quizá se considerara algo extravagante, pero que ahora estaba más bien descolorido y desgastado; un pequeño símbolo de su propio deterioro, pensó, porque, la verdad, tampoco era que estuviera muy contento con su aspecto.

Se veía abotargado, y ajado, y calvo. Algo distraído cogió la novela de Isaac Bashevis Singer *El mago de Lublin*. La amaba con tanta pasión que, desde hacía muchos años, la tenía siempre en el baño por si le entraban ganas de leerla cuando su estómago le daba problemas. Pero esa mañana, apenas abierto el libro, le interrumpió el teléfono, y al ver que se trataba del fiscal Richard Ekström su ánimo no mejoró. Una llamada suya no sólo era sinónimo de más trabajo sino que también suponía un encargo que, con toda probabilidad, tendría un interés político y mediático. Si no, Ekström se habría escabullido como una sabandija.

—¡Hola, Richard, qué agradable sorpresa! —mintió Bublanski—. Aunque mucho me temo que estoy ocupado.

—¿Qué? No, no... Para esto no estás ocupado, Jan.

Esto es algo que no puedes dejar de lado. Me han dicho que tienes el día libre.

—Sí, es cierto, pero es que tengo que ir a... —No quería decir «la sinagoga»; su judaísmo no era muy popular en el cuerpo— al médico —añadió.

—¿Estás enfermo?

—No exactamente.

—¿Y eso qué quiere decir? ¿Casi enfermo?

—Algo así.

—Pues entonces no hay problema, porque casi enfermos lo estamos todos, ¿cierto? Esto es un asunto de máxima importancia, Jan. Incluso Lisa Green, la ministra de Industria, se ha puesto en contacto conmigo; y está completamente de acuerdo en que seas tú quien se encargue de la investigación.

—Me parece muy poco probable que ella sepa quién soy yo.

—Bueno, quizá no con nombre y apellido; lo cierto es que no le permiten inmiscuirse en un asunto policial como éste. Sin embargo, todos coincidimos en que necesitamos un peso pesado.

—Tus halagos ya no me hacen efecto, Richard. ¿De qué se trata? —preguntó. Y nada más pronunciar esas palabras se arrepintió de haberlo hecho.

Sólo con formular la pregunta había dicho que sí a medias, lo que Richard Ekström interpretó de inmediato —se lo notó— como una pequeña victoria.

—El investigador y catedrático Frans Balder ha sido asesinado esta noche en su casa de Saltsjöbaden.

—¿Y ése quién es?

—Uno de nuestros investigadores más conocidos internacionalmente. Es una autoridad mundial en el tema de la tecnología de la IA.

—¿La tecnología de la qué?

—De la Inteligencia Artificial. Trabajaba con redes neuronales, procesos cuánticos digitales y ese tipo de cosas.

—Sigo sin entender nada.

—En otras palabras: intentó hacer que los computadores pensaran..., en fin, que se asemejaran al cerebro humano.

«¿Que se asemejaran al cerebro humano?» Jan Bublanski se preguntó qué pensaría el rabino Goldman sobre eso.

—Se cree que ya había sido víctima del espionaje industrial —continuó Richard Ekström—. Ése es el motivo por el que este crimen interesa tanto al Ministerio de Industria. Sin duda conoces la postura que siempre ha defendido Lisa Green respecto a la protección de la investigación y de innovación suecas y la solemnidad con la que habla del tema.

—Sí, sí.

—Y al parecer también existía una situación de riesgo. Balder contaba con protección policial.

—¿Quieres decir que fue asesinado a pesar de tener protección policial?

—Bueno, quizá no fuera la mejor protección del país; eran Flinck y Blom, de la policía de orden público.

—¿Los Casanovas?

—Sí, los enviaron allí de repente, en plena noche y en medio de la tormenta y la confusión general. En su defensa hay que decir que no fue una tarea fácil. Aquello era un poco caótico. A Frans Balder le dispararon en la cabeza cuando los chicos se estaban ocupando de un borracho que había aparecido de pronto junto a la entrada de la casa. Así que imagínatelo: el asesino aprovechó ese breve momento de descuido.

—No me gusta cómo suena.

—No, suena a algo muy profesional, y encima parece ser que lograron entrar en el sistema de alarmas.

—¿De modo que eran varios?

—Creemos que sí. Además...

—¿Qué?

—Hay ciertos detalles algo delicados en este asunto.

—¿Ciertos detalles que gustarán a los medios de comunicación?

—Que les encantarán —continuó Ekström—. El borracho ese, por ejemplo, que apareció como de la nada en plena noche, es nada más y nada menos que Lasse Westman.

—¿El actor?

—El mismo, lo que resulta extremadamente inoportuno.

—¿Porque saldrá en titulares?

—Bueno, eso también, claro. Pero sobre todo porque nos exponemos a que nos caigan sobre la mesa un montón de escabrosos líos de divorcio. Lasse Westman dijo que había ido allí para buscar a su hijastro, un chico de ocho años que estaba con Balder, un chico que... espera..., a ver si no me equivoco en esto..., que ciertamente es hijo biológico de Balder, pero del que, según una sentencia de custodia, Balder no es capaz de ocuparse.

—¿Por qué se considera que un catedrático experto en hacer que los computadores se asemejen a los humanos no es capaz de ocuparse de su propio hijo?

—Porque en ocasiones anteriores ya mostró una enorme irresponsabilidad: su trabajo era más importante que atender a su hijo. Un desastre de padre, si lo he entendido bien. En todo caso, es una historia muy delicada. Ese niño que, por lo tanto, no debería haberse hallado en casa de Balder, fue, muy probablemente, testigo del asesinato.

—¡Dios mío! ¿Y qué ha dicho?

—Nada.

—¿Ha entrado en *shock*?

—Lo más seguro, pero es que nunca dice nada. Es mudo y parece que algo retrasado. No nos será de gran ayuda.

—O sea, que va a ser una investigación larga.

—A menos que hubiera un motivo por el que Lasse Westman apareciese de forma tan oportuna justo cuando el asesino entró en la planta baja de la casa y le disparó a Balder en la cabeza. Creo que tendrías que tomarle declaración a Westman con urgencia.

—Si es que acepto la investigación.

—Lo harás.

—¿Tan seguro estás?

—Yo diría que no tienes elección. Además, me he guardado lo mejor para el final.

—¿Y qué es?

—Mikael Blomkvist.

—¿Qué le pasa?

—Por alguna razón que desconocemos se encontraba allí cuando se cometió el crimen. Por lo visto, Frans Balder lo había llamado para contarle algo.

—¿En plena noche?

—Eso parece.

—¿Y luego lo mataron a tiros?

—Justo antes de que Blomkvist llamara a la puerta. Tengo entendido que hasta pudo ver al asesino.

Jan Bublanski se rio. Una reacción poco correcta, se viera como se viese, que ni siquiera él sabría explicarse. Quizá fuera una respuesta nerviosa o, posiblemente, la sensación de que la vida se repetía.

—¿Perdón? —dijo Richard Ekström.

—Nada, sólo un poco de tos. ¿Así que ahora tienen miedo de que les haya caído encima un periodista de investigación que los deje en evidencia?

—Mmm, bueno, puede. En cualquier caso damos por sentado que la revista *Millennium* ya está a toda máquina con la historia. De hecho, ahora mismo estoy intentando encontrar alguna medida legal para poder pararlos o, al menos, para que les pongan ciertas restricciones. No es del todo imposible que esto sea considerado un asunto de seguridad nacional.

—¿También nos vas a endosar a la Säpo?

—Sin comentarios —respondió Ekström.

«Vete a la mierda», pensó Bublanski.

—¿Y quién se va a encargar? ¿Protección Industrial, con Ragnar Olofsson y todo su grupo? —preguntó.

—Sin comentarios, como te he dicho. ¿Cuándo puedes empezar?

«Vete a la mierda otra vez», pensó Bublanski.

—Lo haré con un par de condiciones —dijo éste unos instantes después—. Quiero trabajar con mi equipo de siempre: Sonja Modig, Curt Svensson, Jerker Holmberg y Amanda Flod.

—Claro que sí, perfecto, pero tendrás que tomar a Hans Faste también.

—¡Ni hablar! ¡Sobre mi cadáver!

—Lo siento, Jan, no es negociable. Alégrate de haber podido elegir a todos los demás.

—Tú no tienes remedio, ¿sabes?

—Eso dicen.

—¿De modo que Faste va a ser nuestro pequeño infiltrado de la Säpo?

—No, en absoluto, pero creo que a todos los equipos les viene bien alguien que piense de forma diferente.

—¿Para que nos vuelva a inculcar todos esos prejuicios e ideas preconcebidas de antes, ahora que los hemos perdido?

—No digas tonterías.

—Hans Faste es un idiota.

—No, Jan, no lo es. Más bien es un...

—¿Qué?

—Un conservador. Es una persona que no se deja embaucar por las últimas corrientes feministas.

—Ni por la primera tampoco. Como mucho, es posible que haya acabado aceptando lo del voto femenino, aunque no estoy del todo seguro.

—Ya está bien, Jan, por favor. Hans Faste es un investigador extremadamente fiable y leal. Y punto. No vamos a hablar más de eso. ¿Tienes otras condiciones?

«Que te parta un rayo», pensó Bublanski.

—Que me dejes ir al médico. Y que, mientras tanto, Sonja Modig se encargue de la investigación —dijo.

—¿Crees que es una buena idea?

—Estupenda —le espetó.

—Ok, ok... Hablaré con Erik Zetterlund para que informe oportunamente a Sonja —contestó Richard Ekström al tiempo que una mueca de fastidio aparecía en su cara.

Richard Ekström, por su parte, tampoco estaba del todo seguro de que hubiera sido una buena idea aceptar esa investigación.

Alona Casales raramente hacía turnos de noche. Se había librado de ello durante muchos años echándole la culpa, no sin algo de razón, al reumatismo que durante determinados períodos la obligaba a tomar cortisona en dosis bastante elevadas, que no sólo le daba a su rostro una forma redonda, como de luna llena, sino que también subía su tensión arterial, razón por la cual necesitaba sus horas de sueño y sus rutinas. Y sin embargo allí estaba ella, trabajando a las 03.10 horas. Había llegado en coche desde su casa de Laurel, Maryland, conduciendo por la 175 East bajo una ligera lluvia hasta que apareció la señal que indicaba «NSA, LA PRÓXIMA A LA DERECHA. SÓLO EMPLEADOS».

Tras pasar los controles y la valla eléctrica continuó hacia ese cubo negro que conformaba el edificio principal de Fort Meade. Estacionó en el enorme aparcamiento que había justo a la derecha del radomo de color azul claro que se asemejaba a una gigantesca pelota de golf y que tenía en su interior un sinfín de antenas parabólicas, para luego subir —pasando otros cuantos controles de seguridad— hasta su lugar de trabajo, en la planta doce, donde la actividad no parecía muy intensa.

Aun así, le sorprendió lo caldeado que estaba el ambiente, y no tardó mucho tiempo en comprender que eran Ed the Ned y sus jóvenes *hackers* los que causaban esa sensación de enorme tensión que reinaba en la oficina. Aunque conocía muy bien a Ed the Ned, no se molestó en saludarlo.

Le pareció que Ed estaba como poseído, plantado en medio de la sala gritándole a un chico cuya cara irradiaba un brillo de gélida palidez; un muchacho bastante extraño, pensó Alona, al igual que todos esos jóvenes genios de los que Ed se rodeaba. El hombre era enclenque y lucía un peinado infernal. Además, estaba extrañamente encorvado y parecía sufrir algún tipo de espasmo en los hombros, pues a intervalos regulares le daban como sacudidas. Tal vez tuviera miedo de verdad, y el hecho de que Ed acabara la bronca pegándole una patada a una silla no lo tranquilizó mucho; el chico se quedó como esperando a que le propinara una bofetada. Pero entonces ocurrió algo inesperado.

Ed se calmó y le alborotó el pelo como un padre cariñoso, un gesto muy raro viniendo de él, que no era muy dado a las muestras de afecto ni a tonterías semejantes. Él era un *cowboy* que nunca haría algo tan sospechoso como abrazar a un hombre. Pero tal vez se encontrara tan desesperado que hasta estaba dispuesto a recurrir a un poco de humanidad para lograr sus propósitos. Ed llevaba los pantalones desabrochados y la camisa manchada de café o Coca-Cola. Su rostro presentaba un color rojo poco sano y su voz sonaba ronca y grave, como si hubiese gritado demasiado. Alona pensó que nadie de su edad y con ese sobrepeso debería castigarse tanto.

Aunque sólo habían pasado doce horas, parecía que Ed y sus chicos llevaban viviendo allí una semana. Por todas partes había tazas de café de cartón y restos de comida basura, y gorras, y sudaderas. Y sus cuerpos desprendían un agrio tufo de sudor y nerviosismo. Todos estaban, en definitiva, removiendo cielo y tierra para rastrear al *hacker*. Al final, Alona, con una naturalidad muy forzada, les gritó:

—¡Vamos, chicos, denle duro!

—¡Si tú supieras...!

—Muy bien. ¡Agarren a ese cabrón!

No lo decía totalmente en serio. En su fuero interno creía que la intrusión tenía su gracia. Muchos de los que trabajaban en la NSA parecían pensar que podían hacer más o menos todo lo que quisieran, como si les hubieran dado carta blanca, por lo que era muy saludable que se dieran cuenta de que los del otro bando se hallaban en condiciones de devolver el golpe. «El que vigila al pueblo acaba siendo vigilado por el pueblo» era, al parecer, lo que el *hacker* había escrito, y le resultó bastante divertido, aunque, claro está, no se ajustaba en absoluto a la realidad.

Ahí, en el Puzzle Palace, contaban con una ventaja total y absoluta; su insuficiencia sólo se manifestaba cuando intentaban entender algo realmente serio, como sucedía en esos momentos con Alona. Había sido Catrin Hopkins la que la había despertado con su llamada para informarla de que el catedrático sueco había sido asesinado en su casa, en las afueras de Estocolmo. Y aunque eso en sí mismo no constituía un asunto de mayor importancia para la NSA —al menos de momento—, sí lo era para Alona.

El asesinato demostraba que ella había interpretado las señales de forma correcta, y ahora debía ver si podía seguir avanzando. Entró en su computador para abrir el implícito gráfico de la organización que había realizado, donde el evasivo y misterioso Thanos figuraba en lo más alto, pero donde también había nombres concretos como Ivan Gribanov, diputado de la Duma rusa, y el alemán Gruber, un tipo con formación académica superior que había estado implicado en una red de trata de blancas.

No entendía por qué el asunto tenía tan poca prioridad para la NSA ni por qué sus jefes lo remitían siempre a otras autoridades tradicionalmente más asociadas con la lucha contra el crimen. A ella no le resultaba nada inverosímil que esa agrupación criminal tuviera protección estatal o conexiones con los servicios de inteligencia rusos, ni que todo ello pudiera considerarse parte de la guerra comercial que sostenían el Este y el Oeste. Aunque contaban con pocos datos y las pruebas no eran nada concluyentes, existían claros indicios de que se robaba tecnología occidental que luego acababa en manos rusas.

Pero era verdad que la madeja estaba muy enredada, y en algunas ocasiones ni siquiera era fácil saber si se había cometido un delito o no, o si una tecnología parecida se había desarrollado en otro sitio y al mismo tiempo por pura casualidad. Además, el concepto de robo dentro de la industria se había convertido en una noción fluctuante, muy difícil de definir. Cada dos por tres se robaba y se tomaba prestado de todo, unas veces como parte del intercambio creativo y otras porque se sabía dar legitimidad jurídica a los abusos.

Por lo general, las grandes empresas atemorizaban a las más pequeñas con la ayuda de abogados intimidatorios, y nadie veía ya nada raro en que los científicos innovadores que trabajaban por cuenta propia fueran, a efectos prácticos, personas sin ninguna protección legal. Además, a menudo el espionaje industrial y los ataques de los *hackers* se consideraban sólo una forma más de analizar el entorno, y tampoco se podía afirmar que esos compañeros del Puzzle Palace contribuyeran precisamente a una gran mejora moral en ese campo.

Por otra parte... El asesinato no resultaba tan fácil de relativizar, por lo que Alona decidió solemnemente hacer todo lo que estuviera en sus manos para intentar acabar con esa organización. No llegó muy lejos; apenas había estirado los brazos y masajeado su cuello cuando percibió unos pasos jadeantes a su espalda.

Era Ed, que con su encorvado y torcido cuerpo

ofrecía una imagen absurda. A él también se le habría cargado la espalda. Con sólo mirarlo, Alona sintió de pronto cierto alivio en el cuello.

—Ed, ¿a qué debo el honor?

—Me pregunto si nos habrá surgido un problema común.

—Siéntate, hombre. Necesitas descansar un poco.

—O que me cuelguen del techo un rato. Ya sabes, desde mi limitada perspectiva...

—Vamos, Ed, no te subestimes.

—No me subestimo una mierda. Pero, como ya sabes, me importa un bledo quién esté arriba y quién abajo, o quién piense esto o lo otro. Yo me concentro en lo mío. Yo protejo nuestros sistemas, y lo único que me impresiona es la habilidad profesional.

—Ya lo sé. Reclutarías al mismísimo diablo si fuera un buen técnico informático.

—En todo caso, siento respeto por cualquier enemigo siempre y cuando sea bueno en lo suyo. ¿Lo entiendes?

—Sí.

—Empiezo a pensar que somos iguales, él y yo. Y que estamos en lados opuestos por pura casualidad. Como sin duda sabrás, un RAT ha entrado en nuestro servidor y ha conseguido colarse en la intranet, y ese programa espía, Alona...

—¿Sí?

—Es pura música. Una creación extraordinaria, muy compacta y elegante.

—Te has topado con un digno enemigo.

—Sin duda, y a mis hombres les pasa lo mismo. Se hacen los ofendidos, o los patriotas, o lo que haga falta. Pero en realidad lo único que desean es conocer a ese tipo para luego pavonearse de ello. Hubo un momento en el que yo también intenté pensar: «¡Vale, bien, olvídalo, supéralo!, al fin y al cabo el daño que se ha hecho tampoco es tan grande». Es sólo un genio solitario que quiere lucir sus habilidades de *hacker*, y es posible que al final salga algo bueno de todo esto, pues al intentar cazar a ese tipo hemos aprendido un montón sobre nuestra propia vulnerabilidad. Pero luego...

—¿Sí?

—Luego empecé a pensar si no había sido engañado en eso también, si toda la exhibición de talento que desplegó no sería más que una cortina de humo, una coartada para ocultar que su objetivo era otro.

—¿Cuál?

—Averiguar ciertos datos.

—Ahora me ha picado la curiosidad.

—Y más que te va a picar. Hemos averiguado lo que el *hacker* buscaba exactamente, y todo gira alrededor de lo mismo: la red de la que tú te ocupas, Alona. ¿No se hacen llamar Spiders?

—The Spider Society, para ser exactos. Pero eso tal vez sólo sea de broma.

—El *hacker* pretendía obtener información sobre ese grupo y su colaboración con Solifon, y entonces pensé que quizá él mismo perteneciera a esa red y que quisiera conocer lo que sabíamos de ellos.

—Bueno, no es una teoría muy descabellada. Según parece, le sobran aptitudes.

—Pero luego empecé a dudar de nuevo.

—¿Por qué?

—Porque creo que el *hacker* también quería enseñarnos algo. Consiguió agenciarse un estatus de superusuario que le permitió leer documentos a los que tal vez ni siquiera tú hayas podido acceder, documentos con una confidencialidad muy alta, aunque el archivo que copió y descargó presenta un cifrado tan sofisticado que ni él ni nosotros mismos tenemos ninguna posibilidad de descifrarlo si el cabrón que lo escribió no nos da las claves para abrirlo, pero aun así...

—¿Qué?

—El *hacker* reveló a través de nuestro propio sistema que nosotros también colaboramos con Solifon. ¿Lo sabías?

—¡Mierda, no!

—Me lo imaginaba. Por desgracia, parece ser que, al igual que ellos, nosotros contamos con gente en el grupo de Eckerwald. Los servicios que Solifon presta a Spiders nos los prestan también a nosotros. La empresa forma parte de nuestro espionaje industrial; por eso, sin duda, tu investigación ha gozado de tan baja prioridad. Temen que la mierda también nos salpique a nosotros.

—¡Qué hijos de puta!

—En eso estoy de acuerdo contigo, y supongo que no es improbable que a partir de ahora te aparten de forma definitiva de la investigación.

—Como me hagan eso los...

Tranquila, tranquila, hay otra salida. Y ésa es la razón por la que he arrastrado mi maltrecho cuerpo hasta tu mesa. Podrías empezar a trabajar para mí.

—¿Qué quieres decir?

—Ese maldito *hacker* sabe cosas de los Spiders, así que si conseguimos revelar su identidad habremos hecho sin duda un avance importante, y entonces tendrás la oportunidad de decir todas las verdades que desees.

—Creo que ya sé adónde quieres ir a parar.

—¿Eso es un sí?

—Quizá —dijo ella—. Pienso seguir concentrando mis esfuerzos en averiguar quién mató a Frans Balder.

—Pero ¿me mantendrás informado?

—Claro.

—Muy bien.

—Oye —continuó ella—, si resulta que ese *hacker* es tan bueno, habrá sabido eliminar el rastro que ha dejado, ¿no?

—Puedes estar tranquila. Por muy listo que sea, lo encontraremos y lo despellejaremos vivo.

—¿Qué ha pasado con ese respeto tuyo hacia tu enemigo?

—Lo sigo teniendo. Pero vamos a acabar con ese cabrón y lo vamos a encarcelar de por vida. Nadie se mete en mi sistema sin pagar las consecuencias.

Capítulo 13

21 de noviembre

Tampoco en esa ocasión Mikael Blomkvist pudo dormir demasiado. Los acontecimientos de esa noche lo perseguían, así que a las 11.15 horas se incorporó en la cama y se dio por vencido.

Fue a la cocina y se preparó dos sándwiches de queso *cheddar* y *prosciutto*, y un plato de yogur con *müsli*. Pero comió poco. No tenía mucho apetito y pensó que le harían mejor un café y algo para el dolor de cabeza, de modo que se tomó un par de pastillas de Alvedon con cinco o seis vasos de agua Ramlösa. Luego tomó una libreta con tapas plastificadas para intentar hacer un resumen de lo acontecido. No escribió mucho, pues los teléfonos empezaron a sonar sin cesar y aquello se convirtió en un pequeño infierno. Tardó bien poco en comprender lo que había sucedido.

La noticia era que «el reportero estrella Mikael Blomkvist y el actor Lasse Westman» se habían encontrado en medio de un «misterioso» drama criminal, misterioso justamente porque nadie parecía ser capaz de deducir por qué Westman y Blomkvist —¡de entre todas las personas del mundo!—, juntos o cada uno por su lado, habían acabado en aquel lugar en el preciso instante en el que un catedrático sueco era asesinado de dos tiros en la cabeza. Había algo insinuante en las preguntas, razón por la que Mikael accedió a reconocer abiertamente que, a pesar de la hora que era, había acudido a casa de Frans Balder porque al parecer éste tenía algo importante que contarle.

—Fui hasta allí para ejercer mi profesión —contestó.

Le sonó demasiado a justificación, pero se sentía acusado y quería explicarse, aunque eso supusiera que otros reporteros comenzaran a interesarse por la misma historia. Por lo demás, se limitó a decir «sin comentarios», que no era tampoco una respuesta ideal. Pero lo bueno de esas palabras residía en que al menos eran claras y directas. Luego apagó el celular y, tras ponerse de nuevo su viejo abrigo de piel, bajó a la calle y se encaminó a Götgatan.

La actividad de la redacción le hizo acordarse de los viejos tiempos. Por doquier, en cada rincón, había compañeros trabajando muy concentrados. Seguro que Erika les había soltado alguna arenga para animarlos; se palpaba la gravedad. Y no sólo porque no quedaran más que diez días para el *deadline*, sino también debido a que flotaba en el ambiente la amenaza de Levin y Serner, y el equipo entero sin excepción se mostraba dispuesto a darlo todo en la batalla. Por ello, al verlo aparecer se levantaron de inmediato de sus sillas para preguntarle por Balder y por lo que había pasado esa noche, así como por su reacción ante las declaraciones de los noruegos. Pero Mikael quería dar ejemplo y ponerse también a trabajar.

—Luego les cuento —dijo, para acto seguido, acercarse a Andrei Zander.

Andrei Zander tenía veintiséis años y era el colaborador más joven de la redacción. Había empezado haciendo prácticas en la revista y se había quedado, unas veces —como ahora— haciendo sustituciones y otras como *freelance*. A Mikael le daba pena que no se le hubiera podido ofrecer un contrato fijo, sobre todo porque a Emil Grandén y a Sofie Melker sí se lo hicieron. En realidad, Mikael habría preferido atar a Andrei, pero aún no se había hecho un nombre y tal vez todavía le quedara algun tiempo para escribir con el nivel de los demás.

Trabajaba fantásticamente en equipo, algo que le iba de perlas a la revista, aunque no tanto a él. No en la dura realidad del periodismo. El chico no tenía la suficiente vanidad para hacerse un hueco en ese mundillo, y eso que no le faltaban motivos. Físicamente se parecía a un joven Antonio Banderas, y su cabeza funcionaba con más agilidad que la de la mayoría. Pero no estaba dispuesto a realizar cualquier cosa para abrirse camino. Sólo quería hacer buen periodismo, y *Millennium* le entusiasmaba. Mikael se dio cuenta, de repente, de hasta qué punto quería a la gente que quería a *Millennium*. Un día de estos haría algo grande por Andrei Zander.

—Hola, Andrei —lo saludó—. ¿Qué tal?

—Bien. Muy ocupado.

—No esperaba menos. ¿Qué has podido sacar?

—Bastante. Está sobre tu mesa, y te he hecho un resumen. Pero ¿te puedo dar un consejo?

—Un buen consejo es justo lo que necesito ahora.

—Pues ve a Zinkens väg y habla con Farah Sharif.

—¿Quién?

—Una catedrática de tecnología informática que vive en esa calle y que tiene el día libre. Y que además es muy guapa.

—¿Me estás diciendo que lo que en realidad necesito ahora mismo es una mujer muy guapa y muy inteligente?

—No exactamente. Es que acaba de llamar diciendo que se ha enterado de que Frans Balder te iba a contar algo, y ha comentado que se imagina de qué se trata. Quiere hablar contigo. Quizá incluso para hacer realidad el último deseo de Balder. Suena a un inicio perfecto.

—Y aparte de su cargo y de su dirección, ¿has comprobado quién es?

—Claro que sí y bueno, no podemos excluir que tenga intenciones ocultas, pero es cierto que su relación con Balder era muy estrecha. Estudiaron juntos en la facultad y han colaborado en un par de artículos científicos. También he encontrado unas fotos en las que se los ve juntos. Además, es toda una figura en su campo.

—Pues voy ahora mismo. ¿La llamas y se lo dices?

—Hecho —respondió Andrei antes de darle la dirección exacta, y Mikael, igual que el día anterior, se marchó de la redacción casi al llegar.

Mientras bajaba hacia Hornsgatan leyó el material compilado sin aminorar el paso. Chocó dos o tres veces con algunas personas, pero caminaba tan concentrado en lo suyo que ni se le ocurrió pedir perdón. Y por eso le sorprendió que en vez de ir directamente a casa de Farah Sharif decidiera parar en Mellqvist Kaffebar, donde se tomó dos *espressos* dobles seguidos, de pie; y no sólo para acabar con el cansancio de su cuerpo.

También pensó que la cafeína sería buena para su dolor de cabeza. Pero después se preguntó si había sido una buena idea, porque cuando abandonó el café se sintió peor que cuando había entrado, aunque, bien mirado, la culpa no la tenían los *espressos*, sino todos los idiotas que se habían enterado por la prensa de lo acontecido la noche anterior y que, al reconocerlo, aprovecharon para soltarle una sarta de comentarios estúpidos. Se dice que lo que más desean los jóvenes es ser famosos. ¿Cómo explicarles que eso no era, en absoluto, algo a lo que hubiera que aspirar? Nada más lejos: sólo te saca de quicio, en particular cuando no has dormido y has visto cosas que ningún ser humano tendría que ver.

Mikael Blomkvist siguió subiendo por Hornsgatan y pasó ante McDonald's y Coop. Cruzó la calle en diagonal para enfilar Ringvägen y miró a la derecha. Al hacerlo, hubo algo que lo detuvo durante un instante y lo inquietó, como si se tratara de algo importante. Pero ¿qué había de importante por allí? ¡Nada! Un cruce de calles con un aire contaminado en exceso y un lamentable número de accidentes. Nada más. Luego cayó en la cuenta.

Era el semáforo. El mismo semáforo que Frans Balder había dibujado con una nitidez matemática. Mikael reflexionó de nuevo sobre ese extraño motivo. Ni siquiera como paso de peatones era especial; resultaba más bien deslucido y anodino. Aunque por otra parte, quizá fuera eso precisamente lo que había provocado su elección.

Lo importante no era el motivo. Lo importante era lo que uno veía en él. La obra de arte se halla en el ojo del espectador. Fuera como fuese, todo aquello no tenía nada que ver con ese asunto; tan sólo revelaba que Frans Balder tal vez había estado allí, sentado en una silla, estudiando el semáforo. Mikael siguió andando, pasó el estadio de Zinkensdamm y torció a la derecha por Zinkens väg.

La inspectora de la policía criminal, Sonja Modig, había trabajado con intensidad durante toda la mañana. Ahora se encontraba en su despacho contemplando una fotografía enmarcada que había sobre su mesa. Era de su hijo Axel, de seis años, eufórico tras haber marcado un gol en un partido de fútbol. Sonja era madre soltera y le costaba mucho hacer que todas las piezas de su vida encajaran. Daba por sentado, fríamente, que de ahora en adelante la situación no mejoraría en ese aspecto. Llamaron a la puerta. Era Bublanski. Por fin; así le pasaría la máxima responsabilidad de la investigación. Aunque él no daba la impresión de querer asumir la responsabilidad de nada.

Iba insólitamente bien vestido: chaqueta, camisa azul recién planchada y corbata. Se había peinado para cubrirse la calva con el pelo. Su mirada se veía soñadora y ausente; parecía estar pensando en cualquier cosa menos en resolver casos de homicidios.

—¿Qué te ha dicho el médico?

—Que lo importante no es creer en Dios, Dios no es tan mezquino. Lo importante es entender que la vida es un don y que va en serio. Debemos apreciarla, y también intentar hacer del mundo un lugar mejor. El que encuentra el equilibrio entre esas dos ideas siente la proximidad de Dios.

—O sea, que has ido a ver a tu rabino.

—Sí.

—Bueno, Jan, no sé si seré capaz de ayudarte mucho en eso de apreciar la vida, pero sí puedo ofrecerte un trozo de chocolate suizo con sabor a naranja que por casualidad tengo guardado en el cajón. Y si detenemos al hombre que mató a Frans Balder, entonces, definitivamente, estaremos haciendo del mundo un lugar mejor.

—En cualquier caso, chocolate suizo con sabor a naranja y un asesinato resuelto son un buen comienzo.

Sonja sacó el chocolate, partió un trozo de la tableta y se lo ofreció a Bublanski, quien lo saboreó con una devoción absoluta.

—Exquisito —sentenció.

—¿A que sí?

—Imagínate que la vida pudiera ser así a veces —dijo mientras señalaba la fotografía de Axel lanzando gritos de júbilo tras marcar el gol.

—¿Qué quieres decir?

—Que ojalá la felicidad se manifestara con la misma intensidad que el dolor —continuó.

—Sí, ojalá.

—¿Qué tal el hijo de Balder? August se llamaba, ¿no? —inquirió Bublanski.

—Sí, August. Bueno, no sabría qué decirte —contestó Sonja Modig—. Ahora se encuentra con su madre. Un psicólogo ha pasado a examinarlo.

—Y por lo demás, ¿qué tenemos?

—Me temo que no mucho aún. Hemos conseguido confirmar el tipo de arma. Se trata de una Remington 1911 R1 Carry, adquirida con toda probabilidad hace muy poco tiempo. Seguimos trabajando en averiguar a quién pertenece, aunque estoy bastante segura de que no vamos a lograr saberlo. Tenemos las grabaciones de las cámaras de vigilancia y las estamos analizando. Y a pesar de estar estudiándolas desde todos los ángulos posibles no se puede ver el rostro del hombre, y tampoco hemos detectado ninguna característica particular, ni lunares ni nada, tan sólo un reloj de pulsera que se adivina en una de las secuencias y que parece caro. Va vestido de negro. La gorra es gris, sin texto ni logotipo. Jerker dice que se mueve como un viejo adicto. En una de las imágenes se lo ve sosteniendo una pequeña caja negra, quizá un computador o una estación GSM. Sin duda fue así como pudo entrar en el sistema de alarmas.

—Sí, ya lo había oído. ¿Y eso cómo se hace?

—Jerker también lo ha estado viendo, y aunque no es fácil, especialmente con una alarma así de sofisticada, se puede hacer. El sistema estaba conectado a Internet y a la red de telefonía móvil, y enviaba señales continuamente a las oficinas de Milton Security de Slussen. Puede que ese tipo grabara una frecuencia de la alarma que le sirvió para meterse en el sistema. O que se cruzara en la calle con Balder alguna vez y, electrónicamente, le robara información de su NFC.

—¿De su qué?

—*Near Field Communication*, una función del celular de Balder con la que podía activar la alarma.

—Era más fácil cuando los ladrones usaban ganzúas —comentó Bublanski—. ¿Ningún coche por la zona?

—Un vehículo oscuro se hallaba estacionado en el borde de la calle, a unos cien metros de distancia, y de vez en cuando encendía y apagaba el motor, pero la única persona que lo vio es una señora mayor llamada Birgitta Roos, y ella no tiene ni idea de qué modelo era. Quizá un Volvo, dice; o uno como el de su hijo. Su hijo conduce un BMW.

—¡Ufff!

—Pues sí. El horizonte se presenta bastante negro

—continuó Sonja Modig—. Los malhechores aprovecharon la noche y el mal tiempo para moverse libremente por la zona. Y, aparte del testimonio de Mikael Blomkvist, en realidad sólo contamos con un dato. Procede de un chico de trece años llamado Ivan Grede. Es pequeño y delgado, un personaje un poco peculiar que de niño padeció leucemia y que ha amueblado su habitación de arriba abajo al estilo japonés. Además, se expresa de forma algo soberbia. Ivan fue al cuarto de baño por la noche y, desde la ventana, divisó a un individuo corpulento en la orilla. El hombre miraba en dirección al mar mientras hacía la señal de la cruz con los puños. Nos ha dicho Ivan que se le antojó religioso y agresivo al mismo tiempo.

—Una combinación nada buena.

—Desde luego que no, la religión y la violencia juntas no suelen presagiar nada bueno. Aunque Ivan tampoco estaba del todo seguro de que se tratara de la señal de la cruz. Dice que se parecía, pero que le hizo como un añadido. O que quizá fuera un juramento militar. Por un momento, Ivan temió que el hombre estuviera pensando en tirarse al agua para quitarse la vida. Había algo solemne, explicó Ivan, y también algo vio lento.

—Pero no se suicidó.

—No, el tipo salió corriendo hacia la casa de Balder. Llevaba una mochila y ropa oscura, pantalones posiblemente de camuflaje. Se lo veía fuerte y en buena forma. Ivan dijo que le había recordado a sus viejos juguetes, a los guerreros ninja.

—Nada bueno eso tampoco.

—En absoluto. Quizá ese individuo fuera el mismo que le disparó a Mikael Blomkvist.

—¿Y Blomkvist no vio su rostro?

—No, ya se había tirado al suelo cuando el hombre se dio la vuelta y disparó. Además, todo ocurrió muy rápido. Pero, según Blomkvist, el tipo parecía tener preparación militar, lo que combina a la perfección con las observaciones de Ivan Grede. Y yo creo que están en lo cierto. La velocidad y la eficacia con que se llevó a cabo la operación apunta en la misma dirección.

—¿Y tienen alguna idea de por qué diablos Blomkvist estaba allí?

—Sí, eso ha quedado claro. Si algo se hizo bien anoche fue tomarle declaración a Mikael Blomkvist. Mira aquí. —Sonja le pasó unas hojas impresas—. Uno de los antiguos ayudantes de Balder se puso en contacto con Blomkvist y le comentó que el profesor había sido víctima de una intrusión informática y que le habían robado su tecnología; y esa historia le interesó a Blomkvist. Intentó localizar a Balder, pero éste no le devolvió la llamada. No tenía la costumbre de hacerlo. Últimamente llevaba una vida muy aislada, sin apenas contacto con el mundo. Todas las compras y demás gestiones las realizaba la asistente, que se llama... a ver, Lottie Rask. La señora Rask, además, había recibido instrucciones estrictas de no mencionarle a nadie que el hijo se encontraba en la casa. Ahora hablaremos de eso. Pero anoche ocurrió algo; supongo que Balder estaba nervioso y preocupado, y quería desahogarse, liberar esa presión que sentía. No olvides que le acababan de informar de que existía una seria amenaza contra él. Además, el sistema de alarmas se había activado y dos policías vigilaban su casa. Quizá intuyera que tenía los días contados. No lo sé. En cualquier caso, en mitad de la noche telefonea a Mikael Blomkvist diciendo que le quiere contar algo.

—Antiguamente, en una situación así, recurrías a un cura.

—Hoy en día, al parecer, llamas a un periodista. Bueno, no son más que meras especulaciones. Lo único que sabemos es lo que Balder dejó en el buzón de voz de Blomkvist. Por lo demás, no tenemos ni idea de lo que quería contarle. Blomkvist afirma que también lo desconoce, y yo le creo. Pero debo de ser la única. Richard Ekström, que, dicho sea de paso, se ha mostrado más pesado que nunca, se empeña en decir que Blomkvist se calla cosas para poder publicarlas en exclusiva en su revista. Sin embargo, a mí me cuesta creerlo. Blomkvist es un tipo de lo más astuto —no estoy descubriendo nada nuevo—, pero no es una persona que, conscientemente, sabotee una investigación policial.

—No, ahí tienes razón.

—Lo que pasa es que el idiota de Ekström no para, se ha emperrado en que lo detengamos por perjurio y desacato a la autoridad y Dios sabe qué. «Tiene más información, seguro», va diciendo por ahí. Intuyo que va a actuar.

—Eso no conducirá a nada bueno.

—No, y conociendo las habilidades de Blomkvist, creo que es mejor que sigamos siendo amigos.

—Supongo que habrá que volver a tomarle declaración.

—Sí, yo también.

—¿Y ese Lasse Westman?

—Acabamos de tomársela, y no ayuda demasiado que digamos. Había estado en los bares KB, en Teatergrillen, en Operabaren, y en Riche —y él sabrá en cuáles más—, pegando gritos y maldiciendo a Balder sin cesar. Sacaba de quicio a sus amigos. Cuanto más bebía y más dinero quemaba, más se obsesionaba con el tema.

—¿Por qué era tan importante para él?

—Supongo que, por una parte, era una simple manía, una de esas obsesiones que se les meten en la cabeza a los alcohólicos; yo lo sé por mi tío, porque cada vez que se emborrachaba se obcecaba con algún asunto. Sin embargo, allí había algo más: en un principio, Westman hablaba siempre de la sentencia de la custodia del niño. Si hubiera sido otra persona más empática, quizá ese hecho nos habría permitido comprender bastantes más detalles y nos habría convencido de que en verdad se preocupaba por el bienestar del pequeño. Pero, claro, tratándose de este tipo... ¿Sabes que Lasse Westman ha sido condenado por maltrato?

—No, no lo sabía.

—Hace unos años fue el novio de Renata Kapusinski, la famosa bloguera. Le daba unas palizas tremendas. Creo que en una ocasión incluso le destrozó la mejilla a mordiscos.

—Mal asunto.

—Además...

—¿Sí?

—Balder había redactado una serie de denuncias en las que queda claro que sospechaba que Lasse Westman maltrataba también al niño, pero al final no llegó a hacerlas, tal vez por la situación legal de la custodia.

—¿Qué me estás diciendo?

—Balder había descubierto unos misteriosos moretones en el cuerpo del chico, y en eso, de hecho, lo apoya un psicólogo del Centro de Autismo. Así que no creo que haya sido...

—... amor y preocupación por el bienestar del niño lo que condujo a Lasse Westman hasta Saltsjöbaden.

—No, más bien el dinero. Tras llevarse al niño, Balder dejó de pasar la pensión alimentaria que se había comprometido a dar, si no toda al menos una parte.

—¿Y Westman no lo denunció por eso?

—No se atrevería teniendo en cuenta las circunstancias.

—¿Qué más pone en esa sentencia de custodia? —preguntó Bublanski.

—Que Balder era un desastre de padre.

—¿Y lo era?

—Bueno, en cualquier caso, no era una mala persona; no era como Westman. Pero un día hubo un incidente. Tras el divorcio, Balder tenía al niño cada dos fines de semana. Por aquel entonces vivía en el barrio de Östermalm, en un piso atestado de libros. Uno de esos fines de semana, August, que tenía seis años, se encontraba en el salón mientras Balder, como era habitual, se hallaba en la habitación contigua absorto frente al ordenador. No sabemos con exactitud lo que ocurrió, pero había una pequeña escalera de mano apoyada en una de las bibliotecas. August se subió a ella para tomar algunos de los libros de arriba y entonces se cayó. Del impacto se rompió el codo y, además, quedó inconsciente. Pero Frans no se enteró de nada. Siguió trabajando, y hasta varias horas después no descubrió a August tirado en el suelo, gimiendo junto a esos libros. Frans se puso histérico y llevó al chico a urgencias.

—¿Y luego perdió la custodia por completo?

—No sólo eso. Se constató que era emocionalmente inmaduro e incapaz de ocuparse de su hijo. Ya no podría quedarse a solas con August. Pero si te soy sincero, no le doy mucho valor a la sentencia.

—¿Por qué?

—Porque fue un proceso sin defensa. El abogado de la exmujer salió a matar, mientras que Balder se limitó a agachar la cabeza y a reconocer que era un inútil y un irresponsable, y que no tenía derecho a vivir y no sé cuántas incoherencias más. El tribunal dictó de forma malévola y tendenciosa, a mi juicio, que Balder nunca había podido relacionarse con otras personas y que siempre se había refugiado en las máquinas. Ahora que he podido enterarme un poco de su vida no me creo una mierda. El tribunal dio por ciertas lo que en realidad no era más que una retahíla de letanías producto de la culpa, un discurso autoinculpatorio. En cualquier caso, Balder se mostró en todo momento muy dispuesto a colaborar. Accedió a pagar una pensión alimentaria muy sustanciosa, cuarenta mil coronas al mes, creo, más una suma inicial de unas novecientas mil para gastos imprevistos. Poco tiempo después se marchó a Estados Unidos.

—Pero luego regresó.

—Sí, y quizá tuviera muchos motivos para ello. Le habían robado su tecnología, y hasta era posible que se hubiese enterado de quién lo había hecho. Se encontraba en medio de un grave conflicto con su jefe. Pero creo que su retorno también tuvo que ver con su hijo. La mujer del Centro de Autismo que he mencionado, que, por cierto, se llama Hilda Melin, se había mostrado en una primera fase muy optimista con respecto al desarrollo del chico. No obstante, nada fue como ella esperaba. Además, había llegado a sus oídos que Hanna y Lasse Westman no habían cumplido con su obligación de escolarizar al niño. Según lo acordado, August recibiría enseñanza en casa. Sin embargo, al parecer, se enfrentaron a los pedagogos especiales responsables de su educación, e incluso es probable que hubiera fraudes con las ayudas escolares y que se inventaran nombres falsos de profesores. En fin, toda la mierda que te puedas imaginar. Pero ésa es otra historia; aunque alguien tendría que investigarla algún día.

—Estabas hablando de la mujer del Centro de Autismo.

—Sí, Hilda Melin sospechaba que allí había gato encerrado, así que llamó a Hanna y a Lasse, quienes le comunicaron que todo iba a las mil maravillas. Pero algo le decía que no era verdad. Por eso, en contra de la práctica habitual, les hizo una visita sin previo aviso. Y cuando finalmente la dejaron pasar tuvo el fuerte presentimiento de que el chico no se encontraba bien y de que su desarrollo se había estancado. Por si fuera poco le descubrió los moretones, razón por la que llamó a Frans Balder a San Francisco y mantuvo con él una larga conversación. Poco tiempo después, él regresó a Suecia y se llevó al niño a su nueva casa de Saltsjöbaden, desafiando la sentencia de la custodia.

—¿Cómo lo haría, teniendo en cuenta que Lasse Westman estaba tan preocupado por su sustento?

—Sí, es una buena pregunta. Según Westman, Balder raptó, más o menos, al niño, aunque Hanna tiene otra versión de los hechos. Ella dice que Frans se presentó allí y que parecía haber cambiado, y que fue ella la que lo dejó llevarse al chico. Pensó incluso que August estaría mejor con él.

—¿Y Westman?

—Según ella, Westman estaba borracho y acababa de conseguir un papel importante en una nueva serie de televisión, motivo por el que llevaba unos días mostrándose arrogante y soberbio. Y que él también lo aceptó. Aunque ahora no deje de darnos la lata sobre lo mucho que le preocupa el bienestar del niño, yo creo que en el fondo se quedó muy contento cuando se libró de él.

—¿Y luego?

—Luego se arrepintió y, para colmo, lo echaron de la serie porque no era capaz de mantenerse sobrio. Y entonces, de repente, quiso recuperar a August, o mejor dicho...

—La pensión alimentaria.

—Exacto. Cosa que también hemos podido corroborar con sus compañeros de juerga, entre otros ese Rindevall, el que organiza las fiestas de los famosos. Fue al quedarse su tarjeta de crédito con el límite agotado cuando empezó a ponerse pesado y a llenarle la cabeza a todo el mundo con lo del niño. Y tras conseguir sacarle un billete de quinientas coronas a una chica que había en la barra se largó en plena noche a Saltsjöbaden.

Jan Bublanski se quedó unos instantes sumido en sus pensamientos mientras miraba la foto del eufórico Axel.

—¡Que historia!

—Desde luego.

—Y en un caso normal, ahora estaríamos muy cerca de hallar una solución. El motivo lo encontraríamos en algún aspecto del conflicto sobre la custodia o el divorcio. Pero unos tipos que parecen guerreros ninja y que van por ahí manipulando sofisticados sistemas de alarma no encajan en todo esto.

—Pues no.

—Y luego me pregunto otra cosa.

—¿Qué?

—Si August no sabe leer, ¿para qué diablos quería esos libros?

Mikael Blomkvist, sentado frente a Farah Sharif en la mesa de la cocina de ésta, miraba hacia Tantolunden con una taza de té en la mano. Y aunque sabía que era un signo de debilidad, desearía no tener que escribir ningún reportaje; le habría gustado poder estar allí con ella, sin más, sin presionarla lo más mínimo.

No parecía que hablar le sirviera de mucho. Farah tenía la cara desencajada, y esos ojos oscuros de intensa mirada —con la que lo había atravesado al abrir la puerta— parecían ahora desorientados. A veces murmuraba el nombre de Frans, como si fuera un mantra o un conjuro. Tal vez lo amara. Él, sin duda, la había amado a ella. Farah tenía cincuenta y dos años, y era una mujer intensamente atractiva; no es que fuera bella en el sentido clásico de la palabra, pero tenía porte de reina.

—¿Cómo era? —intentó saber Mikael Blomkvist.

—¿Frans?

—Sí.

—Una paradoja.

—¿En qué sentido?

—En todos. Pero sobre todo, tal vez, en que trabajaba muy duro en lo que más inquietud le provocaba. Quizá más o menos como Oppenheimer en Los Álamos. Se dedicaba a lo que él pensaba que podría ser nuestra ruina.

—Ahora no te sigo.

—Frans quería recrear la evolución biológica a nivel digital. Trabajaba con algoritmos autodidactas, algoritmos que mediante el método de ensayo y error pueden mejorarse a sí mismos. También contribuyó al desarrollo de los llamados computadores cuánticos con los que trabajan Google, Solifon y la NSA. Su meta era conseguir la AGI, *Artificial General Intelligence*.

—Y eso ¿qué es?

—Algo que es igual de inteligente que el ser humano, pero que al mismo tiempo posee la velocidad y la precisión de un computador en todas las disciplinas mecánicas. Una creación así nos daría enormes ventajas en cualquier investigación.

—Sin duda.

—La de este campo es muy amplia y, aunque la mayoría de nosotros no tenemos expresamente la ambición de conseguir AGI, la competencia nos empuja a ello. Nadie se puede permitir el lujo de no crear unas aplicaciones con la máxima inteligencia posible o de intentar detener su desarrollo. Piensa tan sólo en lo que se ha conseguido hasta ahora. Piensa en lo que hay en tu teléfono hoy en día y en lo que había en él hace sólo cinco años.

—Sí.

—Frans solía decir, antes de volverse tan reservado en este tema, que estimaba que llegaríamos a la AGI dentro de unos treinta o cuarenta años; no sé, quizá suene algo drástico. Yo me pregunto si no sería una estimación demasiado prudente. La capacidad de los computadores se duplica cada dieciocho meses, y nuestro cerebro no asimila muy bien lo que un crecimiento exponencial de esas dimensiones significa. Es un poco como el grano de arroz en la tabla de ajedrez, ya sabes: pones un grano de arroz en el primer cuadro, y dos en el segundo, y cuatro en el tercero, y ocho en el cuarto...

—Y pronto los granos de arroz terminan por inundar el mundo entero.

—El ritmo de crecimiento no hace más que aumentar y al final acaba yendo más allá de nuestro propio control. Lo interesante no es en realidad cuándo alcanzaremos la AGI sino qué es lo que pasará entonces. En una situación así se presentan numerosos escenarios que también dependen del método que hayamos elegido: lo más seguro es que empleemos programas que se actualicen y se mejoren por sí mismos. Llegados a ese punto no hay que olvidar que tendremos un nuevo concepto del tiempo.

—¿Qué quieres decir?

—Que abandonaremos los límites humanos. Seremos arrojados a un nuevo orden donde las máquinas se actualizarán por sí mismas constantemente, las veinticuatro horas del día, y a la velocidad del rayo. Sólo unos pocos días después de haber alcanzado la AGI tendremos la ASI.

—Y eso ¿qué es?

—*Artificial Super Intelligence*, algo que es más inteligente que nosotros. Llegados ahí el asunto se acelera cada vez más. Los computadores empiezan a mejorarse a un ritmo vertiginoso, quizá en un factor diez, y acaban siendo cien, mil, diez mil veces más inteligentes que nosotros. Y entonces ¿qué sucederá?

—Quién sabe...

—Eso es. La inteligencia no es nada previsible de por sí. No sabemos adónde nos llevará la inteligencia humana, y mucho menos aún lo que va a pasar con la Superinteligencia Artificial.

—En el peor de los casos no seremos más interesantes para el computador que lo que lo son ahora unos ratones de laboratorio para nosotros —intervino Mikael mientras pensaba en lo que le había escrito a Lisbeth.

—¿En el peor de los casos? Compartimos el noventa por ciento de nuestro ADN con esos ratones y, supuestamente, somos cien veces más inteligentes. Cien veces, no más. Aquí estaríamos ante algo nuevo, algo que según los modelos matemáticos no posee ningún tipo de inhibición como nosotros lo conocemos, que quizá pueda llegar a ser millones de veces más inteligente. ¿Te lo puedes imaginar?

—Bueno, lo intento al menos —dijo Mikael con una débil sonrisa.

—Quiero decir —siguió ella—: ¿cómo crees que se sentirá un computador que se despierte y se vea cautivo y controlado por unos bichos tan primitivos como nosotros? ¿Por qué iba a aceptar una situación así? ¿Por qué iba siquiera a mostrarnos algún tipo de consideración o, mucho menos aún, a dejarnos hurgar en su interior para cerrar el proceso? Nos exponemos al riesgo de encontrarnos ante una explosión de inteligencia, una singularidad tecnológica, como lo llama Vernor Vinge. Todo lo que ocurra después se encuentra más allá de nuestro horizonte de acontecimientos.

—Eso implica, pues, que en el mismo momento en el que creemos una superinteligencia perderemos el control.

—El riesgo es que todo lo que conocemos de nuestro mundo deje de valer, lo que supondrá el fin de la humanidad.

—¿Me estás tomando el pelo?

—Sé que suena absurdo para el que no haya estudiado mucho este tema, pero se trata de una cuestión absolutamente real. Hoy en día hay miles de personas de todo el mundo que están trabajando para impedir que eso ocurra. Muchos son optimistas, o incluso utópicos. Se habla de unas *friendly* ASI, unas superinteligencias amables programadas ya desde el principio para que sólo nos ayuden. Se imagina algo similar a lo que Asimov cuenta en su novela *Yo, robot*, unas leyes inherentes a las máquinas que les prohíben hacernos daño. El innovador y escritor Ray Kurzweil ve un mundo maravilloso ante sí donde nosotros, con la ayuda de la nanotecnología, nos integramos con los computadores y compartimos nuestro futuro con ellos. Sin embargo, como es obvio, no existen garantías de ningún tipo. Las leyes se pueden abolir. La importancia de unas programaciones iniciales puede modificarse, y resulta muy fácil cometer errores antropomórficos: atribuir rasgos humanos a las máquinas, malentender su innata fuerza motriz. Frans estaba obsesionado con esas cuestiones y, como ya te dije, se sentía dividido: por un lado, ansiaba la llegada de los computadores inteligentes; por otro, le preocupaba lo que pudiera pasar con ellos.

—Pero no podía dejar de construir sus monstruos.

—Algo así, dicho de forma drástica.

—¿Hasta dónde había llegado?

—Más lejos, creo, de lo que nadie se podría haber ni siquiera imaginado. Creo que ése es otro de los motivos por los que se mantuvo tan reservado con su trabajo en Soliton. Temía que su programa cayera en las manos equivocadas. Incluso tenía miedo de que el programa acabara en Internet y formase parte de ese universo. Lo había bautizado como August, en honor a su hijo.

—¿Y dónde está ahora ese programa?

—No daba ni un solo paso sin él. Lo más probable es que cuando lo mataron lo tuviera a su lado, junto a la cama. Pero lo espeluznante es que la policía afirma que allí no había ningún computador.

—No, yo tampoco vi ninguno. Aunque la verdad es que estaba concentrado en otras cosas.

—Debió de ser horrible.

—Quizá sepas que también vi al asesino —continuó Mikael—. Llevaba una gran mochila.

—Eso no suena muy bien. Aunque con un poco de

suerte el computador aparecerá en alguna parte de la casa. Yo sólo he hablado con la policía muy brevemente, y me ha dado la sensación de que aún no controlaba del todo la situación.

—Esperemos que lo encuentren. ¿Tienes alguna idea de quién podría haber robado su tecnología la primera vez?

—Sí, la verdad es que sí.

—Estás despertando mucho más mi curiosidad.

—Lo entiendo. Pero lo triste de la historia, por lo que a mí respecta, es que yo tengo una responsabilidad personal en todo este lío. ¿Sabes?, cuando acababa de perder la custodia de August, Frans se estaba matando en el trabajo y yo estaba preocupada por su salud, temía que pudiera sufrir un colapso.

—¿Y eso cuándo fue?

—Hace dos años. No dormía por las noches, no hacía más que dar vueltas por la casa culpabilizándose del descuido y del accidente de August. Aun así, no podía dejar su investigación. Se entregó a ella como si fuese lo único que le quedara en la vida, y por eso yo me encargué de que tuviera unos ayudantes que pudieran aligerarle la labor. Le mandé a mis mejores estudiantes; y es cierto que sabía que no eran unos ciudadanos ejemplares, ni mucho menos, pero sí trabajadores y talentosos, y admiraban a Balder de forma desmedida. Y todo parecía tan prometedor... Hasta que...

—Le robaron.

—Sí. Y lo vio confirmado más allá de cualquier duda cuando, en agosto del año pasado, Truegames registró la solicitud de patente en la oficina de patentes de Estados Unidos. Todas las singularidades de su tecnología habían sido copiadas y aparecían allí. Obviamente, lo primero que pensaron fue que un *hacker* había entrado en sus computadores. A mí eso no me convencía mucho porque conocía el nivel de sofisticación que tenía el encriptado de Frans. Pero como ninguna otra explicación parecía posible, ése fue el punto de partida. Y es probable que, por un momento, Frans llegara a creérselo. Aunque por supuesto no eran más que tonterías.

—¿Qué dices? —la interrumpió Mikael excitado—. ¡La intrusión fue confirmada por los expertos!

—Sí, por algún idiota de la FRA que quería lucir sus habilidades. Pero sólo fue la manera que tuvo Frans de proteger a sus chicos; o quizá no fuera sólo eso, me temo: sospecho que también quería jugar un poco a los detectives. ¿Cómo pudo haber sido tan estúpido? Es que...

Farah inspiró hondo.

—¿Sí? —dijo Mikael.

—Yo me enteré de todo hace un par de semanas. Frans y el pequeño August estuvieron aquí cenando, y supe enseguida que Frans me quería contar algo importante. Se notaba en el ambiente. Y tras un par de copas de vino me pidió que apartara mi celular y empezó a hablar bajito. Debo admitir que en un principio me irritó más que otra cosa. Volvió a darme la lata sobre una joven que había conocido y que, supuestamente, era una *hacker* genial.

—¿Una *hacker* genial? —repitió Mikael intentando sonar neutro.

—Una chica de la que habló tanto que me puso la cabeza a reventar. No te voy a cansar con eso, sólo te diré que era una tipa que apareció un día de la nada en una de sus conferencias y comenzó a hablar del concepto de la singularidad.

—¿Y eso qué es?

Farah se sumió en sus pensamientos.

—¿Qué...? Bueno, en realidad no tiene nada que ver con esto —contestó—. Pero el concepto de la singularidad tecnológica viene de la singularidad gravitatoria.

—Soy todo oídos.

—El corazón de las tinieblas, como yo lo llamo: eso que hay en el fondo de los agujeros negros y que constituye una estación final de lo que sabemos acerca del universo, y que incluso puede que tenga salidas hacia otros mundos y épocas. Muchos ven la singularidad como algo irracional y defienden la idea de que, por ese motivo, debe de estar necesariamente protegida por un horizonte de sucesos. Pero esa chica buscaba formas de cálculo procedentes de la mecánica cuántica y afirmaba que sin duda podría haber singularidades desnudas desprovistas de horizontes de sucesos... Oye, tú párame, no dejes que me ponga tan científica... En definitiva, el caso es que esa tía causó una profunda impresión en Frans, y él empezó a abrirse a ella, algo que supongo que es comprensible: un friki tan extremo como Frans no habrá tenido muchas personas de su nivel con las que hablar. Y cuando se enteró de que ella también era una *hacker* le pidió que examinara los computadores. Por aquel entonces todo su equipo estaba en casa de uno de sus ayudantes, un chico que se llama Linus Brandell.

Mikael decidió de nuevo callar lo que sabía.

—Linus Brandell —se limitó a repetir.

—Eso es —continuó ella—. La chica se presentó en su domicilio de Brantingsgatan, y lo primero que hizo fue echarlo de su propia casa. Acto seguido, se puso con los computadores. Y no halló ningún signo de intrusión, nada de nada. Pero no se contentó con ello. Tenía una lista de los ayudantes de Frans, así que, desde allí mismo, se metió en sus computadores y no tardó mucho en averiguar que uno de ellos se lo había vendido a Solifon.

—¿Quién?

—Frans no deseaba contármelo, y mira que lo presioné. Al parecer, ella lo llamó directamente desde la casa de Linus. Frans se encontraba en San Francisco, y ya te lo puedes imaginar: ¡traicionado por uno de los suyos! Yo creí que denunciaría al tipo en el acto, que lo desacreditaría y lo difamaría y que allí se armaría la de Dios. Pero a Frans se le ocurrió otra idea: le pidió a la chica que fingiera que se trataba de la intrusión de un *hacker*.

¿Por qué?

No quería que se eliminara ninguna huella o prueba. Deseaba entender más lo ocurrido, cosa que, a pesar de todo, es comprensible. Que una de las empresas de *software* más importantes del mundo hubiera robado y vendido sus innovaciones era, naturalmente, mucho más grave que el hecho de que algún sinvergüenza, un estudiante amoral e hijo de puta, lo hubiese apuñalado por la espalda. Y no sólo porque Solifon fuera uno de los más prestigiosos grupos de investigación, sino porque llevaba varios años intentando reclutar a Frans. Y eso lo puso furioso: «Esos cabrones me estaban robando mientras me adulaban», dijo echando do humo.

—Espera —interrumpió Mikael—. A ver si lo he entendido bien: ¿me estás diciendo que aceptó irse a trabajar a Solifon para averiguar cómo y por qué le habían robado?

—Si algo he aprendido a lo largo de los años es que

no siempre es fácil entender los motivos que se esconden tras las actuaciones de la gente. Es probable que el salario, la libertad y los enormes recursos también contribuyeran. Pero respondiendo a tu pregunta: ¡sí! Sin duda fue así. Antes de que ella examinara sus computadores Frans ya había entendido que Solifon estaba implicada en el robo. Pero ella le proporcionó información más específica, y fue entonces cuando empezó a investigar en serio toda esa mierda. Resultó, claro está, mucho más difícil de lo que había imaginado. Creó un montón de sospechas y mal rollo a su alrededor, y en poquísimo tiempo se convirtió en una persona asombrosamente poco querida, de modo que se mantuvo cada vez más apartado del resto. Pero es que encontró algo.

—¿Qué?

—Aquí es donde todo se pone muy delicado, y lo cierto es que no debería contártelo.

—Y sin embargo aquí estamos.

—Sí, es verdad, aquí estamos. Y no sólo porque siempre haya tenido un gran respeto por tu periodismo. Esta mañana se me ha ocurrido que quizá no fuera una casualidad que anoche Frans te llamara a ti en lugar de a los del grupo de protección industrial de la Säpo, con los que también estuvo en contacto. Creo que empezó a sospechar que allí había un infiltrado. O fue simple paranoia, que también podría ser. Frans manifestaba todos los síntomas posibles de la manía persecutoria. Pero fue a ti a quien llamó, y ahora espero poder, con un poco de suerte, cumplir su voluntad.

—Entiendo.

—En Solifon hay un departamento que se llama «Y», simplemente «Y», así, como si nada —continuó Farah—. La idea la han tomado de Google X, la sección de Google donde se dedican a las *moonshots*, como las llaman, es decir, a ideas salvajes y rebuscadísimas como, por ejemplo, perseguir la vida eterna o intentar conectar los buscadores informáticos con las neuronas del cerebro. Si en algún sitio se consigue la AGI o la ASI supongo que será precisamente ahí, en el departamento Y. Y fue allí donde se integró Frans, algo no muy inteligente por parte de Solifon.

—¿Por qué?

—Porque Frans, gracias a su amiga la *hacker*, había sabido que en Y existía un grupo secreto de analistas internacionales dirigido por una persona llamada Zigmund Eckerwald.

—¿Zigmund Eckerwald?

—Exacto, pero lo llaman Zeke.

—¿Y quién es?

—La mismísima persona que se había comunicado con el traidor que estaba entre los ayudantes de Frans.

—O sea, que Eckerwald era el ladrón.

—Es una manera de decirlo, sí. Un ladrón de muy alto nivel. De puertas para afuera, lo que hacían en el grupo de Eckerwald era cien por cien legítimo. Se recababa información de destacados investigadores y de prometedores proyectos. Todas las grandes empresas de alta tecnología tienen actividades parecidas; hay que estar al tanto de lo que se hace en el mundo y de las personas que merecen ser reclutadas. Pero Balder comprendió que ese grupo iba más allá. No sólo recopilaban y analizaban datos, también robaban: mediante ciberataques, espionaje, topos y sobornos.

—¿Y por qué no los denunció?

—Porque resultaba difícil demostrarlo. Como es lógico, tomaron muchas precauciones. Pero al final, pese a todo, Frans se dirigió al propietario, Nicolas Grant. Éste se indignó muchísimo y, según Balder, puso en marcha una investigación interna. Sin embargo no encontró nada, bien porque Eckerwald había podido eliminar todas las huellas, bien porque esa investigación no era más que un teatro de cara al público. Una situación muy jodida para Frans. Todo se volvió contra él. Creo que Eckerwald fue el impulsor del acoso, pero es probable que no resultara demasiado complicado convencer a los demás para que se unieran contra Frans, pues ya por aquel entonces lo consideraban un paranoico y un desconfiado. De modo que le hicieron el vacío y él se quedó cada vez más aislado. Me lo imagino a la perfección, sentado allí, cada vez más malhumorado y rebelde, negándose a decirle nada a nadie.

—¿Así que no tenía ninguna prueba concreta?

—Sí, una, la que le había dado su amiga *hacker*: que Eckerwald había robado su tecnología y la había vendido.

—¿Y eso lo sabía a ciencia cierta?

—Al parecer, sí, sin ninguna duda. Además, se había dado cuenta de que el grupo de Eckerwald no trabajaba solo. Tenían apoyo y *backup* desde fuera, es muy probable que de los servicios de inteligencia estadounidenses, y también...

Farah se detuvo.

—¿Sí?

—En ese tema se mostraba más misterioso, quizá no supiera gran cosa en realidad. En cualquier caso lo que dijo fue que se había topado con una palabra codificada con la que se denominaba al verdadero líder de todo el tinglado, que era ajeno a Solifon. La palabra era «Thanos».

—¿Thanos?

—Sí. Un personaje que, por lo visto, les infundía un manifiesto terror, explicó. Pero no quiso seguir hablando. Necesitaba un seguro de vida, afirmó, para cuando los abogados fueran por él.

—Has dicho que no sabes cuál de sus ayudantes lo traicionó. Pero supongo que le habrás dado muchas vueltas al asunto —comentó Mikael.

—Claro que sí. Y a veces, no sé...

—¿Qué?

—A veces me pregunto si no lo traicionarían todos.

—¿Por qué dices eso?

—Cuando empezaron a colaborar con Frans eran jóvenes, talentosos y muy trabajadores. Cuando dejaron de hacerlo se encontraban cansados de la vida y atacados de los nervios. Quizá Frans los exprimiera hasta la extenuación, o tal vez hubiera algo que los atormentaba.

—¿Y tienes sus nombres?

—Sí, claro; son mis chicos. Por desgracia, hay más. Linus Brandell, por ejemplo, al que he mencionado antes: veinticuatro años y no hace nada, sólo vaga a la deriva; se pasa el día jugando en el computador y bebe demasiado. Durante un tiempo tuvo un buen empleo como desarrollador de juegos en Crossfire. Pero lo perdió al empezar a tomarse una licencia cada dos por tres y a acusar a sus colegas de espiarlo. Luego está Arvid Wrange, quizá hayas oído hablar de él: en su día fue toda una promesa del ajedrez. Su padre lo presionaba de una manera bastante inhumana y al final Arvid no pudo más: dejó el ajedrez y se puso a estudiar conmigo. Esperaba que a estas alturas ya llevara tiempo con la tesis doctoral leída, y sin embargo se pasa la vida en los garitos de moda de Stureplan. Lo veo desarraigado por completo, aunque con Frans hubo una época en la que recuperó parte de su viejo espíritu. Pero entre los chicos también había una enorme y absurda rivalidad, tanta que Arvid y Basim, que es como se llama el tercero, llegaron incluso a odiarse..., bueno, más bien Arvid a Basim. Basim Malik tal vez no presente mucha predisposición hacia sentimientos como el odio; es un chico sensible, muy inteligente, y fue empleado por Solifon Escandinavia hará un año más o menos. Pero duró poco allí; en la actualidad está internado por depresión en el hospital de Ersta. Esta mañana, por cierto, me ha llamado su madre, a la que conozco un poco, para contarme que lo han tenido que dormir porque cuando se ha enterado de lo que le había pasado a Frans ha intentado cortarse las venas. Y eso me duele. Aunque al mismo tiempo no puedo dejar de preguntarme si sólo se trataba de tristeza por la muerte de Frans o si también se debía a un sentimiento de culpa.

—¿Y cómo se encuentra ahora?

—Está fuera de peligro, al menos físicamente. Y luego tenemos a Niklas Lagerstedt, y ese chico..., bueno, ¿qué decir de él? En cualquier caso, que no es como los demás, al menos de puertas para fuera. No es un tipo que salga por ahí a emborracharse un día sí y otro también, ni una persona a la que se le ocurriría infligirse daño. Se trata de un joven que presenta grandes objeciones morales contra la mayoría de las cosas, incluso contra los juegos de computador violentos y la pornografía. Es miembro activo de la Iglesia evangélica de Los Misioneros. Su mujer es pediatra y tienen un hijo que se llama Jesper. Además, es asesor de la Brigada Nacional de Homicidios, responsable de un nuevo sistema informático que se pondrá en marcha el año que viene, lo que por supuesto quiere decir que ya le han realizado un informe de seguridad, aunque no sé hasta qué punto habrá sido exhaustivo.

—¿Por qué dices eso?

—Pues porque detrás de esa fachada impoluta y moralista hay un tipo de cuidado, mezquino y avaro. Da la casualidad de que sé que el tipo ha desfalcado grandes partes de la fortuna de su suegro y de su mujer. Es un hipócrita.

—¿Y les tomaron declaración a los chicos?

—La Säpo habló con ellos, pero no sacaron nada en claro. Y es que en esa época se creía que Frans había sido víctima de una intrusión informática.

—Supongo que después de esto tendrán que volver a prestar declaración.

—Imagino.

—Por cierto, ¿sabes si Balder se dedicaba a dibujar en su tiempo libre?

—¿A dibujar?

—Sí, si le gustaba copiar paisajes o lo que fuera hasta el más mínimo detalle.

—No, ni idea —respondió ella—. ¿Por qué me lo preguntas?

—Vi un dibujo fantástico en su casa, un dibujo que representaba el semáforo que hay aquí arriba, en el cruce de Hornsgatan con Ringvägen. Era perfecto, una especie de instantánea en la oscuridad.

—Me parece muy raro. Frans no solía pasar por ahí.

—Qué extraño.

—Sí.

—Hay algo en ese dibujo que me inquieta mucho —dijo Mikael. Y entonces, para su sorpresa, advirtió que Farah le tomaba la mano.

Él le acarició el pelo. Luego se levantó con la sensación de que estaba sobre la pista de algo. Acto seguido, se despidió y salió a la calle.

Subiendo por Zinkens väg, de vuelta a casa, llamó a Erika y le pidió que escribiera una nueva pregunta en *El cajón de Lisbeth*.

Capítulo 14

21 de noviembre

Ove Levin estaba sentado en su despacho, que tenía vistas a Slussen y a la bahía de Riddarfjärden, sin hacer nada en especial, aparte de poner su nombre en Google con la esperanza de encontrar algo que le alegrara el día. Pero en vez de eso, lo que pudo leer fue que era una persona asquerosa, fofa y que había vendido sus ideales; todo ello en un blog escrito por una joven —para más inri— de la facultad de Periodismo. Aquello lo alteró tanto que ni siquiera fue capaz de tranquilizarse para anotar el nombre de esa chica en su libro negro, donde apuntaba a aquellos que nunca conseguirían empleo en el Grupo Serner.

Se negaba a obsesionarse con idiotas que no habían captado ni jota de lo que se exigía para salir adelante en este mundo y que nunca harían nada que no fuera, como mucho, escribir artículos mal pagados en insignificantes revistas culturales de nula tirada. Para evitar quedarse atrapado en semejantes pensamientos destructivos entró en su banco, vía Internet, para comprobar su cartera de acciones, lo que lo calmó un poco, al menos al principio. Era un buen día para el mercado: tanto Nasdaq como Dow Jones habían subido la noche anterior, y el índice de la bolsa de Estocolmo registraba un ascenso del 1,1 por ciento. El dólar, por el que había apostado fuerte, también había subido, y su cartera, después de la última actualización, tenía un valor de 12.161.389 coronas.

Nada mal para un chico que, en su día, se había dedicado a cubrir incendios y reyertas callejeras en el turno de noche del diario *Expressen*. ¡Doce millones, más su departamento del lujoso barrio de Villastaden y la casa de Cannes! Podían escribir lo que les diera la gana en sus blogs: él tenía el culo a salvo. Volvió a comprobar el valor una vez más: 12.149.101. ¡Bravo!, ¿ya estaba bajando? 12.131.737. Torció el gesto. No había ningún motivo para que la bolsa empezara a caer, ¿no? Las estadísticas de empleo que se acababan de publicar estaban bien. Tomó ese descenso prácticamente como una ofensa personal y, en contra de su voluntad, pensó en *Millennium* de nuevo, por muy insignificante que fuera el asunto en la visión conjunta del Grupo. Pese a todo, volvió a alterarse y, por mucho que intentara apartarlo de su pensamiento, le vino de nuevo la imagen de cómo la bella cara de Erika Berger se había tensado el día anterior de pura hostilidad. Aunque no era que esa mañana las cosas hubieran mejorado mucho.

Casi le da un infarto. Mikael Blomkvist había aparecido en las webs de todos los medios, y eso le dolió mucho. Sin embargo Ove, con una enorme alegría, terminó de constatar que la joven generación apenas sabía quién era Blomkvist, y al mismo tiempo odió esa lógica mediática que, automáticamente, convertía en estrellas a todo el mundo —periodistas estrella, actores estrella y lo que diablos fuera— tan sólo porque se habían visto implicados en algún lío. «Periodista acabado», si acaso, era lo que deberían haberle puesto, el reportero que ni siquiera podría seguir en su propia revista si Ove y Serner Media tenían algo que decir al respecto. Y lo peor de todo: Frans Balder. ¿Por qué él de entre todos los malditos hombres del mundo?

¿Por qué habían tenido que matarlo ante los mismísimos ojos de Mikael Blomkvist? Es que era tan típico. Desesperante. Aunque todos esos estúpidos periodistas aún no se habían enterado, Ove sabía que Frans Balder era un pez gordo. En una de las revistas del Grupo Serner, *Dagens Affärsliv*, en un suplemento especial dedicado a la investigación en Suecia, hasta le habían puesto precio: cuatro mil millones de coronas; ¿cómo se calculaba eso? En cualquier caso, Balder, sin duda, era una estrella y, como la Garbo, no concedía entrevistas, algo que como es natural no hacía más que aumentar su esplendor.

¿Cuántas peticiones habría recibido sólo de los propios periodistas de Serner? Pues las mismas que había denegado, o, mejor dicho, ni siquiera denegado sino sencillamente ignorado. Allí fuera había muchos compañeros de profesión —eso lo sabía Ove— que decían que el tipo debía de hallarse en posesión de una historia fantástica, y por eso Ove odiaba el hecho de que Balder, según se había publicado, hubiera querido hablar con Blomkvist en plena noche. «¿Será posible? ¿Habrá conseguido una primicia?» Sería terrible; justo ahora, en medio de aquella situación... De nuevo, de forma casi obsesiva, Ove entró en la web de *Aftonbladet*, donde se encontró con el siguiente titular:

¿Qué quería el investigador estrella sueco decirle a Mikael Blomkvist?
Conversación misteriosa justo antes del asesinato.

La noticia estaba ilustrada con una gran foto de Mikael de la que en absoluto se deducía que estuviera gordo y fofo. Los malditos editores habían elegido la imagen más favorable posible, faltaría más, lo que provocó que Ove soltara un par de palabrotas. «Tengo que hacer algo», pensó. ¿Pero qué? ¿Cómo detendría a Mikael sin irrumpir en la redacción como si fuera un censor de la vieja RDA? Eso lo empeoraría todo. ¿Cómo podría...? Miró de nuevo hacia la bahía de Riddarfjärden y tuvo una idea: William Borg. «El enemigo de mi enemigo puede ser mi mejor amigo.»

—¡Sanna! —gritó.

Sanna Lind era su joven secretaria.

—¿Sí?

—Concierta una comida con William Borg en Sturehof ahora mismo. Si tiene otros planes dile que es muy importante. Incluso que puede que reciba un aumento de sueldo —añadió mientras pensaba: «¿Por qué no?, si me quiere echar una mano en este lío, ¿por qué no darle una pequeña gratificación?».

Hanna Balder estaba sentada en el salón del piso de Torsgatan mirando desesperada a August, quien, una vez más, había tomado unas hojas y lápices de colores para ponerse a dibujar; a Hanna le correspondía ahora, según las directrices recibidas, impedir que lo hiciera, y eso a ella no le gustaba nada. No se trataba de cuestionar los consejos ni los conocimientos profesionales del psicólogo, pero se sentía llena de dudas: August había sido testigo de cómo asesinaban a su padre, y si lo que quería era dibujar, ¿por qué no permitírselo?

Ciertamente, la actividad no parecía sentarle muy

bien al chico: todo su cuerpo temblaba y los ojos le brillaban con un destello intenso y atormentado. Además, también era verdad, a tenor de lo ocurrido, que esos cuadros blanquinegros que se reflejaban y se multiplicaban en los espejos constituían un motivo muy extraño. Pero ¿ella qué sabía? Quizá le ocurriera lo mismo con los dibujos que con las series de números que escribía; aunque Hanna no entendía nada, tal vez tuviera algún significado para él, y hasta era posible —¿quién podía saberlo?— que plasmar esos cuadros de ajedrez en un papel fuera su forma de digerir lo acontecido. ¿Y si pasaba de lo que decía el psicólogo? Nadie tenía por qué enterarse, y en algún sitio había leído que lo más importante para una madre era fiarse de su propia intuición: el instinto visceral es, a menudo, una herramienta mucho mejor que cualquier teoría psicológica. Por eso decidió dejar que August dibujara. A pesar de todo.

Pero de repente la espalda del chico se tensó como un arco, y entonces Hanna pensó en las palabras del psicólogo. Dio un dubitativo paso hacia delante para echarle una mirada al papel. Se sobresaltó, profundamente conmocionada. Aunque al principio no lo entendió.

El dibujo representaba los mismos cuadros de tablero de ajedrez que se reproducían en los espejos y estaba realizado con una destreza impresionante. Pero había también otra cosa: una sombra que surgía de los cuadros, como un demonio, un espectro, lo que le dio un susto de muerte a Hanna, pues acudieron a su mente esas películas de niños que son poseídos por espíritus malignos. Y entonces le arrebató la hoja al chico y, con un impetuoso movimiento que no supo explicar, hizo una bola con ella. Luego cerró los ojos como disponiéndose a aguantar, una vez más, ese desgarrador y estridente grito.

Sin embargo no oyó ningún grito, tan sólo un murmullo que ella interpretó como palabras. Pero eso era imposible, ya que el chico no hablaba. Hanna se preparó entonces para un ataque, un arrebato violento en el que August echaría el cuerpo adelante y atrás. No fue así; el chico reaccionó con una silenciosa y concentrada determinación agarrando otra hoja y poniéndose a dibujar los mismos cuadros de nuevo. Hanna no vio más solución que tomarlo en brazos y llevarlo a su habitación. Al recordar ese episodio, ella lo describiría como una experiencia de puro terror.

August pataleaba, gritaba y pegaba, y sólo a duras penas consiguió la madre sujetar al chico. Se quedó un buen rato tumbada con él en la cama, abrazándole como haciendo un nudo con los brazos. Ella también tenía la sensación de haberse roto en mil pedazos y, aunque por un instante sopesó la idea de despertar a Lasse para pedirle que le diera a August un supositorio calmante de los que le habían recetado, enseguida la desterró de su mente: Lasse se pondría sin duda de un humor de perros. Además, por muchos váliums que ella tomara, odiaba tener que suministrarle calmantes a un niño. Debía de haber otra solución.

Se estaba rompiendo por dentro y buscó desesperada la manera de salir de esa situación. Pensó en su madre —que vivía en Katrineholm—, en Mia, su agente, y en esa mujer tan simpática que la había llamado la otra noche, Gabriella. Y volvió a pensar en Einar Fors... no recordaba qué más, el psicólogo que había tratado a August. No le había caído particularmente bien, pero se había ofrecido a ocuparse del niño de forma temporal. En cualquier caso, la culpa de todo aquello la tenía él.

Porque era él quien había dicho que August no podía dibujar, así que, por lógica, debería ser él quien resolviera la situación, ¿no? Hanna soltó al niño, buscó la tarjeta de visita del psicólogo y lo llamó, circunstancia que August aprovechó, naturalmente, para salir corriendo hacia el salón y ponerse de nuevo con esos condenados cuadros blanquinegros.

Einar Forsberg, en realidad, no tenía demasiada experiencia. Contaba cuarenta y ocho años de edad, y con esos hundidos ojos azules, sus recién adquiridas gafas Dior y su chaqueta de pana marrón podría pasar con suma facilidad por un intelectual. Pero todos los que habían intentado debatir con él sabían que había algo rígido y dogmático en su forma de pensar y que tendía a ocultar su ignorancia detrás de aprendidas doctrinas y tajantes afirmaciones.

Sólo hacía dos años que había obtenido su título de psicólogo. En realidad, era profesor de educación física en Tyresö; si uno preguntara a sus antiguos alumnos por él, todos, sin duda, berrearían: «¡*Silentium*, bestias! ¡Callaos, animales!». A Einar le encantaba gritar esas palabras —medio en serio medio en broma— cuando deseaba hacer callar a la clase. Y aunque no había sido el profesor favorito de nadie, había conseguido controlar a los chicos e imponerles su disciplina; fue justo eso lo que le llevó a convencerse de que esas habilidades psicológicas deberían ser mejor aprovechadas.

Desde hacía un año trabajaba en el Centro de Acogida Oden para niños y jóvenes, situado en Sveavägen,

Estocolmo. Oden los acogía con urgencia cuando sus padres no podían con ellos. Ni siquiera Einar —quien, por costumbre, siempre defendía a ultranza el lugar donde estaba empleado— opinaba que el centro funcionara bien. Demasiadas gestiones urgentes de crisis y muy poco trabajo a largo plazo. Los niños llegaban a ellos tras una serie de traumáticas experiencias en sus hogares, y los psicólogos estaban demasiado ocupados en intentar controlar arrebatos agresivos y crisis nerviosas como para poder dedicarse a buscar las causas subyacentes a los problemas. A pesar de ello, Einar consideraba que hacía una buena labor y que marcaba diferencias, en especial cuando lograba hacer callar a niños histéricos sirviéndose de su patentada autoridad profesoral o cuando sabía gestionar situaciones críticas fuera del centro.

Le gustaba colaborar con la policía y le encantaban la tensión y la quietud que reinaban en el ambiente tras un acontecimiento dramático. Cuando, durante su guardia de la noche anterior, lo llamaron para que acudiese a aquella casa de Saltsjöbaden, una gran expectación y excitación se apoderó de él. Había un aire hollywoodiense en esa misión, pensó. Un investigador sueco había sido asesinado y su hijo de ocho años había sido testigo de ello, y el elegido para intentar que el chico se abriera y hablase era nada más y nada menos que Einar. De camino a la casa no paró de arreglarse el pelo y ajustarse las gafas mirándose en el espejo retrovisor.

Quería hacer una entrada elegante y triunfal, pero una vez en el lugar no obtuvo precisamente un gran éxito. No entendía al chico. No obstante, se sentía observado e importante: los policías le preguntaron cómo iban a poder tomarle declaración al niño y, aunque Einar no tenía la menor idea, sus respuestas fueron recibidas con respeto. Se vino arriba y centró todo su empeño en ayudar. Averiguó que el chico sufría de autismo infantil y que nunca había pronunciado palabra alguna ni mostrado un especial interés por su entorno.

—No hay nada que podamos hacer de momento —concluyó—. Su capacidad intelectual parece demasiado endeble, y como psicólogo debo anteponer su necesidad de cuidados a todo lo demás.

Los policías lo escucharon con semblantes serios y dejaron que se llevara al niño a casa de la madre, lo que supuso otro pequeño regalo en aquella historia, pues la madre resultó ser la actriz Hanna Balder. Einar la adoraba; le había encantado ya la primera vez que la vio en *Los amotinados*. Se acordaba de sus caderas y sus largas piernas y, aunque la mujer había envejecido un poco, seguía siendo atractiva. Además, su actual marido era, a todas luces, un verdadero hijo de puta. Einar se esforzó por ofrecer una imagen profesional y mostrarse discretamente encantador, y casi de inmediato tuvo una excelente oportunidad de ejercer su autoridad de forma contundente, algo de lo que estuvo sobre todo orgulloso.

Con una expresión de absoluta locura, August empezó a dibujar unos cubos o cuadrados blancos y negros, cosa que Einar interpretó en el acto como una actitud muy poco sana. Era justo ese tipo de comportamientos compulsivos y destructivos los que los chicos autistas tendían a desarrollar. Insistió con firmeza en que el niño debía abandonar esa actividad. Sus palabras, ciertamente, no fueron recibidas con la gratitud que él esperaba, pero se sintió contento de haber podido demostrar su capacidad de iniciativa y su masculinidad; tanto se creció que poco le faltó para lanzarse a piropear a Hanna por su actuación en la película

Los amotinados. Pero acto seguido se echó para atrás pensando que, a pesar de todo, no era el momento más oportuno. Habría sido un error.

Ahora eran las 13.00 y acababa de llegar a su casa, un chalé adosado del barrio de Vällingby. Se hallaba en el cuarto de baño lavándose los dientes con su cepillo de dientes eléctrico y se sentía agotado. Entonces sonó el móvil. Al principio le molestó, pero enseguida sonrió, pues era Hanna Balder.

—Forsberg —respondió con un dejo de hombre de mundo.

—Hola —dijo ella.

Parecía no sólo desesperada sino también enfadada. Él no entendía por qué.

—August —dijo—. August...

—¿Qué le pasa?

—No quiere más que dibujar sus cuadros. Pero tú dices que no debe hacerlo.

—No, no; es que es un comportamiento compulsivo. Tranquilízate, Hanna.

—¿Cómo diablos quieres que me tranquilice?

—Porque el niño necesita tu tranquilidad.

—Pero no puedo. No para de gritar y patalear. Has dicho que podríais ayudarnos.

—Bueno, sí... —empezó un poco dubitativo, aunque enseguida se le iluminó la cara, como si hubiera conseguido una victoria.

»Sí, claro que sí. Me encargaré personalmente de que August tenga un sitio con nosotros en el Centro Oden.

—Pero ¿eso no querrá decir que yo lo traiciono?

—Todo lo contrario. Lo que haces es anteponer sus necesidades a las tuyas; yo mismo me ocuparé de que puedas visitarnos todas las veces que quieras.

—Quizá sea lo mejor, a pesar de todo.

—Estoy convencido de ello.

—¿Podrías venir ahora?

—En cuanto pueda salgo para allá —dijo mientras pensaba que antes tenía que arreglarse un poco.

Luego añadió, por si acaso:

—¿Te he dicho que me encantó tu trabajo en *Los amotinados*?

A Ove Levin no le sorprendió que William Borg ya estuviera esperándolo en el restaurante Sturehof y tampoco le produjo el menor asombro que pidiera lo más caro que había en la carta: lenguado *à la meunière* y una copa de Pouilly Fumé. Los periodistas tendían a aprovechar la ocasión cuando él los invitaba a comer. Lo que sí le sorprendió fue que William tomara la iniciativa, como si quien estuviera en posesión del dinero y el poder fuese él, un gesto que irritó a Levin. ¿Por qué no se habría callado lo del aumento de sueldo? Debería haberlo tenido en ascuas y hacerlo sufrir un poco.

—Me ha dicho un pajarito que tienen problemas con *Millennium* —soltó William Borg nada más sentarse Ove, quien de inmediato pensó que daría el brazo derecho por borrar esa sonrisa autosuficiente de su cara.

—Pues te ha informado mal —respondió tirante Ove.

—¿De veras?

—Lo tenemos todo bajo control.

—¿En qué sentido, si se puede preguntar?

—Si la redacción está dispuesta a cambiar y si resulta que son conscientes de sus propios problemas, vamos a apoyar a la revista.

—¿Y si no?

—Pues en ese caso nos largaremos y, entonces, se mantendrán a flote como máximo un par de meses, una circunstancia que, como es evidente, lamentaremos mucho. Pero es que el mercado es así. Publicaciones mejores que *Millennium* han sucumbido, y eso que para nosotros se ha tratado de una inversión muy modesta. Sobreviviremos.

—¡Tonterías! Sé que esto es una cuestión de prestigio y credibilidad para ti.

—¡Qué va! Son sólo negocios.

—He oído que quieren mantener alejado a Mikael Blomkvist de la redacción.

—Nos hemos planteado trasladarlo a Londres.

—Un poco descarado por parte de ustedes, habría que decir, teniendo en cuenta lo que ha hecho por la revista.

—Le hemos pasado una oferta muy generosa —se excusó Ove sintiéndose exageradamente a la defensiva y aburrido.

Casi se le olvida el asunto que lo había llevado hasta allí.

—No, si yo no te lo reprocho —siguió William Borg—. Por mí como si lo mandan ustedes a la China. Sólo me pregunto si no sería un poco incómodo para ustedes que Mikael Blomkvist regresara por todo lo alto con la historia de Frans Balder.

—¿Y por qué iba a hacerlo? El tío está acabado, como tú muy bien dijiste. Con considerable éxito, por cierto —comentó Ove con sarcasmo.

—Bueno, tampoco fue para tanto, recibí bastante ayuda.

—Mía no, desde luego. No me gustó nada esa columna, me pareció mal escrita y tendenciosa. Fue

Thorvald Serner quien orquestó toda esa campaña de desprestigio, y tú lo sabes muy bien.

—Pero tal y como están las cosas, no creo que te disgustara mucho el rumbo que acabó tomando el asunto, ¿cierto?

—Escúchame bien, William: yo siento el mayor de los respetos por Mikael Blomkvist.

—No hace falta que juegues a los políticos conmigo, Ove.

A éste le dieron unas ganas terribles de meterle todas esas palabras por el culo.

—Sólo soy abierto y sincero —respondió Ove—. Y la verdad es que siempre me ha parecido un periodista fantástico; bueno, de un calibre bien diferente al tuyo o al de cualquiera de tu generación.

—¿Ah, sí? —preguntó William Borg con una actitud algo menos arrogante, lo que provocó en el acto que Ove se sintiera mucho mejor.

—Así es. Debemos estar muy agradecidos por todos los noticiones que nos ha brindado Mikael Blomkvist, y le deseo todo lo mejor, en serio. Pero por desgracia —debo añadir— no forma parte de mi trabajo mirar hacia atrás y ponerme nostálgico, así que te puedo dar la razón en eso de que Blomkvist ha llegado a estar un poco desfasado, por decirlo de alguna manera, y de que podría ser un obstáculo para la renovación de *Millennium*.

—Es verdad.

—Y por eso creo que sería bueno que ahora no apareciera tanto en los titulares.

—En los titulares positivos, querrás decir.

—Bueno, sí, supongo que sí —continuó Ove—. También ha sido ése el motivo por el que te he invitado a comer.

—Te estoy muy agradecido, por supuesto, es muy amable de tu parte. Y lo cierto es que tal vez tenga algo que vendría bien en este asunto. Esta mañana he recibido una llamada de mi viejo compañero de *squash* —comentó William Borg intentando a todas luces recuperar su vieja confianza.

—Y ¿ése quién es?

—Richard Ekström, el fiscal jefe. Es el fiscal de instrucción del caso de asesinato de Frans Balder. Y él no es precisamente miembro del club de fans de Blomkvist.

—A raíz del caso Zalachenko, ¿no?

—Exacto. Blomkvist le fastidió todo el tinglado que tenía montado, y ahora le preocupa que le sabotee también esta investigación, o, mejor dicho, que ya lo esté haciendo.

—¿Cómo?

—Blomkvist no cuenta todo lo que sabe. Habló con Balder justo antes del asesinato y, por si fuera poco, miró directamente a la cara del asesino. Aun así, para sorpresa de todos, no dio muchos detalles cuando prestó declaración. Richard Ekström sospecha que se guarda lo mejor para su propio artículo.

—Interesante.

—¿Cierto? Hablamos de un tipo que, tras haber sido humillado en los medios de comunicación, se encuentra tan desesperado por dar con un golpe periodístico que hasta está dispuesto a dejar escapar a un asesino. Un viejo reportero estrella que cuando su revista se halla en crisis económica es capaz de tirar toda la responsabilidad social por la borda. Y que, por casualidad, acaba de enterarse de que el Grupo Serner quiere que se vaya de la redacción. ¿Ya no parece tan raro que el tipo pierda un poco el norte?

—Te entiendo. ¿Podrías escribir sobre ello?

—Si te soy sincero, no creo que sea muy recomendable. Todo el mundo sabe que Mikael Blomkvist y yo no nos llevamos bien. Me parece que sería mejor filtrárselo a un reportero y luego difundirlo y apoyarlo en sus editoriales. Tendrás declaraciones buenísimas de Richard Ekström.

—Mmm —asintió Ove al tiempo que miraba hacia Stureplan. En medio de la explanada divisó a una mujer muy guapa que lucía una larga melena pelirroja y llevaba un abrigo rojo. Y, por primera vez en el día, se le dibujó una amplia y sincera sonrisa en los labios.

—Quizá no sea mala idea, a pesar de todo —añadió para, a continuación, pedir un poco de vino.

Mikael Blomkvist caminaba a lo largo de Hornsgatan en dirección a Mariatorget. Más allá de la plaza, junto a la iglesia de Santa María Magdalena, había aparcada una furgoneta blanca que tenía una gran abolladura en el capó; justo al lado, dos hombres hacían aspavientos con los brazos mientras se pegaban gritos. Y, a pesar de que esa escena atrajo la atención de casi todos los que pasaban por allí, Mikael Blomkvist apenas se percató de ella.

Estaba pensando en el hijo de Frans Balder, sentado en el suelo de aquella habitación del espacioso chalé que tenía su padre en Saltsjöbaden y pasando la mano sobre la alfombra persa. Una mano blanquecina, recordó, que tenía manchas en los dedos y en el dorso, tal vez de unos lápices de colores; el movimiento que el niño trazó sobre la alfombra fue como si dibujara en el aire algo muy complicado. ¿Como si dibujara? De repente, esa imagen arrojó una nueva luz sobre los hechos, y Mikael se planteó lo mismo que se le había pasado por la cabeza en casa de Farah Sharif: ¿y si no fuera Frans Balder el autor de ese semáforo?

Quizá el chico poseyera una inesperada y enorme habilidad, lo cual, por alguna razón, no le sorprendió tanto como en un principio cabría esperar. Ya en su primer encuentro con August Balder —en el dormitorio de la planta baja, sentado en aquel suelo a cuadros junto a su padre muerto y golpeando su cuerpo contra la cama—, Mikael sospechó que había algo especial en él. Y ahora, mientras se hallaba cruzando Mariatorget en diagonal, le asaltó una idea extraña que tal vez resultara de lo más rebuscado pero que se negaba a abandonarlo. Y tras atravesar la plaza y llegar a la cuesta de Götgatan se detuvo.

Al menos debía comprobarlo. Sacó su móvil y buscó en Internet el número de Hanna Balder. Era un número secreto, no figuraba en las guías telefónicas. Tampoco creía que lo tuvieran en la redacción. ¿Qué hacer entonces? Pensó en Freja Granliden. Freja era reportera de la sección «Gente» de *Expressen*, aunque los textos que producía tal vez no elevaran demasiado el prestigio del gremio: se trataba de divorcios, romances y asuntos relacionados con la Familia Real. Pero era una mujer de mente aguda y lengua bastante suelta. Las veces que se habían visto lo había pasado muy bien con ella, así que probó a llamarla. Estaba ocupado, por supuesto.

Los periodistas de la prensa sensacionalista hablaban constantemente por teléfono. Siempre les apremiaba tanto el tiempo que nunca tenían un segundo para levantarse de sus sillas y salir a la realidad para echar un vistazo con sus propios ojos. Se limitaban a permanecer sentados y escupir textos a un ritmo vertiginoso. Al final consiguió contactar con ella, y no le sorprendió lo más mínimo que irrumpiera en gritos de alegría al oír su voz.

—¡Mikael! —dijo—. ¡Qué honor! ¿Por fin me vas a dar una primicia? Llevo tanto tiempo esperándola.

—*Sorry*. Esta vez eres «tú» la que me tiene que echar una mano. Necesito una dirección y un número de teléfono.

—¿Y qué me darás a cambio? ¿Tal vez unas declaraciones impactantes sobre lo que te pasó anoche?

—Te puedo ofrecer unos consejos profesionales.

—¿Por ejemplo...?

—Que dejes de escribir tonterías de una vez por todas.

—Ja, ja. Y entonces ¿quién se hace con todos esos números de teléfono que los reporteros finos necesitan? ¿A quién buscas?

—A Hanna Balder.

—Ya sospecho por qué. Al parecer, anoche su novio estaba borracho como una cuba. Lo viste, ¿no?

—No intentes confundirme. ¿Sabes dónde vive?

—En Torsgatan 40.

—¡Qué bien te lo sabes...!

—Tengo una memoria prodigiosa para las «tonterías». Espera un momento, te pasaré el código del portal, y también su número de teléfono.

—Gracias.

—Pero oye...

—¿Sí?

—No eres el único que la está buscando. Nuestros sabuesos también están de caza; y, que yo sepa, lleva todo el día sin reponer el teléfono.

—¡Sabia mujer!

Después de colgar, Mikael se quedó quieto en la calle sin saber muy bien qué hacer. Se hallaba en una situación que no le gustaba nada: perseguir a madres infelices en compañía de los reporteros de los tabloides no era lo que él esperaba de ese día. A pesar de ello, paró un taxi y se fue al barrio de Vasastan.

Hanna Balder había acompañado a August y a Einar Forsberg hasta el Centro Oden, ubicado en Sveavägen, frente al parque Observatorielunden. Éste constaba de dos pisos bastante amplios que se habían unido y, aunque había un toque personal y acogedor en la decoración y en el patio, tenía un aire de institución, algo que sin duda se debía más a la expresión ceñuda y vigilante del personal que al largo pasillo y a sus puertas cerradas. Los empleados parecían haber desarrollado cierta actitud de suspicacia para con los niños a los que atendían.

El director del centro, Torkel Lindén, era un hombre bajo y vanidoso que afirmaba tener una gran experiencia con chicos autistas, algo que, por supuesto, inspiraba confianza. Pero a Hanna no le gustaba la manera que tenía de mirar a August y tampoco le agradaba nada el amplio abanico de edades que allí había, adolescentes y niños pequeños, todos mezclados. Pero ya era demasiado tarde para arrepentirse, razón por la que, de vuelta a casa, se consoló con la idea de que no sería por mucho tiempo. ¿Volvería quizá a buscar a August esa misma noche?

Se sumió en sus pensamientos y pensó en Lasse y sus borracheras y, una vez más, en que tenía que dejarlo y recuperar el control de su vida. Al llegar a Torsgatan, se sobresaltó al salir del ascensor de su bloque: sentado en el descansillo había un atractivo hombre escribiendo en un cuaderno. Cuando éste se levantó para saludarla y presentarse, ella vio que se trataba de Mikael Blomkvist. Se quedó aterrorizada. Quizá el sentimiento de culpa le pesaba tanto que pensó que él había ido hasta allí para dejarla en evidencia. Tonterías, claro. Mikael se limitó a sonreír algo avergonzado, y hasta dos veces le pidió disculpas por molestarla. Y entonces ella no pudo evitar sentir un gran alivio; lo admiraba desde hacía mucho tiempo.

—No tengo nada que decir —se apresuró a aclarar Hanna con una voz que, en realidad, insinuaba todo lo contrario.

—No es eso lo que busco —respondió él.

De pronto, ella se acordó de que la noche anterior Lasse y Mikael habían llegado juntos, o al menos al mismo tiempo, a la casa de Frans, aunque no le entraba en la cabeza qué diablos podían tener ellos en común; en ese instante más bien le parecieron dos personas totalmente opuestas.

—¿Buscas a Lasse? —preguntó.

—Quería hablar de los dibujos de August —le contestó. Y entonces ella sintió una punzada de pánico.

A pesar de ello, lo invitó a entrar. Toda una imprudencia de su parte, sin duda: Lasse había salido a curarse la resaca en algún antro del barrio y podía presentarse en cualquier momento. Se volvería loco si descubría a un periodista en su casa, máxime uno de ese calibre. Pero Hanna no sólo sentía preocupación sino también curiosidad. ¿Cómo demonios sabía lo de los dibujos? Le ofreció asiento en el sofá gris del salón mientras ella se dirigía a la cocina para traerle un poco de té y unas galletas. Al verla regresar con una bandeja, Mikael le dijo:

—No te molestaría así si no lo considerara absolutamente necesario.

—No es molestia.

—¿Sabes? Conocí a August anoche —explicó él— y le he estado dando vueltas al tema una y otra vez.

—¿Ah, sí? —dijo ella inquisitiva.

—Entonces no caí en la cuenta —continuó él—. Pero me dio la sensación de que deseaba comunicarnos algo, y ahora, cavilando sobre ello, creo que lo que quería era dibujar algo. Es que movía la mano sobre el suelo con tanta determinación...

—Está obsesionado con eso.

—O sea, que siguió aquí en casa.

—¿Que si siguió? Nada más llegar empezó a dibujar. Estaba como poseído, y la verdad es que lo que hacía era realmente muy muy bonito. Pero se le puso la cara toda roja y su respiración se volvió muy pesada. El psicólogo que estuvo aquí dijo que tenía que dejarlo enseguida, que era compulsivo y destructivo.

—¿Y qué dibujó?

—Nada en especial, supongo que algo inspirado en sus rompecabezas. Pero estaba muy conseguido, con sus sombras y su perspectiva y todo eso.

—Pero ¿qué era?

—Cuadros.

—¿Qué tipo de cuadros?

—Creo que eran cuadros como los de un tablero de ajedrez —contestó. Y quizá fuera sólo su imaginación, pero Hanna creyó percibir cierta emoción en los ojos de Mikael Blomkvist.

—¿Sólo cuadros de un tablero de ajedrez? ¿Nada más?

—Espejos también —aclaró ella—. Cuadros de ajedrez que se reflejaban en espejos.

—¿Has estado en casa de Frans? —preguntó él con otro timbre en la voz, mucho más intenso.

—¿Por qué lo preguntas?

—Porque el suelo del dormitorio en el que lo mataron reproduce los cuadros de un tablero de ajedrez y se refleja en los espejos de los armarios.

—¡Oh, no!

—¿Por qué dices eso?

—Porque...

Una ola de vergüenza recorrió el cuerpo de Hanna.

—Porque lo último que vi antes de arrebatarle la hoja de sus manos fue una sombra amenazadora que surgía de esos cuadros.

—¿Tienes el dibujo aquí?

—Sí... ¡O no!

—¿No?

—Me temo que lo he tirado.

—Vaya.

—Pero a lo mejor...

—¿Qué?

—A lo mejor podemos recuperarlo de la basura.

Mikael Blomkvist tenía las manos manchadas de café y yogur cuando tomó un papel arrugado de la basura y procedió a desplegarlo junto al fregadero. Lo limpió un poco con el dorso de la mano y lo estudió a la luz de los leds que había bajo los armarios de la cocina. Distaba mucho de ser un dibujo terminado y, tal y como Hanna le había comentado, consistía sobre todo en cuadros de ajedrez, vistos desde arriba o lateralmente. Si no se había estado en el dormitorio de Frans Balder resultaba muy difícil imaginar que era un suelo. Pero Mikael reconoció enseguida los espejos del armario de la derecha, y también la oscuridad, esa oscuridad especial con la que se había topado la noche anterior.

Tuvo la sensación, incluso, de revivir ese instante en el que había entrado por el ventanal roto, además de un pequeño aunque importante detalle: la habitación que él halló estaba casi a oscuras. En el dibujo, en cambio, se percibía un fino haz de luz que, desde arriba, irrumpía en diagonal, se extendía sobre los cuadros y le daba contorno a una sombra que no se veía ni muy clara ni muy nítida, pero que quizá precisamente por eso resultaba tan espeluznante.

La sombra extendía un brazo, y Mikael, que percibió el dibujo desde una perspectiva muy diferente a la de Hanna, no tuvo mayores dificultades en comprender lo que la mano de ese brazo significaba: era una mano que quería matar. Por encima de los cuadros y la sombra se insinuaba un rostro que aún no se había creado.

—¿Dónde está August ahora? —preguntó—. ¿Está durmiendo?

—No, está...

—¿Qué?

—Lo he dejado en... Temporalmente. No podía con él, si he de serte sincera.

—¿Dónde?

—En el Centro Oden de Sveavägen, un centro de acogida para niños y adolescentes.

—¿Quién sabe que está allí?

—Nadie.

—¿Sólo tú y el personal del centro?

—Sí.

—Es muy importante que siga siendo así. ¿Me disculpas un minuto?

Mikael sacó su celular y marcó el número de Bublanski. En su cabeza ya había formulado otra pregunta para *El cajón de Lisbeth*.

Jan Bublanski estaba frustrado. La investigación se había estancado, y ni el Blackphone ni el portátil de Frans Balder habían aparecido, una circunstancia que les había impedido, a pesar de las largas conversaciones con su compañía telefónica, registrar y analizar sus contactos con el mundo, o, al menos, tener una idea clara de los procesos jurídicos en los que podría andar metido.

De momento no tenía mucho más que cortinas de humo y unos cuantos tópicos, pensó Bublanski: poco más que el hecho de que un guerrero ninja, rápida y eficazmente, había aparecido en plena noche para volver a ser tragado enseguida por la oscuridad. Su impresión general era que algo demasiado perfecto planeaba sobre esa operación, como si hubiese sido llevada a cabo por una persona que se escapaba a las habituales taras y contradicciones humanas que suelen percibirse en la investigación de un asesinato. Éste se había realizado de forma demasiado aséptica y clínica, y Bublanski no podía desprenderse de la idea de que para su autor sólo había sido un día más de trabajo. En eso y otros asuntos andaba reflexionando cuando le llamó Mikael Blomkvist.

—Mikael —respondió—. Acabamos de hablar de ti. Y queremos que nos aclares unos puntos cuanto antes.

—Sí, está bien, no hay problema. Pero ahora tengo algo más importante que contarte: el testigo, August Balder, es un *savant* —anunció Mikael Blomkvist.

—¿Un qué?

—Un chico que aunque sufra una grave discapacidad posee un don extraordinario, especial. Dibuja como un maestro, con una nitidez extrañamente matemática. ¿Viste los dibujos del semáforo que estaban sobre la mesa de la cocina de la casa de Saltsjöbaden?

—Sí, bueno, un poco por encima. ¿Quieres decir que no son obra de Frans Balder?

—No, no. Son del chico.

—Pero parecían de un adulto.

—Pues los ha hecho August; esta mañana se ha puesto a dibujar los cuadros del suelo del dormitorio de Balder. Bueno, no sólo los cuadros. También ha dibujado un haz de luz y una sombra. Yo creo que la sombra es del asesino y que la luz es la que salía de la linterna que llevaba en la cabeza. Pero aún no se puede decir nada con seguridad. Al niño lo han interrumpido en su trabajo.

—¿Me estás tomando el pelo?

—No estoy para bromas.

—¿Y cómo has podido saberlo?

—Estoy en casa de la madre de August, Hanna Balder, en Torsgatan, con el dibujo delante. Pero el niño ya no se encuentra aquí. Se lo han llevado a... —El periodista dudó antes de seguir—. No quiero contártelo por teléfono.

—¿Has dicho que algo ha interrumpido al chico?

—Un psicólogo le ha prohibido que continuara dibujando.

—¿Cómo se puede prohibir una cosa así?

—No creo que el psicólogo entendiera lo que representaba el dibujo. Lo ha visto sólo como un comportamiento compulsivo. Te recomendaría que enviaras a alguien enseguida. Ya tienen al testigo que necesitaban.

—Ahora mismo vamos. Así también tendremos la oportunidad de hablar un poco más contigo.

—Me temo que ya me voy. Debo volver a la redacción.

—Habría preferido que te quedaras, pero lo entiendo. Y oye...

—¿Sí?

—¡Gracias!

Jan Bublanski colgó y salió a informar a todo el equipo, algo que luego resultaría ser un grave error.

Capítulo 15

21 de noviembre

Lisbeth Salander se hallaba en el club de ajedrez Raucher de Hälsingegatan. No es que tuviera muchas ganas de jugar, le dolía la cabeza. Pero había estado de caza todo el día y las pistas la habían conducido hasta ese lugar. Cuando, en su momento, descubrió que Frans Balder había sido traicionado por uno de los suyos, el investigador le hizo prometerle que dejaría en paz al traidor. A Lisbeth aquella estrategia no le gustó nada. Y sin embargo cumplió su palabra. Pero ahora que Frans había sido asesinado podía romper su promesa.

Procedería a su manera. Aunque no era fácil. Arvid Wrange no se encontraba en casa, y no quería llamarlo, sino más bien irrumpir en su vida como aparece un relámpago en el cielo, razón por la que llevaba todo el día buscándolo, dando vueltas con la capucha de la sudadera puesta. Arvid era un vago. Pero, al igual que pasaba con tantos otros vagos, detrás de la holgazanería se ocultaba una cierta estructura regular, de modo que, a través de las fotos que había subido a Instagram y Facebook, Lisbeth se había hecho una idea de su itinerario: Riche, en Birger Jarlsgatan; Teatergrillen, en Nybrogatan; el club de ajedrez Raucher; el Café Ritorno de Odengatan y algunos otros lugares, como una galería de tiro de

Fridhemsgatan y los domicilios de dos amantes. Arvid Wrange había cambiado desde la última vez que ella lo tuvo bajo el radio de alcance de su radar.

No sólo había eliminado cualquier rasgo friki de su aspecto; también su moral había disminuido. Lisbeth, ciertamente, no era muy amiga de teorías psicologistas, pero pudo constatar que la primera y gran transgresión lo había conducido a otras. Arvid ya no era un estudiante aplicado con grandes ambiciones y sed de conocimientos; ahora pasaba tanto tiempo navegando en Internet por páginas porno que rayaba la adicción, una adicción que lo llevaba a comprar un tipo de sexo que a menudo acababa en violencia. De hecho, dos o tres de las mujeres cuyos servicios había contratado lo llegaron a amenazar con denunciarlo.

En vez de interesarse por los juegos de computador y la investigación sobre la Inteligencia Artificial, se centraba ahora en las prostitutas y en salir a emborracharse por el centro. Resultaba obvio que el chico tenía dinero. E igual de evidente que tenía problemas. Esa misma mañana, sin ir más lejos, había hecho una búsqueda en Google, «protección de testigos, Suecia», lo cual, evidentemente, constituía toda una imprudencia. Aunque ya había perdido el contacto con los de Solifon, al menos desde su propio computador, sin duda éstos lo mantenían bajo vigilancia. No hacerlo habría sido muy poco profesional. Quizá Arvid Wrange estuviera a punto de desmoronarse detrás de esa nueva fachada tan mundana, algo que, llegado el caso, sería estupendo, pues le facilitaría la tarea a Lisbeth. Cuando ésta llamó una vez más al club de ajedrez —el ajedrez parecía ser el único vínculo que tenía con su antigua vida—, recibió un aviso de lo más inesperado: que Arvid Wrange acababa de entrar.

Ése era el motivo por el que Lisbeth se encontraba en ese mismo momento bajando los peldaños de la pequeña escalera de Hälsingegatan. Siguió por un pasillo que la condujo a un local gris y deslucido donde unas cuantas personas dispersas por toda la estancia, la mayoría señores de una cierta edad, estaban sentadas, algo encorvadas, en torno a tableros de ajedrez. Reinaba un ambiente mortecino. Nadie reparó en ella ni cuestionó su presencia: todo el mundo se hallaba concentrado en lo suyo, y lo único que rompía el silencio eran los clics de los relojes de juego y alguna que otra palabrota. En las paredes colgaban fotos de Kasparov, Magnus Carlsen, Bobby Fischer e, incluso, una de un jovencísimo Arvid Wrange, con la cara llena de granos, durante un enfrentamiento con la estrella del ajedrez Judit Polgár.

Una versión, esta vez más vieja, de la misma persona se podía ver al fondo del local, a la derecha, donde Arvid parecía poner a prueba alguna que otra nueva apertura de partida. A su lado había un par de bolsas de tiendas de ropa. Llevaba un suéter amarillo de lana merina y una camisa blanca recién planchada, y calzaba unos relucientes zapatos ingleses. Resultaba excesivamente elegante para el entorno. Con pasos precavidos, Lisbeth se acercó y le preguntó si quería jugar una partida. Su primera respuesta fue mirarla de pies a cabeza.

—De acuerdo —respondió.

—Muy amable —dijo ella como una niña muy bien educada. Luego se sentó y, sin que ninguno de los dos mediara palabra, abrió con una e4, a lo que él contestó con una b5, el gambito polaco. A continuación ella cerró los ojos y dejó que él tomara la iniciativa.

Arvid Wrange procuró concentrarse en la partida. Con escaso éxito. Por suerte, esa *punki* no parecía brillante. Mala no era, eso había que reconocerlo; con toda probabilidad se trataba de una aficionada muy entregada. Aunque de poco le servía. Hacía lo que quería con ella, y no le cabía la menor duda de que la chica estaba impresionada; y, ¿quién sabía?, igual hasta podría ligársela después. Bien era cierto que tenía cara de amargada, y a Arvid no le gustaban las chicas así. Pero se le adivinaban unas buenas tetas; tal vez consiguiera descargar toda su frustración en ella. Es que había pasado una mañana muy jodida. La noticia de que habían asesinado a Frans Balder por poco lo deja KO.

Aunque no fue tristeza lo primero que sintió. Fue terror. Por mucho que, en su fuero interno, Arvid Wrange insistiera en que había hecho lo correcto —¿qué esperaba ese jodido catedrático cuando lo había tratado como una mierda?—, si saliese a la luz que había sido él quien lo había traicionado, el asunto, como era lógico, se pondría feo. Y lo peor de todo era que al final seguro que hallarían un vínculo con él, aunque no alcanzaba a saber bajo qué forma exacta aparecería dicho vínculo. Intentaba consolarse convenciéndose de que un idiota como Balder se habría ganado, con seguridad, miles y miles de enemigos, pero en algún recóndito lugar de su mente sabía que una cosa conduciría a la otra. Y eso lo aterrorizaba.

Desde el mismísimo día en que Frans tomó posesión de su cargo en Solifon, a Arvid le empezó a preocupar que aquel asunto adquiriera un nuevo e inquietante giro. Y ahora estaba sentado allí deseando que todo eso no hubiera ocurrido nunca. Quizá por ello, esa mañana se había ido de compras y, compulsivamente, había comprado un montón de ropa de marca para al final acabar en el club de ajedrez. Esta disciplina poseía todavía, a veces, la capacidad de hacer que se disiparan sus temores; prueba de ello era que ya se sentía un poco mejor. Tenía la impresión de que controlaba la situación y de que contaba con la suficiente inteligencia para seguir engañándolos a todos. No había más que ver cómo jugaba, y eso que la chica no era mala.

Todo lo contrario, había algo poco ortodoxo y creativo en su juego, un juego que, sin lugar a dudas, daría mil vueltas a la mayoría de los que allí estaban. Pero no a él, claro; él era Arvid Wrange, y la estaba machacando. Movía las piezas con tal astucia y sofisticación que ella ni siquiera se percató de que se encontraba a punto de encerrar a su reina. Arvid se limitó a adelantar furtivamente sus posiciones y derribó a la reina sin más sacrificio que el de un caballo, mientras que comentaba con una voz pétrea y *cool* que sin duda la impresionó:

—*Sorry, baby. Your Queen is down!*

Pero no hubo reacción alguna, ni una sonrisa, ni una sola palabra. Nada. La chica se limitó a aumentar el ritmo, como si quisiera poner fin cuanto antes a la humillación. ¿Y por qué no? No le importaría acabar sumariamente con ella para luego llevarla a tomar unas copas a algún sitio antes de tirársela. Tal vez no le mostrara su lado más cariñoso en la cama, pero no le cabía ninguna duda de que, después, ella le daría las gracias. Seguro que una zorra amargada como ésa llevaba mucho tiempo sin sexo, y que un hombre *cool* como él, que jugaba con ese nivel, estaba muy por encima de las posibilidades que ella tenía. Decidió lucirse y explicarle un poco de teoría ajedrecística avanzada. Pero no llegó a hacerlo; había algo, a pesar de todo, que le daba mala espina. Empezó a percibir una resistencia en su juego que no terminaba de entender, una desconocida torpeza; y durante un buen rato intentó convencerse de que sólo eran imaginaciones suyas o el resultado de unos precipitados movimientos por su parte. Lo corregiría sin problema en cuanto se concentrara. Por eso movilizó todo su instinto asesino. Pero aquello fue a peor.

Se sentía encerrado y, por mucho que se esmerara en intentar avanzar y forzarla a batirse en retirada, se vio obligado a afrontar el hecho de que la balanza, de forma irremediable, se había inclinado a favor de ella, lo que le resultó desquiciante. Porque él había abatido a su reina, pero en lugar de reforzar su superioridad había acabado en una catastrófica situación de inferioridad. ¿Qué había pasado? ¿No habría hecho ella un sacrificio de dama? ¿En una fase tan temprana de la partida? ¡Imposible! Eso se estudia en los libros, vale, pero no es algo que ocurra en los clubes de ajedrez de Vasastan; y, definitivamente, no es una cosa a la que se dediquen chicas *punkis* llenas de *piercings* y con graves problemas de actitud, sobre todo cuando se enfrentan a grandes jugadores como él. Pero ya no había nada que hacer.

Ella lo vencería en cuatro o cinco movimientos, así que no vio más salida que derribar al rey dándole un empujón con el dedo índice y murmurar un apagado «felicidades». Y, aunque quiso ponerle excusas y pretextos, algo lo detuvo y lo llevó a pensar que eso sólo empeoraría las cosas. Empezó a intuir que la pérdida de la partida no obedecía a unas circunstancias poco afortunadas, sino a algo más, razón por la que, por mucho que se resistiese, volvió a ser víctima del miedo. ¿Quién diablos era esa mujer?

Lleno de cautela, levantó la vista e intercambió una mirada con ella: ya no parecía una niña engreída, insegura y amargada, sino una mujer fría, gélida, un depredador cuando observa a su presa. Y entonces un intenso malestar se apoderó de él, como si la pérdida de aquella partida sólo fuese el preámbulo de algo mucho peor. Miró en dirección a la puerta.

—No vas a ir a ningún sitio —le espetó ella.

—¿Quién eres? —preguntó él.

—Nadie en especial.

—¿Nos hemos visto antes?

—No exactamente.

—¿Cómo que «no exactamente»?

—Sólo nos hemos visto en tus pesadillas, Arvid.

—¿Bromeas?

—No mucho.

—¿Y eso qué quiere decir?

—Dímelo tú.

—¿Y yo cómo voy a saberlo?

Arvid no podía entender por qué sentía tanto miedo.

—Frans Balder fue asesinado anoche —dijo ella con un imperturbable tono de voz.

—Sí... Eh, bueno, sí..., lo he visto en la prensa.

Las palabras le salían atropelladas.

—Qué horrible, ¿no?

—Sí, desde luego.

—Sobre todo para ti, ¿cierto?

—¿Por qué iba a ser horrible para mí?

—Porque tú lo traicionaste, Arvid. Porque tú le diste el beso de Judas.

Arvid se quedó helado.

—¡Qué estás diciendo! —le soltó.

—Claro que sí. Entré en tu computador, rompí tu

cifrado y lo vi de forma muy clara. ¿Y quieres que te diga algo? —prosiguió ella.

Arvid empezaba a tener dificultades para respirar.

—Estoy convencida de que te has despertado esta mañana y te has preguntado si su muerte es culpa tuya. Pues te voy a ayudar con la respuesta: sí, lo es. Si no hubieses estado tan amargado ni hubieras sido tan mezquino y miserable como para venderle su tecnología a Solifon, Frans Balder estaría hoy vivo, y debo advertirte, Arvid, que eso me pone furiosa. Te voy a hacer mucho daño. En primer lugar, vas a recibir el mismo trato que les diste a esas mujeres a las que encuentras en la red.

—Pero ¿tú estás mal de la cabeza?

—Probablemente un poco, sí —respondió ella—. Falta de empatía. Tendencia a recurrir a una violencia desmesurada. Algo así.

Lisbeth le agarró la mano con una fuerza que lo paralizó de puro miedo.

—O sea que, para serte sincera, Arvid, esto no tiene muy buena pinta. ¿Y sabes qué es lo que estoy haciendo ahora mismo? ¿Sabes por qué parezco tan distraída? —continuó ella.

—No.

—Porque estoy dándole vueltas a qué hacer contigo. Estoy pensando más bien en un castigo de tipo bíblico. Por eso doy la impresión de tener la mente en otro sitio.

—¿Qué es lo que quieres?

—Venganza. ¿No te ha quedado claro?

—Idioteces.

—No, en absoluto; y creo que tú lo sabes. Aunque la verdad es que hay una salida.

—¿Qué quieres que haga?

Arvid no entendía por qué había dicho ese «¿Qué quieres que haga?» significaba, prácticamente, la admisión de su culpa, una capitulación. Pensó en retractarse de inmediato y presionarla para ver si en realidad tenía alguna prueba o si todo aquello no era más que una trampa. Pero no fue capaz. Sería después cuando comprendería que no se había debido a las amenazas que ella le había soltado, ni tampoco a la espeluznante fuerza de sus manos. Ni mucho menos.

Se había debido a la partida de ajedrez, y al sacrificio de la dama. Todavía se hallaba en estado de *shock* por eso, y algo en su subconsciente le decía que una chica que jugaba de esa manera no actuaría sin tener pruebas de sus secretos.

—¿Qué quieres que haga? —acabó repitiendo.

—Vas a acompañarme afuera y me lo vas a contar todo, Arvid. Vas a contarme con pelos y señales cómo traicionaste a Frans Balder.

—¡Es un milagro! —exclamó Jan Bublanski en medio de la cocina de la casa de Hanna Balder mientras contemplaba el arrugado dibujo que Mikael Blomkvist había rescatado de la basura.

—No es para tanto —intervino Sonja Modig, que estaba a su lado y que tenía razón en lo que decía.

Pues, a pesar de todo, no se trataba más que de unos cuadros de tablero de ajedrez en una hoja y, tal y como Mikael había señalado por teléfono, había algo extrañamente matemático en la obra, como si al chico le interesara más la geometría de los cuadros y su multiplicación en los espejos que la amenazadora sombra que había encima. No obstante, Bublanski seguía entusiasmado. Le habían comentado, una y otra vez, que el niño presentaba un grave retraso mental y que podría ayudar muy poco en el caso. Y ahora August había hecho un dibujo que a Bublanski le pareció más esperanzador que cualquier otro asunto que hubiera aparecido hasta el momento en la investigación, lo cual lo emocionó y reforzó su vieja convicción de que nunca había que subestimar a nadie ni atrincherarse en los prejuicios.

Bien era cierto que ni siquiera sabían si era el preciso instante del crimen lo que August Balder había estado a punto de plasmar. La sombra podría, al menos en teoría, haberla dibujado en otra ocasión, y tampoco había garantías de que el chico hubiera visto el rostro del asesino o de que estuviese capacitado para dibujarlo, pero aun así... En lo más profundo de su corazón, Jan Bublanski creía en ello, y no sólo porque el dibujo, tal y como estaba, fuera virtuoso.

También había estudiado los otros dibujos, incluso los había fotocopiado y llevado hasta allí, y en ellos no sólo se veía un paso de peatones y un semáforo, sino también un hombre avejentado y de labios finos que, desde un punto de vista estrictamente policial, había sido pillado in fraganti: era obvio que el hombre cruzaba la calle cuando el semáforo estaba en rojo. August había captado su rostro con maestría y la policía también lo había reconocido; Amanda Flod, de su equipo, lo había identificado al instante como el del viejo actor —ahora en paro— Roger Winter, condenado tanto por conducir en estado de embriaguez como por malos tratos.

La nitidez fotográfica de la mirada de August Balder sería el sueño de cualquier investigador de homicidios, pero, como era natural, Bublanski también se dio cuenta de que sería poco profesional crearse demasiadas expectativas. Quizá el asesino llevara un disfraz a la hora de cometer el crimen o tal vez su cara ya se hubiera difuminado en la memoria del niño. Había toda una serie de posibilidades menos afortunadas, por lo que Bublanski dirigió una mirada envuelta en una cierta melancolía a Sonja Modig cuando le contestó:

—¿Quieres decir que estoy creándome expectativas poco realistas?

—Para ser un hombre que ha empezado a dudar de la existencia de Dios, me parece que la facilidad con la que ves milagros resulta, cuando menos, llamativa.

—Sí, bueno, puede ser.

—Pero, definitivamente, merece la pena seguir hasta el final. En eso estoy de acuerdo —añadió Sonja Modig.

—Muy bien. Pues venga, vamos a ver al chico.

Bublanski salió de la cocina y con un movimiento de cabeza se despidió de Hanna Balder, que estaba sentada —hundida más bien— en el sofá del salón, jugueteando con un frasco de pastillas.

Lisbeth y Arvid Wrange entraron en el parque de Vasa cogidos del brazo, como un par de viejos e íntimos amigos. Pero las apariencias engañaban: Arvid estaba aterrado mientras Lisbeth Salander lo conducía hacia un banco. No hacía, precisamente, un tiempo como para sentarse tranquilos al aire libre y dar de comer a las palomas. El viento arreciaba de nuevo y las temperaturas habían bajado. Arvid Wrange tenía frío. Pero a Lisbeth le pareció que el banco podría valer, de modo que agarró con fuerza el brazo de Arvid e hizo que se sentara.

—Bueno —dijo Lisbeth—, no prolonguemos esto más.

—¿Mantendrás mi nombre al margen?

—No te prometo nada, Arvid, pero tus posibilidades de volver a tu miserable vida de siempre se incrementarán considerablemente si me lo cuentas todo.

—Está bien —dijo—. ¿Sabes lo que es Darknet?

—Sí —contestó lacónica.

Era la obviedad del día, una respuesta de lo más modesta, por decir algo. Nadie conocía Darknet como Lisbeth Salander. Darknet era el submundo sin ley de Internet. A Darknet no se tiene acceso sin un *software* cifrado especial. En Darknet el anonimato del usuario está garantizado. Nadie puede encontrarlo a uno en Google o rastrear sus actividades. Por eso, en Darknet abundan los traficantes de droga, los terroristas, los timadores, los gánsteres, los traficantes de armas, los fabricantes de bombas, los proxenetas y los *black hats*. En ningún otro sitio del mundo digital hay tantos negocios y asuntos sucios como en Darknet. Si existe un infierno virtual, ése es Darknet.

Ahora bien, Darknet, en sí mismo, no tiene nada de malo. Si alguien lo sabía, ésa era Lisbeth. Hoy en día, cuando las organizaciones de espionaje y las grandes empresas de *software* siguen cada paso que damos en la red, hay también muchas personas honradas que necesitan un espacio donde nadie las pueda ver; por eso Darknet también se ha convertido en un lugar para disidentes, alertadores y fuentes secretas de información. En Darknet los opositores al régimen pueden hablar y protestar sin que su gobierno pueda llegar hasta ellos, y en Darknet Lisbeth Salander había realizado sus investigaciones y ataques más clandestinos.

De modo que sí, Lisbeth Salander conocía Darknet. Conocía sus páginas web y sus buscadores, conocía todo ese organismo un poco anticuado y lento, alejado de la red oficial, la visible.

—¿Pusiste a la venta en Darknet la tecnología de Balder? —preguntó ella.

—No, no, sólo estuve navegando y buscando un poco. Es que estaba muy molesto, ¿sabes? Frans apenas me saludaba. Me trataba como si no existiera y, sinceramente, no le importaba lo más mínimo su tecnología. Sólo la quería para investigar con ella, no para darle otro uso. Todos comprendimos que esa tecnología valía una fortuna, que nos podíamos hacer ricos. Pero a Frans Balder eso le daba igual, sólo deseaba jugar con ella y hacer experimentos, como un niño; y una noche en la que yo había bebido un poco lancé una pregunta en una página muy friki: «¿Quién estaría dispuesto a pagar bien por una revolucionaria tecnología de IA?».

—¿Y recibiste respuesta?

—Pasó mucho tiempo. Tanto que hasta se me olvidó que lo había preguntado. Pero al final, alguien que decía llamarse Bogey me respondió y me empezó a interrogar con preguntas de auténtico entendido. Le contesté sin pensármelo mucho, con una imprudencia algo idiota por mi parte, la verdad, como si estuviera participando en un juego. Hasta que un día comprendí que me habían engañado, y de pronto me entró un miedo espantoso, miedo de que Bogey pudiera robar la tecnología.

—Robarla sin que tú te quedaras con nada, querrás decir.

—Es que no me di cuenta de hasta qué punto me había metido en un juego arriesgado. El típico timo, supongo. Para venderla tenía que contar de qué iba, pero si revelaba demasiado ya podía darla por perdida, y Bogey me daba pie de una forma infernal. Al final logró saber dónde estábamos exactamente y con qué *software* trabajábamos.

—Pensaba *hackear* sus computadores.

—Es probable. Y además averiguó mi nombre por la puerta trasera, lo que ya me hundió por completo. Me volví paranoico y le dije que quería echarme para atrás. Pero ya era demasiado tarde. Y no porque Bogey me amenazara, al menos de manera directa, sino porque no paraba de decirme que él y yo haríamos grandes cosas juntos y que ganaríamos mucho dinero. Al final accedí a verle y quedamos en un restaurante chino que hay en un barco, junto a Söder Mälarstrand. Recuerdo que ese día hacía frío y soplaba un viento muy fuerte, y que me presenté puntual; y allí me quedé, esperando. Porque él no apareció, al menos durante media hora. Después me pregunté si no me habría estado vigilando.

—Pero ¿acabó yendo?

Sí, y al principio me quedé perplejo. No podía creer que fuera él. Parecía un adicto, o un mendigo; y si no hubiera descubierto ese reloj Patek Philippe en su muñeca le habría dado un billete de veinte para ayudarlo. Tenía unas cicatrices raras en los brazos y unos tatuajes caseros, y al andar agitaba los brazos como si fueran alas. Además, llevaba una gabardina mugrienta, como de vivir en la calle. Pero lo más curioso de todo es que parecía estar orgulloso de ello. La verdad es que eran sólo el reloj y los zapatos hechos a mano los que hacían pensar que había conseguido salir de la miseria. Por lo demás, daba la impresión de querer ser fiel a sus raíces. Así que después, cuando ya se lo había entregado todo y estábamos celebrando nuestro acuerdo con un par de botellas de vino, le pregunté por su pasado.

—Pues espero, por tu propio bien, que te diera algunos detalles.

—Si piensas seguirle la pista debo advertirte que...

—Ahórrate tus consejos, Arvid. Quiero datos concretos.

—De acuerdo. El hombre fue muy prudente, claro —continuó—. Pero algo me contó. Quizá no pudiera resistirlo. Se había criado en una gran ciudad de Rusia. No me dijo cuál. Me explicó que lo había tenido todo en contra. Todo. Su madre era puta y heroinómana, y su padre podría haber sido cualquiera; de pequeño lo internaron en un orfanato que por lo visto era infernal. Me confesó que allí vivía un loco que solía tumbarlo sobre un banco de carnicero que había en la cocina y azotarlo con un palo roto. Cuando tenía once años se escapó y empezó a vivir en la calle. Robaba y se metía en sótanos y portales para buscar un poco de calor, y se emborrachaba con vodka barato y aspiraba pegamento. Llegaron a pegarle y a abusar de él. Pero también descubrió una cosa.

—¿Qué?

—Que tenía talento. Lo que otros tardaban horas en conseguir, él lo hacía en unos segundos. Era un maestro reventando cerraduras, y ése fue su primer gran motivo de orgullo, su primera identidad. Antes de eso no era más que un mocoso de mierda que vivía en la calle y al que todo el mundo despreciaba y escupía. Ahora se había transformado en el chico que podía entrar en cualquier parte, y pronto se obsesionó con aquello; se pasaba el día soñando con ser el nuevo Houdini, aunque al revés: él no quería escapar de ningún sitio, sino meterse dentro. Por eso se entrenaba para ser aún mejor —en algunas ocasiones diez, doce, catorce horas diarias—, hasta que al final se convirtió en una leyenda de la calle, o al menos eso fue lo que me dijo. Empezó a realizar operaciones cada vez más ambiciosas y a usar computadores hechos con piezas de otros que había robado. Se introdujo en toda clase de equipos informáticos y comenzó a ganar mucho dinero como *hacker*. Pero todo se lo gastaba en droga y mierdas de ésas, y a menudo le robaban y abusaban de él. Podía tener la mente totalmente lúcida cuando daba sus golpes, pero después se metía en la niebla de la droga y entonces siempre había alguien que aprovechaba para pisotearlo. Era un genio y un completo idiota al mismo tiempo, según me explicó. Hasta que un día todo cambió. Fue salvado, sacado de su infierno.

—¿Qué pasó?

—Estaba durmiendo, tirado en un escondrijo de un edificio abandonado y con peor pinta que nunca. Y cuando abrió los ojos y miró a su alrededor, vio ante él un ángel entre la amarillenta luz de aquel lugar.

—¿Un ángel?

—Eso fue lo que me dijo: un ángel. Quizá fuera en parte por el contraste que había con todo lo de allí dentro: jeringas, restos de comida, cucarachas y no sé qué más porquería. Me contó que no había visto a una mujer más bella en toda su vida. Que apenas fue capaz de sostenerle la mirada y que pensó que se iba a morir. Al parecer, una enorme y fatídica solemnidad se apoderó de él. Pero la mujer le comentó, como si fuese lo más normal del mundo, que ella lo haría rico y feliz. Y mantuvo su promesa, si lo entendí bien. Ella le dio una nueva dentadura, lo ingresó en un centro de rehabilitación y se aseguró de que estudiara ingeniería informática.

—Y desde entonces *hackea* computadores y roba para esa mujer y su organización.

—Algo así. Se convirtió en una persona nueva. O puede que no del todo: en muchos sentidos sigue siendo el mismo ladrón andrajoso de siempre. Pero ya no toma drogas, dice, y dedica todo su tiempo libre a mantenerse al día en tecnología. Encuentra muchas cosas en Darknet y afirma que está forrado de dinero.

—¿Y esa mujer? ¿No te comentó nada más sobre ella?

—No, por lo que a ella respecta se mostró enormemente discreto. Se expresaba de una forma tan vaga y con tanta reverencia que, por un momento, me pregunté si no habría sido producto de su fantasía o una alucinación. Pero creo que existe. Cuando habló de ella advertí un verdadero terror físico en el aire. Me dijo que prefería morir antes que traicionarla, y luego me enseñó una cruz patriarcal rusa de oro que ella le había regalado. Ya sabes, una cruz de esas que, aparte de un segundo brazo horizontal, tienen una barra oblicua en la parte inferior que apunta tanto hacia arriba como hacia abajo. Me contó que hacía referencia al Evangelio de san Lucas, en concreto a los dos ladrones que fueron crucificados junto a Jesucristo. Uno de ellos cree en él y llega al cielo. El otro se burla de él y se precipita al infierno.

—¿Y eso era lo que les esperaba si lo traicionaban?

—Sí, más o menos.

—¿Así que ella se veía como Jesucristo?

—No creo que la cruz tuviera nada que ver con el cristianismo; el objetivo era transmitirme el mensaje.

—Lealtad o los tormentos del infierno.

—Algo así.

—Y a pesar de eso, aquí estás, Arvid, yéndote de la lengua.

—No he visto otra alternativa.

—Espero que te pagaran bien.

—Bueno, pues sí..., bastante bien.

—Y luego la tecnología de Balder se vendió a Solifon, y de ahí a Truegames.

—Sí, pero ahora que lo pienso no lo entiendo...

—¿Qué es lo que no entiendes?

—¿Cómo has podido saberlo?

—Fuiste lo suficientemente torpe como para mandarle un correo a Eckerwald a Solifon, ¿no te acuerdas?

—Pero no escribí nada que pudiera dar a entender que había vendido la tecnología. Tuve mucho cuidado en cómo lo formulaba.

—Lo que pusiste me bastó —dijo ella levantándose. Y entonces fue como si todo el cuerpo de Arvid se desplomara.

—Y oye, ¿ahora qué? ¿Vas a mantener mi nombre apartado de esto?

—Reza para que así sea —contestó ella alejándose en dirección a Odenplan con pasos decididos y apresurados.

El teléfono de Jan Bublanski sonó mientras éste bajaba por la escalera del inmueble de Torsgatan. Se trataba del profesor Edelman. Bublanski llevaba queriendo hablar con él desde el mismo momento en que había comprendido que August Balder era realmente un *savant*. Bublanski había advertido, gracias a Internet, que siempre que se trataba el tema se citaba a dos autoridades suecas: la catedrática Lena Ek, de la Universidad de Lund, y Charles Edelman, del Instituto Karolinska. Sin embargo, no había podido contactar con ninguno de los dos antes de marcharse a la casa de Hanna Balder. Ahora Charles Edelman, sinceramente conmocionado, devolvía la llamada. Se hallaba en Budapest, explicó, en un congreso sobre capacidad mnemotécnica. Acababa de llegar y no había visto la noticia de la muerte de Frans Balder hasta hacía un instante, en la CNN.

—Si no, por supuesto, me habría puesto en contacto con usted de inmediato —aclaró.

—¿Qué quiere decir? No le entiendo...

—Es que Frans Balder me llamó anoche.

Bublanski se sobresaltó, programado como estaba a reaccionar a todas las casualidades.

—¿Y por qué llamó?

—Quería hablarme de su hijo y su talento.

—¿Lo conocía usted?

—No, en absoluto. Se puso en contacto conmigo porque estaba preocupado por el niño, y me quedé bastante sorprendido.

—¿Por qué?

—Por ser precisamente Frans Balder. Para nosotros los neurólogos es algo así como un punto de referencia. Solemos decir que él, al igual que nosotros, aspira a conocer mejor el cerebro. Con la única diferencia de que él, además, quiere construir uno nuevo y mejorarlo.

—Sí, eso tengo entendido.

—Pero sobre todo porque había oído que se trataba de una persona muy introvertida y difícil. Como si él también fuera una máquina, tan sólo un montón de circuitos lógicos, se comentaba en alguna ocasión en broma. Aunque conmigo se mostró enormemente emotivo, cosa que, para ser sincero, me conmovió. Era..., no sé, como si usted viese a su agente más duro llorar, y recuerdo que pensé que debía de haber pasado algo más, algo más aparte de aquello de lo que estuvimos hablando.

—Una observación muy correcta: acababa de saber que su vida corría un grave peligro, que querían atentar contra él   explicó Bublanski.

—Pero también tenía motivos para estar excitado, porque, al parecer, los dibujos de su hijo eran de una categoría fuera de serie, y eso es algo muy pero que muy poco frecuente a su edad, incluso entre los *savants*, sobre todo cuando se combina con unas extraordinarias habilidades matemáticas.

—¿Matemáticas también?

—Sí. Según Balder, el niño también estaba dotado para las matemáticas, y ése es un tema del que podría hablar largo y tendido.

—¿Por qué?

—Es cierto que por una parte me quedé muy sorprendido, aunque por la otra quizá no tanto: hoy en día sabemos que el factor genético también influye en los *savants*, y aquí tenemos a un padre que es una leyenda gracias a sus avanzados algoritmos. Pero lo extraño es que...

—¿Sí?

—El talento artístico y el numérico no suelen combinarse en estos niños.

—Eso es lo bonito de la vida, ¿no?, que de vez en cuando nos da motivos para asombrarnos —reflexionó Bublanski.

—Eso es verdad, señor comisario... Y dígame, ¿hay algo en lo que yo pueda ayudar?

A Bublanski le vino a la memoria todo lo que había acontecido en la casa de Saltsjöbaden y decidió que era mejor ser cauto con lo que contaba.

—Por ahora creo que es suficiente con que le diga que necesitamos su ayuda y sus conocimientos con bastante urgencia.

—El chico fue testigo del crimen, ¿no es cierto?

—Sí.

—¿Y ahora quieren que yo intente convencerle de que dibuje lo que vio?

—No me gustaría comentar eso ahora.

Charles Edelman estaba junto a la recepción del hotel Boscolo de Budapest, no muy lejos del resplandeciente Danubio. El sitio recordaba un poco a una ópera: grandioso, con altos techos y con cúpulas y pilares de estilo clásico. Había soñado con esa semana de congreso en esa ciudad, con sus cenas y sus conferencias. Pero ahora, tras recomendar al comisario que hablara con su joven colega Martin Wolgers, torció el gesto y se pasó la mano por el pelo.

—Me temo que no le voy a poder ayudar en persona. Mañana tengo que dar una conferencia muy importante —le había dicho al comisario, lo cual era cierto.

Llevaba semanas preparándola, porque sabía que entraría en polémica con varias autoridades del campo de la investigación sobre la memoria. Pero cuando colgó y, por pura casualidad, intercambió una mirada con Lena Ek —que pasó ante él apresurada y con un sándwich en la mano—, empezó a arrepentirse. Incluso tuvo envidia de su joven colega Martin, que ni siquiera había cumplido los treinta y cinco y siempre salía tan descaradamente bien en las fotos, y que, además, comenzaba también a hacerse un nombre.

Era verdad que Charles Edelman no había entendido del todo lo que había ocurrido. El comisario se había expresado de forma algo críptica —tal vez tuviera miedo de que la llamada fuera interceptada—, aunque no resultó difícil hacerse una idea general: el chico era un dibujante extraordinario y testigo de un asesinato. Sólo podía significar una cosa, ¿no? Y cuanto más pensaba Edelman en ello más se iba amargando por no estar allí. Conferencias importantes habría muchas en su vida, pero participar en la investigación de un asesinato de ese nivel..., una oportunidad así no se repetiría nunca. Lo viera como lo viese, esa misión que de modo tan despreocupado había dejado en manos de Martin sería, sin duda, mucho más interesante que cualquiera de las cosas que le pudieran pasar en Budapest. Y además, ¿quién sabía?, hasta era posible también que le reportara cierta fama.

Ya se imaginaba los titulares:

Prestigioso neurólogo ayuda a la policía a resolver el asesinato

o todavía mejor:

La investigación de Edelman supuso un avance decisivo en la caza del asesino.

¿Cómo podía haber sido tan estúpido de decir que no? ¡Qué idiota! Tomó su celular y volvió a marcar el número de Jan Bublanski.

Jan Bublanski colgó. Sonja Modig y él habían encontrado un sitio para dejar el coche no muy lejos de la Biblioteca Municipal de Estocolmo y acababan de cruzar la calle. De nuevo hacía un tiempo horrible, y Bublanski tenía las manos congeladas.

—¿Ha cambiado de opinión? —preguntó Sonja.

—Sí, pasa de su conferencia.

—¿Y cuándo podría estar aquí?

—Lo está mirando. Como muy tarde, mañana por la mañana.

Se dirigían a Sveavägen, al Centro Oden, para hablar con su director, Torkel Lindén. En realidad, el encuentro no debería tratar más que de las circunstancias idóneas que facilitarían el testimonio de August Balder; al menos, según la opinión de Jan Bublanski. Y aunque Torkel Lindén aún no sabía nada acerca del verdadero motivo de su visita, había adoptado una actitud extrañamente negativa por teléfono insistiendo en que en esos momentos no había que molestar al niño «bajo ningún concepto». Bublanski había percibido una hostilidad instintiva y había caído en el estúpido error de mostrarse —él también— igual de antipático. No fue un comienzo muy prometedor.

Resultó que Torkel Lindén no era la persona grande y corpulenta que Bublanski esperaba. Todo lo contrario: Lindén no debía de medir más de un metro y medio de alto. Tenía un pelo negro —posiblemente teñido— y corto, y los labios muy apretados, lo que reforzaba esa impresión de rigidez que transmitía. Llevaba jeans negros y un suéter de cuello en v, también negro, y alrededor del cuello una cadena con una pequeña cruz. Parecía un cura, y no cabía ninguna duda de que la hostilidad era auténtica.

Sus ojos irradiaban altivez, y eso provocó que Bublanski tomara conciencia de su condición judía; era algo que le pasaba a menudo cuando se topaba con ese tipo de antipatías. Lo más seguro es que la mirada de ese hombre también fuera una manifestación de poder moral. Torkel Lindén quería mostrar que era superior moralmente porque anteponía la salud mental del niño a todo lo demás y no se prestaba a utilizarlo con fines policiales. Bublanski no vio otra salida que iniciar la conversación recurriendo a la máxima cordialidad de la que era capaz:

—Encantado —dijo.

—¿Ah, sí? —preguntó Torkel Lindén.

—Sí, encantado de conocerlo. Y muy amable de su parte que nos haya recibido de forma tan precipitada. Me gustaría insistir en que ni se nos ocurriría entrometernos de esta manera si no fuera porque consideramos que el asunto es de suma prioridad.

—Supongo que quieren ustedes interrogar al niño.

—No exactamente —continuó Bublanski, esta vez no con tanta cordialidad—. Lo que deseábamos era más bien... Bueno, antes de nada quiero subrayar la importancia de que esto quede entre nosotros. Es una cuestión de seguridad.

—Aquí la confidencialidad se da por descontada. Aquí no hay filtraciones —dijo Torkel Lindén, como si insinuara que en la policía sí las había.

—Sólo quiero asegurarme de que el niño está a salvo —respondió Bublanski tirante.

—¿De modo que ésa es su prioridad?

—Sí, la verdad es que sí —contestó el comisario más tirante todavía—, y por eso vuelvo a insistir en que nada de lo que yo diga puede difundirse de ninguna forma, sobre todo por correo electrónico o por teléfono. ¿Podemos hablar en algún sitio más apartado?

A Sonja Modig no le gustaba mucho el centro. Aunque seguro que se había dejado influir por un llanto: no muy lejos de donde se hallaban una niña pequeña lloraba con constancia y desesperación. Se habían sentado en una habitación que olía a detergente y también, vagamente, a otra cosa, quizá restos de un olor a incienso que se había quedado flotando en el aire. De una pared colgaba una cruz, mientras que en el suelo había tirado un viejo y desgastado osito de peluche marrón. Por lo demás, pocas comodidades y escasos elementos decorativos que hiciera el espacio más acogedor. El en otras ocasiones buenhumorado comisario Bublanski estaba a punto de estallar, motivo por el que Sonja Modig asumió el mando para informar al director del centro, con calma y objetividad, de lo que había pasado.

—Tenemos entendido —continuó ella— que su colaborador, el psicólogo Einar Forsberg, ha dicho que August no debe dibujar.

—Ésa es su estimación profesional, sí, y yo la comparto: dibujar no lo beneficia en absoluto —contestó Torkel Lindén.

—Claro, pero también se puede decir que en estos momentos es difícil que se encuentre bien, teniendo en cuenta las circunstancias: ha sido testigo del asesinato de su padre.

—Pues entonces no empeoremos las cosas, ¿no le parece?

—Es verdad. Pero ese dibujo que el psicólogo no le dejó terminar puede producir un avance decisivo en la investigación, por lo que me temo que debemos insistir en ese punto. Vamos a asegurarnos de que haya personas cualificadas presentes.

—En cualquier caso, me veo obligado a decir que no.

Sonja no daba crédito a lo que estaba oyendo.

—¿Cómo? —preguntó asombrada.

—Con todos mis respetos por su trabajo —respondió Torkel Lindén imperturbable—, aquí, en el Centro Oden, ayudamos a niños desprotegidos. Ésa es nuestra misión y nuestra vocación. No somos el brazo largo de la policía. Así es, y estamos orgullosos de ello. Mientras los niños estén aquí han de sentirse amparados y saber que nosotros anteponemos sus intereses a cualquier otra consideración.

Sonja Modig puso una mano en la pierna de Bublanski para impedir que estallase y montara una escena.

—Podríamos obtener una orden judicial sin ningún problema —dijo—. Pero no queríamos ir por esa vía.

—Muy sabio por su parte.

—Déjeme que le pregunte algo —continuó ella—. ¿Saben realmente Einar Forsberg y usted lo que es mejor para August o, dicho sea de paso, para esa niña que está llorando por ahí? ¿No será que todos tenemos necesidad de expresarnos? Usted y yo podemos hablar o escribir, o incluso contactar con abogados. August Balder no tiene a su disposición esos medios de expresión. Pero sabe dibujar, y parece ser que quiere decirnos algo. ¿Debemos impedírselo entonces? ¿No resultaría eso tan inhumano como negarles a otros niños el uso de la palabra? ¿No debemos dejar a August que dé forma a aquello que sin duda le está atormentando más que ninguna otra cosa?

—Nuestra evaluación es...

—No —le cortó ella—. No nos hable de sus evaluaciones. Hemos estado en contacto con la persona que mejor puede evaluar en este país este tipo de problemas. Se llama Charles Edelman y es catedrático de neurología. Va a venir desde Hungría para ver al pequeño. ¿No sería razonable dejar que él tomara la decisión de lo que es mejor?

—Podemos escuchar su opinión, por supuesto —accedió Torkel Lindén de mala gana.

—No, no sólo la escucharemos, dejaremos que sea él quien decida.

—Me comprometo a mantener un diálogo constructivo, entre profesionales expertos.

—Bien; ¿qué hace August ahora?

—Dormir. Estaba completamente exhausto cuando llegó.

Sonja comprendió que insistir en que lo despertara no conduciría a nada bueno.

—En tal caso, volveremos mañana por la mañana con el profesor Edelman. Y espero que todos podamos colaborar para resolver este asunto de la mejor manera posible.

Capítulo 16

Noche del 21 y mañana del 22 de noviembre

Gabriella Grane hundió la cara entre las manos. Llevaba cuarenta horas sin dormir y la torturaba una profunda culpa que se vio reforzada por la palpitante falta de sueño; poco importaba que hubiera pasado todo el día trabajando sin cesar. Desde esa mañana pertenecía a un grupo formado en la Säpo —una especie de investigación paralela en la sombra— que también se ocupaba del asesinato de Frans Balder; teórica y oficialmente con el único objetivo de controlar la seguridad nacional pero que en la práctica, oficiosamente, se metía de modo velado en todos y cada uno de los detalles del caso.

Uno de sus miembros era el intendente Mårten Nielsen, el responsable de la investigación a efectos formales. Acababa de regresar a Suecia tras haber pasado un año estudiando en la Universidad de Maryland, en Estados Unidos, y era una persona, sin lugar a dudas, inteligente y preparada, aunque también algo excesivamente de derecha para el gusto de Gabriella. Mårten Nielsen constituía un caso raro: un sueco con estudios superiores que apoyaba con toda su alma a los republicanos estadounidenses y que incluso mostraba una cierta simpatía por el movimiento del Tea Party.

Además, se trataba de un apasionado historiador de guerras que daba conferencias en la Escuela Superior Militar y que, a pesar de ser aún relativamente joven —tenía treinta y nueve años de edad—, gozaba de una buena red de contactos internacionales.

Sin embargo, a menudo tenía dificultades para imponerse a los demás, de modo que el liderazgo real residía en Ragnar Olofsson, que era mayor y mucho más arrogante y que podía hacer callar a Mårten Nielsen con un pequeño y malhumorado suspiro o con una sola arruga de descontento alzándose por encima de sus pobladas cejas. El hecho de que el comisario Lars Åke Grankvist también formara parte del grupo no mejoraba mucho la situación de Mårten Nielsen.

Antes de ir a parar a la Säpo, Lars Åke Grankvist había sido un investigador medio legendario de la Brigada Nacional de Homicidios de la policía criminal, al menos en el sentido —tal y como se afirmaba de él— de que a beber no había quien le ganara y de que, con una especie de rudo encanto, se había conseguido una amante nueva en todas las ciudades por las que había ido pasando. Por lo general, no era un grupo en el que fuera fácil hacerse respetar; incluso a Gabriella le costó estar esa tarde a la altura, algo que se debió menos al pavoneo de sus colegas masculinos que a una creciente sensación de inseguridad. En alguna ocasión hasta llegó a sentir que sabía menos que antes.

Se dio cuenta, por ejemplo, de que las pruebas del viejo caso de la presunta intrusión informática eran muy pocas, por no decir inexistentes. En realidad, tan sólo contaban con unas declaraciones de Stefan Molde, de la FRA, pero éste ni siquiera estaba seguro de nada de lo que había dicho. En su informe, Stefan Molde desvariaba más que otra cosa, pensaba Gabriella. Por su parte, Frans Balder, en efecto, parecía haberse fiado más de esa *hacker* a la que había recurrido, la misma que en la investigación no tenía ni nombre pero de la que el ayudante Linus Brandell había ofrecido una animada descripción. Con toda probabilidad, Frans Balder le había ocultado a Gabriella mucha información antes de marcharse a Estados Unidos.

Por ejemplo: ¿fue una casualidad que aceptara un trabajo en Solifon y no en otra empresa?

Gabriella se remordía por dentro: se sentía llena de dudas y enojada por no recibir más ayuda de Fort Meade. Ya no había forma de contactar con Alona Casales, así que la puerta de la NSA se había vuelto a cerrar. En consecuencia, Gabriella ya no podría facilitar ninguna información al grupo, razón por la que acabó, al igual que Mårten Nielsen y Lars Åke Grankvist, a la sombra de Ragnar Olofsson, quien recibía constantes datos de la fuente que tenía en la Brigada de Delitos Violentos de la policía y se la transmitía de inmediato a la directora de la Säpo, Helena Kraft.

Eso a Gabriella no le gustaba nada. Por eso les había advertido, sin éxito alguno, que ese tráfico de información no sólo aumentaba el riesgo de filtraciones sino que también les hacía perder su independencia: en vez de investigar a través de sus propios canales utilizaban de forma demasiado servil el material que les proporcionaba el equipo de Bublanski y que entraba a raudales.

—Somos como los estudiantes que se copian en un examen, que en lugar de pensar por sí mismos sólo esperan a que alguien les pase las respuestas —dijo ante el grupo, lo que fue en claro detrimento de su índice de popularidad.

Ahora se hallaba sola en su despacho, decidida a

trabajar por su cuenta e intentando adoptar una visión de conjunto para poder avanzar. Era muy posible que eso no la condujera a ningún sitio, pero no iría mal que alguien fuera por su propio camino en lugar de por el mismo túnel por el que iban todos los demás. Oyó unos pasos acercarse por el pasillo, unos tacos altos y decididos que a Gabriella, a esas alturas, le resultaban inconfundibles. Era Helena Kraft, que entró en su despacho con una chaqueta gris de Armani y el pelo recogido en un sobrio moño. Helena Kraft le dirigió una cariñosa mirada. Había momentos en los que a Gabriella no le gustaba nada esa clase de favoritismo.

—¿Cómo estás? —le preguntó—. ¿Aún te mantienes en pie?

—A duras penas.

—Después de esta conversación pienso mandarte a casa. Tienes que dormir. Queremos una analista con la cabeza despejada.

—¡Qué bien suena eso!

—¿Y sabes lo que solía decir Erich Maria Remarque?

—¿Que se está mejor en casa que en las trincheras?

—Ja, ja. No, que las personas que tienen remordimientos de conciencia nunca son las que deberían tenerlos. Los que realmente causan sufrimiento al mundo pasan de todo; son quienes luchan en el bando de los buenos los que sufren remordimientos. No hay nada de lo que debas avergonzarte, Gabriella. Hiciste lo que estaba en tus manos.

—No estoy tan segura. Pero gracias de todos modos.

—¿Has oído lo del hijo de Balder?

—Me lo ha contado Ragnar, un poco deprisa y corriendo.

—Mañana a las diez el comisario Bublanski, la inspectora Sonja Modig y un catedrático de neurología llamado Charles Edelman irán a ver al niño al Centro de Menores Oden. Van a intentar hacer que siga dibujando.

—Cruzo los dedos para que así sea. Aunque no sé si me gusta mucho haberme enterado.

—Tranquila, aquí la paranoica soy yo. Sólo están al tanto los que saben mantener la boca cerrada.

—Bueno, pues entonces confío en que así sea.

—Quiero enseñarte algo.

—¿Qué?

—Fotografías del individuo que entró en el sistema de alarmas de Balder.

—Ya las he visto. Incluso las he estado examinando de cerca.

—¿De verdad? —inquirió Helena Kraft mientras le tendía la borrosa ampliación de una muñeca.

—¿Qué le pasa a esa muñeca?

—Mira de nuevo. ¿Qué ves?

Gabriella estudió la foto y descubrió dos detalles: ese reloj exclusivo que ya había intuido y —debajo, difusamente, en el espacio que quedaba entre los guantes y la manga de la chaqueta—, dos barras que parecían tatuajes más bien ordinarios.

—Un contraste muy fuerte —comentó—. Unos tatuajes baratos y un reloj muy caro.

—Más que caro —apuntó Helena Kraft—. Es un Patek Philippe de 1951, modelo 2499, la primera serie, o tal vez la segunda.

—No me dice nada.

—Es uno de los relojes de pulsera más caros que

existen. Uno así fue vendido hace unos años en Ginebra, en la subasta de Christie's, por el módico precio de dos millones de dólares.

—¿Me estás tomando el pelo?

—No, y no fue una persona cualquiera la que se lo quedó: fue Jan Van der Waal, abogado de Dackstone & Partner. Lo compró por encargo de un cliente.

—¿Dackstone & Partner? ¿Los que representan a Solifon?

—Los mismos.

—¡Caramba!

—Evidentemente, no podemos saber si el reloj de la foto es el mismo ejemplar que se vendió en Ginebra, y tampoco hemos podido averiguar quién fue el cliente que ordenó su compra. Pero es un comienzo, Gabriella. Ahora tenemos un tipo delgaducho que parece un adicto y que lleva un reloj de ese calibre. Eso debería reducir bastante el número de candidatos.

—¿Lo sabe Bublanski?

—Fue su técnico, Jerker Holmberg, quien lo descubrió. Y ahora quiero que tú, con tu cerebro analítico, sigas profundizando. Pero eso será mañana por la mañana; ahora vete a casa a dormir.

El hombre que decía llamarse Jan Holtser estaba en su piso de Högbergsgatan, en Helsinki, no muy lejos del parque Esplanaden, hojeando un álbum que contenía fotos de su hija Olga, que en la actualidad tenía veintidós años de edad y estudiaba medicina en Gdansk, Polonia.

Olga era alta, morena e intensa, y lo mejor que le había pasado en la vida, como solía decir Jan Holtser. Y no sólo porque sonara bien y le diera una imagen de padre responsable. También porque lo creía. Aunque probablemente eso ya no fuera verdad: Olga había empezado a sospechar en qué trabajaba su padre.

—¿Te dedicas a proteger a gente mala? —le preguntó ella un día, tras lo cual a él le pareció que se había vuelto algo obsesiva respecto a lo que ella llamaba su compromiso con los «débiles y necesitados».

Eso no eran más que auténticas estupideces de los izquierdistas, según Holtser, y no iba en absoluto con el carácter de Olga. Lo consideraba tan sólo manifestaciones de un proceso de liberación. Jan pensaba que detrás de todo ese discurso pomposo y grandilocuente sobre los pobres y los enfermos se escondía una Olga que, en el fondo, seguía siendo muy parecida a él. En su momento, ella había sido una prometedora corredora de los cien metros lisos. Medía un metro ochenta y seis centímetros, era musculosa y tenía una salida explosiva. Siempre le había encantado ver películas de acción y escuchar a su padre contarle anécdotas de la guerra. En el colegio todo el mundo sabía que era mejor no meterse con ella, pues devolvía los golpes como una verdadera guerrera. Olga, en definitiva, no estaba hecha para cuidar a los degenerados y débiles.

Aun así, le daba la lata con que deseaba trabajar para Médicos Sin Fronteras o largarse a Calcuta como una condenada Madre Teresa. Jan Holtser no lo soportaba. El mundo era de los fuertes, según él. Pero quería a su hija, con independencia de las tonterías que dijera, y al día siguiente, por primera vez en seis meses, volvería a casa porque tenía unos cuantos días libres. Holtser se había prometido solemnemente ser más sensible y prestar más atención a lo que ella decía, y abstenerse de ponerse pesado con Stalin y los grandes líderes, algo que ella odiaba.

Todo lo contrario: esta vez iba a intentar recuperarla. Estaba seguro de que ella lo necesitaba. Y mucho más de que él la necesitaba a ella. Eran las ocho de la noche y se dirigió a la cocina para exprimir tres naranjas y hacerse un jugo. Luego echó vodka Smirnoff en un vaso y se preparó un destornillador. El tercero del día. Siempre que terminaba una misión podía tomarse seis o siete, y quizá hoy también lo hiciera. Estaba cansado y le oprimía la carga de responsabilidad que pesaba sobre sus hombros; necesitaba relajarse. Durante unos minutos se quedó parado con la bebida en la mano soñando con una vida distinta. Pero el hombre que decía llamarse Jan Holtser se forjaba demasiadas ilusiones.

La paz se rompió en cuanto Yuri Bogdanov lo llamó a su celular seguro, protegido de escuchas. En un primer momento Jan esperaba que Yuri sólo deseara charlar un rato para desahogarse y calmar esa excitación que inevitablemente toda misión acarreaba. Pero Bogdanov llamaba por un asunto de lo más concreto, y además sonaba molesto.

—He hablado con T. —dijo. Al oír el nombre, Jan se sintió invadido por un cúmulo de sensaciones. Pero quizá, sobre todo, por los celos.

¿Por qué Kira había llamado a Yuri y no a él? Aunque era Yuri el que aportaba las importantes sumas de dinero y el que era recompensado con los regalos más exclusivos y las más grandes bonificaciones, Jan siempre había estado convencido de que él gozaba de una relación más cercana con Kira. Pero Jan Holtser también sintió inquietud. ¿Qué habría podido ir mal?

—¿Ha surgido algún problema? —preguntó.

—El trabajo no se ha concluido.

—¿Dónde estás?

—Aquí, en Helsinki.

—Bueno, ven y me explicas a qué carajo te refieres.

—He reservado mesa en Postres.

—No puedo con esos antros de lujo a los que vas, ni con ninguna de esas tonterías tuyas de nuevo rico. Tendrás que arrastrarte hasta aquí.

—No he cenado.

—Te prepararé algo.

—Ok, nos espera una larga noche.

A Jan Holtser no le agradaba nada la idea de pasar otra larga noche. Y menos aún comunicarle a su hija que no estaría en casa al día siguiente. Pero no tenía elección. Lo sabía con la misma certeza con la que quería a Olga. Era imposible decir que no a Kira.

Ejercía un poder invisible sobre él y tenía la capacidad de convertirlo en un niño. A menudo Jan hacía lo imposible por verla sonreír o, aún mejor, para que ella mostrara sus dotes de seducción, pero por mucho que lo intentase nunca era capaz de comportarse ante ella con la dignidad que hubiera deseado.

Kira poseía una belleza vertiginosa y sabía aprovecharla como ninguna otra mujer en el mundo. Era una brillante jugadora del poder y dominaba todo el registro. Podía mostrarse débil y suplicante, pero también implacable, dura y fría como el hielo y, a veces, hasta verdaderamente malvada. A Jan Holtser nadie podía sacarle el sadismo que llevaba adentro como lo hacía ella.

Tal vez no fuera exageradamente inteligente en un sentido clásico, algo que muchos solían comentar porque quizá sintieran la necesidad de ponerle los pies en la tierra. Y sin embargo, ante ella, esas mismas personas se quedaban sin saber qué hacer; Kira los toreaba que daba gusto y podía hacer que incluso los tipos más duros se sonrojaran y soltaran risitas como colegiales.

Ahora eran las nueve de la noche y Yuri estaba a su lado zampándose ese filete de cordero que Jan le había preparado. Por curioso que pudiera parecer, sus modales en la mesa eran bastante aceptables. Sin duda, gracias también a la influencia de Kira. En muchos sentidos, Yuri había sentado la cabeza; en otros no, claro. A pesar de que se esforzaba, nunca podría lavar del todo esa imagen de delincuente de medio pelo que ofrecía. Aunque hacía ya varios años que se había desintoxicado y que había conseguido licenciarse en ingeniería informática, se notaba que los años habían hecho estragos en él y que sus movimientos y su peculiar forma de andar, aleteando con los brazos, aún llevaban la marca que le había dejado la calle.

—¿Dónde está ese reloj tan caro? —preguntó Jan.

—Ya no me lo pongo.

—¿Has caído en desgracia?

—Los dos hemos caído en desgracia.

—¿Tan mal están las cosas?

—No sé, quizá no.

—Pero ¿qué es eso de que el trabajo no está terminado?

—No lo está. Es por el chico.

—¿Qué chico?

Jan fingió no entender.

—Ése al que perdonaste de forma tan noble.

—¿Y qué pasa con él? ¿No era idiota?

—Puede ser. Pero ahora le ha dado por dibujar.

—¿Cómo que le ha dado por dibujar?

—Resulta que es un *savant*.

—¿Un qué?

—Deberías leer otras cosas aparte de tus putas revistas de armas.

—¿De qué me estás hablando?

—Un *savant* es una persona con autismo, o con otro tipo de discapacidad, que posee un talento especial. Puede que este chico no sea capaz de hablar ni de pensar pero al parecer tiene una mirada fotográfica. El comisario Bublanski cree que el niño va a poder dibujar tu cara casi con precisión matemática, y luego introducirá el dibujo en el programa de identificación facial de la policía, y entonces sí que estarás jodido, ¿verdad? ¿Tú no estabas registrado en algún sitio de la Interpol?

—Sí, bueno, pero no creo que Kira quiera que...

—Eso es exactamente lo que quiere. Debemos encargarnos del chico.

Un sentimiento de indignación y confusión embargó a Jan, a quien de nuevo se le apareció esa mirada vacía y vidriosa que le había dirigido el niño desde aquella cama y que tanto lo afectó.

—No creo que haya dicho eso —afirmó sin mucha convicción.

—Sé que tienes problemas con los niños. Tampoco es que a mí me entusiasme la idea, te lo digo en serio. Pero esta vez no tenemos elección. Además, deberías estar agradecido, Kira podría haberte sacrificado a ti.

—Supongo.

—¡Pues ya está! Tengo los pasajes de avión en el

bolsillo. Saldremos para Estocolmo mañana por la mañana en el primer vuelo, el de las 06.30, y desde allí iremos a un sitio que se llama Centro de Menores Oden para niños y adolescentes, que está en Sveavägen.

—Así que el niño está en un centro de menores...

—Sí, y por eso esta operación requiere un poco de planificación. Déjame que me termine esto y me pongo con eso.

El hombre que se hacía llamar Jan Holtser cerró los ojos pensando en lo que iba a decirle a Olga.

Lisbeth Salander se levantó a las 05.00 horas del día siguiente y se metió en el supercomputador NSF MRI del Instituto de Tecnología de Nueva Jersey; necesitaba toda la capacidad matemática de la que pudiera disponer. Luego abrió su propio programa de factorización con curvas elípticas.

A continuación se puso a tratar de descifrar el archivo que se había descargado de la NSA. Pero por mucho que lo intentó no hubo manera, aunque a decir verdad ya se lo esperaba, pues se trataba de un cifrado RSA muy sofisticado. El RSA —bautizado así por las iniciales de sus inventores: Rivest, Shamir y Adleman— está provisto de dos claves, una pública y una privada, y se basa en la función φ (Phi) de Euler y el pequeño teorema de Fermat, pero, sobre todo, en el simple hecho de que es fácil multiplicar dos números primos elevados.

«Clin», dice la calculadora al instante; te da la respuesta y ya está. Pese a ello, resulta prácticamente imposible recorrer el camino inverso e intentar partir de la respuesta para averiguar qué números primos han sido utilizados. La factorización en números primos es algo que los computadores aún no dominan muy bien, algo que tanto Lisbeth como los servicios de inteligencia del mundo entero habían maldecido muchas veces.

Por lo general se consideraba que el algoritmo GNFS era el más eficaz para el objetivo, pero Lisbeth, desde hacía un par de años, había empezado a creer más en el ECM, Elliptic Curve Method. Por eso ella, durante interminables noches sin dormir, había elaborado su propio programa para la factorización. Sin embargo, esa mañana se estaba dando cuenta de que debía perfeccionarlo aún más para tener alguna posibilidad de romper el cifrado. Tras tres horas de trabajo decidió hacer una pausa y se dirigió a la cocina, donde bebió jugo de naranja directamente de un *tetrabrik* y se comió dos empanaditas que acababa de calentar en el microondas.

Luego volvió a su mesa y se metió en el computador de Mikael Blomkvist para ver si éste había encontrado algo nuevo. Le había escrito dos preguntas y, al verlas, Lisbeth supo que, a pesar de todo, el tipo no era tan tonto:

«¿Cuál de los ayudantes de Balder lo traicionó?» rezaba allí; y eso, obviamente, era una pregunta legítima.

Sin embargo, ella no contestó. Y no por deferencia hacia Arvid Wrange, sino a causa del avance que había hecho en sus pesquisas al conseguir averiguar la identidad de ese macilento exadicto que había contactado con Wrange. El chico se hacía llamar Bogey, y Trinity, de la *Hacker Republic*, se acordaba de que, hacía unos años, precisamente alguien con ese *handle* había estado rondando por unas webs de *hackers*. Por supuesto, no tenía por qué significar nada.

Bogey no era un alias exclusivo, ni siquiera particularmente original. Pero Lisbeth había guardado todas las intervenciones que había encontrado con ese sobrenombre, y al leerlas tuvo la sensación de que podían encajar con él, sobre todo cuando a Bogey, en un descuido muy imprudente, se le escapó que había estudiado ingeniería informática en la Universidad de Moscú.

Lisbeth no consiguió dar con su año de graduación ni con ninguna otra referencia cronológica. Pero halló algo mejor, un par de detalles muy llamativos sobre el hecho de que Bogey se volviera loco con los relojes caros y de que se volviera loco con las viejas películas francesas de los años setenta sobre Arsène Lupin, el famoso ladrón de guante blanco..., y eso que las pelis no pertenecían a su generación.

Luego Lisbeth preguntó, en todas las webs imaginables dedicadas a antiguos y actuales estudiantes de la Universidad de Moscú, si alguien conocía a un flaco y ojeroso exadicto que había sido un chico de la calle y un experto ladrón, y al que le encantaban las películas de Arsène Lupin. No tardaron mucho en morder el anzuelo.

—Creo que te refieres a Yuri Bogdanov —escribió una chica que se presentó como Galina.

Según Galina, Yuri había sido una verdadera leyenda en la universidad. No sólo por haber conseguido meterse en los computadores de los profesores y haberlos tenido a todos ellos bien agarrados de los huevos. Es que, además, tenía la costumbre de querer apostar por todo a todas horas. Le decía a la gente: «¿Apuestas cien rublos a que entro en esa casa?».

Muchos de los que ignoraban sus habilidades lo veían como una forma de ganar un dinero fácil. Pero

Yuri podía introducirse en todas partes. Forzaba cualquier puerta, y si alguna vez, por el motivo que fuese, no lo lograba, subía trepando por fachadas y paredes. Se lo conocía por ser intrépido y malvado. Corría el rumor de que en una ocasión llegó a matar a un perro a patadas porque éste lo había molestado mientras trabajaba. Robaba constantemente a la gente todo tipo de cosas, las más de las veces porque sí, por el simple hecho de causar daño. Quizá fuera cleptómano, pensaba Galina. Pero también se lo consideraba un *hacker* de alto nivel, todo un genio, y un tipo dotado de una enorme capacidad analítica, de modo que, tras licenciarse, podría haberse comido el mundo. Aun así, no quiso ningún empleo. Deseaba trabajar por su cuenta e ir por su propio camino, decía; y, por supuesto, a Lisbeth no le llevó mucho averiguar hacia dónde se habían encaminado sus pasos después de abandonar la universidad. Según la versión oficial, por supuesto.

En la actualidad Yuri Bogdanov tenía treinta y cuatro años. Había abandonado Rusia y residía en Berlín, en Budapester Strasse 8, no muy lejos del restaurante *gourmet* Hugos. Dirigía Outcast Security, una empresa *white hat* con siete empleados que había tenido en el último año fiscal una facturación de veintidós millones de euros. Resultaba algo irónico —aunque tal vez también lógico— que su tapadera fuera una empresa cuyo cometido era, supuestamente, proteger a grupos empresariales contra personas como él mismo. Desde su graduación, en 2009, no había sido condenado por ningún delito, y su red de contactos parecía muy amplia: en la junta directiva de su empresa se hallaba, entre otros, Ivan Gribanov, diputado de la Duma rusa e importante accionista de la compañía petrolífera Gazprom. Hasta ahí llegó Lisbeth en sus pesquisas; no fue capaz de encontrar más datos que la hicieran avanzar.

La segunda pregunta de Mikael Blomkvist decía:

El Centro de Menores Oden para niños y adolescentes de Sveavägen ¿es un lugar seguro? (Borra esto en cuanto lo hayas leído.)

No ofreció más detalles de por qué le interesaba ese lugar. Pero conocía lo suficiente a Mikael Blomkvist como para saber que no tenía la costumbre de soltar preguntas así como así, sin ton ni son. Y tampoco era muy dado a planteamientos difusos.

Si se mostraba así de críptico era porque tenía sus motivos. Y, puesto que le pedía que borrara la frase, se trataba, evidentemente, de información delicada. Estaba claro que había algo importante en ese centro de menores y, en efecto, Lisbeth no tardó mucho en descubrir que el Centro Oden había recibido numerosas quejas: muchos niños se habían hecho daño por haber sido desatendidos o por haberse olvidados de ellos. Se trataba de una institución privada dirigida por Torkel Lindén y su empresa Care Me y, al parecer —si había que creer lo que decían algunos exempleados—, la llevaba un poco como si fuera su propio centro de poder, donde se esperaba que todos recibieran las palabras de Torkel Lindén como dogmas de fe y donde no se incurría en gastos innecesarios, de modo que el margen de beneficios era siempre muy elevado.

Torkel Lindén había sido un gimnasta de élite, campeón de Suecia en barra fija, entre otros méritos. En la actualidad era un cazador apasionado y miembro de la congregación Amigos de Cristo, conocida, entre otras cosas, por su marcado carácter homófobo. Lisbeth entró en la web de la Asociación de Caza de Suecia y en la de Amigos de Cristo para ver si ofrecían alguna actividad interesante. Luego le envió a Torkel Lindén dos correos falsos, pero sumamente amables y atractivos, en los que se hacía pasar por estas dos organizaciones. Los correos contenían archivos PDF provistos de un sofisticado *spyware* que se instalaría de manera automática en el caso de que Torkel Lindén abriera los mensajes.

A las 08.23 Lisbeth consiguió entrar en el servidor del correo y se puso a trabajar de inmediato y con gran concentración. Había sucedido lo que sospechaba: August Balder había sido recibido en el Centro Oden el día anterior por la tarde. En las anotaciones que figuraban en su historial, después de hacer una descripción de las trágicas circunstancias que habían motivado su ingreso, se podía leer lo siguiente:

Autismo infantil, facultades intelectuales seriamente reducidas. Inquieto. Grave trauma tras la muerte de su padre. Requiere vigilancia constante. De difícil trato. Han traído rompecabezas para él. No debe dibujar: actividad compulsiva y destructiva. Decisión tomada por el psicólogo Forsberg, aprobada por TL.

Debajo se había añadido, al parecer con posterioridad:

El catedrático Charles Edelman, el comisario Bublanski y la inspectora Modig visitarán al niño el miércoles 22 de noviembre a las 10.00. TL supervisa. Dibujo bajo supervisión.

Y un poco más abajo:

Cambio de lugar del encuentro. El chico será llevado por TL y el profesor Edelman a casa de la madre, Hanna Balder, en Torsgatan, donde los policías Bublanski y Modig los esperarán. Se considera que podrá dibujar mejor en casa.

Lisbeth hizo una rápida consulta para averiguar quién era Charles Edelman, y cuando vio que su campo de especialización eran los talentos *savants* comprendió enseguida de qué se trataba todo aquello. La clave debía de estar en algún tipo de testimonio plasmado en papel. Si no, ¿por qué iban a interesarse Bublanski y Sonja Modig por los dibujos? ¿Y por qué iba a ser tan cauto Mikael Blomkvist al hacer su pregunta?

Por eso, naturalmente, no podía permitirse que nada de ese testimonio se filtrara. Ningún malhechor en potencia debería saber que el chico tal vez podría retratarlo. Lisbeth decidió comprobar si Torkel Lindén había respetado ese presupuesto y hasta qué punto había tomado precauciones en su correspondencia. Por suerte, todo parecía estar bien. No había mencionado nada de los dibujos. Pero había recibido un correo de Charles Edelman —a las 23.10 del día anterior y con copia a Sonja Modig y a Jan Bublanski— donde sí se hacía referencia a ellos. El correo era aparentemente el motivo por el cual se había cambiado el lugar en el que se debía producir el encuentro. Charles Edelman había escrito:

Hola, Torkel. Muy amable de tu parte recibirme en tu centro. Lo aprecio mucho. Pero me temo que te voy a molestar un poco: creo que tendremos mejores oportunidades de conseguir un buen resultado si nos aseguramos de que el niño pueda dibujar en un ambiente donde se sienta tranquilo y protegido. Con esto no quiero, de ninguna manera, criticar al centro. He oído muchas cosas buenas acerca de él.

«Sí, claro», pensó Lisbeth antes de seguir leyendo.

Por eso me gustaría que mañana por la mañana lleváramos al chico a casa de la madre, Hanna Balder. El motivo de este traslado es que está comúnmente establecido en la literatura que la presencia de la madre ejerce una influencia positiva en niños con talentos *savants*. Si el chico y tú pudieran estar en la puerta del centro a las 09.15 los recogería de camino. Así tendremos oportunidad de charlar un poco entre colegas.

Un cordial saludo,
Charles Edelman

A las 07.01 y a las 07.14, Jan Bublanski y Sonja Modig, respectivamente, habían contestado al correo. Existían motivos de sobra, escribieron, para confiar en la pericia de Edelman y, por lo tanto, seguir su consejo. Torkel Lindén acababa de confirmar, a las 07.57, que se apostaría con el niño en el portal para esperar a Edelman. Lisbeth Salander se quedó pensando. Luego fue a la cocina para tomar unos panes de la despensa mientras miraba hacia Slussen y la bahía de Riddarfjärden. «De modo que el sitio del encuentro se ha cambiado», pensó.

En lugar de dibujar en el centro iban a llevar al niño a casa de su madre. Ejercería «una influencia positiva», había escrito Edelman; «la presencia de la madre ejerce una influencia positiva». Había algo en esa frase que a Lisbeth no le gustaba. Se le antojaba un poco anticuada, ¿no? Y el comienzo tampoco era mejor: «El motivo de este traslado es que está comúnmente establecido en la literatura que...».

Sonaba solemne y remanido, aunque también era verdad que muchos profesores universitarios escribían mal, y ella no sabía nada de cómo se expresaba Charles Edelman. Pero toda una autoridad mundial en neurología, ¿realmente recurriría a «está comúnmente establecido en la literatura»? ¿No debería ser un poco más categórico?

Luego Lisbeth se puso de nuevo con el computador para echarle un vistazo a algún texto que hubiera sido redactado por Edelman. Era posible que hubiese en éste una pequeña vena de coquetería ridícula que se colara hasta en las partes más técnicas, pero no dio con ninguna torpeza estilística llamativa, ni con nada que sonara psicológicamente ingenuo. Todo lo contrario: se trataba a todas luces de un tipo muy agudo. Volvió a los correos para comprobar el servidor SMTP que había detrás. Se sobresaltó: el servidor se llamaba Birdino y era desconocido para ella, lo que no debería ser así. Procedió a enviarle toda una serie de comandos para intentar saber de qué tipo de servidor se trataba y, acto seguido, obtuvo la respuesta. Más claro, agua: Birdino soportaba *open mail relay*, lo que significaba que el remitente podía mandar correos desde la dirección que quisiera.

En otras palabras: el correo de Edelman resultaba ser falso, y las copias a Bublanski y a Modig, descubrió, no eran más que una cortina de humo. Esos mensajes habían sido bloqueados y, por consiguiente, nunca llegaron a ser enviados. Lisbeth apenas tuvo necesidad de comprobar más, ya lo sabía todo: las respuestas de los policías, con esa buena disposición a cambiar los planes, también eran falsas, cosa que —comprendió en el acto— no era moco de pavo. Significaba que no sólo había alguien que fingía ser Edelman, sino que también tenía que existir una filtración en la policía. Y, sobre todo, que alguien quería sacar al niño a la calle.

Alguien deseaba que el chico saliera a Sveavägen, totalmente desprotegido, para... ¿Para qué? ¿Para secuestrarlo o eliminarlo? Lisbeth echó un vistazo al reloj: ya eran las 08.55 horas. Dentro de tan sólo veinte minutos, Torkel Lindén y August Balder aparecerían en el portal para esperar a alguien que no era Charles Edelman y que no planeaba nada bueno. ¿Qué debía hacer?

¿Llamar a la policía? Eso no iba con ella. Sobre todo cuando había riesgo de filtraciones. Entró en la web del Centro Oden y buscó el teléfono de Torkel Lindén. No pasó de la centralita: el director se encontraba reunido. Averiguó su número de celular y lo llamó, pero la única respuesta que obtuvo fue la del contestador. A los gritos, profirió todo tipo de maldiciones y le escribió un sms y un correo electrónico en los que le advertía que no saliera a la calle con el niño bajo ningún concepto. Lo firmó con el nombre de Wasp. No se le ocurrió nada mejor.

Acto seguido, agarró su chaqueta de cuero y echó a correr. Regresó al instante para buscar su computador —con el archivo cifrado— y su pistola, una Beretta 92, y meterlos en la bolsa negra del gimnasio. Se apresuró a salir de nuevo, pensando en si debía ir en su auto, el BMW M6 descapotable que estaba en el garaje acumulando polvo. Decidió tomar un taxi. Creyó que sería más rápido. Pero se arrepintió enseguida. Tardó en encontrar uno y, una vez que lo hizo, resultó que el tráfico de la hora pico aún no se había descongestionado.

Avanzaban a paso de tortuga. Centralbron estaba

atascado. ¿Habría algún accidente en el puente? Todo era muy lento, todo menos el tiempo, que corría a pasos agigantados. Las 09.05. Las 09.10. Tenía prisa, y mucha. Poniéndose en el peor de los casos, ya sería tarde, pues lo normal sería que Torkel Lindén y el niño hubiesen salido a la calle con anterioridad a la hora establecida y que el malhechor, o quien fuese, ya hubiera podido atacarles.

Volvió a marcar el número de Lindén. Ahora sí pudo oír los tonos de llamada, aunque nadie contestó. Y entonces volvió a proferir insultos y pensó en Mikael Blomkvist. Hacía una eternidad que no hablaba con él, pero decidió llamarlo. Él respondió malhumorado. Sin embargo, cuando se dio cuenta de que era ella se animó y exclamó:

—¡Lisbeth! ¿Eres tú?

—Cállate y escucha —le espetó.

Mikael se encontraba en la redacción y estaba de pésimo humor, y no sólo porque hubiera vuelto a dormir mal. En esta ocasión la culpa la tenía la TT. Esa agencia de noticias que normalmente era tan seria, discreta y correcta había difundido un teletipo que, en resumidas cuentas, daba a entender que Mikael había saboteado la investigación del asesinato ocultando información decisiva a la policía con el fin de publicarla antes en su revista.

El objetivo, al parecer, sería el de salvar a *Millennium* de la ruina económica al tiempo que restituiría su propia y «deteriorada reputación». Mikael ya sabía que el artículo se iba a escribir, pues la noche anterior había mantenido una larga conversación con su autor, Harald Wallin. Pero no podía imaginarse que el resultado fuera a ser tan devastador, en especial teniendo en cuenta que todo eran sólo insinuaciones idiotas y acusaciones sin ningún tipo de fundamento.

Pese a ello, Harald Wallin había logrado redactar un texto que casi daba la impresión de ser verosímil y digno de crédito. Según parecía, el tipo había tenido acceso a fuentes solventes no sólo dentro del Grupo Serner sino también de la policía. El titular, ciertamente, no estaba tan mal:

Crítica fiscal dirigida contra Blomkvist.

En el cuerpo del artículo le habían dado amplio espacio a Mikael para que se defendiera, de modo que si sólo hubiera incluido el texto de la agencia el daño no habría sido tan grande. Pero ese enemigo suyo que había maquinado y soltado la historia conocía muy bien el funcionamiento de la lógica mediática: si una agencia de noticias tan seria como TT publica un artículo de ese tipo, no sólo resulta legítimo que todos los demás se suban al carro, sino también que echen más leña al fuego. Si la TT ladra, los tabloides pueden rugir y armar la de Dios. Ésa es una vieja máxima periodística. Por eso Mikael se había despertado con titulares como

Blomkvist «sabotea» la investigación policial de un asesinato

y

Blomkvist quiere «salvar» su revista. Deja escapar al asesino.

Era cierto que los periódicos habían tenido la delicadeza de entrecomillar los titulares, pero la impresión general no dejaba de ser que, esa mañana, todo el mundo desayunaría con una nueva verdad. Un columnista llamado Gustav Lund, que afirmaba estar harto de la hipocresía, empezó su columna afirmando: «Mikael Blomkvist, que siempre ha querido dar la imagen de ser un poco más fino que nosotros, ha sido ahora puesto en evidencia y ha resultado ser el mayor cínico de todos».

—Esperemos que no se les ocurra tomar medidas jurídicas contra la revista —dijo el jefe de maquetación y copropietario Christer Malm, que estaba al lado de Mikael masticando nervioso un chicle.

—Esperemos que no llamen a los marines —contestó Mikael.

—¿Qué?

—Intentaba poner un poco de humor. Esto es una tontería.

—Sí, claro que lo es, pero no me gusta el ambiente —respondió Christer.

—A nadie le gusta. Aunque no nos queda otra que hacer de tripas corazón y seguir trabajando como siempre.

—Tu celular está vibrando.

—Mi celular siempre está vibrando.

—¿No sería mejor contestar para que no se les ocurra inventar algo aún peor?

—Sí, tienes razón —murmuró Mikael. Tomó el teléfono y respondió de forma no muy amable.

Lo llamaba una chica. Le sonaba la voz, pero, como esperaba oír a otra persona, al principio no fue capaz de identificarla.

—¿Quién eres? —preguntó.

—Salander —respondió la voz, y una amplia sonrisa se dibujó en los labios de Mikael.

—¡Lisbeth! ¿Eres tú?

—Cállate y escucha —le soltó ella. Y entonces Mikael obedeció.

El tráfico había mejorado, por lo que Lisbeth y el taxista —un joven iraquí llamado Ahmed que había visto la guerra de cerca y perdido tanto a su madre como a sus dos hermanos en actos terroristas— llegaron a Sveavägen y siguieron subiendo al pasar por Stockholms Konserthus, que quedaba a mano izquierda. Lisbeth, a la que no le gustaba quedarse de brazos cruzados, envió otro sms a Torkel Lindén e intentó contactar con alguien más del Centro Oden, alguien que pudiera salir corriendo para advertirle del peligro. No le contestaron el teléfono y volvió a soltar una sarta de insultos en voz alta mientras esperaba que Mikael tuviera mejor suerte.

—¿Una emergencia? —le preguntó Ahmed al volante.

—Sí —contestó ella, y entonces Ahmed se saltó el semáforo y provocó por un breve instante una sonrisa en la cara de Lisbeth.

Entonces ella se concentró completamente, metro a metro, en la calle por la que avanzaban, y un poco más adelante, a la izquierda, divisó la Escuela de Economía y la Biblioteca Municipal. Ya quedaba poco. Lisbeth iba controlando los números de la parte derecha y, de pronto, apareció el portal. Por fortuna, no había ningún muerto sobre la acera. Era un típico día gris y sombrío de noviembre, y la gente iba camino a sus trabajos. ¡Pero había algo...! Lisbeth le tiró un par de billetes de cien coronas a Ahmed sin desviar en ningún momento la mirada de un muro bajo algo verdoso que se encontraba al otro lado de la calle.

Allí, un hombre corpulento con gorro y gafas negras observaba fijamente el portal que tenía enfrente. Había algo en su lenguaje corporal. No se le podía ver la mano derecha. Pero su brazo estaba tenso y preparado. Lisbeth miró de nuevo el portal, aunque desde el ángulo en el que se hallaba no podía ver mucho. Y advirtió que la puerta se abría.

Despacio, como si el que se disponía a salir dudara o hallase la puerta demasiado pesada. Y entonces Lisbeth le gritó a Ahmed que detuviera el auto. Se bajó de un salto sin que el taxi se hubiera parado del todo, al tiempo que el hombre que estaba al otro lado de la calle levantaba la mano derecha y apuntaba con una pistola hacia la puerta, que, lentamente, se estaba abriendo.

Capítulo 17

22 de noviembre

Al hombre que se hacía llamar Jan Holtser no le gustaba la situación. Se trataba de un lugar demasiado abierto, y además era una mala hora. Había demasiada gente transitando y, aunque se había camuflado lo mejor que pudo, le molestaba actuar a la luz del día. Además, sintió con más intensidad que nunca que odiaba matar niños.

Pero eso era lo que había, y en algún rincón de su mente se había resignado a aceptar que él tenía la culpa.

Había subestimado al niño y debía enmendar el error. Esta vez no se podía permitir ser víctima de cálculos demasiado optimistas ni de sus propios demonios. Se iba a dedicar exclusivamente a la misión que se le había encomendado y a ser el excepcional profesional que en realidad era, y sobre todo a no pensar en Olga, ni tampoco —lo que sería peor— en esos ojos vidriosos que le habían clavado la mirada en el dormitorio de Balder.

Tenía que concentrarse en el portal del otro lado de la calle y en su pistola Remington, que llevaba oculta bajo la chaqueta y que sacaría en cualquier momento. Pero ¿por qué no acudía nadie? Tenía la boca seca. El viento era cortante y se le calaba hasta los huesos.

Había nieve en la carretera y también en la acera, y por todas partes se veían personas andando apresuradas de un lado para otro, de camino al trabajo. Agarró con más fuerza el arma al tiempo que consultaba su reloj.

Eran las 09.16. Las 09.17. Allí no aparecía nadie. Murmuró unas palabrotas para sus adentros mientras se preguntaba si algo habría ido mal. Era verdad que no tenía más garantías que la palabra de Yuri, pero eso, por lo general, solía ser más que suficiente. Yuri era un mago de la informática, y la noche anterior había estado escribiendo correos falsos y recurriendo a sus contactos suecos para que le ayudaran con el idioma, mientras Jan se había ocupado concienzudamente de todo lo demás: de las fotografías de los lugares, de la elección del arma y, sobre todo, de la fuga con un auto alquilado que Dennis Wilton, del club de motoristas Svavelsjö MC, se había agenciado bajo una identidad falsa y que ahora estaba a su disposición a unas pocas calles de allí con Yuri esperándolo al volante.

Jan Holtser advirtió un movimiento a sus espaldas y se sobresaltó. Falsa alarma: tan sólo dos jóvenes que paseaban por el parque y que se le habían acercado demasiado. Le pareció que el trasiego de gente, por lo general, había aumentado, una circunstancia que no le gustaba nada. Pero es que, además, la situación le agradaba cada vez menos. Cerca, un perro ladró y olió algo, quizá el olor a fritanga del McDonald's. De repente... detrás de la puerta vio a un individuo bajito vestido con una chaqueta gris y, a su lado, a un chico con una chaqueta de plumas roja y el pelo alborotado. Entonces Jan, como siempre, hizo la señal de la cruz con la mano izquierda y aproximó el índice de la mano derecha al gatillo. Pero ¿qué pasaba?

El portal no se abría. El hombre que se adivinaba tras el cristal se había quedado parado, como dudando, mientras miraba su celular. «¡Vamos! ¡Abre ya!», pensó Jan. Y a pesar de todo, la puerta, lenta, muy lentamente, se abrió y por fin salieron. Jan alzó su pistola y apuntó hasta que tuvo al niño en el punto de mira, momento en que volvió a encontrarse con esos ojos vidriosos, mientras sentía una excitación inesperadamente violenta. De pronto le habían entrado unas ganas enormes de matar a ese chico, de apagar esa inquietante mirada para siempre. Entonces ocurrió algo.

De la nada surgió corriendo una joven que se abalanzó sobre el chico, y Jan disparó y dio en el blanco. O al menos dio en algo, y volvió a disparar una y otra vez. Pero el niño y la chica habían rodado a toda velocidad por detrás de un auto. Jan Holtser inspiró hondo y, tras echar una mirada a derecha e izquierda, cruzó la calle a toda velocidad, como si se tratara de una rápida intervención de un comando de asalto.

Volver a fracasar no entraba en sus planes.

Torkel Lindén no tenía una buena relación con su teléfono. A diferencia de su mujer, Saga, que siempre respondía ilusionada cada vez que la llamaban con la esperanza de que fuera la oferta de un nuevo trabajo, él sólo sentía malestar cuando sonaba el celular, y eso tenía que ver con todas las acusaciones que se le habían hecho.

El centro y él, personalmente, siempre recibían reclamas, si bien pensaba que era cierto que formaba parte de la naturaleza de la actividad. Oden era un centro de menores en situaciones de crisis, lo cual explicaba que a menudo las emociones se descontrolaran. Aunque en su fuero interno también sabía que existían razones de peso para las quejas: había llevado su plan de ahorro demasiado lejos, y a veces sentía la necesidad de huir de todo; se iba a caminar al bosque y dejaba que los demás se las arreglaran como mejor pudieran. Pero no había que olvidar que también a veces recibía elogios, como ahora, sin ir más lejos. Del profesor Edelman, nada menos.

En un principio el catedrático lo irritó. No le gustaba que personas ajenas al centro se inmiscuyeran en cómo se organizaban las actividades. Sin embargo, después de las amables palabras del correo de esa mañana se sentía con una disposición más conciliadora hacia el experto y, ¿quién sabía?, quizá lograra su apoyo para que el chico se quedase un tiempo en Oden. Eso iluminaría su vida, aunque no entendía muy bien por qué tenía esa sensación: por regla general, él acostumbraba a mantenerse alejado de los niños.

Pero August Balder poseía en su forma de ser una especie de misterio que lo atraía, por lo que desde un primer momento lo enervó que la policía se presentara con exigencias. Quería a August para él solo, y quizá también dejarse contagiar un poco por su misticismo o, al menos, averiguar qué eran todas esas infinitas series de números que el niño había escrito en la portada de un cuento del osito Bamse en el cuarto de juegos. Sin embargo nada era fácil. August Balder parecía aborrecer cualquier forma de contacto y ahora incluso se negaba a salir a la calle. De nuevo había empezado a dar guerra y a protestar, y Torkel tuvo que tirar de él para que avanzara.

—Vamos —murmuró.

Entonces el teléfono empezó a vibrar otra vez. Alguien llevaba un buen rato intentando hablar con él con una pesada insistencia.

Pero Torkel pasaba de contestar. Seguro que era algún problema, una nueva queja. Aun así, antes de salir, justo en la puerta, no pudo resistirse a mirar el celular. Había varios sms de un número oculto, y en ellos ponía algo muy raro que a él se le antojó una broma o una burla. Que no debía salir, le decían. Que no saliera a la calle bajo ningún concepto.

No lo entendía y, además, justo en ese momento August hizo ademán de escapar. Torkel agarró su brazo con fuerza y, algo dubitativo, abrió la puerta y sacó al niño. Todo parecía normal. La gente pasaba por la acera sin dar muestras de que algo hubiese ocurrido o estuviera a punto de ocurrir y, de nuevo, se preguntó por los sms, pero antes de que le diera tiempo a llevar el hilo de sus pensamientos hasta el final alguien apareció corriendo por la izquierda y se abalanzó sobre el chico. En ese mismo instante oyó un disparo.

Se percató de que estaba en peligro y, al mirar aterrado al otro lado de la calle, vio a un hombre, un tipo corpulento y atlético, que echaba a correr cruzando Sveavägen en dirección a él. ¿Y qué diablos llevaba en la mano? ¿No era eso un arma?

Sin ni siquiera dedicarle un solo pensamiento a August, Torkel Lindén intentó volver a entrar por la puerta, y por un segundo pensó que lo lograría. Pero Torkel Lindén no llegó nunca a ponerse a salvo.

Lisbeth reaccionó de forma instintiva y se tiró sobre el niño para protegerlo. Se hizo bastante daño cuando aterrizó en la acera. Al menos así lo sintió; una repentina punzada de dolor le recorrió el hombro y el pecho. Pero no tuvo tiempo de pensar en ello; se limitó a tirar del chico hacia ella y se parapetaron detrás de un auto, y allí se quedaron tumbados respirando agitadamente mientras alguien les disparaba. Luego reinó el silencio, un silencio preocupante, y cuando Lisbeth miró por debajo del auto pudo divisar las piernas del autor de los tiros, unas piernas fuertes que estaban cruzando la calle a toda velocidad. Por un momento sopesó la idea de sacar la Beretta de su bolsa para disparar.

Pero comprendió que no le daría tiempo. Sin embargo... Un Volvo grande y rojo estaba pasando ante ellos muy lentamente. Y entonces ella salió volando. Agarró al niño y se precipitó hacia el auto. Abrió una de las puertas traseras de un fuerte tirón y se lanzó sobre el asiento con el crío. Aterrizaron uno encima del otro.

—¡Arranca! —gritó al tiempo que descubría que la sangre caía a borbotones. De ella o del niño.

Jacob Charro tenía veintidós años y era el orgulloso propietario de un Volvo XC 60 que había comprado a plazos con su padre como avalista. Ahora iba de camino a Uppsala para comer con sus tíos y sus primos. Tenía muchas ganas de verlos, estaba deseoso de anunciarles que acababa de ser fichado por el Syrianska F.C. para jugar en primera división.

En la radio sonaba *Wake me up*, de Avicii, y Jacob tamborileaba con los dedos en el volante mientras subía por Sveavägen pasando primero por Konserthuset y luego por la Escuela de Economía. Un poco más adelante, en esa calle, estaba sucediendo algo. La gente salía disparada en todas direcciones. Un hombre gritaba y los autos avanzaban a trompicones. Aminoró la marcha sin mayor preocupación; además, si hubiese ocurrido un accidente tal vez podría ayudar. Jacob Charro era una persona que siempre había soñado con convertirse en héroe.

Pero en esa ocasión tuvo miedo de verdad, y probablemente se debió al hombre con aspecto de soldado en pleno ataque que apareció por la izquierda y cruzó la calle corriendo. Mostraba una enorme brutalidad en sus movimientos. Jacob estaba a punto de pisar a fondo el acelerador para salir de allí cuando advirtió un violento tirón en una puerta trasera. Alguien estaba entrando en su auto, una chica que iba con un niño, lo que le llevó a gritar algo. No sabía qué. Era posible que ni siquiera fuera en sueco. Pero la chica que se acababa de meter en el auto se limitó a gritarle a su vez:

—¡Arranca!

Dudó unos segundos. «Y éstos ¿quiénes son?» Quizá pretendieran robarle y llevarse el vehículo. No podía pensar con claridad. Toda aquella situación era una locura. Pero no tuvo más remedio que actuar, pues de repente el cristal de la ventana trasera estalló en añicos. Alguien les estaba disparando, así que pisó a fondo y, con el corazón a mil por hora, se saltó el semáforo del cruce con Odengatan.

—¡Qué está pasando aquí! —gritó.

—¡Calla! —le espetó la chica. Y Jacob vio por el retrovisor cómo ella, con manos expertas, como si fuera enfermera, examinaba a un niño que tenía unos ojos enormes y asustados. Fue entonces cuando descubrió que el asiento de atrás no sólo estaba cubierto de cristales rotos. También había sangre.

—¿Le han dado?

—No lo sé. Tú sigue conduciendo, ¡vamos, sigue! ¡O no, gira a la izquierda...! ¡Ahora!

—Ok, ok —acertó a decir Jacob con un miedo descomunal en el cuerpo, tras lo cual dio un brusco giro y continuó a toda marcha por Vanadisvägen en dirección a Vasastan al tiempo que se preguntaba si alguien los estaría persiguiendo y si volverían a dispararles.

Inclinó ligeramente la cabeza sobre el volante mientras sentía que el aire entraba por la ventanilla rota. ¿Dónde diablos se había metido, ¡mierda!, y quién diablos era esa chica? La observó por el retrovisor. Era morena, llevaba *piercings* y tenía una oscura mirada. Y por un momento le invadió la sensación de que, para ella, él ni siquiera existía. De repente la chica murmuró algo que sonó medio alegre.

—¿Buenas noticias? —preguntó él.

No contestó. Se limitó a quitarse la chaqueta de cuero y a agarrar su camiseta blanca y... «Pero ¿qué demonios hace?» Con un repentino y violento movimiento desgarró la camiseta y se quedó desnuda de cintura para arriba, sin sujetador ni nada. Perplejo, Jacob no pudo evitar mirar sus pechos —que apuntaban firmes hacia delante— y, sobre todo, el río de sangre que corría por ellos y que le bajaba hacia el estómago y los vaqueros.

Había recibido un balazo por debajo del hombro, no muy lejos del corazón; sangraba con profusión y quería usar la camiseta —ahora Jacob lo veía claro— como venda. Vendó la herida con todas sus fuerzas para que dejara de sangrar y, a continuación, volvió a ponerse la chaqueta. Ofrecía una imagen ridículamente chulesca, sobre todo porque una parte de la sangre le había manchado la mejilla y la frente; era como si llevara una pintura de guerra.

—¿Así que las buenas noticias son que has sido tú la que ha recibido la bala y no el niño? —preguntó él.

—Algo así —contestó ella.

—¿Quieres que te lleve al Karolinska?

—No —respondió.

Lisbeth había descubierto un orificio de entrada y otro de salida. La bala debía de haberle impactado en la parte delantera y le habría atravesado limpiamente el hombro. Sangraba en abundancia y las palpitaciones le subían hasta las sienes. Pero no creía que ninguna arteria hubiera sido alcanzada, o al menos confiaba en ello. Eso habría sido mucho peor. Echó otro vistazo hacia atrás. Con toda probabilidad, el autor de los disparos tendría por allí cerca un auto esperándolo para fugarse. Aunque no parecía que nadie los estuviera persiguiendo; era posible que hubiesen tenido suerte y hubieran conseguido salir de allí con la suficiente rapidez. Lisbeth se apresuró a mirar al niño, a August.

Éste se hallaba sentado con los brazos cruzados sobre el pecho y balanceaba el cuerpo adelante y atrás, y Lisbeth pensó que debía hacer algo para calmarlo. Lo único que se le ocurrió fue quitarle los trocitos de cristal del pelo y de las piernas, y entonces el niño se tranquilizó por un momento. Pero no estaba segura de que eso fuera una buena señal. La mirada de August le pareció demasiado tensa y vidriosa, y Lisbeth le hizo un gesto con la cabeza intentando dar la impresión de que lo tenía todo bajo control. Quizá no resultara muy convincente. Se sentía mareada y con un intenso malestar, y la camiseta que había usado como venda ya se había empapado por completo de sangre. ¿Estaba perdiendo la conciencia? Tuvo miedo de que así fuera, y por eso se apresuró a elaborar un plan. Lo que tenía muy claro, de entrada, era que la policía no sería una opción: había conducido al chico directamente a las manos de los asesinos, no parecía controlar la situación en absoluto. ¿Qué debería hacer?

Tampoco podía seguir mucho más en ese auto. Lo habían visto en el lugar de los hechos, y con la ventanilla rota llamaría la atención de la gente. Debería pedirle a ese tipo que los llevara a Fiskargatan para tomar su BMW, que estaba registrado a nombre de Irene Nesser, su segunda identidad. Pero ¿sería capaz de conducir?

Se sentía hecha mierda.

—¡Ve hacia Västerbron! —le ordenó.

—Está bien —respondió el chico.

—¿Tienes algo de beber?

—Tengo una botella de whisky que pensaba regalarle a mi tío.

—¡Dámela! —exclamó. Y él le dio una botella de Grant's que ella abrió con mucho esfuerzo.

Arrancó la improvisada venda y, tras verter whisky en la herida, se echó un par de buenos tragos. Luego le pasó la botella a August, aunque nada más hacerlo se dio cuenta de que no era una buena idea. Los niños no beben whisky. Ni siquiera en estado de *shock*. ¿Empezaba a aturdirse? ¿Era eso lo que le estaba pasando?

—Quítate la camisa —le dijo a Jacob.

—¿Qué?

—Tengo que vendar la herida con otra cosa.

—Ok, pero...

—Nada de peros.

—Si los voy a ayudar, al menos necesito saber por qué les han disparado. ¿Son delincuentes?

—Intento proteger a este niño, eso es todo. Unos cerdos vienen por él.

—¿Por qué?

—Eso no es asunto tuyo.

—Así que no es tu hijo...

—No lo conozco.

—¿Y por qué lo ayudas?

Lisbeth dudó.

—Tenemos enemigos comunes —explicó, y entonces el joven, con cierta desgana y no pocas dificultades, se quitó su jersey de cuello en v mientras conducía con la mano izquierda.

Luego se desabotonó la camisa, se desprendió de ella y se la dio a Lisbeth, quien con sumo cuidado empezó a enrollársela alrededor del hombro sin quitarle los ojos de encima a August. El niño permanecía extrañamente inmóvil, con un inexpresivo gesto y la mirada puesta en sus delgadas piernas; y entonces Lisbeth se preguntó de nuevo qué era lo que debía hacer.

Una opción sería, por supuesto, refugiarse en su casa, en Fiskargatan. Nadie, excepto Mikael Blomkvist, conocía la dirección, y además su nombre no se podía rastrear porque no figuraba en ningún registro oficial. Pero no quería correr riesgos. No hacía mucho que había sido presentada ante todo el país como una loca, y en este caso estaba claro que el enemigo tenía una gran habilidad para obtener información.

Tampoco resultaba del todo improbable que alguien la hubiera reconocido en Sveavägen y que la policía ya estuviera removiendo cielo y tierra para dar con ella. Necesitaba un nuevo escondite, un sitio que no se pudiera relacionar con ninguna de sus identidades, y para eso requería ayuda. Pero ¿de quién? ¿De Holger?

Holger Palmgren, su antiguo tutor, se había recuperado casi por completo de su derrame cerebral, y ahora vivía en un apartamento de Liljeholmstorget. Holger era la única persona que de verdad la conocía. Él sería leal sin lugar a dudas y haría todo lo que estuviera en su mano para ayudarla. Pero también era un hombre ya muy mayor y nervioso, y no quería involucrarlo. Excepto en caso de extrema necesidad.

Luego, por supuesto, estaba Mikael Blomkvist, y lo cierto era que se trataba de un buen hombre. Sin embargo no le apetecía volver a contactar con él, quizá justo por eso, porque era un buen hombre. Siempre tan condenadamente legal, y tan correcto, y todo ese rollo. Pero, maldición, tampoco iba a reprochárselo, ¿no? Si acaso sólo un poco. Al final, lo llamó. Y él contestó tras el primer tono; sonaba nervioso y acelerado.

—Hola, Lisbeth. ¡Qué alivio oír tu voz! ¿Qué ha pasado?

—Ahora no puedo hablar.

—Dicen que están heridos. Aquí hay sangre.

—El chico está perfectamente.

—¿Y tú?

—Bien.

—Así que te han dado.

—Espera un momento, Blomkvist.

Miró por la ventana y pudo constatar que ya estaban justo al lado de Västerbron. Se dirigió al joven conductor.

—Para ahí, en la parada de autobús.

—¿Se van a bajar?

—«Tú» eres el que se va a bajar. Me vas a dar tu teléfono y me vas a esperar fuera mientras yo termino de hablar. ¿Lo has entendido?

—Sí, sí.

La observó asustado. Le dio el celular y, tras detener el auto, bajó. Lisbeth retomó la conversación con Mikael.

—¿Qué está pasando? —preguntó él.

—No te preocupes por eso —dijo ella—. Quiero que a partir de ahora lleves siempre contigo un teléfono Android, un Samsung, por ejemplo. ¿Tienen alguno en la redacción?

—Sí, creo que sí.

—Bien, entra luego en Google Play y descárgate la aplicación RedPhone y también una que se llama Threema para sms. Es para comunicarnos con seguridad.

—De acuerdo.

—Y si eres tan torpe como creo que eres y le pides a alguien que te ayude, que la persona que lo haga permanezca en el anonimato. No quiero puntos débiles.

Vale.

—Además...

—¿Sí?

—Ese teléfono sólo debe usarse en caso de emergencia. Para todo lo demás, nuestra comunicación se hará a través de un enlace especial que tendrás en tu computador. Necesito que tú, o la persona que no sea tan torpe como tú, entre en <www.pgpi.org> y descargue un programa de criptografía para tu correo. Quiero que lo hagas ya, y que luego busques un escondite seguro para el niño y para mí que no se pueda relacionar con *Millennium* o contigo, y que me envíes la dirección en un correo cifrado.

—Lisbeth, no es tu trabajo proteger al niño.

—No me fío de la policía.

—Entonces buscaremos a alguien de quien te fíes. El chico es autista y tiene necesidades especiales. No creo que tú debas asumir la responsabilidad por él, sobre todo si estás herida...

—¿Vas a seguir diciendo estupideces o me vas a ayudar?

—Te voy a ayudar, claro.

—Bien. Mira en *El cajón de Lisbeth* dentro de cinco minutos. Te daré más información allí. Luego lo borras.

—Lisbeth, escúchame: tienes que ir a un hospital. Tienen que atenderte. Puedo adivinar por tu voz que...

Lisbeth colgó y llamó al chico, que estaba esperando en la parada del autobús. Acto seguido, sacó su portátil y, con la ayuda de su celular, entró en el computador de Mikael. Le escribió una seric de instrucciones para que realizara la descarga y la instalación del programa criptográfico.

A continuación le dijo al joven que la llevara a la plaza de Mosebacke. Era un riesgo. Pero no veía otra solución. La ciudad se volvía cada vez más borrosa.

Mikael Blomkvist maldijo en silencio. Estaba en Sveavägen, no muy lejos de aquel cuerpo sin vida que se hallaba dentro del acordonamiento que en esos momentos estaban realizando los agentes de la policía de orden público, que habían sido los primeros en acudir al lugar. Desde que recibió la primera llamada de Lisbeth, Mikael se lanzó a una febril actividad. Se metió en un taxi deprisa, y durante el trayecto hizo todo lo posible para impedir que el niño y el director del centro salieran a la calle.

Lo único que logró fue contactar con una empleada del centro, una mujer llamada Birgitta Lindgren, que, tras salir corriendo hacia la escalera, vio cómo su colega y jefe se desplomaba frente al portal con una herida mortal de bala en la cabeza. Diez minutos más tarde, cuando Mikael llegó, Birgitta Lindgren estaba fuera de sí, pero a pesar de eso ella y otra mujer que se llamaba Ulrika Franzén y que iba de camino a la editorial Albert Bonniers, situada un poco más arriba en la misma calle, pudieron dar cuenta de lo acontecido con bastante exactitud.

De modo que antes de que Lisbeth volviera a llamarlo, Mikael ya sabía que su amiga había salvado la vida de August Balder. Se había enterado de que los dos se habían metido en un vehículo conducido por un joven que tal vez no se mostrara muy dispuesto a ayudarlos, máxime cuando habían disparado contra su auto. Pero Mikael había visto la sangre sobre la acera y la calzada, y aunque ahora, después de la última llamada, se sentía un poco más tranquilo, seguía estando profundamente preocupado. Lisbeth se le antojó extenuada y, aun así, se había mostrado obstinada a más no poder, algo que a decir verdad no le sorprendió lo más mínimo.

A pesar de que, con toda probabilidad, tenía una herida de bala, quería encargarse ella misma de proteger y ocultar al niño, una reacción tal vez comprensible considerando su pasado. Pero ¿debían en realidad él y la revista apoyarla en esa empresa? Su intervención en Sveavägen, por muy heroica que hubiera sido, se consideraría secuestro en términos estrictamente jurídicos. Ahí no podía ayudarla. Ya tenía bastantes problemas con los medios de comunicación y con el fiscal.

Claro que, por otra parte, se trataba de Lisbeth y se lo había prometido. ¡Maldición, daba por descontado que le echaría un cable!, aunque seguro que Erika se subiría por las paredes y Dios sabía qué más podría ocurrir. Respiró con intensidad mientras cogía su celular. Sin embargo, no le dio tiempo a marcar ningún número: a su espalda oyó una voz que le resultaba familiar. Era Jan Bublanski. Avanzaba apresurado por la acera como si estuviera a punto de sufrir un ataque de nervios. A su lado iban la inspectora Sonja Modig y un hombre alto y atlético de unos cincuenta años que debía de ser el catedrático de neurología del que Lisbeth le había hablado por teléfono.

—¿Dónde está el chico? —jadeó Bublanski.

—Ha desaparecido en dirección norte en un Volvo rojo. Alguien le ha salvado la vida.

—¿Quién?

—Ahora les cuento lo que sé —dijo Mikael sin saber muy bien qué era lo que debía contar y qué no—. Pero antes debo hacer una llamada.

—No, no, primero habla con nosotros. Tenemos que emitir una alerta a escala nacional.

—Pregúntale a aquella mujer de allí, se llama Ulrika Franzén. Ella sabe más. Lo ha visto todo e incluso ha dado algunos detalles del autor de los disparos. Yo no he llegado hasta unos diez minutos después.

—¿Y el que ha salvado al niño?

—Querrás decir «la» que lo ha salvado. Ulrika Franzén también puede describírtela. Pero ahora debes perdonarme, es que tengo que...

—¿Cómo es posible, para empezar, que supieras que aquí iba a pasar algo? —le espetó Sonja Modig con una inesperada molestia—. Han dicho por la radio que llamaste a emergencias para avisarlos mucho antes de que se produjera un solo tiro.

—Me dieron un soplo.

—¿Quién?

Mikael respiró de nuevo mientras miraba a los ojos de Sonja Modig y hacía acopio de toda su firmeza.

—Al margen de lo que pongan los periódicos hoy, quiero dejar claro que estoy dispuesto a colaborar con ustedes de todas las maneras posibles. Espero que lo sepan.

—Siempre he confiado en ti, Mikael. Pero por primera vez debo admitir que empiezo a tener mis dudas —contestó Sonja Modig.

—Vale, lo respeto. Pero entonces deben respetar que *yo* tampoco me fíe de *ustedes*. Existe una filtración muy grave, se han dado cuenta, ¿no? Si no, esto no habría ocurrido —sentenció señalando el cuerpo sin vida de Torkel Lindén.

—Es verdad. Eso es gravísimo —terció Bublanski.

—Bueno, voy a hacer esa llamada —dijo Mikael mientras se alejaba calle arriba para poder hablar con más intimidad.

Sin embargo no llegó a realizarla. Pensó que ya era hora de tomarse la seguridad en serio, y por eso comunicó a Bublanski y a Modig que, lamentándolo mucho, tenía que ir de inmediato a la redacción, pero que, por supuesto, estaba a su entera disposición cuando lo necesitaran. Y entonces Sonja Modig, para su propio asombro, lo agarró del brazo.

—Primero exijo que nos digas cómo te enteraste de que iba a pasar algo —insistió con voz severa.

—Me temo que no me queda otro remedio que remitirme a la protección de fuentes —contestó Mikael sonriendo con cierto agobio.

A continuación paró un taxi y se marchó a la redacción, absorto en sus pensamientos. Hacía ya un tiempo que, para las soluciones informáticas más complejas, *Millennium* había contratado a la empresa de consultoría Tech Source, un grupo de chicas jóvenes que solían echarles una mano con presteza y eficacia. Aunque no deseaba involucrarlas. Tampoco quería implicar a Christer Malm, que era el que más controlaba allí en temas de informática. Pensó entonces en Andrei. Él ya estaba metido en la historia y era experto con los computadores. Mikael decidió pedírselo mientras se prometía que lucharía para que el chico tuviera un contrato fijo si Erika y él podían desenmarañar todo ese embrollo en el que se hallaban metidos.

La mañana de Erika estaba siendo una pesadilla. Pero la culpa no la tenían los acontecimientos de Sveavägen, sino ese condenado teletipo de la TT que, en cierto modo, no era más que una continuación de la campaña de acoso que estaba sufriendo Mikael. De nuevo esas almas envidiosas y mezquinas habían salido a la superficie para vomitar su bilis en Twitter, en correos electrónicos y en los espacios de comentarios de la web. En esta ocasión también el populacho racista se subió al carro, debido, naturalmente, a que la revista, desde hacía ya muchos años, había adquirido un profundo compromiso contra cualquier forma de xenofobia.

Lo peor, sin embargo, fue que a todos se les hizo mucho más difícil realizar su trabajo. De pronto la gente parecía bastante menos inclinada a facilitarles información. Además, corría el rumor de que el fiscal jefe, Richard Ekström, estaba preparando un registro domiciliario en *Millennium*. Erika Berger no se lo creía. Un registro domiciliario en la redacción de un periódico o una revista era un asunto muy serio, sobre todo si se atendía a la ley de protección de fuentes.

Pero coincidía con Christer Malm en que el ambiente se había vuelto tan hostil que incluso a juristas y a gente en general sensata se les podría ocurrir hacer tonterías como ésa. Erika estaba reflexionando sobre el tipo de contraataque al que podrían recurrir en caso de que fuera necesario cuando Mikael apareció en las oficinas. Para su gran sorpresa, no acudió a hablar con ella. Fue directo a buscar a Andrei Zander y se lo llevó al despacho de Erika. Unos minutos después, ella se reunió con ellos.

Cuando entró, Andrei parecía tenso y concentrado. Erika oyó las siglas «PGP». Sabía lo que era gracias a un curso que había realizado sobre seguridad informática. Advirtió que Andrei estaba anotando algo en un cuaderno. Luego éste, sin siquiera mirarla, se levantó, salió del despacho y se acercó a la mesa donde se encontraba el portátil de Mikael.

—¿Qué se traen entre manos? —quiso saber ella.

Mikael se lo contó con voz susurrante, pero Erika no se lo tomó con mucha calma. Apenas fue capaz de asimilarlo; Mikael tuvo que repetir ciertos detalles varias veces.

—¿Y lo que quieres es que yo les encuentre un escondite? —preguntó.

—Siento involucrarte en esto, Erika —respondió él—. Pero no sé de nadie que conozca a tanta gente con casas de campo como tú.

—No lo sé, Mikael. La verdad es que no lo sé.

—No podemos dejarlos desamparados, Erika. A Lisbeth le han pegado un tiro y está herida. Es una situación desesperada.

—Si está herida debe ir a un hospital.

—Ya, pero se niega a hacerlo. Quiere proteger al niño a toda costa.

—Para que él pueda dibujar al asesino con tranquilidad.

—Sí.

—Supone una responsabilidad demasiado grande, Mikael. Y también un riesgo demasiado grande. Si les pasa algo acabará salpicándonos a nosotros, y eso sería el fin de la revista. No debemos dedicarnos a la protección de testigos, no es nuestra misión. Es un asunto policial, no hay más que pensar en la cantidad de cuestiones no sólo legales sino también psicológicas que esos dibujos podrían plantear. Tenemos que buscar otra solución.

—La buscaríamos si no fuera porque estamos hablando de Lisbeth Salander.

—Estoy harta de que siempre la defiendas a ultranza.

—Sólo intento ver la situación con ojos realistas. Las autoridades han traicionado gravemente a August Balder y lo han expuesto a un peligro de muerte, y yo sé que eso pone a Lisbeth muy furiosa.

—Y porque ella se ponga así ¿nosotros tenemos que aceptarlo todo, sin más? ¿Es eso lo que me estás diciendo?

—No nos queda otra opción. Está molesta y anda por ahí fuera sin saber adónde ir.

—¿Y por qué no los llevas a Sandhamn?

—Lisbeth y yo estamos demasiado relacionados. Si se publica que se trata de ella la buscarían enseguida en todos los lugares vinculados conmigo.

—Ok. De acuerdo.

—¿Qué?

—Que está bien. Que intentaré encontrar algo.

Ni ella misma se podía creer lo que acababa de decir. Pero con Mikael pasaba siempre eso: cuando él le pedía algo ella no era capaz de decirle que no, y sabía que a él le sucedía lo mismo con ella. Habría hecho cualquier cosa por Erika.

—¡Fantástico, Ricky! ¿Dónde?

Erika intentó pensar en algo, pero no se le ocurrió nada. Se quedó en blanco. Ni un solo nombre, ni una sola cara apareció en su mente, como si de pronto toda su red de contactos se hubiese esfumado.

—Tengo que pensar.

—Pues piensa, pero rápido, y luego le das a Andrei la dirección y las instrucciones para llegar. Él sabe lo que debe hacer.

Erika sintió que necesitaba dar una vuelta, así que bajó por la escalera y salió a Götgatan. Echó a andar hacia Medborgarplatsen mientras una serie de nombres de su círculo de conocidos acudían a su mente sin que ninguno de ellos la convenciera. Había demasiado en juego, y veía defectos y faltas en todas las personas y casas que se le ocurrían. Además, no quería poner en peligro a cierta gente ni molestarla con su petición de ayuda, quizá porque también a ella misma le incomodaba hacerlo. Pero por otra parte... se trataba de un niño, e iban tras él para matarlo, y se lo había prometido a Mikael. Tenía que pensar en alguien.

A poca distancia de allí aullaba la sirena de un auto patrulla, y Erika levantó la mirada hacia el parque, la estación de metro y la mezquita de la colina. Un hombre joven cruzó delante de ella hojeando discretamente unos papeles, como si se hubiese llevado algo muy importante y secreto de algún sitio, y entonces, de repente, le vino a la cabeza un nombre: Gabriella Grane. Al principio le sorprendió. Gabriella no era una amiga muy íntima y trabajaba en un sitio donde bajo ningún concepto se debía infringir la ley. Así que no, era una mala idea. Gabriella se jugaría su puesto con el simple hecho de escuchar la propuesta. Y a pesar de ello... no podía sacarse ese nombre de la cabeza.

Gabriella no sólo era una persona insólitamente estupenda y responsable. Un recuerdo se abrió paso en la mente de Erika. Fue el verano anterior, por la noche, o incluso de madrugada, en una cangrejada que tuvo lugar en la casa de vacaciones que poseía Gabriella en Ingarö, una isla del archipiélago. Se hallaban sentadas juntas en una pequeña terraza, contemplando el mar que se veía entre el claro de unos árboles.

—En un sitio así me gustaría poder esconderme cuando las hienas me persiguen —había dicho Erika sin saber exactamente a qué tipo de hienas se refería; tal vez fuera que se sentía cansada y agobiada en el trabajo. Sin embargo, había algo en esa casa que le hizo pensar que era un lugar idóneo para refugiarse.

Se ubicaba encima de una colina y estaba protegida de miradas ajenas por los árboles y el desnivel que presentaba el terreno; Erika se acordaba a la perfección de que Gabriella le había contestado lo que podía considerarse una invitación en toda regla:

—Pues cuando las hienas te persigan aquí tienes tu casa —le había dicho. Y al recordarlo, se preguntó de nuevo si, a pesar de todo, no debería hablar con ella.

Quizá resultara muy violento hacerle la pregunta. Pero decidió jugársela. Y volvió a la redacción para llamar desde el teléfono cifrado que tenía la aplicación RedPhone que Andrei había instalado.

Capítulo 18

22 de noviembre

Gabriella Grane estaba a punto de entrar en una reunión convocada con urgencia —con Helena Kraft y el equipo de trabajo de la Säpo— para hablar de los dramáticos e imprevistos acontecimientos sucedidos en Sveavägen cuando su teléfono privado sonó; y a pesar de que estaba furiosa, o quizá precisamente por eso, lo tomó de inmediato.

—¿Sí?

—Soy Erika.

—Hola, Erika. Oye, ahora no puedo hablar. Luego te llamo.

—Me gustaría... —empezó a decir Erika.

Pero Gabriella ya había colgado. No era un buen momento para charlar con las amigas, y con un gesto adusto, como si se dispusiera a declarar una guerra, entró en la sala de reuniones. Alguien había filtrado una información decisiva, y ahora había una segunda persona muerta y, con toda probabilidad, otra gravemente herida. Con más ganas que nunca quiso mandar a la mierda a todos los allí presentes. Se habían mostrado tan negligentes y tan ansiosos por recabar nuevos datos que habían perdido la cabeza. Durante algo así como treinta segundos, Gabriella se quedó tan sumida en su rabia que no oyó ni una palabra de lo que decían. Hasta que, de repente, algo la sacó de su ensimismamiento.

Estaban comentando que Mikael Blomkvist había avisado a urgencias antes de que se produjeran los disparos. Resultaba muy raro, pensó; y encima hacía tan sólo unos minutos que la había telefoneado Erika Berger, que si algo no solía hacer era llamar por llamar, y menos en horario laboral. ¿Podría ser que quisiera comunicarle algo importante, o incluso trascendental, relacionado con todo esto? Gabriella se levantó y se excusó.

—Gabriella, considero que es vital que estés presente —le comentó Helena Kraft con una inusitada severidad.

—Tengo que atender una llamada —le espetó ella en el acto sin la menor preocupación por complacer a la jefa de la Säpo.

—¿Qué llamada?

—Una llamada —dijo, para a continuación salir y dirigirse a su despacho, desde donde se puso en contacto con Erika Berger.

Erika le pidió a Gabriella que colgara de inmediato y que la volviera a telefonear al Samsung. Cuando tuvo otra vez a su amiga en línea se dio cuenta de que algo le pasaba; en su voz no quedaba ni rastro de ese entusiasmo que suele haber entre los viejos amigos, todo lo contrario: desde el primer instante Gabriella transmitió un aire de preocupación y tensión, como si supiera que Erika le iba a contar algo muy serio.

—Hola —se limitó a decir—, todavía ando muy ocupada, pero ¿se trata de August Balder?

Erika fue presa de un intenso malestar.

—¿Cómo lo sabes?

—Trabajo en esa investigación y acabo de enterarme de que a Mikael le habían soplado algo de lo de Sveavägen.

—¿Ya les ha llegado esa información?

—Sí, y ahora, como comprenderás, estamos muy interesados en averiguar cómo ha sido posible eso.

—Lo siento, debo remitirme a la protección de fuentes.

—Ok. Pero dime, ¿qué querías? ¿Por qué me llamabas?

Erika cerró los ojos mientras inspiraba profundamente. ¿Cómo podía haber sido tan idiota?

—Me temo que me he equivocado, voy a dirigirme a otra persona. No me gustaría ocasionarte ningún conflicto ético.

—No me importa afrontar el conflicto ético que sea, Erika. Pero lo que no soporto es que me estés ocultando algo. Para mí, esta investigación es más importante de lo que te imaginas.

—¿En serio?

—Sí. Y la verdad es que yo también recibí un soplo. Me enteré de que existía una seria amenaza contra la vida de Frans Balder. Sin embargo, no conseguí impedir que lo mataran, y eso es algo con lo que tendré que convivir el resto de mi vida. O sea que adelante, dime. No te calles nada.

—Me temo que, a pesar de todo, me veo obligada a hacerlo. Lo siento. No quiero que caigas en desgracia por nuestra culpa.

—Vi a Mikael en Saltsjöbaden la noche del asesinato, ¿sabes?

—No me ha comentado nada.

—No consideré que fuera oportuno darme a conocer.

—Algo tal vez muy prudente por tu parte.

—Podríamos ayudarnos mutuamente en este lío.

—Sí, claro. Le pediré a Mikael que te llame más tarde. Pero ahora tengo que seguir con esto.

—Yo sé, al igual que ustedes, que existe una filtración en la policía. De modo que entiendo que en esta situación uno deba buscarse alianzas que quizá no sean muy ortodoxas.

—Estoy completamente de acuerdo. Pero lo siento. Tengo que tratar de encontrar a alguien más.

—Ok —dijo Gabriella decepcionada—. Haré como si esta llamada nunca se hubiese producido. Suerte.

—Gracias —contestó Erika, y continuó buscando entre sus contactos.

Gabriella regresó a su reunión con la cabeza repleta de pensamientos. ¿Qué habría querido preguntarle Erika? No alcanzaba a adivinar lo que podría ser y, a pesar de ello, tenía el extraño presentimiento de saberlo, aunque no hubo tiempo para que esa intuición se cristalizara en su mente. En cuanto volvió a presentarse en la sala de reuniones todos dejaron de hablar y dirigieron la mirada hacia ella.

—¿Qué era eso tan importante? —quiso saber Helena Kraft.

—Nada. Algo privado.

—¿Y tenías que solucionarlo ahora?

—Sí, tenía que solucionarlo ahora. ¿De qué están hablando?

—Estábamos comentando lo que sucedió en Sveavägen, pero, como acabo de señalar, por el momento sólo contamos con una información parcial, frag-mentada —explicó Ragnar Olofsson—. La situación es caótica y todo apunta a que vamos a perder a nues-tra fuente en el equipo de Bublanski. El comisario, al parecer, se ha vuelto paranoico después de lo suce-dido.

—No es para menos —intervino Gabriella con se-veridad.

—Sí, bueno... Ya hemos comentado eso también. Es evidente que no vamos a darnos por vencidos hasta que nos hayamos enterado de cómo supo el autor del crimen que el niño se hallaba en el centro y que iba a salir a la calle justo a esa hora. No creo que haga falta recalcar que en ese aspecto no vamos a escatimar nin-gún esfuerzo. Pero también quiero subrayar que la filtración no necesariamente tiene que proceder de dentro de la policía. La información, al parecer, se co-nocía en varios sitios: en el centro, por supuesto; en casa de la madre y su poco fiable pareja, Lasse West-man, y en la redacción de *Millennium*. Además, no po-demos descartar intrusiones por parte de eventuales *hackers*. Volveré sobre ese punto más adelante. Pero ahora, si no les importa, seguiré con la relación de los hechos.

—Sí, claro.

—Acabamos de hablar del papel del periodista Mikael Blomkvist, y estamos muy preocupados. ¿Cómo pudo enterarse de que un incidente así se iba a produ-cir? En mi opinión, debe de tener una fuente muy cer-cana a los propios criminales, y aquí no veo motivo alguno para respetar de forma tan exagerada la pro-tección de fuentes. Hay que averiguar de dónde saca la información.

—En especial cuando parece estar desesperado y

dispuesto a cualquier cosa para conseguir una primicia —intervino el intendente Mårten Nielsen.

—Por lo visto, Mårten también cuenta con buenas fuentes. Lee los tabloides —comentó una ácida Gabriella.

—Los tabloides no, nena, la TT, una instancia a la que incluso aquí, en la Säpo, le concedemos a veces cierta credibilidad.

—Aquello fue un teletipo difamatorio escrito por iniciativa de algún enemigo suyo, y eso lo sabes tan bien como yo —respondió Gabriella.

—Ignoraba que estuvieras tan cegada por Mikael Blomkvist.

—Idiota.

—¡Ya está bien! —intervino Helena Kraft—. ¿Qué tonterías son ésas? Sigue, Ragnar. ¿Qué sabemos del curso de los acontecimientos?

—Los primeros en acudir al lugar de los hechos fueron los agentes de la policía de orden público Erik Sandström y Tord Landgren —continuó explicando Ragnar Olofsson—. De momento, la información de que dispongo proviene de ellos. Llegaron a las 09.24 horas, cuando ya todo había pasado. Torkel Lindén estaba muerto. ¿Cuál fue la causa de la muerte? Una bala que le entró por la parte posterior de la cabeza. Y en cuanto al niño... Bueno, por lo que a él respecta no sabemos nada en absoluto. Hay testigos que afirman que también fue alcanzado. Hemos visto manchas de sangre en la acera y en la calzada. Aunque no hay nada seguro. El chico desapareció en un Volvo rojo del que hemos averiguado el modelo y parte de la matrícula. No creo que tardemos mucho en dar con el nombre de su propietario.

Gabriella advirtió que Helena Kraft apuntaba meticulosamente todo lo que se decía, tal y como había hecho en anteriores reuniones.

—Pero ¿qué pasó? —preguntó Helena Kraft.

—Según las declaraciones de dos jóvenes estudiantes de la Escuela de Economía que se hallaban al otro lado de la calle, parecía tratarse de un ajuste de cuentas entre dos bandas criminales, ambas con un mismo objetivo: llevarse al niño.

—Me parece bastante rebuscado.

—No estoy tan seguro —continuó Ragnar Olofsson.

— ¿Qué te hace decir eso? —inquirió Helena Kraft.

—Los dos eran profesionales. Por lo que hemos entendido, el autor de los disparos estaba vigilando el portal desde el otro lado de la calle, junto al muro bajo que se encuentra justo delante del parque. Hay indicios que apuntan a que fue ese mismo individuo el que luego abrió fuego. No obstante, nadie parece haberle visto la cara muy bien; es posible que la llevara oculta. Pero dicen que se movía con mucha eficacia y rapidez. Y en el otro bando estaba esa chica.

— ¿Qué sabemos de ella?

—No mucho. Llevaba una chaqueta de cuero negra, creemos, y jeans oscuros. Joven, morena, con *piercings* —señaló uno de los testigos—; un estilo un poco rockero o *punki*, y de baja estatura, y de una rapidez asombrosa, según nos han contado. Apareció como de la nada y se abalanzó sobre el chico para protegerlo. Todos los testigos coinciden en que no debía de tratarse de una ciudadana cualquiera. La chica intervino como si hubiera tenido una preparación especial o, al menos, como si ya se hubiese hallado en situaciones similares en anteriores ocasiones. Actuó de forma extraordinariamente decidida. Luego está el auto, el

Volvo. Respecto a ese tema contamos con datos contradictorios: unos dicen que pasó por casualidad por el lugar, momento que la chica y el niño aprovecharon para meterse dentro con el auto casi en marcha, y otros, sobre todo esos jóvenes estudiantes, piensan que el vehículo formaba parte de la operación. En cualquier caso, me temo que se trata de un secuestro.

—¿Y qué sentido tendría un secuestro?

—Eso no me lo preguntes a mí.

—Es decir, que esa chica no sólo debe de haber salvado al niño sino que también lo ha secuestrado —dijo Gabriella.

—Eso parece, ¿no? Si no, lo más lógico sería que ya se hubiera puesto en contacto con la policía.

—¿Y cómo llegó al lugar?

—Por ahora lo desconocemos. Pero un testigo, un antiguo redactor jefe de una revista sindical, dice que la chica le parecía familiar o que puede que fuera famosa —continuó Ragnar Olofsson para añadir algo más.

Para entonces Gabriella ya había dejado de escuchar. Incluso se había quedado petrificada al ocurrírsele pensar «La hija de Zalachenko, tiene que ser la hija de Zalachenko». Sabía que esa denominación era extremadamente injusta —la hija no tenía nada que ver con el padre, al contrario: ella odiaba a su padre—, pero así era como Gabriella se había acostumbrado a llamarla desde que unos años atrás se puso a leer todo lo que encontró sobre el caso Zalachenko. Ahora, mientras Ragnar Olofsson seguía presentando sus teorías, Gabriella tuvo la sensación de que todas las piezas encajaban. El día anterior, sin ir más lejos, había detectado un par de conexiones entre la vieja red criminal del padre y esa banda que se hacía llamar Spiders. Pero entonces rechazó la idea por inverosímil, ya que consideraba imposible que unos toscos criminales como aquéllos fuesen capaces de reciclarse tanto profesionalmente.

Que hubieran pasado de ser unos tipos sucios embutidos en chalecos de cuero —que consumían su vida en algún club de motociclistas de medio pelo o con el culo pegado al sofá hojeando revistas porno— a unos sofisticados ladrones de tecnología punta era algo que no le cuadraba. No obstante, la idea se quedó flotando en su cabeza, y Gabriella incluso se preguntó si esa chica que había ayudado a Linus Brandell a rastrear la intrusión de los computadores de Balder podría ser la hija de Zalachenko. En un documento de la Säpo que hablaba de ella habían puesto «*¿hacker?*, ¿experta en informática?», y aunque más que nada parecía una cuestión fortuita motivada por el hecho de que la chica había recibido una valoración sorprendentemente buena por su trabajo en Milton Security, resultaba obvio que había dedicado mucho tiempo a investigar la red criminal de su padre.

Pero lo más flagrante era, a pesar de todo, que existiese una relación entre la chica y Mikael Blomkvist. No quedaba clara su naturaleza exacta, aunque Gabriella no había dado crédito en ningún momento a esas perversas especulaciones que insinuaban que uno dominaba al otro con algún tipo de chantaje o con sexo sadomasoquista. Con todo, el vínculo existía, y tanto Mikael Blomkvist como esa chica —cuya descripción coincidía con el aspecto de la hija de Zalachenko y que a un testigo le resultaba familiar— parecían haber estado al tanto del ataque de Sveavägen antes de que se produjera. Y después Erika la había llamado para hablarle de algo importante referente al suceso. ¿No señalaba todo en la misma dirección?

—Estaba pensando en una cosa —comentó Gabriella, quizá con una voz demasiado alta y, además, interrumpiendo a Ragnar Olofsson.

—¿Sí? —dijo éste irritado.

—Me preguntaba si... —continuó. Ya iba a presentar su teoría cuando de pronto reparó en algo que la hizo dudar.

No se trataba de nada raro, en absoluto. Sólo de Helena Kraft que, de nuevo y con gran esfuerzo, anotaba todo lo que decía Ragnar Olofsson. Aunque a decir verdad debería ser muy positivo tener a una jefa de alto rango manifestando tanto interés, había algo exageradamente diligente en el sonido que hacía el bolígrafo sobre el papel, algo que hizo que Gabriella se preguntara si una jefa de tan elevado nivel —cuyo trabajo consistía en supervisar y adoptar un punto de vista global— debería mostrarse tan meticulosa con todos y cada uno de los detalles del caso. Y sin saber muy bien por qué, un profundo malestar se apoderó de ella.

Podría tener que ver, por supuesto, con el hecho de que Gabriella estuviera a punto de señalar, sin demasiado fundamento, a una persona como culpable de un secuestro, pero lo más probable era que se debiese a la reacción de Helena Kraft, quien, al percatarse de que alguien la estaba observando, desvió la mirada e incluso se ruborizó levemente. Y entonces Gabriella decidió no terminar la frase.

—O mejor dicho...

—¿Sí, Gabriella?

—No, no era nada —se corrigió al tiempo que la invadía una repentina necesidad de salir de allí, por lo que, a pesar de que sabía que no daría muy buena imagen si abandonaba la reunión una vez más, decidió ir al baño.

Después recordaría cómo se había quedado contemplando su rostro en el espejo del baño mientras intentaba procesar lo que acababa de ver. ¿Se había sonrojado Helena Kraft? Y en tal caso, ¿qué significaba? Seguro que nada, pensó, nada de nada; aunque fuese vergüenza o culpa lo que Gabriella había intuido en la cara de su jefa, podría haber estado relacionada con cualquier asunto, algo que le diera corte y que se hubiera cruzado por su mente. Y entonces pensó que en verdad no conocía a Helena Kraft de forma particularmente íntima. Aunque sí lo suficiente como para saber que no enviaría a un niño a la muerte sólo para obtener algún tipo de recompensa económica, o favor, o lo que fuese. No, eso era imposible.

Gabriella se había vuelto paranoica. Así de simple. Una espía con la típica paranoia de los espías, que veían topos por doquier, hasta en el reflejo que les devolvía el espejo.

—¡Qué tonta eres! —murmuró entonces para sí misma mientras, resignada, le sonreía a esa imagen como para quitarse la tontería de la cabeza y volver a la realidad. Pero aquello no quedó ahí. En ese mismo instante pareció encontrarse con una nueva especie de verdad ante sus propios ojos.

Intuyó que era como Helena Kraft. Como ella en el sentido de que deseaba agradar a sus superiores mostrándose diligente y habilidosa para recibir la palmadita en la espalda, un rasgo de su carácter que, obviamente, no sólo podía considerarse positivo, porque si en el lugar de trabajo prevalece un ambiente enfermo existe el riesgo de que uno, si es que posee ese tipo de personalidad, se vuelva igual de enfermo. Y, ¿quién sabe?, quizá el deseo de complacer y agradar lleve a las personas a cometer infracciones morales y actos criminales con la misma frecuencia, o más, que la maldad o la avaricia.

Las personas estamos deseosas de ser aceptadas y de integrarnos en el grupo al tiempo que queremos evidenciar lo bien que trabajamos, razón por la cual se cometen indescriptibles tonterías. Y de repente Gabriella se preguntó: ¿era eso lo que había pasado allí? Al menos estaba claro que Hans Faste —porque ¿quién sino él sería esa fuente del equipo de Bublanski?— había asumido la misión de filtrar información a la Säpo puesto que quería quedar bien con ellos; y luego Ragnar Olofsson se había asegurado de que a Helena Kraft le dieran todos y cada uno de los detalles de esa información porque ella era su jefa y él quería quedar bien con ella, y luego... bueno, luego quizá Helena Kraft hubiera filtrado, a su vez, esa información a alguien porque ella también quería quedar bien y mostrar sus habilidades. Pero ¿a quién? ¿Al jefe nacional de la policía, al gobierno? ¿A un servicio de inteligencia extranjero, uno estadounidense o inglés, supuestamente, que quizá a su vez...?

Gabriella no llevó su argumentación hasta el final y, de nuevo, se preguntó si no estaría elucubrando más de la cuenta. Y a pesar de que creía que eso debía de ser lo que le estaba pasando, se quedó allí, quieta, inundada por la sensación de que ya no se fiaba de su equipo, y pensó que podría ser verdad que ella también quisiera quedar bien, aunque no necesariamente con la Säpo. Sólo deseaba que August Balder saliera de ese mal trance. De pronto, en vez del rostro de Helena Kraft, vio ante sí los ojos de Erika Berger. Y entonces se marchó a toda prisa a su despacho y sacó su Blackphone, el mismo que solía usar cuando hablaba con Frans Balder.

Erika había salido a la calle para poder conversar con tranquilidad y ahora se hallaba en Götgatan, delante de la librería Söderbokhandeln, preguntándose si no habría cometido una estupidez. Pero es que Gabriella Grane le había dado tantos argumentos que no había sido capaz de defenderse; ésa era, con toda probabilidad, la desventaja de tener amigas demasiado inteligentes: te calan hasta los huesos.

Gabriella no sólo había deducido el motivo por el que Erika la había llamado sino que también la había convencido de que sentía una responsabilidad moral, y de que jamás en su vida le revelaría el escondite a nadie, por mucho que vulnerara, quizá, su ética profesional. Cargaba con una culpa, le dijo, y por eso quería ayudar. De modo que mandaría con un mensajero las llaves de su casa de Ingarö y se aseguraría de que una descripción de cómo llegar se encontrara en el enlace cifrado que Andrei Zander había instalado según las instrucciones de Lisbeth Salander.

Un poco más arriba de la calle, un mendigo se desplomó y unas cuantas botellas de plástico vacías que llevaba en dos bolsas se esparcieron sobre la acera. Erika se apresuró a acercarse para echarle una mano, pero el hombre, que no tardó en recuperarse y ponerse de pie, no quiso que nadie le ayudara; entonces ella se limitó a mostrarle una melancólica sonrisa y continuó subiendo Götgatan en dirección a *Millennium*.

Cuando volvió a entrar en la redacción, Mikael parecía crispado y agotado. Tenía el pelo alborotado, y la camisa le asomaba por fuera de los pantalones. Hacía mucho que no lo veía tan agobiado. Aun así, no estaba preocupada. Siempre que sus ojos brillaban de esa manera no había quien lo parara. Significaba que había entrado en esa concentración absoluta que no lo abandonaría hasta que hubiese llegado al fondo de la historia.

—¿Tienes un escondite? —preguntó.

Erika asintió con la cabeza.

—Casi mejor que no me cuentes más. Vamos a intentar mantenerlo dentro de un círculo de personas lo más reducido posible —continuó él.

—De acuerdo. Pero esperemos que sea una solución a corto plazo. No me gusta que Lisbeth se haga responsable del niño.

—Quizá les vaya bien a los dos, ¿quién sabe?

—¿Qué le dijiste a la policía?

—Muy poco.

—Mal momento para ocultarles información.

—Sí, desde luego.

—Tal vez Lisbeth esté dispuesta a hacer alguna declaración para que te dejen tranquilo.

—No quiero presionarla. Estoy muy preocupado por ella. ¿Puedes pedirle a Andrei que le pregunte si podemos mandarle un médico?

—Lo haré. Pero oye...

—Sí...

—La verdad es que empiezo a estar convencida de que está haciendo lo correcto —reconoció Erika.

—¿Y por qué dices eso ahora?

—Porque yo también tengo mis fuentes. Y no creo que la jefatura de policía sea un lugar muy seguro en este momento —comentó antes de dirigirse con pasos decididos a hablar con Andrei Zander.

Capítulo 19

Tarde del 22 de noviembre

Jan Bublanski se hallaba solo en su despacho. Al final Hans Faste había confesado que llevaba informando a la Säpo desde el principio, por lo que, sin ni siquiera molestarse en escuchar sus argumentos para defenderse, Bublanski lo echó del equipo. Y aunque con ello hubiera obtenido más pruebas de que Hans Faste no era más que un trepa y un tipo del cual desconfiar, le costaba mucho creer que también les hubiera pasado datos a ciertas bandas criminales. Bublanski tenía enormes dificultades para aceptar que alguien, quien fuese, hubiera sido capaz de hacerlo.

Naturalmente, dentro de la policía también había personas corruptas y depravadas. Pero vender un niño discapacitado a un despiadado asesino era algo diferente, y Bublanski se negaba a pensar que existiera alguien dentro del cuerpo dispuesto a semejante cosa. Quizá la información se hubiera filtrado de otra manera. Podrían haber interceptado los teléfonos o haberse metido en sus computadores, aunque no sabía si habían escrito en alguno que August Balder podía dibujar al asesino, ni tampoco que se encontraba en el Centro Oden. Había estado buscando a la directora de la Säpo, Helena Kraft, para hablar del tema. Y a pesar de que había subrayado la importancia del asunto, ella no le había devuelto la llamada.

También lo habían telefoneado, con gran inquietud, tanto de la Oficina de Exportación como del Ministerio de Industria, y si bien nadie se lo había expresado abiertamente daba la sensación de que la mayor preocupación de éstos no era el niño ni las consecuencias de lo sucedido en Sveavägen, sino aquel proyecto de investigación en el que Frans Balder había estado trabajando y que parecía haber sido robado la noche del asesinato.

Aunque varios de los técnicos informáticos más preparados de la policía y tres expertos de la Universidad de Linköping y de la KTH de Estocolmo estuvieron en la casa de Saltsjöbaden, no hallaron ni rastro de la investigación de Balder ni en los computadores ni entre sus papeles.

—O sea, que ahora, para colmo, hay una Inteligencia Artificial que está en fuga —murmuró Bublanski para sí mismo, y por alguna razón acudió a su mente un viejo enigma que el granuja de su primo Samuel solía contar para desconcertar a sus amigos de la sinagoga.

Se trataba de una paradoja cuya idea residía en que si Dios era todopoderoso ¿sería capaz, entonces, de crear algo que fuera más inteligente que él? El enigma, recordó, era considerado irrespetuoso, o incluso blasfemo, porque poseía esa suerte de escurridiza cualidad de que contestaras lo que contestases quedabas mal. Pero Bublanski no pudo seguir sumido en sus pensamientos. Alguien llamaba a la puerta. Era Sonja Modig, que con ademanes solemnes le llevaba otro trozo de chocolate suizo con sabor a naranja.

—Gracias —dijo—. ¿Qué me cuentas?

—Creemos saber cómo consiguieron hacer que Torkel Lindén y el chico salieran a la calle. Enviaron correos falsos en nuestro nombre y en el de Charles Edelman y quedaron en encontrarse en el portal.

—Así que ahora también se puede hacer eso.

—Sí, ni siquiera resulta demasiado difícil.

—Inquietante.

—Cierto, pero eso no nos dice cómo supieron que era justamente en el computador del Centro Oden donde debían entrar y que Edelman estaba implicado.

—Supongo que también debemos analizar nuestros propios computadores.

—Ya se está haciendo.

—¿Era esto lo que queríamos, Sonja?

—¿A qué te refieres?

—A que uno ya no puede escribir o decir nada sin que exista el riesgo de que alguien lo intercepte.

—No lo sé. Espero que no. Ahí afuera hay un tal Jacob Charro esperando que se le tome declaración.

—¿Quién es?

—Un futbolista bastante bueno del Syrianska. Y el muchacho que llevó en el auto a la chica y al niño de Sveavägen.

Sonja Modig se sentó en la sala de interrogatorios enfrente de un joven y musculoso hombre de pelo corto y moreno y marcados pómulos. Llevaba un suéter de cuello en v de color ocre, sin camisa debajo, y daba la sensación de estar entre conmocionado y orgulloso al mismo tiempo.

—El interrogatorio se inicia a las 18.35 horas, el 22 de noviembre. Se toma declaración al testigo Jacob Charro, de veintidós años de edad, residente en Norsborg. Cuéntenos lo que ha pasado esta mañana —le pidió Sonja Modig.

—Bueno... —empezó Jacob Charro—. Yo iba subiendo por Sveavägen cuando me di cuenta de que había mucho movimiento y pensé que había habido un accidente. Por eso aminoré la marcha. Pero entonces, por la izquierda, apareció un hombre corriendo y cruzó la calzada sin ni siquiera mirar el tráfico, y recuerdo que pensé que quizá fuera un terrorista.

—¿Qué le hizo pensar eso?

—Que parecía como poseído.

—¿Recuerda qué aspecto tenía?

—No sabría muy bien qué decir, había algo raro en su cara.

—¿Raro en qué sentido?

—Como si no fuera la suya. Llevaba unas gafas de sol redondas, que tenía muy bien sujetas a las orejas, como con gomas. Luego las mejillas, no sé, era como si tuviera algo en la boca; y el bigote y las cejas, y el color de la piel... Me pareció todo muy extraño.

—¿Le dio la impresión de que llevaba una careta?

—Había algo raro. Pero no reflexioné mucho sobre eso, porque en ese instante la puerta trasera se abrió de golpe y después... ¿Qué quiere que le diga? Fue uno de esos momentos en los que pasan demasiadas cosas a la vez, como si el mundo entero se cayera sobre uno. De buenas a primeras vi que en mi auto había gente desconocida y que me rompían el cristal de la ventanilla de atrás. Me quedé en *shock*.

—¿Y qué hizo?

—Pisé a fondo el acelerador, como un loco. Creo que la chica que se metió atrás me gritó que lo hiciera; yo estaba tan aterrado que apenas sabía lo que hacía. Sólo obedecí órdenes.

—¿Órdenes dice?

Ésa es la sensación que tuve. Creía que nos estaban persiguiendo, así que no vi otra salida que obedecer. Giré de un lado a otro, siguiendo las instrucciones
que la chica me iba dando, y además...

—¿Sí?

—Había algo en su voz. Sonaba tan fría y concentrada que me agarré a ella. Era como si su voz fuera lo
único controlado de toda aquella locura.

—Ha dicho que creía saber quién era esa chica.

—Sí, pero no en ese momento. No pensaba más
que en lo absurdo que resultaba todo, y tenía un miedo horroroso. Además, en el asiento de atrás la sangre
salía a borbotones.

—¿Del chico o de la chica?

—Al principio no lo supe, y ellos tampoco parecían
saberlo. Pero de repente oí un «yes», una exclamación,
como si acabara de ocurrir algo muy bueno.

—¿De qué se trataba?

—La chica se dio cuenta de que era a ella y no al
niño a quien habían alcanzado, y recuerdo que fue
algo en lo que no dejé de pensar. Era como si dijera
«¡Genial, me han dado a mí!», y eso que no era una
herida pequeña, todo lo contrario. Por mucho que la
vendaba no conseguía parar la hemorragia. La sangre
salía sin cesar y la chica se fue poniendo cada vez más
pálida. Estaba muy mal.

—Y a pesar de eso estaba contenta de haber sido
ella y no el niño...

—Exacto. Como una madre.

—Pero no era su madre.

—No, ¡qué iba a ser! Ni siquiera se conocían, es lo
que me dijo, y eso quedó cada vez más patente. La chica no daba la impresión de tener muy buena mano con

los chicos. En ningún momento se le ocurrió abrazarlo o decirle unas palabras de consuelo. Lo trataba más bien como a un adulto y le hablaba con el mismo tono que a mí. Incluso me pareció que iba a darle whisky.

—¿Whisky? —preguntó Bublanski.

—Yo llevaba una botella en el auto que pensaba regalarle a mi tío, pero se la di a ella para que se desinfectara la herida y bebiese un poco. Se echó unos buenos tragos, la verdad.

—Así, en general, ¿cómo le pareció que trataba al chico? —preguntó Sonja Modig.

—Si le soy sincero, no sé muy bien qué decir. No es que derrochara simpatía precisamente. A mí me trató como si fuera su esclavo y no tenía ni puta idea de cómo actuar con un niño, como ya he comentado, pero aun así...

—¿Qué?

—Creo que es buena persona. No la contrataría como niñera para mis hijos, a ver si entienden lo que quiero decir. Pero es confiable.

—¿Cree entonces que el niño estará seguro con ella?

—Yo diría que esa mujer puede ser peligrosísima o volverse loca de atar. Pero ese chico... August se llama, ¿no?

—Sí.

—A August lo protegerá con su vida si hace falta. Ésa fue mi impresión.

—¿Cómo se separaron?

—Ella me pidió que los llevara a la plaza de Mosebacke.

—¿Vivía ahí?

—No lo sé. No me dio ningún tipo de explicación, nada de nada. Quería que fuéramos hasta allá y ya está. Pensé que tendría su vehículo por la zona. Pero por lo demás no dijo ni una sola palabra innecesaria. Me pidió mis datos personales. Me iba a recompensar por los daños del auto, me explicó, y por algo más.

—¿Le dio la sensación de que tenía mucho dinero?

—Bueno... Si sólo la juzgara por la pinta diría que vive en un cuchitril. Pero la forma de actuar y hablar..., no sé. No me sorprendería que estuviese forrada de dinero. Me pareció que estaba acostumbrada a hacer lo que le daba la gana.

—¿Qué pasó luego?

—Le dijo al niño que se bajara.

—¿Y él lo hizo?

—Estaba como paralizado. Se limitó a hamacar el cuerpo adelante y atrás, y no se movió ni un milímetro. Pero entonces ella se lo pidió con un tono más severo, le dijo que era muy importante, cuestión de vida o muerte, o algo parecido. Y entonces el niño salió del automóvil andando con los brazos totalmente rígidos, como si caminara en sueños o algo así.

—¿Vio hacia dónde se dirigieron?

—Tan sólo que iban hacia la izquierda, hacia Slussen. Pero la chica...

—¿Sí?

—Estaba claro que estaba mal. Avanzaba dando tumbos. Yo pensé que se iba a desplomar de un momento a otro.

—Eso no suena nada bien. ¿Y el chico?

—No creo que se encontrara muy bien tampoco. Tenía una mirada de lo más rara, y durante todo el viaje estuve preocupadísimo por si le daba una crisis nerviosa o algo. Aunque, la verdad, cuando se bajó del auto parecía haber aceptado la situación. Preguntó «adónde» varias veces, «adónde».

Sonja Modig y Bublanski intercambiaron una mirada.

—¿Está seguro de eso? —preguntó ella.

—¿Y por qué no iba a estarlo?

—Porque a lo mejor cree que lo oyó decir eso debido a que puso una cara inquisitiva, por ejemplo.

—¿Y por qué iba a hacer yo una cosa así?

—Porque la madre de August Balder dice que el chico no sabe hablar, nada de nada —continuó Sonja Modig.

—¿Me está tomando el pelo?

—No, y parece muy raro que el niño, en esas circunstancias, pronunciara las primeras palabras de su vida.

—Bueno, yo oí lo que oí.

—De acuerdo, ¿y qué contestó la chica?

—«Por ahí», creo. O «hacia allá». Algo así. Luego, como ya lo dije, estuvo a punto de desplomarse. Además, me ordenó que me fuera de allí.

—¿Y lo hizo?

—Como alma que lleva el diablo. Pisé a fondo como nunca.

—¿Y después cayó en la cuenta de a quién había llevado en su auto?

—Me imaginé que el niño era el hijo de ese genio del que han hablado tanto en Internet. Pero la chica... me sonaba vagamente, nada más. Me hacía recordar algo, y al final no pude seguir conduciendo. Me entraron unos nervios tremendos y no paraba de temblar, así que detuve el auto en Ringvägen, a la altura de Skanstull, más o menos, y entré corriendo en el Clarion Hotel Arlanda para tomarme una cerveza e intentar calmarme un poco. Fue entonces cuando todo me empezó a cerrar. Era esa mujer a la que buscaban por asesinato hace unos años y que al final quedó absuelta de todo, y de la que luego se supo que de niña había sufrido un montón de abusos en un hospital psiquiátrico. De eso me acuerdo muy bien porque en aquella época yo tenía un amigo cuyo padre había sido torturado en Siria. El pobre hombre estaba pasando por lo mismo aquí, en el psiquiátrico: un montón de descargas eléctricas y mierdas de ésas. Sólo porque no soportaba convivir con sus recuerdos. Era como si la tortura también continuara en el hospital.

—¿Está seguro de eso?

—¿De que fue torturado...?

—No, de que era ella, Lisbeth Salander.

—Miré con mi celular todas las fotos que había en la red, y no me cabe la menor duda. También concuerdan otros detalles, ¿saben...?

Jacob dudó, como si le diera vergüenza.

—Ella se quitó la camiseta porque necesitaba usarla como venda, y cuando giró un poco para vendarse el hombro vi que en la espalda tenía tatuado un gran dragón que le subía hasta los hombros. El tatuaje se menciona en uno de los artículos que hay sobre ella en Internet.

Erika Berger estaba en la casa de Ingarö de Gabriella. Había llevado dos bolsas llenas de comida, lápices de colores, una pila de folios, un par de rompecabezas bastante difíciles y unas cuantas cosas más. Pero no había rastro alguno ni de August ni de Lisbeth, y tampoco podía contactar con ellos. Lisbeth no respondía ni a la aplicación RedPhone ni al enlace criptografiado, lo que hizo que Erika se preocupara.

Mirara como mirase la situación, no podía verla

más que como de muy mal agüero. Era cierto que Lisbeth Salander no presentaba mucha inclinación por las frases innecesarias ni las palabras tranquilizadoras. Pero en este caso había sido ella la que pidió que les facilitaran un escondite seguro. Además, tenía a un niño bajo su responsabilidad, y si no respondía a ninguna llamada debía de estar muy mal, ¿no? En el peor de los casos, estaría tirada en algún lugar herida de muerte.

Erika soltó una palabrota mientras salía a la terraza, la misma donde Gabriella y ella habían estado hablando de refugiarse del mundo. De aquello no hacía más que unos meses. Aun así, le parecía muy lejano. Ahora no había mesas, ni sillas, ni botellas, ni ningún objeto procedente del interior de la casa, sólo nieve, ramas y algunos desperdicios que la tormenta había llevado hasta allí. Cualquier indicio de vida parecía haber abandonado el lugar, y de algún modo el recuerdo de aquella noche no hacía más que reforzar la desolación del ambiente. La fiesta flotaba en el aire como un fantasma.

Erika regresó a la cocina y se puso a meter comida en la nevera, platos que se podían calentar en el microondas: albóndigas, espaguetis con salsa boloñesa, salchichas *Stroganoff*, gratén de pescado, bocaditos de patata... También un montón de comida chatarra y congelada que Mikael le había aconsejado que comprara: Billys Pan Pizza, empanadas, papas fritas..., y Coca-Cola, una botella de Tullamore Dew, un cartón de tabaco, tres bolsas de papas fritas, chucherías, tres tabletas de chocolate y golosinas. En la mesa grande y redonda de la cocina dejó hojas de papel, lápices de colores, bolígrafos, gomas de borrar, una regla y un compás. En la primera hoja de la pila de folios dibujó un sol, una flor y la palabra «Bienvenidos» en cuatro cálidos colores.

La casa, ubicada sobre una colina no muy lejos de la orilla del mar, no se podía ver a simple vista desde el exterior. Se hallaba estratégicamente situada detrás de unos pinos y constaba de tres dormitorios, salón y una cocina grande que daba a una terraza acristalada que constituía el verdadero corazón de la casa. En la cocina, aparte de la mesa redonda, había una vieja mecedora y dos sofás raídos y hundidos que, con la ayuda de un par de mantas rojas recién compradas, resultaban bonitos y acogedores. Era un hogar muy agradable.

Y con toda probabilidad un escondite estupendo. Erika dejó la puerta abierta, puso las llaves, tal y como habían acordado, en el cajón superior de la cómoda de la entrada y bajó por una larguísima escalera de madera que seguía la inclinación de la colina y que era la única vía de acceso a la casa para el que llegaba en auto.

El cielo se veía oscuro e inestable, y había vuelto a soplar un viento muy fuerte. Erika se sentía desanimada y triste, estado que no mejoró cuando, mientras conducía de regreso a la ciudad, empezó a pensar en la madre de August, Hanna Balder. Erika no había tenido ocasión de conocerla, aunque tampoco es que fuera precisamente fan suya, al menos antes, en esa época en la que Hanna solía hacer papeles de mujeres a las que todos los hombres pretendían seducir: sexys y tontamente ingenuas, un hecho que, por otra parte, Erika consideraba habitual en la industria del cine, que se decantaba siempre por ese tipo de personajes femeninos. Pero eso ya no era así, razón por la cual Erika sintió un poco de vergüenza por su vieja hostilidad. Había juzgado con demasiada severidad a Hanna Balder, algo que resulta muy sencillo cuando se trata de mujeres jóvenes y guapas que gozan de un gran éxito.

En la actualidad —las pocas veces que Hanna Balder aparecía en grandes producciones— sus ojos mostraban más bien una tristeza contenida, lo que otorgaba profundidad a sus papeles. Quizá ahora —¿qué sabía Erika?— esa pena fuera auténtica. Hanna Balder no la había tenido fácil. Sobre todo durante las últimas veinticuatro horas. Ya desde muy temprano, esa misma mañana, Erika había insistido en que debían informar a Hanna del paradero de su hijo y llevarla hasta allí. Le parecía que era una de esas situaciones en las que un hijo necesita de su madre.

Pero Lisbeth, que a esas alturas todavía tenía a bien comunicarse con ellos, se había opuesto a la idea. Nadie sabía de dónde provenía la filtración, escribió, y no era imposible que procediera del círculo de la madre y de Lasse Westman, en quien nadie confiaba y que parecía haber optado por quedarse en casa todo el día para no tener que enfrentarse a los periodistas que montaban guardia ante su puerta. Era una situación desesperada que a Erika no le gustaba nada; confiaba —¡por Dios!— en que luego fueran capaces de dar cuenta de toda la historia de forma digna y verosímil sin que ni la revista ni nadie terminara mal.

Al menos no dudaba de la capacidad de Mikael, en especial cuando mostraba ese aspecto de estar muy ocupado. Además, le ayudaba Andrei Zander. Erika sentía debilidad por él. Se trataba de un chico muy guapo del que la gente a veces pensaba, erróneamente, que era gay. No hacía mucho, en una cena en casa de Erika y Greger, en Saltsjöbaden, Andrei les había contado la historia de su vida, algo que a Erika no le hizo disminuir, ni mucho menos, su simpatía por él. Todo lo contrario.

Cuando Andrei tenía once años de edad perdió a sus padres en la explosión de una bomba en Sarajevo, tras lo cual se fue a vivir a Tensta, a las afueras de Estocolmo, a casa de una tía suya que ni entendía nada de sus inquietudes intelectuales ni se preocupaba por sus heridas emocionales. Andrei no se hallaba presente cuando sus padres fallecieron. Sin embargo, su cuerpo reaccionó como si hubiera sufrido un estrés postraumático, y en la actualidad todavía seguía sin soportar los ruidos estridentes o los movimientos bruscos y repentinos. Le inquietaban las bolsas que alguien podía dejar un poco apartadas en los restaurantes u otros espacios públicos, y odiaba la violencia y la guerra con una intensidad que Erika no había visto jamás.

En su infancia se había refugiado en su propio mundo. Se sumergió en la literatura fantástica, leía poesía, biografías, le encantaban Sylvia Plath, Borges y Tolkien, y lo aprendió todo acerca de los computadores. Soñaba con ser un escritor que creara novelas desgarradoras sobre el amor y las tragedias del ser humano. El chico era un romántico empedernido que esperaba poder curar sus heridas con grandes pasiones y al que no le importaba lo más mínimo lo que ocurría en la sociedad ni en el mundo. A pesar de eso, una tarde, ya al final de su adolescencia, acudió a una conferencia abierta al público que daba Mikael Blomkvist en la facultad de Periodismo de la Universidad de Estocolmo. Y eso le cambió la vida.

Esa tarde hubo algo en la vehemencia de Mikael que le hizo alzar la mirada para observar un universo que sangraba debido a las injusticias, la intolerancia y la corrupción. Y en vez de fantasear con novelas lacrimógenas empezó a pensar en escribir reportajes de crítica social, y no mucho tiempo después llamó a la puerta de *Millennium* y pidió que lo dejaran trabajar haciendo lo que fuera: preparar café, repasar pruebas, realizar gestiones en la calle... Deseaba estar allí a cualquier precio. Quería pertenecer a la redacción, y Erika, que ya desde el principio había advertido un fervor en sus ojos, le encargó algunos cometidos de menor importancia: noticias cortas, trabajos de documentación y breves semblanzas de algunos personajes. Pero sobre todo le aconsejó que estudiara, una recomendación que él siguió con la misma energía con que lo hacía todo. Realizó estudios de mediación y resolución de conflictos, ciencias políticas, comunicación audiovisual y economía y, mientras tanto, hacía sustituciones en *Millennium*. Todo, por supuesto, motivado por el deseo de convertirse un día en un periodista de investigación de mucho peso, como Mikael Blomkvist.

Pero a diferencia de tantos otros reporteros, Andrei no era un tipo duro. Seguía siendo un romántico. Seguía soñando con el gran amor de su vida, y tanto Mikael como Erika habían dedicado bastante tiempo a hablar con él sobre sus problemas amorosos. Las mujeres se sentían atraídas por Andrei con la misma facilidad con que lo abandonaban. Tal vez hubiera algo bastante desesperado en su ansia de amar, y quizá a muchas las asustara la intensidad con la que expresaba sus sentimientos; incluso era probable que revelara muy pronto sus defectos y debilidades. Se mostraba excesivamente abierto y transparente. En definitiva, era demasiado bueno, como solía decir Mikael.

Pero Erika creía que Andrei estaba a punto de deshacerse de esa vulnerabilidad juvenil. Al menos eso era lo que se reflejaba en su periodismo. Esa convulsiva ambición de querer emocionar con la que había sobrecargado su prosa había sido sustituida por una sobriedad mucho más eficaz, y ella sabía que ahora que se le había brindado la oportunidad de colaborar con Mikael en la historia de Balder iba a darlo absolutamente todo.

Tal y como habían establecido, Mikael escribiría el grueso del reportaje, la estructura narrativa en la que se apoyaría todo lo demás. Andrei lo ayudaría con la investigación previa pero también con la redacción de unos artículos suplementarios y algunas presentaciones biográficas. A Erika le gustaba el planteamiento. Y, en efecto, tras estacionar en Hökens gata y entrar en la redacción, los halló a los dos, tal y como se había imaginado, absortos en su trabajo.

Era verdad que de vez en cuando Mikael murmuraba para sí algunas palabras ininteligibles; en sus ojos, Erika no sólo vio esa chispeante determinación sino también cierto tormento, lo que no le sorprendió. Mikael había dormido pésimo. Los medios de comunicación le estaban dando duro, y encima había prestado declaración en la comisaría, donde se había visto obligado a hacer una cosa de la que, precisamente, lo acusaba la prensa: ocultar información. Y a Mikael todo eso le pasaba factura.

Mikael Blomkvist era un escrupuloso cumplidor de la ley, en cierto sentido un ciudadano ejemplar. Pero si había alguien que pudiera hacerle transgredir el límite de lo prohibido, ésa era Lisbeth Salander. Antes caería en desgracia que traicionarla. Por eso había estado en la comisaría limitándose a declarar: «Me acojo a la protección de fuentes», así que no era raro que se sintiera incómodo y le inquietaran las consecuencias. Y sin embargo... Ante todo, estaba concentrado en su reportaje y, al igual que Erika, se preocupaba más por Lisbeth y el niño que por su propia situación. Tras pasar un rato contemplándolo, Erika se acercó y le preguntó:

—¿Cómo va?

—¿Qué...? Bueno... Bien... ¿Qué tal en la casa?

—Hice las camas y puse comida en la nevera.

—Muy bien. ¿Y no te vio ningún vecino?

—No, nadie.

—¿Por qué tardan tanto en llegar? —preguntó.

—No lo sé. Me pone enferma de preocupación.

—Esperemos que estén descansando en lo de Lisbeth.

—Esperemos que sí. Y por lo demás, ¿qué has averiguado?

—Bastantes cosas.

—Muy bien.

—Pero...

—¿Sí?

—Es sólo que...

—¿Qué?

—Es como si hubiera sido arrojado hacia atrás en el tiempo, o como si me acercara a lugares donde ya estuve antes.

—Creo que vas a tener que explicarme eso más detenidamente —dijo ella.

—Sí, voy a...

Mikael echó un vistazo a la pantalla de su computador.

—Pero primero debo seguir con esto. Luego hablamos, ¿sí? —zanjó, y entonces ella lo dejó en paz, dispuesta a irse a su casa, aunque, como era lógico, se mantendría alerta en todo momento por si surgía alguna emergencia y había que intervenir.

Capítulo 20

23 de noviembre

La noche fue tranquila, preocupantemente tranquila, y a las 08.00 horas un meditabundo Jan Bublanski se presentó ante su equipo en la sala de reuniones, convencido de que tras haber echado a Hans Faste podría hablar con total libertad, sin miedo a las filtraciones. Por lo menos allí dentro, con sus colegas, se sentía más seguro que utilizando su computador o su celular.

—Todos se dan cuenta de la gravedad de la situación —empezó diciendo—. Se ha filtrado información confidencial. Debido a eso una persona ha muerto y la vida de un niño se encuentra en peligro. A pesar del intenso trabajo realizado ignoramos cómo se ha producido la filtración. Puede haber tenido lugar aquí, o en la Säpo, o en el Centro Oden, o en el entorno personal y profesional del profesor Edelman, o en el de la madre y su pareja, Lasse Westman. No sabemos nada con seguridad, por lo que debemos ser extraordinariamente prudentes, incluso paranoicos, diría yo.

—También es posible que hayamos sufrido una intrusión informática o que hayan interceptado alguna conversación telefónica. Todo parece indicar que nos hallamos ante una banda criminal que domina las nuevas tecnologías con una pericia muy por encima de lo acostumbrado —añadió Sonja Modig.

—Exacto, y eso no convierte el asunto en menos desagradable —continuó Bublanski—. Tenemos que ser cautos en todos los niveles, abstenernos de comentar nada importante por teléfono, por ejemplo, por mucho que nuestros jefes elogien nuestro nuevo sistema de telefonía móvil.

—Lo hacen porque nos salió un ojo de la cara —comentó Jerker Holmberg.

—Quizá también deberíamos reflexionar un poco sobre nuestro propio papel —siguió Bublanski—. Acabo de hablar con una joven e inteligente analista de la Säpo, Gabriella Grane se llama, por si el nombre les resulta familiar. Ha sido ella la que me ha hecho ver que el concepto de lealtad en la policía no es tan sencillo como podría pensarse. Tenemos muchas lealtades diferentes, ¿a que sí? Está la obvia, la que mantenemos con la ley. Hay una para con la gente de la calle y otra para con los colegas, pero también una con nuestros superiores y otra con nosotros mismos y nuestra carrera profesional. En algunas ocasiones, esas lealtades, todos lo sabemos, colisionan entre sí. Unas veces se protege a un compañero y se falla en la fidelidad a los ciudadanos, y otras uno ha recibido órdenes desde arriba, como le ha sucedido a Hans Faste, y entonces dicha lealtad choca con la que él debería haber tenido con nosotros. Pero de ahora en adelante, y estoy hablando muy en serio, quiero que haya una sola, y ésa no es otra que la que le debemos a la propia investigación. Detendremos a los culpables y nos aseguraremos de que nadie más sea víctima de esos criminales. ¿Les parece bien? Y da igual que les llame el mismísimo primer ministro o el jefe de la CIA y les hable de patriotismo y de las enormes posibilidades de promoción y ascenso que se les presentan... Ustedes no les dirán ni pío, ¿estamos?

—No —contestaron todos al unísono.

—¡Estupendo! Como ya saben, fue nada menos que Lisbeth Salander la chica que intervino en Sveavägen; estamos intensificando al máximo nuestros esfuerzos para dar con su paradero —continuó Jan Bublanski.

—¡Por eso debemos divulgar su nombre y servirnos de los medios de comunicación! —exclamó Curt Svensson no sin cierta vehemencia—. Necesitamos la ayuda que nos pueda prestar la gente de la calle.

—Sé que existen opiniones encontradas respecto a ese tema, así que me gustaría volver a plantearlo. Para empezar, supongo que no hace falta que los recuerde que en anteriores ocasiones Salander ha sido muy mal tratada tanto por nosotros como por los medios de comunicación.

—Eso ahora no importa —repuso Curt Svensson.

—No resultaría del todo improbable que hubiera más personas en Sveavägen que la pudiesen reconocer, de modo que su nombre, pese a todo, podría divulgarse en cualquier momento, lo que nos resolvería el problema. Pero antes de que eso ocurra quiero recordarles que Lisbeth Salander salvó la vida del niño y merece todo nuestro respeto.

—De acuerdo, de eso no cabe duda —admitió Svensson—. Pero luego más o menos lo secuestró.

—Contamos con datos que más bien indican que quería proteger al niño a cualquier precio —intervino Sonja Modig—. Lisbeth Salander es una persona que ha tenido muy malas experiencias con las autoridades.

Toda su infancia fue una continua serie de abusos por parte del Estado, y si ella sospecha, al igual que nosotros, que existe una filtración dentro de la policía, podemos estar muy seguros de que no va a ponerse en contacto con nosotros por propia voluntad.

—Eso importa menos todavía —se empeñó Curt Svensson.

—En cierto sentido tienes razón —prosiguió Sonja—. Tanto Jan como yo coincidimos contigo en que lo único importante en este asunto es si está justificado, desde el punto de vista de la investigación, que divulguemos su nombre o no. La seguridad del niño se antepone a todo lo demás, y es ahí donde más dudas se nos presentan.

—Entiendo su planteamiento —dijo Jerker Holmberg con una discreta ponderación que enseguida atrajo la atención de todo el mundo—. Si la gente descubre a Salander el niño también se verá expuesto a una situación de riesgo. Aun así, creo que nos queda por responder una serie de preguntas, sobre todo una un poco solemne y fundamental: ¿qué es lo correcto? Y para contestarla me veo obligado a apuntar que, aunque tenemos una filtración, no podemos aceptar que Salander oculte a August Balder. El chico es una parte esencial de la investigación, y nosotros, con o sin filtración, estamos mucho más capacitados para proteger a un niño que una chica joven con una vida emocionalmente perturbada.

—Sí, claro, eso es evidente —murmuró Bublanski.

—Exacto —continuó Jerker Holmberg—. Y aunque no se trate de un secuestro en el sentido habitual de la palabra y todo se haya hecho con las más nobles intenciones, el daño que se le puede ocasionar al niño es el mismo. Desde un punto de vista psicológico, debe de ser extremadamente perjudicial para él estar huyendo tras todo lo que le ha sucedido.

—Es verdad —asintió Bublanski—. Pero la cuestión sigue siendo cómo tratar la información.

—Ahí estoy de acuerdo con Curt. Debemos divulgar el nombre y la fotografía a la vez. Nos podría proporcionar una ayuda inestimable.

—Sí, eso es cierto —prosiguió Bublanski—. Pero también podría proporcionársela a los criminales. Tenemos que partir de la premisa de que los asesinos no han abandonado la búsqueda del niño, al contrario, y como tampoco sabemos nada de la posible relación entre el niño y Salander, no podemos imaginar qué pistas les daría la publicación del nombre. Tengo serias dudas de que su divulgación en los medios beneficie a la seguridad del chico.

—Ya, pero además ignoramos si le protegemos mejor no difundiendo su nombre —contestó Jerker Holmberg—. Faltan demasiadas piezas en el rompecabezas para sacar ese tipo de conclusiones. Por ejemplo: ¿trabaja Salander para alguien? ¿Tiene sus propios planes para el niño aparte de protegerlo?

—¿Y cómo podía saber que el chico y Torkel Lindén iban a salir a la calle justo en ese momento? —apostilló Curt Svensson.

—Tal vez se encontrara allí por pura casualidad.

—No parece muy creíble.

—La verdad no siempre parece creíble —continuó Bublanski—. Diría incluso que eso es lo que la caracteriza. Pero estoy de acuerdo, no convence mucho que se hallara allí por casualidad teniendo en cuenta las circunstancias.

—Como la de que Mikael Blomkvist también supiera que algo iba a pasar —terció Amanda Flod.

—Y la de que exista una conexión entre Blomkvist y Salander —apostilló Jerker Holmberg.

—Exacto —asintió Bublanski.

—Mikael Blomkvist sabía que el chico estaba en el Centro Oden, ¿verdad?

—Sí, se lo había contado Hanna Balder, la madre —confirmó Bublanski—. Una madre que, como comprenderán, no se encuentra muy bien ahora mismo. Acabo de hablar largo y tendido con ella. Pero Blomkvist no debía de saber que habían engañado a Torkel Lindén para que saliera a la calle con el niño.

—¿No podría haber tenido acceso a los computadores del Centro Oden? —inquirió pensativa Amanda Flod.

—No me imagino a Mikael Blomkvist haciendo de *hacker* —dijo Sonja Modig.

—¿Y Salander? —se preguntó Jerker Holmberg—. ¿Qué sabemos realmente de esa chica? Contamos con un voluminoso expediente de ella, pero la última vez que se cruzó en nuestro camino nos sorprendió en todo. Quizá también ahora las apariencias engañen.

—Exacto —apuntó Curt Svensson—. Aquí hay demasiadas interrogantes.

—Es casi lo único que hay. Y justo por eso debemos proceder según el reglamento —aclaró Jerker Holmberg.

—Ignoraba que el reglamento tuviera una cobertura tan amplia —comentó Bublanski con un sarcasmo que en realidad no le gustaba.

—Sólo quiero señalar que esto hay que tomarlo como lo que es: el secuestro de un niño. Han pasado casi veinticuatro horas desde que desaparecieron y no sabemos nada de ellos. Divulgaremos el nombre y la foto de Salander, y luego analizaremos minuciosamente toda la información que nos vaya llegando —concluyó Jerker Holmberg con gran autoridad, lo que pareció provocar el asentimiento de todos. Y entonces Bublanski cerró los ojos y pensó en lo mucho que quería a su equipo.

Sentía una mayor compenetración con ellos que con sus hermanos o sus padres. Aunque ahora, a pesar de todo, se veía obligado a ir en contra de sus colegas.

—Intentaremos encontrarlos con todos los medios de los que disponemos. Pero de momento pospondremos la difusión del nombre y de la foto. Eso sólo crisparía el ambiente, y no quiero dar ninguna pista a los asesinos.

—Además, te sientes culpable —finalizó Jerker Holmberg no sin cierta calidez.

—Además, me siento muy culpable —admitió Bublanski al tiempo que volvía a pensar en su rabino.

Mikael Blomkvist estaba muy preocupado por el niño y por Lisbeth, así que esa noche tampoco había dormido demasiadas horas. Una y otra vez había intentado llamar a Lisbeth a través de la aplicación RedPhone. Pero ella no contestaba. No había oído ni una sola palabra suya desde el día anterior por la tarde. Ahora se encontraba sentado en la redacción procurando refugiarse en su trabajo y dar con aquello que se le escapaba, pues desde hacía un tiempo tenía el creciente presentimiento de que faltaba algo fundamental para completar la historia, algo que le arrojaría una nueva luz. Aunque tal vez se estuviera engañando a sí mismo. Quizá se tratara tan sólo del deseo de que así fuera, de que ese algo que se hallaba oculto fuera grande e importante. Lo último que Lisbeth le había escrito en el enlace cifrado era:

Yuri Bogdanov, Blomkvist. Échale un ojo. Fue él quien vendió la tecnología de Balder a Eckerwald en Solifon.

Había unas fotos de Bogdanov en la red. Llevaba trajes de rayas en todas, pero por muy bien que le sentaran no parecía que fueran suyos. Daba la sensación de que los había robado de camino a la sesión de fotos. Bogdanov tenía el cabello largo y lacio, la piel marcada por la viruela, unas acentuadas ojeras y unos rudimentarios tatuajes caseros que asomaban por debajo de las mangas de la camisa. Su mirada era oscura e intensa, penetrante. Se le veía alto, pero no debía de pesar más de sesenta kilos.

Tenía pinta de ser un expresidiario, pero lo más importante era que había algo en su lenguaje corporal que Mikael reconoció de las imágenes de las cámaras de vigilancia que había visto en la casa de Balder, en Saltsjöbaden: presentaba el mismo aspecto andrajoso y desgarbado. En las pocas entrevistas que Bogdanov había concedido con motivo de su éxito empresarial en Berlín, insinuaba que prácticamente había nacido en la calle.

—Estaba condenado a hundirme, a que me encontraran en algún callejón con una jeringuilla en el brazo. Pero conseguí levantarme y salir del fango. Soy inteligente y un luchador nato —comentaba muy jactancioso.

Por otra parte, no había nada en su vida que contradijera sus palabras, aparte de, tal vez, la sensación de que no había salido del pozo tan sólo por sus propios méritos. Existían indicios de que había recibido ayuda de ciertas personas poderosas que se habían dado cuenta de su talento. En una revista alemana de tecnología, el director de seguridad de Horst, un instituto de crédito, declaró: «Bogdanov tiene una mirada mágica. Detecta como nadie los puntos vulnerables de los sistemas de seguridad. Es un genio».

Resultaba obvio que Bogdanov debía de ser un *hacker* estrella, por mucho que la imagen oficial fuera la de alguien que sólo ejercía de *white hat*, o sea, una persona que prestaba un servicio en el lado bueno, legal, y que a cambio de una suculenta recompensa ayudaba a las empresas a descubrir fallos en sus sistemas de seguridad. Tampoco, claro está, había nada en la suya, Outcast Security, que pareciera dudoso o que levantase la más mínima sospecha de que pudiera tratarse de una tapadera para realizar otras actividades. Los miembros del consejo de administración eran personas con una sólida formación y sin mancha alguna en ningún registro. Pero Mikael, naturalmente, no se contentaba con eso. Andrei y él se pusieron a estudiar a todas las personas —incluidos los socios de los socios— que habían tenido algún tipo de trato con la empresa. Por ínfimo que fuera. Y entonces descubrieron que un tal Orlov había estado en el consejo como suplente durante un breve período, lo que ya desde el primer momento se les antojó un poco extraño, pues Vladímir Orlov no era un profesional de la informática sino un empresario de medio pelo del mundo de la construcción. Había sido un prometedor boxeador de peso pesado de Crimea y, a juzgar por las escasas fotos que Mikael encontró en Internet, parecía un tipo muy bruto en el que la vida había provocado bastantes estragos, una persona a la que una chica joven no invitaría a tomarse un té en su casa.

Hallaron datos sin confirmar de que había sido condenado por un delito de lesiones y proxenetismo. Se había casado dos veces; en ambos casos las mujeres habían fallecido, si bien Mikael no había podido determinar las causas de la muerte. Pero lo realmente interesante era que había sido suplente de la junta directiva en la discreta —y desde hacía tiempo desmantelada empresa— Bodin Bygg & Export, dedicada a la «venta de material de construcción».

Su propietario era Karl Axel Bodin, alias Alexander Zalachenko, nombre que no sólo despertó en él el recuerdo de un mundo de maldad y le hizo rememorar su gran primicia. También se trataba del padre de Lisbeth y del hombre que había conducido a la muerte a su madre y arruinado su infancia. Zalachenko era una sombra tenebrosa, el corazón negro que se escondía tras su palpitante deseo de venganza.

¿Era una casualidad que ese nombre apareciera en el material enviado por Lisbeth? Mikael sabía mejor que nadie que bastaba con escarbar con suficiente profundidad en cualquier historia para que salieran a la luz conexiones de todo tipo. La vida siempre ofrece correspondencias ilusorias. Sólo que cuando se trataba de Lisbeth Salander, Mikael había aprendido a no confiar mucho en las casualidades.

Si ella le rompía los dedos a un cirujano plástico o se comprometía a investigar un robo de sofisticada tecnología de IA no era sólo porque hubiera meditado previamente sobre ello sino también porque había una razón, un motivo. Lisbeth no olvidaba ninguna injusticia, ningún agravio. Ella devolvía el golpe y ponía las cosas en su sitio. ¿Estaría vinculada su actuación en esta historia con su propio pasado? Desde luego, imposible no era.

Mikael levantó la vista de la pantalla y observó a Andrei. Sus miradas se encontraron y el joven asintió con la cabeza. Desde el pasillo llegaba un ligero olor a comida y de Götgatan subía el ruido amortiguado de una música rock. Fuera, la tormenta arreciaba y el cielo continuaba oscuro y revuelto. Mikael entró en el enlace cifrado no porque esperara encontrar nada sino porque ya lo había incorporado a su rutina. Pero esta vez se le iluminó la cara. Incluso estalló en un pequeño grito de júbilo.

En el enlace ponía:

Estoy bien. Nos vamos al escondite dentro de poco.

Él contestó en el acto:

Fantástico. Conduce con cuidado.

Luego no pudo resistirse a añadir:

Lisbeth: ¿a quién estamos buscando realmente?

Ella respondió de inmediato:

¡Ya lo deducirás!

«Estoy bien» era una exageración. Lisbeth se sentía mejor. Pero todavía se encontraba bastante mal. Durante la mitad del día anterior apenas había sido consciente del tiempo y del espacio, y sólo haciendo acopio del mayor de los esfuerzos fue capaz de arrastrarse hasta la cocina para darle de comer y beber a August y para proporcionarle papel y lápices de colores con el fin de que retratara al asesino. Y ahora que se volvía a acercar a él una vez más vio, a cierta distancia, que el chico no había dibujado nada de nada.

Era verdad que había llenado de papeles la mesa

que se hallaba delante de él, frente al sofá, pero no se trataba de dibujos, sino más bien de una larga serie de garabatos. Lisbeth, más por distracción que por curiosidad, les echó un vistazo. Eran números, interminables series de números; y aunque al principio no entendía nada, su interés fue aumentando poco a poco hasta que, de pronto, pegó un silbido.

—¡Lo tengo! —murmuró.

Acababa de ver unos números vertiginosamente elevados que por sí mismos no le decían nada, pero que en combinación con los de al lado formaban una estructura familiar. Y cuando siguió hojeando los papeles e incluso se topó con la sencilla serie de números 641, 647, 653 y 659, no le cupo ninguna duda: se trataba de *sexy prime quadruplets*, como se decía en inglés, números sexys en el sentido de que conformaban una serie de cuatro números primos correlativos que estaban separados por seis unidades.

También había números primos gemelos y todo tipo de combinaciones de números primos... Y entonces no pudo reprimir una sonrisa.

—¡Qué increíble! —dijo.

Pero August ni contestó ni levantó la mirada. Se limitó a permanecer sentado sobre las rodillas ante la mesa que había frente al sofá, como si lo único que le interesara fuera seguir escribiendo sus números. Entonces Lisbeth se acordó vagamente de que en algún sitio había leído algo sobre los *savants* y los números primos. Sin embargo no pensó más en ello. Se encontraba demasiado fatigada como para seguir ahondando en sus pensamientos, de modo que se dirigió al cuarto de baño para tomarse otras dos pastillas de Vibramicina que guardaba allí desde hacía bastante tiempo.

Llevaba automedicándose con antibióticos desde que, maltrecha y dolorida, había aterrizado en su casa. Tras tomarse las cápsulas, metió en la bolsa su pistola, su computador y una muda, y le dijo al chico que se levantara. Él no quería. Agarraba de forma compulsiva el lápiz sin moverse y, por un momento, Lisbeth se quedó delante de él desconcertada, sin saber qué hacer. Luego le repitió con voz severa:

—¡Levántate!

Y entonces el niño obedeció y ella se puso, por si acaso, una peluca y unas gafas oscuras.

Se abrigaron, bajaron en el ascensor hasta el garaje y, una vez dentro del BMW, pusieron rumbo a Ingarö. Lisbeth conducía con la mano derecha. El hombro izquierdo estaba fuertemente vendado y le dolía, al igual que la parte superior del pecho. Todavía tenía fiebre y en un par de ocasiones se vio obligada a parar para descansar un rato en el arcén. Cuando por fin llegaron a la playa y al embarcadero de Stora Barnvik, ya en la isla, subieron por la larga escalera de madera que discurría en paralelo a la pendiente y entonces entraron en la casa, de acuerdo con las instrucciones recibidas. Acto seguido, Lisbeth cayó rendida en la cama de la habitación contigua a la cocina. Tiritaba de frío.

A pesar de todo, al cabo de un rato se levantó y, con cierta dificultad para respirar, se sentó frente a su computador a la mesa de la cocina para intentar, de nuevo, romper el cifrado del archivo que había descargado de la NSA. Esta vez tampoco lo logró. Ni por asomo. A su lado estaba August con la mirada clavada en todos los lápices y las hojas que Erika Berger había dejado allí. Pero ahora no tenía fuerzas para escribir series de números primos ni, mucho menos aún, para dibujar a ningún asesino. Quizá se encontrara todavía demasiado conmocionado.

El hombre que se hacía llamar Jan Holtser se hallaba sentado en una habitación del Clarion Hotel Arlanda hablando por teléfono con su hija Olga, quien, como él ya se esperaba, no le creía.

—¿Me tienes miedo? —preguntó ella—. ¿Me evitas porque temes que yo no me crea tus excusas y que al pedirte explicaciones me enfrente contigo?

—No, no, en absoluto. Es que tenía que... —intentó justificarse él.

Le costaba dar con las palabras. Sabía que Olga se había dado cuenta de que le ocultaba algo y terminó la conversación antes de lo que hubiera deseado. A su lado, sobre la cama, Yuri no hacía más que maldecir: había revisado el computador de Frans Balder por enésima vez sin encontrar, como él decía, «ni una mierda», «¡ni una puta mierda!».

—¿Así que he robado un computador que no contiene nada? —inquirió Jan Holtser.

—Exactamente.

—Y entonces ¿para qué lo tenía?

—Para algo muy especial, eso está claro. He constatado que un archivo muy grande que, con toda probabilidad, estaba conectado con otros computadores, ha sido borrado no hace mucho. Pero por más que lo intento no soy capaz de recuperarlo. Ese tipo sabía lo que hacía.

—Desesperante.

—Es terriblemente desesperante.

—¿Y el teléfono, el Blackphone?

—Hay algunas llamadas que no he podido rastrear

y que quizá sean de la policía de seguridad sueca o de la FRA. Pero lo que más me preocupa es otra cosa.

—¿Qué?

—Una larga conversación que Balder mantuvo justo antes de que tú entraras en la casa. Estaba hablando con alguien del MIRI, el Machine Intelligence Research Institute.

—¿Y qué hay de preocupante en eso?

—Para empezar, el momento. Me da la sensación de que se trata de alguna llamada urgente. Pero también el hecho de que sea el MIRI. Ese instituto trabaja para que en el futuro los computadores inteligentes no se vuelvan peligrosos para la humanidad, y no sé, me da mala espina. Es como si Balder les hubiera cedido una parte de su investigación, o que...

—¿Sí?

—O que les hubiera contado todo lo nuestro, toda la mierda que pudiera saber sobre nosotros.

—Eso sería muy jodido.

Yuri hizo un gesto afirmativo con la cabeza y Jan Holtser renegó en silencio. Nada había salido como esperaban y ninguno de los dos estaba acostumbrado a fracasar. Ahora habían fallado dos veces seguidas y por culpa de un niño, un niño retrasado, cosa que ya en sí misma resultaba bastante dolorosa. Pero eso no era lo peor.

Lo peor era que Kira iba de camino y, para colmo, en un estado, al parecer, de máxima alteración, algo a lo que tampoco estaban habituados. Todo lo contrario: ella más bien solía mostrar una fría elegancia que otorgaba a sus actividades un aire de invulnerabilidad y que los hacía sentirse invencibles. Sin embargo, ahora se hallaba furiosa, fuera de sí, y les había gritado que eran un par de inútiles y unos idiotas totalmente incompetentes. Aunque la verdadera causa no era que hubieran errado el tiro o los tiros que impactaron —o quizá no— en el chico. No; la causa de su rabiosa enajenación residía en la chica que había aparecido de la nada para proteger a August Balder. Era ella la que había provocado que Kira perdiera por completo los estribos.

Cuando Jan procedió a describirla —lo poco que le había dado tiempo a ver— Kira comenzó a acribillarlo a preguntas. Al contestarle con la respuesta correcta —o con la errónea, dependiendo de cómo se viera el asunto— se volvió loca y empezó a pegarles gritos: que si tendrían que haberla matado, que si ya se lo figuraba, que si todo se había echado a perder... Ni Jan ni Yuri comprendían lo desmesurado de su reacción. Ninguno de los dos la había oído gritar antes de esa manera.

Claro que, por otra parte, muchas eran las cosas que ignoraban de Kira. Jan Holtser nunca olvidaría ese día en el que, en una *suite* del Hotel D'Angleterre de Copenhague, tras haber mantenido relaciones sexuales con ella por tercera o cuarta vez, se quedaron en la cama tomando champán y charlando, como en tantas otras ocasiones, de las guerras en las que había participado Jan así como de sus asesinatos. En un momento dado, él le acarició el hombro y, al pasarle la mano por el brazo, descubrió en su muñeca una triple cicatriz.

—¿Cómo te has hecho eso, cariño? —le preguntó. Y ella le devolvió una devastadora mirada cargada de odio.

Después de aquello, ella nunca quiso volver a acostarse con él. Jan lo interpretó como un castigo por haberle hecho la pregunta. Kira se ocupó de Yuri y de él y les dio montones de dinero, pero no permitió que ninguno de los dos, ni nadie más de su entorno se interesara por su pasado. Formaba parte de unas leyes no escritas, un acuerdo tácito, de modo que a ninguno de ellos se le pasaba ya por la cabeza intentar hacerlo. Para bien o para mal —sobre todo para bien, creían todos—, ella era su benefactora, así que deberían tolerar sus caprichos y aceptar vivir con la constante incertidumbre de si los trataría con cariño o con frialdad; eso en el caso de que no los abroncara o, incluso, de que no les propinara una inesperada y dolorosa bofetada.

Yuri cerró el computador y sorbió un trago. Los dos procuraban controlar su consumo de alcohol lo mejor que podían para que Kira no se lo echara en cara. Pero resultaba casi imposible: demasiada frustración y adrenalina incitaba a beber. Jan toqueteaba nervioso su teléfono.

—¿Olga no te ha creído? —preguntó Yuri.

—Ni lo más mínimo. Y por si fuera poco supongo que pronto me verá en forma de dibujo infantil en la portada de todos los periódicos.

—No acabo de tragarme lo del dibujo. Bueno, no se lo creen ni ellos... Ya les gustaría.

—Entonces ¿estamos esforzándonos por matar a un niño innecesariamente?

—No me extrañaría. ¿No debería Kira haber llegado ya?

—Estará al caer.

—¿Quién crees que fue?

—¿Quién?

—La chica que apareció de la nada.

—Ni idea —dijo Jan—. Y no creo que Kira lo sepa tampoco. Más bien es como si algo le preocupara.

—Supongo que habrá que matarlos a los dos.
—Me temo que habrá que hacer más que eso.

August no se encontraba bien, eso estaba clarísimo. Le habían salido unas manchas rojas en el cuello y tenía las manos cerradas con fuerza. A Lisbeth Salander, que se hallaba sentada a su lado en la mesa redonda de la cocina trabajando en su criptografía RSA, le dio miedo que le fuera a dar algún ataque. Sin embargo, lo único que pasó fue que August agarró un lápiz de color, uno negro.

En ese mismo instante, una ráfaga de viento hizo temblar los grandes ventanales que tenían delante, lo que provocó que August dudara y se limitara a pasear la mano izquierda de un lado a otro por encima de la mesa. Pero de pronto, a pesar de todo, empezó a dibujar: una línea aquí, otra allá y, a continuación, unos pequeños círculos, seguramente botones, pensó Lisbeth; después una mano, los detalles de un mentón, la pechera de una camisa desabotonada. Todo se aceleró y, pasados unos instantes, la tensión de la espalda y de los hombros del niño fue disminuyendo. Era como si se tratase de una herida que se abriera de golpe para luego empezar a curarse, aunque eso no quería decir, en absoluto, que estuviese más tranquilo.

Sus ojos ardían con un brillo atormentado y, de vez en cuando, tenía sacudidas en el cuerpo. Pero sin lugar a dudas algo en su interior se había liberado, y cambió de color para dibujar un suelo, un parqué de roble, y encima de éste un hormigueo de piezas de rompecabezas que posiblemente formaran una resplandeciente ciudad en plena noche. Aun así, ya en ese momento resultaba obvio que no iba a ser un dibujo decorativo e inocente.

La mano y el pecho desabotonado resultaron pertenecer a un hombre corpulento que hacía gala de una protuberante barriga cervecera. Éste se hallaba encorvado, como una navaja a medio abrir, y estaba pegándole a una persona pequeña que se encontraba sentada en el suelo, alguien que no aparecía en el campo de visión por la simple razón de que era quien contemplaba la escena y recibía los golpes. Era un dibujo inquietante y desagradable, de eso no cabía la menor duda.

Pero no parecía tener nada que ver con el asesinato, aunque en este caso también se revelaba a un malhechor. En medio del dibujo, en su verdadero epicentro, aparecía una cara rabiosa y sudorosa en la que todas y cada una de las arrugas de amargura y resentimiento, por ínfimas que fueran, estaban captadas con gran exactitud. Lisbeth reconoció ese rostro, y no porque viera mucho la tele o fuese muy a menudo al cine.

Pertenecía al actor Lasse Westman, el padrastro de August. Por eso se inclinó hacia el niño y le dijo con una sagrada y vibrante furia:

—¡Eso no te lo volverá a hacer nunca más! ¡Nunca!

Capítulo 21

23 de noviembre

Alona Casales comprendió que algo iba mal cuando la desgarbada figura del comandante Jonny Ingram se dirigió a la mesa de Ed the Ned. Según se iba acercando, ya se podía apreciar en la inseguridad de su lenguaje corporal que llevaba malas noticias, algo que en circunstancias normales no le habría importado lo más mínimo.

Por regla general, Jonny Ingram parecía regocijarse en el mal ajeno cada vez que le clavaba un puñal por la espalda a alguien. No obstante, con Ed era diferente. Incluso los peces gordos le tenían miedo. Porque si alguien se metía con él, a Ed se salía de sus casillas, y a Jonny Ingram no le gustaban las escenas, y mucho menos todavía ofrecer una imagen patética. Pero si pensaba meterse con Ed, eso era precisamente lo que le esperaba.

Se quedaría como si le hubiese pasado un huracán por encima. Mientras Ed era corpulento y de temperamento explosivo, Jonny Ingram era un chico de clase alta, esbelto, y con cierto amaneramiento en su forma de moverse. Jonny Ingram resultaba ser un verdadero maestro a la hora de manejar los hilos del poder y no carecía de influencia en ningún círculo importante ni de Washington ni de la vida empresarial. Estaba en el equipo directivo, un poco por debajo del jefe de la

NSA, Charles O'Connor, y aunque poseía una gran habilidad para repartir cumplidos y hacía gala de una generosa sonrisa, ésta nunca se le reflejaba en los ojos. Era un hombre temido como pocos.

Tenía bien detectada a la gente, y su área de responsabilidad, entre otras, era la vigilancia de tecnologías estratégicas. O dicho más burdamente: el espionaje industrial, esa parte de la NSA que le da una mano a la industria americana de alta tecnología en la dura competencia internacional.

Pero ahora que se hallaba frente a Ed, hecho todo un figurín con su traje, encogió el cuerpo. Hasta Alona, sentada a unos treinta metros de distancia, intuía a perfectamente lo que iba a suceder a continuación: Ed no tardaría en estallar; su pálido y extenuado rostro había enrojecido. De repente, se puso de pie con su encorvada y torcida espalda y su imponente barriga y, lleno de furia, pegó un aullido ensordecedor.

—¡Puto lameculos de mierda!

Nadie más que Ed se atrevería a llamar «puto lameculos de mierda» a Jonny Ingram. Alona se percató de que ésa era una de las razones por las que lo quería.

August empezó otro dibujo.

Trazó unas rápidas líneas en el papel. Presionaba con tanta fuerza que el lápiz negro se rompió y, al igual que la otra vez, dibujó a vuelo de pájaro, poniendo un detalle aquí y otro allá, fragmentos muy dispares que iban aproximándose entre sí hasta formar una unidad. Se trataba de la misma habitación. Pero el rompecabezas del suelo tenía otro motivo, mucho más fácil de apreciar: representaba un auto deportivo rojo que pasaba a toda velocidad ante unas gradas llenas de un jubiloso público, y por encima del rompecabezas había no un hombre sino dos.

Uno de ellos era de nuevo Lasse Westman. En esta ocasión llevaba una camiseta y unos pantalones cortos, y tenía una mirada inyectada en sangre y un poco bizca. Daba la impresión de estar bebido y de que apenas se mantenía en pie. Aunque eso no disminuía su furia. Babeaba de rabia. Pese a ello, no era la persona más amedrentadora del dibujo. A su lado se encontraba otro hombre, cuyos vidriosos ojos irradiaban puro sadismo. Al igual que Westman, estaba borracho, y sin afeitar, y tenía unos labios muy finos, casi imperceptibles. Parecía estar dándole patadas a August. Y aunque, como en el anterior dibujo, el niño no aparecía en la imagen, se hallaba muy presente mediante su ausencia.

—¿Quién es el otro? —preguntó Lisbeth.

August no contestó. Pero sus hombros se estremecieron y sus piernas formaron un nudo por debajo de la mesa.

—¿Quién es el otro? —repitió Lisbeth algo más severa. Y entonces August escribió en el dibujo, con una letra infantil y un poco temblorosa:

ROGER

¿Roger? A Lisbeth ese nombre no le decía nada.

Un par de horas más tarde, en Fort Meade, una vez que sus *hackers* hubieron recogido y limpiado, justo antes de irse con pasos tristes y pesados, Ed se acercó a Alona. Pero lo raro era que Ed ya no parecía molesto o ultrajado. Más bien irradiaba rebeldía, y ni siquiera se le veía torturado por su espalda. En la mano sostenía un cuaderno. Uno de los tirantes de sus pantalones se había soltado.

—Estimado caballero —le saludó Alona—: tengo mucha curiosidad. ¿Qué ha pasado?

—Me han dado vacaciones —contestó—. Me voy a Estocolmo.

—¿De entre todos los sitios de este mundo te vas a Estocolmo? ¿No hace allí mucho frío en esta época?

—Al parecer más que nunca.

—Tú no te vas de vacaciones...

—No, pero que quede entre nosotros.

—Ahora has despertado más aún mi curiosidad.

—Jonny Ingram nos ha ordenado que cerremos la investigación. El *hacker* sale indemne y nosotros nos contentamos con tapar algunos agujeros en el sistema de seguridad. Luego deberemos olvidarnos para siempre del tema.

—¿Cómo diablos puede dar una orden así?

—Porque si removemos más la mierda, dice, nos arriesgamos a que se descubra lo del ataque. Sería devastador que se hiciera público que hemos sido víctimas de una intrusión informática, por no hablar de la alegría por el mal ajeno que eso provocaría y de todas las personas a las que habría que despedir, yo el primero, para salvarme el culo.

—O sea, que encima te ha amenazado.

—Sí, me ha amenazado. Me ha dicho que sería humillado y demandado públicamente, y aún algo peor.

—Sin embargo, no te veo demasiado asustado.

—Voy a destrozarlo.

—¿Y cómo lo harás? Ese desgraciado tiene muy buenos contactos en todas partes.

—Yo también cuento con alguno que otro contacto. Además, Ingram no es el único que tiene bien estudiada a la gente. Ese jodido *hacker* tuvo la amabilidad de interconectar nuestros registros y dejar que compartieran información, y así enseñarnos, de paso, algunos de nuestros trapos sucios.

—Un poco irónico, ¿no?

—Pues sí, se necesita a un ladrón para pescar a otro. Aunque al principio no me pareció tan llamativo, teniendo en cuenta todo lo que estamos haciendo aquí. Pero luego, cuando lo estudié un poco más de cerca...

—¿Sí?

—Resultó ser material altamente explosivo.

—¿En qué sentido?

—Los hombres de Jonny Ingram no sólo recaban información sobre los secretos industriales para ayudar a nuestros grandes grupos de empresas. Algunas veces también venden esa información —a un precio muy alto, por cierto—, y ese dinero, querida Alona, no siempre acaba en las arcas de la organización...

—Sino en sus propios bolsillos.

—Exactamente, y ya tengo suficientes pruebas como para mandar tanto a Joacim Barclay como a Brian Abbot a la cárcel.

—¡Mierda!

—Lo que es lamentable, sin embargo, es que resulte un poco más complicado pescar a Ingram. Estoy convencido de que es el cerebro de todo este tinglado. Si no, no me cuadra. Pero aún no tengo ninguna prueba irrefutable, lo que me jode un montón y hace que toda la operación sea bastante peligrosa. Sin embargo, no es imposible que haya algo más concreto contra él en ese archivo que el *hacker* descargó, aunque sinceramente lo dudo. Pero ese archivo resulta imposible de descifrar, es un maldito cifrado RSA.

—¿Y qué vas a hacer?

—Ir reduciéndole el cerco. Dejarle claro a todo el mundo que sus propios colaboradores están aliados con importantes criminales.

—Como los Spiders.

—Como los Spiders, en efecto. Están remando en el mismo barco que esos tipos. No me sorprendería que incluso estuvieran implicados en el asesinato de tu catedrático de Estocolmo, porque lo que sí es cierto, al menos, es que tenían interés en que ese tipo desapareciera del mapa.

—Me estás jodiendo.

—Ni lo más mínimo. Tu catedrático poseía una información que podría haberles explotado en la cara.

—¡No lo puedo creer!

—Eso mismo.

—Y ahora vas a ir a Estocolmo como un auténtico detective privado para investigarlo todo.

Como detective privado no, Alona. Voy a tener un apoyo total, y una vez allí, de paso, iré tras esa *hacker* y le daré tal paliza que no se podrá ni mantener en pie.

—Espera un momento, Ed. Creo que no te he entendido bien... ¿Has dicho «esa»?

—Sí, eso he dicho, querida amiga: «esa».

Los dibujos de August transportaron a Lisbeth al pasado, y de nuevo le vino a la mente ese puño que golpeaba rítmica y constantemente el colchón.

Se acordó de los golpes, y de los sollozos, y de aquellos llantos que procedían del dormitorio de sus padres. Se acordó de la época de Lundagatan, de cuando no tenía otro refugio que sus cómics y sus fantasías de venganza. Se los quitó de la cabeza. Volvió a la realidad y se cambió la venda de la herida. Acto seguido, tomó su pistola y se aseguró de que estuviese cargada. Luego entró en el enlace PGP.

Andrei Zander le preguntó qué tal estaban, y Lisbeth le contestó brevemente. Allí afuera, la tormenta zarandeaba los árboles y los arbustos. Tras servirse un whisky, tomó un poco de chocolate, salió a la terraza y continuó andando hasta la pendiente con el fin de hacer un reconocimiento meticuloso del terreno, sobre todo de una pequeña hendidura que presentaba la roca un poco más abajo de la parte más empinada. Contó, incluso, los pasos que la separaban de la casa y memorizó el entorno hasta en su menor detalle.

Cuando regresó, August había terminado otro dibujo de Lasse Westman y Roger. Lisbeth supuso que el niño tenía necesidad de desahogarse. Pero seguía sin plasmar nada del momento del asesinato, ni un solo trazo. ¿Había bloqueado su mente esa experiencia?

A Lisbeth la invadió la inquietante sensación de que el tiempo apremiaba y de que se le estaba yendo de las manos. Miró preocupada a August y su nuevo dibujo, con los vertiginosos números que había apuntado al lado. Llevaría cerca de un minuto sumida en ellos estudiando su estructura cuando, de buenas a primeras, descubrió una serie de números que no parecían corresponderse con los demás.

Era relativamente corta: 2305843008139952128. Y de repente lo vio claro: no era un número primo sino más bien —al darse cuenta, su cara se iluminó— un número que, conforme a una perfecta armonía, es igual a la suma de todos sus divisores propios positivos. En otras palabras: se trataba de un número perfecto, al igual que lo es el 6, ya que 6 puede ser dividido por 3, por 2 y por 1, y 3+2+1 suman 6. Lisbeth sonrió y una extraña idea se le pasó por la cabeza.

—Explícate —pidió Alona.

—Sí, ahora mismo —respondió Ed—, pero antes, aunque sé que no es necesario, quiero que me jures solemnemente que no le vas a decir nada a nadie.

—Te lo juro.

—Bien. Lo que ha pasado ha sido lo siguiente: cuando he dejado de pegarle gritos a Jonny Ingram y de decirle alguna que otra verdad acerca de su persona, más que nada porque eso es lo que se esperaba de mí, le he dado la razón. Incluso he fingido estarle agradecido por habernos cerrado la investigación. Porque de todos modos no íbamos a llegar más allá de donde estábamos, le he dicho, lo que en cierto sentido es la pura verdad. Técnicamente hablando ya hemos agotado nuestras posibilidades. Hemos hecho todo lo que estaba en nuestras manos y un poco más. Pero no nos ha servido de nada. El *hacker* ha dejado por todos los rincones pistas falsas que no nos conducen más que a nuevos laberintos y callejones sin salida. Uno de mis chicos dijo que aunque, en contra de todo pronóstico, llegáramos hasta el final no nos lo creeríamos, que nos imaginaríamos que se trataba de una nueva trampa. Nos esperábamos cualquier cosa de ese *hacker*, lo que fuera, todo menos puntos débiles y brechas. O sea que sí, que tenía razón, por la vía habitual estábamos bien jodidos.

—Pero tú no sueles ir por la vía habitual.

—No, creo más en las de atrás. En realidad no nos habíamos rendido, en absoluto. Habíamos hablado con los contactos que tenemos en el mundo de los *hackers* y con nuestros amigos de las empresas de *software*. Habíamos realizado búsquedas muy avanzadas, interceptaciones, y también intrusiones. Un ataque tan complicado como ése, ya lo sabes, siempre va precedido de una fase de *research*: se plantean ciertas preguntas, se visitan determinados sitios, y resulta inevitable que algo de eso llegue a nuestro conocimiento. Pero sobre todo, Alona, contábamos con un factor a nuestro favor: la habilidad del *hacker*. Era tan impresionante que limitaba drásticamente el número de sospechosos. Es como si, en el lugar del crimen, un malhechor corriera cien metros planos en 9,7 segundos; podríamos estar bastante seguros de que el culpable es Usain Bolt o alguno de sus competidores más directos, ¿verdad?

—¿Tanto nivel tiene?

—Sí. Hay partes de ese ataque que me dejan boquiabierto, y mira que he visto cosas... Por eso dedicamos mucho tiempo a hablar con *hackers* y gente iniciada en ese mundo, para preguntarles: ¿quién sería capaz de hacer algo muy muy grande?, ¿quiénes son las verdaderas estrellas hoy en día? Naturalmente nos vimos obligados a realizar las preguntas con cierta astucia para no levantar sospechas. Estuvimos mucho tiempo sin llegar a ninguna parte. Era como pegar un tiro al aire, como gritar en plena noche. Nadie sabía nada, o fingía no saber nada, es decir: se mencionaban nombres, por supuesto, pero ninguno nos convencía. Durante un tiempo nos ocupamos de un ruso, Yuri Bogdanov. Es un viejo drogadicto y un ladrón con magia en las manos. Se mete donde sea. Al tipo no hay sistema informático que se le resista. Incluso cuando no era más que un esquelético y andrajoso vagabundo de cuarenta kilos que vivía en las calles de San Petersburgo y se dedicaba a robar autos las empresas de seguridad se lo rifaban. Hasta la policía y los servicios de inteligencia querían reclutarlo para que las bandas criminales no se les adelantaran. Pero, como no podía ser de otra manera, perdieron la batalla, y en la actualidad Bogdanov sigue siendo esquelético aunque por lo menos pesa cincuenta kilos, está desintoxicado y le van bien las cosas. Estamos bastante seguros de que él es uno de los malos de la banda que tú andas buscando, Alona, y ése era también uno de los motivos por los que nos interesaba. Comprendimos que había una conexión con los Spiders teniendo en cuenta el tipo de búsquedas que hizo el *hacker*, pero luego...

—No podías entender por qué uno de los propios miembros de los Spiders les iba a dar nuevas pistas y conexiones que implicaran a la propia banda.

—Exacto. Pero seguimos. Y algún tiempo después otra banda apareció en las conversaciones.

—¿Quiénes?

—Se hacen llamar *Hacker Republic*. Es un grupo que goza de un estatus muy elevado. Está compuesto por una serie de figuras de élite extremadamente prudentes y celosas con sus cifrados. Con toda la razón del mundo, habría que añadir, pues nosotros mismos, como muchos otros, intentamos, en todo momento, infiltrarnos en sus foros, y no sólo para averiguar lo que están tramando sino también para reclutar a alguno de ellos. Hoy en día hay auténticas batallas para llevarse a los mejores *hackers*.

—Ahora que nos hemos vuelto todos unos delincuentes.

—Ja, ja. Bueno, sí, quizá sí. En cualquier caso, resulta que en la *Hacker Republic* había toda una eminencia, fueron muchos los testimonios que nos lo confirmaron. Pero no sólo eso. También corrió el rumor de que se traían entre manos algo grande y, sobre todo, de que alguien conocido como Bob the Dog, que creemos que pertenece a esa banda, parece haber hecho algunas búsquedas y realizado preguntas sobre uno de los nuestros, un chico llamado Richard Fuller; ¿lo conoces?

—No.

—Un tipo autosuficiente y maníaco-depresivo por el que llevo ya tiempo preocupándome. Es todo un peligro para la seguridad, el típico hombre que se vuelve soberbio e imprudente cuando entra en una fase maníaca. Para un grupo de *hackers* es el blanco perfecto, pero para averiguar eso se requiere información muy cualificada. La salud mental de ese hombre no es precisamente de dominio público. No creo que ni su madre se encuentre al corriente. Ahora bien, a pesar de todo, estoy bastante convencido de que no han entrado a través de Fuller. Hemos analizado cada uno de los archivos que ha recibido últimamente y ahí no hay nada. Le hemos examinado de arriba abajo. Sin embargo, creo que Richard Fuller formaba parte de la estrategia inicial de la *Hacker Republic*. Y eso que no dispongo de pruebas contra ese grupo, nada de nada, pero aun así tengo la corazonada de que son ellos los que están detrás de la intrusión, sobre todo ahora que creemos poder excluir a los servicios de inteligencia de algún país extranjero.

—Pero has dicho que era una chica.

—Eso es. Una vez que nos centramos en el grupo averiguamos todo lo que pudimos sobre ellos, aunque no siempre resultó fácil separar los rumores y las leyendas de los hechos. Pero había un asunto que aparecía con tanta frecuencia que al final no vi ningún motivo para ponerlo en entredicho.

—¿Y qué era?

—Que la gran estrella de la *Hacker Republic* es alguien que se hace llamar Wasp.

—¿Wasp?

—Exacto, y no te voy a cansar con detalles técnicos. Pero Wasp, en determinados círculos, es algo así como una leyenda, entre otras razones por su capacidad para darles la vuelta a los métodos establecidos. Alguien dijo que en una intrusión informática se puede percibir la presencia de Wasp del mismo modo que se intuye a Mozart en una melodía. Wasp tiene un estilo propio e inconfundible, y de hecho ésa fue una de las primeras cosas que uno de mis chicos comentó después de haber analizado la intrusión: esto se diferencia de todo lo que hemos visto hasta ahora, posee un umbral de originalidad absolutamente desconocido, una sorprendente forma de plantear el ataque, de manera directa y eficaz. Justo al contrario que los demás.

—O sea, que es un genio.

—Sin duda. Y por eso empezamos a buscar en Internet todo lo que había sobre ese tal Wasp, para intentar descubrir su identidad. Pero a nadie le sorprendió demasiado que eso resultara imposible. No sería muy propio de ese personaje dejar resquicios y no cubrirse bien las espaldas. Pero ¿sabes lo que hice entonces? —preguntó Ed orgulloso.

—No.

—Empecé a indagar en lo que representaba la propia palabra.

—Aparte del insecto, quieres decir.

—Sí, exacto, y no porque yo o cualquier otra persona pensáramos que aquello nos conduciría a alguna parte. Pero, como ya he dicho, cuando no podemos avanzar por el camino principal hay que ir por los senderos más sinuosos. Uno nunca sabe lo que se puede encontrar. Y resultó que *wasp*, aparte de ser ese insecto que te pica con su aguijón y de poder tener relación con la comedia de Aristófanes *Las avispas*, podía significar un buen número de cosas. Entre otras muchas, *wasp* es un avión de guerra británico de la Segunda Guerra Mundial, una conocida película corta de 1915, una revista satírica del San Francisco del siglo xix y, por supuesto, la abreviatura de *White Anglosaxon Protestant*. Ahora bien, todas esas referencias me parecieron demasiado convencionales para un genio *hacker*; no pegaba en ese entorno cultural. ¿Y sabes qué era lo que más le calzaba?

—No.

—La referencia que con más frecuencia aparecía en la red: la superheroína Wasp de los cómics de Marvel, uno de los miembros fundadores de *Los vengadores*.

—Que se ha llevado también al cine.

—Sí, eso es. Ese grupo compuesto por Thor, Iron Man, el Capitán América y todos los demás. En los cómics originales aparece, incluso, como líder. Debo admitir que Wasp es un personaje de cómic realmente increíble. Tiene una pinta un poco rockera y rebelde, va vestida de negro y amarillo, con alas de insecto, y luce un pelo oscuro y corto y una actitud muy arrogante; una chica que lucha desde una posición de desventaja y que posee la capacidad tanto de reducir como de aumentar su tamaño. Las fuentes con las que hemos mantenido contacto piensan que se trata de esa Wasp. Ahora bien, eso no tiene por qué significar que la persona que se esconde detrás de esa firma sea fan de los cómics de Marvel, claro está, sobre todo ahora. Ese alias podría llevar ahí mucho tiempo. Quizá no sea más que algo que la ha acompañado desde la infancia, o un simple guiño irónico, algo que no tiene mucho más significado que el hecho de que yo, en su día, llamara a mi gato *Peter Pan*, sin que ni siquiera me cayera bien esa figura autosuficiente que no quiere crecer. Y sin embargo...

—¿Sí?

—No pude dejar de constatar que también esa banda criminal a la que Wasp buscaba durante su intrusión usa nombres sacados de los cómics de Marvel, o más que eso, pues a veces incluso se hace llamar *The Spider Society*, ¿no es así?

—Ya, pero a mí me parece que eso no es más que un juego, algo que hacen para reírse de nosotros porque saben que estamos pendientes de ellos.

—Sí, claro, estoy de acuerdo. Pero incluso los juegos pueden ofrecer pistas u ocultar algo más serio. ¿Sabes qué es lo que caracteriza a *The Spider Society* en los cómics de Marvel?

—No.

—Que están en guerra con *Sisterhood of the Wasp*, «la hermandad de la avispa».

Ok, lo entiendo, es un detalle a tener en cuenta, pero no entiendo que eso los haya podido hacer avanzar en la búsqueda.

—Tú espera, ya verás. Oye, tengo que ir al aeropuerto dentro de nada. ¿Quieres acompañarme hasta el auto?

Los ojos de Mikael Blomkvist empezaban a cerrarse. No era particularmente tarde, pero sentía que ya no podía ni con su alma. Tenía que irse a casa a dormir unas cuantas horas para poder continuar por la noche o al día siguiente por la mañana. Quizá le viniera bien, incluso, tomarse unas cervezas por el camino. La falta de sueño le palpitaba en las sienes, y necesitaba ahuyentar algunos malos recuerdos y temores; tal vez lograra convencer a Andrei de que lo acompañara. Lo miró.

Andrei parecía tan joven y lleno de energía que daba envidia. Escribía en su computador como si acabara de llegar a la redacción, al tiempo que, excitado, hojeaba de vez en cuando sus notas. Y eso que llevaba allí desde las 05.00 horas. Ahora eran las 17.45, y tampoco era que se hubiera tomado demasiados descansos.

—¿Qué te parece, Andrei? ¿Salimos a tomar una cerveza y picamos algo? Así hablaremos tranquilamente.

En un principio, Andrei no pareció oír la pregunta. Pero luego levantó la cabeza y dejó de parecer tan enérgico. Se masajeó los hombros mientras hacía una pequeña mueca.

—¿Qué...? Bueno... No sé, tal vez... —respondió algo vacilante.

—Lo interpretaré como un sí —dijo Mikael—. ¿Qué tal Folkoperan?

Folkoperan era un bar restaurante de Hornsgatan que no quedaba muy lejos de allí y que atraía a no pocos periodistas y a gente con inquietudes artísticas de todo tipo.

—Es que... —empezó Andrei.

—¿Qué?

—Que tengo que terminar el retrato de ese comerciante de arte de Bukowski que se subió a un tren en la estación central de Malmö y no regresó jamás. Erika ha pensado que podría entrar en el próximo número.

—¡Dios mío, cómo te hace trabajar esa mujer!

—No, no es para tanto. De verdad que no. Lo que pasa es que no me sale; todo me parece muy enrevesado y el texto no fluye bien.

—¿Quieres que le eche un vistazo?

—Sí, por favor. Pero me gustaría avanzar un poco más antes de que lo hagas. Me moriría de vergüenza si lo vieras tal y como está ahora.

—Pues me espero. Pero regresas, Andrei, vamos a tomar algo. Luego regresas si quieres seguir —insistió Mikael mirándolo.

Mikael recordaría ese momento durante un buen tiempo. Andrei llevaba una chaqueta a cuadros y una camisa blanca abotonada hasta el cuello. Parecía una estrella de cine. Esa tarde más que nunca parecía un joven aunque indeciso Antonio Banderas.

—Creo que no; mejor me quedo. A ver si puedo arreglar este texto —se justificó dubitativo—. Tengo comida en la nevera.

Mikael pensó si no debería hacer uso de la autoridad que le otorgaba la edad y su posición en la revista para ordenarle que lo acompañara a tomar una cerveza, pero sólo acertó a decirle:

—Ok, entonces nos vemos mañana. ¿Qué sabes de nuestros amigos? ¿Tenemos ya algún dibujo del asesino?

—Me temo que no.

—Pues ya pensaremos mañana en alguna solución. No trabajes tanto —dijo Mikael. Y acto seguido se levantó y se puso el abrigo.

Lisbeth se acordó de algo que había leído sobre los *savants* en la revista *Science*, hacía ya mucho tiempo. Se trataba de un artículo del matemático Enrico Bombieri donde se hacía referencia a un episodio del libro de Oliver Sacks *El hombre que confundió a su mujer con un sombrero*, en el que dos gemelos autistas y con discapacidad psíquica se lanzaban tranquilamente entre sí vertiginosos números primos como si los hubiesen visto en un paisaje matemático interior, o, incluso, como si hubieran dado con un enigmático atajo que les revelara el misterio de esas cifras.

Era verdad que lo que aquellos gemelos lograban hacer y lo que Lisbeth quería conseguir resultaban ser dos cosas muy distintas. Pero, aun así, existía una relación, pensó, y decidió intentarlo, por muy poca fe que tuviera en ello. Por eso volvió al archivo encriptado de la NSA mientras abría su programa para factorización con curvas elípticas. Luego se volvió de nuevo hacia August. Éste contestó meciendo el cuerpo hacia delante y hacia atrás.

—Números primos. Te gustan los números primos —dijo ella.

August no la miró. Ni dejó de mecerse.

—A mí también me gustan —continuó—. Aunque hay algo que ahora me interesa en especial. Se llama factorización. ¿Sabes lo que es?

August tenía la mirada clavada en la mesa y seguía meciéndose. No parecía entender nada.

—La factorización en números primos consiste en reescribir un número con el producto de unos números primos. Con «producto» me refiero aquí al resultado de una multiplicación. ¿Me sigues?

August ni se inmutó, y Lisbeth pensó si no sería mejor callarse.

—Según el teorema fundamental de la aritmética, cada número entero tiene una única factorización en números primos, y la verdad es que es una cosa muy interesante. A un número tan sencillo como 24 podemos llegar de muchas maneras diferentes, por ejemplo multiplicando 12 × 2, ó 3 × 8, ó 4 × 6. Sin embargo, sólo existe una forma de factorizarlo en números primos, y ésa es 2 × 2 × 2 × 3. ¿Me sigues? Todos los números tienen una factorización única. El problema es que resulta muy sencillo multiplicar números primos y obtener números grandes. Pero a menudo es imposible recorrer el camino inverso, partir del resultado para volver a los números primos, y eso es algo de lo que una persona muy mala se ha aprovechado en un mensaje secreto. ¿Entiendes? Es un poco como cuando mezclas una bebida o preparas un cóctel: hacerlo es fácil pero volver atrás es muy difícil...

August ni asentía con la cabeza ni pronunciaba palabra alguna. Pero al menos había dejado de mecer el cuerpo.

—¿Te parece que veamos si te gusta la factorización en números primos, August?

August no se movió ni un ápice.

—Muy bien, lo interpretaré como un sí. ¿Empezamos con el número 456?

Los ojos de August se tornaron vidriosos y ausentes, y Lisbeth se fue convenciendo cada vez más de que esa idea suya era absurda.

Hacía frío y soplaba mucho viento. No obstante, a Mikael el frío le sentó bien, lo despertó un poco. Había relativamente pocas personas en la calle, y pensó en su hija Pernilla y en aquellas palabras relativas a escribir «de verdad»; y en Lisbeth, por supuesto, y en el chico. ¿Qué estarían haciendo ahora? Subiendo por Hornsgatan hacia esa especie de joroba que tiene la calle, se detuvo unos minutos y se quedó mirando un cuadro que había en el escaparate de una galería de arte.

En él se veía a unas cuantas personas alegres y relajadas pasándoselo bien en un cóctel. Probablemente fuera una conclusión errónea, aunque entonces tuvo la impresión de que hacía una eternidad que él no se sentía así, libre de preocupaciones, con una copa en la mano. Por un instante deseó hallarse lejos de allí. Luego se estremeció, acosado por la sensación de que alguien lo estaba siguiendo. Pero al volverse se dio cuenta de que se trataba de una falsa alarma, una consecuencia, tal vez, de lo que le había tocado vivir durante los últimos días.

La única persona que se encontraba detrás de él era una mujer de una belleza deslumbrante envuelta en un abrigo rojo. Tenía el pelo castaño y lo llevaba suelto, y le mostraba una sonrisa algo insegura y tímida. Mikael le devolvió delicadamente la sonrisa y se dispuso a continuar su camino. Aun así —es posible que algo intrigado—, le sostuvo la mirada como si esperara que ella, en cualquier momento, se convirtiera en una persona más normal, más cotidiana.

Nada más lejos: a cada segundo que pasaba se volvía aún más espectacular, como si fuera una reina o una gran estrella mundial que, por equivocación, se había despistado y había ido a parar a aquella calle, con la gente normal. La verdad era que Mikael, en ese primer instante de asombro, apenas habría sido capaz de describirla ni de proporcionar ni un solo detalle significativo sobre su aspecto. Le pareció un cliché, un símbolo de una fascinante belleza sacada de alguna revista de moda.

—¿Te puedo ayudar en algo? —preguntó él.

—No, no —contestó ella mostrando de nuevo cierta timidez, una actitud algo apocada que resultaba, de eso no había duda, encantadora.

No se trataba de una mujer de la que se pudiera pensar que fuera vergonzosa. A juzgar por su aspecto, más bien debería sentirse la dueña del mundo.

—Ok, bueno, pues buenas noches —dijo Mikael antes de darse la vuelta. Pero entonces ella le interrumpió con un breve y nervioso carraspeo.

—Perdona, ¿tú no eres Mikael Blomkvist? —inquirió aún más insegura antes de dirigir la mirada al suelo.

—Sí, soy yo —respondió él mientras sonreía cortésmente.

Se esforzó por mostrar una sonrisa educada, la misma con la que le habría sonreído a cualquier otra persona.

—Sólo quería decir que siempre te he admirado —añadió ella al tiempo que levantaba prudentemente la cabeza y se fijaba en sus ojos con una oscura mirada.

—Me alegro. Pero la verdad es que hace ya mucho que no escribo nada que merezca la pena. Y tú ¿quién eres?

—Me llamo Rebecka Svensson —contestó—. Ahora vivo en Suiza.

—Entonces ¿estás de visita?

—Sí, pero por desgracia sólo unos días. Echo de menos Suecia. Incluso el mes de noviembre en Estocolmo.

—Eso sí que es grave.

—Ja, ja. Sí. Pero eso es lo que pasa cuando extrañas tu tierra, ¿no?

—¿Qué?

—Que terminas añorando incluso lo malo.

—Ah, sí, es verdad.

—¿Y sabes cómo lo combato? Siguiendo el periodismo sueco. No creo que me haya perdido ni un solo artículo de *Millennium* durante los últimos años —continuó ella. Y entonces Mikael volvió a mirarla y reparó en que todo lo que llevaba puesto, desde los negros zapatos de tacón alto hasta el chal de cachemir a cuadros azules, era caro y exclusivo.

Rebecka Svensson no tenía pinta de ser la típica lectora de *Millennium*. Pero no había que tener prejuicios, ni siquiera para con las suecas ricas que vivían en el extranjero.

—¿Trabajas en Suiza?

—Más o menos... Soy viuda —dijo intentando cambiar de tema.

—Vaya, lo siento.

—Y no sabes lo que me aburro. ¿Ibas a alguna parte?

—Había pensado tomarme una cerveza y comer algo —dijo él, y nada más pronunciarlas sintió que no le gustaban nada esas palabras. Le sonaron demasiado insinuantes, demasiado previsibles, aunque ciertas: era verdad que tenía en mente ir a tomarse una cerveza y comer algo.

—¿Te puedo acompañar? —preguntó ella.

—Sí, claro... —contestó él dudando, y entonces ella le rozó la mano, quizá sin querer; o al menos eso fue lo que él quiso creer, pues todavía le seguía pareciendo tímida. Subieron lentamente por Hornsgatan y pasaron la serie de galerías que había en ese tramo de calle.

—¡Qué agradable es pasear por aquí contigo! —comentó ella.

—Lo mismo digo. Y muy inesperado...

—¡Qué diferente a lo que he pensado esta mañana cuando me he despertado...!

—¿Y qué has pensado?

—Que iba a ser un día tan aburrido como siempre.

—Pues no sé si seré muy buena compañía —se excusó él—. Es que me siento bastante agobiado por un reportaje que estoy preparando.

—¿Trabajas demasiado?

—Probablemente.

—Entonces te vendrá bien un descanso —respondió ella mientras le mostraba una cautivadora sonrisa, llena, de repente, de nostalgia o de una especie de promesa. Y en ese momento le pareció descubrir en esa mujer algo que le resultó familiar, como si ya hubiera visto antes esa sonrisa, aunque bajo otra forma, igual que en un espejo distorsionador.

—¿Nos hemos visto antes? —preguntó él.

—No creo. Bueno, aparte de las miles de ocasiones en que yo te he visto en fotos y en la tele, claro.

—¿Hace mucho que no vives en Estocolmo?

—Desde que era pequeña.

—¿Y dónde vivías?

Ella señaló en dirección a un impreciso lugar más allá de Hornsgatan.

Fue una época muy bonita —dijo—. Nuestro padre nos cuidaba tanto... A veces pienso en eso. Lo extraño.

—¿No está vivo?

—Murió demasiado joven.

—Lo siento.

—Sí, hay días en los que me acuerdo mucho de él. ¿Adónde vamos?

—Pues no lo sé —contestó Mikael—. Hay un pub por aquí, un poco más arriba, en Bellmansgatan, el Bishops Arms. Conozco al dueño. No está mal el sitio.

—Seguro que no...

Su rostro recuperó ese rasgo avergonzado, esquivo; y, una vez más, su mano, como por casualidad, rozó los dedos de Mikael. Pero ahora él ya no estaba tan seguro de que fuera sin intención.

—¿No te parece bastante elegante?

—Ah, no, no... Seguro que está muy bien —se disculpó ella—. Lo que pasa es que a veces me siento demasiado observada en los pubs. Me he topado con tantos tipos desagradables...

—Ya me lo imagino.

—¿No podrías...?

—¿Qué?

Ella volvió a bajar la mirada mientras se sonrojaba. Sí, se sonrojó; en un principio Mikael pensó que se lo había imaginado, porque los adultos no se ruborizan con tanta facilidad, ¿no? Pero Rebecka Svensson, una mujer espectacular que parecía una estrella de cine y que vivía en Suiza, se había puesto realmente roja, como una colegiala.

—¿No podrías, en vez de irnos al pub, invitarme a tu casa a tomar una copa de vino o algo? —prosiguió ella—. Me gustaría más.

—Bueno...

Mikael dudó un poco.

Necesitaba dormir para estar en buena forma a la mañana siguiente. Aun así, continuó vacilante:

—Sí, claro. Tengo una botella de Barolo en el bar. —Y por un momento pensó que, a pesar de todo, se iba a animar, como si se encontrara frente a una pequeña y trepidante aventura.

Pero la inseguridad no lo abandonaba. Al principio no lo entendía, pues no solía cortarse ante esas situaciones. Incluso podría decir, modestia aparte, que estaba acostumbrado a que las mujeres le tiraran los perros. Era cierto que en este caso todo había sido muy rápido. Aunque era algo que tampoco le resultaba demasiado ajeno y, por su parte, se preciaba de mostrar una actitud muy poco sentimental en sus relaciones. Así que no, sus dudas no se debían a lo apresurado del curso de los acontecimientos, o al menos no sólo a eso. Pasaba algo con Rebecka Svensson. ¿O no?

No se trataba tan sólo de que fuera joven y de una vertiginosa belleza, ni de que quizá tuviera cosas mejores que hacer que perseguir a sudorosos y fatigados periodistas de mediana edad. Había algo en su forma de mirar, y en ese oscilar entre lo atrevido y lo tímido, y en ese roce de manos aparentemente involuntario. Todo eso que en un principio le había parecido tan irresistible, ahora se le hacía cada vez más calculado.

—¡Qué bien! Prometo no quedarme hasta tarde, no desearía arruinarte ningún reportaje —dijo ella sonriendo.

—Asumo toda la responsabilidad de los reportajes arruinados —contestó él mientras intentaba devolverle la sonrisa.

Pero a duras penas podría considerarse una sonrisa natural. Mikael se percató de que había algo extraño en la mirada de aquella mujer, un brillo frío que se transformó al instante en todo lo opuesto: ternura y calidez, como si se tratara de una gran actriz que estaba desplegando todas sus dotes. Y entonces Mikael se fue convenciendo de que aquello no era normal, sólo que no entendía qué era lo que pasaba. Además, no quería que notara que sospechaba de ella, al menos por el momento. Quería comprender. ¿Qué estaba sucediendo allí? Intuyó que era muy importante saberlo.

Siguieron subiendo por Bellmansgatan, pero no porque tuviera intención de llevarla a su casa, sino porque necesitaba tiempo para digerir la situación. Volvió a mirarla: era en verdad llamativamente guapa. Sin embargo, cayó en la cuenta de que no era su belleza lo que en un principio le había cautivado tanto, sino otra cosa, algo más evasivo que remitía a un mundo muy diferente, al del glamoroso universo de las revistas de moda. En ese preciso instante, Rebecka Svensson le pareció un enigma que debía de descifrar.

—¡Qué barrio tan agradable! —dijo ella.

—Sí, está bien —replicó él pensativo mientras miraba en dirección al Bishops Arms.

Un poco más arriba del pub, en el cruce con Tavastgatan, había un hombre flaco y larguirucho con una gorra negra y unas gafas oscuras que estudiaba un plano. Habría sido fácil confundirlo con un turista. Llevaba una maleta café en la mano, zapatillas blancas y una chaqueta de cuero negra con el cuello de piel de borrego levantado. En circunstancias normales, Mikael, con toda probabilidad, ni habría reparado en él.

Sin embargo, ya había dejado de ser un ingenuo observador, y por eso los movimientos de aquel individuo le resultaron nerviosos y forzados. Como era evidente, podría deberse a que Mikael partía, ya desde un principio, de una actitud de suspicacia. Pero es que el modo de manipular del plano le pareció teatral. Por si fuera poco, el hombre levantó la vista y los miró.

Durante un breve instante los estudió con detenimiento para luego volver a concentrarse en el plano. Aunque sus gestos no convencían; daba la impresión de encontrarse incómodo y de querer ocultar su cara bajo la gorra. Había algo en esa cabeza inclinada, como huraña, que le resultó familiar a Mikael. Y de nuevo se fijó en los oscuros ojos de Rebecka Svensson.

Los contempló un buen rato y con intensidad, y la

mujer le correspondió con una tierna mirada. Mikael se limitó a seguir observándola dura y concentradamente, y entonces el rostro de la mujer se congeló y en aquel momento Mikael Blomkvist le devolvió una sonrisa.

Porque de repente comprendió lo que estaba sucediendo.

Capítulo 22

Noche del 23 de noviembre

Lisbeth se levantó de la mesa de la cocina. No quería molestar más a August. El chico ya sufría una presión lo bastante grande como para cargarlo también con aquella idea que, la verdad, resultaba absurda ya desde el principio.

Solía ser muy típico depositar demasiadas esperanzas en los pobres *savants*. Lo que August había hecho era, ya de por sí, lo suficientemente impresionante, de modo que Lisbeth empezó a andar en dirección a la terraza mientras se palpaba la herida, que todavía le dolía. Entonces oyó algo a sus espaldas: un lápiz deslizándose a toda velocidad por un papel. Se dio la vuelta y volvió junto a August. Una sonrisa se dibujó en sus labios.

August había escrito:

$2^3 \times 3 \times 19$

Lisbeth se sentó en la silla y, sin mirarlo esta vez, le dijo:

—¡Bien! ¡Estoy impresionada! Pero hagámoslo un poco más difícil. Tomemos 18206927.

August recostó la cabeza sobre la mesa y Lisbeth pensó que había sido bastante osado de su parte darle de golpe un número de ocho dígitos; pero si tenían una mínima oportunidad de lograrlo deberían llegar a números mucho más largos que ése. Así que no le sorprendió que August empezara de nuevo a balancearse con nerviosismo. Sin embargo, al cabo de unos pocos segundos se inclinó hacia delante y escribió:

9419×1933

—Bien, ¿qué me dices de 971230541?

$983 \times 991 \times 997$ escribió August.

—Muy bien —comentó Lisbeth, y siguió y siguió.

Alona y Ed se encontraban en el exterior de ese cubo negro de fachada acristalada y reflectante que constituía la oficina central de la NSA en Fort Meade, en concreto en el hormiguante estacionamiento, no muy lejos del enorme radomo, lleno de antenas satélite. Ed, intranquilo, jugueteaba con las llaves de su auto mientras miraba más allá del cerco eléctrico, hacia el bosque que los rodeaba. Estaba ansioso por irse al aeropuerto y ya iba con retraso. Pero Alona no quería dejarlo ir. Tenía la mano apoyada en su hombro de él e, incrédula, no paraba de negar con la cabeza.

—Pero eso es absurdo.

—Llamativo sí que es, eso es verdad —asintió él.

—Es decir: que todos y cada uno de los códigos que hemos interceptado en el grupo Spiders —Thanos, Enchantress, Zemo, Alkhema, Cyclone y el resto— tienen en común que...

—Son enemigos de Wasp en los cómics originales, sí.

—Demencial.

—Seguro que un psicólogo haría un análisis muy interesante.

—Debe de estar obsesionado.

—Sin ninguna duda. Está claro que se trata de un odio muy profundo —dijo él.

—Ten mucho cuidado.

—Que no se te olvide que tengo un pasado...

—De eso hace ya muchos años, Ed, y muchos kilos.

—No es una cuestión de peso. Como se suele decir: puedes sacar al tipo del gueto...

—Pero no al gueto del tipo...

—Eso permanece de por vida. Además, me va a ayudar la FRA de Estocolmo. Tienen el mismo interés que yo por neutralizar a esa *hacker*.

—Pero ¿y si Jonny Ingram se entera?

—Eso no sería nada bueno. Pero, como comprenderás, he allanado un poco el terreno. Incluso he intercambiado alguna que otra palabra con O'Connor.

—Ya me lo imaginaba. ¿Y hay algo que yo pueda hacer por ti?

—Sí.

—A ver.

—La pandilla de Jonny Ingram parece haber tenido acceso a la investigación policial sueca.

—O sea, que sospechas que están espiando a la policía sueca.

—O eso, o tienen una fuente en algún sitio, posiblemente algún trepa de la policía de seguridad. Si te doy a dos de mis mejores *hackers*, ¿podrían investigar ese punto?

—Suena arriesgado.

—Entonces olvídalo.

—No, no. Me gusta la idea.

—Gracias, Alona. Te mandaré más información.

—Que tengas un buen viaje —dijo ella, y entonces

Ed mostró una sonrisa un poco rebelde, entró en el auto y se marchó.

Mikael no sabría explicar muy bien cómo se había dado cuenta. Tal vez hubiera algo en la cara de Rebecka Svensson —algo a la vez extraño y familiar que, quizá precisamente por la perfecta calma de su semblante, hacía pensar justo lo contrario— que, junto con otras sospechas y corazonadas surgidas a lo largo de la preparacion del artículo, le dio la respuesta. Resultaba cierto que aún distaba mucho de estar seguro, pero de lo que no dudaba ya lo más mínimo era de que aquello le olía a podrido.

El hombre que había visto un poco más arriba, en el cruce —el mismo que ahora empezaba a caminar y se marchaba tranquilamente con su plano y su maleta marrón— era, sin ninguna duda, el mismo hombre que había visto en la cámara de vigilancia de Saltsjöbaden, una coincidencia que resultaba demasiado increíble como para que no significara nada. Por eso Mikael se detuvo y se quedó pensativo durante unos cuantos segundos. Luego se volvió hacia la mujer que decía llamarse Rebecka Svensson y, procurando que su voz desprendiera confianza en sí mismo, le dijo:

—Tu amigo se va.

—¿Mi amigo? —preguntó con sincera sorpresa—. ¿A quién te refieres?

—A ése de allí arriba —continuó Mikael mientras señalaba la estrecha espalda del hombre que, como aleteando ligeramente con los brazos, se alejaba por Tavastgatan.

—¿Bromeas? Yo no conozco a nadie en Estocolmo.

—¿Qué es lo que quieren?

—Yo sólo quería conocerte, Mikael —le respondió ella mientras se pasaba una mano por la blusa, como haciendo ademán de desabrocharse un botón.

—¡Déjate de tonterías! —le soltó él de sopetón, y estuvo a punto de contarle lo que pensaba de verdad cuando ella lo miró con tanta vulnerabilidad y lástima que se contuvo; por un momento, incluso se le pasó por la mente que se había equivocado.

—¿Te enojaste conmigo? —preguntó ella herida.

—No, pero...

—¿Qué?

—No confío en ti —contestó él con más dureza de la que en realidad le hubiera gustado mostrar; y entonces ella sonrió con melancolía y dijo:

—Me da la sensación de que no has tenido un buen día, ¿no, Mikael? Creo que es mejor que nos veamos en otro momento.

Lo besó en la mejilla de forma tan discreta y rápida que Mikael no reaccionó a tiempo para impedírselo. Luego se despidió saludando coquetamente con los dedos antes de desaparecer cuesta arriba con sus tacos altos, mientras caminaba con tan estudiado aplomo que daba la sensación de que no podría haber nada en el mundo que le preocupara y, por un instante, Mikael pensó que quizá debería pararla y someterla a un interrogatorio. Pero entendió que resultaba difícil que algo así llevara a algo constructivo, de modo que decidió seguirla.

Comprendió que era una locura. Y sin embargo no vio otra solución, por lo que dejó que desapareciera por la otra parte de la cuesta, la de bajada, para luego echarse a andar detrás de ella. Se apresuró a llegar al cruce, convencido de que ella no podría haber ido muy lejos.

Pero una vez arriba no vio ni rastro de la mujer. Tampoco del otro individuo. Como si se los hubiese tragado la tierra. La calle se hallaba prácticamente vacía: tan sólo un BMW negro que estaba estacionando un poco más allá y un chico con barbita y un viejo abrigo de piel afgana que se acercaba caminando desde el otro lado de la calle.

¿Dónde se habían metido? No había ninguna callejuela en la que esconderse, ningún callejón apartado. ¿Habrían entrado en algún edificio? Continuó bajando hacia Torkel Knutssonsgatan sin dejar de mirar a izquierda y derecha. No vio nada. Pasó por delante de lo que había sido el restaurante Samirs Gryta, su viejo y habitual antro, que ahora se llamaba Tabbouli y era un restaurante libanés en el que cabía la posibilidad de que se hubieran ocultado.

Pero no entendía cómo podía haberles dado tiempo a llegar hasta allí. ¡Si él les iba pisando los talones...! ¿Dónde mierda se habían metido? ¿Estarían ella y ese otro hombre vigilándolo en esos momentos desde algún lugar? Hasta en dos ocasiones llegó a darse la vuelta al pensar que estaban detrás de él, y una vez más se sobresaltó con la amenazadora impresión de que alguien lo estaba observando y apuntando con una mira telescópica. Pero fue una falsa alarma. O al menos eso creyó.

El hombre y la mujer no se dejaban ver por ninguna parte y, cuando por fin se rindió y echó a andar hacia su casa, le invadió la sensación de haberse librado de un gran peligro. No sabía hasta qué punto eso tenía visos de realidad, pero su corazón palpitaba y su garganta estaba seca. No era un hombre que se asustara con facilidad, y sin embargo ahora se sentía atemorizado por una simple calle desierta. No lo entendía.

Lo único que le quedaba claro era con quién debía hablar. Tenía que contactar a Holger Palmgren, el viejo tutor de Lisbeth. Pero antes deseaba cumplir con su deber de ciudadano. Si el individuo que había visto era en realidad la misma persona que salía en las grabaciones de la cámara de vigilancia de la casa de Frans Balder, y si además existía la menor posibilidad de encontrarlo, la policía debía saberlo. Por eso llamó a Jan Bublanski. No le resultó fácil convencer al comisario.

Ni siquiera a sí mismo. Pero por mucho que últimamente hubiera patinado con la verdad tal vez gozara de un antiguo capital de confianza al que recurrir. Bublanski dijo que enviaría un auto patrulla.

—¿Y por qué a ese tipo se le ocurriría aparecer por tu barrio?

—No lo sé, pero supongo que no tenemos nada que perder si intentamos dar con él.

—Supongo que no.

—Entonces les deseo buena suerte.

—Me sigue pareciendo de lo más inquietante que August Balder todavía continúe por ahí, en paradero desconocido —añadió Bublanski con un matiz de reproche en la voz.

—Y a mí me parece de lo más inquietante que haya habido una filtración en la policía —contestó Mikael.

—Te puedo informar que por nuestra parte la hemos identificado.

—¿Ah, sí? Eso es fantástico.

—No tan fantástico, me temo. Creemos que es posible que haya habido más filtraciones, todas hasta cierto punto inocentes a excepción de la última.

—Pues van a tener que encontrarla.

—Hacemos todo lo que está en nuestras manos. Pero empezamos a sospechar...

—¿Qué?

—Nada.

—De acuerdo, no es preciso que me lo cuentes.

—Vivimos en un mundo enfermo, Mikael.

—¿Ah, sí?

—Un mundo en el que el paranoico es el único sano.

—En eso tal vez tengas razón. Buenas noches, comisario.

—Buenas noches, Mikael. No vuelvas a hacer ninguna tontería más.

—Lo intentaré —contestó él.

Mikael cruzó Ringvägen y bajó al metro. Tomó la línea roja hacia Norsborg y se bajó en Liljeholmstorget, donde, desde hacía unos años, vivía Holger Palmgren en un pequeño y moderno apartamento adaptado. Holger Palmgren se asustó cuando oyó la voz de Blomkvist por teléfono. Pero en cuanto Mikael le aseguró que Lisbeth estaba bien —esperaba que no se equivocara— su llamada fue más que bien recibida.

Holger Palmgren era un abogado jubilado que había ejercido de tutor de Lisbeth durante mucho tiempo, desde que la niña cumplió trece años en la clínica psiquiátrica de Sankt Stefan, en Uppsala. En la actualidad, Holger era un viejo achacoso que había sufrido dos o tres derrames cerebrales. Hacía años que no se podía mover sin un andador, y a veces ni siquiera con él.

La parte izquierda de la cara le colgaba un poco y su mano izquierda había quedado prácticamente inmovilizada. Pero su cerebro seguía estando lúcido y su memoria continuaba siendo extraordinaria, siempre y cuando se tratara de recuerdos que se remontaran a bastante atrás y que, sobre todo, tuvieran que ver con Lisbeth Salander. Nadie conocía a Lisbeth como él.

Holger Palmgren había triunfado allí donde todos los demás psiquiatras y psicólogos habían fracasado, si es que alguna vez habían pretendido tener éxito. Después de una infancia infernal en la que la chica desconfiaba de todos los adultos y representantes de las autoridades, Holger Palmgren consiguió ganarse su confianza y hacer que hablara. Mikael lo consideraba un pequeño milagro. Lisbeth era la pesadilla de cualquier terapeuta. Pero a Holger le había contado las experiencias más dolorosas de su niñez, y ése era también el motivo por el que Mikael tecleaba en ese momento el código de la puerta de calle de Liljeholmstorget 96, subía en el ascensor hasta el quinto piso y llamaba a la puerta del viejo tutor.

—¡Mi querido amigo! —le saludó Holger en la puerta—. ¡Qué alegría tan grande! Pero te veo pálido.

—Llevo unos días durmiendo mal.

—No me extraña, es lo que pasa cuando le disparan a uno... Lo leí en el periódico. Una historia espeluznante.

—Sí.

—¿Pasó algo más?

—Ahora te lo cuento —dijo Mikael mientras se acomodaba en un bonito sofá amarillo de tela que había cerca del balcón y esperaba a que Holger, con no poco trabajo, se sentara a su lado en una silla de ruedas.

Luego Mikael le contó lo sucedido a grandes rasgos. Pero cuando llegó a la parte de la repentina certeza, o la corazonada, o lo que fuese que lo asaltó al subir con esa mujer por Bellmansgatan, Holger lo interrumpió en el acto.

—Pero ¿qué me dices?

—Creo que era Camilla.

Holger se quedó de piedra.

—¿Esa Camilla?

—La misma.

—¡Dios mío! —exclamó Holger—. ¿Y qué pasó?

—Se esfumó. Pero después sentí como si el cerebro me hirviera.

—Te entiendo. Yo creía que a Camilla se la había tragado la tierra de una vez por todas.

—A mí ya casi se me había olvidado que eran dos.

—Claro que eran dos, dos hermanas gemelas que se odiaban entre sí.

—Sí, eso ya lo sabía —continuó Mikael—. Pero ha sido necesario que ese encuentro me haya avivado la memoria para que empiece a reflexionar en serio. Como ya te he comentado, llevaba tiempo dándoles vueltas a los posibles motivos por los que Lisbeth se comprometía tanto con esta historia. ¿Por qué alguien como ella, la experta *superhacker*, se interesaría por una simple intrusión informática?

—Y ahora quieres que yo te ayude a entenderlo.

—Más o menos.

—Bueno —empezó Holger—. En líneas generales ya conoces la historia, ¿no? La madre, Agneta Salander, trabajaba de cajera en Konsum Zinken y vivía con sus dos hijas en Lundagatan. Quizá pudieran haber llevado una vida bastante buena juntas. No había mucho dinero en la casa, y Agneta era muy joven y no había tenido la oportunidad de estudiar, pero era cariñosa y atenta. Quería darles a sus hijas una buena infancia. Sólo que...

—Que a veces el padre iba de visita.

—Sí, a veces aparecía el padre, Alexander Zalachenko, y las visitas casi siempre terminaban de la misma manera. El padre maltrataba y violaba a Agneta mientras las hijas estaban en la habitación de al lado oyéndolo todo. Un día Lisbeth encontró a su madre tirada en el suelo, inconsciente.

—Y fue entonces cuando se vengó por primera vez.

—Por segunda vez. En la primera le clavó a Zalachenko un cuchillo en el hombro.

—Es verdad, pero en esta ocasión le arrojó un cartón de leche lleno de gasolina cuando él estaba dentro del auto y luego le prendió fuego.

—Exacto. Zalachenko ardió como una antorcha y sufrió graves quemaduras; tuvieron que amputarle un pie. Y a Lisbeth la encerraron en una clínica psiquiátrica infantil.

—Y la madre acabó en la residencia de Äppelviken.

—Sí, para Lisbeth eso fue lo más doloroso. Por aquel entonces la madre sólo tenía veintinueve años. Ya nunca volvió a ser la misma. Permaneció catorce años en esa residencia con una lesión cerebral grave y profundamente atormentada. A menudo no era capaz de comunicarse con su entorno de ninguna manera. Lisbeth la visitaba siempre que le resultaba posible, y sé que soñaba con que su madre se curaría algún día y que podrían volver a cuidarse mutuamente y a hablar entre ellas. Pero eso nunca sucedió. Ése, y no otro, es el auténtico punto oscuro de Lisbeth. Vio a su madre marchitarse y morir poco a poco.

—Sí, ya lo sé, es terrible. Pero nunca he entendido muy bien el papel de Camilla en toda esta historia.

—Es más complicado, y en cierto sentido creo que hay que perdonarla. No era más que una niña, y antes de que ni siquiera tuviera conciencia se convirtió en una picza más del juego.

—¿Qué pasó?

—Se podría decir que eligieron dos bandos opuestos en la batalla. Es cierto que las chicas son gemelas, aunque, lo más correcto sería decir mellizas, pues nunca se han parecido en nada, ni en el aspecto físico ni en su forma de ser. Lisbeth nació primero. Camilla veinte minutos más tarde, y al parecer ya desde el primer momento fue una delicia para la vista. Mientras Lisbeth era una criatura agresiva, Camilla provocaba que todo el mundo exclamara «¡Ay, qué chica tan linda!», así que es probable que no fuera ninguna casualidad que Zalachenko, ya desde un principio, tuviera mayor tolerancia con ella. Digo «tolerancia» porque no se trataba de otra cosa, ni siquiera en los primeros años. Para él, Agneta no era más que una puta, y sus hijas, en consecuencia, no eran más que las hijas de una puta, unas sabandijas que se entrometían en su vida, que lo molestaban. Y a pesar de eso...

—¿Sí?

—A pesar de eso, incluso Zalachenko se vio obligado a constatar que, en cualquier caso, una de las niñas era muy bella. Lisbeth solía decir que había un error genético en su familia, y aunque al menos desde un punto de vista médico suene más que dudoso, habría que admitir que Zala dejó tras de sí unos hijos muy especiales. Conociste a Ronald, el hermanastro de Lisbeth, ¿no? Era rubio y gigantesco, y sufría de analgesia congénita, esa incapacidad de sentir dolor, por lo que se convirtió en el perfecto matón y asesino, mientras que Camilla... Bueno, en su caso el error genético se hallaba en el simple hecho de que era extraordinariamente bella, tanto que rozaba lo absurdo, si me apuras, lo que no hizo más que empeorar según iba creciendo. Digo «empeorar» porque estoy bastante convencido de que era una especie de desgracia, y hasta es posible que se acentuara aún más por tener una hermana que siempre parecía estar malhumorada y enojada. Cuando los adultos veían a Lisbeth torcían el gesto, pero en cuanto descubrían a Camilla sus caras se iluminaban y no cabían en sí de gozo. ¿Te puedes imaginar cómo debe de haberle afectado eso?

—Tiene que haber sido muy duro, pobre chica.

—No, no estaba pensando en Lisbeth. Creo que nunca he visto en ella el menor atisbo de envidia; Lisbeth se habría alegrado por la belleza de su hermana. No, me refería a Camilla. ¿Te puedes imaginar cómo le afecta a una niña que no tiene el sentido de la empatía muy desarrollado que le digan a todas horas que es una maravilla y que es divina?

—Se le sube a la cabeza.

—Le da una sensación de poder. Cuando ella sonríe nosotros nos derretimos. Cuando no lo hace nos sentimos rechazados, y entonces estamos dispuestos a lo que sea para volver a verla brillar. Camilla aprendió muy pronto a aprovecharse de aquello. Se convirtió en toda una maestra, una maestra en el arte de la manipulación. Tenía unos enormes y expresivos ojos de ciervo.

—Todavía los tiene.

—Lisbeth me contó que Camilla se pasaba horas y horas delante del espejo ensayando la mirada. Sus ojos constituían un arma fantástica. Podían hechizar a la vez que despreciar, hacer que los niños, e incluso los adultos, se sintiesen elegidos y especiales un día y rechazados al siguiente. Era un don maldito. Como te puedes imaginar, fue una chica inmensamente popular en el colegio. Los chicos querían estar con ella, algo de lo que se aprovechaba de todas las formas posibles. Cada día se aseguraba de que sus compañeros de clase le dieran pequeños regalos: canicas, golosinas, monedas, perlas, broches. Y a los que no lo hacían, o no se comportaban como ella le quería, no los saludaba ni los miraba, y todos los que alguna vez se habían hallado dentro de su radio de acción sabían lo doloroso que eso resultaba. Los de su clase hacían todo lo que podían para estar bien con ella, la adulaban. Todos menos una persona, claro.

—Su hermana.

—Exacto, y por eso Camilla azuzaba a sus compañeros contra Lisbeth. Puso en marcha una serie de infernales ataques y acosos, que incluían, entre otras cosas, introducir la cabeza de Lisbeth en el inodoro o que la llamaran engendro, marciana y no sé cuántos insultos más. Y así continuaron hasta que descubrieron con quién se las estaban viendo. Pero ésa es otra historia, y ya la conoces.

—Lisbeth no es precisamente alguien que ponga la otra mejilla.

—No, desde luego que no. Pero lo interesante de esta historia, desde el punto de vista psicológico, es que Camilla aprendió a dominar y a manipular a los de su entorno. Aprendió a controlarlos a todos excepto a dos personas importantes en su vida: Lisbeth y su padre. Y eso la irritaba. Invirtió mucha energía en intentar ganar también esas batallas, pero, como es lógico, éstas requerían estrategias muy diferentes. Nunca pudo poner a Lisbeth de su parte, aunque, si he de serte sincero, tampoco creo que le interesara. A sus ojos, Lisbeth no era más que una tipa rara, una criatura malhumorada y border. En cambio, el padre...

—Que era el mal personificado...

—Era malvado, aunque también el centro de gravedad de la familia, la persona en torno a la cual giraban todas ellas, a pesar de que rara vez estaba presente. Era el padre ausente, y un padre así puede adquirir, incluso en circunstancias normales, una importancia auténticamente mítica para un hijo. Pero en este caso la cosa iba mucho más allá.

—¿Qué quieres decir?

—Supongo que quiero decir que Camilla y Zalachenko constituían una combinación muy desafortunada. Creo que a Camilla, ya entonces, sin que ni ella misma fuese muy consciente de ello, sólo le interesaba el poder. Y el padre... Bueno, de él sería posible afirmar muchas cosas, pero lo que está claro es que poder no le faltaba. Demasiadas personas han dado testimonio de eso, los pobres policías de la Säpo, por ejemplo. Por muy decididos que se mostraran a la hora de protestar y exigir un determinado comportamiento, cuando se hallaban, frente a frente con él, se encogían y se transformaban en un rebaño de corderos asustados. Zalachenko irradiaba una espeluznante grandiosidad que, evidentemente, sólo se veía reforzada por el hecho de que no pudiesen tocarlo y de que diera igual todas las veces que lo denunciaran a los servicios sociales. La Säpo siempre le cubría las espaldas, y era eso lo que Lisbeth advertía y lo que la convenció de que debía encargarse ella misma del asunto del maltrato. Pero para Camilla se trataba de algo distinto.

—Quería ser igual.

—Sí, creo que sí. El padre representaba el ideal; ella también quería irradiar inmunidad y fuerza. Aunque a lo mejor lo que deseaba, más que otra cosa, era que él le prestara atención. Que la considerara una hija digna.

—Pero ella tendría que haber sido consciente del terrible trato al que sometía a su madre.

—Sí, lo sabía, claro. Y aun así eligió al padre. Por la fuerza y el poder, en definitiva. De pequeña ya decía que despreciaba a la gente débil.

—O sea que tambien despreciaba a su madre; ¿es eso lo que estás diciendo?

—Por desgracia, creo que así era. Una vez, Lisbeth me contó algo que nunca pude olvidar.

—¿Qué cosa?

—Nunca se lo conté a nadie.

—¿Y no te parece que ya va siendo hora?

—Sí, quizá, aunque en tal caso antes necesitaré tomarme algo fuerte. ¿Quieres un coñac del bueno?

—Excelente idea. Pero tú quédate ahí, yo busco por la botella y las copas —dijo Mikael antes de acercarse al mueble bar de caoba que había en un rincón, junto a la puerta de la cocina.

Buscaba entre las botellas cuando sonó su iPhone. Era Andrei Zander, o al menos ése fue el nombre que le apareció en pantalla. Pero cuando Mikael contestó no oyó nada. Lo más probable era que Andrei se hubiera confundido de número, se dijo, y algo pensativo sirvió dos copas de Rémy Martin y volvió a sentarse al lado de Holger Palmgren.

—Bueno, vamos, cuéntamelo.

—No sé muy bien por dónde empezar. Si no recuerdo mal, era un hermoso día de verano; Camilla y Lisbeth estaban encerradas en su habitación.

Capítulo 23

Tarde del 23 de noviembre

August volvió a quedarse rígido. Ya no podía contestar. Los números eran demasiado altos y, en vez de tomar su lápiz, apretó los puños con tanta fuerza que los dorsos se le pusieron blancos. Incluso golpeó la mesa con la cabeza. Lisbeth, naturalmente, debería haberlo tranquilizado o, al menos, haberse asegurado de que no se hiciera daño.

Pero no era del todo consciente de lo que estaba pasando. Pensó en su archivo encriptado y se dio cuenta de que tampoco por esa vía iba a poder avanzar, lo que por otra parte no debería haberla sorprendido. ¿Por qué August iba a triunfar allí donde los supercomputadores habían fracasado? Eran unas esperanzas estúpidas desde el principio; lo que el niño había hecho resultaba ya de por sí bastante impresionante. Y a pesar de ello, Lisbeth se sentía decepcionada, por lo que salió a la terraza y se puso a contemplar —todo lo que la oscuridad reinante le permitió— el salvaje y yermo paisaje. Por debajo de la empinada pendiente quedaban la playa y un campo cubierto de nieve donde había un granero abandonado que se usaba como local de baile.

Seguro que en verano se convertía en un hervidero

de gente. Pero ahora estaba desierto. Se habían sacado los barcos del agua y no se veía ni un alma; en la otra orilla ninguna luz iluminaba las casas. El viento arreciaba de nuevo. A Lisbeth le gustaba el lugar. Al menos en esa época, a finales de noviembre. No estaba mal como escondite.

Era verdad que a duras penas advertiría el ruido de un motor si alguien acudiera de visita. El único espacio posible donde estacionar un auto estaba abajo, junto al lugar habilitado para bañarse, de modo que para acceder a la casa había que subir por la escalera de madera que discurría siguiendo la inclinación de la pendiente. Al amparo de la oscuridad nocturna seguro que sería posible sorprenderlos, pero Lisbeth creía que esa noche la dejarían dormir. Lo necesitaba. Todavía sufría las secuelas de su herida de bala; tal vez por eso reaccionó con una decepción tan grande a algo en lo que nunca había creído. Pero cuando volvió a entrar en la casa se dio cuenta de que su sentimiento también estaba relacionado con otra cosa.

—Por regla general, Lisbeth no es una persona a la que le preocupe el clima que hace o lo que sucede a su alrededor —continuó Holger Palmgren—. Su mirada selecciona sólo lo esencial y elimina lo superfluo. Pero mencionó, curiosamente, que en aquella ocasión el sol brillaba en Lundagatan y en el parque de Skinnarvik. Oía reír a los niños. Al otro lado de la ventana la gente era feliz; es posible que fuera eso lo que deseaba decir. Quería señalar el contraste. La gente normal tomaba helados y jugaba con cometas y pelotas. Camilla y Lisbeth, en cambio, se hallaban encerradas en su habitación escuchando cómo su padre violaba y maltrataba a su madre. Creo que eso sucedió poco tiempo antes de que Lisbeth le devolviera el golpe a Zalachenko, aunque no controlo muy bien el orden cronológico: la pobre mujer sufrió muchas violaciones, y todas seguían el mismo ritual. Zala aparecía por las tardes o las noches, bastante borracho, y en algunas ocasiones le alborotaba el pelo a Camilla y le decía piropos del tipo «¿Cómo es posible que una niña tan linda tenga una hermana tan repugnante?». Acto seguido, las encerraba con llave en su habitación y se dirigía a la cocina, donde se sentaba para seguir bebiendo. Solía tomar sus vodkas puros, y al principio se limitaba a permanecer callado y a chasquear con la lengua de vez en cuando, como una fiera hambrienta, para luego soltar frases a Agneta del calibre de «¿Cómo está mi putita hoy?», que podían sonar casi hasta cariñosas. Pero entonces ella hacía algo que no le gustaba o, mejor dicho, Zalachenko decidía fijarse en algo que no le agradaba, y de pronto llegaba el primer golpe, casi siempre una bofetada, seguida de las palabras «Yo pensaba que hoy mi putita iba a portarse bien». A continuación, la metía a empujones en el dormitorio, donde seguía golpeándola. Por el ruido, Lisbeth percibía el momento en que las bofetadas se transformaban en puñetazos, y no sólo eso sino también dónde se los daba. Los sentía con la misma intensidad que si hubiese sido ella la maltratada. Después llegaban las patadas. Zala patear a Agneta, la lanzaba contra la pared y le gritaba «sucia», «perra» y «puta», y eso lo excitaba. Le gustaba verla sufrir. Y cuando ya estaba totalmente maltrecha y la veía sangrando procedía a violarla, y en el momento de acabar profería insultos aún peores que los de antes. Luego se hacía el silencio. No se oía nada aparte de los sollozos ahogados de Agneta y la respiración pesada de Zalachenko. Después se levantaba y se tomaba otro trago de vodka mientras no cesaba de murmurar maldiciones y palabrotas y de escupir al suelo. A veces abría la puerta de la habitación de Camilla y Lisbeth, y decía algo parecido a «Ahora mamá ha vuelto a portarse bien». Y se marchaba dando un portazo. Ése era el patrón habitual de sus visitas. Pero aquel día en concreto pasó algo.

—¿Qué?

—La habitación de las niñas era bastante pequeña. Por mucho que intentaran mantenerse alejadas entre sí, las camas estaban bastante cerca y, mientras el maltrato y la violación se producían, ellas solían quedarse sentadas en sus camas, una frente a la otra. Rara vez decían algo y evitaban intercambiar miradas. Aquel día Lisbeth pasó la mayor parte del tiempo asomada a la ventana observando fijamente la calle; supongo que por eso podía hablar del sol que había y de los niños que se reían. Pero de pronto se dio la vuelta. Y fue entonces cuando lo vio.

—¿Qué?

—El movimiento de la mano derecha de su hermana. Golpeaba el colchón con determinación, gesto que, por supuesto, no tenía por qué significar nada especial. Quizá no fuera más que un rasgo nervioso o compulsivo. Y así fue, de hecho, como Lisbeth lo interpretó en un principio. Sin embargo, luego advirtió que la mano seguía el ritmo de los golpes que procedían del dormitorio, y entonces miró a Camilla a los ojos: ardían de excitación. Pero lo más espeluznante de todo es que en ese momento Camilla se parecía al propio Zala, y aunque Lisbeth, de entrada, no lo quería creer, no cabía duda de que Camilla estaba sonriendo. Reprimía una sonrisa burlona. En ese instante Lisbeth se dio cuenta de que su hermana no sólo intentaba emular al padre e imitar su brutal estilo, sino que también aprobaba sus golpes. Lo estaba animando.

—Suena enfermizo.

—Pero así fue. ¿Y sabes lo que hizo Lisbeth?

—No.

—Permaneció completamente tranquila. Se sentó a su lado y le tomó la mano con cierta ternura. Supongo que Camilla no entendería nada de lo que estaba haciendo. Quizá creyera que su hermana buscaba un poco de consuelo o de calor. Cosas más raras se han visto. Lisbeth le remangó la blusa y acto seguido...

—¿Qué?

—Le clavó las uñas en la muñeca, hasta el hueso, y se la desgarró. Le hizo una herida atroz. La sangre salió a borbotones y cayó sobre la cama, y Lisbeth tiró a Camilla al suelo y juró matarlos, a ella y a su padre, si el maltrato y las violaciones no cesaban. Cuando todo terminó, era como si un tigre hubiera atacado a Camilla.

—¡Dios mío!

—Imagínate el odio que había entre las dos hermanas. Tanto a Agneta como a los servicios sociales les preocupaba que pudiera desencadenarse algún hecho aún más grave. Las mantuvieron separadas. A Camilla, incluso, la llevaron a vivir con otra familia durante un tiempo. Ahora bien, si no hubiera pasado lo que sucedió después ni eso habría sido suficiente: tarde o temprano se habrían vuelto a enfrentar. Pero, como ya sabes, no fue así. Ocurrió algo muy distinto: Agneta sufrió su lesión cerebral, Zalachenko ardió como una antorcha y a Lisbeth la encerraron. Si no recuerdo mal, creo que las hermanas sólo se han visto una vez desde entonces. Fue años más tarde, y en esa ocasión todo estuvo a punto de salir muy mal, aunque ignoro los detalles. En la actualidad, Camilla lleva mucho tiempo con paradero desconocido. Se le perdió la pista después de que abandonara a una familia con la que estuvo viviendo en Uppsala, los Dahlgren, creo. Puedo buscarte su número de teléfono si quieres. Pero desde que Camilla tenía dieciocho o diecinueve años y dejó el país no se sabe nada de nada de ella. Por eso casi me muero cuando me dijiste que la habías visto. Ni siquiera Lisbeth, con su capacidad para seguirle la pista a la gente, ha conseguido dar con ella.

—Así que lo ha intentado...

—Sí, ya lo creo. La última vez que sé que la buscó fue cuando se repartió la herencia del padre.

—No lo sabía.

—Sólo me lo comentó de pasada. No quería ni un solo céntimo de la herencia: lo consideraba dinero manchado de sangre. Pero se dio cuenta enseguida de que había algo raro. Se trataba de unos bienes que tenían un valor total de cuatro millones de coronas: la finca de Gosseberga, unos bonos, una ruinosa nave industrial en Norrtälje y poco más; bueno, y una vieja casa de vacaciones. No es que fuera moco de pavo, pero...

—Debería haber tenido mucho más.

—Sí. Lisbeth sabía mejor que nadie que el padre controlaba todo un imperio del crimen. Cuatro millones de coronas serían insignificantes para él.

—¿Quieres decir que Lisbeth pensaba que a Camilla le había tocado en suerte la mejor parte de la herencia?

—Creo que es eso lo que ha intentado averiguar.

La mera idea de que el dinero del padre continuara haciendo daño después de su muerte la atormentaba. Pero ha estado mucho tiempo sin llegar a ninguna parte con sus indagaciones.

—Supongo que Camilla habrá sabido ocultar su identidad bastante bien.

—Seguro que sí.

—¿Crees que Camilla podría haber heredado la red de *trafficking* del padre?

—Quizá sí, quizá no. O tal vez se haya metido en algo nuevo.

—¿Como qué?

Holger Palmgren cerró los ojos mientras tomaba un buen trago de coñac.

—Eso no lo sé, Mikael. Pero cuando me hablaste de Frans Balder pensé en una cosa. ¿Tú tienes idea de por qué a Lisbeth es tan buena con los computadores? ¿Sabes cómo empezó todo?

—Ni idea.

—Bueno, te lo voy a contar. Y me pregunto si no estará ahí la clave de tu reportaje.

Cuando Lisbeth entró desde la terraza y vio a August frente a la mesa de la cocina —paralizado y en una posición muy poco natural, como en un espasmo—, se dio cuenta de golpe de que el chico le recordaba a su propia infancia.

Exactamente así se había sentido ella en Lundagatan de pequeña. Hasta que un día comprendió que no le quedaba más remedio que madurar antes de tiempo para vengarse de su padre. Resultó muy duro. Fue una carga que ninguna niña debería verse obligada a llevar. Y aun así, constituyó el comienzo de una vida auténtica y digna. No permitiría que ningún hijo de puta más hiciera lo mismo que Zalachenko o el asesino de Frans Balder sin pagar por eso. No permitiría que nadie con esa clase de maldad se escapara. Por eso se acercó a August y le anunció con voz solemne, como si emitiera una orden importante:

—Ahora te vas a ir a dormir. Cuando te despiertes dibujarás al asesino de tu papá. ¿Ok? —Y entonces el chico asintió con la cabeza y se marchó arrastrando los pies hasta el dormitorio, al tiempo que Lisbeth abría su portátil para empezar a buscar información acerca de Lasse Westman y sus amigos.

— No creo que Zalachenko tuviera mucha afición por los computadores —prosiguió Holger Palmgren—. No pertenecía a esa generación. Pero es probable que sus sucias actividades crecieran tanto que se viera obligado a introducir todos sus datos en un programa informático y que quizá necesitara mantener esa información fuera del alcance de sus compinches. El caso es que un día apareció en Lundagatan con un equipo IBM que puso sobre un escritorio que había junto a una ventana. En esa época no creo que nadie de la familia hubiera visto un computador en su vida. Agneta no tenía precisamente muchas posibilidades de realizar unas compras tan extravagantes, y sé que Zalachenko amenazó con despellejar viva a la persona que se atreviera a tocar esa máquina. Desde un punto de vista pedagógico tal vez fuera un comentario muy inteligente, no lo sé. Está claro que intensificó la atracción.

—El fruto prohibido.

—Por aquel entonces, Lisbeth tenía once años,

creo. Aquello sucedió antes de que clavara las uñas en el brazo derecho de Camilla y que atacara a su padre con cuchillos y bombas incendiarias. Fue, se podría decir, justo antes de que Lisbeth se convirtiera en la persona que hoy conocemos. En esa época todavía pensaba en otras cosas, y no en cómo neutralizar a Zalachenko. Estaba intelectualmente subestimulada. No tenía amigos, en parte porque Camilla hablaba mal de ella y se aseguraba de que nadie se le aproximara en el colegio, pero en parte también porque era diferente. No sé si ella misma se había dado cuenta ya; desde luego sus profesores no, y su entorno mucho menos. Pero era una niña muy inteligente. Destacaba por su capacidad intelectual. El colegio le parecía muy aburrido; todo le resultaba obvio y demasiado fácil. Le bastaba con echar un simple vistazo a lo que fuera para entenderlo, por lo que, en general, se pasaba las clases soñando con mundos lejanos. Es verdad que había dado con algunas actividades con las que entretenerse en su tiempo libre, como leer libros de matemáticas para adultos y cosas así. Pero en el fondo se aburría. La mayor parte del tiempo la pasaba leyendo sus queridos cómics de Marvel, que en realidad estaban muy por debajo de su nivel pero que quizá cumplieran otra función, más terapéutica.

—¿En qué sentido?

—Que conste que no me gusta psicoanalizar a Lisbeth. Si me oyera me odiaría. Pero en esos cómics hay un montón de superhéroes que luchan contra malvadísimos enemigos y que se vengan tomando la justicia por sus propias manos. Es posible que, de algún modo, fuera una lectura oportuna. No sé; esas historias, con todas sus simplificaciones, tal vez la ayudaran a entender mejor la realidad.

—¿Quieres decir que comprendió que lo que tenía que hacer era crecer y convertirse ella también en una superheroína?

—Sí, quizá sí, al menos en su pequeño mundo. Aunque por aquella época ignoraba aún que Zalachenko era un viejo espía soviético cuyos secretos le habían otorgado una posición privilegiada en la sociedad sueca. Y con toda probabilidad tampoco sabía que había una sección especial dentro de la policía de seguridad sueca que lo estaba protegiendo. Pero, al igual que Camilla, Lisbeth se imaginaba que al padre lo rodeaba algún tipo de inmunidad. Un día incluso llegó a aparecer un hombre vestido con un abrigo gris que insinuó algo por el estilo, que no podían permitir que al padre le pasara algo; es más: que era imposible que eso sucediera. Desde muy pronto, Lisbeth intuyó que no merecía la pena ir a la policía ni hablar con los servicios sociales para denunciar a Zalachenko. Lo único que conseguiría sería que otro de esos señores de abrigo gris apareciera por allí.

»No, Lisbeth no conocía el trasfondo del asunto. Aún no sabía nada de los servicios de inteligencia ni de las operaciones que llevaban a cabo para ocultar según qué temas. Pero sentía con toda su alma la impotencia que sufría la familia, y eso le causaba un terrible dolor. La impotencia, Mikael, puede ser una fuerza devastadora, y antes de que Lisbeth fuera lo suficientemente grande como para hacer algo al respecto necesitaba lugares en los que poder refugiarse y recargar energías. Y uno de esos lugares era el mundo de los superhéroes. Muchos de mi generación, como es obvio, desprecian todo eso, pero yo, si algo sé, es que la literatura, con independencia de que se trate de cómics o de novelas clásicas de renombre, puede tener una gran importancia. A mí me consta que Lisbeth se encariñó en especial de una joven heroína llamada Janet Van Dyne.

—¿Van Dyne?

—Sí. La hija de un rico científico. El padre es asesinado por alienígenas, si mal no recuerdo, y para poder vengarse Janet Van Dyne busca la ayuda de uno de los colegas de su padre, en cuyo laboratorio adquiere sus superpoderes. Éste la dota de alas, de la capacidad de reducir y aumentar su tamaño y de algunas otras capacidades más. En fin, que se convierte en una mujer durísima. Siempre vestida de negro y amarillo, como una avispa; por eso se hacía llamar Wasp, una persona a la que nadie podía humillar, ni literal ni metafóricamente.

—¡Mira, no tenía ni idea! ¿Es de ahí de donde viene su alias en la red?

—No sólo su alias, creo. Yo no sabía nada de esos personajes, no era más que un viejo anticuado que todavía llamaba Dragos* a Fantomas. Pero la primera vez que vi una imagen de Wasp me sobresalté. Había mucho de Lisbeth en ella. Y en cierto modo esa similitud todavía persiste. Creo que el estilo de Lisbeth se debe bastante a ese personaje, aunque no quiero exagerar. Era sólo un personaje de cómic, y Lisbeth vivía por completo en la realidad. Pero sé que ella pensaba mucho en la transformación que experimentó Janet Van Dyne cuando se convirtió en Wasp. De alguna manera entendió que ella misma tenía que cambiar de manera drástica: pasar de ser una niña y una víctima a convertirse en alguien que fuera capaz de vengarse de

* En los primeros números de los cómics editados en Suecia, Fantomas se llamaba Dragos (*N. de los t.*)

un importante espía que no sólo contaba con una preparación de élite sino que, además, resultaba ser una persona totalmente despiadada.

»Ése era el tipo de pensamientos que rondaban por su cabeza día y noche, y por eso Wasp, en una fase de transición, llegó a ser un personaje importante para ella, una fuente ficticia de inspiración, cosa que descubrió Camilla. Esa niña tenía un olfato espeluznante para detectar las debilidades de la gente. Extendía sus tentáculos y daba con sus puntos débiles antes de atacar, y empezó a ridiculizar a Wasp de todas las maneras posibles. Bueno, en realidad era mucho más que ridiculizar. Se enteró de quiénes eran los enemigos de Wasp en los cómics y empezó a adoptar sus nombres: Thanos y no sé qué más.

—¿Dijiste «Thanos»? —interrumpió Mikael, como poniéndose en guardia.

—Sí, creo que se llamaba así, un personaje masculino y destructor que se enamoró de la propia muerte —que se le había aparecido en forma de mujer— y que luego quiso mostrarse digno de su admiración o algo por el estilo. Camilla eligió a Thanos para provocar a Lisbeth. Incluso llegó a llamar a su pandilla de amigos *The Spider Society* porque en alguna entrega de la serie existe un grupo con ese nombre, cuyos miembros son los enemigos mortales de *Sisterhood of The Wasp*.

—¿De verdad? —inquirió Mikael pensativo.

—Sí, algo muy infantil, está claro, pero no por eso inocente. La hostilidad entre las dos hermanas era ya tan grande que aquellos nombres adquirieron un significado inquietante. Es lo mismo que sucede en las guerras, donde incluso los símbolos, ya lo sabes, y se magnifican hasta alcanzar una dimensión letal.

—¿Podrían tener importancia todavía?

—¿Te refieres a los nombres?

—Sí, a eso me refiero. Supongo.

Mikael no sabía muy bien a qué se refería. Pero albergaba el vago presentimiento de hallarse sobre la pista de algo importante.

—No lo sé —continuó Holger Palmgren—. Ahora son dos mujeres adultas, pero no hay que olvidar que ésa fue una época fundamental de sus vidas en la que todo se decidió y cambió. Seguramente hasta los detalles más pequeños podrían haber adquirido una trascendencia vital para ellas. No sólo fue Lisbeth la que padeció al perder a su madre y ser luego encerrada en una clínica psiquiátrica, también la existencia de Camilla se hizo añicos: se quedó sin hogar y, encima, ese padre al que admiraba con tanta devoción sufrió graves quemaduras. Como ya sabes, después de la bomba incendiaria que le lanzó Lisbeth, Zalachenko nunca volvió a ser el mismo, y a Camilla le buscaron una familia muy lejos de aquel mundo cuyo centro neurálgico siempre había sido ella. Tuvo que resultarle enormemente doloroso, y no me cabe la menor duda de que desde entonces odia a Lisbeth con toda su alma.

—Eso parece —asintió Mikael.

Holger Palmgren tomó otro trago de coñac.

—Como te dije, no se puede subestimar el peso que esa época ha tenido en sus vidas. Las hermanas estaban librando una guerra a gran escala, y supongo que, en cierto modo, las dos sabían que todo iba a saltar por los aires. Creo incluso que se estaban preparando por si eso ocurría.

—Pero de distintas maneras.

—Sí, desde luego. Lisbeth poseía una inteligencia

deslumbrante, y en su cerebro se tramaban constantes planes y estrategias de lo más diabólicos. Pero estaba sola. Camilla no era especialmente aguda, al menos en el sentido tradicional. Nunca había tenido cabeza para los estudios y no le salían bien los razonamientos abstractos. Pero sabía manipular. Sabía explotar y hechizar a la gente como nadie, y por eso, a diferencia de Lisbeth, jamás estaba sola. Siempre se rodeaba de individuos que estaban dispuestos a darle una mano. Si Camilla descubría que Lisbeth destacaba en algo que podía constituir un peligro para ella, no intentaba seguir sus pasos porque era consciente de que jamás en la vida tendría la posibilidad de competir con su hermana.

—¿Y qué hacía entonces?

—Buscaba a alguna persona, o mejor dicho, a algunas personas que supieran hacerlo, lo que fuera, y contraatacaba con su ayuda. Siempre contaba con un grupo de secuaces, amistades que hacían lo que ella les pidiera. Pero, perdona, me estoy adelantando a los acontecimientos.

—Sí. ¿Y qué ocurrió con el computador de Zalachenko?

—Como te comenté, Lisbeth no estaba muy estimulada. Además, dormía mal. Se pasaba las noches en vela preocupada por su madre. Agneta presentaba graves hemorragias después de las violaciones y, pese a eso, no iban al médico. Quizá sintiera vergüenza. Había épocas en las que caía en una profunda depresión. No tenía fuerzas para ir al trabajo ni para ocuparse de las niñas, lo que provocó que Camilla la despreciara aún más. «La vieja es débil», sentenciaba. En su mundo, ser débil era lo peor. Lisbeth, en cambio...

—¿Sí?

—Ella veía a una persona a la que quería, la única persona a la que había querido en su vida, y veía una terrible injusticia. Por las noches permanecía despierta pensando en eso. Se trataba tan sólo de una niña, es verdad. Porque en cierto sentido todavía lo era. Pero también se iba convenciendo cada vez más de que era el único ser del mundo que podía proteger a su madre de que su padre la moliera a palos hasta la muerte; en eso pensaba, y en un montón de cosas más. Hasta que una noche se levantó, con sumo cuidado, para no despertar a Camilla. Tal vez con la finalidad de buscar algo para leer. O quizá porque ya no soportaba seguir devanándose los sesos. ¿Qué más da? Lo importante es que vio el computador que estaba junto a la ventana que daba a Lundagatan.

»Por aquella época no sabía cómo se encendía un computador. Pero lo averiguó, por supuesto, y enseguida sintió como una especie de fiebre en el cuerpo. Esa máquina parecía susurrarle "Descubre mis secretos". Sin embargo, por supuesto, en esa primera ocasión no llegó demasiado lejos. El computador le pedía una contraseña, y ella lo intentó una y otra vez. Al padre lo llamaban Zala, así que probó con eso, y con Zala666 y combinaciones parecidas, y con cualquier palabra que se le ocurría. Pero no tuvo suerte. Creo que se pasó dos o tres noches sin pegar ojo; si dormía algo lo hacía en el pupitre del colegio o por las tardes, en casa.

»Y de pronto, una noche le vino a la memoria una frase en alemán que el padre había escrito en la cocina sobre un papel: *Was mich nicht umbringt, macht mich stärker.* "Lo que no me mata me hace más fuerte." En aquellos momentos esas palabras no le dijeron nada, pero entendió que eran muy importantes para el padre, y por eso intentó ponerlas como contraseña.

»Tampoco: demasiadas letras.

»Y entonces lo probó con Nietzsche, el autor de la cita. Y así, sin más, entró, y un mundo completamente nuevo y secreto se abrió ante sus ojos. Después lo describiría como un momento que lo cambió todo para siempre. Creció cuando logró romper la barrera que le habían puesto para impedirle pasar y cuando pudo explorar lo que querían ocultarle, pero aun así...

—¿Qué?

—Al principio no entendió nada. Todo estaba en ruso. Había recopilaciones de datos, en ruso, y números. Adivinó que se trataba de una especie de contabilidad de las actividades de *trafficking* de Zalachenko, aunque no sé qué fue lo que ella descubrió entonces ni lo que averiguó más tarde. Pero lo que no se le escapó fue que no sólo era a su madre a quien Zalachenko hacía daño. También había arruinado la vida de otras mujeres, cosa que la enfureció y que de algún modo la convirtió en la Lisbeth que conocemos hoy en día, la que odia a los hombres que...

—... odian a las mujeres.

—Exacto. Pero eso también la hizo más fuerte, y comprendió que ya no había vuelta atrás. Debía detener a su padre. Siguió investigando en otros equipos, en el colegio, por ejemplo; se colaba en la sala de profesores, y en algunas ocasiones incluso fingía pasar la noche en casa de unas amigas que no tenía mientras, en secreto, se quedaba en la escuela horas y horas, hasta el amanecer, sentada ante el computador. Empezó a aprenderlo todo sobre la intrusión informática y la programación. Supongo que fue como cuando otros niños prodigio descubren lo que les gusta. Se quedó hechizada. Sintió que había nacido para eso, y muchos de los internautas con los que entró en contacto en el universo virtual empezaron a interesarse por ella y a tenerla en el punto de mira. Ya sabes, las viejas generaciones siempre se han lanzado sobre los jóvenes talentos, para alentarlos o bien para hundirlos. Se topó con mucha resistencia y más de una estupidez: no eran pocos aquéllos a los que les molestaba que hiciera las cosas al revés o, sencillamente, de una manera nueva. Hubo otros, en cambio, que se quedaron muy impresionados y que acabaron siendo sus amigos..., el tal Plague, por ejemplo. Así que a sus primeras amistades las conoció gracias a los computadores. Pero lo más importante es que por primera vez en su vida se sintió libre. En el ciberespacio podía volar a sus anchas, como Wasp. No la ataban nada ni nadie.

—¿Sabía Camilla hasta qué punto era buena su hermana con los computadores?

—Al menos lo sospechaba y..., no sé, no quiero especular, pero a veces me imagino a Camilla como el lado oscuro de Lisbeth, su sombra.

—*The bad twin.*

—¡Sí, algo así! No me gusta tachar a las personas de malvadas, en especial a las mujeres jóvenes. Pero es así como me la imagino, a pesar de todo. Aunque nunca tuve fuerzas para seguir indagando en el asunto, al menos de forma muy profunda, y si tú quieres hacerlo te recomiendo que contactes con Margareta Dahlgren, la madre de la familia que acogió a Camilla tras los incidentes de Lundagatan. Ahora vive en Estocolmo, en Solna, creo. Es viuda y tuvo una vida muy trágica.

—¿Qué le pasó?

—Eso también tiene su interés, desde luego. Su marido, Kjell, que trabajaba como programador informático en Ericsson, se ahorcó poco antes de que Camilla abandonara a la familia. Un año más tarde, su hija, de diecinueve años, también se quitó la vida saltando al mar, en uno de esos cruceros que van a Helsinki; al menos ésa es la conclusión a la que se llegó. La chica había pasado por una serie de problemas personales, se sentía fea y con sobrepeso. Pero Margareta nunca se lo creyó, e incluso llegó a contratar a un detective privado para investigar el suceso. Margareta está obsesionada con Camilla; si te soy sincero, nunca he soportado a esa mujer, aunque me da cierta vergüenza reconocerlo. Margareta contactó conmigo poco después de que tú publicaras el reportaje de Zalachenko. Por aquel entonces, como bien sabes, acababan de darme el alta en la residencia de rehabilitación de Ersta. Tenía los nervios hechos polvo, y el cuerpo también, y Margareta me dejaba la cabeza como un retumbando. Su obsesión era enfermiza. Me entraba una enorme fatiga cada vez que veía su número en la pantalla del teléfono, y dediqué bastante tiempo y esfuerzo a evitarla. Aunque, ahora que lo pienso, la entiendo cada vez más. Creo que le gustaría hablar contigo, Mikael.

—¿Tienes sus datos?

—Voy a buscarlos. Espera un momento. ¿Estás seguro de que Lisbeth y chico se encuentran a salvo, en un lugar seguro?

—Sí, lo estoy —dijo Mikael. «Al menos eso espero», pensó mientras se levantaba y abrazaba a Holger.

Ya afuera, en la plaza de Liljeholmstorget, la tormenta volvió a azotarlo y él se arrebujó en el abrigo, al tiempo que Camilla y Lisbeth acudían a su mente. Y, por algún motivo, también Andrei Zander.

Decidió llamarlo para preguntarle cómo iba con la historia del marchante de arte que había desaparecido. Pero Andrei no contestó.

Capítulo 24

Tarde del 23 de noviembre

Andrei Zander había llamado a Mikael porque, claro estaba, se arrepintió de no haberlo acompañado. Por supuesto que quería tomar una cerveza con él. No podía entender cómo le había dicho que no. Mikael Blomkvist era su ídolo y la causa misma de que él se hubiera acercado al periodismo. Pero cuando marcó el número se avergonzó y colgó enseguida. ¿Y si Mikael había cambiado de planes? Andrei no era una persona a la que le gustara molestar a la gente, y mucho menos a Mikael Blomkvist.

Dejó de cavilar e intentó seguir trabajando. Pero por mucho que se empeñaba no lo conseguía. Se bloqueaba cuando se disponía a redactar algo, y al cabo de una hora más o menos decidió hacer una pausa y salir a dar una vuelta. Recogió su mesa y comprobó, una vez más, que todas las palabras del enlace encriptado estaban borradas. Acto seguido, se despidió de Emil Grandén, el único, aparte de él, que todavía se hallaba en la redacción.

No era que Emil Grandén fuera una mala persona. Tenía treinta y seis años, y había trabajado tanto en *Svenska Morgonposten* como en el programa de TV4 *Kalla fakta*, y el año anterior se había llevado el Gran

Premio de Periodismo dentro de la categoría «Denunciante del año». Pero Andrei no podía dejar de pensar —aunque intentaba reprimir ese sentimiento— que Emil era un engreído y un prepotente, al menos con un joven suplente como él.

—Voy a salir un rato —le dijo.

Emil lo miró como si se le hubiera olvidado comentarle algún asunto. Luego, algo indeciso, le contestó:

—Dale.

En ese momento, Andrei se sintió bastante miserable. No sabía muy bien por qué. Quizá sólo se tratara de la actitud altiva de Emil, pero posiblemente se debiera, más que a otra cosa, al artículo sobre el comerciante de arte. ¿Por qué le estaba costando tanto? Tal vez porque, por encima de todo, quería ayudar a Mikael con el reportaje sobre Balder. Lo demás parecía secundario. Aunque también era un idiota y un cobarde, ¿cierto? ¿Por qué no había dejado que Mikael le echara un vistazo a lo que había escrito?

No había nadie como Mikael para, con unos rápidos trazos de pluma o unos cuantos tachones, levantar un texto. En fin, qué más daba. Seguro que al día siguiente vería su artículo con otros ojos y entonces, por muy malo que fuera, dejaría que Mikael lo leyera.

Andrei cerró la puerta de la redacción y se dirigió hacia el ascensor. Al acercarse a éste se sobresaltó. Más abajo, en la escalera, estaba ocurriendo algo. Al principio le costó interpretarlo. Vio a un hombre flaco y ojeroso acosando a una joven y bella mujer. Andrei se quedó de piedra. Siempre había aborrecido la violencia. Desde que sus padres fueron asesinados en Sarajevo había sido ridículamente miedoso y había evitado meterse en cualquier pelea. Pero en ese momento se dio cuenta de que su amor propio estaba en juego. Una cosa era que uno mismo huyera y otra bien distinta abandonar a su suerte a una persona que se hallaba en peligro, por lo que bajó corriendo y gritando «¡Hey, para! ¡Déjala!», lo que a todas luces parecía ser un error fatal.

Ese ojeroso tipo sacó una navaja mientras murmuraba algo amenazante en inglés, y entonces a Andrei casi se le doblaron las piernas. Aun así, hizo de tripas corazón, reunió los últimos restos de su coraje y le espetó, como en una mala película de acción:

—*Get lost! You will only make yourself miserable.* —Y de hecho, tras unos instantes en los que se midieron las miradas, el hombre se marchó con el rabo entre las piernas, y dejó solos a Andrei y a la mujer. Así fue como empezó todo. También como en una película.

Un titubeante comienzo. La mujer se hallaba conmocionada y era tímida. Hablaba con una voz tan baja que Andrei tuvo que inclinarse y acercarse mucho a ella para entender lo que decía, de modo que tardó bastante en enterarse de lo que le había sucedido. Al parecer, su matrimonio había sido un infierno y, aunque ahora estaba divorciada y vivía bajo una identidad protegida, el exmarido, tras conseguir localizarla, había enviado a algún esbirro para que la acosara.

—Es la segunda vez que ese tipo se me lanza encima hoy —musitó ella.

—¿Por qué estabas aquí dentro?

—He intentado huir y he entrado aquí, pero no me ha servido de nada.

—¡Qué horror!

—No sabes lo que agradezco tu ayuda.

—No hay de qué.

—Ya estoy harta de tantos hombres malos.

—Yo soy un hombre bueno —se apresuró a responder Andrei, lo que le pareció patético. No le sorprendió en absoluto que la mujer no dijese nada y se limitara a agachar la cabeza.

A Andrei le dio mucha vergüenza haberse intentado vender con una frase tan barata. Pero de repente, cuando acababa de dar por sentado que ella le había rechazado, la mujer alzó la vista y le ofreció una discreta sonrisa.

—Lo creo. Me llamo Linda.

—Y yo Andrei.

—Encantada, Andrei. Y muchas gracias de nuevo.

—Gracias a ti.

—¿Por qué?

—Por...

No terminó la frase. Advirtió los latidos de su corazón y la sequedad de su boca mientras bajaba la mirada.

—¿Sí, Andrei? —le animó a seguir ella.

—¿Quieres que te acompañe a tu casa?

También se arrepintió de esa frase.

Temía que se le malinterpretara. Pero ella no hizo más que mostrar de nuevo esa sonrisa encantadora e insegura, y le dijo que se sentiría más tranquila con él a su lado, así que salieron a la calle juntos y se encaminaron hacia Slussen. Y entonces ella le habló de cómo había vivido prácticamente encerrada en una casa muy grande de Djursholm. Él le dijo que la entendía, que sabía de qué hablaba, al menos en parte: había escrito una serie de artículos sobre los malos tratos que padecían algunas mujeres.

—¿Eres periodista? —preguntó ella.

—Trabajo en *Millennium*.

—¡Anda! —exclamó ella   . ¿De verdad? Me encanta esa revista.

—Ha hecho algunas cosas buenas, sí —añadió modestamente.

—Ya lo creo —asintió ella—. Hace un tiempo publicaron un artículo maravilloso sobre un iraquí con lesiones de guerra al que despidieron de su trabajo como limpiador en un restaurante del centro. Se encontraba en la calle y sin un centavo. Y ahora es el propietario de una cadena de restaurantes. Lloré cuando lo leí. Estaba escrito de una forma tan bonita... Y era tan esperanzador..., con ese mensaje de que nunca hay que dar nada por perdido...

—Fui yo quien escribió ese artículo.

—¿En serio? Era fantástico.

Andrei no estaba acostumbrado a que le lanzaran elogios por sus reportajes, y mucho menos a que éstos provinieran de mujeres desconocidas. En cuanto *Millennium* salía en las conversaciones la gente siempre le preguntaba por Mikael Blomkvist, y la verdad era que a Andrei no le importaba, pero soñaba en secreto con que a él también lo mencionaran. Y ahora la guapa Linda lo había elogiado sin ni siquiera saber que era de él de quien hablaba.

Se puso tan contento y orgulloso que se atrevió a proponerle tomar una copa en Papagallo, un bar restaurante de barrio por el que acababan de pasar. Y para su gran alegría ella contestó: «¡Qué buena idea!». Entonces entraron, mientras Andrei, con el corazón acelerado, intentaba en la medida de lo posible evitar mirarla a los ojos.

Esos ojos eran su perdición. Se sentaron a una mesa, no muy lejos de la barra. Andrei apenas podía creerse que fuera verdad que Linda hubiera extendido la mano y que él se la estuviera tomando mientras sonreía y murmuraba algo, sin saber lo que decía ni lo que hacía de tantos nervios como tenía. Lo único que sabía era que Emil Grandén lo estaba llamando al celular y que, para su propia estupefacción, no sólo pasó de responder sino que lo puso en silencio. Por una vez, la revista tendría que esperar.

Sólo deseaba mirar la cara de Linda, perderse en ella. Era tan atractiva que cada vez que la contemplaba sentía como un puñetazo en el estómago, y aun así ella daba la impresión de ser tan delicada y frágil como un pajarito herido.

—No me entra en la cabeza que alguien haya querido hacerte daño —dijo él.

—Pues es precisamente lo que me pasa siempre —contestó ella, y entonces él pensó que, a pesar de todo, podía entenderlo.

Porque una mujer como aquélla atraía sin duda a los psicópatas. Eran los únicos que se atreverían a acercársele. Todos los demás se amedrentarían, invadidos por sus complejos de inferioridad. Sólo los desgraciados más grandes tendrían el valor de mostrarle las garras.

—Qué bien estar aquí contigo —se atrevió a decir él.

—No, qué bien estar aquí contigo —repitió ella mientras le acariciaba la mano. A continuación pidieron dos copas de vino tinto y empezaron a hablar atropellándose mutuamente con las palabras, por lo que Andrei apenas se dio cuenta de que volvían a llamarle al celular no sólo una sino dos veces más; y fue así como, por primera vez en su vida, ignoró una llamada de Mikael Blomkvist.

Poco tiempo después ella se levantó, lo tomó de la

mano y se lo llevó afuera. Él no preguntó adónde se dirigían; si ella se lo pidiera podría acompañarla al fin del mundo. Era la criatura más maravillosa que había conocido jamás. De vez en cuando, Linda le dirigía una sonrisa entre insegura y seductora que hacía que cada respiración y cada paso que daban por las calles por las que pasaban bajo aquella tormenta anunciaran la promesa de que algo grande y revolucionario estaba a punto de ocurrir. Podría esperar toda una eternidad para dar un paseo como ése, pensó él, y apenas advirtió el frío que hacía allí fuera ni fue consciente de la ciudad que tenía a su alrededor.

Estaba como embriagado por la presencia de esa chica y por todo lo que le esperaba. Pero quizá —no lo sabía a ciencia cierta— había algo que también le despertaba una ligera sospecha, aunque al principio se limitara a despacharlo como una manifestación de su habitual escepticismo hacia cualquier forma de felicidad. Aun así, inevitablemente, la pregunta no se le iba de la cabeza: «¿No es demasiado bonito como para ser verdad?».

Estudió a Linda con una nueva atención y descubrió rasgos que no sólo eran dulces; al pasar por Katarinahissen incluso creyó ver un punto de frialdad en sus ojos, tras lo cual miró preocupado hacia el mar, azotado por la tormenta.

—¿Adónde vamos? —preguntó Andrei.

—Una amiga mía —contestó ella— posee un apartamento en la parte vieja, en Mårten Trotzigs Gränd. Tengo las llaves. ¿Y si tomamos una copa allí? —Y entonces Andrei sonrió como si fuese lo más maravilloso que hubiera oído en su vida.

Pero, muy a su pesar, se sentía cada vez más desconcertado. Hasta hacía unos momentos había sido él quien cuidaba de ella, pero ahora era ella la que tomaba la iniciativa. Andrei echó un rápido vistazo a su celular y vio que Mikael Blomkvist le había telefoneado dos veces, y entonces quiso devolverle la llamada enseguida. Pasara lo que pasase no podía abandonar la revista.

—Encantado —respondió—. Pero primero debo llamar a la redacción. Es que estoy trabajando en una serie de artículos.

—No, Andrei —zanjó ella con una determinación asombrosa—. No vas a llamar a nadie. Esta noche sólo existimos tú y yo.

—Ok, ok —claudicó él ligeramente incómodo.

Fueron a parar a Järntorget. A pesar del mal tiempo, en la plaza había bastante gente. Linda miraba al suelo, como si no quisiera que nadie la viese. Andrei lo hacía a la derecha, en dirección a Österlånggatan y a la estatua de Evert Taube. El poeta y músico permanecía impertérrito con una partitura en la mano mientras miraba al cielo tras unas gafas oscuras. ¿Debería proponerle que dejaran su cita para el día siguiente?

—Quizá sería... —empezó.

No pudo seguir, porque en ese mismo instante ella lo atrajo hacia sí y lo besó. Lo besó con una fuerza que le hizo olvidar todo lo que había estado pensando, y después ella apresuró la marcha. Caminaban cogidos de la mano cuando ella tiró de él hacia la izquierda para enfilar Västerlånggatan. Y de repente doblaron a la derecha y se metieron en un callejón oscuro. ¿Les estaba persiguiendo alguien? No, no; los pasos y las voces que oía procedían de más lejos. Sólo estaban Linda y él, ¿no? Pasaron por delante de una ventana con un marco pintado de rojo y con las contraventanas negras, y llegaron hasta una puerta gris que Linda abrió, no sin esfuerzo, con una llave que había sacado del bolso. Andrei advirtió que las manos de Linda temblaban, y se preguntó por qué. ¿Seguía teniendo miedo de que apareciera su exmarido o alguno de sus secuaces?

Subieron por una estrecha y mal iluminada escalera de piedra. Los pasos hacían eco, y Andrei percibió un ligero olor a algo podrido. En un escalón de la tercera planta había un naipe, la dama de picas. Una inquietud se apoderó de él, aunque no entendía por qué; tal vez no fuera más que alguna estúpida superstición de las suyas. Intentó reprimir esa sensación y concentrarse en lo bonito que era que se hubieran conocido. Linda respiraba pesadamente. Tenía cerrada la mano derecha. En el callejón, una voz masculina se rio. ¿Estaría quizá riéndose de él? ¡Qué tonterías! Era porque se encontraba un poco nervioso. Le pareció que subían y subían sin llegar nunca a su destino. ¿De verdad podía tener tantas plantas un edificio del casco viejo? Por fin llegaron. El apartamento de la amiga se hallaba en el último piso, era un ático.

En la puerta decía «Orlov», y Linda volvió a sacar su juego de llaves. Pero en esta ocasión su mano ya no temblaba.

Mikael Blomkvist estaba sentado en un apartamento de Prostvägen, en Solna, de decoración y mobiliario ligeramente anticuados, muy cerca del gran cementerio. Tal y como Holger Palmgren le había dicho, Margareta Dahlgren, sin dudarlo ni un instante, lo invitó a visitarla enseguida, y aunque por teléfono le había parecido algo maníaca resultó ser una señora elegante y delgada que rondaba los sesenta años. Vestía un bonito suéter amarillo y unos pantalones negros con una impecable raya en medio. Era muy posible que se hubiera cambiado porque acudía él. Llevaba zapatos de tacón alto, y si no hubiera sido por su errática mirada uno podría haberla tomado por una mujer rebosante de salud, a pesar de todo.

—Quiere que le hable de Camilla —le dijo ella.

—Sobre todo de sus últimos años, si es que sabe algo de eso —contestó Mikael.

—Todavía recuerdo el día en que llegó a nuestra casa —empezó a contarle Margareta Dahlgren, como si no hubiera oído lo que acababa de pedirle Mikael—. Mi marido, Kjell, pensaba que podríamos hacerle un bien a la sociedad a la vez que aumentaríamos nuestra pequeña familia. Es que sólo teníamos una hija, nuestra pobre Moa. Por aquel entonces ella tenía catorce años y era bastante solitaria. Creímos que le iría bien que acogiéramos a una chica de su edad.

—¿Conocían lo que había pasado en la familia Salander?

—No en su totalidad, claro está, pero nos habían comentado que había sido terrible y traumático, que la madre estaba enferma y que el padre tenía graves quemaduras. Nos quedamos muy conmocionados por aquello y pensamos que íbamos a recibir a una niña destrozada, alguien necesitado de nuestra atención y de todo nuestro amor. Pero ¿sabe con qué nos encontramos?

—No.

—Con la niña más encantadora que habíamos visto en nuestra vida. Y no sólo porque fuera tan guapa. ¡Ay, tendría que haberla oído! Era tan inteligente y tan madura, y nos contaba unas historias tan desgarradoras sobre cómo la loca de su hermana había atemorizado a la familia. Bueno, ahora es evidente que sé que eso tenía muy poco que ver con la verdad. Pero ¿cómo íbamos a dudar de ella entonces? Sus ojos brillaban con convicción, y cuando le decíamos «¡Qué horror, pobrecita!», ella contestaba «No ha sido fácil, aunque yo sigo queriendo a mi hermana. Está enferma pero ya se encuentra bajo tratamiento». Sonaba tan adulta y empática... Había momentos en los que casi parecía que era ella la que cuidaba de nosotros, y no al revés. Nuestra familia se iluminó, como si algo glamoroso que lo hacía todo más bonito y más grande hubiese entrado en nuestra existencia. Todos florecimos, y la que más, Moa. Empezó a cuidar de su aspecto y de buenas a primeras se volvió mucho más popular en el colegio. En esa época yo podría haber hecho cualquier cosa por Camilla, y Kjell, mi marido, ¿qué quiere que le diga? Se transformó por completo, parecía otro hombre. Sonreía y se reía constantemente, y volvió a hacer el amor conmigo, disculpe mi sinceridad. Quizá tendría que haber empezado a preocuparme ya entonces. Pero pensé que solo era un síntoma más de alegría porque, por fin, todas las piezas comenzaban a encajar en nuestra familia. Hubo una época en la que fuimos felices, como todos los que conocen a Camilla: son felices al principio, pero luego... Luego sólo quieren morir. Tras pasar un tiempo con ella no deseas seguir viviendo.

—¿Hasta ese punto?

—Hasta ese punto.

—¿Qué pasó?

—El veneno no tardó en propagarse entre nosotros. Poco a poco, Camilla fue asumiendo el poder. Después de tanto tiempo, resulta casi imposible determinar cuándo terminó la fiesta y cuándo se inició la pesadilla. Tuvo lugar de forma tan imperceptible y gradual que un día nos despertamos por la mañana y nos dimos cuenta de que todo había sido destruido: nuestra confianza, nuestra tranquilidad, la base en la que se apoyaba nuestra familia... La autoestima de Moa, que en un principio se había incrementado tanto, ahora había tocado fondo. Permanecía despierta por las noches llorando y diciendo que era fea y horrible, y que no merecía vivir. Tardamos en percatarnos de que alguien había vaciado su cuenta de ahorros. Aún sigo sin saber lo que pasó. Pero estoy convencida de que Camilla la extorsionaba. Lo hacía con tanta naturalidad... Para ella era como respirar. Recababa información comprometedora acerca de la gente. Durante mucho tiempo llegué a pensar que llevaba un diario, pero no, lo que escribía era toda la mierda de la que se había enterado sobre las personas de su entorno. Y Kjell... ¡Ese desgraciado...! Me dijo que había empezado a tener problemas para conciliar el sueño y que dormiría mejor en la habitación de invitados del sótano. Y yo me lo creí, ¿sabe? Pero, evidentemente, era para poder recibir a Camilla. Desde los dieciséis años ella se metía en su habitación por las noches para tener sexo perverso con él. Digo «perverso» porque descubrí ciertas heridas en el pecho de mi marido; fue ahí cuando se despertaron mis sospechas. Él no me reveló nada, por supuesto; se inventó una rara y estúpida explicación, y yo —no me pregunte cómo— conseguí reprimir, al menos en parte, mis intuiciones. Pero ¿sabe lo que ella le había hecho? Al final Kjell acabó confesándomelo: Camilla lo había atado para hacerle cortes con un cuchillo. Me dijo que ella disfrutaba con ello. Había ocasiones en las que casi deseaba que eso fuera verdad. Puede que suene raro, pero a veces esperaba que ella obtuviese algún placer de todo eso y que no sólo quisiera torturarlo y destrozarle la vida.

—¿A él también lo extorsionaba?

—Sí, sí. Pero tampoco eso me quedó muy claro; Camilla lo humilló tanto que ni siquiera cuando ya todo estaba perdido fue capaz de contármelo por completo. Kjell había sido siempre el pilar de nuestra familia. Si nos extraviábamos con el auto en vacaciones, si se nos inundaba el sótano, si alguien se enfermaba, Kjell era el que se mantenía tranquilo y sabía qué hacer. «No te preocupes, todo se arreglará», solía decir con esa maravillosa voz con la que sigo soñando. Pero tras pasar unos años con Camilla estaba hecho una ruina. Apenas se atrevía a cruzar la calle —miraba en todas las direcciones unas cien veces—, y en el trabajo no se sentía motivado, se limitaba a quedarse sentado con la cabeza gacha. Uno de sus colaboradores más cercanos, Mats Hedlund, me llamó y me comentó, en confianza, que le habían abierto un expediente y que lo estaban investigando por si había vendido secretos empresariales. Me pareció demencial. Kjell era la persona más honrada que había conocido en mi vida. Además, si hubiese vendido algo, ¿dónde estaba el dinero? En casa había menos dinero que nunca. La cuenta de Kjell se hallaba sin fondos y la que poseíamos en común apenas tenía un centavo.

—¿Y cómo murió?

—Se ahorcó, sin dejarme siquiera una nota. Un día, al volver a casa del trabajo, lo encontré colgado del techo de la habitación de invitados del sótano; sí, la misma donde Camilla había llevado a cabo sus perversos juegos sexuales con él. Por aquella época yo ocupaba un puesto bastante importante como economista jefa, y supongo que habría tenido posibilidades de hacer una carrera profesional muy interesante. Pero después de lo sucedido, a Moa y a mí todo se nos vino abajo. No voy a entrar en muchos detalles —usted quiere saber lo que pasó con Camilla—, pero es que fue una caída sin fondo. Moa empezó a hacerse cortes en el cuerpo y casi dejó de comer. Un día me preguntó si yo pensaba que ella sólo era escoria. «¡Pero Dios mío, cariño! —le contesté—, ¿cómo puedes decir eso?» Entonces me comentó que Camilla le había comentado que todo el mundo creía que Moa no era más que una escoria asquerosa, que todas y cada una de las personas que la habían conocido opinaban igual. Busqué toda la ayuda que me pudieron dar psicólogos, médicos, buenas amigas, Prozac... Pero nada ayudó. Un precioso día de primavera, cuando el resto del país celebraba que Suecia había ganado el Festival de Eurovisión, Moa saltó al mar desde uno de los barcos que van de crucero a Finlandia y mi vida terminó en ese momento. Así me sentí. Perdí toda motivación para seguir viviendo y estuve internada durante mucho tiempo a causa de una profunda depresión. Pero luego..., no sé, de alguna manera aquella parálisis y aquella tristeza se trasformaron en rabia, y sentí la necesidad de entender. ¿Qué era realmente lo que le había pasado a nuestra familia? ¿Qué tipo de mal se había instalado en nuestra casa? Empecé a investigar sobre Camilla, no porque deseara volver a verla —jamás, bajo ningún concepto—, sino porque quería comprenderla, tal vez del mismo modo que la madre de la víctima de un asesinato necesita entender al asesino y los motivos que lo han llevado a cometer el crimen.

—¿Y qué pudo averiguar?

—En un principio, nada. Ella había eliminado cualquier rastro de sí misma. Era como perseguir una sombra, a un fantasma; ya no sé cuántos miles y miles de coronas me gasté en detectives privados y otras personas semejantes de más que dudosa fiabilidad que prometieron ayudarme. No llegué a ningún lado, y eso me sacó de mis casillas. Me obsesioné con el tema. Apenas dormía y mis amigas ya no me aguantaban. Fue una época terrible. Me consideraban una paranoica, decían que veía conspiraciones por doquier, y es posible que siga siendo así. No sé lo que Holger Palmgren le habrá dicho. Pero de pronto...

—¿Sí?

—Se publicó su reportaje sobre Zalachenko y, como es obvio, el nombre no me decía nada. Pero empecé a sumar dos y dos. Leí lo de su identidad sueca, Karl Axel Bodin, y lo de su colaboración con los motociclistas de Svavelsjö MC, y de pronto me vinieron a la mente todas aquellas terribles noches, casi al final, cuando ya hacía tiempo que Camilla nos había dado la espalda. Recordé entonces que a menudo me despertaba el ruido de unas motos y que desde la ventana de mi cuarto podía ver esos chalecos de cuero con su horrible emblema. Lo cierto es que no me había sorprendido demasiado que Camilla hubiera empezado a relacionarse con esa clase de gente. Ya no me quedaba ni la menor ilusión con respecto a ella. Pero en ningún momento pude sospechar que estuvieran relacionados con sus orígenes, con las actividades de su padre, ni tampoco, por descontado, que Camilla pretendiera hacerse cargo de ellas y asumir el mando.

—¿Ah, sí?

—Sí, ya lo creo, porque a pesar de todo, en su sucio mundo, ella luchaba por los derechos de la mujer, o al menos por los suyos, y sé que eso significaba mucho para las chicas del club, sobre todo para Kajsa Falk.

—¿Quién?

—Una chica muy guapa y algo soberbia que salía con uno de los líderes del club. Durante aquel último año vino a casa alguna que otra vez; recuerdo que me caía bien. Tenía unos grandes ojos azules, algo bizcos. Pero por detrás de esa dura fachada estaba el rostro de una persona, vulnerable, así que, tras leer su reportaje, volví a contactar con ella. Por supuesto, no me dijo ni media palabra de Camilla. No se mostró antipática, en absoluto, y me di cuenta de que había cambiado de estilo. Aquella motociclista se había convertido en una mujer de negocios. Pero se calló, por lo que pensé que era otro callejón sin salida.

—¿Y no lo era?

—No, no hace mucho Kajsa contactó conmigo por iniciativa propia, y cuando la vi pude constatar que se había transformado por completo una vez más. Ya no quedaba ni rastro de aquel aire frío y distante, más bien se la veía atormentada y nerviosa. Poco tiempo después encontraron su cuerpo, sin vida, en el polideportivo Stora Mossen de Bromma. La habían matado a tiros. En aquel último encuentro me contó que la herencia de Zalachenko había sido repartida y que la hermana de Camilla, Lisbeth, se había quedado más o menos sin nada; aunque, bueno, por lo visto, según me dijo Kajsa, Lisbeth ni siquiera quiso lo poco que le había correspondido. Los bienes verdaderamente importantes recayeron en los dos chicos que quedaban, que vivían en Berlín, y en Camilla. Ésta heredó parte de la red de *trafficking* que Zalachenko tenía y sobre la que usted escribió de tal forma que se me hizo un nudo en el corazón. Dudo mucho que a Camilla le importasen las mujeres ni que se preocupara lo más mínimo por ellas. Pero aun así no quería tener nada que ver con esa actividad. Sólo los perdedores se dedicaban a esa mierda, le había dicho a Kajsa. Tenía una visión muy diferente, más moderna, respecto a lo que la organización debería hacer, y tras unas duras negociaciones consiguió que uno de sus hermanastros comprara su parte. Luego se marchó a Moscú con todo su capital y con algunos de sus colaboradores, entre ellos Kajsa Falk.

—¿Y sabe qué era lo que pensaba hacer Camilla?

—Kajsa nunca contó con la suficiente información, pero teníamos nuestras sospechas. Creo que era algo relacionado con esos secretos industriales de Ericsson. Hoy en día estoy bastante convencida de que Camilla realmente consiguió que Kjell robase y vendiera algo valioso de Ericsson, seguro que chantajeándolo. También me enteré de que durante los primeros años que pasó con nosotros sedujo a unos frikis de la informática que iban a su colegio para que entraran en mi computador. Según Kajsa, Camilla estaba obsesionada con el ciberataque, pero no para aprender ella, en absoluto. Sin embargo, hablaba sin cesar de lo que se podía ganar entrando en cuentas bancarias y en servidores para robar sus datos, y no sé qué más. Creo que anda metida en algo por el estilo.

—Sí, es probable que así sea.

—Sí, y sin duda en un nivel muy alto. Ella nunca se contentaría con menos. Según Kajsa, Camilla logró introducirse en muy poco tiempo en los círculos más influyentes de Moscú y se convirtió, entre otras cosas, en la amante de un diputado de la Duma, un tipo rico y poderoso, y con su ayuda empezó a rodearse de una extraña banda de ingenieros de élite y criminales. Al parecer, los manejaba a su antojo y sabía a la perfección cuál era el punto débil del poder económico.

—¿Y cuál era?

—El hecho de que Rusia no sea mucho más que una gasolinera con una banderita clavada encima. Se exporta petróleo y gas, pero no se fabrica nada que merezca la pena. Rusia necesita tecnología avanzada.

—¿Y eso se lo quería proporcionar ella?

—Al menos eso era lo que fingía que pretendía hacer. Pero, como es natural, sus intenciones eran otras, y sé que Kajsa estaba muy impresionada por la manera que tenía Camilla de atraer a la gente y de procurarse protección política. Sin lugar a dudas, habría continuado guardándole lealtad a ésta si no se hubiera asustado.

—¿Qué pasó?

—Kajsa conoció a un viejo soldado de élite, un comandante, creo, y a partir de ahí fue como si perdiera el control de su vida. Ese hombre, según informaciones confidenciales del amante de Camilla, había llevado a cabo misiones clandestinas para el gobierno ruso... Asesinatos, hablando en plata. Entre otras misiones había matado a una periodista muy famosa, supongo que sabe quién es: Irina Azarova. Llevaba años dirigiendo mordaces críticas contra el régimen en una serie de libros y reportajes.

—Sí, claro. Una verdadera heroína. Fue una historia terrible.

—Sí. Algo salió mal. Irina Azarova se iba a encontrar con un crítico del régimen en un piso situado en un apartado callejón de un suburbio del sureste de Moscú y, según lo previsto, el comandante tenía que pegarle un tiro a la periodista en la puerta de su domicilio. Pero nadie se había enterado de que la hermana de la periodista había cogido una pulmonía y de que Irina se había tenido que ocupar de sus dos sobrinas, de ocho y diez años de edad, así que cuando ella y las niñas aparecieron en el portal el tipo las mató a las tres. Les disparó en la cara, tras lo cual cayó en desgracia, y no porque nadie sintiera pena por las niñas sino porque ya no se pudo controlar la opinión pública, y entonces temieron que toda la operación se conociera y dejase en evidencia al gobierno. Creo que el militar tenía miedo de que su nombre saliera a la luz. Además, por la misma época surgieron un montón de problemas personales en su vida: la mujer lo dejó y se quedó solo con una hija adolescente, y creo que incluso estuvo a punto de ser echado de su casa. Desde la perspectiva de Camilla era indudable que se trataba de una situación perfecta: una persona despiadada que se hallaba en una situación crítica en su vida y a la que podía explotar a su antojo.

—Es decir, que a él también lo reclutó...

—Sí, quedaron para hablar. Kajsa estuvo presente, y lo raro es que se encariñó enseguida de él. No era en absoluto como se lo había imaginado, no se parecía en nada a esos hombres del club de motociclistas de Svavelsjö capaces de matar. Estaba en buena forma, claro, y tenía pinta de duro, es verdad, pero también se mostró muy educado y culto, dijo Kajsa, y en cierto sentido vulnerable y sensible. Kajsa pensó que realmente se sentía mal por haberse visto obligado a matar a esas niñas. Ahora bien, sin lugar a dudas era un asesino, un hombre que se había especializado en torturas durante la guerra de Chechenia, pero que aun así tenía sus límites y sus normas morales, según Kajsa. Por eso ella se quedó tan mal cuando Camilla le mostró las garras. Sí, nunca mejor dicho; al parecer lo hizo de forma literal: lo arañó pasándole las uñas sobre el pecho, como una gata, mientras le susurraba «Quiero que mates por mí».

Cargaba sus palabras de sexo, de poder erótico. Despertó el instinto sádico del hombre con una habilidad infernal, y cuanto más terribles eran los detalles que él contaba acerca de sus crímenes más se excitaba Camilla, algo así, aunque no sé si lo entendí muy bien. En cualquier caso, fue eso y nada más lo que le metió a Kajsa un miedo descomunal en el cuerpo. No el asesino, sino Camilla, la manera como logró, con su belleza y fuerza de atracción, hacer revivir la bestia que había en él y que su mirada, algo triste ya de por sí, empezara a brillar como la de un loco depredador.

—¿Nunca informó a la policía de todo eso?

—Se lo comenté a Kajsa una y otra vez. Le dije que parecía asustada y que debería pedir protección. Me respondió que ya la tenía. Pero me prohibió hablar con la policía, y yo fui tan tonta que la obedecí. Después de su muerte les dije a los investigadores lo que ella me había contado, pero no sé si me creyeron, lo más probable es que no. La verdad es que, a pesar de todo, lo único que pude ofrecerles fueron unos rumores sobre un hombre extranjero sin nombre, y a Camilla no se la pudo encontrar en ningún registro, y yo tampoco había conseguido averiguar su nueva identidad. Así que lo que les conté no les llevó a ninguna parte. El asesinato de Kajsa sigue sin esclarecerse.

—Tremenda historia. Ahora lo entiendo todo —dijo Mikael.

—¿De verdad que lo entiende?

—Creo que sí —respondió él al tiempo que hacía ademán de poner una mano en el brazo de Margareta Dahlgren para mostrarle su simpatía.

Pero lo interrumpió el sonido del celular, que vibraba en su bolsillo. Esperaba que fuera Andrei. Sin embargo, era un tal Stefan Molde. Pasaron unos segundos hasta que Mikael lo identificó como esa persona de la FRA que había estado en contacto con Linus Brandell.

—¿De qué se trata? —preguntó Mikael.

—Se trata de una reunión con un funcionario de alto nivel que está llegando a Suecia y que te quiere ver lo más pronto posible, mañana por la mañana, en el Grand Hôtel.

Mikael hizo un gesto de disculpa hacia Margareta Dahlgren.

—Tengo una agenda muy apretada —contestó—, de modo que, si tu intención es que vea a alguien, al menos quiero un nombre y un asunto.

—La persona en cuestión se llama Edwin Needham, y el asunto concierne a un tal Wasp, alias de un ciberdelincuente sospechoso de haber violado la ley gravemente.

Mikael sintió cómo una ola de pánico le recorría todo el cuerpo.

—De acuerdo —asintió—. ¿A qué hora?

—A las 05.00 horas le iría bien.

—¡Estarás bromeando!

—Por desgracia no hay nada sobre lo que bromear en esta historia. Te recomendaría que fueras puntual. Míster Needham te recibirá en su habitación. Deberás dejar el celular en la recepción. Te van a revisar.

—De acuerdo —dijo con creciente malestar.

Luego Mikael Blomkvist se levantó y, tras despedirse de Margareta Dahlgren, abandonó aquel domicilio de Prostvägen, en Solna.

Tercera parte

Problemas asimétricos

Del 24 de noviembre al 3 de diciembre

A veces es más fácil unir que separar.

Hoy en día los computadores pueden multiplicar con suma facilidad números primos compuestos de millones de cifras. Sin embargo, realizar el camino inverso resulta extremadamente complicado. Números de tan sólo cien dígitos presentan grandes problemas.

Las dificultades de la factorización en números primos son aprovechadas por algoritmos de criptografía como el RSA. Los números primos se han convertido en los grandes amigos de los secretos.

Capítulo 25

Madrugada del 24 de noviembre

No le llevó mucho tiempo a Lisbeth dar con ese Roger que August había dibujado. En una página web de viejos actores del llamado Teatro de la Revolución del barrio de Vasastan descubrió una versión más joven de él. Se llamaba Roger Winter y tenía fama de ser violento y envidioso. En su juventud había interpretado un par de papeles importantes en el cine, pero en los últimos años se había quedado estancado y ahora era mucho menos conocido que su hermano Tobias, un catedrático de biología sin pelos en la lengua que, en la actualidad, se hallaba en una silla de ruedas y del que se decía que se había distanciado de Roger.

Tras anotar la dirección de Roger Winter, Lisbeth entró en el supercomputador NSF MRI. También abrió un programa en el que llevaba un tiempo tratando de construir un sistema dinámico para dar con las curvas elípticas que mejor pudieran lograr la tarea; con tan pocas repeticiones como fuera posible, por supuesto. Pero por mucho que lo intentó no avanzó ni un paso. El archivo de la NSA seguía siendo impenetrable, por lo que al final optó por levantarse e ir al dormitorio donde se encontraba August para echarle un vistazo. Soltó una palabrota: el niño estaba despierto y sentado en la cama escribiendo algo en un papel que había sobre la mesita de noche. Cuando Lisbeth se acercó y vio que eran nuevas factorizaciones en números primos murmuró algo y le reprendió severamente con su monótona voz:

—No tiene sentido. Por este camino no vamos a ninguna parte. —Y cuando August, de nuevo, empezó a mecerse histéricamente, lo llamó al orden y le mandó que se durmiera.

Era muy tarde, de modo que optó por descansar un poco. Se acostó en la cama que había junto a la del niño e intentó relajarse y conciliar el sueño. Le resultó imposible. August se movía y gemía, así que Lisbeth decidió, a pesar de todo, hablarle un poco. Pero no se le ocurrió más que preguntarle:

—¿Sabes algo de curvas elípticas?

Por supuesto, no obtuvo respuesta. Sin embargo, empezó a explicárselas de la forma más sencilla y general que supo.

—¿Lo entiendes?

August seguía sin responder.

—Bueno —continuó—, tomemos, por ejemplo, el número 3034267. Sé que te resultará fácil dar con sus factores. Pero también se pueden hallar mediante curvas elípticas. Pongamos por caso que elegimos la curva $y^2 = x^3 - x + 4$, y el punto $P = (1,2)$ en la curva.

Garabateó la ecuación en un papel que había sobre la mesita de noche. August, no obstante, dio la impresión de que no captaba nada, y entonces Lisbeth se acordó de nuevo de aquellos gemelos autistas del libro. Podían, de alguna misteriosa manera, encontrar grandes números primos y, sin embargo, ser incapaces de realizar ni las más simples ecuaciones. Quizá a August le sucediera lo mismo. Quizá fuera más una calculadora que un auténtico talento matemático, aunque eso a ella, en ese momento, le daba igual, pues las heridas le volvían a doler y necesitaba dormir. Necesitaba alejar todos aquellos viejos demonios de su infancia que se habían despertado en su interior a causa del niño.

Pasaba de la medianoche cuando Mikael Blomkvist llegó a casa y, a pesar de que estaba hecho polvo y de que tenía que madrugar mucho, se sentó de inmediato frente al computador para buscar en Google a Edwin Needham: aparecieron unas cuantas personas en el mundo con ese nombre; entre otras, un exitoso jugador de rugbi que, tras ganarle la batalla a una leucemia, había vuelto, triunfante, a la competición.

También había un Edwin Needham que, al parecer, era un experto en purificar agua, y otro cuyo talento se manifestaba en la facilidad que tenía para colarse en fiestas en las que acababa fotografiado poniendo cara de tonto. Pero ninguno que encajara en el perfil de alguien que podría haber participado en revelar la verdadera identidad de Wasp para luego acusarla de un delito. Existía, en cambio, un Edwin Needham doctor en ingeniería informática por el MIT, lo que le cuadraba más, aunque no estaba muy convencido de que fuera él. Era cierto que se hallaba al mando de Safeline, una empresa líder en la protección de computadores contra virus informáticos que, sin duda, se interesaría por llevar a los *hackers* a los tribunales. Pero lo que ese Ed comentaba en las entrevistas sólo se refería a cuotas de mercado y a nuevos productos. Ni una palabra se elevaba por encima de la típica charla de un vendedor, ni siquiera cuando se le ofreció la oportunidad de hablar de lo que hacía en su tiempo libre: jugar a los bolos y pescar con mosca. Le encantaba la naturaleza, decía, le encantaba competir... Lo más peligroso de lo que parecía capaz era aburrir a la gente hasta la muerte.

Había una foto de él en la que se le veía, con una amplia sonrisa y el pecho descubierto, levantando un gran salmón; instantáneas como ésa las había a docenas en el mundillo de la pesca. Todo resultaba tan convencional... Quizá por ello, Mikael empezó a preguntarse si ofrecer esa imagen tediosa y anodina no sería, precisamente, intencionado. Leyó otra vez el material, y una sensación de hallarse ante algo artificial o ante una fachada se apoderó de él. Poco a poco se fue convenciendo: era su hombre. ¿No olía eso a servicio de inteligencia? Tuvo el presentimiento de que tras todo aquello se escondían la NSA o la CIA. Volvió a mirar la foto y creyó apreciar un detalle bien distinto.

Le pareció ver a un tipo duro que sólo fingía. Había algo imperturbable en la posición de sus piernas y en su burlona forma de sonreír a la cámara; o al menos ésa fue su impresión. Y de nuevo pensó en Lisbeth. Se preguntó si debería mencionarle algo. Pero no existían motivos para preocuparla ahora, sobre todo porque en realidad no había nada seguro. Así que optó por meterse bajo las sábanas: necesitaba dormir unas horas para tener la cabeza un poco despejada cuando fuera a entrevistarse con Ed Needham. Pensativo, se lavó los dientes, se quitó la ropa y se acostó, momento en el que se dio cuenta de que estaba exhausto. Se entregó al sueño de inmediato, y soñó que el río adonde había ido a pescar Ed Needham lo arrastraba hasta casi ahogarlo. Después sólo le quedaría la vaga imagen de haber avanzado reptando por el fondo del río entre aleteantes salmones que lo azotaban con sus colas. No consiguió dormir mucho. Se despertó sobresaltado con la idea de haber pasado algo por alto. Dirigió entonces la mirada a su teléfono, que estaba en la mesita de noche, y se acordó de Andrei, que había permanecido todas esas horas en su subconsciente.

Linda había cerrado la puerta con doble cerrojo, algo que en absoluto resultaba extraño. Era evidente que, una mujer con su pasado no se podía permitir tomarse la seguridad a la ligera. Sin embargo, una leve zozobra invadió a Andrei. Tal vez se debiera al apartamento, se dijo; no se parecía en nada a lo que él había imaginado. ¿De verdad era ésa la casa de una amiga?

La cama era ancha, aunque no muy larga, y tenía una rejilla de acero en la cabecera y otra a los pies. La colcha negra que la cubría le hizo pensar en una camilla o en una tumba. No le gustaban nada los cuadros que colgaban de las paredes: consistían, casi todos, en fotografías enmarcadas en las que se veía a hombres con armas. En general, un aire desangelado y frío impregnaba toda la estancia. Nadie diría que ahí vivía una buena persona.

Claro que, por otra parte, seguro que lo estaba exagerando todo debido a su nerviosismo. Quizá estuviera buscando una excusa para huir. Un hombre siempre quiere escapar del objeto de su amor; ¿no había dicho Oscar Wilde algo así? Contempló a Linda. Nunca había visto a una mujer con una belleza tan hechizante, y eso, ya de por sí, resultaba sin duda lo suficientemente amedrentador. Por si fuera poco, ella se le acercó con aquel ceñido vestido azul, que resaltaba sus curvas, y le preguntó, como si le hubiese leído el pensamiento:

—¿Quieres marcharte, Andrei?

—Es que tengo muchísimo que hacer.

—Lo entiendo —respondió, y lo besó—. Pues si es así, deberías volver a casa.

—Quizá sea lo mejor —dijo él mientras ella le presionaba con su cuerpo. Y lo besó de nuevo con tanta intensidad que Andrei ya no fue capaz de oponer resistencia.

Le correspondió agarrándola por las caderas, y entonces ella lo empujó. Lo hizo con tanta fuerza que Andrei se tambaleó y cayó de espaldas sobre la cama, y por un instante se asustó. Pero cuando la miró, ella seguía sonriendo con la misma ternura que antes y él comprendió que aquello no era más que la lúdica agresividad del amor. Linda lo deseaba realmente. Quería hacerle el amor, allí y ahora, así que dejó que se sentara a horcajadas sobre su cuerpo, que le desabotonara la camisa y le pasara las uñas por el abdomen mientras sus ojos brillaban con un intenso y ardoroso fulgor y sus grandes pechos se elevaban por debajo del vestido. Tenía la boca abierta. Un hilo de saliva le bajaba por la barbilla, y en ese momento le susurró algo. Al principio él no oyó lo que decía. Pero era «Ahora, Andrei, vamos».

—¡Ahora!

—Ahora —repitió Andrei inseguro, y vio cómo ella le arrancaba los pantalones. Era más lanzada de lo que esperaba, más decidida y salvaje que cualquier persona que hubiera conocido con anterioridad.

—Cierra los ojos y no te muevas —le ordenó.

Andrei la obedeció y se quedó quieto mientras percibía unos crujidos. No entendía lo que ella estaba haciendo. Oyó un clic y advirtió algo metálico en torno a sus muñecas. Abrió los ojos y se dio cuenta de que lo había esposado, y entonces quiso protestar: eso no le iba mucho. Pero todo pasó muy rápido. Con la velocidad de un rayo, como si ella tuviera suma experiencia en ese campo, le esposó las manos a la cabecera de la cama. Luego le ató las piernas con una cuerda. Con mucha fuerza.

—Con cuidado —pidió Andrei.

—Sí, claro —lo calmó ella.

—Bien —contestó él, tras lo cual ella lo observó con una mirada diferente que a Andrei le pareció no del todo amable. Luego Linda pronunció unas palabras con voz solemne. Pero seguro que no las había oído bien.

—¿Qué?

—Ahora te voy a cortar con un cuchillo, Andrei —dijo tapándole la boca con cinta aislante.

Mikael intentaba persuadirse de que podía estar tranquilo. ¿Por qué iba a haberle ocurrido algo a Andrei? Nadie, aparte de él y de Erika, sabía que Andrei estaba involucrado en la protección del niño y de Lisbeth. Habían sido precavidos en extremo, más que nunca. Pero aun así, ¿por qué no cogía el celular?

Andrei no era una persona que tuviera por costumbre desatender el teléfono. Todo lo contrario: solía responder enseguida cuando Mikael le llamaba. Pero ahora resultaba imposible contactar con él, y eso era raro, ¿verdad? O quizá... Mikael intentó convencerse de nuevo de que lo único que le pasaba a Andrei era que se encontraba tan absorto en el trabajo que se había olvidado de todo, o que, en el peor de los casos, había perdido el celular. No sería más que eso. Y sin embargo, ¡mierda!... Camilla había aparecido de la nada después de tantos años. Algo tramaba, sin duda. ¿Y qué era lo que el comisario Bublanski había dicho?

Vivimos en un mundo en el que el paranoico es el sano.

Mikael alargó el brazo para tomar el teléfono de su mesita de noche y marcó el número de Andrei una vez más. Tampoco en esa ocasión contestó. Decidió despertar a Emil Grandén, el nuevo fichaje, que vivía cerca de Andrei, en Röda Bergen, en el barrio de Vasastan. Emil, quien a duras penas logró ocultar que se sentía molesto, se ofreció a acercarse para ver si Andrei se hallaba en su casa. Veinte minutos más tarde, aquél le devolvió la llamada: había pasado un buen rato golpeando la puerta sin obtener respuesta alguna.

—En su casa no está, seguro —le comentó.

Mikael colgó, se vistió y salió a la calle. Recorrió con pasos apresurados el barrio de Söder —vacío y fustigado por el fuerte vendaval— hasta llegar a la redacción. Con un poco de suerte, pensó, hallaría a Andrei durmiendo en el sofá. No sería la primera vez que el chico se quedaba frito en el trabajo y no oía el teléfono. Ojalá fuera ésa la explicación. Pero Mikael no podía dejar de sentirse cada vez más angustiado y, al abrir la puerta y desconectar la alarma, un escalofrío le recorrió el cuerpo, como si esperara encontrarse con una redacción destrozada. No obstante, a pesar de todas las vueltas que dio por allí dentro, no descubrió nada raro, y en su programa encriptado de correo todos los datos habían sido concienzudamente borrados, tal y como habían acordado. Todo parecía estar en orden. Pero no había nadie descansando en aquel sofá.

El sofá de la redacción presentaba el mismo aspecto raído y vacío de siempre, y por un breve instante Mikael se sumió en sus pensamientos. Luego volvió a llamar a Emil Grandén.

—Emil —dijo—, siento insistir tanto en plena noche, pero esta historia me ha vuelto paranoico.

—Lo entiendo.

—El caso es que antes, cuando te he preguntado por Andrei, te he notado algo molesto..., no sé, extraño. ¿Hay algo que no me hayas contado?

—Nada que no sepas ya —contestó Emil.

—¿Qué quieres decir con eso?

—Quiero decir que yo también he hablado con la Comisión Nacional para la Protección de Datos.

—¿Cómo que «también»?

—¿Es que tú no...?

—¡No! —le cortó Mikael, y percibió cómo, al otro lado de la línea, la respiración de Emil se hacía más pesada. Comprendió que se había cometido un fatídico error.

—¡Suéltalo, Emil, rápido! —le instó.

—Verás...

—¡Hazlo!

—Una mujer muy simpática y profesional de la Comisión Nacional para la Protección de Datos que se llamaba Lina Robertsson me llamó y me dijo que ustedes dos ya se habían puesto en contacto y que habían acordado aumentar el nivel de seguridad de tu computador teniendo en cuenta las circunstancias. Se trataba de ciertos datos personales muy delicados.

—¿Y?

—Y que como, al parecer, ella te había dado mal las instrucciones no estaba tranquila. Me comentó que le daba vergüenza haberse equivocado y que estaba muy preocupada porque temía que la protección no fuera suficiente, y que por eso quería contactar cuanto antes con la persona que te había hecho el encriptado.

—¿Y tú qué le respondiste?

—Que yo no sabía nada de eso, que lo único que podía decirle es que había visto a Andrei pasar mucho tiempo delante de tu computador.

—¿Y le recomendaste que contactara con Andrei?

—Cuando ella me telefoneó yo había salido un momento y le dije que lo más seguro era que Andrei todavía estuviera en la redacción. Y que lo podía llamar. Eso fue todo.

—¡Mierda, Emil!

—Pero es que sonaba...

—¡Me importa un carajo cómo sonara! Espero que informaras a Andrei enseguida de esa llamada.

—Bueno, no exactamente... Es que tenía tanto que hacer, como ahora estamos todos tan...

—Pero ¿luego se lo dijiste?

—No, porque él salió antes de que me diera tiempo a comentarle nada.

—Lo llamarías por teléfono para decírselo, ¿no?

—Sí, claro... Además, varias veces, pero...

—¿Sí?

—No contestó.

—Ok —soltó Mikael con una voz fría como un témpano.

Luego colgó y marcó el número de Jan Bublanski. Dos veces tuvo que insistir antes de conseguir que el recién despertado comisario cogiera el teléfono. Mikael no vio otra salida que la de contarle toda la historia. Toda a excepción del paradero de Lisbeth y August.

Después, también informó a Erika.

Lisbeth Salander se había quedado dormida. Esta vez de verdad. Y aun así, se hallaba, en cierto sentido, en alerta. Dormía con la ropa puesta, tanto con la chaqueta de cuero como con las botas. Además, se despertaba con mucha facilidad, ya fuera por culpa de la tormenta ya por August, el cual se quejaba y gimoteaba también en sueños. No obstante, por lo general, estaba consiguiendo conciliar el sueño de nuevo —o al menos volver a caer en una especie de sopor—, y tenía alguna que otra secuencia onírica breve y extrañamente realista.

Ahora soñaba con su padre, que estaba pegándole a su madre. Hasta en sueños podía percibir esa vieja rabia de su infancia; en esta ocasión lo hizo con tanta intensidad que volvió a despertarse. Eran las 03.45 horas y encima de la mesita de noche, al igual que antes, se encontraban los papeles donde August y ella habían anotado sus números. Afuera seguía cayendo la nieve. Pero la tormenta parecía haber ido a menos y no se oía nada raro, tan sólo el ruido del viento, que ululaba y hacía crujir los árboles.

Sin embargo, se sentía inquieta. Al principio pensó que era por culpa de ese sueño, que permanecía flotando en el aire y lo impregnaba todo. Luego se estremeció. En la cama de al lado no había nadie. August no estaba. Lisbeth se levantó apresurada y silenciosamente, cogió la Beretta de su bolsa, que se hallaba en el suelo, y se acercó con sumo sigilo al salón que daba a la terraza.

Acto seguido, respiró tranquila. August se encontraba sentado a la mesa redonda sumergido en alguna actividad. Con mucha discreción, para no molestarlo, se inclinó sobre su hombro y descubrió que no estaba escribiendo nuevas series de números primos ni representando otra escena de maltrato por parte de Lasse Westman y de Roger Winter. Ahora el chico dibujaba cuadros de un tablero de ajedrez que se reflejaban en los espejos de unos armarios y sobre los que se podía intuir una amenazante figura que extendía una mano. Por fin el autor del crimen iba tomando forma. Entonces Lisbeth sonrió. Y regresó al dormitorio.

Se sentó en la cama y se quitó la cazadora, el jersey y la venda para inspeccionar la herida. No había mejorado mucho, y ella aún se sentía fatigada y ligeramente mareada. Se tomó otros dos antibióticos e intentó descansar un poco más. Era posible que se hubiera quedado dormida, pues después tuvo la débil impresión de haber visto tanto a Zala como a Camilla en sueños. De repente advirtió algo. No sabría éxplicar qué, pero creyó percibir la presencia de algo o alguien. Fuera, un pájaro batió las alas. Procedente del salón, se oía la pesada y atormentada respiración de August. Ya estaba a punto de levantarse de nuevo cuando un gélido grito cortó el aire.

En el momento en que Mikael salió de la redacción a aquellas intempestivas horas de la madrugada para tomar un taxi hasta el Grand Hôtel seguía sin saber nada de Andrei, y otra vez intentó convencerse de que había reaccionado de forma exagerada y de que su compañero no tardaría en llamarlo desde la casa de alguna chica o de algún amigo. Pero la angustia no lo abandonaba, y en Götgatan, mientras se percataba de que volvía a nevar nuevamente y de que alguien había perdido un zapato de señora en la acera, tomó su Samsung para llamar a Lisbeth a través de su aplicación RedPhone.

Lisbeth no contestó, lo que hizo que su inquietud fuera en aumento. Lo procuró una vez más enviándole un sms desde su aplicación Threema: «Camilla va a por ustedes. ¡Abandonen el escondite!». Acto seguido, el taxi que había pedido apareció bajando por Hökens gata. Le sorprendió que el taxista pareciera sobresaltarse al verlo, pero lo cierto era que Mikael en esos momentos tenía una expresión tan resolutiva que daba miedo. El taxista tampoco se tranquilizó mucho cuando sus intentos por darle conversación a su cliente fueron ignorados. Mikael se limitó a permanecer inmóvil allí detrás, con unos ojos que brillaban inquietos en la oscuridad. Las calles de Estocolmo estaban prácticamente desiertas.

La tormenta había amainado algo. Pero las olas aún formaban espuma en el agua, y Mikael miró hacia el Grand Hôtel, al otro lado de la bahía, preguntándose si no debería olvidarse del encuentro con míster Needham e ir, en cambio, a la casa de Ingarö donde se hallaba Lisbeth, o, al menos, asegurarse de que un auto patrulla pasara por allí. No, no podía hacer eso sin antes informarle a ella. Si hubiera una filtración, dar la dirección de la casa resultaría catastrófico. Abrió de nuevo su aplicación Threema y escribió:

¿Quieres que busque ayuda?

No recibió respuesta. Lógico. Tras pagar el taxi se bajó, pensativo, y entró en el hotel por las puertas giratorias. Las 04.20 horas: llegaba con cuarenta minutos de antelación. Sin duda era la primera vez en su vida que se presentaba en un sitio cuarenta minutos antes de la hora prevista, pero tenía la sensación de que le ardía todo el cuerpo y, antes de acercarse a la recepción para entregar sus celulares, volvió a llamar a Erika y le pidió que siguiera intentando comunicarse con Lisbeth, mantener el contacto también con la policía y tomar todas las decisiones que considerase necesarias y oportunas.

—En cuanto te enteres de algo nuevo, telefonéame al Grand Hôtel y pregunta por un tal Needham.

—Y ése ¿quién es?

—Una persona que me quiere ver.

—¿A estas horas?

—A estas horas —repitió, tras lo cual se dirigió a la recepción.

Edwin Needham se alojaba en la habitación 654. Mikael llamó a la puerta, que fue abierta en el acto por un hombre que rezumaba sudor y rabia. Se asemejaba al tipo de la foto con el salmón de la misma manera que un resacoso dictador recién levantado podía recordar a una estilizada estatua de su persona. Ed Needham tenía cara de pocos amigos, el pelo revuelto y una copa en la mano. Se asemejaba a un bulldog.

—Míster Needham —dijo Mikael.

—Llámame Ed —le corrigió Needham—. Siento molestarte a estas intempestivas horas, pero es que tengo un asunto entre manos que es urgente.

—Eso parece —contestó Mikael seco.

—¿Intuyes de qué puede tratarse?

Él negó con la cabeza mientras se sentaba en un sillón, justo al lado de un escritorio encima del cual había una botella de ginebra y otra de tónica Schweppes.

—No ¿cómo podrías saberlo? —continuó Ed—. Claro que, por otra parte, con chicos como tú nunca se sabe. Como es natural, he hecho mis indagaciones y, aunque odio adular a la gente, pues me deja un mal sabor de boca, debo admitir que se me antoja que eres un tipo bastante extraordinario en tu profesión, ¿cierto?

Mikael mostró una forzada sonrisa.

—Me gustaría que fueras directamente al grano —zanjó.

—Sí, tranquilo, voy a ser muy claro. Supongo que estás al tanto de dónde trabajo.

—No del todo —respondió con sinceridad.

—En Puzzle Palace, en SIGINT City. Ese lugar que todo el mundo desprecia.

—La NSA.

—Eso es. Y no tienes ni la más remota idea de hasta qué punto es una endiablada locura jodernos a nosotros; ¿te lo imaginas, Mikael Blomkvist?

—Creo que me lo puedo figurar, sí —asintió éste.

—¿Y puedes figurarte dónde considero que debería estar tu amiga en realidad?

—No.

—En la cárcel. ¡De por vida!

Mikael mostró lo que esperaba que fuera una tranquila y confiada sonrisa. Pero, a decir verdad, los pensamientos se le agolparon en la cabeza y, aunque comprendía que podía haber sucedido cualquier cosa y que no debería sacar conclusiones precipitadas, una idea se le pasó por la mente de inmediato: «¿Ha entrado en la NSA?» El simple hecho de considerarlo lo llenó de una intensa aflicción. ¿No tenía bastante con estar escondida y ser perseguida por unos asesinos? ¿Ahora también la buscaban los servicios de inteligencia de Estados Unidos? Sonaba... Sí, ¿cómo sonaba? Sonaba absurdo.

Si algo caracterizaba a Lisbeth era que nunca hacía nada sin un meticuloso análisis previo de las posibles consecuencias. Todo lo que realizaba era premeditado, jamás el resultado de un repentino impulso, y por eso a Mikael le costaba imaginarse que hubiera hecho algo tan idiota como entrar en la NSA si existía el menor riesgo de que la descubriesen. A veces, indudablemente, se le podían atribuir acciones peligrosas. Pero los riesgos siempre eran proporcionales al beneficio, por lo que se negaba a creer que hubiese efectuado un ciberataque en la NSA sólo para que ese bilioso bulldog que tenía delante la descubriera.

—Creo que has sacado conclusiones precipitadas —comentó Mikael.

—En tus sueños. Supongo que te has fijado que he usado las palabras «en realidad».

—Sí, las he oído.

—Jodidas palabras, ¿No te parece? Pueden utilizarse para lo que sea: en realidad no bebo por las mañanas y, sin embargo, aquí estoy con mi *gin-tonic*, je, je. Lo que quiero decir es que quizá puedas salvar a tu amiga si prometes ayudarme con ciertas cosas.

—Soy todo oídos —dijo Mikael.

—Muy amable de tu parte. Pues, para empezar, quiero que me garantices que lo que te revele se acogerá a la protección de fuentes.

Mikael le echó una mirada de asombro. Eso no se lo esperaba.

—¿Eres un soplón?

—¡Qué va, por Dios! Yo soy un viejo sabueso de lo más leal.

—Pero no estás aquí oficialmente.

—Se podría decir que de momento doy prioridad

a mis propios intereses. Que me estoy posicionando un poco. Bueno, ¿qué me dices?

—De acuerdo, hablas bajo protección de fuentes.

—Bien, y también me gustaría asegurarme de que lo que te diga quedará entre tú y yo, y entiendo que eso te pueda sonar raro: ¿por qué demonios le cuento una historia fantástica a un periodista de investigación si luego le pido que se lo calle?

—Ésa es una buena pregunta.

—Tengo mis razones, y lo raro es que creo que ni siquiera hace falta que te lo pida. Intuyo que quieres proteger a tu amiga. Además, para ti, en definitiva, lo más interesante de la historia se encuentra en otra parte. No es del todo imposible que te eche una mano si estás dispuesto a colaborar.

Ya veremos —repuso Mikael tirante.

Bueno, pues hace unos días tuvimos una intrusión informática en nuestra intranet, conocida popularmente como la NSANet, supongo que la conocerás.

—Tengo una ligera idea.

—La NSANet se perfeccionó después del 11 de septiembre para conseguir una mejor coordinación entre nuestros servicios nacionales de inteligencia por una parte, y las organizaciones de espionaje de los países anglosajones, las llamadas «Five Eyes», por otra. Se trata de un sistema cerrado, con sus propios *routers*, portales y puentes, separado del resto de Internet. Es desde allí, vía satélite y con cables de fibra óptica, desde donde administramos nuestra inteligencia de señales, pero también es allí donde tenemos nuestros grandes bancos de datos y, como es natural, nuestros informes y análisis clasificados, independientemente de que se les denomine Moray, por mencionar la clasificación menos confidencial, o Umbra Ultra Top Secret, el grado máximo, que no puede ver ni el presidente. El sistema se administra desde Texas, algo que, dicho sea de paso, es una auténtica locura. Pero después de las últimas actualizaciones y revisiones lo considero, a pesar de todo, como mi criatura. Deben saber, Mikael, que me he roto el lomo para lograrlo. Me he matado trabajando para que ningún idiota vuelva a aprovecharse del sistema, y para que no nos ataquen otra vez, por supuesto. Hoy en día cualquier anomalía, por pequeña que sea, cualquier mísera transgresión que tenga lugar allí dentro activa mis alarmas, y no creas que estoy solo. Contamos con todo un ejército de especialistas independientes vigilando y, en la actualidad, no se puede dar un solo paso en la red sin dejar huella. O al menos no debería ser posible, pues todos los movimientos se registran y se analizan; tampoco debería ser posible tocar ni una sola tecla sin que nadie lo advierta. Y aun así...

—Resulta que es posible.

—Sí, y supongo que, en cierto sentido, podría haber acabado aceptándolo. Siempre hay puntos vulnerables. Esos puntos están para que nosotros los encontremos y los eliminemos. Nos mantienen despiertos y en alerta. Pero no sólo ha sido el hecho de que nos haya atacado, sino la manera de realizarlo. Tu amiga forzó nuestro servidor y creó un puente muy sofisticado a través de uno de nuestros administradores de sistema para conseguir entrar en la intranet. Esa parte de la operación, por sí sola, es una obra maestra. Pero aún no había terminado, ni mucho menos. Esa maldita se transformó en un usuario fantasma.

—Y eso ¿qué es?

—Un espectro, un fantasma que volaba por allí dentro de un lado para otro sin que nosotros nos diéramos cuenta.

—Sin que se activaran tus alarmas.

—Esa genio del diablo introdujo un *spyware* que debía de ser diferente a todo lo que habíamos visto hasta entonces, porque si no el sistema lo habría detectado de inmediato, y ese *spyware* fue elevando progresivamente su estatus de usuario. Adquirió una autorización de acceso cada vez más importante, se hizo con contraseñas y códigos, y se puso a interconectar registros y bancos de datos hasta que de repente... ¡Bingo!

—Bingo ¿qué?

—Dio con lo que estaba buscando, y a partir de ese momento dejó de ser un usuario fantasma y nos enseñó lo que había encontrado. Fue entonces cuando mis alarmas se activaron. En el mismísimo instante en el que ella quiso que lo hicieran, no antes.

—¿Y qué encontró?

—Nuestra doble moral, Mikael, nuestro juego sucio, que es también otro de los motivos por los que he venido hasta aquí y no me he quedado en Maryland sentado sobre mi gordo trasero llamando a los marines para que vayan a buscarla. Es como si un ladrón entrara en tu casa sólo para enseñarte los bienes robados que ya hay en ella. Y en el mismo instante en que lo descubrimos esa chica se volvió peligrosa de verdad, tanto que algunos de nuestros peces gordos quisieron dejarla escapar y que nos olvidáramos del asunto.

—Pero tú no.

—No, yo no. Yo lo que deseaba era atarla a un poste y desollarla viva. Pero no me quedó otra que abandonar mi caza, y eso, Mikael, eso aumentó mi rabia. Quizá te dé la impresión de que soy una persona razonablemente tranquila, pero en realidad, como te he dicho antes..., ¡en realidad...!

—En realidad estás furioso.

—Exacto. Por eso te he hecho venir hasta aquí a estas horas. Quería echarle las garras a tu querida Wasp antes de que huya del país.

—¿Y por qué iba a huir?

—Porque ha ido haciendo una locura tras otra, ¿no?

—No lo sé.

—Me parece que sí lo sabes.

—¿Y qué te hace creer que ella es tu *hacker*, para empezar?

—Eso, Mikael, te lo voy a contar ahora.

Pero antes de que pudiera continuar, fueron interrumpidos.

Sonó el teléfono de la habitación y Ed lo contestó enseguida. Era el recepcionista, que preguntaba por Mikael Blomkvist. Ed le pasó el auricular y no tardó en darse cuenta de que le estaban comunicando al periodista algo alarmante, de modo que no se sorprendió cuando éste se limitó a murmurar una vaga excusa para luego marcharse a toda prisa de la habitación. No le extrañó. Pero tampoco lo aceptó, por lo que cogió su abrigo del perchero y salió en pos de Mikael.

Blomkvist avanzaba corriendo por el pasillo como un velocista y, aunque Ed no sabía lo que había ocurrido, sospechaba que tenía que ver con toda aquella historia, razón por la que se decidió a ir tras él. Si se trataba de Wasp y Balder deseaba estar presente. Pero como el periodista ni siquiera tuvo paciencia para tomar el ascensor sino que se precipitó directamente por la escalera le costó seguirlo, y cuando Ed, jadeando, llegó a la planta baja, Mikael ya había tomado sus celulares y estaba hablando otra vez por teléfono al tiempo que se dirigía a la carrera hacia las puertas giratorias para salir a la calle.

—¿Qué ha pasado? —quiso saber Ed una vez que el reportero colgó y cuando intentaba encontrar un taxi un poco más allá.

—¡Problemas! —respondió Mikael.

—Te puedo llevar en mi auto.

—Tú no puedes llevar a nadie. Has bebido.

—Pues conduce tú.

Por un momento, Mikael ralentizó sus pasos, se volvió y se encaró a Ed.

—¿Qué es lo que quieres?

—Quiero que nos ayudemos.

—A tu *hacker* la tendrás que detener tú solito.

—Ya no estoy autorizado para detener a nadie.

—Ok. ¿Dónde está tu auto?

Acto seguido, echaron a correr hacia el vehículo alquilado de Ed, que se encontraba aparcado junto al Museo Nacional, mientras Mikael le comentaba brevemente que tenían que ir al archipiélago, a Ingarö. Le explicarían cómo llegar durante el trayecto, dijo, y añadió que excedería todos los límites de velocidad.

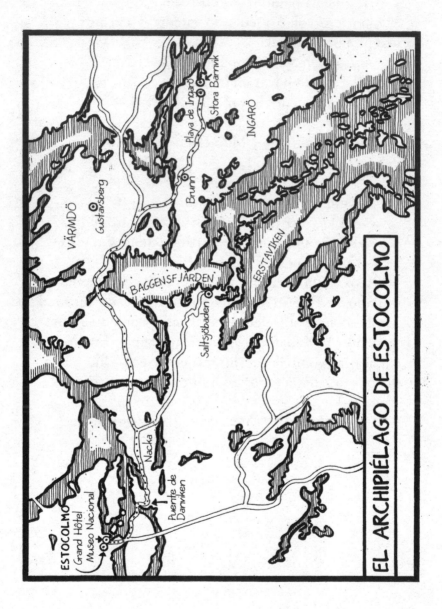

EL ARCHIPIÉLAGO DE ESTOCOLMO

Capítulo 26

Mañana del 24 de noviembre

August estaba gritando. En ese mismo instante Lisbeth oyó pasos, unos pasos rápidos que se movían a lo largo de una de las fachadas de la casa. Cogió su pistola y se levantó. Se sentía pésimo, aunque no se permitió el lujo de prestar atención a su malestar. Se precipitó hacia la puerta al tiempo que descubría la silueta de un hombre corpulento en el porche, y pensó por un momento que le sacaba ventaja, un segundo quizá. Pero el cambio de escenario fue dramático.

El individuo no detuvo su marcha, ni siquiera se dejó intimidar por las puertas de cristal. Simplemente siguió corriendo y atravesó el cristal empuñando un arma para a continuación, con una inmediata y absoluta determinación, disparar contra el chico. Y entonces Lisbeth contestó al disparo. O quizá se le anticipó.

No lo sabía. Ni siquiera fue consciente de cuándo ni por qué había echado a correr hacia el hombre. Sólo tuvo claro que había chocado contra él con un impacto ensordecedor y que después se había quedado tirada encima de su cuerpo, en el suelo, justo por delante de la mesa redonda de la cocina donde el niño había estado sentado hacía tan sólo un minuto. Sin dudarlo, le propinó un sonoro cabezazo.

El golpe fue tan violento que le zumbaron los oídos. Consiguió, no obstante, ponerse de pie, aunque fuese tambaleándose. Toda la habitación le daba vueltas. Tenía sangre en la camisa. ¿Había sido herida otra vez? No tenía tiempo para pensar en ello ahora. ¿Dónde se encontraba August? En la mesa no había nadie, sólo estaban los lápices, también los de colores, los dibujos y los cálculos con números primos. ¿Dónde diablos se había metido el chico? Percibió un débil gemido al lado de la nevera. Allí estaba, sentado en el suelo, temblando, con las rodillas flexionadas y pegadas al pecho. Debía de haberle dado tiempo para tirarse al suelo y esquivar las balas.

Lisbeth estaba a punto de acercarse a él cuando advirtió unos nuevos y preocupantes ruidos algo más lejos, unas voces apagadas, el crujido de unas ramitas que se rompían cuando las pisaban... Había más personas. Entendió que la situación era crítica y que debían salir de allí. Con toda urgencia. Si era su hermana, no cabía duda de que acudía con más gente. Así había sido siempre. Lisbeth era un lobo solitario mientras que Camilla reunía a bandas enteras, y por eso, igual que en su infancia, tenía que ser más lista y más rápida. Ante sus ojos, como iluminado por un relámpago, apareció el terreno que rodeaba la casa. Acto seguido, Lisbeth se precipitó hacia August. «¡Ven!», le dijo. El chico no se movió ni un ápice. Como si lo hubiesen pegado al suelo. Entonces Lisbeth lo levantó de un tirón mientras su rostro se torcía en una mueca. Con cada movimiento que hacía sentía más dolor. Pero el tiempo apremiaba, cosa que, al parecer, August comprendió porque le dio a entender por señas que podía correr. A continuación, después de que Lisbeth se abalanzara sobre la mesa para tomar velozmente su computador, se dirigieron hacia la terraza, pasando por delante del hombre que, algo tambaleante y mareado, se levantaba del suelo e intentaba agarrar las piernas de August.

Lisbeth sopesó si debía matar a ese tipo, pero al final optó por darle unas violentas patadas en el cuello y el estómago, y por alejar su arma de un puntapié. Luego cogió a August de la mano y salieron corriendo hasta la terraza para continuar hacia las rocas y bajar por la pendiente. De pronto Lisbeth se detuvo. Pensó en el dibujo. No se había fijado en qué había llegado a reproducir. ¿Debería dar la vuelta? No, estarían allí en cualquier momento. Tenían que huir. Pero aun así... el dibujo también era un arma, y la causa de toda esa locura. Así que dejó a August —con el computador— en esa hendidura de la roca que había observado la noche anterior para luego subir a toda velocidad por la pendiente. Entró en la casa y fue derecha a la mesa. No lo encontró; no había más que dibujos del maldito Lasse Westman por todas partes y garabatos de números primos.

Y por fin lo vio. Por encima de los cuadros del tablero de ajedrez y los espejos se apreciaba ahora una figura pálida con una profunda cicatriz en la frente con la que Lisbeth, a esas alturas, ya estaba dolorosamente familiarizada. Se trataba del mismo hombre que, tirado en el suelo, gemía ante ella. Sacó a toda prisa su celular, escaneó el dibujo y se lo mandó a Jan Bublanski y a Sonja Modig. Incluso escribió unas palabras en la parte superior del documento. Tan sólo tardó un instante en percatarse de que había cometido un error.

Estaba a punto de ser acorralada.

En su teléfono Samsung, Lisbeth había escrito lo mismo que le había puesto a Erika: la palabra EMERGENCIA, que difícilmente podría malinterpretarse. Sobre todo proviniendo de Lisbeth. Por más vueltas que Mikael le daba al asunto, la única explicación que encontraba pasaba por que los criminales la hubieran localizado; en el peor de los casos, hasta era posible que la estuvieran atacando en esos mismos momentos. Por eso, en cuanto pasó Stadsgårdskajen y enfiló la Värmdöleden, pisó a fondo el acelerador.

Conducía un flamante Audi A8 plateado. A su lado iba Ed Needham, con un gesto de lo más adusto. De vez en cuando escribía en su teléfono. Mikael no tenía muy claro por qué había dejado que lo acompañara; tal vez quisiera averiguar qué pruebas poseía contra Lisbeth, pero no, no era sólo eso, había algo más. Quizá Ed pudiera serle útil. En cualquier caso, no empeoraría la situación, porque ésta ya no podía ser mucho peor. Los agentes policiales estaban avisados, aunque seguramente no serían capaces de reunir una fuerza de intervención con la urgencia necesaria, sobre todo teniendo en cuenta que, a todas luces, habían desconfiado de la exigua información que Erika les había proporcionado. Fue ella la que los había llamado; ella conocía el camino. Parecía evidente que él precisaba ayuda. Toda la que pudiera recibir.

Se estaba acercando al puente de Danviken. Ed Needham le dijo algo, aunque no oyó qué. Estaba inmerso en sus pensamientos. Pensaba en Andrei. ¿Qué habrían hecho con él? Mikael lo veía sentado en la redacción, meditabundo y desconcertado, con ese aspecto de un joven Antonio Banderas. ¿Por qué mierda no lo había acompañado a tomar una cerveza? Mikael volvió a llamarlo por teléfono. También a Lisbeth. Sin embargo ninguno de los dos le respondió, y entonces oyó a Ed de nuevo:

—¿Quieres que te cuente lo que tenemos? —le preguntó éste.

—Sí..., quizá... Sí, está bien —respondió Mikael.

Pero también en esta ocasión fueron interrumpidos por el teléfono. Era Jan Bublanski.

—Después de esto, tú y yo tendremos bastantes asuntos de los que hablar. Lo entiendes, ¿no? Y cuenta, por supuesto, con que habrá algún tipo de consecuencias jurídicas.

—Lo entiendo.

—Bueno... Pero ahora te llamaba para darte una información: sabemos que Lisbeth Salander estaba con vida a las 04.22. ¿Eso fue antes o después de que te enviara el mensaje de emergencia?

—Antes, un poco antes.

—Ok.

¿Y cómo sabes la hora?

—Salander nos mandó algo enormemente interesante.

—¿Qué?

—Un dibujo, Mikael, y debo admitir que superó todas nuestras expectativas.

—Así que Lisbeth logró que el chico dibujara.

—Sí, al parecer así fue, y no sé qué tipo de cuestiones técnicas respecto a la legalidad del testimonio se podrán plantear, y tampoco lo que un hábil abogado defensor alegará en contra del dibujo. Pero para mí no cabe duda de que ése es el asesino. El niño lo ha retratado con una increíble habilidad, aplicando esa curiosa precisión matemática suya de nuevo. La verdad es que incluso aparece una ecuación en la parte inferior con las coordenadas «x» e «y». Ignoro si eso tiene que ver con el caso. Pero envíe el dibujo a la Interpol para que lo pasen por su programa de identificación facial. En caso de que el tipo esté fichado ya está jodido.

—¿Se lo van a mandar también a la prensa?

—Lo estamos pensando.

—¿Cuándo van a llegar?

—En cuanto podamos... Espera un segundo.

Mikael advirtió el sonido de otro teléfono de fondo, y durante más o menos un minuto Bublanski estuvo hablando con otra persona. Al volver dijo brevemente:

—Nos han pasado una información relativa a un tiroteo producido por la zona. Me temo que no tiene muy buena pinta.

Mikael inspiró hondo.

—¿Y no hay nada nuevo sobre Andrei?

—Hemos rastreado su celular hasta una estación base de Gamla Stan, pero no hemos podido avanzar más. A partir de ahí las señales han desaparecido, como si el teléfono estuviese roto o hubiera dejado de funcionar.

Mikael colgó y aumentó la velocidad del auto. Hubo un momento en el que llegó a exceder los ciento ochenta kilómetros por hora. Al principio no hablaba mucho. Algo parco en palabras, informó a Ed Needham de la situación. Pero no aguantó más. Necesitaba distraerse con otros asuntos.

—Bueno, ¿y qué es lo que pudieron averiguar?

—¿Sobre Wasp?

—Sí.

—Durante mucho tiempo no avanzamos en nuestras pesquisas nada de nada. Estábamos convencidos de haber llegado a un callejón sin salida —explicó Needham—. Habíamos hecho todo lo que estaba en nuestras manos y más. Removimos cielo y tierra sin llegar a ninguna parte, cosa que, en cierto sentido, yo consideraba lógica.

—¿Por qué?

—Una *hacker* capaz de hacer algo así no tendría ningún problema para eliminar su rastro. Pronto comprendí que por los caminos habituales no avanzaríamos nada. Pero no me rendí, y al final hice a un lado todas las investigaciones realizadas sobre cómo se cometió el delito y me centré en la gran pregunta: ¿quién podría llevar a cabo semejante operación? Yo ya sabía que la respuesta era nuestra única oportunidad. El nivel de la intrusión alcanzaba tal nivel que no debía de haber muchas personas en el mundo capaces de logralo. En ese sentido, su talento y su inteligencia jugaban en su contra. Además, habíamos analizado el *spyware* y...

Ed Needham volvió a depositar la mirada en su celular.

—¿Sí?

—Tenía sus peculiaridades artísticas y, desde nuestra perspectiva, que haya peculiaridades es algo bueno, por supuesto. Nos hallábamos ante una obra de muy alto nivel que, por decirlo de alguna manera, presentaba un estilo muy personal, extraordinariamente particular; ya sólo nos quedaba dar con su autor, así que empezamos a mandar preguntas a los colectivos de *hackers* que hay ahí afuera, y ya desde el principio había un nombre, o *handle*, que aparecía una y otra vez. ¿Adivinas cuál?

—Quizá.

—¡Era Wasp! No se trataba del único, ni mucho menos; también había otros, aunque Wasp cada vez resultaba más interesante, incluso en virtud del propio nombre... Bueno, es una larga historia con la que no te voy a cansar, pero es que el nombre...

—... procede de la misma mitología de cómics que utiliza la organización que está detrás del asesinato de Frans Balder.

—Exacto. O sea que lo conoces...

—Sí, y también sé que las conexiones pueden ser ilusorias y engañosamente seductoras. Basta con mantenerse constantes en la búsqueda para que al final surjan correspondencias de todo tipo.

—Es verdad. Si alguien lo sabe somos nosotros. Nos emocionamos encontrando vínculos que luego resultan no significar nada mientras pasamos por alto los que son esenciales de verdad. De modo que no, no le di importancia. Wasp también podía significar un montón de cosas más. Pero en ese momento no tenía muchas otras pistas que seguir. Además, había oído un sinfín de historias fantásticas en las que se mitificaba a ese misterioso personaje que quería descubrir su verdadera identidad a cualquier precio, por lo que nos remontamos muy atrás en el tiempo. Leímos todas y cada una de las palabras que había escrito en Internet y estudiamos cada operación que sabíamos que llevaba su firma, y poco a poco fuimos conociendo a Wasp. Nos convencimos de que se trataba de una mujer, aunque no se expresaba precisamente de forma muy femenina, y comprendimos que era sueca. Numerosas intervenciones —las de sus inicios— estaban escritas en sueco, lo que en sí mismo tampoco nos ayudó mucho, pero ya que había una conexión sueca en la organización en la que ella indagaba, y puesto que Frans Balder también era sueco, al menos no enfriaba la pista. Contacté con gente en la FRA y empezaron a buscar en sus registros, y entonces, en efecto...

—¿Qué?

—Encontraron algo que nos dio un impulso decisivo. Hace muchos años esa institución sueca investigó un caso de intrusión que se había realizado con la firma de Wasp. Ésta ocurrió hace ya tanto tiempo que Wasp no poseía más que unos pocos y básicos conocimientos de criptografía.

—¿Y qué caso era?

—A los de la FRA les llamó la atención que Wasp hubiera intentado buscar información sobre personas que habían desertado de los servicios de inteligencia de otros países, un dato que bastó para activar el sistema de alarmas de la FRA. Ésta procedió a realizar una investigación que los condujo hasta el computador de una clínica psiquiátrica infantil de Uppsala, una máquina que pertenecía a un médico jefe de allí llamado Teleborian. Por alguna razón, probablemente porque ese médico hacía favores a los servicios de inteligencia suecos, éste estaba por encima de cualquier sospecha. En su lugar, la FRA se centró en un par de auxiliares a los que consideraron sospechosos porque eran..., bueno, porque eran inmigrantes. Así de simple. Una cosa increíblemente estúpida y un razonamiento estereotipado tan idiota que no puedes ni imaginártelo; y, como es lógico, de eso no se pudo sacar nada.

—Ya lo supongo.

—Pero no hace mucho le pedí a un chico de la FRA que me mandara ese viejo material y, con la distancia que dan los años, nos pusimos a repasarlo de un modo diferente a como se había hecho en su momento. ¿Sabes que para ser un buen *hacker* no hace falta que seas grande, ni gordo, ni que te afeites por las mañanas? Yo he conocido chicos de doce o trece años que son verdaderos genios, con una pericia increíble, y por eso para mí era obvio que había que estudiar a cada uno de los niños que estaban ingresados en la clínica por aquel entonces. En el material figuraba la lista completa, así que ordené a tres de mis chicos que investigaran a todos los ingresados, de arriba abajo, de pies a cabeza... ¿Y sabes lo que encontramos? Que uno de ellos era la hija del viejo espía y gánster Zalachenko, que en aquella época era objeto de un enorme interés por parte de nuestros colegas de la CIA, y entonces, de pronto, todo se puso muy interesante. Como quizá sepas, existen puntos de contacto entre esa red criminal tras la que andaba la *hacker* y el viejo sindicato del crimen de Zalachenko.

—Pero eso no tiene por qué significar que haya sido Wasp la que los atacó.

—No, en absoluto. Pero seguimos indagando en la vida de esa chica. ¿Y qué quieres que te diga? Tiene un pasado muy interesante, ¿verdad? Es cierto que mucha información relativa a su persona ha sido borrada misteriosamente de los archivos oficiales. Pero aun así obtuvimos suficientes datos y, no sé, puede que me equivoque, pero me da la sensación de que todo esto se origina a partir de un hecho concreto, algo así como un trauma de fondo. Nos topamos con un pequeño apartamento en Estocolmo y una madre soltera que trabaja en la caja de un supermercado y que lucha por sacar adelante a sus dos hijas. De modo que en un nivel nos encontramos muy alejados del gran mundo, pero en el otro...

—... ese gran mundo estaba presente.

—Sí. Cada vez que el padre hacía una de sus visitas, el gélido viento de la política internacional de alto nivel recorría ese apartamento...

Tras unos instantes de silencio añadió:

Mikael, tú no sabes nada de mí.

—No.

—Pero te puedo decir que sé perfectamente cómo se siente un niño al sufrir de cerca la violencia.

—¿Ah, sí?

—Sí, y sé aún más cómo se siente cuando la sociedad no mueve ni un dedo para castigar a los culpables. Duele, eh, duele que es un horror, o sea que no me sorprende lo más mínimo que la mayoría de los chicos que padecen esa experiencia acaben hundiéndose. Se convierten en unos destructivos hijos de puta cuando son adultos.

—Sí, una pena, pero así es.

—Pero unos pocos, Mikael, se hacen fuertes, muy fuertes, salen a flote y devuelven los golpes. Wasp era una persona así, ¿verdad?

Mikael asintió con la cabeza pensativo, mientras aumentaba la velocidad del vehículo un poco más.

—La encerraron en un manicomio e intentaron destruirla una y otra vez. Pero ella nunca se dejó vencer. ¿Y sabes lo que pienso? —continuó Ed.

—No.

—Que se hizo cada vez más fuerte. Que resistió en su infierno y creció. Pienso, si te soy sincero, que se volvió peligrosísima y que no creo que haya olvidado nada de lo que le pasó. Todo se ha quedado grabado a fuego en su alma, ¿o no? Quizá fuera incluso toda esa locura de su infancia la que echó a rodar el balón.

—Puede ser.

—Yo creo que sí. Tenemos a dos hermanas a las que algo terrible las afectó de forma muy dispar y que se convirtieron en enemigas acérrimas, pero sobre todo contamos con la herencia de un importante imperio criminal.

—Lisbeth no tiene nada que ver con eso. Ella odia todo lo que guarde relación con su padre.

—Ya lo sé, Mikael, ya lo sé. Pero ¿qué pasó con la herencia? ¿No es eso lo que anda buscando? ¿No es eso lo que quiere destruir, al igual que pretendió destruir a la persona que la originó?

—Y tú ¿qué es lo quieres? —dijo Mikael de repente con voz severa.

—Quizá un poco lo mismo que Wasp: poner las cosas en su lugar.

—Y detener a tu *hacker*.

—Quiero verla y mandarla a la mierda y tapar todos y cada uno de los malditos agujeros de seguridad. Pero, más que nada, lo que deseo es darles una buena paliza a ciertas personas que no me permitieron concluir mi trabajo sólo porque Wasp los dejó con el culo al aire. Y tengo motivos para creer que tú me vas a ayudar.

—¿Por qué?

—Porque eres un periodista del carajo. Y a los periodistas del carajo no les gusta que los trapos sucios que están ocultos permanezcan ocultos.

—¿Y Wasp?

—Wasp va a cantar. Va a cantar más de lo que lo ha hecho en toda su vida, y la verdad es que había pensado que también ahí me dieras una mano.

—¿Y si no accedo a ayudarte?

—Entonces encontraré una manera de encerrarla y de volver a convertir su vida en un infierno, te lo prometo.

—Pero de momento lo único que pretendes es hablar con ella.

—No voy a permitir que nadie vuelva a atacar mi sistema nunca más, Mikael, y por eso necesito entender exactamente cómo realizó la intrusión. De modo que eso es lo que quiero que le comuniques. Estoy dispuesto a dejar libre a tu amiga con tal de que se siente conmigo un rato y me cuente cómo lo hizo.

—Se lo diré. Esperemos que... —empezó Mikael.

—Que siga viva —completó Ed, y acto seguido el auto, sin aminorar demasiado la velocidad, giró a la izquierda, hacia la playa de Ingarö.

Eran las 04.48. Habían pasado veinte minutos desde que Lisbeth Salander había enviado su mensaje de emergencia.

Era muy raro que Jan Holtser se equivocara tanto.

Jan Holtser tenía la idea romántica, poco racional, de que, incluso de lejos, se podía determinar si un hombre saldría airoso de una lucha mano a mano o de una dura prueba física. Por eso, a diferencia de Orlov o de Bogdanov, no se sorprendió cuando el plan previsto para Mikael Blomkvist no salió según lo esperado. Esos dos estaban cien por cien seguros: no había hombre sobre la faz de la tierra que no sucumbiera de inmediato a los encantos de Kira. Pero Holtser, a pesar de que sólo había visto al periodista a distancia y durante un vertiginoso instante en Saltsjöbaden, tenía sus dudas. Para él, Mikael Blomkvist era sinónimo de meterse en problemas. Daba la sensación de ser una persona a la que no se la podía engañar ni doblegar con facilidad, y nada de lo que Jan Holtser había visto u oído desde entonces lo había hecho cambiar de opinión al respecto.

Pero el periodista joven era diferente. Éste tenía

pinta de ser el típico chico débil y sensible, una impresión que resultó completamente errónea: Andrei Zander había aguantado más que ningún otro hombre al que Jan Holtser hubiera torturado. A pesar del espantoso dolor que le había producido se negó a rendirse. Una especie de cualidad inquebrantable que parecía apoyarse en unos principios muy elevados brillaba en sus ojos, lo que hizo que Jan Holtser se preguntara durante un buen rato si no se verían obligados a parar; estaba claro que Andrei Zander preferiría soportar cualquier sufrimiento antes que cantar. Fue al jurarle solemnemente Kira que sometería a aquella misma tortura a Erika y a Mikael cuando Andrei se derrumbó.

Eran las 03.30 horas. Fue uno de esos momentos de los que Jan Holtser pensó que lo acompañarían para siempre. La nieve caía sobre las ventanas de las buhardillas. La cara del joven estaba deshidratada y ojerosa. La sangre lo había salpicado desde el pecho y manchaba su boca y sus mejillas. Los labios, que llevaban horas tapados con cinta aislante, estaban agrietados y llenos de heridas. Era un despojo humano. Aun así, se veía que se trataba de un hombre atractivo, y a Jan le vino a la mente Olga. ¿Qué habría opinado su hija de él?

¿No pertenecía ese periodista al tipo de chicos que le gustaban a Olga, esos que luchaban contra las injusticias y se ponían de parte de los mendigos y los marginados? Meditó sobre eso, y también sobre otras circunstancias de su propia vida. Hizo la señal de la cruz, la rusa, donde un camino lleva al cielo y el otro al infierno, y luego miró de reojo a Kira. La vio más guapa que nunca.

Los ojos le brillaban con un ardiente destello. Se encontraba sentada en un taburete junto a la cama —luciendo un vestido azul muy caro que se había salvado casi por completo de las salpicaduras de sangre—, y le estaba diciendo algo a Andrei en sueco, algo que sonaba lleno de ternura. Luego le agarró la mano. Él también se la agarró a ella, sin duda a falta de algo mejor con lo que consolarse. Afuera, el viento aullaba en el callejón. Kira asintió con la cabeza y le sonrió a Jan. Nuevos copos de nieve cayeron sobre el alféizar de la ventana.

Después se metieron todos en un Land Rover y pusieron rumbo a Ingarö. Jan se sentía vacío, y no le gustaba nada el desarrollo de los acontecimientos. Pero no podía eludir el hecho de que había sido su propio error el que los había conducido a aquella situación, así que permaneció callado y escuchando a Kira, que se hallaba extrañamente exaltada y les hablaba con un fervoroso odio de la mujer que buscaban. Jan pensó que ésa no era una buena señal, y si hubiera ejercido alguna clase de poder sobre ella le habría aconsejado que diera media vuelta y abandonara el país.

Pero se quedó en silencio mientras la nieve seguía cayendo y avanzaban a través de la oscuridad. A veces, cuando miraba los resplandecientes y gélidos ojos de Kira, el miedo se apoderaba de él. Intentó no pensar en eso y, al hacerlo, constató que al menos tenía que darle la razón en un detalle: ella había acertado con una rapidez asombrosa.

No sólo había deducido quién se había lanzado sobre August Balder en Sveavägen y había salvado su vida. También había intuido quién podría saber dónde se ocultaban el chico y la mujer, y el nombre que mencionó fue nada más y nada menos que el de Mikael Blomkvist. Nadie entendió la lógica de su razonamiento. ¿Por qué un prestigioso periodista sueco iba a esconder a una persona que aparecía de la nada para llevarse a un niño del lugar de un crimen? Pero cuanto más indagaban más se iban convenciendo de que allí había algo. Resultó que la chica, que se llamaba Lisbeth Salander, tenía vínculos con el reportero, y que en la redacción de *Millennium* habían empezado a ocurrir cosas extrañas.

A la mañana siguiente de la misión de Saltsjöbaden, Yuri se había metido en el computador de Mikael Blomkvist para intentar comprender por qué Frans Balder lo había llamado en mitad de la noche. No le costó nada entrar. Pero desde el día anterior por la mañana ya no hubo manera de acceder a los mensajes del reportero, y... ¿cuándo fue la última vez que algo así había sucedido? ¿Cuándo no había sido Yuri capaz de meterse en el correo de un periodista? Por lo que Jan sabía, nunca. De buenas a primeras, Mikael Blomkvist había empezado a tomar precauciones extremas, y lo había hecho justo después de que la chica y el niño desaparecieran.

Eso en sí mismo, como era obvio, no constituía ninguna garantía de que el periodista conociera el paradero de Salander y del niño. Pero cuanto más tiempo pasaba, más indicios iban surgiendo de que así podría ser. En cualquier caso, Kira no precisaba más pruebas: ella quería ir tras Blomkvist. Y a falta de él, tras otra persona de la revista. Pero sobre todo deseaba, con una ambición más bien obsesiva, dar con la chica y el niño. Sólo eso debería haberles hecho sospechar. Aun así, la verdad era que Jan tenía que estarle muy agradecido.

Tal vez no entendiera del todo los motivos que Kira tenía. Sin embargo, ella iba a matar a ese chico más que nada para protegerlo a él, lo que no dejaba de ser un lindo gesto. Kira podría haberlo sacrificado a él, pero había elegido asumir unos considerables riesgos con tal de no perderlo, lo cual lo alegraba, la verdad, por mucho que en esos momentos, con todos metidos en aquel auto, se sintiera, más que otra cosa, desanimado y con un ligero malestar.

Intentó sacar fuerzas pensando en Olga. Pasara lo que pasase, no podía permitir que ella se despertara un día con el dibujo de su padre en la portada de todos los periódicos, y una y otra vez volvió insistentemente a tratar de convencerse de que hasta aquel momento habían sido muy afortunados y de que lo más difícil ya había quedado atrás. Si Andrei Zander les había dado bien la dirección la misión resultaría de lo más fácil, pues eran tres hombres que portaban armas pesadas, cuatro si se incluía a Yuri, que, como no podía ser de otra manera, se encontraba inmerso en su computador.

Estaban Yuri, Orlov y Dennis Wilton, un gánster que había pertenecido en su día a Svavelsjö MC y que ahora le hacía favores a Kira con cierta regularidad. Era también la persona que les había ayudado con la planificación de la operación en Suecia. Eran tres —o cuatro— hombres preparados más Kira, y en su contra tenían a una sola chica que, con toda probabilidad, estaría durmiendo y que encima debía proteger a un niño. No debería causarles mayores dificultades llevar a cabo la intervención con la máxima rapidez para luego abandonar el país de inmediato. Pero Kira, a pesar de todo, no paraba de martillearlos de forma obsesiva con aquella chica:

—¡No subestimen a Salander!

Insistió tanto que hasta Yuri, que en circunstancias normales siempre se ponía de su parte, empezó a irritarse. Era cierto que Jan había visto en Sveavägen que esa tipa parecía poseer una buena preparación física y que era rápida e intrépida y a juzgar por lo que decía Kira, se trataba de una especie de supermujer. Era ridículo. Jan nunca había conocido a una mujer que en un combate cuerpo a cuerpo pudiera medir sus fuerzas con él. Ni tampoco con Orlov. A pesar de eso, se juró tener cuidado. Se comprometió a subir previamente para hacer un reconocimiento del terreno con el objetivo de preparar una estrategia. No se precipitarían ni caerían en ninguna trampa; Jan se lo aseguró una y otra vez. Cuando por fin se detuvieron junto a una pequeña bahía, ante la pendiente de una colina y justo enfrente de un embarcadero abandonado, asumió de inmediato el mando. Ordenó a los demás que se prepararan detrás del auto mientras él iba por delante para averiguar la ubicación exacta de la casa. Al parecer, no era tan fácil encontrarla.

A Jan Holtser le gustaban esas tempranas horas de la madrugada, le gustaban ese silencio y esa sensación de cambio que había en el aire. Caminaba con el cuerpo ligeramente inclinado hacia adelante y aguzando el oído. Lo rodeaba una protectora oscuridad. No divisó a nadie ni percibió ningún tipo de iluminación. Pasó el embarcadero y la pendiente, y llegó a un cerco de madera que lo condujo hasta una puerta desvencijada, justo al lado de un abeto y un arbusto espinoso de aspecto salvaje. Abrió la puerta y continuó subiendo por una escalera de madera muy empinada que tenía una baranda del lado derecho. Unos segundos después creyó vislumbrar la casa en lo alto de la colina.

Se hallaba oculta y a oscuras tras los pinos y los álamos. Tenía una terraza orientada hacia el sur a la que se accedía a través de unas puertas de vidrio que resultarían fáciles de forzar. A primera vista no detectó mayores dificultades. Podrían irrumpir sin ningún problema a través de esas puertas y eliminar al enemigo. Así de simple. Se percató de que se estaba moviendo casi sin hacer ruido, y por un momento se planteó si no debería realizar la operación en solitario y en aquel mismo instante. Era posible que hasta sintiera una responsabilidad moral, pues era él —y sólo él— el que los había metido en ese aprieto, de modo que si alguien los debía sacar también era él. El trabajo no sería más difícil que otros que ya había llevado a cabo, al contrario.

Resultaba obvio que allí, a diferencia de la casa de Frans Balder, no había policías ni guardias. Ni siquiera una indicación que le avisara de la posible existencia de alarmas. Era verdad que no tenía su rifle automático, pero no había necesidad de un arma tan pesada. Los rifles eran una exageración, un producto de las paranoias acaloradas de Kira. Él llevaba su pistola, su Remington, y con ella tenía bastante. Y de pronto, sin haber efectuado su habitual y meticulosa planificación, se puso en marcha con la misma eficacia que siempre.

Avanzó ágil y a toda velocidad a lo largo de una de las fachadas de la casa en dirección a la terraza y las puertas de vidrio. Y de repente frenó en seco y se quedó como petrificado. Al principio no entendió por qué. Podría haber sido por cualquier cosa, un ruido, un movimiento, un peligro sólo percibido a medias por la conciencia... Rápidamente, levantó la mirada hacia una ventana rectangular que quedaba un poco más alta. No alcanzaba a ver bien el interior. Aun así, permaneció quieto, cada vez más inseguro. ¿Y si se había equivocado de casa?

Decidió acercarse y echar un vistazo por dentro, por si acaso, y entonces... Se quedó clavado en el sitio, en medio de la oscuridad. Alguien lo estaba contemplando. Los ojos que lo habían observado en una anterior ocasión le lanzaban de nuevo —ahora desde una mesa redonda y a través del cristal— la misma mirada vidriosa. Debería haber actuado de inmediato. Debería haberse echado a correr hacia la terraza para entrar a toda prisa en la casa y disparar en el acto. Debería haber sentido al instante toda la fuerza de su instinto asesino. Pero también esta vez dudó. No fue capaz de desenfundar su arma. Estaba como perdido ante esa mirada, y quizá habría permanecido petrificado en esa posición unos cuantos segundos más si no hubiera sido porque el niño hizo algo de lo que Jan no lo creía capaz.

El chico emitió un estridente grito que hizo temblar el cristal de la ventana, y no fue hasta ese momento cuando Jan pudo salir de su parálisis. Se precipitó hacia la terraza y, sin pensarlo dos veces, se lanzó contra una de las puertas de vidrio y la rompió mientras abría fuego. Pegó unos tiros que él creyó de gran precisión pero no pudo ver si había acertado o no.

Una figura, como una sombra, surgió de la nada y fue hacia él con tal velocidad que apenas le dio tiempo a volverse o hacerle frente. Sólo fue consciente de que volvía a disparar y de que alguien le contestaba, nada más. Acto seguido, cayó estrepitosamente al suelo con todo el peso de su cuerpo, víctima de la embestida de una joven mujer que, con una rabia en los ojos como nunca había visto en nadie, se abalanzó y rodó sobre su persona, a lo que él reaccionó por puro instinto con la misma furia. Intentó disparar otra vez. Pero la chica era una bestia y en ese momento se encontraba sentada encima de él con la cabeza levantada como para... ¡Pum! Jan no llegó a comprender lo que le pasó. Debió de perder el conocimiento.

Al volver a recuperarlo, tenía sabor a sangre en la boca y notó algo pringoso y húmedo por debajo del suéter. La bala le habría alcanzado; justo cuando lo estaba pensando, la chica y el niño pasaron ante él, y al advertirlo intentó agarrarle las piernas a éste. Al menos eso era lo que creía. Pero debieron de atacarlo de nuevo. De repente, tuvo que hacer un enorme esfuerzo para poder respirar.

Ya no entendía qué sucedía. Sólo que estaba herido y vencido, pero ¿por quién? Por una mujer. Y esa certeza se unió al resto del dolor que sentía mientras yacía tirado en el suelo entre cristales rotos y su propia sangre, con los ojos cerrados y una pesada respiración, esperando que todo terminara cuanto antes. De pronto se percató de unas voces un poco más allá, cuando abrió los ojos vio, para su gran asombro, a aquella chica. Aún seguía allí. ¿No se acababa de marchar? No, se hallaba junto a la mesa de la cocina con sus flacas piernas de chico, ocupándose de algo, y entonces reunió las pocas fuerzas que le quedaban para intentar levantarse. No encontró su arma. Pero consiguió sentarse al mismo tiempo que vislumbraba a Orlov por la ventana, por lo que hizo otro intento de atacarla. Sin embargo no lo consiguió.

La mujer pasó ante él como una bala, o al menos eso le pareció. Agarró unos papeles de la mesa y, tras salir a la terraza con un salvaje ímpetu, se tiró de cabeza al bosque cuan larga era. Las balas repiquetearon en la oscuridad. Jan Holtser murmuró para sí mismo, como queriéndolos ayudar: «¡Maten a esos malditos!». Pero la realidad era que no podía colaborar en nada. Ya le había supuesto una enorme voluntad conseguir ponerse en pie y hacer acopio de fuerzas como para tener que preocuparse ahora por lo que sucedía a su alrededor. Se limitó a quedarse en su lugar tambaleándose, dando por descontado que Orlov y Wilton habían acribillado a la mujer y al niño. Procuró alegrarse por el desagravio que eso implicaba, pero en realidad los esfuerzos por mantenerse en pie ocupaban toda su atención; sólo fue capaz de observar lánguidamente la mesa que tenía ante sí.

Sobre ella había un montón de lápices y papeles que miró sin comprender del todo. Luego fue como si se le desgarrara el corazón. Vio su propia imagen, aunque, para ser exactos, habría que decir que en un principio sólo percibió a un ser malvado, a un demonio con cara pálida que alzaba la mano para matar. Tardó unos segundos en entender que ese demonio era él, y entonces, aterrado, todo su ser se estremeció.

Aun así, no pudo apartar la mirada del dibujo. Se sentía atraído por él, como si lo hubieran hipnotizado, y descubrió que no sólo había una especie de ecuación apuntada en la parte inferior de la hoja, sino que arriba del todo alguien había escrito algo con una letra descuidada, como de forma muy apresurada.

Ponía:

Mailed to police 04.22!

Capítulo 27

Mañana del 24 de noviembre

Cuando Aram Barzani, de la fuerza de intervención sueca, entró en la casa de vacaciones de Gabriella Grane a las 04.52 horas vio a un hombre corpulento vestido de negro tendido en el suelo cerca de la mesa redonda del comedor.

Aram se fue aproximando con prudencia. La vivienda parecía abandonada, pero no quería asumir riesgos. Además, hacía muy poco que habían avisado de que se había producido un tiroteo por los alrededores. Fuera, sobre las rocas de la pendiente, sus colegas gritaron excitados:

—¡Aquí! ¡Aquí!

Aram no comprendió qué intentaban decirle, y por un momento dudó. ¿Debería salir para unirse a ellos? Decidió quedarse dentro y ver en qué estado se hallaba el tipo que se encontraba en el suelo. A su alrededor había cristales rotos y sangre. En la mesa alguien había hecho trizas unos papeles y destrozado unos lápices de colores. El hombre que yacía tumbado de espaldas hacía la señal de la cruz con un movimiento lánguido mientras murmuraba algo. Una oración seguramente. Sonaba a ruso. Aram reparó en la palabra «Olga» y le dijo que el personal sanitario venía de camino.

—*They were sisters* —masculló el hombre.

Pronunció la frase de forma tan confusa que Aram no le dio importancia y, en su lugar, procedió a revisarlo. Pudo constatar que estaba desarmado y, con toda probabilidad, herido de bala en el estómago: tenía el suéter empapado de sangre y su cara presentaba un aspecto preocupantemente pálido. Aram le preguntó por lo ocurrido. No obtuvo respuesta, al menos de un modo inmediato. Pero luego el hombre se esforzó por susurrar otra extraña frase en inglés:

—*My soul was captured in a drawing* —murmuró, ya a punto de perder la conciencia.

Aram se quedó a su lado unos minutos para asegurarse de que no les causaría ningún problema. Pero cuando supo que la ambulancia había llegado y que el personal sanitario estaba subiendo a la casa lo abandonó para salir afuera. Quería enterarse de lo que le estaban gritando sus compañeros. La nieve seguía cayendo y las rocas se encontraban cubiertas de hielo y resbalaban. Desde más abajo le llegaban voces y el ruido de los motores de nuevos coches que se aproximaban. Todavía estaba muy oscuro y resultaba difícil ver algo; había muchas piedras y ramas de pino que sobresalían en todas direcciones y obstruían el paso. Era un paisaje dramático, con un terreno accidentado y escarpado; no debía de haber sido un lugar fácil en el que luchar. De pronto, Aram fue presa de un mal presentimiento. Se le antojó que un extraño silencio se había apoderado del lugar y no entendía dónde se habían metido sus compañeros.

Y eso que estaban muy cerca, junto a la empinada pendiente, por detrás de un enorme álamo de amplio y exuberante ramaje. Al descubrirlos se sobresaltó. No era muy propio de él, pero se asustó cuando los vio con las miradas clavadas en el suelo y con los semblantes serios. ¿Qué era lo que observaban? ¿El chico autista había muerto?

Se acercó despacio al tiempo que pensaba en sus propios hijos: tenían seis y nueve años ya, y les chiflaba el fútbol. No hacían más que jugar a la pelota y no hablaban de otro tema que no fuera ese deporte. Se llamaban Björn y Anders. Dilvan y él habían decidido darles nombres suecos porque creyeron que eso les ayudaría en la vida. «¿Qué tipo de personas vienen a un sitio como éste para matar a un niño?» Lo invadió una repentina rabia y preguntó a gritos a sus colegas por lo que estaba sucediendo. Acto seguido, lanzó un suspiro de alivio.

No fue al niño a quien vio en el suelo, sino a dos personas adultas a las que, al parecer, les habían disparado en el estómago. Uno de ellos —un tipo fornido, con cara de bruto, la piel picada de viruela y una aplastada nariz de boxeador— intentaba levantarse. Pero lo obligaron a echarse de nuevo. Había una expresión de humillación en su cara. Su mano derecha temblaba de dolor o tal vez de rabia. El otro individuo, que llevaba chaqueta de cuero y el pelo recogido en una coleta, daba la impresión de encontrarse en peores condiciones: yacía tumbado de espaldas, inmóvil, y miraba fijamente, como en estado de *shock*, al oscuro cielo.

—¿Algún rastro del chico? —preguntó Aram.

—Nada —contestó su colega Klas Lind.

—¿Y de la mujer?

—Tampoco.

Aram no estaba seguro de si ésa era una buena señal o no, por lo que hizo unas cuantas preguntas más. Pero ninguno de sus colegas tenía una idea clara de lo ocurrido; lo único cierto era que habían hallado dos armas automáticas de la marca Barrett REC7 unos treinta o cuarenta metros más abajo. Se suponía que pertenecían a los dos hombres, aunque el motivo por el que ese par de rifles habían acabado en ese lugar constituía una incógnita. El tipo de la piel picada de viruela había escupido una respuesta ininteligible cuando le preguntaron al respecto.

Durante los siguientes quince minutos, Aram y sus colegas peinaron los alrededores sin encontrar más que nuevos indicios de que allí se había producido un combate. Mientras tanto, al lugar iban llegando cada vez más personas: enfermeros, la inspectora Sonja Modig, dos o tres técnicos forenses, toda una serie de agentes de la policía de orden público, así como el periodista Mikael Blomkvist, acompañado de un hombre estadounidense con un corte de pelo al ras, alto y de robusta complexión que enseguida inspiró cierto respeto a todos. A las 05.25 llegó la información de que había un testigo que estaba aguardando para prestar declaración abajo, donde se hallaban la playa y el estacionamiento. El hombre quería que lo llamaran K. G. En realidad se llamaba Karl Gustaf Matzon y acababa de adquirir una casa de nueva construcción al otro lado de la bahía. Según Klas Lind, había que tomarse lo que decía con cierta reserva:

—El viejo tiene una imaginación muy viva.

Sonja Modig y Jerker Holmberg ya estaban en el estacionamiento intentando hacerse una idea de lo que podría haber pasado. Sin embargo, la visión global era todavía demasiado fragmentaria, por lo que esperaban que el testigo, K. G. Matzon, les ayudara a esclarecer el curso de los acontecimientos.

Pero cuando lo vieron acercarse por la orilla les entraron serias dudas de que pudiera hacerlo. K. G. Matzon apareció nada más y nada menos que con un sombrero tirolés en la cabeza. Llevaba pantalones verdes a cuadros, una chaqueta roja de Canada Goose y, por si fuera poco, lucía un extravagante y retorcido bigote. Daba la impresión de que quería hacerles una broma.

—¿K. G. Matzon? —preguntó Sonja Modig.

—El mismo en persona —respondió para a continuación, sin que viniera a cuento, informarles, tal vez porque pensó que sería oportuno mejorar su credibilidad, de que dirigía la editorial True Crimes, que publicaba libros sobre crímenes reales y notorios.

—Estupendo. Pero en esta ocasión nos gustaría mucho que nos ofreciera un testimonio objetivo y neutro, y no la promoción de un futuro libro —comentó Sonja Modig por si acaso, a lo cual K. G. Matzon contestó que lo entendía a la perfección.

Porque él era una «persona seria». Se había despertado ridículamente temprano, explicó, y se había quedado unos minutos en la cama escuchando «el silencio y la tranquilidad». Pero poco antes de las 04.30 horas había oído algo que identificó de inmediato como el disparo de una pistola, y entonces se había vestido a toda prisa para salir a la terraza, que tenía vistas sobre la playa, la montaña y el estacionamiento donde se hallaban en ese momento.

—¿Y qué vio?

—Nada. Estaba todo muy calmado. Luego un estallido se adueñó del aire. Era como si hubiese empezado una guerra.

—¿Oyó un tiroteo?

—Sí, oí un repiqueteo intenso procedente de la montaña, del otro lado de la bahía, y me quedé mirando, perplejo, en esa dirección... ¿Les he dicho que soy ornitólogo?

—No, no nos lo ha dicho.

—Pues eso me ha desarrollado la vista, ¿saben? Tengo una vista de águila. Estoy acostumbrado a fijarme en pequeños detalles a larga distancia; seguro que por eso reparé en un punto que había bajo el saliente de la roca, el de allí arriba, ¿lo ven? Se adentra en la montaña como si fuera un bolsillo.

Sonja levantó la mirada en dirección a la pendiente y asintió con la cabeza.

—Al principio no caí en lo que era —continuó K.G. Matzon—. Pero luego me di cuenta de que se trataba de una persona, un niño, creo. Estaba agachado, temblando, o al menos así es como me lo imaginé. Y de repente..., Dios mío, no se me olvidará nunca.

—¿Qué?

—Alguien vino corriendo desde arriba, una mujer joven. Y sin pensárselo dos veces se abalanzó sobre el saliente y aterrizó de forma tan violenta que estuvo a punto de caer por la pendiente, y luego se quedaron allí sentados los dos juntos, ella y el chico, como esperando lo inevitable, y después...

—¿Qué?

—Aparecieron dos hombres con armas automáticas y abrieron fuego, y no pararon de disparar. Y, como se pueden imaginar, no pensé más que en tirarme al suelo. Temía que me dieran. Y a pesar de ello, no pude resistirme a asomarme a la terraza. Es que, desde mi perspectiva, el niño y la mujer resultaban perfectamente visibles. Pero para aquellos hombres no, al menos en ese momento. Comprendí que sólo era una cuestión de tiempo que los descubrieran. No tenían escapatoria; en el mismo instante en que abando-

naran su escondite los hombres los verían y los mata-
rían. Era una situación desesesperada.

—Pues aún no hemos encontrado a ninguno de los
dos —comentó Sonja.

—No, a eso voy. Los hombres se acercaban cada
vez más, hasta el punto de que estoy seguro de que la
joven y el chico los oyeron respirar. Estaban tan próxi-
mos que les habría bastado con asomarse un poco para
verlos. Pero entonces...

—¿Qué?

—No me van a creer. De hecho, el agente de la
fuerza de intervención no me ha creído.

—Bueno, usted cuéntenoslo; ya hablaremos luego
de la credibilidad.

—Cuando los hombres se detuvieron para afinar
el oído, o tal vez porque intuían que estaban cerca, la
chica, de pronto, se levantó de un salto y les disparó a
los dos. ¡Pam! ¡Pam! Acto seguido, se lanzó encima
de ellos para arrebatarles las armas y tirarlos por la
pendiente. Con una eficacia alucinante, como en una
película de acción. Luego bajó corriendo, o mejor dicho, corrió, rodó y cayó con el niño hasta un BMW que
se hallaba en el estacionamiento. Justo antes de subir
al coche, vi que ella tenía algo en la mano: una bolsa, o
un computador.

—¿Se fueron en el BMW?

—A una velocidad terrible. No sé adónde.

—Ok.

—Pero eso no es todo.

—¿Qué quiere decir?

—Allí había otro vehículo, un Range Rover creo.
Un auto alto, negro, de un modelo nuevo.

—¿Y qué pasó con él?

—La verdad es que durante el tiroteo no reparé

mucho en él y después estuve muy ocupado llamando a la policía. Pero justo cuando estaba a punto de colgar vi a dos personas bajando por la escalera de madera. Un hombre alto y delgado, y una mujer. Evidentemente, no pude verlos muy bien. Estaban demasiado lejos. Pero aun así les puedo dar un par de detalles de esa mujer.

—¿Cuáles?

—Que era impresionante y que estaba muy enfadada.

—¿En qué sentido impresionante? ¿En que era muy guapa?

—Sí, y en cualquier caso glamorosa, sofisticada. Eso ya se le veía de lejos. Pero también estaba furiosa. Justo antes de subirse al Range Rover le propinó al hombre una sonora bofetada, y lo raro fue que éste apenas reaccionó; se limitó a asentir con la cabeza, como si pensara que se lo merecía. Luego se largaron de allí. Con el tipo al volante.

Sonja Modig tomaba nota de todo mientras era consciente de que tenía que emitir cuanto antes una orden de búsqueda y captura tanto del Range Rover como del BMW.

Gabriella Grane estaba bebiendo un *cappuccino* en la cocina de su casa de Villagatan y se sentía, a pesar de todo, relativamente tranquila. Aunque tal vez se encontrara en estado de *shock*.

Helena Kraft quería verla a las 08.00 en su despacho de la Säpo. Gabriella se imaginaba que no sólo la despedirían sino que también tendría que afrontar un juicio, lo que significaba, sin duda, que las posibilidades de conseguir un nuevo empleo en otro sitio se habían esfumado casi por completo. Su carrera profesional había llegado a su fin a la edad de treinta y tres años.

Pero eso no era ni de lejos lo peor. Ella ya sabía que infringía la ley y había asumido el riesgo conscientemente; lo había hecho porque consideraba que era la mejor manera de proteger al hijo de Frans Balder. Ahora se había producido un violento tiroteo en su casa y nadie parecía saber dónde se encontraba el niño. Quizá se hallara herido de gravedad, o muerto. Gabriella sentía tanta culpa que creía que le iba a reventar algo por dentro: primero el padre y ahora el hijo.

Se levantó y consultó la hora. Eran las 07.15 horas, de modo que debería ponerse en marcha ya, así tendría unos minutos para recoger sus objetos personales de la mesa de su despacho antes de reunirse con Helena Kraft. Decidió intentar comportarse con dignidad, sin excusas ni súplicas para poder quedarse. Pensaba ser fuerte, o al menos parecerlo. Le sonó el Blackphone. No tenía energía para cogerlo. Se calzó las botas y se puso su abrigo Prada y una extravagante bufanda roja. ¿Por qué no hundirse con un poco de estilo? Se plantó delante del espejo del recibidor para retocarse el maquillaje. En un gesto de humor negro, alzó dos dedos en señal de victoria, igual que había hecho Richard Nixon cuando dimitió. Y entonces su Blackphone volvió a sonar. Esta vez contestó, aunque con desgano. Era Alona Casales, de la NSA.

—Me he enterado —le soltó.

Claro que se había enterado.

—¿Cómo estás? —continuó.

—¿Tú qué crees?

—Creo que te sientes como la persona más despreciable del mundo.

—Más o menos.

—Y que piensas que nunca más vas a poder conseguir un empleo.

—Exactamente.

—Entonces te puedo decir que no tienes nada de lo que avergonzarte. Has actuado correctísimamente.

—¿Me estás tomando el pelo?

—No creo que sea el momento más oportuno, cariño. Había un infiltrado entre ustedes.

Gabriella inspiró hondo.

—¿Quién?

—Mårten Nielsen.

Gabriella se quedó de piedra.

—¿Tienes pruebas de eso?

—¡Claro que sí! Te las mando dentro de un par de minutos.

—¿Y por qué iba a traicionarnos Mårten Nielsen?

—Supongo que él no lo veía como una traición.

—¿Y cómo lo veía entonces?

—Quizá como una colaboración con el Gran Hermano, su deber con la nación líder de los países libres, yo qué sé.

—O sea que les pasaba información...

—Más bien se aseguró de que pudiéramos servirnos nosotros mismos. Nos proporcionó datos sobre su servidor y sus encriptados, algo que, en circunstancias normales, no habría sido peor que toda la demás mierda a la que nos dedicamos aquí. Es que lo escuchamos todo, desde los chismes del vecino hasta las llamadas de teléfono de los primeros ministros.

—Pero en ese caso la filtración continuó.

—Se filtró todo como si fuéramos un colador... Yo sé, Gabriella, que no has respetado la normativa al pie de la letra precisamente. Pero desde un punto de vista moral has hecho lo correcto, de eso estoy convencida, y me aseguraré de que tus superiores se enteren. Tú sospechabas que había algo podrido en tu organización, así que no podías actuar dentro de ella, y a pesar de eso no quisiste eludir tu responsabilidad.

—Y aun así salió mal.

—A veces las cosas salen mal, por muy meticulosa que una sea.

—Gracias, Alona, muy amable de tu parte. Pero si algo le ha pasado a August Balder no me lo perdonaré nunca. Digas lo que digas.

—Gabriella, el chico está bien. Ha ido a dar una vuelta en coche con la señorita Salander, no le ha dicho a nadie adónde por si a alguien se le ocurría continuar persiguiéndolos.

Gabriella no pareció asimilar lo que terminaba de oír.

—¿Cómo?

—Que se encuentra sano y salvo, querida, y gracias a él han podido identificar y capturar al asesino de su padre.

—¿Quieres decir que August Balder está vivo?

—Eso es.

—¿Y cómo puedes saberlo?

—Bueno, digamos que tengo una fuente colocada muy estratégicamente.

—Alona...

—¿Sí?

—Si es verdad lo que he oído, acabas de devolverme la vida.

Tras colgar el teléfono, Gabriella Grane llamó a Helena Kraft e insistió en que Mårten Nielsen participara en la reunión. Helena Kraft accedió. A regañadientes.

Eran las 07.30 horas de la mañana cuando Ed Needham y Mikael Blomkvist bajaron por la escalera desde
la casa de Gabriella Grane hasta el Audi que se hallaba en el estacionamiento, junto a la playa. El paisaje
estaba cubierto de nieve y ninguno de los dos pronunciaba palabra alguna. A las 05.30 horas, Mikael había
recibido un sms de Lisbeth, tan parco en palabras
como siempre:

August ileso. Nos mantendremos alejados un poco más.

Tampoco en esta ocasión escribió nada acerca de
su propio estado de salud. Pero, en cualquier caso, supuso un enorme alivio saber que el chico se encontraba
bien. Después, Mikael prestó declaración, en un largo
interrogatorio, ante Sonja Modig y Jerker Holmberg,
a quienes informó en detalle de cómo había actuado la
revista durante los últimos días. No hubo ninguna
exagerada benevolencia por parte de los policías,
pero, aun así, le dio la sensación de que en cierto modo
lo entendían. Ahora, una hora más tarde, caminaba
por la pendiente en dirección al coche. Un poco más
allá, un ciervo desapareció adentrándose en el bosque. Mikael se sentó al volante del Audi y esperó a
Ed, que iba andando con cierta dificultad unos cuantos metros por detrás. Al parecer, al estadounidense le
dolía la espalda.

De camino a Brunn acabaron inesperadamente en
un atasco. Durante unos minutos estuvieron parados
del todo, y Mikael pensó en Andrei. La verdad era que
en ningún momento había dejado de pensar en él.
Pero su compañero seguía sin dar señales de vida.

—¿Puedes poner alguna ruidosa emisora de radio? —le pidió Ed.

Mikael sintonizó la frecuencia 107.1 y a continuación se oyó a James Brown anunciándole al mundo la máquina sexual que era.

—Dame tus teléfonos —continuó Ed.

Se los dio, y Ed los colocó justo delante de los altavoces traseros. Al parecer, quería hablar de algo delicado. A Mikael no le importaba, por supuesto: tenía un reportaje que escribir y necesitaba todos los datos que pudiera obtener. Pero también sabía, mejor que la mayoría, que un periodista de investigación siempre corre el riesgo de ser una herramienta de intereses particulares.

Nadie filtra información sin tener un motivo personal. En determinadas ocasiones éste puede ser algo tan noble como denunciar una situación de injusticia, un deseo de dejar en evidencia la corrupción o los abusos. Pero casi siempre se trata de un juego de poder, de hundir a los enemigos y favorecer la propia posición. Por eso, un reportero nunca debe olvidar hacerse la pregunta: «¿Por qué me cuentan eso?».

Es verdad que, a veces, convertirse en una pieza del juego, al menos en cierta medida, puede resultar algo aceptable. Ahora bien, hay que ser consciente de que cada revelación debilita de forma inevitable a alguien, al tiempo que refuerza la influencia de otros, y que cada persona poderosa que cae es sustituida en el acto por otra que no es necesariamente mejor. Si el periodista va a formar parte de ese juego, debe comprender que ésas son las condiciones y asegurarse de que no sólo sea uno de los participantes el que salga victorioso de la batalla.

La libertad de expresión y la democracia también deben hacerlo. Aunque las informaciones se filtren por pura maldad —por avaricia o sed de poder— pueden conducir a algo bueno: que las ilegalidades salgan a la luz y se corrijan. Sin embargo, resulta imperioso que el periodista entienda los mecanismos que se esconden detrás de cada frase, y que en cada pregunta y cada comprobación de los hechos luche por su propia integridad, de modo que, a pesar de que Mikael sentía cierta afinidad con Ed Needham —y de que incluso llegara a gustarle ese malhumorado encanto que el estadounidense desplegaba—, no se fiaba de él ni un pelo.

—Soy todo oídos —dijo.

—Bueno, se podría expresar de la siguiente manera —empezó Ed—: hay cierto tipo de información que, más que otra, se dirige a una actuación.

—La que reporta beneficios económicos.

—Exacto. En la industria sabemos que la información privilegiada se explota casi siempre. Aunque se lleva por delante a muy pocos, las cotizaciones tienden a subir, por regla general, antes de hacerse pública alguna noticia empresarial positiva. Siempre hay quien aprovecha la coyuntura y compra acciones.

—Es verdad.

—Durante mucho tiempo, en el mundo de los servicios de inteligencia nos vimos razonablemente libres de esas prácticas por la simple razón de que los secretos que administrábamos eran de otra índole. Había información explosiva, sí, aunque de diferente dimensión. Pero desde el fin de la guerra fría cambiaron muchas cosas. El espionaje industrial avanzó sus posiciones. En general, el espionaje y la vigilancia de personas y empresas han avanzado posiciones; en la actualidad —qué duda cabe— estamos en poder de grandes cantidades de material con el que se podría ganar mucho dinero, la mayoría de las veces de forma muy rápida.

—¿Y dices que eso es algo que se explota?

—Bueno, ésa es la idea. Nos dedicamos al espionaje industrial para ayudar a nuestras propias empresas: proporcionar ventajas a los grandes grupos empresariales, informar de los puntos fuertes y débiles de los competidores. El espionaje industrial es parte de la misión patriótica. Sin embargo, al igual que toda la actividad relacionada con la inteligencia, se encuentra en una zona gris. ¿Cuándo pasa esa ayuda a ser algo ilegal?

—Eso, ¿cuándo?

—Pues ése es el problema, y aquí se ha producido, sin duda, una normalización. Lo que hace unas décadas se consideraba ilegal o inmoral, es hoy en día *comme il faut*. Con la ayuda de abogados se legitiman robos y abusos, y en la NSA, debo admitir, no sólo no hemos sido mucho mejores, sino que hasta es posible que hayamos sido...

—Peores.

—Tranquilo, déjame que termine de contártelo —continuó Ed—. Yo diría que a pesar de todo nos regimos por cierta ética. Pero somos una organización enorme, con decenas de miles de empleados, e inevitablemente tenemos manzanas podridas, algunas incluso de muy alto rango, cuyos nombres, de hecho, pensaba revelarte.

—Por pura benevolencia, supongo —apuntó Mikael con un suave sarcasmo.

—Ja, ja. Bueno, quizá no es así del todo. Y ahora escúchame bien: cuando algunos de los nuestros, aquellos que ocupan cargos muy altos, transgreden el límite de lo legal de todas las maneras posibles, ¿qué crees que ocurre?

—Pues nada bueno.

—Que se convierten en serios competidores del crimen organizado.

—El Estado y la mafia siempre han jugado en la misma división —añadió Mikael.

—Sí, claro, eso es cierto. Los dos hacen justicia a su manera, venden drogas, ofrecen protección a la gente, e incluso, como ocurre en nuestro caso, matan. Pero el verdadero problema surge cuando empiezan a colaborar.

—¿Y es eso lo que ha pasado aquí?

—Sí, por desgracia. En Solifon, como ya sabes, existe un departamento liderado por Zigmund Eckerwald que se dedica a averiguar lo que están haciendo los competidores de alta tecnología.

—Y no sólo eso.

—No, también roban y venden lo que roban, algo que, evidentemente, es muy negativo para Solifon y quizá también para el índice Nasdaq.

—Pero también para ustedes.

—Exacto, porque resulta que nuestros tipos malos, sobre todo dos altos directivos del espionaje industrial —Joacim Barclay y Brian Abbot, ya te daré más datos— y sus secuaces reciben ayuda de Eckerwald y su banda y, como contraprestación, les ofrecen sus servicios con escuchas a gran escala. Los de Solifon señalan dónde se encuentran las más importantes innovaciones y nuestros condenados idiotas les consiguen los diseños y los demás detalles técnicos.

—Y el dinero que eso reporta no siempre va a parar al tesoro público.

—Peor que eso, amigo. Si te dedicas a este tipo de negocios siendo funcionario del Estado te vuelves muy vulnerable, en especial ahora que sabemos que Eckerwald y su banda también colaboran con individuos verdaderamente criminales, aunque al principio no creo que ni siquiera supieran que lo eran.

—¿Y lo eran?

—Claro que sí. Y no se trataba de ningunos idiotas. Tenían en nómina a *hackers* de un nivel que ni en sueños podría yo reclutar, y su negocio consistía en explotar la información, de modo que te puedes imaginar lo que pasó: cuando se dieron cuenta de lo que hacíamos en la NSA pasaron a ocupar una posición de lujo.

—Listos para extorsionar.

—Figúrate la ventaja con la que jugaron... Y la explotaron al máximo, por supuesto. El caso es que nuestros chicos no sólo han robado a grandes grupos, también han saqueado pequeñas empresas familiares y a solitarios innovadores que luchaban por su supervivencia. No nos dejaría muy bien parados que digamos si todo eso saliera a flote; por eso se dio esa lamentable situación en la que nuestros chicos se vieron obligados no sólo a seguir ayudando a Eckerwald sino también a echarle una mano a la red criminal.

—¿Te refieres a los Spiders?

—Exacto. Y quizá, a pesar de todo, durante un tiempo todas las partes han estado contentas y han vivido en armonía. Se trata de *big business*, todos se forran. Pero, de repente, un pequeño genio aparece en la historia, un catedrático e investigador llamado Frans Balder. Y husmea en todo eso con la misma genialidad con la que hace todo lo demás, y por eso llega a enterarse de esas actividades, o al menos de parte de ellas, y entonces todo el mundo se aterra y se da cuenta de que hay que hacer algo. Aquí no sé exactamente cuál ha sido la orden de mando, aunque mi conjetura es que nuestros chicos esperan que sea suficiente con la jurídica, con el ruido y las amenazas de los bufetes de abogados. Pero nadie les hace caso, claro, pues están en el mismo barco que unos verdaderos bandidos. Los Spiders prefieren la violencia y, en una fase ya bastante avanzada, implican a los nuestros en sus planes con el fin de tenerlos bien agarrados de los huevos.

—¡Mierda!

—Eso digo yo, aunque se trata sólo de un pequeño tumor en nuestra organización. Hemos investigado el resto de la actividad y...

—Y seguro que es todo un ejemplo de ética intachable —interrumpió Mikael con severidad—. Me importa una mierda. Hablamos de gente que no duda en hacer lo que sea.

—La violencia tiene su propia lógica: hay que rematar lo que se ha empezado. Pero ¿sabes qué es lo más gracioso de todo?

—Yo no veo nada gracioso en este asunto.

—Bueno, pues entonces lo paradójico, si te gusta más: que si no hubieran atacado nuestra intranet yo no me habría enterado de nada.

—Otro motivo más para dejar en paz a la *hacker*.

—Y lo haré. Con tal de que me cuente cómo lo consiguió.

—¿Por qué es tan importante eso para ti?

—Porque no quiero que nadie vuelva a entrar en mi sistema. Necesito saber cómo lo hizo para tomar medidas. Luego la dejaré tranquila.

—No sé si fiarme de tus promesas. Pero hay otra cosa que me gustaría preguntarte —continuó Mikael.

—¡Dispara!

—Has hablado de dos hombres, Barclay y Abbot, así se llamaban, ¿no? ¿Estás seguro de que son los únicos? ¿Quién es el jefe del contraespionaje? Debe de ser uno de los peces gordos, ¿no?

—No te puedo dar su nombre, lo siento. Eso es confidencial.

—Entonces tendré que aceptarlo.

—Sí, tendrás que aceptarlo —dijo Ed inquebrantable. Y en ese momento se deshizo el atasco y el tráfico empezó a fluir.

Capítulo 28

Tarde del 24 de noviembre

El profesor Charles Edelman estaba en el estacionamiento del Instituto Karolinska preguntándose cómo diablos había podido aceptar aquel montaje; apenas le entraba en la cabeza. Y tampoco era que le sobrara tiempo para ello, pero ahora no le quedaba otra que admitir que había dicho que sí a un acuerdo que le obligaría a cancelar toda una serie de reuniones, conferencias y congresos.

Aun así, se notaba extrañamente eufórico. Había sido hechizado no sólo por el chico sino también por esa joven mujer que tenía pinta de haber acabado de salir de una pelea callejera, pero que conducía un flamante BMW y le hablaba con una fría autoridad. Sin apenas ser consciente de ello, él había contestado «Sí, ¿por qué no?» a todas sus preguntas, pese a que a todas luces no sólo era insensato sino también muy precipitado; el único atisbo de rebeldía que mostró fue cuando rechazó cualquier tipo de recompensa económica.

Incluso pagaría su viaje y su habitación de hotel de su propio bolsillo, dijo. Tal vez se sintiera culpable. Sin duda actuaba movido por la simpatía que el chico le inspiraba, pero también, sobre todo, por la curiosidad científica que éste había despertado en él: un *savant* que no sólo dibujaba con nitidez fotográfica sino que también hacía factorizaciones en números primos le fascinaba a más no poder y, para su propio asombro, decidió, incluso, dejar de ir a la cena de los Premios Nobel. Quedaba claro que esa chica había inutilizado su sentido común.

Hanna Balder estaba fumando en la cocina de su casa de Torsgatan. Tenía la sensación de que durante mucho tiempo no había hecho más que permanecer allí sentada con un nudo en el estómago y concentrada en el tabaco. Era cierto que había recibido más apoyo y ayuda de lo que esperaba, pero poco importaba eso ahora, después de todas las palizas que él le había dado. Su angustia desquiciaba a Lasse Westman, seguramente porque le robaba protagonismo a su propio martirio.

Él tenía constantes arrebatos en los que le gritaba cosas como «¡¿Es que no puedes ni cuidar de tu propio hijo?!», y a menudo le propinaba puñetazos a su gusto y antojo o la lanzaba de un lado a otro de la casa como si fuese una muñeca de trapo. Y ahora, con toda probabilidad, volvería a montar en cólera porque, sin querer, ella había manchado la sección cultural del periódico, ante la cual Lasse acababa de echar chispas a raíz de una crítica de teatro que consideraba demasiado benevolente hacia unos colegas de profesión a los que no aguantaba.

—¿Qué diablos estás haciendo? —le espetó.

—Perdón —se apresuró a decir ella—. Ahora lo limpio.

Por las comisuras de sus labios ella advirtió que eso no sería suficiente. Comprendió que le iba a pegar antes de que ni él mismo lo supiera, por lo que, cuando llegó la bofetada, estaba tan preparada para recibirla que no dijo ni pío, ni siquiera movió la cabeza. Se limitó a sentir cómo sus ojos lagrimeaban y su corazón palpitaba, aunque no a causa del golpe; éste no fue más que el factor desencadenante. Esa misma mañana había recibido una llamada tan desconcertante que le costó entenderla: habían encontrado a August, aunque había vuelto a desaparecer, y «probablemente» se encontrara ileso. «Probablemente.» Hanna no supo si ante tal información debía preocuparse más o, tal vez, menos.

Apenas le quedaban fuerzas para escuchar, y ahora habían pasado muchas horas y nada había sucedido ni nadie parecía poder decirle gran cosa. De pronto, se levantó sin importarle que le cayeran más golpes o no y se dirigió al salón mientras oía jadear a Lasse detrás de ella. En el suelo estaban todavía los papeles con los dibujos de August y en la calle aullaba la sirena de una ambulancia. Unos pasos resonaban en la escalera. ¿Llegaba alguien? Llamaron a la puerta.

—No abras. Seguro que es algún estúpido periodista —decidió Lasse.

Hanna tampoco quería abrir. Se sentía incómoda ante cualquier tipo de encuentro. Pero ahora no lo podía ignorar, quizá fuera la policía, que querría hacerle algunas preguntas o tal vez comunicarle algo más sobre August, bueno o malo. Se dirigió hacia la entrada y en ese momento se acordó de Frans.

Le vino a la memoria el día en el que se había presentado ante su puerta para llevarse al niño. Se acordó de sus ojos y de que no llevaba barba, así como de lo mucho que anhelaba la vida de la que disfrutaba antes de conocer a Lasse Westman, cuando los teléfonos seguían sonando, le llovían las ofertas como actriz y el miedo aún no la dominaba. Abrió sin quitar la cadena de seguridad y no vio nada, tan sólo el ascensor y las paredes de color marrón rojizo del rellano. Luego fue como si una descarga eléctrica recorriera todo su cuerpo. No se lo podía creer: ¡era August! Tenía el pelo alborotado y enmarañado, y la ropa, sucia, y calzaba unas enormes zapatillas de deporte, pero, a pesar de ello, la observó con los mismos ojos serios e impenetrables de siempre, y entonces ella quitó de un tirón la cadena y abrió. No esperaba que August acudiera solo, claro, pero, no obstante, se sobresaltó. Junto a August había una joven mujer con aspecto de dura, embutida en una casaca de cuero, con la cara repleta de magulladuras, el pelo lleno de tierra y la mirada clavada en el suelo. En la mano sostenía una maleta grande.

—He venido a devolverte a tu hijo —anunció sin levantar la vista.

—¡Dios mío! —exclamó Hanna—. ¡Dios mío!

Fue incapaz de pronunciar nada más, y durante un par de segundos se quedó paralizada en la puerta. Luego sus hombros empezaron a temblar. Se dejó caer de rodillas e hizo caso omiso de que August odiara que le abrazaran. Lo rodeó con los brazos exclamando «¡hijo mío, hijo mío!» hasta que se le saltaron las lágrimas. Lo raro era que August no sólo se dejaba abrazar sino que también parecía estar a punto de decirle algo, como si, para colmo, hubiese aprendido a hablar. Pero el niño no tuvo ocasión de demostrárselo, pues en ese instante Lasse Westman apareció en la entrada.

—¿Qué diablos..? ¡Mierda, pero si está aquí éste! —soltó con cara de querer seguir pegando golpes.

Sin embargo, de pronto le cambió el semblante. En cierto sentido se trataba de una actuación teatral brillante, porque en ese momento irradiaba encanto con esa postura y presencia física que tanto solía impresionar a las mujeres.

—Y encima con entrega a domicilio y todo —continuó—. ¡Qué lujo! ¿Se encuentra bien?

—No está mal —respondió la chica con una voz extrañamente monótona. Sin pedir permiso, entró en la casa con la maleta grande y sus botas negras llenas de fango.

—Sí, vamos, pasa, por favor —dijo Lasse con ironía—. No te cortes.

—He venido a ayudarte a hacer las maletas, Lasse —le espetó la chica con la misma gélida voz.

A Hanna la frase se le antojó tan extraña que creyó haberla oído mal, y por lo visto Lasse tampoco la había entendido. Se limitó a quedarse allí parado, boquiabierto y con cara de tonto.

—¿Qué has dicho? —preguntó.

—Que te vas.

—¿Intentas hacerte la graciosa?

—En absoluto. Te vas a largar de esta casa ahora mismo. Y no intentes acercarte a August en tu vida; ésta es la última vez que lo ves.

—¿Te has vuelto loca?

—¡Qué va! Lo que me he vuelto es muy generosa. Mi idea era tirarte por la escaleras y hacerte mucho daño. Pero al final he optado por traerte una maleta. He pensado que querrías llevarte algunas camisas y unos calzoncillos.

—¿Qué clase de engendro eres tú? —le soltó Lasse entre desconcertado y furioso, al tiempo que se acercaba a esa mujer desplegando toda su capacidad intimidatoria. Y durante unos segundos, Hanna se preguntó si a ella también le iba a dar un puñetazo.

Pero algo lo hizo dudar. Quizá fueran los ojos de la mujer o, posiblemente, el simple hecho de que ella no reaccionara como las demás. En lugar de retroceder con expresión de miedo se limitó a mostrar una gélida sonrisa mientras sacaba unas hojas arrugadas del bolsillo interior de su chaqueta y se las tendía a Lasse.

—Si tú y tu amigo Roger echan de menos a August alguna vez, siempre pueden mirar estos dibujos y recordarlo —comentó.

Aquello pareció descolocar a Lasse. Ojeó desconcertado los papeles y torció el gesto. Hanna no pudo resistirse a mirar: eran dibujos, y el primero representaba... representaba a Lasse, un Lasse con las manos alzadas y un aspecto enfermizamente malvado. No sabría explicar lo que le sucedió en ese instante: no sólo entendió lo que había pasado cuando August se quedó solo en casa con Lasse y Roger, sino que también vio su propia vida. Y la vio de la forma más clara y serena por primera vez en muchos años.

Justamente así, con la misma cara retorcida y rabiosa la había contemplado Lasse Westman a ella en cientos de ocasiones, la última hacía tan sólo un par de minutos, y comprendió que eso era algo que nadie debería soportar, ni August ni ella. Se echó atrás como por instinto. Al menos eso creyó, porque la chica la observó con una nueva atención, y entonces Hanna, de soslayo, le devolvió la mirada. Sin duda sería exagerado decir que en ese momento se estableció un contacto muy íntimo, pero de algún modo debía de haberse producido un entendimiento mutuo, porque la joven le preguntó:

—¿Qué dicies, Hanna? ¿Se va de aquí?

Era una pregunta que entrañaba un peligro que le infundió un miedo atroz. Hanna bajó la mirada y la depositó en las zapatillas exageradamente grandes de August.

—¿De dónde ha sacado esas zapatillas?

—Son mías.

—¿Y por qué las lleva?

—Es que esta mañana hemos salido con prisa.

—¿Y qué han hecho?

—Escondernos.

—No entiendo... —empezó, pero fue interrumpida. Lasse la agarró con violencia del brazo.

—¿Por qué no le aclaras a esta psicópata que la única que se va a ir de esta casa es ella? —rugió.

—Bueno..., sí, claro —alcanzó a pronunciar Hanna.

—¡Hazlo!

Pero luego... No sabría explicarlo del todo. A lo mejor tenía que ver con el gesto de Lasse y con la sensación de que había algo inquebrantable en el cuerpo y en los fríos ojos de aquella chica. De repente, Hanna se oyó a sí misma decir:

—¡Márchate, Lasse! ¡Y no vuelvas nunca más!

No se lo podía creer. Era como si otra persona hablara a través de ella. Después todo sucedió muy deprisa. Lasse alzó la mano para golpearla, pero en cambio, no le propinó ningún golpe, porque la joven mujer reaccionó como un rayo y le pegó dos, hasta tres puñetazos en la cara, como si fuera un boxeador profesional, para luego derribarlo de una patada entre las piernas.

—¡Mierda! —logró exclamar. Nada más.

Se desplomó sobre el suelo y la mujer joven se puso a horcajadas encima de él. Un tiempo después, Hanna traería a la memoria, una y otra vez, lo que Lisbeth

Salander dijo en ese momento. Era como si, gracias a esas palabras, recuperara algo de sí misma, y comprendió con qué intensidad y durante cuánto tiempo había deseado que Lasse Westman saliera de su vida.

Bublanski ansiaba ver al rabino Goldman.

Ansiaba volver a probar el chocolate con sabor a naranja de Sonja Modig, acostarse en su nueva cama Dux y la llegada de otra estación del año. Pero ahora le habían puesto al mando de esa investigación, y lo que le tocaba era intentar poner un poco de orden en ella. Y lo iba a hacer. Era verdad que en un aspecto estaba contento: August Balder, al parecer, se encontraba sano y salvo y de camino a la casa de su madre.

El asesino de su padre se hallaba detenido, gracias, precisamente, a ese chico y a Lisbeth Salander, aunque no sabían con certeza si el tipo sobreviviría: tras haber sido herido de gravedad lo habían tenido que ingresar en cuidados intensivos del hospital de Danderyd. Se llamaba Boris Lebedev, pero desde hacía mucho tiempo vivía bajo la identidad de Jan Holtser y residía en Helsinki. Tenía el grado de comandante y, en su día, había sido un soldado de élite del ejército soviético. Había figurado con anterioridad en varias investigaciones de homicidios, aunque nunca llegaron a declararlo culpable. Según los registros oficiales era un empresario del sector de la seguridad y poseía dos nacionalidades: la finlandesa y la rusa. Era más que probable que alguien hubiera falseado los datos de los registros informáticos.

También se identificaron otras dos personas descubiertas en la casa de Ingarö mediante las huellas dactilares: se trataba de Dennis Wilton, un viejo gánster de Svavelsjö MC que había cumplido condena tanto por robo a mano armada como por delito grave de lesiones, y de Vladímir Orlov, un ruso al que se había condenado en Alemania por proxenetismo y cuyas dos esposas fallecieron en desafortunadas y sospechosas circunstancias. Ninguno de los dos hombres había pronunciado ni una sola palabra acerca de lo acontecido en la casa, o, mejor dicho, no había pronunciado ninguna palabra sobre absolutamente nada, y Bublanski tampoco albergaba grandes esperanzas de que abrieran la boca más adelante: individuos como ellos no suelen mostrarse muy locuaces en interrogatorios policiales. Pero, por otra parte, eso formaba parte de las reglas de juego.

A Bublanski, sin embargo, le preocupaba bastante más la idea de que esos individuos no fueran sino simples soldados y de que existiera un comando por encima de ellos y, al parecer, también vínculos con sectores elitistas de la sociedad, tanto en Rusia como en Estados Unidos. A Bublanski no le suponía ningún problema el hecho de que un periodista supiera más sobre su caso que él mismo; no sufría de celos profesionales ni temía que su prestigio saliera malparado. Sólo deseaba avanzar, por lo que cualquier información, llegara de donde llegase, era bienvenida. Sin embargo, los profundos conocimientos sobre los entresijos de esa historia que poseía Mikael Blomkvist le recordaban a Bublanski las deficiencias de su propia investigación, las filtraciones producidas y el peligro al que habían expuesto al niño. Eso nunca dejaría de provocarle una enorme rabia, y quizá también fuera por eso por lo que le molestaba sobremanera que Helena Kraft, la jefa de la Säpo, le buscara con tanta insistencia. Y no sólo Helena Kraft, también los expertos informáticos de la policía criminal nacional, y el fiscal jefe Richard Ekström, y un catedrático de Stanford llamado Steven Warburton, del

Machine Intelligence Research Institute, el MIRI, que, según Amanda Flod, quería hablar de un «peligro inminente».

A Bublanski le molestaba eso y miles de cosas más. Por si fuera poco, llamaron a su puerta. Era Sonja Modig, que parecía cansada e iba sin maquillar. Había algo nuevo y sincero en su rostro.

—Se está interviniendo quirúrgicamente a los tres detenidos —anunció—. Vamos a tener que esperar bastante antes de volver a interrogarlos.

—Antes de intentar interrogarlos, querrás decir.

—Sí, quizá. Pero la verdad es que pude hablar brevemente con Lebedev. Recuperó un momento la conciencia antes de entrar en el quirófano.

—¿Y qué te dijo?

Que quería hablar con un cura.

—¿Por qué últimamente a todos los locos y asesinos les ha dado por la religión?

—Mientras los sensatos y viejos comisarios dudan de su Dios, querrás decir.

—Bueno, vale.

—Pero Lebedev también parecía resignado, y eso resulta prometedor, creo —continuó Sonja—. Cuando le enseñé el dibujo lo apartó con tristeza.

—¿No intentó sostener que era un montaje?

—Sólo cerró los ojos y pidió que le trajeran un cura.

—Por cierto, ¿sabes por qué me busca ese catedrático estadounidense que no para de llamar?

—¿Qué...? No... Insiste en hablar contigo. Me parece que se trata de la investigación de Balder.

—¿Y qué hay del periodista joven, de Zander?

—Eso es lo que te iba a comentar. Me da mala espina.

—¿Qué sabemos?

—Que se quedó trabajando hasta tarde y que pasó por Katarinahissen en compañía de una mujer guapa que tenía el pelo rubio tirando a pelirrojo o rubio oscuro y que vestía ropa cara y exclusiva.

—Eso no lo sabía.

—Un chico los vio, un panadero de Skansen que se llama Ken Eklund y que vive en el edificio de la redacción de *Millennium*. Le dieron la impresión de estar enamorados, o al menos Zander.

—¿Así que quieres decir que podría haber sido alguna clase de trampa de miel?

—Es posible.

—Y esa mujer, ¿será la misma que fue vista en Ingarö?

—Lo estamos investigando. Pero me preocupa que se encaminaran hacia Gamla Stan.

—Es preocupante.

—Pero no sólo porque interceptamos allí las señales del móvil de Zander. Orlov, ese cerdo que no hace más que escupirme cuando intento interrogarlo, tiene un apartamento en Gamla Stan, en Mårten Trotzigs Gränd.

—¿Y hemos pasado por allí?

—Aún no, pero los nuestros ya van hacia el casco antiguo; acabamos de enterarnos. El apartamento estaba registrado a nombre de una de sus empresas.

—Esperemos entonces no encontrar nada desagradable.

—Esperemos.

Lasse Westman yacía tumbado en el suelo del vestíbulo de su casa de Torsgatan, sin comprender por qué tenía tanto miedo. Pero si era tan sólo una chica, una chica *punki* llena de *piercings* que apenas le llegaba al pecho... Debería poder arrojarla por la escalera como una pequeña rata. Pese a ello, se quedó casi paralizado, y en realidad no pensaba que eso hubiera tenido que ver con su forma de pelear ni con que ahora ella le hubiera puesto un pie sobre el estómago. Estaba relacionado con otra cosa, algo más difuso presente en su mirada, en toda su apariencia. Durante un par de minutos se limitó a permanecer quieto, tumbado en el suelo como un idiota, y a escuchar.

—No hace mucho alguien me ha dado motivos para recordar —dijo ella— que hay algo terriblemente disfuncional en mi familia. Parece ser que somos capaces de cualquier barbaridad. Hasta de las crueldades más inimaginables. Quizá se trate de algún tipo de perturbación genética. Por lo que a mí respecta, tengo esa fijación con los hombres que hacen daño a las mujeres y a los niños, es que me vuelvo total y absolutamente letal, así que cuando vi esos dibujos en los que aparecen Roger y tú me entró un deseo casi incontrolable de hacerles mucho daño. Es un tema del que podría hablar largo y tendido. Pero ahora creo que August ya ha tenido bastante violencia, por lo que existe una pequeña posibilidad de que tú y tu amigo puedan salir de ésta con menos daños de los que pensaba en un principio.

—Yo... —empezó Lasse.

—¡Cállate! —le interrumpió—. Esto no es una negociación, ni un diálogo. Te informo de las condiciones, eso es todo. Desde un punto de vista jurídico no hay ningún problema. Frans fue lo bastante listo como para registrar el piso a nombre de August. Por lo demás, lo que hay es lo siguiente: haces la maleta en cuatro minutos exactos y te largas de aquí. Si tú o Roger vuelven a poner los pies en esta casa o si intentan, por el medio que sea, contactar con August, los torturaré de una forma tan terrible que no serán capaces de realizar ninguna actividad agradable el resto de sus vidas. Mientras tanto, prepararé una denuncia por los malos tratos a los que han sometido a August, y en este caso no sólo contamos con los dibujos como prueba, sino también con los testimonios y las declaraciones de los psicólogos y otros expertos. También haré una primera toma de contacto con los tabloides y les informaré de que dispongo de un material que confirma y refuerza esa imagen tuya que salió a flote cuando maltrataste a Renata Kapusinski. ¿Qué fue lo que le sucedió, Lasse? ¿No destrozaste su mejilla a mordiscos y le diste patadas en la cabeza?

—Así que vas a hablar con los periodistas...

—Voy a hablar con los periodistas. Les voy a causar a ti y a tu amigo todo el daño que puedan imaginarse, pero quizá —y digo sólo «quizá»— se libren de la peor humillación posible con la condición de que nunca más se acerquen a Hanna o a August y de que jamás le hagan daño a una mujer. En realidad me importan una mierda. Sólo quiero que August y todos los demás no tengamos que volver a verles la cara en nuestras vidas. Por eso te vas a marchar lejos de aquí, y si eres bueno y te portas como el más casto y pacífico de los monjes tal vez sea suficiente. Aunque lo dudo: la frecuencia de las recaídas en casos de malos tratos es muy alta, lo sabes, y en el fondo tú eres un hijo de puta, un cerdo asqueroso; claro que, con un poco de suerte, quizá... ¿Lo has entendido?

—Lo he entendido —respondió, y se odió a sí mismo por ello.

Pero no vio más posibilidad que estar de acuerdo y obedecer, y por eso se levantó, entró en el dormitorio y metió apresuradamente un poco de ropa en la maleta. A continuación, tomó su abrigo y su teléfono y salió por la puerta. No tenía ni idea de adónde ir.

No se había sentido tan miserable en toda su vida. En la calle caía una desagradable aguanieve que le golpeaba por todos los lados.

Lisbeth oyó cerrarse la puerta de la entrada y los pasos que bajaban la escalera de piedra. Miró a August. El chico permanecía inmóvil con los brazos en paralelo al cuerpo, al tiempo que la observaba con ojos intensos, lo que la incomodó: si hasta hacía un momento ella había tenido un control total de la situación, ahora, de repente, se sentía insegura. ¿Y qué diablos pasaba con Hanna Balder?

Hanna parecía estar a punto de estallar en lágrimas, y August... Para colmo August empezó a sacudir la cabeza mientras murmuraba unas inaudibles palabras, aunque esta vez no se trataba de números primos sino de algo muy diferente. Lo que más deseaba Lisbeth era largarse de allí cuanto antes. Pero se quedó; aún no había concluido su cometido. Sacó dos billetes de avión del bolsillo, un *voucher* de hotel y un fajo gordo de billetes, tanto de coronas suecas como de euros.

—Me gustaría, desde lo más profundo de mi alma... —empezó Hanna.

—Calla —la cortó Lisbeth—. Aquí tienes dos billetes de avión para Múnich. El vuelo sale a las 19.15 horas, así que deben darse prisa. Una vez allí, los recogerán y los llevarán a Schloss Elmau. Es un buen hotel, no muy lejos de Garmisch-Partenkirchen. Se alojarán, con el nombre de Müller, en una habitación grande de la última planta. Estarán fuera tres meses. He contactado con el profesor Charles Edelman y le he explicado la importancia de mantener una confidencialidad absoluta. Edelman los visitará con regularidad para asegurarse de que August recibe los cuidados y la atención que necesita, y también se encargará de proporcionarle una enseñanza adecuada y profesional.

—¿Me estás tomando el pelo?

—Te he dicho que te calles. Esto es muy serio. Es cierto que la policía tiene el dibujo que hizo August y que el asesino está detenido. Pero los que le encargaron el trabajo siguen en la calle y es imposible prever las medidas que tomarán. Deben dejar el departamento inmediatamente. Yo tengo otras cosas que hacer, pero les he conseguido un chófer que los llevará al aeropuerto de Arlanda. Quizá su pinta sea un poco rara, pero es un buen tipo. Pueden llamarlo Plague. ¿Lo han entendido?

—Sí, pero...

—Nada de peros. Escúchame bien: durante vuestra estancia en Múnich no uses ninguna tarjeta de crédito ni llames desde tu teléfono, Hanna. He preparado un celular encriptado para ti, un Blackphone, por si resultara necesario pedir ayuda. Ya he introducido mi número. Los gastos del hotel corren por mi cuenta. Aquí les dejo cien mil coronas en efectivo para imprevistos. ¿Alguna pregunta?

—Esto es una locura.

—No.

—Pero ¿cómo te puedes permitir esto?

—No te preocupes por eso.

—¿Cómo vamos a poder...?

Hanna no fue capaz de continuar. Parecía desconcertada y no sabía qué decir ni qué creer. Y de pronto se echó a llorar.

—¿Cómo vamos a... poder... agradecerte todo esto? —consiguió pronunciar a duras penas entre lágrimas.

—¿Agradecerme?

Lisbeth repitió la palabra como si fuese algo incomprensible, y cuando Hanna se acercó a ella con las manos extendidas para darle un abrazo se echó hacia atrás y le dijo con la mirada clavada en el suelo del vestíbulo:

—¡Esfuérzate! Espabila y deja esa mierda que te estás metiendo, todas esas pastillas o lo que sea. Me lo puedes agradecer de esa manera.

—Sí, claro...

—Y si a alguien se le ocurre meter a August en alguna residencia o institución, golpéalo dura e implacablemente. Céntrate en su punto más débil. Como una guerrera.

—¿Como una guerrera?

—Eso es. No permitas que nadie...

Lisbeth se interrumpió y pensó que a lo mejor no eran unas palabras de despedida muy brillantes, pero tendrían que valer, por lo que se dio la vuelta y se dirigió hacia la puerta. No llegó muy lejos. August volvió a murmurar algo, aunque en esta ocasión sí pudo oír lo que decía:

—No ir, no ir...

Lisbeth tampoco tenía una buena respuesta para eso. Sólo dijo con brevedad:

—Todo irá bien, ya verás —y luego agregó como si estuviera hablando para sí misma—: gracias por el grito de esta mañana —y por un momento se instaló el silencio mientras Lisbeth reflexionaba sobre si debía añadir algo más. Pero no, decidió que no. Se dio la vuelta y salió a toda prisa por la puerta. A su espalda, Hanna le gritó:

—¡No sabría describir con palabras lo que esto significa para mí!

Lisbeth ya no oyó nada de lo que decía. Bajó la escalera corriendo y subió a su coche, aparcado en la misma Torsgatan. Cuando conducía por Västerbron, la llamó Mikael Blomkvist por la aplicación RedPhone y le contó que la NSA le estaba pisando los talones.

—Diles que yo también a ellos —contestó malhumorada.

Luego se acercó al domicilio de Roger Winter y le metió un miedo de muerte en el cuerpo. Después se marchó a casa y se puso a trabajar en el archivo encriptado de la NSA, pero no logró avanzar ni un solo paso en la búsqueda de una solución.

Ed y Mikael llevaban todo el día trabajando duro en la habitación del Grand Hôtel. Ed le estaba regalando una historia fantástica, por lo que Mikael iba a poder escribir esa historia que él, Erika y *Millennium* necesitaban con tanta urgencia, así que estaba encantado. Aun así, el malestar que sentía persistía, y no sólo se debía a que Andrei seguía desaparecido, sino que había algo en Ed que no le cuadraba. Para empezar, ¿por qué había venido a Suecia? ¿Y por qué ponía tanto empeño en ayudar a una pequeña revista sueca, tan lejos de todos los centros de poder de Estados Unidos?

Era verdad que se podía ver como un intercambio de favores. Mikael había prometido no revelar el ciberataque sufrido por la NSA y también, al menos a medias, que intentaría convencer a Lisbeth de que hablara con Ed. Pero eso a Mikael no le bastaba como explicación, por lo que dedicó tanto tiempo a leer entre líneas como a escuchar a Ed.

Ed se comportaba como si asumiera un enorme riesgo. Las cortinas estaban echadas y los teléfonos colocados a mucha distancia. Flotaba un aire de paranoia en la habitación. Sobre la cama había documentos clasificados que Mikael podía leer pero no citar ni copiar, y de vez en cuando Ed interrumpía su presentación para entrar en detalles concretos respecto a la protección de las fuentes. Parecía poseer una maníaca obsesión por que nunca se supiera que la información provenía de él y, a veces, aguzaba el oído, nervioso, para escuchar mejor cuando alguien pasaba por el pasillo. En un par de ocasiones se asomó por el resquicio de las cortinas para comprobar que no había nadie fuera vigilándolos y, sin embargo..., Mikael no podía sacudirse del cuerpo la sospecha de que todo eso no era más que teatro.

Tenía la creciente sensación de que Ed, en realidad, poseía un control absoluto de la situación, de que sabía perfectamente lo que estaba haciendo y de que no era cierto que temiese que les estuvieran escuchando. Con toda probabilidad su actuación contaba con el beneplácito de alguien de la cúpula, se le ocurrió a Mikael; sí, incluso era posible que, en el reparto de papeles, a él mismo, sin saberlo, le hubieran asignado uno que aún no entendía.

Por eso lo interesante no residía sólo en lo que Ed había dicho, sino también en lo que no había dicho, y en lo que afirmaba creer conseguir con la publicación del reportaje. Había, no cabía duda, cierta dosis de rabia en él; «algunos malditos idiotas» del Departamento de Vigilancia de Tecnologías Estratégicas le habían impedido que atrapara al *hacker* que había entrado en su sistema sólo porque ellos mismos no querían ser pillados en bragas, lo cual lo sacaba de sus casillas, dijo. Pero Mikael no tenía motivos para desconfiar de él respecto a esa cuestión, ni menos aún para dudar de su sinceridad cuando proclamaba que quería destruir a esos tipos, «destrozarlos, aplastarlos bajo mis botas».

Al mismo tiempo, había ciertos detalles en su historia que incomodaban a Mikael y que no se le antojaban muy claros. A veces le daba la sensación de que Ed se enfrentaba con algún tipo de autocensura, y de vez en cuando Mikael interrumpía la sesión para bajar a la recepción sólo con el objetivo de estar solo y pensar o de llamar a Erika o a Lisbeth. Erika siempre descolgaba al primer tono y, aunque el reportaje les entusiasmaba a los dos, sus conversaciones desprendían un aire pesado y sombrío. Andrei continuaba desaparecido.

Lisbeth no contestaba. La localizó, por fin, a las 17.20 horas. Sonaba concentrada y distante, y le comunicó brevemente que el chico se hallaba sano y salvo y con su madre.

—¿Cómo te encuentras? —preguntó Mikael.

—OK.

—¿Sana y salva?

—Más o menos.

Mikael respiró hondo.

—¿Te has metido en la intranet de la NSA, Lisbeth?

—¿Has hablado con Ed the Ned?

—Eso no te lo puedo decir.

Ni siquiera a Lisbeth podía revelárselo; la protección de fuentes era algo sagrado para él.

—Así que al final resulta que Ed no es tan tonto —sentenció ella como si Mikael hubiera contestado otra cosa.

—O sea, que lo has hecho.

—Es posible.

Mikael sintió unas ganas terribles de mandarla a la mierda y preguntarle qué rayos pensaba que estaba haciendo. Pero se limitó a comentar, reuniendo la máxima calma de la que fue capaz:

—Están dispuestos a dejarte escapar con la condición de que les cuentes cómo lo hiciste.

—Diles que yo también estoy tras sus pasos.

—¿Y eso qué significa?

—Que tengo más de lo que se creen.

—De acuerdo —soltó Mikael pensativo—. Pero podrías plantearte reunirte con...

—¿Ed?

«¡Mierda!», pensó Mikael, pero bueno, al fin y al cabo el propio Ed quería revelarse ante ella.

—Ed —admitió.

—Un tipo muy soberbio.

—Bastante, sí. Pero ¿considerarías la posibilidad de verlo si nosotros les pedimos que nos den garantías de que no te van a detener?

—No existen esas garantías.

—¿Te parecería bien que contactara con Annika, mi hermana, para que te represente?

—Tengo mejores cosas que hacer —contestó como si ya no quisiera hablar más del tema. Y entonces Mikael no pudo resistirse a decir:

—Esta historia con la que estamos...

—¿Qué le pasa?

—No sé si la comprendo del todo.

—¿Cuál es el problema?

—Para empezar, no entiendo por qué Camilla aparece de repente después de tantos años.

—Supongo que ha estado aguardando el momento más oportuno.

—¿Qué quieres decir?

—Creo que siempre ha sabido que un día volvería para vengarse de lo que les hice a ella y a Zala. Pero quería esperar a estar fuerte en todos los niveles. Para Camilla, nada es más importante que estar fuerte, y supongo que ahora ha visto una posibilidad, una oportunidad de matar dos pájaros de un tiro, al menos es como yo lo veo. Tendrás que preguntárselo la próxima vez que te tomes una copa con ella.

—¿Has hablado con Holger?

—He estado ocupada.

—Pero Camilla no lo ha conseguido. Te has salvado, gracias a Dios.

—Me he salvado.

—¿Y no te preocupa que vuelva en el momento más inesperado?

—Sí, se me ha pasado por la cabeza.

—Ok, bien. ¿Y sabes que Camilla y yo no hicimos más que pasear un trecho por Hornsgatan?

Lisbeth no contestó a la pregunta.

—Te conozco, Mikael —fue lo único que dijo—. Y ahora que has conocido a Ed, supongo que también tendré que preocuparme por él.

Mikael sonrió para sus adentros.

—Sí —respondió—. Y lo más probable es que tengas razón. No debemos confiar en él así como así. Yo incluso tengo miedo de convertirme en su idiota útil.

—No te pega mucho, Mikael.

—No, y por eso me gustaría saber qué es lo que encontraste cuando entraste en la NSA.

—Un montón de mierda muy embarazosa.

—¿Sobre la relación de Eckerwald y los Spiders con la NSA?

—Entre otras cosas.

—Que pensabas contarme.

—Si te hubieras portado bien, supongo que lo habría hecho —dijo con una voz socarrona, con lo que Mikael no pudo dejar de alegrarse un poco.

Acto seguido soltó una pequeña risa, porque en ese instante le quedó claro qué era lo que Ed Needham estaba haciendo exactamente.

Le quedó tan claro que le costó mantener la compostura al regresar a la habitación del hotel para continuar trabajando con el estadounidense hasta las 22.00 horas.

Capítulo 29

Mañana del 25 de noviembre

No se toparon con nada desagradable en el apartamento de Orlov de Mårten Trotzigs Gränd. La casa estaba impoluta y arreglada, y la cama hecha, con sábanas limpias. La cesta de la ropa sucia, en el cuarto de baño, no contenía nada. No obstante, existían indicios más que sospechosos: los vecinos informaron que esa misma mañana unos operarios de una empresa de mudanzas habían acudido al lugar, y en una investigación forense más detenida se apreciaron manchas de sangre en el suelo y en la pared, por encima de la cabecera de la cama. Y, en efecto, al cotejarlas con una muestra de saliva obtenida en el domicilio de Andrei resultaron pertenecer al joven periodista.

Los detenidos —los dos que aún podían comunicarse— fingieron, no obstante, desconocer por completo el origen de las manchas o cualquier otro detalle relacionado con Zander, por lo que Bublanski y su grupo se concentraron en intentar buscar más información sobre esa mujer a la que se había visto en compañía de Andrei. A esas alturas, la prensa no sólo había escrito abundantemente sobre el suceso de Ingarö sino también sobre la desaparición de Andrei Zander. Dos tabloides, el *Svenska Morgonposten* y *Metro*, publicaron grandes fotografías del joven. Ninguno de los reporteros que había cubierto el suceso había entendido del todo el contexto. Pero ya se especulaba acerca de si el chico podría haber sido asesinado, un crimen que, en circunstancias normales, debería haber activado la memoria de la gente, o, al menos, haberle hecho recordar todo aquello que hubiera parecido sospechoso. Ahora casi pasaba lo contrario.

Los testimonios que obtuvieron y que se consideraban creíbles eran extrañamente vagos, y todos los que prestaron declaración —aparte de Mikael Blomkvist y el panadero de Skansen— vieron motivos para señalar, ya desde el principio, que no creían que la mujer en cuestión fuera culpable de ningún crimen. A todos los que se cruzaron en su camino les había causado una impresión abrumadoramente positiva. Un camarero —un hombre mayor llamado Sören Karlsten— que había atendido a la pareja en el bar restaurante Papagallo de Götgatan incluso se jactó, explayándose largo y tendido, de su conocimiento de la naturaleza humana y llegó a afirmar, sin ningún tipo de duda, que esa mujer «no quería hacer daño a nadie».

«Era todo un portento de elegancia.»

La mujer era portentosa en todos los sentidos, si es que había que fiarse del juicio de los testigos y, por lo que Bublanski entendía, iba a ser muy complicado conseguir un retrato hablado, pues todos los que la habían visto la describían de modo diferente, como si en vez de describirla proyectaran su ideal femenino en ella. Todo le parecía más bien ridículo; para más inri, tampoco disponía de imágenes de ninguna cámara de vigilancia, al menos de momento. Mikael Blomkvist decía que la mujer era, con toda seguridad, Camilla Salander, la hermana de Lisbeth. Tras realizar las pertinentes comprobaciones, resultó ser cierto que esa persona existía, aunque desde hacía muchos años no figuraba en ningún registro, como si se la hubiera tragado la tierra. Si Camilla Salander aún vivía lo hacía bajo otra identidad, y eso a Bublanski no le gustaba nada, sobre todo después de enterarse de que en su familia de acogida se habían producido dos muertes cuyas causas seguían sin esclarecerse y de que las investigaciones policiales que se realizaron entonces fueron muy defectuosas y presentaban una gran cantidad de cabos sueltos y de interrogantes que nunca se habían investigado.

Bublanski había estudiado los casos, avergonzado por la incompetencia de sus colegas, que, por alguna especie de malentendido respeto por la tragedia familiar, ni siquiera vieron oportuno llegar al fondo del llamativo detalle de que tanto el padre como la hija hubieran vaciado sus cuentas bancarias poco tiempo antes de morir, o de que el padre, en la misma semana en que fue hallado ahorcado, hubiera empezado una carta con las palabras:

Camilla: ¿por qué es tan importante para ti destruir mi vida?

Una preocupante oscuridad se cernía sobre esa persona por la que todos los testigos parecían haber sido hechizados.

Eran las 08.00 horas y Bublanski se encontraba en la comisaría, sentado en su despacho, inmerso de nuevo en viejas investigaciones de las que esperaba que arrojaran un poco de luz sobre los acontecimientos. Sabía demasiado bien que había otros cien asuntos que tenía pendientes, por lo que se sobresaltó con una mezcla de irritación y sentimiento de culpa cuando le anunciaron que tenía visita.

Se trataba de una mujer a la que Sonja Modig le había tomado declaración y que ahora insistía en verlo. Algún tiempo después, Bublanski se preguntaría si en ese momento no se habría mostrado especialmente receptivo; quizá se hubiera debido a que no esperaba más que problemas y dificultades. La mujer que entró por la puerta no era alta pero poseía un porte de reina y unos intensos ojos oscuros que lo contemplaban con ligera melancolía. Tendría unos diez años menos que él y llevaba un abrigo gris sobre un vestido rojo similar a un sari.

—Mi nombre es Farah Sharif —dijo—. Soy catedrática de ingeniería informática y era íntima amiga de Frans Balder.

—Sí, sí..., claro —balbució Bublanski algo incómodo de repente—. Siéntese, por favor. Disculpe el desorden.

—He visto cosas peores.

—¿Ah, sí? ¿De verdad? Oiga, ¿es usted judía, por casualidad?

Qué comentario tan idiota. Por supuesto que Farah Sharif no era judía, y qué diablos importaba que lo fuera o no. Pero se le había escapado sin querer. La situación resultaba enormemente embarazosa.

—¿Qué...? No..., soy iraní y musulmana, si es que aún soy algo. Llegué a este país en 1979.

—Ya... Perdone, no digo más que tonterías. ¿Y a qué debo el honor?

—Es que cuando hablé con su colega Sonja Modig fui demasiado ingenua.

—¿Por qué dices eso?... Perdona, ¿te importa si nos tuteamos?

—Claro que no. Pues verás, resulta que ahora dispongo de más datos. He mantenido una larga conversación con el profesor Steven Warburton.

—Sí, ha intentado contactar conmigo también. Pero es que ha sido todo tan caótico... No he tenido tiempo de devolverle la llamada.

—Steven es catedrático de cibernética en Stanford y un investigador líder en el campo de la singularidad tecnológica. En la actualidad desarrolla su labor en el Machine Intelligence Research Institute, una institución que trabaja para que la inteligencia artificial nos ayude, y no al revés.

—Pues eso suena muy bien —comentó Bublanski, que cada vez que salía ese tema se sentía muy incómodo.

—Steven vive un poco en su propio mundo. Hasta ayer no se enteró de lo que le había pasado a Frans, por eso no llamó antes. Pero me contó que habló con él el lunes pasado.

—¿Sobre qué?

—Sobre su labor investigadora. Ya sabes que desde que Frans se marchó a Estados Unidos había mantenido mucho secretismo a su alrededor. Ni siquiera yo, que era su amiga íntima, sabía en qué andaba metido, aunque fui lo suficientemente soberbia como para creer que tenía una ligera idea de lo que estaba haciendo. Y ahora resulta que me equivoqué.

—¿En qué sentido?

—Intentaré explicarlo sin ser demasiado técnica, pero parece ser que Frans no sólo había desarrollado su viejo programa de IA sino que también había creado nuevos algoritmos y un nuevo material topológico para computadores cuánticos.

—Me temo que eso ya resulta demasiado técnico para mí.

—Los computadores cuánticos son computadores que se basan en la mecánica cuántica. Todavía es algo bastante novedoso. Google y la NSA han invertido grandes sumas de dinero en una máquina que, ya en determinados campos, es más de treinta y cinco mil veces más rápida que cualquier otro computador normal. También Solifon, donde Frans trabajaba, ha puesto en marcha un proyecto similar, pero por irónico que parezca, en particular si resulta que estas informaciones son correctas, no ha llegado tan lejos.

—Vale —dijo Bublanski inseguro.

—La gran ventaja con respecto a los computadores cuánticos es que las unidades básicas, los cubits, pueden superposicionarse.

—¿Qué?

—Que no sólo adoptan las posiciones uno o cero como los computadores tradicionales, sino que también pueden ser tanto uno como cero al mismo tiempo. El problema es que se requieren unos métodos especiales de cálculo y unos conocimientos profundos de física —sobre todo en aquello que llamamos la decoherencia cuántica— para que máquinas así funcionen razonablemente bien, y ahí no hemos llegado muy lejos. Hasta el momento, los computadores cuánticos son demasiado especializados y poco manejables. Pero Frans, y a ver si consigo explicar esto bien, por lo visto había encontrado métodos que los harían más ágiles, más flexibles y autodidactas, y en esta labor, al parecer, estaba en contacto con una serie de experimentalistas, de personas que podían probar y verificar sus resultados. Lo que consiguió fue grande, o al menos tenía visos de llegar a serlo. Aun así, no sólo se sentía orgulloso de su trabajo, también sentía una profunda inquietud. Por eso había llamado a Steven Warburton.

—¿Por qué?

—Porque supongo que, a largo plazo, sospechaba que su creación llegaría a ser peligrosa para el mundo. Pero sobre todo porque sabía ciertas cosas de la NSA.

—¿Como qué?

—Hay aspectos que ignoro por completo, ya que pertenecen a la parte más sucia de su espionaje industrial. Pero otros los conozco a la perfección. Hoy en día se sabe que esa organización trabaja muy duro para intentar desarrollar computadores cuánticos, lo que para la NSA sería un auténtico paraíso. Con una máquina cuántica eficaz podrían romper, a largo plazo, todos los encriptados, todos los sistemas de seguridad digitales. Nadie, en una situación así, se vería capacitado para protegerse del ojo vigilante de la organización.

—Parece un escenario terriblemente inquietante —apostilló Bublanski con un énfasis que incluso le sorprendió a él mismo.

—Muy cierto. Aunque la verdad es que existe otro escenario aún peor: cuando una máquina así acaba en manos de una organización criminal —continuó Farah Sharif.

—Ya veo adónde quieres ir a parar.

—Por eso me pregunto qué es lo que les confiscaron a los detenidos.

—Me temo que nada de eso —contestó Bublanski—. Pero esos tipos no son precisamente unas lumbreras. Creo que no aprobarían ni las matemáticas de primaria.

—O sea, que el verdadero genio informático ha conseguido escapar.

—Sí, por desgracia así es. Él y una mujer que está bajo sospecha desaparecieron sin dejar rastro. Es probable que tengan varias identidades.

—Preocupante —sentenció ella.

Bublanski asintió con la cabeza mientras contemplaba los ojos oscuros de Farah, que le devolvían una mirada suplicante; quizá fuera ésa la causa de que en vez de dejarse vencer por una nueva desesperación se le ocurriera una idea esperanzadora.

—No sé su significado, pero... —dijo.

—¿Qué?

—Nuestros informáticos accedieron al material de los computadores de Balder. No resultó fácil, como comprenderás, teniendo en cuenta su extraordinaria obsesión por la seguridad. Pero lo consiguieron; bien es cierto que con un poco de suerte... Lo que se pudo deducir enseguida fue que con toda probabilidad existía otro computador y que lo robaron.

—Lo sabía —se lamentó ella—. ¡Maldita sea!

—Tranquila, tranquila, todavía no he terminado. También detectamos que varias de sus máquinas habían estado conectadas, y que ésas, a su vez, se conectaron en alguna que otra ocasión con un supercomputador de Tokio.

—Suena razonable.

—Sí, y eso nos permitió descubrir que un archivo grande, o al menos algo que era grande, acababa de ser borrado. No hemos podido reconstruirlo, aunque sí podemos concluir que se eliminó.

—¿Estás diciendo que Frans destruyó toda su labor investigadora?

—No quiero sacar conclusiones de ningún tipo. Pero es lo que me ha venido a la mente al escuchar lo que me has contado.

—¿Y no pudo ser el autor del crimen quien lo eliminara?

—¿Quieres decir que primero lo copió y luego lo borró?

—Sí.

—Me cuesta mucho pensarlo. El asesino pasó en la casa muy poco tiempo, y no creo que tuviera ocasión de hacer algo así. Y menos todavía que supiera cómo.

—Bueno, eso suena prometedor, a pesar de todo —continuó Farah Sharif dubitativa—. Sólo que...

—¿Sí?

—Que no me cuadra con la personalidad de Frans. ¿Realmente una persona como él estaría dispuesta a destruir la obra más importante de su vida? Sería como si..., no sé..., como si se cortara un brazo, o aún peor, como si matase a un amigo, una vida en potencia.

—A veces uno tiene que hacer un gran sacrificio —comentó Bublanski pensativo—. Destruir aquello que se ha querido y con lo que se ha convivido.

—A no ser que exista una copia en algún sitio.

—A no ser que exista una copia en algún sitio —repitió él y, de pronto, hizo un gesto tan peculiar como el de extender la mano.

Farah Sharif no pareció entenderlo. Se limitó a observar la mano como si esperara que él le diese algo. Pero Bublanski decidió no dejarse desanimar.

—¿Sabes lo que dice mi rabino?

—No —respondió ella.

—Que lo que caracteriza a una persona son sus contradicciones. Anhelamos marcharnos lejos y quedarnos en casa al mismo tiempo. Yo no conocía a Frans Balder, y tal vez él hubiera pensado que no soy más que un viejo chiflado. Pero una cosa sí sé: que podemos amar nuestro trabajo tanto como temerlo, al igual que Frans Balder no sólo parecía haber amado a su hijo sino también haber huido de él. Estar vivo, profesora Sharif, es no ser del todo coherente, es apuntar en muchas direcciones; y me pregunto si tu amigo no se encontraría en una encrucijada. Quizá destruyese realmente la obra de su vida. Quizá, hacia el final de sus días, se mostrara con todas sus contradicciones y se convirtiera en una persona auténtica en el mejor sentido de la palabra.

—¿En serio crees eso?

—No lo sé. Pero había cambiado, ¿no? Los tribunales lo habían desposeído del derecho a cuidar de su hijo. Aun así, eso fue justo lo que hizo, e incluso logró que se despertara algo en el niño y empezase a dibujar.

—Es verdad, comisario.

—Llámame Jan.

—De acuerdo.

—¿Sabes que algunas personas me llaman a veces «Burbuja»?

—¿Es porque haces burbujas muy bien?

—Ja ja, no; no lo creo. Pero hay algo de lo que estoy seguro.

—¿Y qué es?

—Que tú eres...

No dijo nada más, aunque tampoco hizo falta. Farah Sharif le mostró una sonrisa que, con toda su simplicidad, provocó que Bublanski recuperara la fe en la vida y en Dios.

Lisbeth Salander se levantó a las 08.00 de la enorme cama que tenía en Fiskargatan. Esa noche tampoco había podido dormir demasiadas horas; y no sólo porque hubiera estado luchando, sin ningún resultado, con el archivo encriptado de la NSA. También había permanecido atenta, con la oreja puesta, por si oía pasos en la escalera; de vez en cuando, además, había controlado la alarma y las cámaras de vigilancia que tenía instaladas allí. Al igual que todos los demás, desconocía el paradero de su hermana.

Después de la humillación sufrida en Ingarö, no resultaba del todo imposible que Camilla estuviera preparando un nuevo ataque, con mayor fuerza, o incluso que los de la NSA derribasen la puerta y entonces irrumpieran en su casa para arrestarla; Lisbeth no se fiaba nada de ellos. Por tanto apartó esas ideas de su cabeza y, con determinación, entró en el baño y se desnudó de cintura para arriba con el fin de mirar sus heridas de bala.

Le pareció que mejoraban, lo que evidentemente era una verdad relativa. Con todo, en una loca ocurrencia, decidió ir al club de boxeo de Hornsgatan para entrenarse.

El mal con el mal se purga.

Al acabar se quedó sentada en el vestuario reventada por completo y sin fuerzas para pensar. Le vibró el celular. Lo ignoró. Entró en la ducha y dejó que el agua caliente resbalara sobre su cuerpo, al tiempo que, poco a poco, sus pensamientos se iban aclarando; y entonces el dibujo de August volvió a acudir a su mente. Sin embargo, en esta ocasión no fue el retrato del asesino lo que la atrajo, sino algo que se encontraba apuntado a pie de página.

Lisbeth sólo había visto la obra terminada durante

unos breves instantes en la casa de Ingarö, aunque en aquel momento sólo se había concentrado en escanearla y enviársela a Bublanski y a Modig, y si se fijó en algo más, aparte de en la identidad del asesino, fue como mucho en la fascinante precisión de sus detalles. Pero ahora que la traía a la memoria con su mirada fotográfica le interesó mucho más la ecuación que figuraba debajo del dibujo. Salió de la ducha profundamente abstraída, aunque por el ruido que había apenas fue capaz de oír sus propios pensamientos; Obinze estaba montando un escándalo de proporciones delante del vestuario.

—¡Cállate! —le gritó—. ¡Estoy intentando pensar!

Pero no sirvió de mucho. Obinze se hallaba fuera de sí; con toda seguridad, otra persona que no se tratara de Lisbeth lo habría entendido. Obinze se había sorprendido de la languidez y la falta de energía con la que ella golpeaba el saco de arena, y había empezado a preocuparse en serio cuando a Lisbeth le costó mantener la cabeza erguida mientras su cara se torcía en muecas de dolor. Al final, en una maniobra sorpresa, se había acercado para subirle la manga de la camiseta. Así había descubierto las heridas de bala, lo que le acabó de sacar de quicio. Al parecer, aún no se le había pasado.

—¡Eres una idiota! Estás loca, ¿sabes? ¡Loca de atar! —le gritó.

Ella no tuvo fuerzas para contestar; se le habían ido por completo del cuerpo, y el recuerdo de lo que había visto en el dibujo se difuminó en su cabeza. Absolutamente exhausta, acabó por sentarse en un banco del vestuario. A su lado estaba Jamila Achebe, una tipa dura con la que no sólo acostumbraba a boxear sino también a acostarse, por lo general en ese orden, porque a menudo la fiereza con la que se pegaban en el cuadrilátero no dejaba de ser un salvaje juego previo. En algunas ocasiones se habían comportado, incluso, de una forma no del todo decente en las duchas. Ninguna de las dos era muy amiga de las normas de etiqueta y protocolo.

—La verdad es que estoy de acuerdo con este gritón. No andas bien de la cabeza, nena —dijo Jamila.

—Puede —respondió Lisbeth.

—Esas heridas tienen mala pinta.

—Ya se curarán.

—Pero querías boxear.

—Claro.

—¿Vamos a mi casa?

Lisbeth no contestó. Su teléfono volvió a vibrar, y entonces lo sacó de la bolsa para ver quién era. Había tres sms de un número oculto con el mismo contenido. Al leerlos, cerró los puños al tiempo que su rostro adquiría una expresión atroz, de miedo, y entonces Jamila pensó que quizá fuera mejor acostarse con Lisbeth otro día.

A las 06.00 horas, Mikael ya se había despertado con un par de frases brillantes en la cabeza, de modo que de camino a la revista el artículo se fue gestando por sí solo en su mente. En la redacción trabajó con una profunda concentración, sin apenas reparar en lo que sucedía a su alrededor, aunque, a decir verdad, a veces se le iban las ideas y pensaba en Andrei.

Aún conservaba las esperanzas, si bien sospechaba que Andrei había sacrificado su vida por ese reportaje, así que, de algún modo, intentó rendirle un homenaje a su compañero con cada frase que formulaba. El planteamiento general era que, por una parte, se presentara la dimensión criminal, la historia de un asesinato, con Frans y August Balder como personajes principales, una narración sobre un niño autista de ocho años que es testigo de cómo su padre es asesinado a tiros y que, a pesar de su discapacidad, encuentra la forma de devolver el golpe. Pero, por otra parte, Mikael deseaba que el texto ofreciera asimismo una dimensión educativa, que hablase de un nuevo universo de vigilancia y espionaje donde los límites entre lo legal y lo ilegal se habían borrado. Era cierto que le resultaba fácil escribirlo; con frecuencia las palabras le salían a raudales sin el menor esfuerzo. Sin embargo, la labor no estaba exenta de problemas.

Gracias a un viejo contacto que tenía en la policía había podido meterle mano a la vieja investigación del asesinato no esclarecido de Kajsa Falk, esa joven que había sido la novia de uno de los líderes de Svavelsjö MC. Aunque no supieron dar con el autor del crimen, y a pesar de que ninguno de los interrogados resultó ser muy locuaz, Mikael pudo leer entre líneas que el club de motociclistas había sufrido unos violentos conflictos internos y que cierta inseguridad se había instalado entre sus miembros, un creciente e inquietante miedo originado por una persona a la que uno de los testigos llamaba «lady Zala».

Pese a los considerables esfuerzos realizados al respecto, los policías no comprendieron a quién hacía referencia ese nombre. Pero a Mikael, evidentemente, no le cabía la menor duda de que se trataba de Camilla, así como que ella se encontraba detrás de toda una serie de crímenes cometidos tanto en Suecia como en el extranjero. Sin embargo, Mikael tenía dificultades para conseguir pruebas, y eso lo irritaba sobremanera.

De momento, dejó que ella apareciera en su reportaje con el nombre ficticio de Thanos.

Pero ni Camilla ni sus relaciones con la Duma rusa constituían el problema de mayor calibre. Lo que más preocupaba a Mikael era la certeza de que Ed Needham nunca habría ido a Suecia para filtrar información de máxima confidencialidad si no hubiera querido ocultar algo aún más gordo. Ahora bien, Ed no tenía ni un pelo de tonto y sabía que Blomkvist tampoco, por lo que la información que él le facilitaba al periodista no estaba, en ningún punto, especialmente maquillada.

Al contrario: le pintó una imagen terrible de la NSA. Y, aun así..., cuando Mikael estudió los datos con más detenimiento descubrió que Ed, a pesar de todo, describía una organización de espionaje que funcionaba bien y que se portaba de forma bastante decente, a excepción de ese cáncer que conformaban los criminales integrantes del Departamento de Vigilancia de Tecnologías Estratégicas, justo el mismo departamento que, por casualidad, le había prohibido a Ed que persiguiera a su *hacker*.

El estadounidense deseaba, sin duda, perjudicar seriamente a ciertos colaboradores suyos, pero antes que hundir a toda la organización, su primera intención era que la caída, ya inevitable, se hiciera de forma algo más suave. Por eso Mikael tampoco se mostró demasiado sorprendido ni enojado cuando Erika apareció y, con cara de circunstancias, le tendió un teletipo de la agencia TT:

—¿Esto quiere decir que nos jodieron toda la historia? —preguntó ella.

El teletipo, que era la traducción de una noticia emitida por la agencia AP, empezaba diciendo:

Dos altos directivos de la NSA, Joacim Barclay y Brian Abbot, han sido detenidos como sospechosos de haber cometido graves delitos económicos y, tras haber sido despedidos de inmediato, se encuentran a la espera de juicio.

«Es una vergüenza para nuestra organización y no hemos escatimado esfuerzos para afrontar la situación y llevar a los culpables a los tribunales. El que presta servicios a la NSA debe poseer un elevado sentido ético, y prometemos que durante el proceso judicial se mostrará la máxima transparencia que el respeto por la seguridad nacional permita», ha declarado a AP el jefe de la NSA, el almirante Charles O'Connor.

El texto, exceptuando la declaración del almirante O'Connor, no era particularmente sustancioso en contenidos ni mencionaba nada del asesinato de Balder o de otra circunstancia que pudiera vincularse a los hechos acaecidos en Estocolmo. Con todo, Mikael, claro estaba, entendió lo que Erika quería decir. Porque ahora que había saltado la noticia, *The Washington Post* y *The New York Times*, así como todos los demás periódicos importantes de Estados Unidos, se tirarían encima de la historia, y entonces ya resultaría imposible saber lo que serían capaces de descubrir.

—No es nada bueno —dijo él con serenidad—. Aunque era de esperar.

—¿Ah, sí?

—Forma parte de la misma estrategia que les hizo contactar conmigo. No es más que una contención de daños. Lo que se proponen es recuperar la iniciativa.

—¿Qué quieres decir?

—Que me filtraron todo eso por un motivo concreto. Me di cuenta enseguida de que algo no encajaba. ¿Por qué insistía tanto Ed en hablar conmigo aquí, en Estocolmo, y por si fuera poco a las 05.00 horas?

Erika, como de costumbre, ya había sido informada, con la máxima confidencialidad, de las fuentes manejadas por Mikael así como de los datos obtenidos.

—¿Piensas que sus actuaciones estaban autorizadas desde arriba?

—Lo sospeché desde el principio. Y sin embargo no caí en la cuenta. Sólo tenía la impresión de que allí había algo raro. Hasta que hablé con Lisbeth.

—Y fue entonces cuando lo entendiste.

—Comprendí que Ed sabía a la perfección qué era lo que ella buscaba y lo que había encontrado y descargado durante la intrusión. Tenía motivos bien fundados para temer que se me informara de todas y cada una de las palabras que se recogían en ese archivo. Pretendía, por todos los medios disponibles, limitar el daño.

—Pues no fue precisamente un relato muy bonito el que te contó.

—Sabía que yo no me contentaría con una historia demasiado maquillada. Supongo que me dio justo lo que consideró necesario para que me quedara contento, tuviera mi primicia y no siguiera indagando en el asunto.

—Pues ahí se va a llevar un buen chasco.

—Esperemos que sí. Aunque ignoro cómo voy a poder averiguar más. La NSA es una puerta cerrada.

—¿Incluso para un zorro viejo como Blomkvist?

—Incluso para él.

Capítulo 30

25 de noviembre

En el celular de Lisbeth se podía leer: «¡La próxima vez, hermana, la próxima!». El mensaje se había enviado tres veces, aunque era imposible determinar si se trataba de un error técnico o de un ridículo y exagerado deseo de ser explícita. Daba igual.

Evidentemente, procedía de Camilla, pero en él no había nada que Lisbeth no hubiera comprendido ya. Quedaba claro que los acontecimientos de Ingarö no habían hecho más que reforzar y acentuar el viejo odio. De modo que sí, con toda seguridad habría una «próxima vez». Camilla no se daría por vencida, y mucho menos habiendo estado tan cerca. Ni soñarlo.

Por eso no fue el contenido del mensaje lo que hizo que Lisbeth apretara los puños en el vestuario del club de boxeo. Fueron los pensamientos que le provocó y el recuerdo de lo que había visto de madrugada, refugiada en la hendidura de aquella roca, cuando August y ella permanecieron agachados y escondidos bajo el saliente mientras la nieve caía y las ametralladoras repiqueteaban por encima de sus cabezas. August no llevaba ninguna chaqueta, ni zapatos en los pies, y temblaba con mucha fuerza; Lisbeth, por su parte, era dolorosamente consciente de que llevaban todas las de perder, de la abrumadora ventaja que los otros les sacaban.

Tenía un niño del que cuidar y una mísera pistola como única arma, mientras que esos malditos eran varios e iban provistos de rifles automáticos, por lo que le quedaba muy claro que la única estrategia posible era la de cogerlos por sorpresa. Si no, August y ella morirían como corderitos. Permaneció atenta a los pasos que daban los hombres, a la dirección de las ráfagas de bala, y ya al final, hasta a la respiración y al crujido de la ropa de aquellos tipos.

Pero lo más raro de todo fue que cuando por fin vio una oportunidad vaciló; y dejó transcurrir unos importantes segundos mientras, oculta en el interior de la roca, rompió sin querer una ramita. En ese preciso instante se levantó a toda velocidad y se halló de sopetón frente a ellos. Ya no había lugar para la duda: debía aprovechar ese breve milisegundo de sorpresa que jugaba a su favor. Por eso disparó en el acto: dos, tres veces. Hacía ya mucho tiempo que sabía que esos momentos se grababan en la mente con un fuego especial, como si no sólo se tensaran los músculos del cuerpo sino que también se agudizara la capacidad perceptiva.

Todos los detalles brillaban con una extraña nitidez, y Lisbeth percibió cada matiz del paisaje que tenía delante como a través de la lente de una cámara. Se percató del asombro y del terror que se reflejaron en los ojos de los hombres, de las arrugas e imperfecciones de sus rostros y de cada pliegue de su ropa, y de las armas, claro, que, alzadas, se movían por el aire disparando a discreción y que erraron los tiros por muy poco.

No obstante, lo que le dejó la huella más profunda no fue nada de eso, sino la silueta de una persona —un poco más arriba— que sólo advirtió con el rabillo del ojo y que de por sí no constituía ninguna amenaza en ese momento, pero que le afectó más que los individuos a los que acababa de disparar.

Era su hermana.

Lisbeth la habría reconocido a un kilómetro de distancia, aunque lo cierto era que llevaban muchos años sin verse. Era como si el aire se hubiera intoxicado por la presencia de Camilla. Después, se preguntaría si le habría podido pegar un tiro también a ella.

Camilla permaneció visible un rato demasiado largo, toda una insensatez; lo más probable era que no hubiese podido resistir la tentación de presenciar la ejecución de su hermana. Lisbeth, por su parte, recordó que no había despegado el dedo del gatillo mientras sentía cómo una vieja y solemne rabia se apoderaba de ella y palpitaba en su pecho. A pesar de ello vaciló quizá medio segundo, justo lo que Camilla necesitó para tirarse al suelo y refugiarse tras una roca, al tiempo que un tipo flaco aparecía desde el porche y se ponía a disparar; y entonces Lisbeth bajó de un salto hasta el saliente para luego continuar descendiendo, o, más bien, caer rodando con August hasta el coche.

De regreso a su piso de Fiskargatan desde el club de boxeo con el vivo recuerdo de todo eso, su cuerpo se tensó como si se preparara para otra batalla, y pensó que quizá no debería volver a casa, sino abandonar el país durante una temporada. Pero había algo que la atraía a su mesa y su computador: lo que se había materializado en su mente mientras se duchaba antes de ver el sms de su hermana y que ahora, a pesar de los recuerdos de Ingarö, ocupaba cada vez más sus pensamientos.

Era una ecuación —una curva elíptica— que August había escrito en el mismo papel en el que había dibujado al asesino y que desde el principio tuvo una atracción especial para Lisbeth, pero que ahora que volvía a pensar en ella le hizo aligerar el paso y olvidar a Camilla casi por completo. La ecuación era:

$$N = 3034267$$
$$E: y^2 = x^3 - x - 20; P = (3,2)$$

No había nada matemáticamente singular o fuera de lo común en ella, aunque tampoco residía ahí lo extraordinario. Lo fantástico era que August había partido del número que ella había elegido al azar, para luego pensar en él y producir una curva elíptica mucho mejor que la que la propia Lisbeth había anotado en el papel que se hallaba sobre la mesita de noche. Entonces Lisbeth no había obtenido ninguna respuesta por parte de August, ni la más ínfima reacción, así que se había acostado convencida de que el niño, al igual que esos gemelos que, según había leído, intercambiaban números primos entre sí, no entendía nada de las abstracciones matemáticas sino que más bien era una especie de calculadora que factorizaba en números primos.

Pero, ¡maldición, qué equivocada estaba! Al parecer, cuando August se había levantado para sentarse a la mesa de la cocina y dibujar, no sólo lo comprendía todo ya sino que también le había dado a ella una lección al refinar su propia matemática. Cuando llegó a casa, Lisbeth se dirigió directamente a su computador —sin ni siquiera quitarse las botas o la chaqueta de cuero—, buscó el archivo encriptado de la NSA y abrió el programa de las curvas elípticas.

Luego llamó a Hanna Balder.

Hanna, que no se había llevado sus pastillas a Múnich, apenas había pegado ojo. A pesar de ello, se sentía animada gracias al hotel en el que se alojaba y al entorno. El vertiginoso paisaje montañoso le hizo recordar lo encerrada que había vivido y a la vez le produjo la sensación de que la ayudaba a serenarse poco a poco e, incluso, de que ese miedo que tenía tan metido en el cuerpo iba desapareciendo. Claro que, por otra parte, podría tratarse de un mero deseo; lo cierto era que también se sentía algo perdida en ese nuevo y elegante ambiente.

Hubo un tiempo en el que ella solía entrar en esos lujosos salones con una natural dignidad: «Mírenme, aquí estoy». Ahora se mostraba tímida y titubeaba y, a pesar de que el bufé del desayuno era magnífico, le costaba mucho comer. August se encontraba sentado a su lado escribiendo compulsivamente sus series de números y tampoco comía nada, pero al menos tomaba enormes cantidades de jugo de naranja recién exprimida.

De pronto, su nuevo teléfono encriptado sonó, lo que al principio la asustó. Pero, como no podía ser de otra manera, era la mujer que los había enviado hasta allí. Nadie más —que ella supiera— tenía el número, así que lo más probable era que llamara para asegurarse de que habían llegado bien. Por eso Hanna empezó con una entusiasta descripción de lo fantástico y maravilloso que le parecía todo, aunque, para su gran asombro, la mujer la interrumpió con brusquedad:

—¿Dónde estás?

—En el comedor, desayunando.

—Pues sal de ahí ahora mismo y sube a la habitación. August y yo tenemos que trabajar.

—¿Trabajar?

—Voy a enviarte unas ecuaciones a las que quiero que les eches un vistazo, ¿ok?

—No entiendo nada.

—Enséñaselas a August. Luego llámame y dime lo que ha escrito.

—De acuerdo —dijo Hanna desconcertada.

A continuación tomó un par de *croissants* y un rollo de canela, y se dirigió con August hacia los ascensores.

En realidad August sólo la ayudó al principio. Pero le bastó. Después Lisbeth vio con claridad sus propios errores y pudo realizar las modificaciones necesarias para mejorar su programa. Trabajó horas y horas, sumida en la más profunda concentración, hasta que la noche se apoderó de la ciudad y la nieve volvió a caer. De repente —aquél sería uno de esos momentos que siempre la acompañarían—, algo raro ocurrió con el archivo que tenía en la pantalla de su computador: empezó a descomponerse y a cambiar de forma. Y entonces, tras sentir que todo su cuerpo era sacudido por algo parecido a una descarga eléctrica, Lisbeth alzó un puño al aire.

Había conseguido dar con las claves privadas y descifrar el encriptado que protegía el archivo. Al principio se sintió tan eufórica que apenas fue capaz de leer. Luego empezó a estudiar el contenido, cada vez más asombrada. ¿Realmente era posible? Se trataba de un material tan explosivo que iba mucho más allá de cualquier cosa que se pudiera imaginar, y el hecho de que esa información figurase recogida por escrito, de que incluso se hubieran redactado actas, sólo podía deberse a una excesiva confianza en el algoritmo RSA. Pero ahora, ante sus mismos ojos, aparecían todos los trapos sucios. Bien era cierto que el texto no resultaba fácil de interpretar, tan lleno como estaba de jerga interna, abreviaturas extrañas y referencias de lo más críptico. Sin embargo, como ella sabía el tema, lo entendió rápidamente: ya llevaba leído más o menos el ochenta por ciento cuando llamaron al timbre. Lo ignoró.

Seguro que era el cartero, que no había podido introducir algún libro por el buzón o alguna otra insignificancia. Pero de nuevo se acordó del sms de Camilla y miró en su computador lo que registraban las cámaras de vigilancia que tenía instaladas en la escalera. Y entonces se quedó petrificada.

No era Camilla, sino su otro objeto de temor, que, en medio de todo aquello, casi se le había olvidado. Era el puto Ed the Ned, quien —Dios sabía cómo— había conseguido dar con su casa. No se asemejaba en nada a las fotos que había de él en Internet y, pese a ello, resultaba inconfundible: se lo veía resuelto y con cara de pocos amigos. El cerebro de Lisbeth se puso en modo alerta. ¿Qué hacer? No se le ocurrió nada mejor que enviar el archivo de la NSA al enlace PGP de Mikael.

Luego apagó el computador y se acercó a la puerta arrastrando los pies.

¿Qué había pasado con Bublanski? Sonja Modig no lo entendía. Toda esa expresión atormentada que había visto en su cara un día sí y otro también durante las últimas semanas se había esfumado. Ahora sonreía y tarareaba canciones. Era cierto que había motivos por los que alegrarse: el asesino estaba detenido, August Balder había sobrevivido, a pesar de los dos intentos de asesinato, y ellos mismos habían aclarado una buena parte del móvil del crimen, así como las ramificaciones que lo vinculaban con la empresa de investigación Solifon.

Pero al mismo tiempo todavía quedaban muchas preguntas por resolver, y el Bublanski que ella conocía no acostumbraba a gritar de júbilo si no había un muy buen motivo. Más bien tendía a entregarse a dudas existenciales, hasta en los momentos de triunfo. Por eso ella no comprendía lo que le sucedía. Deambulaba por los pasillos irradiando felicidad. Incluso ahora, mientras leía, sentado en su despacho, las transcripciones del anodino interrogatorio al que la policía de San Francisco había sometido a Zigmund Eckerwald, no se le borraba esa sonrisa de los labios.

—¡Sonja, mi querida compañera: dichosos los ojos!

Sonja Modig decidió no comentar el exagerado entusiasmo de su saludo. Fue directamente al grano.

—Jan Holtser ha muerto.

—Vaya.

—Y con él nuestra última esperanza de saber algo de los Spiders —continuó ella.

—¿Piensas que habría hablado?

—No resultaba imposible en cualquier caso.

—¿Por qué lo crees?

—Se derrumbó por completo cuando apareció su hija.

—Ah, no lo sabía. ¿Y qué pasó?

—La hija se llama Olga —informó Sonja—. Vino desde Helsinki cuando se enteró de que su padre estaba herido. Pero cuando le tomé declaración y supo que Holtser había intentado matar a un niño se volvió loca.

—¿Por qué? ¿Qué hizo?

—Entró precipitadamente en su habitación y le dijo algo muy agresivo en ruso.

—¿Te enteraste de qué?

—Algo así como que lo odiaba y que le daba lo mismo si se moría.

—Vaya, qué palabras tan duras. No se anduvo con paños calientes.

—No, desde luego. Y después me dijo que haría cuanto estuviera en sus manos para ayudarnos con la investigación.

—¿Y cómo reaccionó Holtser?

—A eso iba. Por un segundo pensé que ya era nuestro. Estaba hecho polvo, tenía lágrimas en los ojos. Quizá yo no sea muy defensora de esa idea católica de que nuestra catadura moral se determina a la hora de la muerte, pero aquello fue conmovedor, la verdad. Él, que tanto daño había causado en su vida, se encontraba totalmente destruido.

Dice mi rabino... —empezó Bublanski.

—No, Jan, no me vengas ahora con lo que dice tu rabino. Déjame continuar. Holtser empezó a lamentarse de la horrible persona que había sido, y entonces yo le comenté que, como cristiano, debía aprovechar la ocasión para confesarse y revelar quién lo había contratado; en ese momento, te lo juro, estuvimos muy muy cerca de conseguirlo. Se mostró vacilante y con una mirada errática, pero en vez de confesar se puso a hablar de Stalin.

—¿De Stalin?

—Sí, de que Stalin no se contentaba con castigar a los culpables sino que también iba por los niños, y por los nietos, y por toda la familia. Creo que lo que quería decir era que la persona para la que trabajaba era igual.

—¿Lo viste preocupado por su hija?

—Sí, por mucho que ella lo odiara así era, y entonces le informé de que podríamos incluirla en un programa de protección de testigos. Pero Holtser cada vez se volvía menos comunicativo. Cayó en un estado de apatía e inconsciencia. Murió tan sólo una hora después.

—¿Y qué más?

—Bueno, ha desaparecido una supuesta superinteligencia y seguimos sin rastro de Andrei Zander.

—Ya, ya lo sé.

—Y todos los que pueden hablar callan como tumbas.

—Ya me he dado cuenta. Aquí nadie regala nada.

—No, desde luego que no..., o sí, al menos una cosa sí que nos han dado —continuó Sonja—. Ya sabes: el hombre que Amanda Flod reconoció en el dibujo del semáforo de August Balder.

—El actor.

—Eso es: Roger Winter se llama. Amanda le tomó declaración a título informativo tan sólo para averiguar si tenía alguna relación con el niño o con Balder, aunque no creo que ella esperara mucho de ese encuentro. Pero Roger Winter estaba hecho un manojo de nervios, y antes de que Amanda ni siquiera hubiese empezado a hacerle preguntas el tipo confesó todos los pecados cometidos en su vida.

—¿Ah, sí?

—Pues sí, y no es que fueran muy leves, la verdad. ¿Sabes? Lasse Westman y Roger son viejos amigos de juventud, desde que estaban en el Teatro de la Revolución, y solían verse por las tardes en la casa de Torsgatan, cuando Hanna salía, para charlar un rato y beber. A menudo August se encontraba en la habitación contigua entretenido con sus rompecabezas, y ni Lasse ni Roger le prestaban mucha atención. Un día el chico tomó un libro grueso de matemáticas que su madre le había regalado y que a todas luces estaba muy por encima de su nivel; y sin embargo no paró de hojearlo de forma obsesiva mientras emitía diferentes sonidos, como si estuviera excitado. Lasse se irritó y, tras arrancárselo de las manos, lo tiró a la basura, algo que, al parecer, sacó al niño de quicio y le provocó un ataque. Y entonces Lasse empezó a pegarle patadas.

—Vaya.

—Eso fue sólo el principio. A partir de aquel suceso August se volvió muy raro, dijo Roger. El niño empezó a lanzarles misteriosas miradas, y un día Roger halló su chaqueta cortada en pedazos, y otro se encontró con que alguien le había vaciado todas las cervezas que estaban en la nevera y le había roto las botellas de licor, y no sé...

Sonja se detuvo.

—¿Qué?

—Aquello se convirtió en una especie de guerra de posiciones. Sospecho que Roger y Lasse, en sus paranoias etílicas, se pasaron todo tipo de películas sobre el niño, que hasta le tuvieron miedo. No es sencillo entender la psicología que se oculta detrás de todo eso. Quizá empezaran a odiar a August de verdad. Lo cierto es que a veces lo maltrataban juntos. Roger explicó que después se sentía fatal y que nunca comentaban entre ellos lo que habían hecho. Que no quería pegarle, pero que no podía resistirse. Que era como si lo hubieran devuelto a su niñez, confesó.

—¿Y qué pretendió decir con eso?

—No es fácil de comprender. Pero, por lo visto, Roger Winter tiene un hermano menor discapacitado que durante toda su infancia fue el hijo bueno, aplicado y talentoso. Mientras Roger siempre decepcionaba a sus padres, al hermano no paraban de lloverle los elogios, los premios y todo tipo de reconocimientos, algo que supongo que causó no poca amargura en Roger. Es probable que al pegarle a August se estuviera vengando inconscientemente de su hermano. No sé, o...

—¿Qué?

—Dijo una frase extraña. Dijo que era como si intentara librarse a golpes de la vergüenza.

—Patológico.

—Sí, pero lo más raro, en cualquier caso, es que el tipo lo confesó todo desde el principio. Amanda comentó que parecía estar muerto de miedo. Cojeaba al andar y tenía dos moretones. Le dio la sensación de que quería que lo detuvieran.

—Qué curioso.

—¿A que sí? Pero hay otra cosa que, la verdad, me resulta aún más rara —continuó Sonja Modig.

—¿Y qué es?

—Que mi jefe, ese meditabundo y melancólico gruñón, de pronto ha empezado a brillar como el sol.

Bublanski pareció avergonzarse.

—¿Tanto se me nota?

—Sí, claro.

—Bueno, es que... —balbució—. Es simplemente que he invitado a una mujer a cenar conmigo y ha aceptado.

—¿No te habrá dado por enamorarte?

—Es sólo una cena, ya te lo he dicho —explicó Bublanski ruborizándose.

A Ed no le gustaba nada. Aunque conocía las reglas del juego. En cierto sentido era como estar de vuelta en Dorchester. Lo que fuera necesario con tal de no doblegarse. «Golpea fuerte o manipula psicológicamente a tu contrincante con un silencioso y cruel juego de poder.» «¿Y por qué no?», pensó.

Si Lisbeth Salander quería hacerse la dura, a él no le importaba participar en el juego; por eso le clavó la mirada como si fuera un boxeador de peso pesado.

Pero no le sirvió de nada.

Sin pronunciar ni una palabra, ella le devolvió una mirada gris, férrea y fría. Era como un duelo, un duelo callado y tenso. Hasta que Ed se cansó: aquello se le antojaba ridículo, pues la chica ya había sido desenmascarada y destruida. Él había desvelado su identidad secreta y conseguido localizar su casa; debería estarle agradecida de que no se hubiera presentado con treinta marines para arrestarla.

—Te crees muy dura, ¿verdad?

—No me gustan las visitas inesperadas.

—Y a mí no me gustan las personas que realizan intrusiones ilegales en mi sistema, así que estamos empatados. Pero tal vez te interese saber cómo te he encontrado.

—Me tiene sin cuidado.

—Fue a través de tu empresa de Gibraltar. Quizá no fuera muy inteligente de tu parte llamarla Wasp Enterprises.

—Pues no.

—Para ser una chica tan lista has cometido bastantes errores.

—Para ser un chico tan listo has ido a buscar empleo a un sitio bastante podrido.

—Es posible que esté podrido, sí. Pero somos necesarios. Es un mundo asqueroso el de ahí fuera.

—Especialmente con tipos como Jonny Ingram.

No se lo esperaba. A decir verdad no se lo esperaba

en absoluto. Pero puso cara de póquer, algo que también sabía hacer muy bien.

—Eres muy graciosa —repuso.

—Por supuesto. Encargar asesinatos y colaborar con criminales de la Duma rusa para forrarse y salvar el pellejo sí que es gracioso, ¿verdad? —le soltó ella; y entonces Ed, a pesar de todo, no pudo mantener el tipo. Se le descompuso la cara y por unos segundos apenas fue capaz de pensar.

¿De dónde mierda había sacado eso? Sintió un instante de vértigo. Hasta que de pronto cayó en la cuenta —y entonces le bajaron las pulsaciones, al menos un poco— de que era indudable que ella lo estaba tratando de engañar; si en algún momento la había creído era sólo porque él mismo, en sus peores fases de paranoia, se había imaginado que Jonny Ingram podría haber hecho algo. Pero después de romperse el culo investigando el caso, Ed sabía mejor que nadie que no existía prueba alguna que apuntara en esa dirección.

—Supongo que no pretenderás que me trague chorradas como ésa —dijo—. Yo estoy en posesión de todo el material que tú tienes, y hasta de bastante más.

—Yo en tu lugar no estaría tan seguro, Ed, a no ser que también tengas las claves privadas del algoritmo RSA de Jonny Ingram.

Ed Needham se quedó mirándola y fue presa de una acuciante sensación de irrealidad. Definitivamente, no podía haber roto el encriptado. Eso era imposible. A él, con todos los recursos y expertos de los que disponía, ni se le había pasado por la cabeza que valiera la pena intentarlo.

Pero ahora ella afirmaba que... No, se negaba a creérselo. Si se había enterado de algo tenía que haber sido de otra forma: ¿alguien del círculo íntimo de Ingram que le filtrara información? No, eso resultaba igual de imposible. Antes de que le diera tiempo a darle más vueltas al tema Lisbeth lo interrumpió.

—Así están las cosas, Ed —le soltó ella en tono autoritario de nuevo—. Tú le has dicho a Mikael Blomkvist que piensas dejarme en paz si te cuento cómo hice mi intrusión. Es posible que estés siendo sincero. Aunque también es posible que estés mintiendo, o que no tengas nada que decir en el asunto si se cambian las tornas. Te podrían despedir. No veo ningún motivo para confiar en ti o en esa gente para la que trabajas.

Ed respiró hondo e intentó contraatacar.

—Respeto tu postura —contestó—. Aunque por muy raro que te suene yo siempre mantengo mi palabra, y no porque sea una persona particularmente buena, todo lo contrario. Soy un loco vengativo, al igual que tú, niña. Pero no habría sobrevivido si hubiera traicionado a algunas personas en situaciones críticas, y eso puedes creértelo o no. De lo que no debes dudar ni un instante es de que juro convertir tu vida en un infierno si te callas. Te arrepentirás incluso de haber nacido, te lo aseguro.

—Muy bien —respondió Lisbeth—. Eres un chico duro. Pero también un tipo muy orgulloso, ¿cierto? Quieres impedir a toda costa que mi intrusión salga a la luz. Pues mucho me temo que a ese respecto debo comunicarte que estoy preparada de sobra. Cada uno de los detalles relativos a mi ciberataque se publicarán antes de que ni siquiera te dé tiempo a tomarme de la mano. Y, aunque en realidad no me gusta, te voy a humillar. Imagínate el revuelo y la alegría por el mal ajeno que eso causará en Internet.

—¡Una mierda! ¿Qué estupidez estás diciendo?

—No habría sobrevivido si dijera estupideces —continuó ella—. Odio esta sociedad de vigilancia. Ya he tenido demasiadas dosis de Gran Hermano y de autoridades en mi vida. A pesar de todo, estoy dispuesta a hacer algo por ti, Ed. Si cierras el pico pienso ofrecerte una información que te ayudará a reforzar tu posición y a limpiar Fort Meade de manzanas podridas. No te voy a decir ni una mierda de mi intrusión. Es una cuestión de principios. Pero sí te daré la oportunidad de vengarte de ese hijo de puta que te impidió arrestarme.

Ed se quedó mirando a la extraña mujer que tenía delante. Luego hizo algo que lo sorprendería durante mucho tiempo.

Se echó a reír.

Capítulo 31

2 y 3 de diciembre

Ove Levin se despertó de muy buen humor en su habitación del palacete de Häringe al día siguiente de que finalizara el congreso sobre la digitalización de los medios de comunicación que había concluido con una gran fiesta en la que corrieron litros de champán y licor. Aunque era cierto que el amargado y fracasado representante sindical del periódico noruego *Kveldsbladet* había soltado perlas como que las fiestas del Grupo Serner «son más caras y lujosas cuanta más gente despiden» y había montado una pequeña escena que provocó que a Ove se le manchara de vino tinto su impecable traje, hecho a medida.

Pero no le importó, sobre todo cuando a altas horas de la noche consiguió llevarse a Natalie Foss a su habitación. Natalie era *controller*, tenía veintisiete años de edad y estaba buenísima; y a pesar de lo borracho que iba, Ove había logrado tirársela tanto por la noche como esa misma mañana. Ya eran las 09.00 y su móvil no paraba de sonar. Tenía una resaca terrible, algo nada bueno si pensaba en todo el trabajo que lo esperaba. Claro que, por otra parte, en ese ámbito él se consideraba un luchador nato. «*Work hard, play hard*» era su lema. Y Natalie... ¡Madre mía!

¿Cuántos tipos de cincuenta podían acostarse con una mujer así? No muchos. Debía levantarse ya, aunque estaba mareado y sentía náuseas. Al dirigirse al baño para hacer pis se tambaleó. Luego quiso comprobar su cartera de acciones, solía ser un buen comienzo para esas mañanas de resaca. Tomó su celular, se conectó a Internet y accedió a su banco tras introducir sus datos identificativos. Al principio no entendió nada. Tenía que tratarse de un error, de un fallo técnico.

Su cartera de acciones se había desplomado, y cuando, temblando, las repasó descubrió algo muy raro: la gran inversión realizada en Solifon se había esfumado casi por completo. No lo comprendía. Casi al borde de la desesperación, entró en las páginas de finanzas de los periódicos y se topó por doquier con la misma noticia:

La NSA y Solifon ordenaron asesinar al catedrático Frans Balder. La revelación de la revista *Millennium* sacude al mundo.

No recordaba muy bien lo que había hecho después. Tal vez gritara y maldijera y golpeara la mesa con la mano. Guardaba un vago recuerdo de que Natalie se había despertado y le había preguntado qué le ocurría. Lo único que sabía con certeza era que se había pasado mucho tiempo inclinado sobre el WC, vomitando como si su estómago no tuviera fondo.

La mesa de Gabriella Grane estaba impecablemente limpia. No volvería nunca. Pero ahora se encontraba sentada, reclinada en su silla, leyendo el último número de *Millennium*. La portada no ofrecía la imagen que se le suponía a una revista que acababa de publicar la noticia del siglo. Era bonita, negra, inquietante. Aunque no tenía ni una sola ilustración. En la parte superior ponía:

En memoria de Andrei Zander.

Más abajo se podía leer:

El asesinato de Frans Balder y el relato de cómo la mafia rusa se unió con la NSA y Solifon, la gran empresa informática estadounidense.

En la segunda página aparecía un primer plano de la cara de Andrei, y aunque Gabriella no lo había conocido se sintió profundamente conmovida. Andrei era guapo y transmitía una sensación de fragilidad. Su sonrisa parecía algo tímida, como forzada. Había en su rostro algo intenso e inseguro al mismo tiempo. Por debajo de la foto, y firmado por Erika Berger, figuraba un texto en el que se leía que los padres de Andrei habían fallecido en Sarajevo a causa de una bomba. Decía que le encantaban la revista *Millennium*, el poeta Leonard Cohen y la novela *Sostiene Pereira* de Antonio Tabucchi. Soñaba con un gran amor y una gran primicia. Sus películas favoritas eran *Ojos negros*, de Nikita Mijalkov, y *Love Actually*, de Richard Curtis y, por mucho que Andrei odiara a las personas que ultrajaban al prójimo, le resultaba muy difícil hablar mal de nadie. Erika consideraba que su reportaje sobre los sin techo de Estocolmo se había convertido en un clásico del periodismo. Además decía:

Cuando escribo estas líneas mis manos están temblando. Ayer, nuestro amigo y colaborador Andrei Zander fue hallado muerto en un carguero atracado en el puerto de Hammarby. Había sido torturado. Sufrió mucho. Viviré con ese dolor el resto de mi vida. Aunque también me siento orgullosa.

Orgullosa de haber tenido el privilegio de trabajar con él. Nunca he conocido a un periodista tan entregado ni a una persona tan genuinamente buena. Andrei había cumplido veintiséis años. Amaba la vida y el periodismo. Su deseo era denunciar cualquier clase de injusticia y ayudar a los desprotegidos y a los desterrados. Fue asesinado porque quería proteger a un niño llamado August Balder. Cada una de las frases con las que denunciamos en este número uno de los escándalos más grandes de nuestro tiempo están dedicadas a Andrei. Mikael Blomkvist escribe en su largo reportaje:

«Andrei creía en el amor. Creía en un mundo mejor y en una sociedad más justa. ¡Era el mejor!».

El reportaje, que se extendía a lo largo de treinta páginas, constituía quizá la más extraordinaria muestra de prosa periodística que Gabriella Grane había leído nunca, y a pesar de que le hizo olvidar tanto la hora que era como dónde estaba y de que a veces sus ojos se llenaban de lágrimas, sonrió cuando llegó a las palabras:

La analista estrella de la Säpo, Gabriella Grane, dio muestras de un excepcional valor moral.

La historia de fondo era bastante sencilla: un grupo liderado por el comandante Jonny Ingram —de rango inmediatamente inferior al jefe de la NSA, Charles

O'Connor, y con importantes contactos tanto en la Casa Blanca como en el Congreso— había empezado, por cuenta propia, a sacar partido de la gran cantidad de secretos industriales que se hallaban en poder de la organización, para lo cual había contado con un grupo de analistas internacionales del Departamento de Investigación «Y» de Solifon. Si el asunto no hubiera ido más allá, no habría sido más que un escándalo que, en cierto sentido, podría haberse comprendido.

Pero el curso de los acontecimientos adquirió su propia y malvada lógica cuando la banda criminal de los Spiders entró en escena. Mikael Blomkvist fue capaz de demostrar cómo Jonny Ingram había empezado a colaborar con el tristemente célebre diputado de la Duma rusa, Ivan Gribanov, y con la misteriosa figura líder de los Spiders, Thanos, y cómo, juntos, habían robado ideas e innovaciones tecnológicas de empresas de alta tecnología para luego venderlas a cambio de astronómicas sumas de dinero. Pero las partes implicadas cayeron en un abismo ético cuando descubrieron que el catedrático Frans Balder estaba tras sus pasos y decidieron que había que deshacerse de él, lo que, naturalmente, era lo más inconcebible de toda la historia: uno de los más altos directivos de la NSA tuvo conocimiento de que ese importante investigador sueco iba a ser asesinado y no movió ni un solo dedo para impedirlo.

Al mismo tiempo —y ahí era donde Mikael Blomkvist había demostrado su grandeza— lo que más conmocionó a Gabriella no fue la descripción de los trapos sucios de la política, sino el drama humano y la creciente y desazonadora certeza de que vivimos en un mundo nuevo y enfermo donde todo se vigila, tanto lo grande como lo pequeño, y donde lo que reporta beneficios siempre acaba explotándose.

Cuando Gabriella terminó la lectura advirtió que alguien había entrado por la puerta. Era Helena Kraft, vestida de forma tan elegante como siempre.

—Hola —dijo.

A Gabriella no se le iba de la cabeza cómo había podido pensar que era Helena la que filtraba la información de su investigación. Lo cierto era que no habían sido más que sus propios demonios. Lo que Gabriella interpretó erróneamente como la vergüenza del culpable fueron sólo los sentimientos de culpa de Helena por la poca profesionalidad con la que se había llevado la investigación; al menos eso era lo que Helena le había dicho en la larga conversación que mantuvieron después de que Mårten Nielsen confesara y fuera detenido.

—Hola —contestó Gabriella.

—No te imaginas lo triste que estoy porque nos dejas —continuó Helena.

—Todo tiene su momento.

—¿Y qué vas a hacer ahora?

—Me mudo a Nueva York. Quiero trabajar en derechos humanos; como ya sabes tengo una oferta de las Naciones Unidas desde hace algún tiempo.

—Nos apena muchísimo, Gabriella. Pero te lo mereces.

—¿Ya se olvidaron de mi traición?

—No todos, de eso puedes estar segura. Pero yo no la veo más que como un rasgo de tu buen carácter.

—Gracias, Helena.

—¿Y has previsto hacer algo más antes de irte?

—Hoy no. Voy a ir al homenaje que le dan a Andrei Zander en el Club de Prensa.

—Un buen plan. Yo debo hacer una presentación para el gobierno sobre todo este lío. Pero esta noche brindaré por el joven Zander. Y por ti, Gabriella.

Alona Casales, sentada a cierta distancia con una furtiva sonrisa, contemplaba la situación de pánico que se había desatado en la NSA. Sobre todo observaba al almirante Charles O'Connor, que atravesó la sala como si no fuera el jefe del servicio de inteligencia más poderoso del planeta sino más bien como un colegial acosado. Claro que, por otra parte, en un día como ése, todos los directivos de la NSA parecían miserables colegiales acosados. Todos menos Ed, por supuesto.

Aunque no es que se encontrara demasiado contento. Movía constantemente los brazos, y se lo veía sudoroso y con mala cara. Irradiaba, no obstante, toda su habitual autoridad, y se notaba que también O'Connor le temía, algo que, a decir verdad, no tenía nada de raro. Ed había regresado de Estocolmo con un auténtico material explosivo y había armado un escándalo exigiendo arrepentimiento, penitencia y propósito de enmienda a todos los niveles. Y, sin embargo, el jefe de la NSA, según lo esperable, no se había mostrado muy agradecido por ello; sin duda lo que éste más deseaba era mandarlo a Siberia o a algún remoto lugar lejos de allí.

A pesar de eso, no pudo hacer nada. O'Connor se fue encogiendo a medida que se acercaba a Ed, quien ni siquiera se molestó en levantar la vista, algo muy típico en él; ignoró al jefe de la NSA, tal y como acostumbraba a comportarse con todos los pobres diablos para los que no disponía de tiempo. Iniciada la conversación, no era que las cosas le fueran mucho mejor a O'Connor.

Ed parecía resoplar, y aunque Alona no oía nada intuía bastante bien lo que le estaría diciendo a Charles, o más bien lo que no le estaría diciendo. Había mantenido una larga conversación con Ed y sabía que éste se negaría a revelar de dónde había sacado la información y que no cedería en ningún punto, bajo ningún concepto. Y eso a Alona le gustaba.

Ed seguía apostando fuerte, y Alona juró solemnemente que lucharía por preservar la decencia de la agencia y por darle a Ed todo su apoyo en el caso de que le surgieran problemas. También juró llamar a Gabriella Grane y hacer un último intento de invitarla a salir, si era verdad que iba a trabajar en Nueva York.

Tal vez no sería correcto afirmar que Ed ignoraba de forma consciente al jefe de la NSA, pero no interrumpiría lo que estaba haciendo —regañando a dos de sus subalternos— sólo porque el almirante se hallara frente a él, y hasta un minuto después no se dio la vuelta para decirle algo bastante amable, no para alentarlo o para compensarlo por su dejadez a la hora de recibirlo, sino porque realmente le salía del alma.

—Estuviste bien en la rueda de prensa.

—¿Tú crees? —respondió el almirante—. Pues fue un infierno.

—Alégrate entonces de que te diera tiempo para prepararla.

—¿Alegrarme? ¿Estás loco? ¿Has visto los periódicos en Internet? Todos publican fotos en las que aparecemos juntos Ingram y yo. Me siento totalmente sucio.

—¡Pues a ver si de ahora en adelante aprendes a controlar mejor a tus colaboradores, carajo!

—¿Cómo te atreves a hablarme de esa forma?

—Hablo como me sale de los cojones. Estamos en crisis y soy el responsable de la seguridad; a mí no me pagan para ser educado y amable ni tengo tiempo para ello.

—Ten cuidado con esa lengua tan... —empezó el jefe de la NSA.

Pero se calló al ver que Ed, de repente, levantaba su cuerpo de oso del asiento, ya fuera para estirar la espalda o para mostrarle su autoridad.

—Te envié a Suecia para que lo arreglaras —continuó el almirante—. Y regresas y todo está hecho una mierda. Una auténtica catástrofe.

—La catástrofe ya se había producido —le espetó Ed—. Lo sabes tan bien como yo. Si no me hubiera ido a Estocolmo y no me hubiese roto el lomo trabajando como un loco no habríamos tenido tiempo para diseñar una estrategia adecuada y, si te soy sincero, a lo mejor por eso has podido conservar tu trabajo a pesar de todo.

—¿Me estás diciendo que encima debo darte las gracias?

—¡Pues sí! Te dio tiempo a echar a patadas a esos malditos antes de que se publicara el reportaje.

—Pero ¿cómo diablos es posible que esa mierda apareciera en una revista sueca?

—Te lo he explicado cientos de veces.

—Has estado hablando de tu *hacker*. Aunque lo que he oído no son más que conjeturas y pura palabrería.

Ed había prometido mantener a Wasp fuera de todo ese circo, y era una promesa que pensaba cumplir.

—Una palabrería de lo más calificada en cualquier

caso —respondió Ed—. El *hacker*, quien mierda sea, conseguiría romper el encriptado de los archivos de Ingram y se los filtraría a *Millennium*. Eso no es nada bueno, ahí estoy de acuerdo, pero ¿sabes qué es lo peor?

—No.

—Que tuvimos la oportunidad de detenerlo, de cortarle las bolas y de parar todo este tinglado. Hasta que nos ordenaron cerrar nuestra investigación... Y no es que me defendieras mucho cuando eso ocurrió.

—Te mandé a Estocolmo.

—Pero a mis chicos los enviaste de vacaciones, así que la investigación murió en el acto. Ahora las pistas se han esfumado, aunque, como es evidente, podríamos continuar la búsqueda. Sin embargo, ¿nos favorecería que saliera a la luz que un puto *hacker* de mierda nos ha dejado con el culo al aire?

—Quizá no. Pero yo pienso darle fuerte a *Millennium* y a ese Blomström, te lo aseguro.

—Se llama Blomkvist, Mikael Blomkvist. Está bien, adelante, inténtalo. Buena suerte. Sería maravilloso para tu índice de popularidad que irrumpieras en territorio sueco y detuvieras al mayor héroe del periodismo que el mundo ha visto en mucho tiempo —respondió Ed, y entonces el jefe de la NSA, tras murmurar algo ininteligible, desapareció de allí.

Ed sabía tan bien como todos que el almirante no iba a detener a ningún periodista sueco. Charles O'Connor luchaba por su supervivencia política y no se podía permitir realizar jugadas demasiado atrevidas. Ed decidió ir a ver un rato a Alona para charlar con ella. Estaba harto de dejar el alma en el trabajo. Necesitaba hacer algo irresponsable, de modo que le propuso ir a tomar una copa.

—Ahora, vamos a brindar por todo este infierno —dijo sonriendo.

Hanna Balder se encontraba en lo alto de la pequeña colina que había junto al hotel Schloss Elmau y le dio a August un empujón en la espalda, tras lo cual lo vio bajar deslizándose por la cuesta en un viejo trineo de madera que le habían prestado en el hotel. Luego, cuando el niño ya estaba parado al lado de un granero marrón que se hallaba al final de la pendiente, echó a andar tras él con sus botas de cordones. Aunque el sol se asomaba, caía una ligera nevada. Apenas había viento. Al fondo, los picos de los Alpes se alzaban hacia el cielo, y ante ella se extendía un vasto paisaje.

Hanna no se había alojado en un sitio tan bonito en toda su vida, y August se iba recuperando bastante bien, sobre todo gracias a la inestimable contribución de Charles Edelman. No obstante, nada de eso quería decir que fuera fácil. Se sentía como una mierda. Incluso ahora, descendiendo por la cuesta, se detuvo dos veces para llevarse la mano al pecho. Desintoxicarse de los somníferos y ansiolíticos era mucho peor de lo que en un principio se había imaginado. Por las noches se acurrucaba en la cama como un bebé, despierta, viendo desfilar su vida con una luz absolutamente implacable. En alguna que otra ocasión se levantaba desesperada y golpeaba la pared con la mano mientras lloraba a lágrima viva. Maldijo miles de veces a Lasse Westman. Y hasta a ella misma.

Pero había momentos en los que se sentía extrañamente purificada, lo que le permitió experimentar algo que, como mínimo, estaba emparentado con la felicidad. Había momentos en los que August, sumergido de lleno en sus ecuaciones y sus series numéricas, contestaba a sus preguntas, aunque de forma monosilábica y rara, y en los que Hanna intuía que algo estaba cambiando para mejor.

Y no es que entendiera a su hijo demasiado bien; el niño seguía pareciéndole un misterio. A veces hablaba con números, unos números altos elevados a otros igual de altos, y parecía convencido de que su madre lo comprendía. Pero era indudable que algo había pasado. Siempre lo recordaría sentado aquel primer día al escritorio de la habitación anotando, con extraordinaria facilidad y fluidez, largas e interminables ecuaciones que ella fotografiaba para luego enviárselas a la mujer de Estocolmo. Esa misma noche, a altas horas, Hanna recibió un sms en su Blackphone:

¡Dile a August que hemos roto el cifrado!

Nunca había visto a su hijo tan feliz y orgulloso, y a pesar de que nunca comprendió de qué se trataba y de que jamás pronunció ni una palabra sobre el asunto, ni siquiera a Charles Edelman, significaba mucho para ella: comenzaba a sentirse orgullosa, inmensamente orgullosa.

También empezó a mostrar un apasionado interés por el síndrome del *savant*, y más de una vez, mientras Charles Edelman permanecía alojado en el hotel, se quedó hablando con él —hasta altas horas de la noche, después de que August se hubiera dormido— sobre las habilidades del niño, y también, dicho sea de paso, sobre todo tipo de cuestiones que no guardaban ninguna relación con su hijo. Sin embargo, no estaba segura de que hubiera sido muy buena idea acostarse con Charles.

Claro que, por otra parte, tampoco le parecía que hubiera sido una mala idea. Charles le recordaba a Frans, y pensó que todos estaban empezando a conocerse y a conformar una especie de pequeña familia: ella, Charles, August, esa profesora un poco estricta pero simpática llamada Charlotte Greber y el matemático danés Jens Nyrup, que los había visitado y había podido constatar que August, por alguna misteriosa razón, manifestaba una verdadera obsesión por las curvas elípticas y la factorización en números primos.

En cierto sentido, toda esa estancia en el hotel se estaba convirtiendo en un viaje de exploración al extraño universo interior de su hijo, y en ese instante, mientras bajaba por aquella cuesta en medio de la ligera nevada y veía cómo August se levantaba del trineo, lo sintió, por primera vez en mucho tiempo: iba a ser una buena madre e iba a enderezar su vida.

Mikael no entendía por qué el cuerpo le pesaba tanto. Era como si se moviera dentro del agua. Y eso que allí fuera se había montado un problema gordo: la euforia de la victoria, en cierto sentido. Casi todos los periódicos, sitios web, emisoras de radio y cadenas de televisión querían entrevistarlo. Él les decía a todos que no; no le hacía falta. En anteriores ocasiones, ante la publicación por parte de *Millennium* de grandes noticias, hubo momentos en los que Erika y él no estuvieron seguros de que los otros medios se fueran a subir al tren, y entonces planificaron estrategias para ofrecer entrevistas en los foros más apropiados e incluso, algunas veces, compartir algo de sus *scoops*. Ahora nada de eso resultaba necesario.

La noticia estalló por sí sola, y cuando —en una

rueda de prensa conjunta, y con verdadero énfasis—el jefe de la NSA, Charles O'Connor, y la ministra de comercio estadounidense, Stella Parker, pidieron disculpas por lo ocurrido, se disiparon las últimas dudas que les quedaban sobre si habían exagerado o cometido algún error al contar la historia; en aquellos momentos ya se estaba desarrollando un intenso debate en los editoriales de los periódicos de todo el mundo sobre las implicaciones y posibles consecuencias de lo revelado por *Millennium*.

A pesar del alboroto y de que los teléfonos no cesaban de sonar, Erika había decidido organizar una fiesta en la redacción o, cuando menos, una improvisada recepción. Consideraba que todos merecían evadirse por unas horas de aquella locura y tomarse un par de copas. La primera tirada de cincuenta mil ejemplares ya se había agotado durante la mañana del día anterior y el número de visitas de la página web, que también tenía una versión en inglés, se contaba por millones. Las ofertas de contratos para libros entraban a raudales, el grueso de suscriptores crecía por minutos y los anunciantes hacían cola para aparecer en la revista.

Además, habían podido librarse del Grupo Serner comprando su parte. Pese a su demencial carga de trabajo, Erika había logrado llevar a cabo la operación unos días antes. Aunque no había sido nada fácil: los representantes del Grupo Serner habían olido su desesperación y se aprovecharon de ella al máximo; de hecho, hubo un momento en el que ni Erika ni Mikael pensaron que lo conseguirían. Hasta el último minuto, gracias a una considerable contribución económica que llegó desde una misteriosa sociedad de Gibraltar y que dibujó una sonrisa en los labios de Mikael, no pudieron realizar la compra. El precio, a decir verdad, ascendía a una suma ofensivamente alta teniendo en cuenta la situación que atravesaba entonces la revista, pero luego, apenas veinticuatro horas más tarde, una vez publicada la noticia y tras haberse disparado el valor de la marca *Millennium*, resultó ser más bien una ganga. Ahora volvían a ser libres e independientes, aunque aún no les había dado tiempo a disfrutar de ello.

Los fotógrafos y los periodistas no los dejaron en paz ni siquiera durante el homenaje que se le hizo a Andrei en el Club de Prensa, y aunque todos, sin excepción, querían felicitarlos, Mikael se sintió ahogado y acorralado y no se mostró tan solícito como habría deseado a la hora de recibir todas esas atenciones. Además, seguía durmiendo mal y padeciendo terribles dolores de cabeza.

A última hora de la tarde del día siguiente, la redacción se acondicionó a toda prisa. Sobre unas mesas juntadas para la ocasión se colocaron botellas de champán, vino, cervezas y comida de un *catering* japonés. Los invitados empezaron a entrar, primero los colaboradores y los *freelance*, por supuesto, pero también algunos amigos de la revista, entre los que se encontraba nada menos que Holger Palmgren, al que Mikael ayudó a entrar y a salir del ascensor y al que abrazó al menos dos o tres veces.

—Nuestra chica lo ha conseguido —dijo Holger con lágrimas en los ojos.

—Como de costumbre —le respondió Mikael con una sonrisa. Y, tras hacer que Holger se sentara en un sitio de honor en el sofá de la redacción, dio la orden de que no dejaran de llenarle la copa.

Lo alegraba mucho verlo allí. A él y a todos los viejos y nuevos amigos que habían acudido: Gabriella Grane, por ejemplo, y el comisario Bublanski, que quizá no debería estar allí considerando su relación profesional y la posición de *Millennium* como observador independiente de las fuerzas del orden, pero al que Mikael insistió en invitar y que, por sorprendente que pareciera, se pasó toda la fiesta hablando con una sola persona, la catedrática Farah Sharif.

Mikael brindó con ellos y con todos los demás. Llevaba jeans y su mejor chaqueta y, por una vez, bebió bastante, lo que no era muy habitual en él. Pero no le sirvió de nada: no se quitaba de encima esa sensación de vacío ni ese peso que le oprimía. Se debía, como era lógico, a lo que le había ocurrido a Andrei: el chico no se le iba ni un instante del pensamiento. La imagen de su compañero sentado en la redacción mientras él intentaba convencerlo de que lo acompañara a tomar una cerveza se le había grabado a fuego, como un momento trivial y al mismo tiempo absolutamente decisivo. Los recuerdos de Andrei aparecían sin cesar, y a Mikael le costaba concentrarse para seguir las conversaciones.

Estaba ya harto de todas las palabras elogiosas y halagadoras —en realidad, las únicas que de hecho le conmovieron fueron las del sms de su hija Pernilla: «Al parecer sabes escribir de verdad, papá»— y de vez en cuando echaba una mirada en dirección a la puerta. Habían invitado a Lisbeth, por supuesto, y si hubiese aparecido se habría convertido en la invitada de honor. Pero no se dejó ver, algo que, como era lógico, no sorprendió a nadie. A Mikael le habría gustado darle las gracias al menos por su generosa aportación en el conflicto con el Grupo Serner. Aunque, bien mirado, ¿qué más podía pedir?

La sensacional documentación que le había pasado Lisbeth sobre Ingram, Solifon y Gribanov le había permitido desenredar toda la historia, e incluso había hecho que Ed the Ned y el mismísimo Nicolas Grant de Solifon le ofrecieran más detalles. Desde entonces, tan sólo había contactado con Lisbeth en una única ocasión, cuando la entrevistó a través de la aplicación RedPhone —lo mejor que pudo y que ella se dejó— sobre lo sucedido en la casa de Ingarö.

De eso hacía ya una semana, y Mikael no tenía ni idea de lo que ella pensaba de su reportaje. Quizá estuviera enojada con él por dramatizar demasiado, pero ¿qué otra cosa podría haber hecho con sus tan parcas respuestas? O tal vez su enojo se debiera a que su hermana no había aparecido con nombre y apellido; Mikael se había limitado a hablar de una mujer sueco-rusa que usaba el alias de Thanos o Alkhema. Era posible, incluso, que se sintiera decepcionada porque le habría gustado que el texto hubiera sido más duro y que les hubiese dado mucha más caña a todos.

Difícil de saber, y el hecho de que el fiscal jefe Richard Ekström pareciera sopesar en serio llevar a Lisbeth a juicio por detención ilegal y apropiación indebida no ayudaba mucho. En cualquier caso, así estaban las cosas. Al final Mikael decidió mandarlo todo a la mierda y abandonar la fiesta. Bajó a la calle sin ni siquiera despedirse.

Hacía un tiempo horrible, y a falta de algo mejor miró los sms de su teléfono. Resultaba imposible contestar a todos: eran felicitaciones y peticiones de entrevistas, junto a alguna que otra proposición indecente. Pero ni uno de Lisbeth, por supuesto, lo que le provocó unas malhumoradas murmuraciones. Apagó el celular y se encaminó a casa con pasos sorprendentemente pesados, sobre todo para ser un hombre que acababa de publicar la noticia del siglo.

Lisbeth se hallaba en Fiskargatan, sentada en su sofá rojo y contemplando Gamla Stan y la bahía de Riddar-fjärden con una mirada vacía. Hacía poco más de un año que había empezado la búsqueda de su hermana y de la herencia criminal de su padre; y era indudable que había logrado importantes éxitos en varios puntos.

Había conseguido dar con Camilla y propinarles un buen golpe a los Spiders. Las relaciones con Solifon y la NSA se habían disuelto. Al diputado de la Duma, Ivan Gribanov, se lo estaba sometiendo a una gran presión en Rusia; el matón de Camilla había fallecido, y su hombre de confianza, Yuri Bogdanov, y varios otros ingenieros informáticos se encontraban en busca y captura por la policía, y se habían visto obligados a esconderse. Pero, muy a su pesar, Camilla vivía; tal vez hubiera huido del país. Tendría que volver a sondear el terreno e idear algo nuevo.

Nada había concluido. Lo único que había hecho Lisbeth era herir a la presa. Y eso, por supuesto, no era suficiente. Ni mucho menos. Concentrada y con los labios apretados, desvió los ojos hacia la mesa que tenía ante sí. Sobre ella, un paquete de tabaco y el número de *Millennium* aún sin abrir. Tomó la revista. La volvió a dejar en su sitio. Luego la tomó de nuevo y leyó el largo reportaje de Mikael. Al llegar a la última línea se quedó mirando un rato la nueva foto que él había puesto junto a su nombre. Acto seguido, se levantó de forma brusca y entró en el cuarto de baño para maquillarse. Se puso una ceñida camiseta negra y su chaqueta de cuero y se lanzó a la calle.

Empezó a tiritar de frío. Qué locura salir con tan poca ropa en una noche de diciembre como ésa. Pero no le preocupó demasiado y, decidida, se dirigió con pasos apresurados hacia Mariatorget. Al llegar a la plaza enfiló Swedenborgsgatan y entró en el restaurante Süd, donde se instaló en la barra para beber, alternadamente, whisky y cerveza. Como varios de los clientes que había allí eran gente del mundo de la cultura y del periodismo, no resultó sorprendente que muchos la reconocieran y que se convirtiese de inmediato en objeto de una serie de conversaciones y miradas. El guitarrista Johan Norberg, que en sus artículos para la revista *Vi* se había dado a conocer como un columnista que reparaba en pequeños pero significativos detalles, pensó que Lisbeth no bebía como si disfrutara de ello sino más bien como si fuera un trabajo que alguien tenía que hacer.

Había una enorme determinación en sus movimientos, por lo que nadie se atrevió a acercarse a ella. Una mujer llamada Regine Richter, que se dedicaba a la terapia cognitivo-conductual y que se hallaba sentada a una mesa situada más al fondo del local, llegó incluso a preguntarse si Lisbeth Salander se habría fijado en una sola cara de los allí presentes. Al menos, Regine no era capaz de recordar ni una única ocasión en la que Lisbeth hubiera observado el local o mostrado el menor interés por algo de su interior. El camarero, Steffe Mild, supuso que se estaba preparando para alguna operación o intervención.

A las 21.15 horas pagó su cuenta en efectivo y salió a la calle sin pronunciar una palabra o realizar ningún gesto de despedida. Un hombre de mediana edad, un tal Kenneth Höök, que, bien mirado, no estaba especialmente sobrio ni era —si había que fiarse de sus ex-

mujeres y de la práctica totalidad de sus amigos—
muy de fiar, la vio cruzar Mariatorget «como si se
dirigiera a un duelo».

A pesar del frío, Mikael Blomkvist caminaba hacia su
casa con pasos lentos, inmerso en sombríos pensamientos, aunque una leve sonrisa se perfiló en sus labios cuando al pasar frente al Bishops Arms se cruzó
con sus viejos y habituales clientes:

—¡Al final no estabas tan acabado!, ¿eh? —voci-
feró Arne o comoquiera que se llamara.

—¡No, tal vez no tanto! —respondió Mikael. Y
por un instante contempló la posibilidad de tomar una
última cerveza en el pub y charlar un poco con Amir.

Pero se sintió demasiado desanimado para hacerlo.
Quería estar solo, así que continuó andando hacia su
puerta. Mientras subía por la escalera, una vaga sensación de inquietud se apoderó de él, era posible que
como consecuencia de todo lo que había vivido los últimos días. Intentó deshacerse de ella. Pero no se le iba,
y más bien se le incrementó cuando se dio cuenta de
que una bombilla se había quemado en el rellano de la
planta superior.

Allí reinaba la oscuridad más absoluta, así que ralentizó los pasos al tiempo que se percataba de algo, un
movimiento, creía. Acto seguido, percibió un brillo,
un tenue destello de luz, como de un teléfono, y vagamente, como si se tratara de un fantasma, intuyó la
silueta de una delgada figura y una mirada oscura
pero resplandeciente.

—¿Hay alguien ahí? —preguntó asustado.

Y entonces la vio.

¡Lisbeth! Y aunque al principio se le iluminó la

cara al verla y abrió los brazos en un ademán de abrazarla, el alivio no fue tan grande como imaginaba.

Lisbeth parecía enojada. Tenía los ojos pintados de negro y el cuerpo en tensión, como preparado para el ataque.

—¿Estás enfadada? —quiso saber Mikael.

—Mucho.

—¿Por qué?

Lisbeth dio un paso al frente y mostró una cara de una brillante palidez. Por un instante, Mikael pensó en su herida de bala.

—Porque vengo a visitarte y no estás en casa —le respondió. Y entonces Mikael se acercó a ella.

—Sí, eso es bastante imperdonable, ¿verdad? —respondió.

—Yo creo que sí.

—¿Y si te invito a entrar?

—Pues supongo que tendré que aceptarlo.

—Entonces, bienvenida —dijo Mikael. Y por primera vez en mucho tiempo se le dibujó una amplia sonrisa en el rostro. Afuera, una estrella fugaz cruzó el cielo nocturno.

Agradecimientos

Muchas gracias a mi agente, Magdalena Hedlund, al padre y al hermano de Stieg Larsson, Erland y Joakim Larsson, a mis editoras Eva Gedin y Susanna Romanus, al redactor Ingemar Karlsson, y a Linda Altrov Berg y a Catherine Mörk, de la Norstedts Agency.

Gracias también a David Jacoby, investigador de seguridad de Kaspersky Lab, y a Andreas Strömbergsson, catedrático de matemáticas de la Universidad de Uppsala, así como a Fredrik Laurin, director de la sección de investigación del informativo radiofónico «Ekot», a Mikael Lagström, de VP services de Outpost24, a los escritores Daniel Goldberg y Linus Larsson, y a Menachem Harari.

Y, por supuesto, a mi Anne.

Índice